LAURA KNEIDL

Zerbrich uns. Nicht.

*Die Romane von Laura Kneidl bei LYX*

*Berühre-mich.-Nicht.*-Reihe:
1. Berühre mich. Nicht.
2. Verliere mich. Nicht.
3. Vergiss uns. Nicht.
4. Zerbrich uns. Nicht.

Graphic Novels:
1. Berühre mich. Nicht. – Die Graphic Novel: Teil 1

*Someone*-Reihe:
1. Someone New
2. Someone Else
3. Someone to Stay

*Midnight-Chronicles*-Reihe:
1. Schattenblick
2. Blutmagie
3. Dunkelsplitter
4. Seelenband
5. Todeshauch
6. Nachtschwur

Herz aus Schatten

*Weitere Romane der Autorin sind bei LYX in Vorbereitung.*

LAURA KNEIDL

# Zerbrich uns. Nicht.

Roman

LYX

LYX in der Bastei Lübbe AG

Die Bastei Lübbe AG verfolgt eine nachhaltige Buchproduktion.
Wir verwenden Papiere aus nachhaltiger Forstwirtschaft und verzichten darauf, Bücher einzeln in Folie zu verpacken. Wir stellen unsere Bücher in Deutschland und Europa (EU) her und arbeiten mit den Druckereien kontinuierlich an einer positiven Ökobilanz.

MIX
Papier | Fördert gute Waldnutzung
FSC® C014496



Dieses Werk wurde vermittelt durch die
AVA international GmbH Autoren- und Verlagsagentur, München.
www.ava-international.de

Textredaktion: Melike Karamustafa
Umschlaggestaltung: ZERO Werbeagentur GmbH, München,
unter Verwendung von Motiven von © Pushish Images / Shutterstock;
© mashmash_design / Shutterstock
Satz: Greiner & Reichel, Köln
Gesetzt aus der Adobe Caslon
Druck und Verarbeitung: GGP Media GmbH, Pößneck

Printed in Germany
ISBN 978-3-7363-1933-2

1 3 5 7 6 4 2

Weitere Informationen unter:
lyx-verlag.de
luebbe.de | lesejury.de

Liebe Leser:innen,

dieses Buch enthält potenziell triggernde Inhalte. Deshalb findet ihr auf Seite 475 eine Triggerwarnung.

Achtung: Diese enthält Spoiler für das gesamte Buch!

Wir wünschen uns für euch alle das bestmögliche Leseerlebnis.

Eure Laura und euer LYX-Verlag

*Für Steffi und Sarah*

# Playlist

Sleep Token – Atlantic
Sleep Token – Hypnosis
Sleep Token – Mine
Sleep Token – Like That
Sleep Token – The Love You Want
Sleep Token – Fall For Me
Sleep Token – Alkaline
Sleep Token – Distraction
Sleep Token – Descending
Sleep Token – Telomeres
Sleep Token – High Water
Sleep Token – Missing Limbs

# 1. Kapitel

## APRIL

Laut prustete ich in das Taschentuch, knüllte es zusammen und warf es neben meinem Bett auf den Boden, der bereits mit weißen Knäueln bedeckt war. Könnte Luca das sehen, hätte er empört den Kopf geschüttelt und mir anschließend einen Mülleimer hingestellt, aber Luca war nicht da. Niemand war da. Ich war seit Stunden allein in meinem Zimmer und heulte mir die Augen aus dem Kopf. Meine Nase war zugeschwollen, und mein Hals fühlte sich ganz dick und wund vom vielen Weinen an. Alles tat weh.

Mein Kopf.

Mein Hals.

Meine Brust, aber vor allem mein Herz, das nicht begreifen konnte, dass es Gavin gewesen war. Er war der Junge, der mir damals vor fünf Jahren auf der Party die Unschuld genommen hatte. Und um ein Haar hätte ich auch mein zweites erstes Mal an ihn verschwendet. Zum Glück war er mit der Wahrheit rausgerückt, bevor es so weit hatte kommen können.

Bei der Erinnerung daran wurde der Druck auf meine Brust noch größer, sodass ich das Gefühl hatte, jeden Moment platzen zu müssen – vor Wut, vor Trauer, vor Enttäuschung, weil Gavin nicht der Mann war, für den ich ihn gehalten hatte. Und mir wurde übel, wenn ich mir vorstellte, wie die Sache damals abgelaufen sein musste. Der Gedanke, dass ein namenloser Fremder, dem ich nichts bedeutet hatte, mich gevögelt und anschließend allein zurückgelassen hatte, war schlimm gewesen; aber das Wissen, dass es Gavin gewesen war, der mich so behandelt hatte, war um einiges schlimmer.

Wir waren Freunde gewesen – beste Freunde und noch mehr. Ich hatte Gavin schon damals geliebt. Wie hätte ich mich auch nicht in diesen wundervollen Jungen verlieben können? Er hatte mich getröstet, wenn es mir schlecht ging. Mir zugehört, als ich geglaubt hatte, mit niemandem sonst reden zu können. Während unserer gemeinsamen Filmabende hatten wir miteinander gekuschelt, als wäre es das Natürlichste auf der Welt. Und wir hatten unzählige Nächte im Bett des jeweils anderen verbracht, nur um nebeneinander zu schlafen. Ich kannte die kleinen Laute, die Gavin machte, wenn er träumte. Und wusste, dass sein Lächeln schief war, wenn er mich im Halbschlaf angrinste.

Und trotz alledem hatte er mich in jener Nacht behandelt wie eine Fremde, als wäre ich nur irgendein Mädchen. Warum hatte er das getan? Warum war er gegangen? Warum hatte er mich zurückgelassen, als würde ich ihm nichts bedeuten?

*Es tut mir leid, April.*

Gavins letzte Worte kreisten noch immer in meinem Kopf. Ich versuchte, seine Stimme aus meinem Verstand zu verbannen, weil ich sie nicht hören wollte. Aber ich konnte seine Worte ebenso wenig vergessen wie seinen gequälten Gesichtsausdruck, als er nackt aus meinem Zimmer gestolpert war. Das Geräusch der Glasscherben, die unter seinen Fußsohlen knirschten, hallte mir nach wie vor in den Ohren.

Und doch hatte ich kein Mitleid mit ihm …

*Es tut mir leid, April.*

Was genau tat ihm leid? Tat es ihm leid, dass er mich entjungfert hatte? Tat es ihm leid, dass ich betrunken gewesen war? Tat es ihm leid, dass er damals wortlos verschwunden war und mich allein hatte sitzen lassen? Tat es ihm leid, dass er all die Jahre nichts gesagt hatte? Und dass ich es heute auf diese Weise erfahren hatte? Oder tat ihm in Wirklichkeit nichts davon leid. War seine Entschuldigung womöglich nur eine leere Phrase gewesen, um mich zu besänftigen, weil er erkannt hatte, wie aufgebracht ich war?

Denn wenn es ihm wirklich leidtat, wie all das abgelaufen war, warum hatte er unsere gemeinsame Nacht dann die ganzen Jahre totgeschwiegen wie ein dunkles Geheimnis?

Ich hatte mir immer gewünscht, dass ich mein erstes Mal mit Gavin erlebte und dass es romantisch, liebevoll und zärtlich werden würde, wie ich es mir auch für heute gewünscht hatte. Aber es war nichts davon gewesen. Und er hatte es gewusst. Die ganze verdammte Zeit hatte er es gewusst und nichts gesagt. Kein Sterbenswörtchen. Nicht einmal eine Andeutung hatte er gemacht. Und als Luca ihn vergangenes Silvester gefragt hatte, mit wem er sein erstes Mal gehabt hatte, und er es nicht hatte sagen wollen, hatte ich ihn sogar noch in Schutz genommen. Auch damals hatte er es gewusst.

Er hatte es gewusst …

All die Jahre hatte Gavin gewusst, wie ich nackt aussah, wie ich mich anfühlte, wie es war, mich zu küssen, und er hatte sich entschieden, nichts zu sagen. Stattdessen hatte er unsere Freundschaft beendet. An Lucas Geburtstagsfeier im Zelt hatte er sich entschuldigt und beteuert, dass er diese Entscheidung bereute, aber wenn es ihm wirklich so leidtat, hätte er dann nicht spätestens an diesem Abend die Chance ergreifen sollen, mit mir über alles zu reden? Stattdessen hatte er sich ein weiteres Mal dafür entschieden, mich im Unwissen zu lassen.

Erneut brach ein gequältes Wimmern aus mir hervor. Explodierte in meiner Brust und sorgte dafür, dass sich alles in mir verkrampfte. Ich presste mir die Hand vor den Mund, um das Schluchzen zurückzuhalten, aber es half nichts. Laut und ungehalten quoll der Schmerz aus mir hervor, denn es tat weh.

Es.

Tat.

So.

Weh.

In diesem Moment konnte ich mir nicht vorstellen, dass es jemals wieder nicht wehtun würde. Und fast noch schmerzhafter als sein Schweigen all die Jahre war, dass ich ihm vertraut hatte. Selbst in den Jahren, in denen wir keine Freunde gewesen waren, hatte ein Teil von mir Gavin vertraut und darauf, dass er dennoch ein guter Mensch war. Jetzt war ich mir dessen nicht mehr so sicher.

Ich rollte mich unter meiner Decke zu einer Kugel zusammen und schlang die Arme um meine Knie, um mich zusammenzuhalten, weil ich Angst hatte, unter dem Schmerz andernfalls zerbrechen zu müssen.

Schniefend und schluchzend tastete ich nach den Taschentüchern auf meinem Nachttisch, aber die Box war leer. Mist. Ich schob die Beine über die Bettkante. Kalte Luft streifte meine nackte Haut, weil ich noch nicht die Kraft gehabt hatte, mich anzuziehen. Und nun, da ich den schützenden Kokon meiner Decke verließ, fühlte ich mich entblößt und verletzlich. Ich schnappte mir ein altes T-Shirt vom Boden und zog es mir über, bevor ich zu meinem Schreibtisch lief, um mir die Taschentücher zu holen, die ich dort bunkerte.

Mit der vollen Box wollte ich zurück ins Bett, als mein Blick in den Spiegel fiel. Ich sah furchtbar aus. Das Shirt war zerknittert mit einem Fleck darauf. Mein Gesicht war aufgedunsen. Getrocknete Tränen klebten mir verkrustet auf den Wangen, und meine Augen waren rot und verquollen. Doch es war nicht mein Anblick, der mir eine Gänsehaut bescherte, sondern die Kette mit Gavins Sternzeichen, die mir noch immer um den Hals baumelte. Mit zittrigen Händen tastete ich danach. Fast schon panisch, als könnte mich die Kette erdrosseln, versuchte ich sie loszuwerden, aber meine Finger bebten zu stark, um den Verschluss zu öffnen. Mein Herz raste. Und dann platzte mir der Kragen. Ich packte die Kette und zerrte sie mir vom Hals. Der billige Verschluss riss ohne Widerstand.

Erleichtert atmete ich auf und starrte auf den Anhänger in meiner Hand.

*So denkst du immer an mich.*

*Und ich denk immer an dich.*

Aber ich wollte nicht mehr an Gavin denken. Er und ich, wir waren Geschichte. Ein für alle Mal. Unser Film hatte sein Ende erreicht. Und es gab kein Happy End. Ich ging in die Knie und stopfte die Kette in den Mülleimer, nach ganz tief unten, um sie nicht mehr sehen zu müssen – nie wieder. Sie loszuwerden brachte mir allerdings nicht den Frieden, auf den ich gehofft hatte, denn ich konnte Gavin noch immer spüren.

Seine Finger, die mich zärtlich berührten.

Seine Lippen, die meine Haut liebkosten.

Und seinen Körper, der sich verlangend an meinen drängte.

Ich hatte ihn so sehr gewollt. So, wie ich keinen anderen Mann je gewollt hatte. Doch alles, was ich jetzt noch wollte, war, Gavin zu vergessen, wie ich ihn damals vergessen hatte. Denn vielleicht, nur vielleicht, würde es dann weniger wehtun. Vielleicht könnte ich dann wieder klar denken und aufhören zu weinen.

Ich wusste, dass es keine gute Idee war. Womöglich war es sogar eine ziemlich beschissene Idee, aber der Schmerz lähmte meinen Verstand und beraubte mich jeder Vernunft. Ich wollte nur noch vergessen. Und sehnte mich nach diesem süßen Nichts aus jener Nacht vor fünf Jahren.

Ich zog mir eine auf dem Boden liegende Hose über und verließ mein Zimmer, wobei ich einen großen Bogen um die Scherben auf der anderen Seite meines Bettes machte. Auf dem Weg in die Küche entging mir nicht, dass die Tür zu Lucas Zimmer offen stand und Gavins Sachen weg waren, genauso wie die von Jack. Mein Herz verkrampfte sich einmal mehr, aber ich zwang mich weiterzugehen. Vor der Spüle ging ich in die Hocke. Hinter Glasreiniger und Putzlappen versteckt standen mehrere Flaschen Alkohol. Ich griff nach der erstbesten; eine halb volle Flasche Whisky. Ich schraubte den Deckel ab und schnüffelte an der Flüssigkeit. Der beißende Geruch ließ mich die Nase rümpfen, aber es war genau das, was ich brauchte, um Gavin aus meinem Verstand zu brennen, und sei es nur für ein paar Stunden.

Ich holte tief Luft, setzte die Flasche an meinen Mund und –

– nichts.

»Komm schon«, redete ich mir selbst Mut zu und presste die Flasche an meine Lippen. Es ging nicht. Ich konnte dieses Zeug nicht trinken. Ich wollte. Aber ich konnte nicht. Sosehr ich mir wünschte zu vergessen. Sosehr ich mir wünschte, den Schmerz betäuben zu können. Das hier war nicht der richtige Weg, denn egal wie abgrundtief ich Gavin in diesem Moment auch hasste, das konnte ich ihm nicht antun. Ich konnte meinen Kummer nicht auf dieselbe Art und Weise bekämpfen, wie seine Mom es tat.

Mit einem Seufzen schraubte ich die Flasche zu, stellte sie zurück und öffnete stattdessen das Eisfach vom Kühlschrank. Ich nahm mir einen der Eisbecher und einen Löffel und schleppte mich rüber ins Wohnzimmer auf die Couch, um mich dort für den Rest des Tages meiner Lieblingsserie und dem Schmerz hinzugeben.

# 2. Kapitel

## GAVIN

*Du bist stark. Gott, gibt dir nicht mehr zu tragen, als du ertragen kannst*, las ich den Sticker, den jemand auf den Kaffeeautomaten im Krankenhaus geklebt hatte, direkt über den Münzschlitz.

Was für ein Unsinn! Was war mit Leuten wie meinem Dad, die es offenbar nicht ertragen hatten? Denen es zu viel geworden war? Was war mit ihnen? Hatte Gott bei ihnen einen Fehler begangen? Hatte er sich verkalkuliert? Oder sollte ich ihm dafür dankbar sein, dass mein Leben in diesen Tagen einem großen Haufen Scheiße glich, weil es eine Herausforderung war, an der ich wachsen konnte? Bestimmt nicht!

Früher war Mom sonntags öfter mit mir in die Kirche gegangen, aber nach dem Tod meines Dads hatten die Besuche aufgehört. Ich wusste nicht, ob sie ihren Glauben verloren oder schlichtweg das Getuschel der anderen Gemeindemitglieder nicht mehr ertragen hatte. Ich hingegen hatte die Existenz von Gott seit jeher infrage gestellt, und heute mehr denn je, vor allem wenn ich einen solchen Bullshit las.

Ich hob die Hand, um den Aufkleber abzuknibbeln und anderen Leuten diesen Müll zu ersparen. Doch das Ding schien mit dem Metall verschmolzen zu sein. Es gingen immer nur einzelne Fetzen ab, und meine abgekauten Fingernägel machten es nicht leichter. Ich hatte sie in den letzten Stunden abgeknabbert, weil ich irgendetwas hatte tun müssen, um diese angespannte, verzweifelte Energie loszuwerden, die in mir steckte.

»Wird's heute noch was?«, blaffte jemand hinter mir.

Ich drehte mich um und entdeckte einen Mann mittleren Alters mit tiefen Augenringen, die darauf schließen ließen, dass er bereits den ganzen Tag, vielleicht auch die ganze Nacht im Krankenhaus verbracht hatte. Vermutlich sah ich keinen Deut besser aus. Ich hatte in den letzten zwei Tagen etwa drei Stunden geschlafen, andererseits war ich das gewohnt. Meistens nahm ich die Müdigkeit gar nicht mehr als solche wahr. Es handelte sich eher um einen Zustand der Dauererschöpfung, den ich mit Kaffee, Cola und Energydrinks bekämpfte. In meiner frühen Jugend, als meine Mom ihr Leben noch halbwegs im Griff gehabt hatte, hatte sie mich wegen meiner Schlafprobleme zum Arzt geschleppt. Er hatte mir Tabletten verschrieben, die wahre Wunder gewirkt hatten. Doch sie hatten mich auch tagsüber oft träge gemacht und meinen Verstand vernebelt, das konnte ich mir heute nicht mehr erlauben. Ich musste funktionieren.

»Sorry«, murmelte ich dem müde dreinblickenden Mann zu und wandte mich wieder der Kaffeemaschine zu. Ich unterließ mein Vorhaben, den Aufkleber abzuknibbeln, obwohl es mir bereits zur Hälfte gelungen war. Jetzt stand dort ... *bist ... Gott ... nicht mehr ... ertragen kannst.*

Ich drückte auf die Tasten und die Maschine bereitete mir einen Latte macchiato zu, oder zumindest ein Getränk, das einem Latte macchiato ähnelte. Er war nicht vegan, aber das war mir egal. Außerdem wollte ich mich in einem Krankenhaus nicht über den Mangel an veganen Milchalternativen beschweren. Ich schnappte mir den braunen Pappbecher und machte Platz für den Mann. Noch im Gehen nippte ich an dem Kaffee. Er schmeckte bitter und zugleich verwässert.

*Weißt du, wer guten Kaffee macht?*

*April.*

Der Gedanke an sie löste ein schmerzhaftes Ziehen in mir aus, das von meinem Herzen bis zu meinem Magen reichte. Aber ich wollte jetzt nicht an sie und den Mist denken, den ich verzapft hatte. Ich musste für meine Mom da sein, denn ich konnte unmöglich alle Brände in meinem Leben gleichzeitig löschen. Und selbst wenn es mir gelang, was sollte das bringen? Alles, was übrig blieb, war verkohlte, unfruchtbare Erde, und genauso fühlte sich meine Beziehung zu April an. Das erste Feuer zwischen uns hatte vor fünf Jahren gewütet, und in den letzten Wochen hatten wir es geschafft, es zu löschen. Doch wir … nein, *ich* hatte ein paar Funken übersehen, die ausgereicht hatten, um erneut alles in Brand zu stecken. Und dieses Mal schien das Feuer noch verheerender, worunter April leiden musste.

Ich nippte an meinem widerlichen Kaffee und versuchte, die Gedanken an sie zu verdrängen, aber sie fanden immer wieder einen Weg zurück in meinen Verstand. Ich konnte ihren gequälten Gesichtsausdruck, als sie die Wahrheit erfahren hatte, einfach nicht vergessen. Seit sie mich rausgeschmissen hatte, hatte ich mindestens hundertmal darüber nachgedacht, sie anzurufen oder ihr zu schreiben. Mehrmals hatte ich mein Handy bereits in der Hand gehabt, aber entweder hatten mir die Worte gefehlt oder ich war vom Krankenhauspersonal unterbrochen worden.

Ich folgte dem langen deprimierenden Flur bis zum Zimmer meiner Mom. Bei ihrer Einlieferung hatte sie es für sich gehabt, inzwischen allerdings nicht mehr. In einem der anderen Betten lag ein Mann, der von Schmerzmitteln ausgeknockt war. Das Bett daneben gehörte einer älteren Frau, die unaufhörlich strickte. Nur das vierte Bett war weiterhin leer – vermutlich würde es nicht lange so bleiben.

Ich setzte mich auf den unbequemen Stuhl neben dem Bett meiner Mom. Sie war nicht länger an einen Herzmonitor angeschlossen, was ich als gutes Zeichen wertete. Allerdings steckte nach wie vor eine Nadel in ihrem Handrücken, die mit einer Transfusion verbunden war. Ihre Haut war blass mit Ausnahme der Blutergüsse, die ihren Körper von dem Unfall zeichneten. Sie schlief noch immer. Oder eher wieder. Gegen Mittag war sie einmal kurz aufgewacht. Der Pfleger meinte, dass dies nicht ungewöhnlich sei. Die Schmerzmittel gepaart mit dem Rausch, den sie ausschlief, und den Verletzungen – die Schürfwunden und Prellungen, aber vor allem die leichte Gehirnerschütterung, die ausgekugelte Schulter und die gebrochenen Rippen – schwächten ihren Körper. Es würde wohl noch etwas dauern, bis sie wieder vollständig bei sich war. Erst dann könnte sie bedenkenlos entlassen werden; und ich hoffte, dass das bald war – sehr bald, denn ich hatte keine Ahnung, wie wir diesen Krankenhausaufenthalt bezahlen sollten. Ich wünschte mir, nicht an so etwas denken zu müssen. Alles, was ich wollte, war, dass meine Mom wieder gesund wurde. Aber ich musste daran denken, weil es sonst niemand tat.

Ich war vorhin, in einer ruhigen Minute, an den Empfang gegangen und hatte mich nach den Kosten erkundigt. Die Frau hinter der Theke hatte mir keine genaue Summe nennen können, aber bereits der geschätzte Betrag hatte mir kurzfristigen Schwindel bereitet, da weder ich noch meine Mom versichert waren. Allein die Einlieferung und die Behandlung in der Notaufnahme beliefen sich zusammen auf um die zweitausend Dollar. Dazu kamen die Behandlungskosten und der Krankenhausaufenthalt. Jede weitere Nacht, die meine Mom hier verbrachte, kostete mich zusätzliches Geld, das ich nicht hatte.

Ich spürte ein Stechen in der Brust wie von einer Nadel, die sich durch mein Herz bohrte. Es war ein mir bekannter Schmerz. Als ich ihn das erste Mal vor einigen Monaten wahrgenommen hatte, kurz nachdem ich meine Mom nach Melview geholt hatte, hatte ich geglaubt, ich hätte einen Herzinfarkt. Ein Teil von mir hatte sich beinahe gewünscht, es wäre einer, denn ein Herzinfarkt hätte eine erzwungene Auszeit bedeutet, die ich mir selbst niemals erlaubt hätte. Der Kardiologe hatte allerdings schnell Entwarnung gegeben. Mein Herz war gesund. Es war meine Psyche, um die ich mir Sorgen machen musste. Das Herzstechen war ein Symptom meiner Depression, meiner Angst und des Stresses. Mein Körper ermahnte mich, es ruhiger angehen zu lassen.

Wenig hilfreich hatte mir der Arzt geraten, den Stress zu reduzieren, mehr an die frische Luft zu gehen, zu entspannen und mir weniger Sorgen zu machen. Aber wie genau ich das anstellen sollte mit einer alkoholkranken Mutter, zwei Jobs, einem Studium, das gefährlich auf der Kippe stand, meiner Verantwortung Jack gegenüber und keinem Geld auf dem Konto, hatte er mir nicht sagen können.

Ich rieb mir über die Brust und redete mir selbst gut zu, um mich zu beruhigen. Ich durfte jetzt nicht die Fassung verlieren, denn alles hing an mir. Wer würde sich um meine Mom und Jack kümmern, wenn nicht ich? Ich bezweifelte, dass ich nach der Aktion von heute Morgen und der Scheiße, die ich gebaut hatte, noch auf April zählen konnte. Und vermutlich war es lediglich eine Frage der Zeit, bis auch Luca mich zum Teufel wünschen würde.

Bevor sich mein Verstand in diese dunkle Gedankenspirale hineinbegeben konnte, wurde die Tür zum Krankenzimmer aufgeschoben und Dr. Wheeler betrat den Raum. Die Ärztin hatte das Krankenhaus seit der Einlieferung meiner Mom anscheinend nicht verlassen. Bei unserem Kennenlernen vor ein paar Stunden war ihr braunes Haar zu einem straffen Zopf gebunden gewesen, der nun nicht mehr annähernd so streng und akkurat saß wie zu Beginn ihrer Schicht. Einzelne Strähnen hatten sich daraus gelöst, und der Kajal unter ihrem linken Auge war verschmiert. Ob ich sie darauf ansprechen sollte?

»Wie geht es Ihrer Mom?«, fragte Dr. Wheeler zur Begrüßung.

»Unverändert. Sie ist heute Mittag kurz aufgewacht, aber seitdem schläft sie.«

Die Ärztin nickte wenig überrascht. »Und wie geht es Ihnen?«

»Den Umständen entsprechend«, antwortete ich ausweichend. Nicht nur, weil ich Dr. Wheelers wertvolle Zeit nicht verschwenden wollte. Sondern auch weil ich Angst hatte, dass, wenn ich die Worte aussprach, die Fassade zerbröckeln würde, die ich so krampfhaft versuchte aufrecht zu halten. Denn in Wirklichkeit fühlte ich mich so beschissen, hilflos und betäubt wie seit Langem nicht mehr. Ich tat alles, was in meiner Macht stand, und doch war ich machtlos.

»Sie müssen sich keine Sorgen machen. Ihre Mutter wird wieder gesund«, erwiderte Dr. Wheeler mit einem aufmunternden Lächeln, das sie bis ins letzte Zucken ihrer Mundwinkel perfektioniert hatte.

Ich erwiderte es halbherzig und dachte, damit wäre die Sache erledigt, aber Dr. Wheeler war noch nicht fertig. Sie schloss den Vorhang, der alles an Privatsphäre war, die man in diesem Zimmer bekam, und nahm sich den Hocker, der auf der anderen Seite des Bettes stand. Sie zog ihn zu mir und setzte sich neben mich, wobei sie nach wie vor lächelte, aber es war eine andere Art von Lächeln. Eines, das mir geradewegs in den Magen fuhr und meine Übelkeit verstärkte. Sie griff in die Tasche ihres Kittels, um eine Broschüre herauszuholen. Ich kannte das Gesicht des verzweifelten Mannes, das darauf abgebildet war, bereits.

»Danke, die hab ich schon.«

Dr. Wheeler stockte kurz und stopfte die Broschüre über Alkoholismus anschließend zurück in ihre Tasche. Ich hatte meiner Mom mindestens ein Dutzend dieser Flyer mitgebracht, ihr Ratgeber gekauft, und gefühlt alle paar Wochen versuchte ich, sie von einem Treffen der Anonymen Alkoholiker zu überzeugen. Aber meine Mom wollte davon nichts hören. Sie sah ihr Problem nicht als Problem an. In ihren Augen war es die Lösung, um den Schmerz, der sie seit Jahren quälte, besser zu ertragen. Sie konnte die Trauer über den Verlust meines Dads nicht anders bewältigen. Doch sie steckte zu tief in ihrer Sucht, um zu erkennen, was diese Taubheit sie kostete.

»Sie sagten, Ihre Mom trinkt bereits seit ein paar Jahren?«

Ich nickte. »Ja, seit dem Selbstmord meines Dads.«

»Wie lange ist das her?«

»Fast vierzehn Jahre. Die erste Zeit waren es nur ein, zwei Gläser Wein am Tag, das harte Zeug trinkt sie erst seit drei Jahren; und seitdem wird es stetig mehr.«

»Kümmern Sie sich allein um Ihre Mom?«

»Ja.«

»Das ist viel Verantwortung für jemanden in Ihrem Alter.«

Ich zuckte mit den Schultern.

»Haben Sie schon mal versucht, ihr Hilfe zu holen?«

»Was denken Sie?«, antwortete ich, bissiger als beabsichtigt, immerhin versuchte Dr. Wheeler nur zu helfen. Ich seufzte und fuhr mir mit der Hand durch das knotige Haar, da ich es nach meiner Dusche mit April nicht gekämmt hatte. »Entschuldigung, ich wollte nicht patzig sein.«

Die Ärztin lächelte. »Entschuldigung angenommen.«

Ein paar Sekunden verfielen wir in einträchtiges Schweigen, ehe ich erneut das Wort ergriff. »Könnten Sie vielleicht mit ihr reden, wenn sie wach ist? Auf mich hört sie nicht, aber womöglich können Sie sie zur Vernunft bringen.«

»Ich kann es versuchen.«

»Danke.«

Dr. Wheeler nickte. »Darf ich Ihnen noch einen Rat geben?«

Abwartend sah ich die Ärztin an. Sie erhob sich von ihrem Platz, ohne mich aus den Augen zu lassen. »Gehen Sie nach Hause, Gavin. Ruhen Sie sich aus. Essen Sie was. Wir haben ein Auge auf Ihre Mom, und sollte sich etwas an ihrem Zustand gravierend verändern, rufen wir Sie an.« Mit diesen Worten zog Dr. Wheeler den Vorhang auf und wanderte weiter zu der strickenden Frau im Bett nebenan.

Ich seufzte. Mir war klar, dass Dr. Wheeler recht hatte, aber ich wollte nicht nach Hause. Denn ich hatte kein Zuhause. Alles, was ich hatte, war eine schäbige Einzimmerwohnung, die nicht mir gehörte, obwohl ich die Miete bezahlte. Doch hier gab es nichts für mich zu tun, und Jack wartete auf mich. Ich stand auf und trat zu meiner Mom ans Bett. Trotz der Prellungen und Verbände an ihrem Körper wirkte sie in diesem Moment friedlicher als in all den Monaten zuvor. Als hätten ihre Dämonen endlich für ein paar Stunden von ihr abgelassen.

Ich beugte mich zu ihr und gab ihr zum Abschied einen Kuss auf die Stirn. »Ich bin bald zurück.«

Der Regen trommelte auf das Dach des Busses und rann in Rinnsalen die Fenster hinab. Die Welt hinter der Scheibe war trüb und grau. Ich suchte mir einen der Tropfen aus und verfolgte mit meinem Blick seinen Weg über das Glas, bis er im Nichts verschwand oder sich mit einem anderen Tropfen zusammenschloss, um größer, schwerer und schneller zu werden. Mich auf den Regen zu konzentrieren half mir dabei, mich von den Gedanken fernzuhalten, die in meinem Kopf lauerten und mich überfallen würden, sobald ich ihnen eine Chance dazu gab.

Der Bus kam an einer Ampel zum Stehen.

»Nächster Halt: Bridgewater Street.«

Ich schnappte mir meinen Rucksack, rutschte vom Sitz und ging zur Tür, die sich kurz darauf mit einem Quietschen aufschob. Seufzend trat ich in den Regen hinaus. Die Leute, die mit mir ausstiegen, huschten mit hochgezogenen Schultern davon, um schnell ins Trockene zu kommen. Doch ich hatte es nicht eilig. Ich zog die Kapuze meines Hoodies über und stapfte los. Obwohl es nur zwei Straßen von der Haltestelle bis zum Apartmentkomplex meiner Mom waren, war ich vollkommen durchnässt, als ich ankam. Vor der Wohnungstür blieb ich stehen und holte tief Luft, um mich zu wappnen, bevor ich die Tür entriegelte.

Ich wurde von zwei Dingen begrüßt: Jack und dem beißenden Gestank nach abgestandenem Rauch. Meine Mom lebte erst seit ein paar Monaten hier, aber in der Zeit hatte sie es geschafft, die Bude komplett vollzuqualmen. Der Rauch war in die Tapete, die Couchpolster, einfach alles eingezogen. Ich hatte die Fenster aufgerissen, durchgelüftet und ein Raumspray benutzt, nichts davon hatte geholfen.

Ich ging in die Hocke, um Jack zu begrüßen. Er freute sich, mich zu sehen, während ich mit einem Naserümpfen realisierte, dass sein Fell ebenfalls bereits den Gestank angenommen hatte. Das hielt mich jedoch nicht davon ab, ihn in die Arme zu schließen. Er wackelte mit dem Schwanz und leckte mir den Regen vom Hals, was mich trotz allem zum Lachen brachte. Ich liebte diesen Hund.

Zu meinen Füßen hatte sich eine Pfütze aus Regenwasser gebildet. Ich richtete mich auf, schlüpfte mit einem schmatzenden Geräusch aus meinen Schuhen und ging ins Bad. Jack folgte mir. Ich zog mir den Hoodie aus, der wie eine zweite Haut an meinem Körper klebte, und legte ihn ins Waschbecken, meine Jeans und Boxershorts folgten. In den letzten Monaten hatte ich mir antrainiert, kalt zu duschen, nicht nur weil es gesund war, sondern auch weil es Kosten sparte, aber da ich bereits vom Regen ausgekühlt war, stellte ich das Thermostat diesmal auf warm.

Die ersten Tropfen, die mich trafen, waren dennoch eiskalt, erst nach einer Weile erhitzte sich das Wasser und wärmte mich. Meine Muskeln entspannten sich trotzdem nicht. *Ich* entspannte mich nicht. Alles in mir war verkrampft. Mein Körper befand sich in Alarmbereitschaft, so schnell wie gerade alles den Bach runterging.

Reglos blieb ich unter der Dusche stehen, bis die Scheiben der Kabine vom Dampf beschlagen waren und ich Jacks Silhouette dahinter nur noch verschwommen sehen konnte. Ich hatte kein eigenes Waschzeug mitgebracht, also benutzte ich das Shampoo und Duschgel meiner Mom, das einen fast schon penetrant fruchtigen Duft verströmte. Vermutlich spekulierte sie darauf, den Gestank nach Alkohol und Rauch damit übertünchen zu können, der ihr immerzu anhaftete.

Fünf Minuten später stieg ich aus der Dusche. Ich schlang mir ein Handtuch um die Hüften und lief ins Wohnzimmer, wo meine Tasche auf mich wartete. In Windeseile hatte ich meine Sachen gepackt, bevor ich Aprils und Lucas Wohnung verlassen hatte. Ich griff in die Tasche und zog das Erste an, was ich zu fassen bekam: eine Jogginghose und das alte *Jurassic-Park*-Shirt, das früher meinem Dad gehört hatte.

Ich strich mit der Hand über den knittrigen Stoff mit dem bröckligen Logo, das zu viele Wäschen hinter sich hatte, und fragte mich, was er wohl über Mom und mich denken würde, könnte er uns sehen. Wäre er enttäuscht? Ich jedenfalls war es. Denn hätte mich vor fünfzehn Jahren jemand gefragt, wo ich mich heute sah, dann wäre das ganz gewiss nicht hier gewesen.

Ich ließ meinen Blick durch die Wohnung gleiten, deren Miete ich in den letzten Monaten nur mit Ach und Krach hatte bezahlen können. Küche, Wohnzimmer und Schlafzimmer bildeten einen Raum. Der Kühlschrank surrte direkt neben dem Bett, und mit nur fünf Schritten war man von der Couch am Herd. Ein Großteil der Möbel stammte aus meiner alten Wohnung. Ich hatte sie meiner Mom überlassen, weil ich es mir nicht hatte leisten können, ihr neue Sachen zu kaufen. Und ihre Möbel aus Brinson hatte ich dort verscherbelt oder weggeschmissen, weil sie so dreckig, abgenutzt und heruntergekommen gewesen waren, dass sie das Geld für den Transporter, um sie nach Melview zu bringen, nicht wert gewesen waren.

Das Sofa hatte ich gebraucht von dem Geld erstanden, das ich mit dem Verkauf meiner PlayStation-Spiele verdient hatte. Es hatte noch ziemlich gut ausgesehen, als ich es abgeholt hatte. Nun wies es etliche Brandlöcher von den Zigaretten meiner Mom auf, war voller Flecken von ausgekippten Drinks, und an einer Stelle quoll die Füllung hervor. Auch mein alter Couchtisch war inzwischen von ihren Kippen gezeichnet. Dreckiges Geschirr türmte sich darauf, genau wie im Rest der Wohnung. Wohin ich sah, entdeckte ich Müll, volle Aschenbecher, alte

Verpackungen und schmutzige Teller. Als würde meine Mom die Dinge einfach liegen lassen, wo es ihr gerade in den Sinn kam.

Alles, was ich wollte, war, mich hinzulegen und auszuruhen, selbst wenn an Schlaf nicht zu denken war, aber zuerst musste ich Ordnung schaffen. Schließlich würde das hier für unbestimmte Zeit auch mein Zuhause sein. Bei dem Gedanken daran wurde mir aus allerlei Gründen eng in der Kehle. Vor zwei Tagen hatte es sich noch angefühlt, als würde es endlich bergauf gehen. April hatte mir das erste Mal seit langer Zeit Hoffnung gemacht, alles irgendwie überstehen zu können, aber ich hätte wissen müssen, das so was passieren würde. Glück war in meinem Leben nie von Dauer, und je schneller ich das akzeptierte, umso eher könnte ich das Gefühl der Enttäuschung abschütteln, das als Kloß in meinem Hals festsaß.

Ich schnappte mir einen schmutzigen Topf, um ihn in die Spüle zu bringen, kam allerdings nur zwei Schritte weit, als mich mit einem Schlag sämtliche Kraft verließ. Keine Ahnung, was das auslöste. Vielleicht lag es daran, dass ich endlich allein war und für niemanden mehr stark sein musste. Vielleicht war es die Erkenntnis, dass es niemanden gab, der für mich da war, der sich um *mich* kümmerte. Oder womöglich nur die anhaltende Müdigkeit. Aber plötzlich konnte ich nicht mehr.

Es ging einfach nicht.

Ich war am Ende.

Ich taumelte zur Seite und ließ mich an der Wand nach unten gleiten, während mein Körper von einem ersten lauten Schluchzen erschüttert wurde. Nach Luft japsend stellte ich den Topf neben mir ab, während das Stechen in meine Brust zurückkehrte. Ich hob eine Hand, als könnte ich den Schmerz greifen und aus mir herauszerren, aber so funktionierte das leider nicht.

*Atme, Gavin. Atme*, ermahnte ich mich und kniff die Augen zusammen. Ich zog die Beine an meinen Körper. Die Arme um meine Knie geschlungen versuchte ich, mich selbst festzuhalten – zusammenzuhalten, zumindest den Teil von mir, der noch nicht vollständig gebrochen war, denn genauso fühlte ich mich. Gebrochen und kaputt. Wie eine Marionette, die vom Leben hin und her geschleudert worden war.

Zittrig holte ich Luft. Doch der Druck in meiner Brust machte es mir schwer. Jeder Atemzug tat weh, wie eine Klinge, die sich durch mein Herz bohrte. Dennoch zwang ich mich, gegen den Schmerz zu atmen, der nur in meinem Kopf existierte. Ich schluckte gegen die Tränen, die Enttäuschung und die Verzweiflung an und ließ meinen Kopf nach hinten fallen, sodass er gegen die Wand knallte. Ich rief mir die Achtsamkeitsübung ins Gedächtnis, die uns Professor Erikson bereits im ersten Semester Psychologie beigebracht hatte und die mir schon einige Male dabei geholfen hatte, wieder zu mir zu finden, nachdem ich von meinen Gefühlen übermannt worden war. Denn das Wichtigste in einem solchen Moment war, die Gedanken im Hier und Jetzt zu verankern, anstatt sie in eine ungewisse Zukunft schweifen zu lassen.

*Schauen Sie sich um und benennen Sie fünf Dinge, die Sie sehen können*, hörte ich Eriksons Stimme und ließ meinen Blick schweifen.

Was ich sah, war der volle Aschenbecher auf dem Couchtisch, die Hausschuhe meiner Mom mit dem gerissenen Riemen, den alten Fernseher mit der dicken Staubschicht, den Regen, der gegen die Scheibe prasselte, und Jack, der auf mich zukam, um nachzusehen, wie es mir ging.

Laut Übung folgten nun vier Dinge, die ich berühren konnte.

Drei Dinge, die ich hören konnte.

Zwei Dinge, die ich riechen konnte.

Und zuletzt eine Sache, die ich schmecken konnte: meine Tränen.

Ich wischte sie mir von den Wangen und sah auf Jack hinab, der sich neben mich gehockt hatte und mich mit seinen großen Hundeaugen ansah. Meine Lippen verzogen sich zu einem Lächeln, Jack war das einzig Gute, was mir geblieben war. Die einzige andere gute Sache in meinem Leben hatte ich heute Morgen kaputt gemacht. Aber ich sollte nicht überrascht sein. April und ich – wir beide zusammen war einfach zu gut gewesen, um wahr zu sein.

Allerdings konnte ich dieses Mal niemandem die Schuld geben außer mir selbst. Ich hatte, was April betraf, mehr falsche Entscheidungen getroffen, als ich an einer Hand abzählen konnte. Wobei ich mir selbst nicht ganz erklären konnte, wie das hatte passieren können, denn April an meiner Seite zu haben fühlte sich absolut richtig an. Ich zweifelte an vielen Dingen in meinem Leben, aber nicht an ihr.

Niemals an ihr.

Ich liebte April, hatte sie schon damals geliebt, als wir nur Freunde gewesen waren. Sie war immer mein Lieblingsmensch gewesen. Jeden Witz, jedes Erlebnis, jeden Gedanken und jedes Geheimnis hatte ich zuerst mit ihr teilen wollen. Zwar war Luca mein bester Freund, aber April … April war … Ich hatte keine Worte dafür. Sie machte mich glücklich wie kaum etwas anderes auf der Welt. Und ich hatte geglaubt, dass das, was wir miteinander hatten, für immer halten würde, denn unsere Freundschaft hatte mir die Welt bedeutet.

*Sie* hatte mir die Welt bedeutet …

… bis ich alles kaputt gemacht hatte.

Und dafür hasste ich mich. Heute mehr denn je.

Noch schlimmer als mein eigener Schmerz war nur die Erkenntnis, wie sehr ich April verletzt hatte. Mir wurde übel, wenn ich an den Ausdruck in ihren Augen dachte, kurz bevor sie mich aus ihrem Zimmer geschmissen hatte. Die Erinnerung an das blanke Entsetzen in ihrem Blick, als sie realisiert hatte, dass wir schon einmal miteinander geschlafen hatten, jagte mir erneut einen Schauder über den Rücken.

All die Jahre hatte ich angenommen, ihr wäre es zu peinlich, über das zu reden, was auf der Party damals geschehen war, oder dass sie es bereute. Doch niemals, nicht in meinen wildesten Träumen, war mir der Gedanke gekommen, April könnte sich nicht an unsere gemeinsame Nacht erinnern. Denn ich erinnerte mich an jede Minute, jede Sekunde, jede Millisekunde. An ihre Küsse und Berührungen, an die sanften Laute aus ihrem Mund und an ihre Hände, die mich an Stellen berührt hatten, an denen ich noch nie zuvor berührt worden war. All das würde ich niemals vergessen. Und ich würde April niemals vergessen.

Ich konnte mir nicht vorstellen, wie beängstigend und erschreckend es für sie sein musste, keine Erinnerungen an diese Nacht und ihr erstes Mal zu haben. Ich konnte nur erahnen, wie es ihr am Morgen danach ergangen sein musste, und ich wünschte mir, die Zeit zurückdrehen zu können, um klügere Entscheidungen zu treffen. Um bei ihr zu bleiben, sie in den Armen zu halten und die Lücken in ihrer Erinnerung zu füllen.

Lücken, die noch immer da waren.

Lücken, die ich auch heute nicht geschlossen hatte, weil ich erneut gegangen war, ohne etwas zu sagen. Zwar war es dieses Mal April gewesen, die mich weggeschickt hatte, aber sie hatte unter Schock gestanden, was ich ihr nicht verdenken konnte. An ihrer Stelle hätte ich vermutlich ähnlich reagiert und einen Moment für mich gebraucht, um mich zu sammeln. Nun war der Moment vorüber und sie wieder allein, ohne zu wissen, was geschehen war. Ich schuldete ihr nicht nur eine Entschuldigung, sondern auch eine Erklärung. Sie hatte ein Recht darauf zu erfahren, was in jener Nacht zwischen uns passiert war.

# 3. Kapitel

## APRIL

Ich saß zusammengesunken auf der Couch. Es war Abend geworden. Der Eisbecher war schon lange leer, und das einzige Licht kam vom Flackern des Fernsehers. Immer wieder versuchte ich, mich auf meine Lieblingsserie zu konzentrieren, doch meine Gedanken wanderten ständig zurück zu Gavin, zu den letzten Wochen, Tagen und Stunden, aber vor allem zu jener Nacht vor fünf Jahren. Ich durchwühlte mein Gedächtnis nach Erinnerungen, denn es war mir unbegreiflich, wie ich Gavin hatte vergessen können.

Ja, ich hatte etwas getrunken, aber ich hatte ihn geliebt und mir in meiner unschuldigen Vernarrtheit bereits ausgemalt, wie es sein würde, all die ersten Male mit ihm zu erleben. Den ersten Kuss. Das erste Date. Den ersten Sex. Den ersten Streit. Den ersten Versöhnungssex. Ich hatte mir so viel für Gavin und mich gewünscht, vor allem eine gemeinsame Zukunft. Was ich stattdessen bekommen hatte, war eine zertrümmerte Vergangenheit, und ich hatte keine Ahnung, wie ich damit umgehen sollte. Der Schmerz über Gavins Verrat fraß mich innerlich auf. Wie sollte ich ihm jemals wieder vertrauen können nach dem, was er getan hatte?

Oder eher *nicht* getan hatte.

Er hatte nicht geredet. Kein einziges Mal in den vergangenen Jahren hatte er unsere gemeinsame Nacht angesprochen. Ich konnte nur spekulieren, was seine Gründe dafür waren, aber ich kehrte immer wieder zu dieser einen Erkenntnis zurück: Es hatte ihm nichts bedeutet.

Oder zumindest nicht genug.

Wenn ich ihm auch nur im Ansatz so viel bedeutete wie er mir, hätte er mit mir geredet, mir seine Gefühle gestanden und auf eine Wiederholung jener Nacht gehofft, oder nicht? Ich jedenfalls hätte niemals genug von ihm bekommen können.

Und ich trauerte nicht nur um das, was gewesen war, sondern auch um das, was hätte sein können. Hätte Gavin nur mit mir gesprochen, anstatt unsere Freundschaft zu beenden – wir hätten so glücklich sein können! Und wie viele der ersten Male, welche sich die vierzehnjährige April vorgestellt hatte, wir gemeinsam hätten erleben können. Doch stattdessen hatten wir nichts. Gar nichts!

Tränen liefen mir leise über die Wangen und hinterließen eine feuchte Spur auf dem Kissen, das ich mir unter den Kopf geschoben hatte. Ich griff nach der Fernbedienung und spulte ein paar Minuten zurück, weil ich erneut nichts von meiner Serie mitbekommen hatte, als es an der Tür klingelte.

Das musste mein bestelltes Sushi sein.

Ich pausierte, sprang von der Couch auf und wischte mir eilig über die Augen, auch wenn das nichts brachte. Ich hatte so viel geweint, dass es sich anfühlte, als hätten sich die Tränenbäche bereits in meine Gesichtszüge eingegraben. Ich schniefte erneut, bevor ich den Knopf für die Gegensprechanlage drückte. »Hallo?«

»April …«

Mein Herz setzte einen Schlag aus. Gavins Stimme klang verzerrt und mechanisch durch die Anlage, dennoch erkannte ich sie – und die Tränen, die ich so mühevoll zurückgedrängt hatte, kehrten zurück. Was machte er hier?

»Lass mich rein.«

»Nein«, krächzte ich.

»Bitte. Ich muss mit dir reden.«

Ich schüttelte den Kopf. »Ich will aber nicht mit dir reden.«

»April, bitte …«

»Verschwinde!«, fauchte ich und ließ den Knopf der Gegensprechanlage los. Ich konnte mir jetzt nicht anhören, was Gavin zu sagen hatte; stattdessen lehnte ich meine Stirn gegen die Wand und wartete darauf, dass er erneut klingelte, aber es blieb ruhig.

Meine zittrige Atmung war das einzige Geräusch in der Wohnung, die mir auf einmal unheimlich leer erschien. Ohne Gavin. Ohne Jack. Und ohne Luca. Er hatte mir eine Nachricht geschrieben, weil ich nicht zum Brunch mit Dad und Joan gekommen war, aber ich hatte ihn abgewimmelt. In diesem Moment wünschte ich mir allerdings, er wäre hier, um mich in den Arm zu nehmen und mich zu trösten.

Es klopfte an der Tür.

Ich erstarrte.

Es klopfte erneut.

»Lass mich rein, April.«

Ich schüttelte den Kopf.

»Bitte.«

»Nein!«

»Lass es mich erklären.« Die Verzweiflung war Gavin anzuhören, doch sie reichte nicht aus, um meine Meinung zu ändern. Ich konnte nicht mit ihm reden. Es ging nicht. Ich war nicht bereit! Ich konnte mir keine beschissenen Ausreden und Ausflüchte von ihm anhören. Und erst recht wollte ich keine Entschuldigung, denn was immer er mir zu sagen hatte, es war nicht genug. Und vielleicht wäre es niemals genug. Manchmal reichten Reue und Bedauern nicht aus, um einen Fehler wiedergutzumachen.

»Ich will keine Erklärung. Ich will, dass du gehst!«

Gavin antwortete nicht. Ich hörte einen dumpfen Schlag, als hätte er seine Stirn gegen die Tür fallen lassen. »Ich verstehe, dass du sauer und enttäuscht von mir bist, aber wenn ich jetzt gehe, lass ich dich nur wieder im Stich, wie damals, und das will ich nicht. Lass mich für dich da sein.«

Ich presste die Hände vor den Mund, um ein Wimmern zu unterdrücken. Mir war unerklärlich, wie es möglich sein konnte, so viele verschiedene Gefühle gleichzeitig für eine einzige Person zu empfinden. Da waren allein vier verschiedene Arten von Schmerz, die meinen Magen in einen Klumpen verwandelten. Dazu gesellten sich Sehnsucht, Verbundenheit und Zuneigung. Ich hätte mich gern von Gavin trösten lassen, aber wie konnte er mir Trost spenden, wo er doch für all diesen Schmerz verantwortlich war?

»Bitte«, flehte ich.

»April …«

Meine Stimme brach. »Geh.«

»May …«

Meine Sehnsucht löste sich bei der Erwähnung des liebevollen Kosenamens mit einem Schlag in Luft aus. Er erschien mir dermaßen falsch und verlogen, dass aus meinem Schmerz urplötzlich Wut wurde. Ich klammerte mich an dieser Wut fest. Sie gab mir den Halt und die Kraft, die Tür zu öffnen. Ich riss sie auf und starrte Gavin an. Er sah genauso furchtbar aus, wie ich mich fühlte. Sein schwarzes Haar war zerzaust, dunkle Schatten lagen unter seinen rot unterlaufenen Augen. Doch in diesem Moment war es mir egal.

»Nenn mich nicht so!«, fuhr ich ihn durch zusammengebissene Zähne an. »Nenn mich *nie* wieder so!« Meine Hände zitterten, Tränen des Zorns liefen mir über die Wangen. Ich versuchte nicht, sie zu verstecken. Er sollte sehen, was er angerichtet hatte. »Und jetzt verschwinde!«

Ich holte aus, um die Tür zuzuschlagen, aber Gavin schob blitzschnell seinen Fuß dazwischen. Der Aufschlag musste wehtun, dennoch verzog er keine Miene. Da war nur der Schmerz, der bereits von Anfang an in seinen Augen gelegen hatte.

»Bitte … *April.* Ich brauche nur fünf Minuten.«

Ich schüttelte den Kopf. Erst langsam, dann heftig. »Es ist mir scheißegal, was du willst oder brauchst. Damals wollte ich nicht allein sein, aber jetzt will ich es. Und du hast kein Recht herzukommen, um dein Gewissen zu erleichtern, weil du dich jetzt danach fühlst. Ich will dich nicht mehr sehen. Und nichts mehr von dir hören. Ich will, dass du gehst und mich in Ruhe lässt!«

Erneut holte ich mit der Tür aus, bereit, sie zuzuschlagen oder ein weiteres Mal gegen Gavins Fuß zu donnern. Seine Entscheidung. Ich hielt seinen schmerzerfüllten Blick fest, auch wenn ich mir damit selbst nur mehr wehtat. Flehend sah er mich an, und kurz wirkte es, als wollte er noch etwas sagen, doch dann zog er seinen Fuß zurück.

Erleichterung durchflutete mich, und ich ließ die Tür zufallen, so fest, dass der Schlag einige Sekunden nachhallte. Einige Herzschläge lang war es still, dann erklangen Gavins Schritte. Er ging und ließ mich mit meiner neu gefunden Wut allein.

Als ich hörte, wie ein Schlüssel im Schloss der Wohnungstür herumgedreht wurde, erstarrte ich in der Bewegung und mein Puls schnellte für eine panische Sekunde in die Höhe – bis ich erkannte, dass es Luca war, der zur Tür hereinkam. Meine

Schultern sackten vor Erleichterung nach unten, und ich ließ mich zurück auf die Couch sinken.

»Hey. Gavin hat mir geschrieben, dass ich mal nach dir sehen soll, weil es dir nicht gut geht? Ist alles …« Luca verstummte, als er mich sah. Wie angewurzelt blieb er stehen und starrte mich an. Die Wut, die Gavin in mir ausgelöst hatte, hatte ganze fünf Minuten gehalten, ehe sie wieder zu Trauer und Schmerz geworden war, was ich nicht vor Luca verbergen konnte.

»Was ist los?«, fragte er und kam auf mich zu.

Ich schüttelte den Kopf, weil sich meine Kehle gefährlich eng anfühlte, aber es war offensichtlich, dass das Luca nicht reichte, also rang ich mir ein gequältes »Nichts« ab.

»Sehr glaubhaft, vor allem mit dem Rotz an der Nase«, sagte er und reichte mir ein Taschentuch, das er aus seiner Jackentasche gezogen hatte. Ich putzte mir die Nase, bemüht, nicht zu weinen, während er sich neben mich auf die Couch setzte und mich musterte. Sein Tonfall war warm und mitfühlend und stand in starkem Kontrast zu seinem düsteren Gesichtsausdruck. »Was ist passiert?«

»Ich …«, war alles, was ich herausbrachte, bevor ich erneut zu weinen begann. Ich schlug die Hände vors Gesicht, aber konnte meine Tränen nicht zurückhalten.

Luca seufzte und nahm mich in den Arm.

Ich ließ mich gegen ihn sinken. Es fühlte sich verdammt gut an, gehalten zu werden, nachdem ich in den letzten Stunden allein zerbrochen war. Ich drückte mich an Lucas Brust, und das Einzige, was meine Tränen davon abhielt, in seinen Pullover zu sickern, waren meine Hände, die ich noch immer vor mein Gesicht gepresst hielt.

»Pssst«, säuselte Luca in mein Ohr und rieb mir über den Rücken. »Alles wird gut.«

*Nein, wird es nicht.* Denn ich sah keine Chance mehr für Gavin und mich. Ich hatte wirklich geglaubt, dass wir es dieses Mal schaffen könnten. Dass wir wieder Freunde sein könnten – mehr als Freunde –, aber diese Hoffnungen gehörten der Vergangenheit an.

»Was ist passiert?«, fragte Luca erneut.

Ich antwortete nicht.

»Ist es wegen der SHS?«

Ich schüttelte den Kopf.

»Ist es, weil Jennifer nicht zur Eröffnung gekommen ist?«

Ich verneinte abermals.

Er atmete tief ein und wieder aus. »Hat es etwas mit Gavin zu tun?«

Ein ungewolltes Wimmern brach aus mir hervor, das Luca anscheinend Antwort genug war. Er stieß einen Fluch aus und drückte mich noch fester an sich. Beruhigend streichelte er mir über den Rücken, während ich hemmungslos an seiner Brust weinte.

Keine Ahnung, wie lange er mich festhielt, aber ich weinte, bis ich nicht mehr konnte. Langsam, weil mir jede Bewegung wie ein Kraftakt erschien, löste ich mich von Luca. Eine tiefe Furche war auf seine Stirn getreten, und der besorgte Blick, mit dem er mich bedachte, hätte mich möglicherweise abermals zum Weinen gebracht, wäre ich nicht vollkommen ausgetrocknet gewesen.

Luca strich mir eine Haarsträhne hinters Ohr und reichte mir ein weiteres Taschentuch, mit dem ich mir erneut die Nase putzte. Erwartungsvoll sah er mich an. Ich hatte keine Lust, mich zu erklären. Doch nach meiner Heulattacke war ich ihm eine Antwort schuldig.

»Wo ist Gavin?«, fragte er, so vorsichtig, als würde er die Antwort bereits kennen.

»Weg.«

»Wie meinst du das?«

Ich schluckte. »Ich … Ich habe ihn weggeschickt.«

»Habt ihr Schluss gemacht?«

»Sozusagen«, antwortete ich ausweichend, weil ich nicht einmal sicher war, ob Gavin und ich jemals richtig zusammen gewesen waren. Es hatte sich so angefühlt, aber wir hatten nicht einmal genug Zeit miteinander gehabt, um darüber zu reden.

»Was ist passiert?«

Ich verzog die Lippen. »Das willst du nicht wissen.«

»Wenn dem so wäre, würde ich dich nicht fragen.«

»Ehrlich Luca, das willst du nicht hören.«

Er hielt meinen Blick unbeirrt fest. »Hör auf mit dem Mist. Gestern war noch alles okay. Wir hatten einen tollen Abend. Dann schickst du Dad in aller Früh eine ominöse Nachricht, dass du nicht zum Brunch kommen kannst, und plötzlich schreibt mir Gavin, dass ich nach dir sehen soll. Worauf ich dich in diesem Zustand vorfinde.« Er zeigte bedeutungsschwer auf mich. »Was erwartest du von mir? Dass ich gehe und so tue, als wäre nichts? Sorry, aber so funktioniert das nicht. Ich habe bereits einen besten Freund, der nicht mit mir redet. Bitte fang du nicht auch noch damit an.«

Flehend legte er mir eine Hand aufs Knie. Seine Augen so voller Sorge und Verständnis, dass ich nicht anders konnte, als ihm die Wahrheit zu erzählen. Die *ganze* Wahrheit. Denn Luca wusste von nichts. Er wusste weder, wie Gavins und meine Freundschaft geendet hatte, noch dass ich damals auf seiner Party nach zu viel Tequila meine Jungfräulichkeit verloren hatte.

Ihm davon zu erzählen war zuerst befremdlich und unbequem, und die Worte verließen meinen Mund nur zögerlich, weil der erste Sex nicht gerade etwas war, worüber man gern mit seinem Bruder redete. Vor allem, wenn es unwissentlich mit dessen bestem Freund passiert war. Aber nach den ersten steifen Sätzen sprudelten die Worte nur so aus mir heraus, weil ich all das viel zu lange für mich behalten hatte. Hier und da hatte ich meinen Freunden verwässerte Versionen der Wahrheit erzählt, noch nie hatte ich jemandem offenbart, wie es mir in dieser Nacht wirklich ergangen war, weil ich mich geschämt hatte.

Ich gestand Luca, dass ich schon damals in Gavin verliebt gewesen war und wie weh es getan hatte, ihn mit einer anderen auf der Party zu sehen. Was mich überhaupt erst dazu gebracht hatte, mich zu betrinken. Ich offenbarte ihm, dass ich mich nicht daran hatte erinnern können, mit wem ich in jener Nacht Sex gehabt hatte, bis Gavin es mir vor wenigen Stunden gesagt hatte, nur wenige Momente bevor ich geplant hatte, erneut mit ihm zu schlafen.

Luca war anzusehen, dass ihm nicht gefiel, was er hörte. Ein harter Zug umspielte seine Lippen, die er fest aufeinanderpresste, wie um sich davon abzuhalten, mich zu unterbrechen. Ich erzählte ihm auch, wie Gavin damals unsere Freundschaft beendet hatte. Rückblickend konnte ich nicht glauben, dass ich die Verbindung zwischen jener Nacht und dem Ende unserer Freundschaft nie hergestellt hätte. Auf einmal erschien es mir so offensichtlich, aber ich hatte es damals wohl nicht sehen wollen.

»… also habe ich ihn weggeschickt«, endete ich und wischte mir mit dem Handrücken die stummen Tränen weg, die mir erneut über die Wangen liefen. Erwartungsvoll sah ich Luca an. Seine Augenbrauen waren fest zusammengezogen und sein Blick war so eindringlich, dass er jemand anderem vielleicht Angst eingejagt hätte.

»Ich kann nicht glauben, dass Gavin und du … dass ihr … du weißt schon«, sagte Luca und schüttelte resigniert den Kopf.

Er hatte die Hände in seinem Schoß zu Fäusten geballt. Die Haut spannte blass über den Fingerknöcheln. »Würde es dir nicht so beschissen gehen, wäre ich echt wütend auf dich, weil du nicht früher mit mir darüber gesprochen hast. Ich hab damals bemerkt, dass du dich nach der Party komisch verhalten hast, aber ich dachte, mit all den fremden Leuten wäre es dir einfach zu viel gewesen. Warum hast du nichts gesagt?«

»Weil es nichts geändert hätte.«

»Ich hätte dir helfen können.«

»Womit?«

»Ich weiß nicht. Irgendwas!«

»Du hättest damals nichts für mich oder uns tun können«, versicherte ich ihm. Ich hatte in der Vergangenheit des Öfteren darüber nachgedacht, mit Luca über alles zu sprechen. Aber ich hatte es nie getan, eben weil es nichts gab, womit er uns hätte helfen können, und das Wissen ihm nur Sorgen und Kummer bereitet hätte – wie jetzt.

»Und heute?«, fragte Luca. Zögerlich öffnete er seine Faust und griff nach meiner Hand. Meine Finger waren eiskalt und schwitzig, aber das schien ihn nicht zu stören. »Kann ich heute irgendetwas für dich tun?«

»Ich glaube nicht.«

Sein Blick wurde weicher. »Weißt du, wo Gavin jetzt ist?«

»Keine Ahnung. Und es ist mir auch egal.«

»Glaubst du, er kommt noch mal zurück?«

»Ich hoffe nicht.«

Luca sah mich an, und ich erkannte in seinen Augen aufrichtige Sorge und dazu etwas anderes, das ich nicht greifen konnte, mir aber das Herz zusammenschnürte.

»Was hältst du davon, dich umzuziehen und mit mir zu Sage zu fahren?«, schlug er mit einem aufmunternden Lächeln vor. »Wir holen mein Zeug, und ich zieh wieder ein. Wir können den Rest des Wochenendes Filme schauen. Und sollte Gavin doch wieder auftauchen, kümmere ich mich um ihn. Wie klingt das?«

»Gut«, antwortete ich, selbst wenn es eine Lüge war.

Nichts hörte sich gut an. Denn nichts war gut. Aber es spielte auch keine Rolle, womit ich den restlichen Tag, das restliche Wochenende oder die nächste Woche verbrachte. Alles würde jetzt für eine Weile scheiße sein – und schmerzvoll.

Scheiße schmerzvoll.

# 4. Kapitel

## APRIL

Gavin war überall.

Ich hatte fünf Jahre gebraucht, um ihn aus meinem Herzen zu verbannen, und er nur fünf Wochen, um wieder einen Platz darin zu finden. Ich konnte nirgendwo sein, ohne an ihn erinnert zu werden.

Im Wohnzimmer lagen noch zwei seiner Bücher aus der Bibliothek.

In der Küche war der Kühlschrank voll mit seinen veganen Snacks.

Im Bad war das Handtuch, mit dem er mich abgetrocknet hatte.

Und in meinem Schlafzimmer entdeckte ich immer neue Scherben der Lampe, die er umgestoßen hatte. Ich hatte schon zweimal gestaubsaugt, dennoch war ich am Morgen beim Anziehen in einen Splitter getreten. Sofort hatte ich angefangen zu weinen, nicht wegen des körperlichen Schmerzes, sondern wegen der Erinnerung an Samstag.

Nachdem ich mich ausgeheult hatte, hatte ich wie in Trance die Scherbe entfernt und mich für den Tag fertig gemacht. Die Minuten danach waren verschwommen. Ich hatte keine Erinnerung daran, wie ich zur MVU gefahren war, trotzdem saß ich nun in meinem Wagen und beobachtete durch die Windschutzscheibe die Studierenden, die an mir vorbei in Richtung der Fakultäten schlenderten, als hätte sich nichts verändert.

Doch ich hatte mich verändert. Ich war nicht mehr die Person, die am Freitag den Campus verlassen hatte. Zumindest fühlte ich mich nicht länger wie diese Person. Die April von Freitag war stark und unerschrocken gewesen, stolz auf das, was sie mit der SHS geschaffen hatte, und unglaublich glücklich und verliebt in ihren besten Freund. Die April von heute hingegen fühlte sich wie gelähmt, wenn sie sich vorstellte, besagtem Freund möglicherweise über den Weg zu laufen.

Nachdem Gavin unsere Freundschaft beendet hatte, hatte ich auch nicht gewusst, wie ich mit ihm umgehen sollte. Damals hatte ich mir eingeredet, dass alles leichter und besser zu verkraften wäre, wenn ich den Grund für seine Entscheidung kennen würde. Nun kannte ich ihn und nichts war besser. Ganz im Gegenteil, es war noch viel schlimmer.

»Kommst du?«

Ich blinzelte und drehte den Kopf zur Seite. Luca war ausgestiegen, beugte sich aber nun wieder zurück ins Innere des Wagens. Er hatte die Lippen fest aufeinandergepresst, und in seinem Blick spiegelte sich Sorge, wie ich sie bei ihm bisher nur selten erlebt hatte.

»Ich … Ich glaub, ich will nicht aussteigen«, gestand ich. Meine Stimme zitterte, weil ich schon wieder mit den Tränen kämpfte. Das war doch nicht normal, oder? Ich hatte mir bereits das ganze Wochenende die Augen aus dem Kopf geheult.

Luca seufzte. »Oh, April …«

Er kletterte zurück in den Wagen, schloss die Tür hinter sich und beugte sich über die Konsole, um mich zu umarmen. Das hatte er in den letzten zwei Tagen öfter getan als in all den Monaten zuvor. Gemeinsam mit Sage hatte er am Wochenende alles darangesetzt, mich aufzumuntern, aber nichts hatte geholfen, weder der *Game-of-Thrones*-Marathon noch die heiße Schokolade oder die vielen Süßigkeiten.

Nichts fühlte sich mehr gut an.

»Wenn du wirklich nach Hause willst, können wir gern wieder fahren. Ich komm mit, dann chillen wir den Rest des Tages auf der Couch«, sagte Luca, nachdem er mich losgelassen hatte. »Aber früher oder später musst du zurück an die Uni. Und ich glaube nicht, dass es morgen oder übermorgen leichter sein wird als heute. Der einzige Unterschied wird sein, dass du den ersten Tag der SHS verpasst, und ich denke, dass würdest du später bereuen.«

Ich würgte meine Tränen runter. »Du hast vermutlich recht.«

»Ich weiß, ich hab nämlich immer recht.«

»Du bist so ein Klugscheißer.«

»Und trotzdem liebst du mich.« Luca verpasste mir einen sanften Stoß gegen die Schulter. Ich brachte ein trauriges Lächeln zustande. »Und jetzt komm. Ich bring dich zu deiner Vorlesung.«

Luca schnappte sich meinen Rucksack von der Rückbank, um ihn für mich zu tragen, während ich die Sonnenblende nach unten klappte, um mein Gesicht im Spiegel zu prüfen. In weiser Voraussicht hatte ich wasserfeste Mascara aufgetragen, dennoch war nicht zu übersehen, dass ich geweint hatte. Meine Augen waren rot geschwollen, und mein Gesicht wirkte aufgedunsen. Ich hasste es. Nachdem ich aus dem Wagen gestiegen war, setzte ich trotz des bewölkten Himmels meine Sonnenbrille auf.

Schweigend liefen Luca und ich nebeneinanderher, wobei jeder meiner Schritte von der Angst begleitet wurde, möglicherweise Gavin zu begegnen. Doch trotz dieser Angst suchte mein Blick in der Menge instinktiv nach ihm. Und jedes

Mal, wenn ich einen Kerl mit dunklen Haaren um die eins achtzig entdeckte, oder sogar einen, der eine Mütze trug, zuckte ich innerlich zusammen.

Wir erreichten meine Fakultät. Vor dem Eingang blieben wir stehen.

»Kommst du allein klar?«, fragte Luca.

*Nein.*

»Ja.«

Er nickte skeptisch. »Okay, aber schreib mir, wenn was ist.«

»Mach ich.«

»Gut. Viel Erfolg mit der SHS. Sage und ich schauen später vorbei.«

»Danke.«

Luca gab mir meinen Rucksack zurück, drückte mir zum Abschied einen Kuss auf die Stirn, was mich erneut den Tränen nahebrachte, und wartete anschließend, bis ich reinging.

Ich folgte dem langen Flur bis zum Hörsaal, dabei hielt ich nach Aaron Ausschau. Da ich ihn nirgendwo entdecken konnte, suchte ich uns zwei freie Plätze. Mit einem erleichterten Seufzen ließ ich mich auf den Stuhl fallen. Zumindest hier musste ich keine Angst haben, ungewollt Gavin zu begegnen. Seine Fakultät lag auf der anderen Seite des Campus und ich glaubte nicht, dass er dreist genug war, hier aufzutauchen.

Ich war gerade dabei, meinen Laptop zu entsperren, als Aaron so schwungvoll auf den Stuhl neben mir plumpste, dass das Holz knackte und knarzte. »Oh. Mein. Gott! Du wirst nicht glauben, was am Wochenende passiert ist. Connor und …« Er brach mitten im Satz ab, als sein Blick auf meine verheulten Augen traf. »Was ist los?«

»Gavin und ich haben Schluss gemacht.«

Einen Moment wirkte Aaron sprachlos. »Du warst mit Gavin zusammen?«

Gott, wie ätzend war das? Gavins und meine Beziehung, falls man es so nennen wollte, hatte nicht einmal lange genug gehalten, dass ich Aaron schwärmerisch davon hatte erzählen können. Wir hatten uns bedeckt gehalten, um etwas Zeit nur für uns zu haben und die Sache vor Luca geheim zu halten. Auf der Halloweenparty im Le Petit hatte er uns dennoch zusammen erwischt, weshalb wir uns auf dem SHS-Empfang am Freitag nicht mehr versteckt hatten, aber wir hatten unsere Liebe auch nicht lauthals hinausposaunt. Vermutlich war Aaron bei beiden Events zu sehr auf Connor und Derek fixiert gewesen, um auf uns zu achten.

»Ja, war ich … sozusagen.«

»Oh Mann, tut mir leid. Was ist passiert?«

Auf diese Frage gab es keine leichte Antwort und erst recht keine kurze. Und mir stand auch nicht der Sinn danach, vor den Augen meiner Kommilitonen abermals in Tränen auszubrechen, denn das würde ohne Zweifel geschehen, wenn ich Aaron in aller Ausführlichkeit erzählte, was sich zwischen Gavin und mir abgespielt hatte. Glücklicherweise kam ich vorerst um eine Antwort herum, da Professor Sinclair den Raum betrat und unsere Aufmerksamkeit forderte.

Ich folgte der Vorlesung wie auf Autopilot. Ich hörte zwar, was Sinclair sagte, und machte mir Notizen, aber seine Worte zogen an mir vorbei und waren im nächsten Moment bereits wieder vergessen. Leider fiel mir erst nach der Hälfte seines Vortrags auf, dass ich nicht daran gedacht hatte, eine Aufnahme mitlaufen zu lassen – was mir irgendwie auch egal war. Mein Kopf war voller Gedanken, und gleichzeitig war da eine allumfassende Leere.

Die Vorlesung endete, ohne dass ich hätte sagen können, wovon sie gehandelt hatte. Ich packte meine Sachen zusammen, um zum Verwaltungsgebäude zu gehen. Die SHS würde heute von 12:30 bis 14:30 Uhr das erste Mal ihre Pforten öffnen. Was Carter und mir nur eine halbe Stunde Zeit ließ, die letzten Vorbereitungen zu treffen, und es gab noch einiges zu tun. Eigentlich hatten Gavin und ich nach den Feierlichkeiten am Freitag alles für heute vorbereiten wollen, waren dann aber vom Anruf aus dem Krankenhaus unterbrochen worden. Was bedeutete, dass in der SHS nichts dort war, wo es eigentlich sein sollte. Diese Tatsache hatte ich bis gerade eben völlig verdrängt.

Eilig zog ich den Verschluss meines Rucksacks zu. »Aaron?«

»Ja?«

»Hättest du Zeit, Carter und mir mit der SHS zu helfen? Es gibt noch einiges vorzubereiten, und ich weiß nicht, ob wir das bis halb eins zu zweit auf die Reihe bekommen.«

Offenbar konnte Aaron mir meine Panik anhören. Er nickte, ohne zu zögern, und wir machten uns auf den Weg zum Verwaltungsgebäude. Im Gehen schrieb ich eine Nachricht an die SHS-Gruppe, in der alle Mitglieder waren, und fragte, ob jemand eine Freistunde hatte und möglicherweise spontan mit anpacken konnte.

Carter war noch nicht da; ich sperrte den Kellerraum auf. Meine Hoffnung, dass es vielleicht nicht so schlimm war wie in meiner Erinnerung, wurde mit einem einzigen Blick zunichtegemacht. Nichts befand sich an seinem Platz – mit Ausnahme der Regale an der Wand. Die Tische waren verschoben, Pizzakartons, in denen ein paar letzte Stücke vor sich hin gammelten, lagen darauf. Überall standen leere Becher und Flaschen. Die Ware, die eigentlich auf die Tische gehörte, befand sich im Lager, weil während der Feierlichkeiten dafür kein Platz gewesen war. Und der Laptop zum Abkassieren war auch noch nicht aufgebaut.

»Wo ist das Gebäck?«

Aaron trat neben mich in dem Raum. »Welches Gebäck?«

»Das aus dem Le Petit. Cam spendet der SHS zweimal die Woche altes Gebäck, das er nicht mehr verkaufen kann. Noah hätte es heute Morgen abholen und hierherbringen sollen, aber es ist nicht da!« Ich lief quer durch das Zimmer zu dem kleinen Lagerraum. Er war vollgestellt mit Kisten und Körben, das Gebäck konnte ich nirgendwo entdecken.

In diesem Moment kam Carter herein. Sein Haar, das am Freitag noch grün gewesen war, strahlte heute in einem satten Blau. An seinem linken Nasenflügel glänzte ein silberner Stecker. Er war einer der Letzten, der sich der SHS angeschlossen hatte, gehörte allerdings zu den engagiertesten.

»Hey«, begrüßte er uns und ließ den Rucksack von seiner Schulter gleiten. Er sah sich in dem unaufgeräumten Raum um, ehe sein Blick wieder auf mir landete. »Wolltet ihr am Freitag nicht noch Ordnung schaffen?«

»Es gab eine Planänderung«, antwortete ich ausweichend. »Weißt du, wo das Gebäck ist?«

Er hob die linke Augenbraue, in der ein silberner Ring steckte. »Das aus dem Le Petit?«

»Ja.«

»Wollte Noah das nicht abholen?«

»Schon, aber ich kann es nicht finden.«

Carter zuckte mit den Schultern. Ich holte mein Handy hervor und bemerkte, dass mir inzwischen ein paar Leute geantwortet hatten, die bedauerlicherweise alle keine Zeit hatten, uns mit dem Aufbau zu helfen.

Ich fackelte nicht lange rum und rief Noah an. Meine Hände zitterten vor Aufregung und auch ein wenig vor Wut. An einem normalen Tag hätte mich eine solche Kleinigkeit vermutlich nicht aus der Fassung gebracht, aber heute … heute war es anders. Heute war kein normaler Tag. Seit dem Aufstehen fühlte es sich an, als würde ich auf dem Zahnfleisch gehen. Das Wochenende hatte mich mit einem dünnen Nervengerüst zurückgelassen. Außerdem brannten bereits wieder Tränen in meinen Augen. Dieses Mal nicht vor Schmerz wegen Gavin, sondern vor Verzweiflung, weil mir gerade einfach alles zu viel war.

Das Klingeln in meinem Ohr verstummte, aber nicht, weil Noah ranging, sondern weil er meinen Anruf abgewiesen hatte! Ich wollte bereits die Wiederwahltaste drücken, als eine Nachricht aufpoppte. Nicht im Gruppenchat, sondern in der privaten Unterhaltung von Noah und mir.

*Noah:* Ich kann gerade nicht. Was gibt's?
*Ich:* Wo ist das Gebäck?
*Noah:* Shit!
*Ich:* Shit?!?
*Noah:* Sorry, hab ich voll vergessen.

Oh. Mein. Gott.

War das sein Ernst?

Das konnte nicht sein Ernst sein!

Ich blickte von meinem Handy auf. Aaron hatte sich einen Müllbeutel genommen und begonnen, die leeren Becher einzusammeln. »Könntest du zum Le Petit gehen? Noah hat vergessen, das Gebäck abzuholen. Vielleicht hat Cam es schon weggeschmissen. Falls nicht, könntest du es herbringen?«

Aaron legte den Müllbeutel beiseite. »Klar. Bei der Gelegenheit kann ich mir direkt was zum Mittagessen holen. Soll ich euch was mitbringen?«

»Nein, aber danke.«

»Ich würde einen Bagel nehmen«, antwortete Carter.

Aaron hob zwei Finger an den Kopf und salutierte, bevor er sich auf den Weg machte.

Ich stieß ein Seufzen aus und holte tief Luft, um mich zu beruhigen. Durchzudrehen würde mir jetzt nicht helfen. In zwanzig Minuten würden die ersten Studierenden vor der Tür der SHS stehen und darauf warten, hier einkaufen zu können, doch das konnten sie nicht, wenn wir keine Ordnung schafften. Ich wies Carter an, sich die Kisten im Lager vorzuknöpfen, während ich mir den Müllbeutel von Aaron schnappte und dort weitermachte, wo er aufgehört hatte, um das Chaos zu beseitigen, das wir am Freitag hinterlassen hatten.

Fünfzehn Minuten später kam Aaron mit zwei Tragetaschen aus dem Le Petit zurück. Er stellte sie ab, und zu dritt rückten wir die Tische zurecht. Anschließend half ich Carter dabei, die restlichen Sachen aus dem Lager zu holen, während Aaron den Müll entsorgte. Und ich überprüfte den Laptop, auf dem das Kassensystem lief. Wir hatten auch einen Scanner für die Barcodes, mit denen wir die Spenden beklebt hatten. Wobei die Spenden nicht mit Geld bezahlt wurden, sondern mit fiktiven Credits, die den Studierenden jeden Monat auf ihrem SHS-Ausweis gutgeschrieben wurden. Die Anzahl dieser Credits variierte, je nachdem wie viel Anspruch und Unterstützung die MVU einer Person gewährte.

»Kommt ihr allein klar? Ich muss leider los«, sagte Aaron. »Ich treffe mich gleich noch mit ein paar Leuten für eine Gruppenarbeit.«

Ich ließ meinen Blick durch den Raum schweifen, der inzwischen halbwegs vorzeigbar aussah. »Ich denke schon. Danke für deine Hilfe.«

»Nichts zu danken, wofür hat man denn Freunde?«

Ich lächelte. »Trotzdem danke.«

»Danke!«, brüllte auch Carter hinter mir.

Aaron grinste und schnappte sich seinen Rucksack. »Wir sehen uns später in Experimentalphysik?«

Ich nickte, und Aaron schlüpfte hinaus in den Flur. Es waren bereits Stimmen und Schritte vor der Tür zu hören. Geduldig warteten die ersten Leute darauf, in der SHS einkaufen zu können.

Ich sah zu Carter, der dabei war, die Hygieneartikel im Regal zu sortieren, da irgendjemand am Freitag ziemliche Unordnung hineingebracht hatte. »Bist du bereit?«

»Klar. Soll ich an die Kasse?«

»Das mach ich. Behalte du die Regale im Auge und füll sie auf, wenn nötig.« Ich konnte nicht einschätzen, was passieren würde. Womöglich nahmen die Leute nur zwei, drei Sachen mit, vielleicht aber auch sehr viel mehr, und ich wollte nicht, dass irgendjemand leer ausging. Mit einem Blick auf den Fitnesstracker an meinem Handgelenk stellte ich fest, dass es bereits fünf nach halb war. Augenblicklich erreichte mein Puls neue Höhen. Ich öffnete die Tür und schaute in knapp ein Dutzend erwartungsvolle Gesichter. »Hey! Sorry, für die kleine Verspätung. Willkommen bei der SHS«, sagte ich und verkeilte die Tür, damit sie nicht wieder zufiel.

Die Leute begrüßten mich, und ich machte einen Schritt beiseite. Beinahe scheu, wie Tiere, die ein neues Territorium erkundeten, betraten sie den Raum. Doch als der Erste von ihnen sich einen Korb nahm, gab es kein Halten mehr. Die Studierenden schlenderten die Regale und Tische entlang und freuten sich, wenn sie etwas entdeckten, das sie gern mochten oder dringend brauchten.

Ich stellte mich hinter die Kasse, doch das Wummern in meiner Brust ließ nicht nach. Immer weitere Leute kamen herein, bis es fast schon etwas eng wurde. Und obwohl die meisten allein gekommen waren, konnte ich beobachten, wie schnell Gespräche entstanden, weil es eine Sache gab, die sie alle verband: die Dankbarkeit für die SHS. Ich hörte sie schwärmen, wie begeistert sie waren, dass es diese Organisation nun gab, und was für eine große Entlastung sie für sie bedeutete.

Natürlich hatte ich gewusst, dass die SHS vielen Leuten helfen würde, aber es mit eigenen Augen zu sehen, war unbeschreiblich. Ich wollte vor Freude lachen und vor Erleichterung weinen, überglücklich und total überwältigt, dass die SHS endlich Realität war. Vergessen war der Stress der letzten Wochen, denn alles, woran ich in diesem Moment denken konnte, war: *Es hat sich gelohnt.* All die schlaflosen Nächte, die unzähligen Meetings, die verzweifelten Recherchen und freizeitlosen Tage, all das hatte sich gelohnt.

Nach fünf Minuten kam die erste Studentin an die Kasse. Ich war etwas nervös, aber das System ließ mich nicht im Stich. Nachdem ich ihre Sachen gescannt hatte, bedankte sie sich und sagte mir auch noch einmal persönlich, wie cool sie es fand, dass die MVU so was wie die SHS auf die Beine gestellt hatte.

Die nächste Stunde über hatte ich ein Dauergrinsen im Gesicht, während ein ständiges Kommen und Gehen herrschte. Direktorin Richmond stattete uns ebenfalls einen kurzen Besuch ab, um nach dem Rechten zu sehen. Sie wirkte zufrieden und lobte Carter und mich, bevor sie sich verabschiedete, um anderen Pflichten nachzugehen. Sage und Luca kamen wie versprochen auch vorbei.

»Wie läuft's?«, fragte Luca und sah sich im Raum um, in dem sich noch eine Handvoll Studierender tummelte. Die Regale hatten sich sichtbar geleert, obwohl Carter immer neue Ware brachte, aber er ließ sich schnell ablenken und in Gespräche verwickeln; wofür ich ihm allerdings nicht böse war.

»Richtig gut. Die Leute sind alle total begeistert und super dankbar.«

Luca lächelte. »Das freut mich.«

»Ich glaube, ich dreh auch gleich eine Runde, bevor sich jemand die Ramen da vorn schnappt«, sagte Sage und deutete auf ein Regal in der hinteren Ecke. Sie ließ ihren Rucksack von den Schultern gleiten und drückte ihn Luca in die Hand, und dann konnten wir ihr dabei zusehen, wie sie den kompletten Vorrat an Ramen in ihren Korb legte. Sie wandte sich in unsere Richtung um und reckte mit einem breiten Grinsen einen Daumen in die Höhe.

Ich lachte.

»Es ist schön zu sehen, dass es dir wieder besser geht«, hörte ich Luca sagen. »Ich nehme an, dass Gavin dich in Ruhe gelassen hat?«

*Gavin.*

Obwohl ich wusste, dass Luca es nur gut meinte, drehte sich mir bei der Erwähnung von seinem Namen der Magen um. In den letzten knapp zwei Stunden hatte ich jeden Gedanken an ihn entschlossen weggeschoben. Ich hatte nicht daran denken wollen, wie er mir geholfen hatte, die Regale aufzubauen, die hier standen. Ich wollte auch nicht daran erinnert werden, wie er mir vor der Eröffnungsfeier Mut zugesprochen, wie er mir während meiner Rede Halt und Kraft gegeben und wie er mich am Ende, nachdem alle gegangen waren, umarmt und geküsst hatte. Und vor allem wollte ich nicht daran denken, dass er hier aufkreuzen könnte, weil er eine Zulassung für die SHS hatte. Er könnte jede Sekunde durch diese Tür schneien, und es gab nichts, was ich dagegen tun konnte. Bei der Vorstellung, ihm erneut von Angesicht zu Angesicht gegenüberzustehen, zog sich alles in mir zusammen. Und ich konnte förmlich spüren, wie sich die Gefühle, die ich in den letzten zwei Stunden so erfolgreich von mir geschoben hatte, in Form von Tränen erneut an die Oberfläche drängten.

»Könntest du kurz die Kasse übernehmen?«, fragte ich, weil

ich dringend einen Moment zum Durchatmen brauchte, bevor ich vor den Augen aller Anwesenden abermals zu weinen beginnen würde.

»Klar, ich weiß allerdings nicht, wie das funktioniert.«

»Das findest du schon raus. Sonst frag Carter.«

Luca musterte mich eingehend. Er schien zu spüren, dass etwas nicht stimmte. »Okay, aber beschwer dich nicht, wenn ich was kaputt mache.«

»Werde ich nicht. Bin gleich wieder da!«

Ich wirbelte auf den Absatz herum und lief davon, bevor Luca erkennen konnte, was er in mir ausgelöst hatte. Meine Augen brannten, und in meiner Kehle kribbelte es. Die Lippen fest aufeinandergepresst eilte ich den Flur entlang, bis ich die Toiletten erreichte. Der Raum dahinter war leer. Grelles Licht. Helle Fliesen. Ich ging an den Waschbecken vorbei und sperrte mich in eine der Kabinen ein. Mit hämmerndem Herzen lehnte ich mich gegen die Tür. Holte zittrig Luft.

Und dann ließ ich den Tränen erneut freien Lauf.

# 5. Kapitel

## GAVIN

»Bitte! Ich brauch nur noch ein paar Tage.«

Professor Eriksens Lippen kräuselten sich missmutig. Er lehnte sich auf seinem Stuhl zurück und musterte mich abschätzend. Wir saßen in seinem Büro, das kaum genug Platz für den Schreibtisch bot, an dem Eriksen saß. Vermutlich könnte ich die Wände links und rechts von mir berühren, würde ich die Arme danach ausstrecken. Dennoch stand hinter Eriksen ein großer Schrank mit jeder Menge Fachbücher, die zusammengerechnet vermutlich den Wert eines Kleinwagens besaßen.

»Ich habe Ihre Deadline schon zweimal verschoben.«

»Ja, aber aller guten Dinge sind bekanntlich drei«, scherzte ich. Doch mein halbherziger Witz konnte Eriksens skeptische Miene nicht aufbrechen. Verdenken konnte ich es ihm nicht. Ich hätte selbst nicht darüber gelacht, es war die Verzweiflung, die aus mir sprach.

Mein Paper für seinen Kurs war bereits seit drei Wochen fällig, mit all dem anderen Mist in meinem Leben hatte ich dafür keine Zeit gefunden. Ich hatte geplant, die Arbeit übers Wochenende auf Aprils Laptop fertig zu schreiben, da es sich leichter tippen ließ, wenn das E, N und A nicht kaputt waren wie auf meinem. Aber die letzten Tage waren nicht im Ansatz so verlaufen, wie ich es mir erhofft hatte.

»Ich verspreche Ihnen, dass ich nur noch diesen einen Aufschub brauche«, sagte ich und entschied, die harten Geschütze aufzufahren. Es gefiel mir nicht, aber ich sah keinen anderen Ausweg. Ich konnte es mir nicht leisten, eine schlechte Note zu kassieren. Mein Bestehen des Kurses hing davon ab. »Meine Mom war am Freitag in einen Autounfall verwickelt, deswegen konnte ich nicht am Paper arbeiten. Sie können gern im Krankenhaus anrufen, um sich das bestätigen zu lassen.«

Bei diesen Worten verspürte ich einen Widerstand in meiner Brust, denn ich hatte es bisher immer vermieden, meine Mom als Ausrede zu verwenden. Vor allem, weil ich nicht wollte, dass jemand von ihren Problemen erfuhr, und das sollte auch so bleiben. Dass der Unfall nur passiert war, weil sie hackedicht gewesen war, musste ich schließlich nicht erwähnen.

Eriksens Gesichtsausdruck blieb unverändert skeptisch. Vermutlich passierte es ständig, dass irgendwelche Studierenden in seinem Büro aufkreuzten und ihm Ausreden auftischten, um sich einen Vorteil zu erschummeln.

Ich hielt seinem Blick stand, bis er schließlich ein schweres, womöglich leicht enttäuschtes Seufzen ausstieß. »Ich gebe Ihnen bis Sonntag Zeit. Das ist Ihre letzte Chance. Sollte Ihr Aufsatz nicht spätestens um 23:59 Uhr in meinem Postfach eingegangen sein, muss ich Sie durchfallen lassen.«

Ich atmete auf. Es fühlte sich so an, als würde mir ein Kieselstein vom Herzen fallen. Da war zwar noch immer ein gigantischer Brocken an Problemen, der mich zu zerquetschen drohte, aber jedes bisschen weniger Gewicht verschaffte Erleichterung. »Danke! Sie werden meinen Aufsatz pünktlich bekommen. Dieses Mal wirklich. Versprochen!«

»Das will ich hoffen«, sagte Eriksen und lehnte sich nach vorn, die Ellenbogen auf den Papieren abgestützt, die vor ihm auf dem Schreibtisch lagen. »Darf ich ehrlich zu Ihnen sein,

Gavin? Sie bereiten mir Kummer. Ich kenne Sie inzwischen seit über drei Jahren, und Sie haben immer hervorragende Arbeiten abgeliefert. Hab ich Ihnen je erzählt, dass ich einen Ihrer Aufsätze aus dem zweiten Semester als Best-Practice-Beispiel verwende? Sie sind … *waren* einer meiner vielversprechendsten Studenten, aber was ich seit ein paar Monaten von Ihnen zu sehen bekomme, gefällt mir nicht.«

*Mir auch nicht*, schoss es mir durch den Kopf.

»Ich verspreche Ihnen, dass ich mich bessern werde.«

»Versprechen Sie das nicht mir, sondern sich selbst. Ich war mir immer sicher, dass Sie eines Tages Großes erreichen werden, Gavin, aber nicht, wenn Sie diesen Kurs beibehalten. Sie werden sich bald für das fortführende Studium bewerben müssen. Ich habe mir Ihre Noten fächerübergreifend angesehen und bin enttäuscht. Sie sind nur wenige Punkte davon entfernt, dieses Semester in den Sand zu setzen. Ich weiß, was Sie können, aber das spiegelt sich derzeit nicht in Ihren Leistungen wider, und am Ende des Tages wird es genau darauf ankommen. Verstehen Sie das?«

Ich nickte. Eriksens Worte waren in mehrerlei Hinsicht wie ein Schlag ins Gesicht. Natürlich kannte ich meine Noten; von Eriksen zu hören, wie schlecht es um mein Studium stand, war allerdings noch einmal etwas anderes. Ich hatte mir in den ersten fünf Semestern den Arsch aufgerissen, um mir nach meinem Abschluss ein Leben aufbauen zu können, auf das ich stolz war. Ich hatte immer geplant, meinen Master zu machen, vielleicht sogar meinen Doktor, um eine eigene Praxis zu eröffnen mit Schwerpunkt auf der mentalen Gesundheit von Männern, die in unserer Gesellschaft voll toxischer Männlichkeit oft zu kurz kam. Doch nun drohten meine Pläne in sich zusammenzufallen wie ein Kartenhaus. Nicht nur, dass meine Noten nicht mehr dieselben waren wie früher, auch meine finanzielle Situation war eine andere. Das Geld war schon immer knapp gewesen, aber mit allem, was in der letzten Zeit passiert war, wusste ich nicht, ob ich mir ein fortführendes Studium überhaupt leisten konnte. Vermutlich wäre es klüger, sich direkt in den Arbeitsmarkt zu stürzen.

»Ich möchte Ihnen einen Vorschlag machen«, fuhr Eriksen fort. »Eine Studentin der MVU hat dieses Semester eine Organisation ins Leben gerufen, die sich *Studierende helfen Studierenden* nennt, kurz SHS. Eine tolle Organisation, die Studierende durch Spenden auch mental entlasten soll. Haben Sie davon gehört?«

Fuck.

Ich nickte.

»Es gibt zwei Credits für jeden, der sich mindestens fünfzig Stunden pro Semester für das Projekt engagiert. Dieses Semester liegt die Grenze bei vierzig Stunden, weil das Programm gerade erst anläuft. Ihnen bleiben knapp zwei Monate, um sich diese Credits zu verdienen.«

»Was?«, fragte ich verwirrt, weil mein Verstand nicht richtig greifen konnte, was Eriksen mir zu sagen versuchte. Aber vielleicht wollte ich es auch nur nicht verstehen.

»Ich möchte, dass Sie der SHS beitreten«, erklärte Eriksen. »Sie benötigen die Credits, um Ihre bisherige Leistung in diesem Semester, oder eher den Mangel daran, auszugleichen. Eine schlechte Note für Ihren Aufsatz könnte das Ende für Sie bedeuten, und nicht alle Dozenten sind so gnädig wie ich. Sie brauchen diese zusätzlichen Credits.«

»Das verstehe ich, aber ich kann nicht für die SHS arbeiten.«

Eriksen wirkte erstaunt. »Wieso nicht?«

»Weil …« *Weil die Studentin, von der Sie reden, die Liebe meines Lebens ist, die allerdings nichts mehr mit mir zu tun haben will.* »Ich keine Zeit dafür habe«, beendete ich den Satz.

Eriksen räusperte sich. »Gavin, sich an der SHS zu beteiligen war kein Ratschlag, sondern eine Aufforderung. Es tut mir leid, dass Ihre Mutter einen Unfall hatte, aber das ist keine Entschuldigung. Wenn Sie Ihre Arbeit nicht schaffen, legen Sie ein Urlaubssemester ein. Solange Sie aktiv am Semester teilnehmen, erwarte ich Leistung und Einsatz von Ihnen, und im Moment sehe ich nichts davon. Ich erlaube Ihnen, Ihre Arbeit mit über drei Wochen Verzug abzugeben, aber wenn Sie möchten, dass ich Ihnen entgegenkomme, müssen Sie mir zeigen, dass Sie nach wie vor Biss haben. Anderenfalls muss ich mein großzügiges Angebot vielleicht noch einmal überdenken.«

Eriksen sagte all das mit einem milden Lächeln auf den Lippen, aber die Drohung hinter seinen Worten war unmissverständlich. Entweder beteiligte ich mich an der SHS und zeigte das Engagement, das er von mir sehen wollte, oder ich könnte das Semester vergessen.

»Gibt es keine andere Organisation, bei der ich mitarbeiten kann?«

Eriksen schüttelte den Kopf. »Die SHS ist gerade erst angelaufen und gehört zu den wenigen Organisationen, die im fortgeschrittenen Semester Mitglieder aufnehmen. Mit der sozialen Auslegung und dem Wohltätigkeitsaspekt liegt sie thematisch auch am nächsten an Ihrem Studienbereich. Außerdem möchte ich nicht, dass Sie *irgend*etwas machen, Gavin, sondern etwas, das Sie in Ihrem Studium weiterbringt.«

Ich war mir nicht sicher, was ich darauf erwidern sollte. Ich bezweifelte, dass mehr Arbeit meinen Noten und den versäumten Deadlines dienlich sein würde, aber das war nicht das eigentliche Problem.

»Ich werde darüber nachdenken«, antwortete ich vage.

Eriksen verzog die Lippen. »Denken Sie schnell. Es sind nur

noch zwei Plätze in der Projektgruppe zu vergeben, und Ihr Abschluss hängt möglicherweise davon ab.«

Ich nickte, und bevor Eriksen die Gelegenheit hatte, mir weiter den Kopf zu waschen und noch mehr Forderungen zu stellen, stand ich auf und schnappte mir meinen Rucksack. »Danke für Ihre Zeit, Professor. Und für den Aufschub.«

»Ich bin gespannt auf Ihr Paper. Machen Sie etwas daraus.«

»Das werde ich«, versicherte ich und verließ das Büro.

Kaum hatte sich die Tür hinter mir geschlossen, stieß ich ein erleichtertes Seufzen aus, auch wenn mir der wirklich schwere Teil noch bevorstand. Ich musste nicht nur den Aufsatz fertig schreiben, sondern mich außerdem der SHS anschließen.

Ich hatte Eriksen gesagt, dass ich darüber nachdenken würde, obwohl ich das eigentlich nicht mehr musste. Meine Entscheidung war längst gefallen. Ich wollte Aprils Wunsch respektieren und ihr Freiraum geben, aber ich hatte bereits zu viel Zeit, Geld und Energie in dieses Studium gesteckt, um jetzt hinzuschmeißen. Vielleicht war es egoistisch von mir, meine Noten über Aprils Gefühle zu stellen, zumal ich derjenige war, der sie verletzt hatte, aber ich konnte nicht zulassen, dass alles, wofür ich in den letzten Jahren gekämpft hatte, den Bach runterging. Ich würde tun, was nötig war, um mein Studium und damit auch meine Zukunft zu retten.

Ich holte mein Handy aus der Hosentasche, das während meines Gesprächs mit Eriksen vibriert hatte. Die Nachricht stammte von Hailee, welche die Hundegruppe betreute, die Jack besuchte. Sie hatte mir ein kurzes Video geschickt, wie er auf einer Wiese herumtollte. Ich schickte ihr ein Herz zurück und öffnete anschließend meinen Chat mit April. Wir hatten im Laufe der letzten Woche Hunderte von Nachrichten ausgetauscht und Bilder hin und her geschickt. Eines der letzten Fotos war von April, wie sie gemeinsam mit Jack auf der Couch saß. Sie war ungeschminkt und lächelte in die Kamera. Ein Lächeln, das nur für mich bestimmt gewesen war. Es schnürte mir die Kehle zu, wenn ich daran dachte, dass sie mich womöglich nie wieder so anlächeln würde. Aber daran durfte ich jetzt nicht denken.

Ich durchsuchte den Chatverlauf nach den Öffnungszeiten der SHS, die April mir irgendwann geschickt hatte. Ich wurde fündig und stellte fest, dass sie gerade geöffnet war. Insgeheim hatte ich gehofft, etwas Vorlauf zu haben, um mir zurechtzulegen, was ich zu April sagen würde, wie ich sie davon überzeugen wollte, mich bei der SHS aufzunehmen, aber nun hieß es improvisieren. Ich hatte keine andere Wahl.

Ergeben machte ich mich auf den Weg zur SHS, die ebenfalls im Verwaltungsgebäude lag, nur zwei Stockwerke unter Eriksens Büro. Als ich die Treppe zum Keller erreichte, kamen mir zwei Studierende entgegen. Ich wollte sie nicht belauschen, aber es war nicht zu überhören, dass sie darüber redeten, was sie alles bei der SHS ergattert hatten. In meinen Ohren pochte es, als ich die Stufen nach unten stieg und mich dem Raum näherte, in dem ich April vergangenen Freitag noch geküsst hatte.

Die Tür stand offen, und ich trat ein.

Es befanden sich vermutlich ein halbes Dutzend Leute im Raum, unter denen mein Blick instinktiv nach April suchte. Tatsächlich entdeckte ich ein vertrautes Gesicht, aber es gehörte nicht ihr, sondern Luca. Er stand an der Kasse und lachte über etwas, das Sage sagte, während er ihren Einkauf scannte. Doch dann bemerkte er mich und sein Lachen verstummte. Seine Miene wurde düster und ließ keinen Zweifel daran, dass April ihm in aller Ausführlichkeit erzählt hatte, was passiert war. Am liebsten wäre ich rückwärts aus dem Raum gestolpert, aber da kam Luca bereits auf mich zugestampft.

Wut verzerrte sein Gesicht, und mir rutschte das Herz in die Hose. Nicht, weil ich Angst vor ihm hatte, sondern weil ich mich, seit ich die Freundschaft mit April beendet hatte, vor dem Tag fürchtete, an dem mich Luca auf diese Weise anschauen würde. Er sah in mir nicht länger seinen besten Freund, sondern den Mann, der seiner Schwester wehgetan hatte.

»Hau bloß ab!« Luca baute sich vor mir auf und stieß mahnend mit seinem Zeigefinger gegen meine Brust. »Ich will nicht, dass April dich hier sieht, wenn sie zurückkommt.«

Mein Blick zuckte von Luca zu Sage, die uns bange beobachtete, als hätte sie ernsthaft Sorge, Luca könnte mir eine verpassen. Ich sah wieder zu ihm. Zorn loderte in seinen Augen, er hatte die Zähne fest zusammengebissen. In diesem Moment bereute ich es zutiefst, nie mit Luca über meine Gefühle für April gesprochen zu haben. Wenn er wüsste, was ich dachte und wie ich fühlte, würde er mich jetzt vielleicht nicht hassen.

»Wo ist sie?«, fragte ich.

»Das geht dich einen Scheiß an.«

»Ich muss mit ihr reden.«

»Du musst gar nichts«, fauchte Luca, und sein Zeigefinger bohrte sich fester in meine Brust. »Ich dachte, ich würde dich kennen. Aber gerade weiß ich nicht mehr, wer du bist.«

Der kalte Klang seiner Stimme ließ mich erschaudern – und an all die Male denken, die er sich besorgt und voller Wärme erkundigt hatte, ob es mir gut gehe. Das gehörte jetzt wohl der Vergangenheit an, wie alles andere auch. »Ich wollte April nicht wehtun.«

»Aber das hast du. Und jetzt verschwinde! Ich will nicht, dass du noch da bist, wenn sie zurückkommt. Deinetwegen hat sie sich das ganze Wochenende die Augen aus dem Kopf geheult«, fuhr Luca mich an. Unter seinem Zorn vernahm ich

Enttäuschung, die mich härter traf, als seine ablehnenden Worte es jemals hätten tun können.

Vermutlich wäre es das Klügste gewesen zu gehen, wie Luca es wollte, und April wegen der SHS zu schreiben, aber ich rührte mich nicht vom Fleck. Ich war wie gelähmt in Anbetracht der Tatsache, dass gerade mein schlimmster Albtraum Wirklichkeit wurde, nämlich dass Luca nichts mehr mit mir zu tun haben wollte. Ich hatte nicht nur April verloren, sondern zudem meinen besten Freund, den ich aus der ganzen Scheiße in meinem Leben hatte raushalten wollen. Weshalb ich Luca auch nie von meiner Mom und ihrer Sucht erzählt hatte; aber ich hatte immer Kraft aus dem Wissen geschöpft, dass ich jederzeit zu ihm hätte gehen können. Doch das hatte sich hiermit erledigt. Nun war ich wirklich und wahrhaftig allein, und das war nur meine Schuld. Ich konnte Luca nicht dafür böse sein, dass er auf Aprils Seite stand.

Der Schmerz über diese Erkenntnis riss mich förmlich entzwei und beraubte mich jeder Vernunft, anders konnte ich mir das, was als Nächstes geschah, nicht erklären. Vielleicht wollte ich für all die falschen Entscheidungen, die ich getroffen hatte, bestraft werden. Vielleicht sehnte ich mich aber auch nur nach einer anderen Art von Schmerz. Einem Schmerz, von dem ich wusste, dass er vorübergehen würde. Obwohl mir klar war, dass ich besser gehen sollte, öffnete ich den Mund und spuckte die Worte aus, die vermutlich den finalen Nagel im Sarg meiner Freundschaft mit Luca bedeuteten.

»Du solltest dankbar sein, dass ich April entjungfert habe.«

»Gavin«, mahnte Luca.

»Ich meine es ernst. Oder wäre es dir lieber gewesen, ein Fremder hätte deine kleine Schwester gefickt?«

Luca riss der Geduldsfaden, und er reagierte, wie ich es mir erhofft hatte. Seine Faust kollidierte mit meinem Gesicht, kaum dass ich den Satz beendet hatte. Die Art von Schmerz, die ich herbeigesehnt hatte, explodierte in meinem Kiefer, und der Geschmack von Blut flutete meinen Mund. Doch es war nicht genug. Ich wollte, dass Luca noch einmal zuschlug …

»Sie war allerdings nur ein mittelmäßiger Fick. Höchstens eine fünf von zehn, wenn überhaupt.«

Er tat mir den Gefallen. Der nächste Hieb ging direkt auf meine Nase und beförderte mich zu Boden. Ich knallte gegen eines der Regale. Es geriet ins Wanken, und im nächsten Augenblick regneten Konservendosen auf mich herab. Entsetztes Keuchen war zu hören, wobei ich mir nicht sicher war, ob die Leute wollten, dass wir aufhörten oder zu ihrer Unterhaltung weitermachten. Warmes Blut tropfte mir aus der Nase und auf mein T-Shirt. Mir wurde schwindelig. Ich hasste Blut. Mein Schädel pochte von den Schlägen, und in meinem rechten Ohr hörte ich ein Klingeln.

»Was ist hier los?!«

April.

Selbst durch das Klingeln und das Gemurmel um uns herum erkannte ich ihre Stimme.

»Luca?! Was zur Hölle?«

Er antwortete nicht, vermutlich weil die Antwort offensichtlich schien. Was April allerdings nicht ahnte, war, dass er mir einen Gefallen getan hatte. Denn nur für einen Moment, einen winzig kleinen Moment, hatte der Schmerz mich meine Probleme vergessen lassen.

Bis ich ihre Stimme gehört hatte.

# 6. Kapitel

## APRIL

Was machte Gavin hier? Hatte ich mich am Samstag nicht klar genug ausgedrückt, als ich ihm gesagt hatte, dass ich nichts mehr von ihm sehen oder hören wollte? Und dennoch lag er gerade blutend auf dem Boden der SHS – weil Luca ihn geschlagen hatte! Obwohl ich mich eigentlich von Gavin hatte fernhalten wollen, blieb mir nichts anderes übrig, als ihm zu helfen, weil mein Idiot von Bruder ihm eine verpasst hatte.

Ich griff Gavin unter die Arme, um ihm auf die Beine zu helfen.

»Alles in Ordnung?«, fragte ich mit bemüht ruhiger Stimme, um mir nicht anmerken zu lassen, wie sehr mich seine Anwesenheit aus dem Konzept brachte. Ich war für ein paar Minuten rausgegangen, um mich zu sammeln und aus Angst, dass er hier auftauchen könnte, und jetzt war er tatsächlich hier. Was für eine Ironie.

Gavin beantwortete meine Frage mit einem Nicken, allerdings fiel es mir schwer, ihm zu glauben, während Blut aus seinem Mund tropfte. Oder kam es aus seiner Nase und perlte nur von seinen Lippen ab? Ich war mir nicht sicher, aber so oder so war da Blut, zu viel Blut für meinen Geschmack.

Ich griff in meine Hosentasche, zog eines der Taschentücher hervor, die ich für den Fall eines weiteren Heulkrampfes mit mir herumtrug, und reichte es Gavin. »Ich bring dich auf die Krankenstation.«

Er schüttelte den Kopf. »Das ist nicht nötig.«

»Ich entscheide, was nötig ist und was nicht«, sagte ich mit fester Stimme, die keine Widerworte zuließ. Gavin gehörte gerade nicht unbedingt zu meinen Lieblingsmenschen, und könnte ich es mir aussuchen, wäre es mir lieber, er wäre nicht hier, aber ich würde ihn in diesem Zustand gewiss nicht sich selbst überlassen, denn er war ziemlich blass um die Nase. Gefährlich blass. Ich hoffte inständig, dass er nicht das Bewusstsein verlor. Gavin verabscheute Blut und konnte den Anblick kaum ertragen. In Filmen und Games war es kein Problem, aber im echten Leben gab es für ihn kaum etwas Schlimmeres. Und obwohl ich alles andere lieber getan hätte, als Zeit mit ihm zu verbringen, vertraute ich Luca nicht genug, dass er ihn begleitete.

Ich wandte mich meinem Bruder zu, der in meiner Anwesenheit bisher keinen Ton von sich gegeben hatte. Mit finsterer Miene starrte er Gavin an. In seinem Blick kein Funken Reue. Warum waren Männer so? »Und du … du bleibst hier, bis ich zurück bin. Verstanden? Und wisch das Blut weg!«

Kurz wirkte es, als wollte Luca etwas erwidern, doch dann presste er die Lippen aufeinander und nickte gehorsam. Um ihn würde ich mich später kümmern, zuerst musste ich Gavin von hier wegschaffen. Ich umfasste sein Handgelenk und führte ihn aus dem Raum, bemüht, der Berührung und dem Gefühl seiner Haut unter meinen Fingerspitzen nicht zu viel Aufmerksamkeit zu schenken.

Wut auf Luca, weil er Gavin geschlagen hatte, und Zorn auf Gavin, weil er es gewagt hatte, in der SHS aufzutauchen, ließen mein Herz schneller schlagen, genauso wie die Verzweiflung, die Gavins Gegenwart in mir auslöste. Wir liefen die Treppe hinauf ins Erdgeschoss. Fahrig sah ich mich nach einem Hinweis um, wo genau die Krankenstation lag. Ich wusste, dass es eine gab, konnte jedoch kein Schild entdecken. Wir folgten mehreren Fluren, aber die verdammte Station kam nicht in Sicht. Sollte so was nicht leicht zu finden sein?

»Du hast keine Ahnung, wo das Krankenzimmer ist«, stellte Gavin fest, als wir am Ende eines weiteren Ganges stehen blieben, der nach links und rechts abzweigte.

»Nein, woher auch?«, zischte ich genervt. »Ich musste da nie hin, bis mein dämlicher Bruder sich dazu entschieden hat, meinen noch dämlicheren …« Ich unterbrach mich, denn beinahe hätte ich Ex-Freund gesagt, aber ich hatte nicht das Gefühl, dass wir lange genug zusammen gewesen waren, als dass er diesen Titel verdiente. Das, was wir gehabt hatten, konnte unmöglich meine erste Beziehung gewesen sein. »… dich zu schlagen«, beendete ich den Satz ungeschickt und sah mich weiter um. Womöglich handelte es sich bei dieser ominösen Krankenstation in Wirklichkeit nur um eine Urban Legend.

»Die Station ist in der medizinischen Fakultät.«

Ich starrte ihn an. »Warum hast du das nicht gleich gesagt?«

»Du hast nicht gefragt.«

»Scheiße, Gavin.«

»Sorry, aber ich muss da nicht hin. Es geht schon wieder. Das ist nur ein bisschen Blut.« Er ließ das Taschentuch sinken, das er sich gegen die Nase gedrückt hatte. Es war vollkommen durchweicht. Er schluckte. »Ein bisschen viel Blut.«

Ich hätte zugegeben große Lust gehabt, ihn einfach stehen zu lassen, aber das konnte ich nicht mit meinem Gewissen vereinbaren. »Okay, wir müssen nicht zur Krankenstation, wenn du nicht willst, aber ich bleib bei dir, bis es nicht mehr blutet«, sagte ich und deutete auf das Rinnsal, das sich bereits wieder einen Weg aus seiner Nase bahnte.

Gavin fluchte und tastete danach. Entsetzt starrte er auf seine roten Finger und verzog die Lippen, als wäre ihm schlecht. »Shit.«

»Setz dich und warte hier. Ich hol dir Toilettenpapier«, ermahnte ich ihn, weil ich nicht wollte, dass er umkippte. Dann machte ich mich auf den Weg. Immerhin waren die WCs gut ausgeschildert. Ich schnappte mir eine ganze Rolle von der Halterung und ging damit zu Gavin zurück. Er hockte auf einer Treppe und versuchte, mit dem zerfledderten Tuch die Blutung zu stoppen. Ich riss einige Blätter des Toilettenpapiers ab. »Hier, damit geht es besser.«

»Danke.«

Ich setzte mich neben ihn, wobei ich darauf achtete, genügend Abstand zwischen uns zu lassen. Noch mehr Nähe würde ich nicht ertragen. Ich musterte Gavin. Er sah furchtbar aus, schlimmer als am Samstag, und das nicht nur wegen der Schlägerei mit Luca. Seine blauen Augen waren trüb, und da waren zu viele dunkle Schatten in seinem Gesicht. Sein schwarzes *Gaming-and-Chill*-Shirt war vollkommen zerknittert, als hätte er darin geschlafen, und er müffelte unangenehm nach Rauch, was mich an seine Mom erinnerte. Ich musste an den Unfall denken und daran, wie Monica blass und bewusstlos im Krankenhaus gelegen hatte. Wie es ihr wohl ging? Es lag mir auf der Zunge, mich nach ihr zu erkundigen, aber ich musste stark sein und emotionalen Abstand zu Gavin gewinnen, anderenfalls würde ich das hier nicht überstehen.

»Was hast du dir dabei gedacht, bei der SHS aufzukreuzen?«

»Eriksen hat mich geschickt.«

»Eriksen?«, fragte ich verwundert. »Warum?«

Gavins Antwort ließ einige Sekunden auf sich warten. »Erinnerst du dich an das Paper, von dem ich dir erzählt habe? Das ich am Wochenende auf deinem Laptop fertig schreiben wollte?«

Ich nickte.

»Nun ja, ich bin nicht fertig geworden und bin zu Eriksen gegangen, um ihn erneut um Aufschub zu bitten. Er hat zugestimmt, aber nur unter einer Bedingung: dass ich mich für die SHS engagiere. Meine Noten stehen ziemlich auf der Kippe. Wenn ich nicht ein paar mehr Credits sammle, könnte es dieses Semester wirklich knapp für mich werden.«

Ich starrte Gavin an, während mein Verstand seine Worte zu verstehen versuchte. Und auch als sie langsam einsanken, konnte ich sie noch immer nicht begreifen. Er wollte für die SHS arbeiten? *Meine* SHS?

»Ist das ein Scherz?«, fragte ich bitter.

»Ich wünschte, es wäre einer.« Gavin griff nach der Rolle Toilettenpapier, die ich zwischen uns abgestellt hatte, und riss frische Blätter ab, die er sich gegen die Nase drückte. »Ich habe Eriksen gesagt, dass ich keine Zeit dafür habe, aber davon wollte er nichts wissen. Es ist die einzige Organisation in meinem Themengebiet, die Credits vergibt und noch Plätze frei hat.«

Mein Mund wurde trocken, während meine Hände plötzlich ganz feucht waren. »Du … Du willst also wirklich für die SHS arbeiten?«

»Ich will nicht, aber ich muss.«

Er klang so aufrichtig, dass ich ihm wider besseres Wissen glaubte. Das war kein Hinterhalt, um mir näherzukommen und sich in mein Leben zurück zu schleichen. Es war ein verzweifelter Versuch, seine Noten zu retten, für die er in den letzten Jahren so hart gearbeitet hatte. Ich wusste, wie viel ihm sein Studium bedeutete, und von seinen Plänen für eine eigene Praxis, die sich in Luft auflösen würden, sollte er seinen Abschluss nicht schaffen. Allerdings änderte das nichts an dem schmerzvollen Wummern in meiner Brust, wenn ich ihn ansah.

»Ich weiß, dass ich dich damit in eine beschissene Lage bringe, aber es geht nicht anders«, fuhr Gavin fort. »Ich kann mein Studium nicht riskieren; aber ich kann dir versprechen, dass ich dir keinen Ärger mache und mich so professionell verhalte wie nur irgendwie möglich. Ich will dir nicht mehr wehtun als ohnehin schon.«

Es war nicht Gavins professionelles Verhalten, um das ich mir Sorgen machte, sondern mein eigenes. Er konnte unmöglich glauben oder von mir verlangen, dass ich ihn so behandelte wie Carter und all die anderen. Er war etwas Besonderes für mich, und daran änderte auch der Schmerz nichts, der stärker wurde, je länger ich ihn ansah. Ich fragte mich, wie ich jemals über ihn hinwegkommen sollte, wenn er für die SHS arbeitete. Natürlich könnte ich ihm aus dem Weg gehen und uns für unterschiedliche Schichten einteilen, aber das änderte nichts daran, dass er durch die SHS wieder ein Teil meines Lebens werden würde. Jedes Mal, wenn ich die Arbeitspläne erstellte, würde ich an ihn denken müssen. Und jedes Mal, wenn ich den Gruppenchat öffnete, bestand die Chance, dass ich seinen Namen las. Und jedes Mal würde ich mich an das erinnern, was Gavin getan, wie er mich allein zurückgelassen hatte, mit jeder Menge Fragen statt Antworten und einem tief sitzenden Gefühl von Scham.

»Und es gibt keine andere Möglichkeit, deine Note zu retten?«, fragte ich, unfähig, das Zittern in meinen Worten zu unterdrücken.

Er schüttelte den Kopf.

Alles in mir sträubte sich dagegen, Gavin in die SHS zu lassen. Doch ich hatte kein Recht, sie ihm vorzuenthalten. Die Organisation war für alle da und ich nicht ihr Gatekeeper. Selbst wenn ich Gavin ablehnte, könnte er über meinen Kopf hinweg zu Richmond gehen, und vor allem mit Eriksens Unterstützung gäbe es für sie keinen Grund, ihn abzulehnen. Womöglich würde sie sogar mein Urteilsvermögen infrage stellen und mich als unprofessionell abstempeln, weil ich meinen privaten Problemen erlaubte, auf die SHS abzufärben. Das würde kein gutes Licht auf mich werfen und mich vielleicht die Empfehlung von Richmond kosten, auf die ich hoffte.

Scheiße.

Ich seufzte. »Einverstanden. Du kannst für die SHS arbeiten.«

Gavins Augen wurden groß. »Wirklich?«

Ich nickte, ziemlich sicher, dass ich diese Entscheidung bereuen würde, aber verletzte Gefühle hin oder her, ich könnte mich selbst nicht mehr im Spiegel ansehen, wenn ich Gavin möglicherweise seine Zukunft verbaute. Er hatte jahrelang für dieses Studium gekämpft, und schließlich hatte ich die SHS gegründet, um Leuten zu helfen, weshalb es ziemlich verlogen gewesen wäre, ihm diese Hilfe zu untersagen.

»Danke«, murmelte Gavin, und einen unerträglich langen Moment sahen wir einander an, bis ich den Blick abwandte, weil ich es nicht mehr aushielt. Weil ich ihn gleichzeitig packen und an mich ziehen und packen und von mir wegstoßen wollte.

»Ich sollte besser zurück. Luca wartet sicherlich schon.«

Gavin nickte. Er hielt noch immer ein Papierknäuel an seine Nase gedrückt.

Ich stand von der Treppe auf. »Ich lad dich später in die SHS-Gruppe ein. Schick mir deine Vorlesungszeiten, dann trage ich dich in den Dienstplan ein. Während der Öffnungszeiten arbeiten wir zu zweit. Da du kein Auto mehr hast, würde ich dich nicht für Abholungen eintragen, aber einmal die Woche kannst du zusätzlich im Lager arbeiten und die gespendete Ware durchgehen, um auf deine Stunden zu kommen. Du musst einiges nachholen, um einen Anspruch auf die Credits zu haben.«

»Okay.«

»Gut. Man sieht sich«, sagte ich und wandte mich ab. Ich wollte nicht zur SHS, sondern zurück zu den Toiletten, um dort eine Runde zu heulen und mich selbst zu bemitleiden. Allerdings kam ich nicht weit, denn Gavin hielt mich zurück. Er umfasste mein Handgelenk und hielt mich fest. Ich hatte ihn vorhin auf eine ähnliche Art und Weise berührt, doch seine Finger nun auf meiner Haut zu spüren, machte etwas mit mir. Hitze stieg in mir auf und ließ mich daran denken, wie er mich noch vor einigen Tagen angefasst hatte. Wie er mich gestreichelt und liebkost hatte, wie er seine Hand unter der Dusche zwischen meine Beine geschoben hatte. Oh Mann …

»Ich weiß, dass du eigentlich nichts davon hören willst, aber wenn wir gemeinsam für die SHS arbeiten, wäre es dann nicht vielleicht gut, über die Sache zwischen uns zu reden? Ich würde dir gern erklären, was in der Nacht damals …«

»Nein!«, unterbrach ich ihn, bevor er weiterreden konnte.

»Irgendwann müssen wir darüber sprechen.«

»Nein, müssen wir nicht.«

»Dann lass mich reden und hör mir nur zu.«

Entschlossen schüttelte ich den Kopf. Ich wollte keine Erklärungen und auch keine Entschuldigungen, die vermutlich nur mehr Chaos in meine Gefühle bringen würden. Dafür war ich nicht bereit. Und gerade fühlte es sich nicht so an, als würde ich es jemals sein.

Der dunkle Ausdruck, der bereits die ganze Zeit in Gavins Augen lag, wurde mit meinen nächsten Worten noch finsterer. »Ich will nicht mit dir reden, und ich will nichts hören. Das ist und bleibt meine Bedingung, wenn du für die SHS arbeiten willst. Dort sind wir Kollegen. Nicht mehr und nicht weniger. Unsere Vergangenheit hat da nichts zu suchen.«

Gavin starrte mich an, dann nickte er. »Okay, wenn es das ist, was du willst, werde ich den Mund halten.«

Er ließ mich los, und ich wandte mich ab. Dieses Mal hielt er mich nicht zurück. Im Gehen konnte ich seinen Blick auf meinem Rücken spüren. Doch ich drehte mich nicht nach ihm um.

Die Wohnungstür fiel mit einem lauten Knall hinter mir ins Schloss. Der Schlag ließ Luca von seinem Laptop aufblicken. Bei meiner Rückkehr war in der SHS so viel los gewesen, dass keine Zeit geblieben war, ihn mir vorzuknöpfen, sodass meine Wut während Experimentalphysik hatte reifen können. Ich warf meinen Rucksack in die Ecke. Keine Ahnung, wann ich das letzte Mal so wütend auf ihn gewesen war, das musste Monate her sein, und das, obwohl Luca ein geschwisterliches Talent dafür hatte, mich auf die Palme zu bringen.

»Was stimmt nicht mit dir?!«

Luca zog die Augenbrauen zusammen. »Ist das eine Fangfrage?«

»Sehe ich aus, als würde ich Witze machen?« Ich deutete auf mein Gesicht und versuchte so böse zu gucken, wie es mir möglich war. Ich setzte mich nicht, sondern blieb auf der gegenüberliegenden Seite des Couchtisches stehen. »Du hast Gavin geschlagen!«

Die Falte zwischen Lucas Brauen wurde tiefer, als könnte er meine Kritik an seinem Verhalten nicht verstehen. Schwungvoll klappte er seinen Laptop zu. »Ja, weil er es verdient hat.«

»Es geht nicht darum, was Gavin verdient hat oder nicht«, erwiderte ich, wobei ich mir meine Lektion darüber, dass niemand Schläge verdient hatte, für ein anderes Mal aufhob. »Sondern darum, dass wir an der MVU waren. Du hast dich auf dem Campus geprügelt, Luca! Hätte einer der Professoren das mitbekommen oder wäre Gavin scheiße, könnte er dich dafür suspendieren lassen. Hast du darüber auch nur eine Sekunde nachgedacht? Oder was wäre gewesen, wenn Richmond beschlossen hätte, der SHS einen weiteren Besuch abzustatten, und sie mich und die SHS deswegen infrage gestellt hätte? Was dann?«

»Warum sollte sie das? Du hattest damit nichts zu tun.«

»Ja, aber die SHS stand unter meiner Aufsicht und du bist mein Bruder. Wie soll das nicht auf mich zurückfallen? Du hättest die SHS damit echt in die Scheiße reiten können.«

»Fuck«, fluchte Luca, und die Anspannung verließ seinen Körper. Er sackte nach hinten gegen die Couch, als ihm bewusst wurde, dass er bei dieser Diskussion den Kürzeren ziehen würde. »Tut mir leid. Ich wollte dich nur verteidigen.«

Ich verschränkte die Arme vor der Brust, aber konnte spüren, wie die Wut aus mir wich wie Luft aus einem Ballon, der ein Loch bekommen hatte. »Darum hab ich dich nicht gebeten.«

»Ich weiß, aber …« Luca stockte mitten im Satz und seufzte, als ihm offenbar bewusst wurde, dass er kein Argument hervorbringen konnte, um seinen Ausbruch zu rechtfertigen. »Sorry. Ich hab nicht nachgedacht. Das kommt nie wieder vor.«

»Das will ich auch hoffen. Gavin arbeitet nämlich seit heute für die SHS, und wenn du ihn jedes Mal verprügelst, sobald du ihn dort siehst, wird das weder ein schönes Ende für sein Gesicht noch für deine Hand nehmen.«

Luca blinzelte. »Gavin wird *was*?«

»Für die SHS arbeiten.«

»Warum?«

»Weil Eriksen es von ihm verlangt.«

»Und du erlaubst ihm das?«

»Er braucht meine Erlaubnis nicht. Die SHS gehört nicht mir, sondern der MVU. Selbst wenn ich ihm eine Abfuhr erteilen würde, könnte er über meinen Kopf hinweg zu Richmond gehen und sich von ihr die Genehmigung holen.«

Luca stellte den Laptop, der noch immer auf seinem Schoß

lag, zur Seite. Forschend sah er mich an. »Und wie geht es dir damit?«

»Ich weiß nicht«, gestand ich ehrlich, obwohl ich gefühlt seit Stunden an nichts anderes dachte. »Ich werde wohl einfach versuchen, ihm so gut wie möglich aus dem Weg zu gehen. Im besten Fall haben wir nur im gemeinsamen Gruppenchat miteinander zu tun.«

Luca brummte. Er schien von diesem Plan nicht überzeugt zu sein, aber was blieb mir anderes übrig? Ich konnte Gavin genauso wenig verbieten, der SHS beizutreten, wie ich das Handtuch werfen würde; die SHS war mein Projekt, ich würde sie für nichts und niemanden aufgeben. Auch nicht, wenn das bedeutete, mit Gavin zusammenarbeiten zu müssen. Ich konnte nur darauf hoffen, dass er sich an sein Versprechen hielt und wir unsere gemeinsame Vergangenheit während der Arbeit ausblenden konnten.

»Kann ich irgendetwas für dich tun?«, fragte Luca.

Ich zögerte kurz. »Es gäbe da tatsächlich etwas.«

»Und was?«

»Du könntest dich bei Gavin entschuldigen.«

»Wie bitte?!«

»Ich will. Dass du. Dich bei Gavin. Entschuldigst«, betonte ich die einzelnen Teile des Satzes.

Verständnislos starrte Luca mich an. »Habt ihr heute in Experimentalphysik mit der Schwerkraft experimentiert? Ich habe das Gefühl, dir ist etwas auf den Kopf gefallen.«

Ich schnaubte. »Haha, sehr witzig. Ich will, dass du dich entschuldigst und mit Gavin redest, weil ich nicht möchte, dass du meinetwegen eine fast zwanzigjährige Freundschaft wegwirfst. Ich weiß, wie viel er dir bedeutet. Und du ihm. Immerhin hat er sich all die Jahre dazu entschieden, dein Freund zu bleiben, obwohl er nicht länger meiner war.«

Er schüttelte den Kopf. »Was er dir angetan hat …«

»Ja, was er *mir* angetan hat«, unterbrach ich Luca. »Nicht *dir*.«

»Aber du bist meine Schwester.«

Ich lächelte. Mein Ballon aus Wut war inzwischen klein und schrumpelig, weshalb ich mich neben Luca auf die Couch setzte. »Deine Loyalität ist lieb, aber so sauer ich auf Gavin bin, ich habe zu dem ganzen Schlamassel beigetragen. Ich hätte schon früher mit dir reden können. Und mich hat damals auch niemand dazu gezwungen, mich zu betrinken. Er hat mich außerdem zu nichts gedrängt. Ich wollte es.«

»Woher willst du das wissen?«, fragte Luca mit diesem leicht angewiderten Tonfall, der mir nicht gerade dabei half, mich besser zu fühlen. »Du warst fast noch ein Kind.«

»Erstens war ich kein Kind, sondern ein Teenager. Und zweitens war ich wirklich unglaublich in Gavin verliebt. Er hätte es gar nicht nötig gehabt, mich zu irgendetwas zu zwingen, ich wollte mit ihm zusammen sein«, versicherte ich Luca und griff nach seiner Hand. »Was ich allerdings nicht wollte, war, dass eure Freundschaft meinetwegen zerbricht, also bitte rede mit ihm. Versöhnt euch.«

Forschend betrachtete Luca meine Hand, die auf seiner lag. Er war in den letzten Tagen so viel für mich da gewesen, dass er vermutlich noch keine Zeit gefunden hatte, richtig über seine eigene Zukunft mit Gavin nachzudenken. »Und für dich wäre das okay?«

Ich nickte. Es hatte stets die Möglichkeit bestanden, dass die Sache zwischen Gavin und mir nach hinten losging. Ich hatte mir jedoch geschworen, nicht zuzulassen, dass sich unsere Probleme Luca und ihm in den Weg stellten. Die beiden hatten in den letzten Jahren dermaßen viel miteinander durchgestanden, ich konnte nicht dafür verantwortlich sein, dass ihre Freundschaft in die Brüche ging.

»Es wäre nur nett, wenn du ihn nicht unangekündigt mit hierherbringst«, sagte ich, denn ich war noch nicht bereit dazu, dass Gavin wieder ein Teil meines Alltags wurde. »Es reicht, dass wir zusammen an der SHS arbeiten müssen. Wenn ihr irgendwo anders zusammen abhängt und ich nichts darüber hören muss, komm ich damit klar.«

Luca seufzte schwer. »Was Gavin mit dir abgezogen hat, war wirklich unterste Schublade. Es ist nett von dir, dass du meine Freundschaft zu ihm nicht gefährden möchtest, aber wenn ich daran denke, was zwischen euch passiert ist, weiß ich nicht, ob ich ihm verzeihen kann.«

»Denk einfach darüber nach. Du musst dich auch nicht sofort entscheiden. Vielleicht redest du mit Gavin und hörst dir seine Seite der Geschichte an, ohne ihn zu schlagen«, erwiderte ich mit einem müden Lächeln. »Und solltest du danach beschließen, weiterhin mit ihm befreundet sein zu wollen, ist das okay für mich. Das Letzte, was ich will, ist, mich zwischen euch zu drängen. Das bin ich nicht wert.«

Damit hatte ich alles gesagt, was ich zu sagen hatte. Ich ließ Lucas Hand los und stand von der Couch auf, um in mein Zimmer zu gehen. Ausnahmsweise nicht, um eine Runde zu heulen, sondern tatsächlich, um Kram für die Uni zu erledigen. Denn ich musste mir dringend Aarons Notizen zu der Vorlesung von Professor Sinclair anschauen.

Ich war schon beinahe aus dem Wohnzimmer, als mich Lucas Stimme noch einmal innehalten ließ. »April?«

»Ja?«

Luca sprang auf die Beine. Er kam auf mich zu und blieb unmittelbar vor mir stehen. »Du hast recht. Ich sollte mit Gavin reden und mich entschuldigen. Gewalt ist keine Lösung. Allerdings irrst du dich, wenn du sagst, dass du es nicht wert bist. Ich liebe Gavin. Aber dich liebe ich mehr, und sollte ich jemals gezwungen sein, mich auf eine Seite zu stellen, dann werde ich jedes Mal und ohne zu zögern deine wählen.«

Ich umarmte Luca. »Danke.«

Und vielleicht weinte ich jetzt doch.

# 7. Kapitel

## GAVIN

Meine Mom war aus dem Krankenhaus entlassen worden. Sie hatte den Unfall ohne größeren Schaden überstanden und konnte sich zu Hause von ihren Verletzungen erholen. Dr. Wheeler meinte, dass sie in ein paar Wochen wieder fit sein würde, zumindest so fit, wie es jemand sein konnte, der eine Packung Zigaretten am Tag rauchte und in den letzten Jahren mit Alkohol Raubbau an seinem Körper betrieben hatte. Doch sosehr ich mich freute, dass es meiner Mom besser ging, so sehr zerrte ihre Anwesenheit an meinen Nerven.

Wir wohnten noch keine ganze Woche zusammen, und ich konnte es schon jetzt kaum erwarten, wieder auszuziehen. Mit ihr zusammenzuleben beschwor viele alte Erinnerungen herauf. Erinnerungen, die ich lieber verdrängen wollte. Nicht grundlos hatte ich mich in den letzten Monaten zu Tode geschuftet, um zwei Mieten bezahlen zu können, anstatt mir eine Wohnung mit meiner Mom zu teilen. Ich brauchte die Distanz zu ihr, um bei Verstand zu bleiben. Der Umzug von Brinson nach Melview war das Beste, was mir hatte passieren können. Meine Mom, ihre Trauer und Verzweiflung waren wie ein Magnet für meine eigenen negativen Gedanken, die mich bereits seit Stunden wach hielten.

Zugegeben, ich hatte immer ziemlich beschissen geschlafen,

aber in den letzten Monaten war es schlimmer geworden, und seit meine Mom zurück war, hatte ich kaum ein Auge zugemacht. Und das lag nicht an der Couch, auf der ich schlief und die um ein paar Zentimeter zu kurz war, und nicht an der fehlenden Wärme, weil die Heizung nicht funktionierte. Und es war auch nicht das rhythmische Schnarchen meiner Mom im Bett ein paar Meter entfernt, das mich wach hielt, obwohl ich bis auf die Knochen erschöpft war. Nein, es waren einzig und allein diese verfluchten Gedanken, die mich nicht zur Ruhe kommen ließen.

Nicht die lauten, offensichtlichen Gedanken, die ich mir selbst ins Gedächtnis rief, um mich abzulenken, die mich daran erinnerten, was ich einkaufen musste oder für die Uni machen sollte. Es waren die leisen Gedanken aus der finstersten Ecke meines Verstandes. Ein Wispern, das ich ignorieren konnte, wenn ich mit anderen zusammen war, wenn ich arbeitete und mich beschäftige, das jedoch lauter wurde, sobald ich allein oder müde oder erschöpft war oder es mir generell nicht gut ging. An manchen Tagen, wie heute, war es so laut, dass ich es nicht überhören konnte, egal wie sehr ich versuchte, in meinem Kopf dagegen anzubrüllen. Aber ich war weit über den Punkt hinaus, an dem das half. Ich musste dem Wispern zuhören. Weil ich nicht mehr die Kraft besaß wegzuhören.

*Drei Jahre später und du wohnst wieder eingequetscht auf ein paar Quadratmetern mit deiner Mom, genau wie damals. Es hat sich nichts verändert. Du hast nichts erreicht. Du tust und machst, und was bringt es dir?*

*Nichts.*

*Für jeden Schritt nach vorn machst du fünf zurück. Glaubst du ehrlich, dass es irgendwann besser wird? Wird es nicht. Deiner Mom geht es so beschissen wie nie zuvor. Du hast Luca verloren. Und die Frau, die du liebst, hasst dich. Zu Recht. Du hast es ver-*

*kackt. Mal wieder. Vielleicht solltest du es einfach sein lassen. Wofür das alles überhaupt? Was ist der Sinn? Gibt es überhaupt einen Sinn? Mir erscheint das alles sinnlos.*

*Du bist sinnlos.*

*Und niemand mag dich.*

*Niemand will dich.*

*Ja, zugegeben, da ist Jack. Jack mag dich. Aber er ist schon sechs Jahre alt und wird nicht ewig leben. Irgendwann ist er tot und dann? Dann ist da niemand mehr. Dann bist du ganz allein.*

*Allein und sinnlos.*

»Fuck!«, fluchte ich viel zu laut in die Dunkelheit. Ich schlug die Decke zurück und schwang die Beine über die Kante der Couch. Ich sah zu meiner Mom, die von den Schmerzmitteln für ihre gebrochenen Rippen allerdings zu ausgeknockt war, um etwas von meinem Ausbruch zu bemerken. Jack, der ein paar Schritte entfernt in seinem Hundekorb lag, blickte auf. Er blinzelte müde und gähnte, ehe er aufstand und zu mir gelaufen kam. Entschlossen sprang er auf die Couch und legte seinen Kopf auf meinen Schoß, als würde er es verstehen – als würde er *mich* verstehen.

Ich verzog die Lippen zu einem schmalen Lächeln, wobei die Kruste, die sich dort gebildet hatte, spannte. Mein Lächeln hielt jedoch nur kurz, während sich ein Kloß in meinem Hals bildete. Das vertraute Stechen kehrte in meine Brust zurück und ließ meinen Puls panisch in die Höhe schnellen. Ich rieb mit der flachen Hand über die Stelle und versuchte, mir selbst gut zuzureden. Der Schmerz war nicht echt. Er war nur die Bitte meines Körpers, meine gequälten Gedanken ernst zu nehmen und auf mich selbst zu achten. Das hatte ich in letzter Zeit zu wenig getan. Wie auch? Mit der Arbeit, meiner Mom, der verzweifelten Suche nach einer neuen Wohnung, meinem Studium und dem Anspruch an mich selbst, Jack gerecht zu werden, war in den letzten Wochen, ach, Monaten, nicht viel Zeit für mich geblieben. Und selbst wenn ich mal eine ruhige Minute hatte, ließen mich meine Gedanken und Sorgen nicht los. Sie waren wie Steine, die man mir an die Füße gekettet hatte und die ich tagein, tagaus hinter mir herzerrte, während ich verzweifelt nach dem Schlüssel suchte, um die Ketten zu lösen und endlich frei zu sein.

Es war anstrengend. Und ich erschöpft.

Ich wollte nur noch rumliegen und nichts tun, nicht fühlen, nicht nachdenken. Aber das würde bedeuten, dem Wispern in meinem Kopf nachzugeben, und das wäre der Anfang vom Ende.

»Ich bin dann mal weg!«, rief ich meiner Mom zu, die sich seit Stunden nicht vom Fleck bewegt hatte. Es war Montagmittag und sie saß noch genauso auf der Couch wie heute Morgen, als ich zur MVU gegangen war, und sie hatte sich auch in den zwei Stunden, die ich bereits wieder zurück war, nicht bewegt. Reglos starrte sie auf den Fernseher und sah sich die Wiederholung irgendeiner toxischen Talkshow an, in der sich die Leute gegenseitig anbrüllten und die Pest an den Hals wünschten. Das Rumgebrülle bereitete mir Kopfschmerzen, aber vielleicht lag es auch am Schlafmangel und dem Zigarettenrauch, der in den Tagen, seit meine Mom wieder zu Hause war, deutlich zugenommen hatte.

Nun blickte sie auf. Das schwarze Haar, das inzwischen von grauen Strähnen durchzogen war, stand ihr wirr und ungekämmt vom Kopf ab. An ihrem Kinn klebte etwas Marmelade von dem Brot, das ich ihr vor einer halben Stunde gemacht hatte. »Wohin gehst du?«

»Ich dreh nur eine Runde mit Jack.«

»Bring mir Kippen mit.«

Ich presste die Lippen aufeinander und verkniff mir, sie zum wiederholten Male darüber aufzuklären, wie schädlich Rauchen war, und das nicht nur für sie, sondern auch für Jack und mich, aber das würde nirgends hinführen. Sie hörte nicht auf mich, und am Ende des Tages würde ich ihr dennoch ein Päckchen mitbringen. Weil ich anderenfalls Angst haben musste, dass sie selbst losging, um es sich zu holen, und dabei könnte sie wieder verletzt werden. So war es auch zu dem Unfall gekommen. Sie war betrunken losgezogen, um sich Kippen zu kaufen, und in ihrem benommenen Zustand vor ein Auto gerannt, weil sie die rote Fußgängerampel übersehen hatte.

Dr. Wheeler hatte zwar wie versprochen mit Mom über ihre Sucht geredet, und sie war nüchtern, seit sie aus dem Krankenhaus entlassen worden war. Allerdings machte ich mir wenig Hoffnung, dass sie diesen Zustand beibehalten würde. Vermutlich blieb sie nur trocken, weil Alkohol und Schmerzmittel keine gute Mischung darstellten und die Medikamente sie müde machten. Aber wer wusste, was sie sich alles kaufen würde, sollte sie in die Nähe eines Supermarktes oder Liquor Stores kommen?

Mit einem Seufzen zog ich die Wohnungstür hinter mir zu. Kurz dachte ich darüber nach abzuschließen, entschied mich aber dagegen. Ich ließ den Schlüssel in meiner Jackentasche verschwinden und sah zu Jack hinab, der sich sichtlich auf seinen Spaziergang freute. Mom und er kamen nicht gut miteinander klar. Er hasste den Rauch und den Lärm noch mehr als ich. Und die Art meiner Mom, mir Befehle zu erteilen, weil sie sich wegen ihrer Verletzungen schlecht bewegen konnte. Denn wenn ich ihren Aufforderungen nicht schnell genug nachkam, schnauzte sie mich an, was wiederum Jack nervös machte. Er verhielt sich in ihrer Gegenwart nicht wie er selbst und wollte sich von ihr nicht anfassen lassen, was meine Mom nicht verstehen konnte. Vorgestern hatte sie aus Trotz versucht, ihn mit gebratenem Curry-Hühnchen zu sich auf die Couch zu locken. Jack hatte der Verführung natürlich nicht widerstehen können, er war eben auch nur ein Hund, und nun spielte erneut sein Magen verrückt.

Normalerweise konnte ich Jack problemlos mehrere Stunden allein zu Hause lassen, ohne mir Sorgen zu machen, aber ich traute mich nicht, ihn in die Obhut meiner Mom zu geben, was gerade alles deutlich verkomplizierte. Wann immer sich die Gelegenheit bot, brachte ich ihn in seine Hundegruppe zu Hailee. Aber das kostete Geld, und sie hatte nicht jedes Mal einen Platz frei, da es genügend andere Hunde gab, auf die sie ebenfalls aufpassen musste.

Jack und ich nahmen den Aufzug nach unten. Die Wände im Hausflur, die vor langer Zeit vermutlich weiß gewesen waren, waren inzwischen grau und voller Flecken. Und obwohl ich mittlerweile seit über einer Woche hier lebte und all meine Sachen in der Wohnung hatte, zumindest jene, die nicht in dem angemieteten Lagerraum verstaubten, fühlte es sich noch immer an, als wäre ich nur zu Besuch. Vermutlich, weil ich es nicht erwarten konnte, wieder von hier wegzukommen. Die Chancen, dass das bald passieren würde, standen allerdings ziemlich schlecht.

Ich hatte mir in den letzten zwei Monaten, seit ich Anfang September aus meiner alten Wohnung geflogen war, mindestens vierzig Apartments angeschaut und für jedes einzelne eine Absage kassiert. Die häufigste Ausrede, die ich dabei zu hören bekam, war, dass die Leute keinen Hund haben wollten. Und vielleicht war das ein Teil der Wahrheit, aber ich vermutete, dass der wirkliche Knackpunkt meine finanzielle Situation war. Ich schuldete meinem alten Vermieter die letzte Monatsmiete aus dem August – wir hatten November. Vermutlich konnte ich von Glück reden, dass Mr Wagner so viel Geduld mit mir hatte und mir weder die Polizei noch irgendwelche Geldeintreiber auf den Hals gehetzt hatte.

Für Jack und mich allein hätte das Geld locker gereicht, mit meiner Mom und zwei Mieten war das eine ganz andere Geschichte, zumal Alkohol und Zigaretten nicht gerade billig waren. Ich hatte schon versucht, ihr kein Geld mehr dafür zu geben, aber das Verlangen einer Süchtigen war nicht zu unterschätzen. Es setzte jede Logik und Vernunft außer Kraft und hatte dazu geführt, dass meine Mom auf der Straße gebettelt und in Läden geklaut hatte.

Die ganze Situation brachte mich in eine Zwickmühle, die mir nur drei Möglichkeiten ließ: entweder ich suchte mir einen neuen, besser bezahlten Job, ich flehte meine derzeitigen Cheffinnen im Elevated und dem Supermarkt um eine Gehaltserhöhung an oder ich fand mich damit ab, für den Rest meines Studiums mit meiner Mom zusammenzuwohnen.

Und Letzteres war keine Option.

Ein paar Nächte wie die vergangenen konnte ich gewiss noch aushalten, aber langfristig war das keine Lösung, weder für Jack noch für meinen Rücken oder meine mentale Gesundheit, mit der es rapide bergab ging. Sie war schon zuvor nicht die beste gewesen, und ohne Luca und April war da deutlich mehr Dunkelheit in meinem Kopf als sonst. Die beiden fehlten mir, und das nicht nur wegen des Lichts, das sie in mein Leben gebracht hatten. Ich vermisste Lucas endlose Monologe über irgendwelche Bücher, die er gerade las und von denen ich nie etwas gehört hatte. Ich vermisste es, wie er sich über die Hundehaare überall beschwerte, seine Finger aber dennoch nicht von Jack lassen konnte. Ich vermisste sogar, wie er ihn Captain nannte.

Doch noch mehr als mein bester Freund fehlte mir April. Man sollte meinen, dass ich mich nach fünf Jahren ohne sie an das Gefühl der Leere gewöhnt haben sollte, das sie in meinem Leben hinterlassen hatte, aber dem war nicht so. Vielmehr fürchtete ich die Leere, weil ich bereits wusste, wie einsam, dunkel und verlassen sie sich anfühlte.

Jack und ich schlugen den Weg in Richtung des kleinen Parks ein, der ein paar Straßen entfernt lag. Er war nicht mit dem Hundepark zu vergleichen, den wir sonst immer besuchten, aber ich konnte nicht für jede Gassirunde ans andere Ende der Stadt fahren.

Wir folgten dem Gehweg, der vom Laub der Bäume bedeckt war, als das Handy in meiner Tasche vibrierte. Ich stieß ein genervtes Seufzen aus, sicher, dass meiner Mom eingefallen war, dass sie zu ihren Zigaretten außerdem Wodka oder zumindest Schokolade wollte. Doch meine Schritte gerieten ins Stolpern, als ich entdecke, wer mir geschrieben hatte – Luca.

Seit dem Zwischenfall, bei dem seine Faust mit meinem Gesicht kollidiert war, hatte ich nichts mehr von ihm gehört, und auch mit April hatte ich über die SHS-Gruppe hinaus keinen Kontakt gehabt. Was die Frage aufwarf, was er von mir wollte. Aber das hielt mich nicht davon ab, die Nachricht blitzschnell zu öffnen.

*Luca:* Können wir reden?

Verwundert starrte ich den Text an. Er wollte mit mir reden? Worüber? Meines Erachtens hatten seine Schläge bereits Bände gesprochen. Vielleicht wollte er mir die SHS ausreden oder noch einmal nachtreten und sicherstellen, dass seine Message angekommen war, dass ich mich zukünftig von April fernhalten sollte. Aber selbst die Aussicht auf weitere Schläge hielt mich nicht davon ab, ihm umgehend zu antworten.

*Ich:* Klar. Wann?
*Luca:* Jetzt?
*Ich:* Treffen im Hundepark? Jack würde sich freuen, dich zu sehen.
*Luca:* Gib mir 30 Minuten.

Eine halbe Stunde später saß ich im Park und wartete auf Luca. Ich hockte auf einer Bank, von der aus man die gesamte Wiese überblicken konnte. Jack tollte mit zwei anderen Hunden im bunten Laub. Der Brunnen in der Mitte des Parks war inzwischen abgeschaltet worden, und die Bäume ringsherum, welche die Grünfläche wie einen Zaun einfassten, hatten ihre Blätter größtenteils abgeworfen und zeigten ihr schütteres Geäst.

Kalter Wind wehte zwischen den kahlen Ästen hindurch, und ich zupfte an meiner Mütze, um sie mir über die Ohren zu ziehen. Nervös wippte ich mit den Beinen auf und ab. Die letzten dreißig Minuten hatte ich damit verbracht, darüber nachzudenken, was Luca mir zu sagen hatte.

Fahrig rieb ich mir die feuchten Handflächen an meinen Jeans trocken, als ich eine Bewegung rechts von mir wahrnahm. Es war Luca. Er war für Mitte November übertrieben dick eingepackt, mit Jacke, Mütze und einem Schal, der ihm fast bis zur Nase reichte, dazu Handschuhen, wie ich sie selbst meistens nicht mal im tiefsten Winter trug. Vielleicht hätte ich ihm besser ein Treffen in einem Café vorschlagen sollen.

Mit Abstand setzte sich Luca zu mir auf die Bank und zog sich den Schal vom Gesicht. »Hey.«

»Hi«, erwiderte ich.

Aus dem Augenwinkel bemerkte ich Jack, der energisch auf uns zu hechtete – oder vielmehr auf Luca, den er seit einer Weile nicht mehr gesehen hatte. Schwanzwedelnd begrüßte er ihn, was Luca zum Lächeln brachte und für ein paar Sekunden die mürrische Maske von seinem Gesicht hob, mit der er mich begrüßt hatte.

Nachdem Jack sich seine Streicheleinheiten abgeholt hatte, rannte er wieder zu dem Laubhaufen, in dem die beiden anderen Hunde noch immer spielten. Luca seufzte glücklich und lehnte sich auf der Bank zurück. Doch je weiter sich Jack von uns entfernte, umso schmaler wurde sein Lächeln, bis es vollkommen verschwunden war. Mehrere Sekunden verstrichen, und ich fragte mich, ob ich den Anfang machen und mich entschuldigen sollte, als Luca das Wort ergriff.

»Wie geht es deinem Gesicht?«

»Ging schon mal besser«, antwortete ich mit einem schwachen Lächeln, wobei meine Lippe an der Stelle spannte, an der sie aufgeplatzt war. Insgesamt hatte Luca allerdings deutlich weniger Schaden angerichtet, als das viele Blut auf den ersten Blick hatte vermuten lassen.

»Sorry dafür. Ich hätte nicht zuschlagen dürfen.«

»Ich hab es provoziert.«

»Das hast du. Ich habe dich noch nie so reden hören.«

»Keine Ahnung, was in mich gefahren ist. Irgendwie hatte ich das Gefühl, die Schläge verdient zu haben, und dich zu reizen erschien mir wie eine todsichere Methode zu bekommen, was ich wollte.«

Luca lachte abgehackt. »Offensichtlich. April war allerdings ziemlich angepisst. Sie hat mich zu Hause erst mal zusammengefaltet und mir gesagt, dass ich mich bei dir entschuldigen muss.«

Dass April Luca darum gebeten hatte, überraschte mich weniger, als es das vermutlich hätte tun sollen. »Du kannst ihr ausrichten, dass ich deine Entschuldigung annehme, allerdings hättest du mir das auch am Telefon sagen können.«

Luca rieb sich über die Stirn und sah gen Himmel, wobei er die Augen zusammenkneifen musste. Zwar war es bedeckt, aber die Wolken reflektierten das Licht der Sonne. »April macht sich Vorwürfe«, sagte er schließlich. »Sie möchte nicht daran schuld sein, dass unsere Freundschaft in die Brüche geht. Deswegen hat sie mich gebeten, mit dir zu reden. Ich soll mir deine Seite der Geschichte anhören.«

Das überraschte mich nun doch. April hatte Luca geschickt, damit er sich meine Perspektive anhörte, während sie das absolut nicht wollte. Warum? Das ergab für mich keinen Sinn. Dennoch würde ich mit Luca reden. Vielleicht erzählte er April, was ich ihm sagte, und dann … keine Ahnung, was dann passieren würde. Vielleicht hielt sie mich etwas weniger für das Arschloch, das sie im Moment in mir sah.

Verlegen senkte ich den Blick auf ein Laubblatt, das der Wind mir vor die Füße geweht hatte. Ich trat darauf und konnte hören, wie es knirschend unter meiner Sohle zerfiel. »Was genau hat April dir erzählt?«

Lucas Kiefer spannte sich an. Während Aprils Iriden mehr blau als grau waren, war es bei Luca genau umgekehrt. Seine Augen wirkten wie ein Gewitter, und ich hatte Angst, dass sein Zorn jeden Moment auf mich niederschlagen könnte. »Alles. Sie hat mir alles erzählt. Und ehrlich? Es fällt mir verdammt schwer, dir nicht noch einmal die Faust ins Gesicht zu donnern, wenn ich daran denke. Was hast du dir nur dabei gedacht, ausgerechnet mit April zu schlafen? Hast du auf der Party keine andere zum Flachlegen gefunden?«

Lucas Wortwahl ließ mich zusammenzucken, und für den Bruchteil einer Sekunde kam es mir in den Sinn, zu lügen und mir eine Ausrede auszudenken, aber mir war klar, dass ich unsere Freundschaft nicht mit Lügen und Ausflüchten würde retten können.

Ich erinnerte mich glasklar an jenen Abend. Luca und April hatten sturmfrei gehabt, und er hatte ein paar Leute aus dem Jahrgang zu sich nach Hause eingeladen. Doch die Party hatte die Runde gemacht, und am Ende war die Bude komplett voll gewesen. Er hatte April erlaubt, sich unter die Leute zu mischen, obwohl sie erst kurz zuvor vierzehn geworden war. Ein Grund mehr, weshalb mir eigentlich nicht hätte auffallen sollen, wie wunderschön sie an diesem Abend in ihrem neuen Kleid ausgesehen hatte. Es war trägerlos gewesen, und um ihren Hals hatte die Kette mit meinem Sternzeichen gebaumelt, die ich ihr zum Geburtstag geschenkt hatte. Ihr Anblick allein hatte ausgereicht, um meinem hormongesteuerten Körper eine Erektion zu entlocken. Zugegeben, in dem Alter passierte das schnell und hatte nicht immer etwas zu bedeuten; in diesem Fall allerdings schon, denn April hatte sich in den Wochen und Monaten zuvor verändert. Sie hatte Kurven bekommen, wo zuvor keine gewesen waren, aber auch die Art, wie sie mich ansah, hatte sich verändert. Sie hatte versucht, es zu verstecken, doch mir waren ihre neugierigen, leicht scheuen Blicke nicht entgangen. Vielleicht, weil ich sie auf dieselbe Weise angesehen habe.

»Vermutlich hätte ich eine andere finden können«, gab ich zu und hoffte, dass meine nächsten Worte nicht wieder mit einer Faust in meinem Gesicht enden würden. »Aber ich wollte April. Nur April. Und sie wollte mich.«

»WTF, Gavin?! Sie war erst vierzehn! In dem Alter weiß man noch nicht, was man will.«

Ich lachte freudlos. »Darf ich dich daran erinnern, dass du dein erstes Mal ebenfalls mit vierzehn hattest? Und wenn ich mich nicht täusche, war Sarah damals auch nicht älter«, erwiderte ich, obwohl Luca nicht ganz unrecht hatte und ich mir in der Vergangenheit selbst immer wieder Vorwürfe wegen

Aprils Alter gemacht hatte. »Außerdem war April für mich nicht eine von vielen. Es war genauso mein erstes Mal.«

»Deswegen wolltest du mir also nie verraten, mit wem du dein erstes Mal hattest«, stellte Luca fest.

Ich nickte. »Ich hatte die Wahl, dich anzulügen oder dir etwas zu sagen, von dem ich wusste, dass es dir nicht gefallen würde. Außerdem war ich mir ziemlich sicher, dass April es nicht gut finden würde, wenn ich es dir erzähle. Immerhin hat sie selbst nie darüber geredet.«

»Ja, weil sie sich nicht erinnert hat.«

Ich knetete meine Finger. Sie waren inzwischen ganz warm, die Kälte in den Spitzen verflogen. Was sich jedoch nicht so einfach davonkneten ließ wie die Kälte, waren die Anschuldigungen, die in Lucas Worten mitschwangen. »Ich hatte keine Ahnung von ihrem Filmriss. Natürlich hab ich gemerkt, dass sie etwas getrunken hatte, aber das hatte ich auch. Ich dachte, dass wir beide am nächsten Morgen im schlimmsten Fall einen Kater haben würden – und den hatte ich. Ich war immer der festen Überzeugung, dass sie unsere gemeinsame Nacht bereut und sie deswegen totschweigt. Niemals wäre ich auf die Idee gekommen, dass April sich nicht erinnern kann. Hätte ich das gewusst, hätte ich sie nicht all die Jahre im Ungewissen gelassen.«

Der harte Zug um Lucas Kiefer wurde weicher, verschwand aber nicht völlig. Er ließ seinen Blick umherwandern, und ich erwischte mich dabei, wie Hoffnung in mir aufstieg. Echte Hoffnung, weil er anscheinend über das Gesagte nachdachte und meine Worte nicht einfach abschmetterte.

Er blieb eine ganze Weile still. Der Wind brachte die Blätter in den Bäumen zum Rascheln. Jack kam zu uns gerannt. Er hatte das Spielzeug im Maul, das ich für ihn mitgenommen hatte, und legte es Luca vor die Füße. Der bückte sich danach und warf es, wobei es nicht sehr weit flog. Jack hechtete dennoch hinterher.

»Warum sie?«, hörte ich Luca plötzlich fragen. »Warum April? Du hast zwar gesagt, dass du sie wolltest und keine andere. Aber warum ausgerechnet sie? Ihr wart Freunde. Beste Freunde. Und sie ist meine Schwester. Dir hätte doch klar sein müssen, dass das auf die eine oder andere Weise in einer Katastrophe enden würde.«

Jack kam zurück. Dieses Mal legte er das Spielzeug vor meinen Füßen ab. Ich stand auf, um besser werfen zu können. Schwungvoll holte ich aus und schleuderte es quer über die Grünfläche. Dann drehte ich mich im Stehen um und sah auf Luca herab.

Abwartend erwiderte er meinen Blick.

»Darf ich dir eine Gegenfrage stellen?«

Er nickte.

»Warum Sage? Warum bist du mit ihr zusammen? Warum sie und keine der anderen Frauen, mit denen du Sex hattest und die keine Angststörung haben? Das wäre auch leichter, oder nicht?«

Verständnislos blinzelte Luca mich an. »Ja, schon, aber ich liebe sie.«

Ich lächelte. »Und ich liebe April.«

»Du … Du liebst sie?«

Die Verwunderung in Lucas Stimme ließ mich um ein Haar auflachen. Denn meine Liebe für April erschien mir so offensichtlich wie die Sterne in einer klaren Nacht über dem Lake Tahoe. Aber vermutlich sollte mich Lucas Reaktion nicht überraschen. Immerhin hatte ich ihm noch vor ein paar Tagen an den Kopf geworfen, dass April ein *mittelmäßiger Fick* gewesen sei. Das sprach nicht gerade für meine große Liebe zu ihr.

Ich setzte mich wieder, um Luca auf Augenhöhe zu begegnen und ihm verständlich zu machen, wie ernst ich es meinte. »Natürlich liebe ich April. Ich habe sie damals geliebt. Und ich liebe sie heute. Sie … Sie ist alles für mich.«

Luca musterte mich, und allmählich glaubte ich, wieder meinen besten Freund in ihm zu erkennen. Nicht mehr nur Aprils Bruder, der sie zu beschützen versuchte.

»Du liebst sie wirklich«, murmelte er nachdenklich. Es war keine Frage, sondern eine Feststellung, dennoch verspürte ich das Bedürfnis, ihm zu antworten.

»Mehr als alles andere auf der Welt.«

»Warum hast du ihr dann damals die Freundschaft gekündigt und nicht versucht, die Sache zwischen euch zu klären, wenn du sie angeblich so sehr liebst? Warum hast du euch dermaßen schnell aufgegeben?«

Ich schluckte schwer. Unsicher, was ich sagen sollte. Natürlich könnte ich die Schuld von mir schieben, aber was sollte das bringen? Am Ende war ich derjenige, der die Entscheidung getroffen und April im Stich gelassen hatte, auch wenn es jemand anderes gewesen war, der mir die Pistole auf die Brust gesetzt hatte.

»Ehrlich? Ich hab keine Ahnung«, antwortete ich ausweichend. »Damals erschien es mir richtig. April wollte nie mit mir über unsere gemeinsame Nacht sprechen, heute weiß ich, warum, aber damals nicht. Und dann ist sie plötzlich von einem Tag auf den anderen zu eurer Mom verschwunden und hat einen Großteil der Sommerferien bei ihr verbracht. Erinnerst du dich?«

Luca nickte.

»Ich dachte, das hätte sie getan, um mir aus dem Weg zu gehen. Weil sie es bereut hat, mit mir zusammen gewesen zu sein. Ein Schlussstrich erschien mir daher damals wie die beste Lösung, auch wenn es mich innerlich umgebracht hat.«

»Du wolltest das Richtige tun und hast es damit nur verschlimmert«, schlussfolgerte Luca. Er stieß ein abgehacktes, leicht bitteres Lachen aus. »Scheiße, Mann, du machst es mir wirklich verdammt schwer, dich weiter zu hassen.«

»Tut mir leid?«

Luca schnaubte, blieb aber stumm, genau wie ich. Ich hatte alles gesagt, was ich ihm hatte sagen wollen und können, der Rest war zwischen April und mir. Doch ich hatte keine Ahnung, ob es ausreichte, ihn davon zu überzeugen, dass ich April nicht mit Absicht das Herz gebrochen hatte. Denn ich würde alles tun – alles –, um es wieder zusammenzusetzen, wenn sie es mir nur erlaubte.

»Glaubst du, sie wird mir irgendwann verzeihen?«, fragte ich leise.

»Ehrlich? Ich weiß es nicht. Das hängt wohl ganz davon ab.«

»Wovon?«

Er lächelte und legte mir fast schon tröstend eine Hand auf die Schulter. »Davon, wie sehr sie dich liebt.«

# 8. Kapitel

## APRIL

Ich starrte auf das Textbuch, das vor mir auf dem Tisch lag, aber die Buchstaben verschwammen vor meinen müden Augen. Ich kniff die Lider für ein paar Sekunden fest zusammen, ehe ich den Absatz erneut las. Doch die Worte wollten nach über fünf Stunden in der Bibliothek keinen Sinn mehr ergeben.

Die Tische um Aaron und mich herum hatten sich inzwischen ziemlich geleert, sodass Stille eingekehrt war. Nicht die Art von Stille, die von schwerem Atmen, unterdrücktem Husten und aufgeregtem Getuschel begleitet wurde. Nein, richtige Stille. Das einzige Geräusch, das ich in diesem Moment vernahm, war, wenn Aaron eine Seite in seinem Buch umblätterte.

Wir hatten gemeinsam an unserem wöchentlichen Paper für Experimentalphysik gearbeitet und anschließend beschlossen, noch eine Weile zusammen zu lernen. Ich hatte die Midterms mit einem guten Ergebnis abgeschlossen, was eine große Erleichterung gewesen war. Nachdem das letzte Semester für mich nicht sonderlich berauschend gelaufen war, hatte ich mir ehrliche Sorgen gemacht, dass die SHS und der damit verbundene Stress meinen Noten weiter schaden könnten, aber das war zum Glück nicht passiert.

Allerdings standen die finalen Prüfungen für dieses Semester Mitte Dezember erst noch bevor, und es war leicht, den

Anschluss zu verlieren, also musste ich dranbleiben. Nicht nur, weil mir meine Studienleistungen wichtig waren, sondern vor allem, weil ich meine Mom in ihren Zweifeln und ihrer Kritik bezüglich der SHS nicht bestätigen wollte. Sie hatte sich seit Wochen nicht mehr bei mir gemeldet und auch auf meine Nachricht, dass die SHS gut angelaufen war, nicht reagiert.

Ich rieb mir über die Augen und begann, den Absatz noch einmal von vorn zu lesen, doch nach wenigen Wörtern driftete mein Verstand erneut ab, dieses Mal zum morgigen Tag. Ich hatte die letzten Stunden alles daran gesetzt, nicht an das zu denken, was mir morgen bevorstand: meine erste SHS-Schicht mit Gavin. Ich hatte uns bisher zu unterschiedlichen Zeiten eingeteilt, damit wir uns nicht über den Weg laufen mussten, aber leider war ich heute Morgen zu ein paar unschönen Textnachrichten aufgewacht, die in mir den Wunsch geweckt hatten, einfach liegen zu bleiben.

*Mara:* Kann einer von euch meine Schicht am Freitag übernehmen?
*Mara:* Ich bin krank. 🙁
*Carter:* Gute Besserung!
*Glenn:* Ich hab da eine Vorlesung.
*Riley:* Dito. Und ebenfalls gute Besserung.
*Noah:* Ich bin schon verplant. Sry.
*Gavin:* Ich könnte einspringen.
*Mara:* Ja? Das wäre super!
*Gavin:* Klar!

Beim Lesen der Nachrichten hatte sich mir der Magen umgedreht. Ich hatte gehofft, einer gemeinsamen Schicht länger aus dem Weg gehen zu können, aber wenn ich ehrlich zu mir war, machte es keinen Unterschied, ob Gavin und ich morgen, in vier Tagen oder drei Wochen das erste Mal zusammenarbeiteten, es würde immer maximal unangenehm werden.

Auch knapp zwei Wochen später konnte ich nach wie vor nicht begreifen, dass er derjenige gewesen war, an den ich meine Unschuld verloren hatte. Ein Teil von mir – der neugierige – wollte mit Gavin reden und sehnte sich danach zu erfahren, was genau damals passiert, wie es zum Sex gekommen und was ihm dabei durch den Kopf gegangen war. Welche Gedanken und Gefühle ihn dazu gebracht hatten, mich anschließend allein zu lassen.

Doch der andere Teil von mir – der verletzte –, der um einiges größer war, wollte ihm keine Chance geben, sich zu erklären und zu entschuldigen. Er hatte in den letzten Jahren genug Zeit gehabt, mit mir zu reden, und sich dafür entschieden, es nicht zu tun. Dennoch vermisste ich ihn jeden einzelnen Tag.

Ich konnte das, was wir miteinander gehabt hatten, einfach nicht vergessen, zumal mich Gavin Dinge fühlen ließ, die ich sonst nie oder zumindest nur selten empfand. Kein Mann ließ mein Herz so schnell schlagen wie er. Und kein anderer hatte es je vermocht, meinen Körper derart in Flammen zu setzen.

Ich wünschte mir einen Aus-Knopf für diese Art von Gefühlen, dann wäre mein Leben deutlich leichter gewesen, aber so einfach war es nicht. Ich liebte Gavin noch immer. Obwohl er mir inzwischen öfter das Herz gebrochen hatte, als ich es meinem besten Freund jemals zugetraut hätte. Und es konnte jederzeit wieder passieren. Ich wollte keine Beziehung führen, in der ich nur darauf wartete, erneut verletzt zu werden.

»Bin durch!«, ächzte Aaron und ließ den Kopf in den Nacken fallen. Ich hatte keine Ahnung, ob sich die Aussage auf seine Lernunterlagen oder seine geistige Verfassung bezog. So oder so klappte er seinen Laptop zu und begann, die Bücher um sich herum aufzuräumen. »Wie sieht's bei dir aus? Hast du Lust, was essen zu gehen?«

»Ich hab Luca versprochen, auf ihn zu warten.«

Er trieb sich irgendwo in der Bibliothek herum und arbeitete. Seine Schicht war um 20 Uhr vorbei – also in einer knappen Stunde –, und wir hatten verabredet, dass ich ihn mit nach Hause nahm. Es war das Mindeste, was ich für ihn tun konnte, schließlich war er seit fast zwei Wochen meinen Stimmungsschwankungen wegen Gavin ausgesetzt. Manchmal ging es mir hervorragend, manchmal traf mich der Schmerz wie aus dem Nichts, wie ein verschossener Tennisball, der mich hart am Hinterkopf erwischte und binnen Sekunden den Tränen nahebrachte.

»Schade, dann ein anderes Mal«, sagte Aaron und begann, seine Sachen in den Rucksack zu stopfen. »Ich werde morgen schwänzen, um meiner Mom bei ein paar Vorbereitungen für die Hochzeit zu helfen. Schickst du mir deine Notizen?«

»Klar. Ist deine Mom schon aufgeregt?«

Aaron warf sich seinen Rucksack über die Schulter. »Es ist ziemlich viel vorzubereiten, daher hatte sie bisher keine Zeit, um aufgeregt zu sein, aber das kommt sicherlich noch.«

Ich lächelte. »Bestimmt.«

Wir quatschten ein paar weitere Minuten über die Hochzeit, wobei Aaron mal wieder über den Dresscode schimpfte, weil sich seine Mom eine All-White-Feier wünschte, er aber ausschließlich Schwarz trug und nichts im Kleiderschrank hatte, was auch nur im Ansatz heller als dunkelgrau war. Doch sein Protest war nur halbherzig, ihm war anzuhören, wie sehr er sich für seine Mom und auf die Hochzeit freute, zu der er mich eingeladen hatte.

Bevor Aaron sich verabschiedete, vereinbarten wir, dass ich

ihn am Samstag für die Hochzeit abholen würde. Als ich wieder allein war, zwang ich mich, weiterzulernen, obwohl ich keine Lust hatte, aber ich wollte die Zeit, bis Luca Feierabend machte, sinnvoll nutzen.

Kurz vor 20 Uhr klappte ich den Laptop zu und packte meine Sachen zusammen. Ich warf mir den Rucksack über die Schulter, um mich auf die Suche nach ihm zu machen, als ich Derek, Connors Freund, an einem der anderen Tische entdeckte. Ich hatte ihn seit der Eröffnungsfeier der SHS nicht mehr gesehen. Mit der Brille auf der Nase lehnte er konzentriert über seinem Laptop. Ich wollte weitergehen, um ihn nicht zu stören. Doch in diesem Moment hob er den Kopf und sah geradewegs in meine Richtung. Unsere Blicke trafen sich, sodass mir keine andere Wahl blieb, als ihm kurz Hallo zu sagen. Alles andere wäre unhöflich gewesen.

»Hi, auch noch so spät am Lernen?«

»Ja, hab ein bisschen was aufzuholen«, sagte Derek. Er hielt seine Stimme gesenkt, um die wenigen Leute, die um uns herum arbeiteten, nicht zu stören. »Wie geht's dir?«

»Ganz gut, nur bereit für die Couch.«

Derek lachte. »Das verstehe ich.«

»Du solltest mal wieder mit uns in die Mensa kommen.«

»Ich denke nicht.«

»Okay …«

»Connor und ich haben Schluss gemacht«, sagte Derek, und ein schmerzhafter Ausdruck flackerte über sein Gesicht.

»Ihr habt Schluss gemacht? Wann?«

Derek neigte den Kopf. »Am Tag nach der SHS-Feier. Hat er dir das nicht erzählt?«

Ich schüttelte den Kopf. »Nein, wir haben schon länger nicht mehr miteinander geredet.« Ich war die letzten Wochen ziemlich mit meinem eigenen Leben beschäftig gewesen und hatte seitdem auch nicht mehr mit Connor gesprochen. Nach der Trennung von Gavin hatte er mir einmal kurz geschrieben, aber mit keinem Wort erwähnt, dass er sich ebenfalls getrennt hatte. Und Aaron hatte ebenfalls nichts zu mir gesagt.

»Na ja, jetzt weißt du es«, sagte Derek. Er klang enttäuscht.

»Tut mir leid, dass es mit euch nicht geklappt hat.«

»Ach, schon in Ordnung. Die Sache zwischen uns ging ja noch nicht lange.«

Ich lächelte verhalten. Derek mochte vielleicht recht haben, dass ihre Beziehung nicht lange gehalten hatte, aber das musste nichts bedeuten. Gavin und ich hatten auch nur ein paar Wochen miteinander gehabt, trotzdem fühlte es sich an, als wäre etwas Großes, sehr Bedeutsames in die Brüche gegangen. Was ich Derek nicht sagte. Stattdessen warf ich einen unbeholfenen Blick auf meine Uhr. »Ich sollte dann mal los.«

Er nickte. »Klar. Lass dich nicht aufhalten.«

»Viel Erfolg beim Lernen.«

»Danke, dir auch.«

Ich warf Derek einen letzten Blick zu, dann machte ich auf dem Absatz kehrt.

Ich verließ den Lernbereich und steuerte auf die Theke am Eingang der Bibliothek zu, um nachzusehen, ob Luca dort war. Da ich ihn nirgendwo entdecken konnte, machte ich mich zwischen den Regalen auf die Suche nach ihm. Ich fand ihn schließlich in der historischen Abteilung, wo er mal wieder dabei war, Bücher einzusortieren.

»Hey, wusstest du, dass Connor und Derek Schluss gemacht haben?«

Luca blickte von dem Buch auf, das er in der Hand hielt. »Hey, freut mich auch, dich zu sehen. Und ja, Sage hat es mir erzählt.«

»Warum hast du mir nichts gesagt?«

»Hätte ich das tun sollen?«

»Ja!«

»Okay, Derek und Connor haben sich getrennt.«

Ich verdrehte die Augen. »Egal, vergiss es. Bist du fertig?«

»Gleich, ich mach nur schnell den Wagen hier fertig.«

Es lagen eine Handvoll Bücher darauf. Ich ließ den Rucksack von meiner Schulter gleiten und lehnte mich gegen das Regal, um auf Luca zu warten. »Was hast du heute noch vor?«, fragte ich.

»Sage kommt vorbei, wir gucken eine Serie.«

»Das macht ihr zurzeit ziemlich oft. Öfter als sonst.«

»Ist das verboten?« Luca trat neben mich an das Regal, und ich musste ein Stück zur Seite rücken, damit er das nächste Buch einsortieren konnte.

»Nein, aber falls ihr meinetwegen die ganze Zeit zu Hause bleibt, müsst ihr das nicht machen. Mir geht es gut. Ich brauche keinen Babysitter.«

»Es geht nicht immer nur um dich«, erwiderte Luca in diesem brüderlich stichelnden Tonfall, der mir verriet, dass es sehr wohl um mich ging. »Es ist Mitte November, man kann gerade wenig andere coole Sachen machen, ohne zu frieren. Außerdem will Sage für das Weihnachtsgeschäft an ihrem Schmuck basteln.«

Ich nickte, denn was er sagte, klang plausibel, auch wenn ich das Gefühl hatte, dass Sage und er mich seit der Trennung wie ein rohes Ei behandelten. Sie redeten nie über Gavin, erwähnten ihn nicht mal in meiner Gegenwart, ohne dass ich das Thema zuerst ansprach. Manchmal erwischte ich sie dabei, wie sie tuschelten und verstummten, wenn ich den Raum betrat, als würde mich allein die Erwähnung von Gavins Namen zusammenbrechen lassen. Okay, in den ersten zwei, drei Tagen war das vielleicht der Fall gewesen, aber inzwischen hatte ich mich besser unter Kontrolle – zumindest ein bisschen, und das musste ich auch.

»Ich bin morgen mit Gavin in der SHS.«

Luca runzelte die Stirn. »Du hast euch zusammen eingeteilt?«

»Natürlich nicht. Mara hat ihre Schicht getauscht.«

»Dann soll sie zurücktauschen.«

Ich seufzte. »Das geht nicht. Sie ist krank.«

»Dann tausch du deine Schicht.«

»Ich könnte, aber Gavin wüsste, warum.«

»Na und?«, sagte Luca und griff nach dem nächsten Buch. »Er weiß, dass er dir das Herz gebrochen und sich wie ein Arschloch verhalten hat.«

Verwundert sah ich ihn an. »Hast du mit ihm geredet?«

»Ja.«

»Wann?«

Verlegen rieb sich Luca über den Nacken, als hätte ich ihn bei etwas Verbotenem erwischt, dabei war ich diejenige gewesen, die ihn dazu ermutigt hatte, auf Gavin zuzugehen. »Am Montag. Es war ein langes Gespräch. Er hat mir alles erzählt, auch von seiner Mom.«

»Warum hast du nichts gesagt?«

»Glaubst du mir, wenn ich antworte, dass ich es vergessen hab?«

»Nein.«

Luca seufzte. Er hörte auf, die Bücher einzusortieren, und sah mich an. »Du siehst immer so traurig aus, wenn man nur seinen Namen erwähnt, das wollte ich dir ersparen. Und ich wollte dir nicht unter die Nase reiben, dass wir uns wieder vertragen haben.«

Ich nickte, bemüht, nicht traurig auszusehen, obwohl ich ein schmerzhaftes Ziehen in meiner Brust verspürte. Ich wünschte mir, die Sache zwischen Gavin und mir würde sich genauso leicht klären lassen wie die zwischen Luca und ihm, aber dafür war diese ganze Angelegenheit zu kompliziert und mein Gefühlschaos zu groß.

In der Theorie klang es leicht. Ich könnte zu Gavin gehen und mit ihm reden. In der Praxis erschien es mir jedoch unmöglich. Vor allem wenn ich an die Wochen nach dieser Nacht dachte. Ich hatte mich so allein und hilflos gefühlt, und die Vorstellung, mir anzuhören, wie er sich dafür rechtfertigte, erzeugte bei mir eine Gänsehaut. Denn das Problem war nicht, dass ich nicht mit Gavin reden *wollte*, das Problem war, dass ich ihm nicht vertrauen *konnte*.

Er hatte mich zu tief verletzt, nicht nur einmal, sondern mehrmals, und ich hatte keine Ahnung, wie ich auch nur mehr einem einzigen Wort aus seinem Mund Glauben schenken konnte. Was, wenn er mir wieder Halbwahrheiten auftischte und nur erzählte, was ich hören wollte, wie damals im Zelt an Lucas Geburtstag? Ich würde es nicht ertragen, wenn er mir in ein paar Wochen oder Monaten erneut auf diese Weise das Herz bräche.

Vielleicht könnte ich ihm eines Tages wieder genug vertrauen, um mit ihm zu reden, vielleicht auch nicht, das würde nur die Zeit zeigen. Doch für den Moment wollte ich vor allem eines: lernen, mit dem Schmerz zu leben, den er zurückgelassen hatte.

# 9. Kapitel

## APRIL

Vielleicht hatte ich heute Morgen für eine Sekunde daran gedacht krankzumachen, um nicht mit Gavin gemeinsam in der SHS arbeiten zu müssen. Doch ich hatte diese Idee sofort wieder verworfen. Es wäre ein zu großer Zufall, wenn ich ausgerechnet heute fehlte, und ich wollte Gavin nicht diese Macht über mich geben, denn ich hatte ihm schon genug von mir gegeben. Also hatte ich mich aus dem Bett gequält und zum Campus geschleift.

In den Vorlesungen waren meine Gedanken immer wieder zu Gavin und der SHS abgeschweift, was übel war, da Aaron fehlte, um meine Notizen zu ergänzen, und schlimmer noch, er verließ sich heute auf meine Mitschrift. Mein schlechtes Gewissen war aber nur von kurzer Dauer, ehe meine Gedanken sich wieder Gavin und der SHS widmeten.

Früher, als mir lieb war, wurde es Mittag, und ich überdachte meine Entscheidung von heute Morgen. Vielleicht wäre es klüger gewesen, zu Hause zu bleiben, aber nun war es zu spät für einen Rückzieher.

Jedes noch so leise Geräusch im Flur ließ mich zusammenzucken, denn ich wusste, dass Gavin jeden Moment hereinkommen würde, um seine Schicht anzutreten. Unruhig räumte ich die neusten Spenden ein, die Swantje am Morgen abgeholt hatte, als ich Schritte im Gang hörte. Ich zwang mich dazu, ruhig zu bleiben und nicht hinzusehen, als sich die Tür hinter mir öffnete. Jeder Muskel in meinem Körper spannte sich an.

Ich schluckte trocken. »Hey, gut, dass du da bist. Es gibt jede Menge … zu … erledigen.«

Der letzte Teil des Satzes kam mir nur stockend über die Lippen, als ich Gavin ansah. Er hatte sich die Haare und den Dreitagebart abrasiert. Seine Wangen und sein Kinn waren glatt, während er gerade noch genug Haar auf dem Kopf hatte, dass keine Haut durchschimmerte. Sein Gesicht wirkte durch den Schnitt strenger, nicht mehr so weich wie zuvor, und passte nun irgendwie besser zu dem Ausdruck in seinen Augen, der in den letzten Monaten immer etwas zu hart schien.

Es war ein ungewohnter Anblick, und ich wusste nicht, was ich von diesem neuen Look halten sollte, doch mein Körper hatte eine ziemlich deutliche Meinung dazu. Mein Herz setzte zum Sprint an, und ein tiefes, sehnsuchtsvolles Ziehen breitete sich in mir aus, was mir Angst machte. Ich wollte gleichermaßen auf Gavin zu- wie von ihm wegrennen.

»Hey«, sagte er und kam auf mich zu.

Ein Schauder, der sich furchtbar und wunderbar zugleich anfühlte, lief mir beim Klang seiner Stimme über den Rücken. Ich hasste es, sie zu hören, weil sie mich an so viele wunderbare Momente erinnerte. Und ich liebte sie, genau wegen dieser wunderbaren Momente.

»Hi«, erwiderte ich, bis mir einfiel, dass ich ihn bereits begrüßt hatte. Ich klang, als würde mir die Luft fehlen. Und vielleicht machte mich Gavins Nähe tatsächlich etwas atemlos. »Deine Haare …«

»Ja, ich dachte, es ist Zeit für eine Veränderung.«

»Es … Es steht dir.«

Verlegen rieb Gavin sich über den Kopf. »Danke. Ich muss mich erst daran gewöhnen.«

Meine Finger kribbelten, und es verlangte mich, die Hand auszustrecken, um ihm ebenfalls über den Kopf zu streicheln. Ich fragte mich, wie sich die Stoppeln unter meinen Fingerspitzen anfühlen würden, da ich mich noch genau an das seidige Gefühl seiner dunklen Locken erinnerte. Doch statt meine Hand auszustrecken, ballte ich sie zur Faust und trat einen Schritt zurück.

Ein widerliches Gefühl von Déjà-vu breitete sich in mir aus, weil es sich zwischen uns genauso anfühlte wie vor einigen Monaten. Es gab zu viel zu sagen und nicht genug Worte. Die Stille zwischen uns dehnte sich aus, während wir einander schweigend anstarrten. Vermutlich sollte es befremdlich sein, ihn einfach nur anzugucken, aber trotz allem, was zwischen uns stand, war da dieses Gefühl von Vertrautheit, weil ich sein Gesicht genauso gut kannte wie mein eigenes. Die Form seiner Brauen, den Schwung seiner Lippen, die feine Narbe an seinem rechten Kiefer, die sein Bart in den letzten Jahren überdeckt hatte. Ich war dabei gewesen, als er sie bekommen hatte. Wir hatten das erste Mal in unserem Leben Skateboards ausprobiert; er war gegen eine Wand gedonnert und hatte sich an einem herausstehenden Stein das Kinn aufgeschrammt. Einzig und allein die blassrosa Stelle an seiner Unterlippe von Lucas Schlägen, die noch heilte, war neu.

»April …«, raunte Gavin.

Seiner Stimme haftete ein mahnender Klang an, und erst jetzt wurde mir bewusst, dass ich die letzten Sekunden seinen Mund angestarrt hatte. Ich riss meinen Blick von seinen Lippen los und sah ihm in die Augen, was sich als Fehler entpuppte. Seine Pupillen waren geweitet, und ich erkannte einen Ausdruck der Sehnsucht in seinem Blick, der sich tief in mein

Innerstes bohrte. Die Härchen an meinen Armen stellten sich auf, und als Gavin auch noch einen Schritt auf mich zu machte, pochte mein Herz wie wild. Selbst im tiefsten Herbst roch er nach See und Sonne.

Ich fragte mich, ob er seit unserem letzten Besuch am Lake Tahoe gewesen war. Ich erinnerte mich an die Kälte. Doch noch besser erinnerte ich mich an die Wärme, als Gavin mich am Strand gehalten hatte. Eine Wärme, die heißer und glühender geworden war, als wir gemeinsam unter der Dusche gestanden hatten. Der Ausdruck in seinem Gesicht, als ich zu ihm ins Bad gekommen war und mich vor ihm ausgezogen hatte, war unvergesslich. Noch nie hatte mich ein anderer Mensch mit so viel Bewunderung, so viel Erstaunen und so viel Sehnsucht betrachtet wie Gavin. Ich hatte mich in diesem Moment unglaublich wertvoll gefühlt. Doch nur ein paar Minuten später hatte er mir das Gefühl gegeben, absolut wertlos zu sein.

»April«, raunte Gavin erneut.

Ich erschauerte, aber nicht länger vor Wohlwollen, denn das Gefühl der Wertlosigkeit wog tausendmal schwerer als alles andere. Entschieden wich ich einen Schritt zurück und schüttelte den Kopf. »Wir sollten uns an die Arbeit machen. Im Lager stehen noch Kisten, die eingeräumt werden müssen. Könntest du das machen? Danke.«

Ich ließ Gavin keinen Raum für Widerworte. Einen Herzschlag lang sah er mich verdutzt an, dann nickte er und setzte sich in Bewegung. Ein-, zweimal gerieten seine Schritte kurz ins Stocken, als wollte er sich zu mir umdrehen, um etwas zu sagen, aber er tat es nicht.

Ich beobachtete, wie er in den kleinen Lagerraum verschwand. Ein Seufzen entwich meinen Lippen, und ich musste mich kurz gegen das Regal lehnen, um wieder zu Atem zu kommen. Meine Brust fühlte sich unglaublich eng an. Ich war mir allerdings nicht sicher, ob es Sehnsucht war, die mich erfüllte, oder nur Schmerz. Es war erschreckend, wie ähnlich die Empfindungen sich waren. Sie taten beide weh, doch während das eine Gefühl durch Nähe geheilt wurde, wurde das andere durch Distanz geheilt. Mehr Widerspruch ging nicht. Das einzig Gute war, dass ich mir in diesem Moment weder das eine noch das andere leisten durfte, weil wir uns auf die SHS konzentrieren mussten, so blieb mir zumindest eine Entscheidung erspart.

Ein weiteres Mal holte ich tief Luft, dann stieß ich mich von dem Regal ab und wandte mich der Kiste zu, die ich dabei gewesen war auszupacken. Aus dem Augenwinkel sah ich, dass Gavin mit einer weiteren Kiste im Arm zurückkam. Ich zwang mich, nicht in seine Richtung zu sehen und mich auf meine Aufgabe zu konzentrieren, nahm eine Shampooflasche aus meiner Kiste, überprüfte, ob eines unserer Etiketten darauf klebte, und stellte sie in das Regal. Diesen Vorgang wiederholte ich wieder und wieder und wieder. Es war eine monotone Arbeit, die es nicht schaffte, mich von Gavin abzulenken, und ich musste aktiv gegen den Drang ankämpfen, zu ihm zu schauen. Doch obwohl ich es vermied, ihn anzusehen, war ich mir zu jeder Zeit bewusst, wo im Raum er sich gerade befand. Das einzige Geräusch zwischen uns war das Klappern der Spenden, die wir einräumten.

»Wie gefällt es dir bisher in der SHS?«, fragte ich. Es erschien mir ein unverfängliches Thema, und ich hatte mir geschworen, Gavin genauso zu behandeln wie die anderen SHS-Mitglieder – und mit denen redete ich meistens ebenfalls nur über die SHS.

Gavin blickte von seiner Kiste auf. Ein Ausdruck der Verwunderung huschte über sein Gesicht, als hätte er nicht damit gerechnet, dass ich eine Unterhaltung anfing. »Erstaunlich gut dafür, dass Eriksen mich mehr oder weniger damit erpresst hat. Die Arbeit ist entspannt, und ich mag die Leute, vor allem Noah. Wusstest du, dass er zusammen mit seiner älteren Schwester ein Unternehmen gegründet hat, das Küchenhelfer für Menschen mit Behinderung verkauft?«

»Nein, wusste ich nicht.«

»Seine Schwester hat, als sie elf Jahre war, bei einem Unfall ihre linke Hand und den rechten Arm verloren«, erzählte Gavin weiter. »Seit er zwölf war, baut er ihr kleine Helfer für den Alltag. Sie hat Leuten aus der Community davon erzählt, und seit zwei Jahren verkaufen sie die Sachen offiziell in einem eigenen Shop. Cool, oder?«

»Sehr cool. Freut mich, dass du dich gut mit den anderen verstehst«, erwiderte ich mit einem Lächeln, das sich falsch anfühlte, weil ich gleichzeitig hoffte, dass Gavin nicht zu viel Gefallen an der SHS fand, zumindest nicht genug, um sich nächstes Semester erneut einzuschreiben. Ich wollte die SHS wieder für mich haben.

»Danke noch mal, dass du mich mitmachen lässt«, sagte Gavin und wandte sich wieder mit halbem Körper der Arbeit zu. Ohne mich aus den Augen zu lassen, räumte er eine Konserve in das Regal.

»Klar, ich konnte doch nicht zulassen, dass du das Semester nicht schaffst«, erwiderte ich, nach wie vor mit demselben verkniffenen Lächeln. »Konntest du dein Paper bei ihm abgeben?«

»Ja, ein vierter Aufschub wäre wohl nicht drin gewesen.«

»Und hast du bereits Feedback?«

Gavin schüttelte den Kopf. »Nein, noch nicht, aber ich bin guter Dinge. Jetzt darf ich nur die Finals nicht versauen, sonst ist das alles hier umsonst.«

»Hast du schon angefangen zu lernen?«

»Ich versuche zu lernen, wann immer ich die Zeit finde, aber meine Mom wurde letzte Woche aus dem Krankenhaus entlassen. Sie braucht viel Hilfe, da sie sich mit ihren gebrochenen Rippen nur schwer bewegen kann. Und zu zweit mit einem Hund in einem Einzimmerapartment ist nicht gerade die optimale Umgebung zum Lernen. Meistens bin ich nur in der Bib wirklich produktiv.«

»Hast du denn was Eigenes in Aussicht?«

Gavin schüttelte den Kopf, und kurz fühlte ich mich schlecht, weil ich ihn überhaupt erst in die Lage gebracht hatte, dass er bei seiner Mom wohnen musste. Doch dann erinnerte ich mich daran, dass er sich selbst in diese Situation manövriert hatte, indem er mich all die Jahre über belogen hatte.

»Wie geht es deiner Mom?«, hakte ich ein.

»Okay. Wir waren am Mittwoch bei der Nachuntersuchung. Die gebrochenen Rippen heilen gut, aber es wird noch eine Weile dauern, bis sie wieder ganz fit ist.« Er zuckte nur mit den Schultern, sein müder Blick machte jedoch deutlich, wie sehr ihm die Situation mit seiner Mom zusetzte.

Ich lächelte mitfühlend, da mir keine Zeit blieb, mehr dazu zu sagen; ein Blick auf die Uhr verriet mir, dass ich die SHS aufsperren musste. Vor der Tür waren bereits Stimmen zu hören. Fix räumte ich die letzten Spenden aus meiner Kiste ins Regal, bevor ich öffnete und die ersten Studierenden in den Raum stürmten. Inzwischen waren einige bekannte Gesichter dabei, die mich grüßten, bevor sie sich einen der Einkaufskörbe schnappten. Ich nahm meinen Platz hinter der Kasse ein, während Gavin weiterhin Regale bestückte und schließlich für eine Weile ins Lager verschwand, um dort Waren zu etikettieren.

Die erste halbe Stunde verlief ziemlich hektisch, danach kehrte etwas Ruhe ein. Ich warf einen Blick in den Nebenraum, um nachzusehen, ob Gavin klarkam, immerhin war er noch nicht so lange dabei wie wir anderen. Er hatte mir den Rücken zugewandt. Umgeben von Kisten stand er an einem der Tische und sah die Spenden durch. Er hatte seine Kopfhörer aufgesetzt und nickte im Takt der Musik. Was mich an den Tag denken ließ, als wir gemeinsam die Regale aufgebaut und lauthals zu Avril Lavigne mitgesungen hatten. Bei der Erinnerung huschte ein feines, wenn auch schmerzhaftes Lächeln über meine Lippen. Und ich stellte mir vor, wie schön es wäre, mit Gavin für die SHS zu arbeiten, wenn er nicht alles kaputt gemacht hätte.

Ich wollte mich gerade zurückziehen, als Gavin mich plötzlich bemerkte. Er zog sich einen der Kopfhörer aus den Ohren.

»Ist was?«

Verlegen senkte ich den Blick und suchte nach einer Ausrede, die erklärte, warum ich hier war. »Hat dir schon jemand das Kassensystem erklärt?«, hörte ich mich fragen.

»Noch nicht.«

»Dann wird es höchste Zeit dafür. Komm, ich zeig's dir.«

Ohne auf ihn zu warten, wandte ich mich ab und ging. Doch er folgte mir aus dem Lager und stellte sich neben mich an die Kasse. Ich wich einen Schritt zurück, um etwas Distanz zwischen uns zu wahren. Die brauchte ich, um in seiner Gegenwart klar denken zu können. Gavins Anwesenheit stellte Dinge mit mir an, die sich jeglicher Vernunft entzogen, dabei war ich eigentlich ein vernünftiger Mensch.

Wir mussten nicht lange warten, bis die erste Studentin zu uns kam, um ihre Sachen abkassieren zu lassen. Ich hatte sie hier noch nie gesehen. Sie hatte langes blondes Haar, das allerdings ein paar Nuancen dunkler war als meines, und sie war mindestens zehn Zentimeter kleiner als ich. Lächelnd reichte sie Gavin ihren SHS-Ausweis, der ihn ebenfalls lächelnd entgegennahm. Und obwohl nichts dabei war – immerhin war ich genauso freundlich zu den Leuten –, störte mich etwas an dem stummen Austausch, das ich allerdings nicht genau benennen konnte.

Gavin scannte den Ausweis ein.

»Nachdem du die Karte eingelesen hast, öffnet sich ein Profil mit allen Daten«, erklärte ich und deutete auf die entsprechenden Stellen auf dem Bildschirm, wofür ich näher an Gavin heranrücken musste. »Hier siehst du Judes vollen Namen, ihr Geburtsdatum und ein Foto, damit kannst du abgleichen, ob der Ausweis wirklich ihr gehört, denn eine Weitergabe ist nicht erlaubt. Am wichtigsten sind diese zwei Zahlen: Hier steht, wie viel Guthaben Jude im Monat gutgeschrieben wird, und darunter, wie viel davon übrig ist. Die Höhe des Guthabens variiert und ist selbstverständlich vertraulich zu behandeln.«

Gavin nickte. »Klar.«

»Nachdem du festgestellt hast, dass der Ausweis tatsächlich der Person gehört, die vor dir steht, und gecheckt hast, ob noch Guthaben vorhanden ist, kannst du die Etiketten scannen«, erklärte ich weiter und bedeutete Gavin anzufangen. Er schnappte sich eine Packung Trockenfrüchte, die Jude bereits auf den Tisch gelegt hatte, und scannte sie ein. Es öffnete sich ein neues Fenster. »Hier siehst du alles, was du schon eingescannt hast, und auch, wie das Guthaben von Judes Konto abgeht. Aber das ist nicht so wichtig, sobald es aufgebraucht ist, lässt sich nichts mehr einscannen.«

»Und was ist, wenn jemand kein Guthaben mehr hat?«

»Bisher hatten wir den Fall nicht, aber sollte das jemals passieren, musst du die Person leider wegschicken. Das Guthaben ist aus gutem Grund begrenzt, und wenn jemand mehr benötigt, als er zur Verfügung hat, muss er das mit der Verwaltung klären. Wir machen keine Ausnahmen.«

Gavin nickte erneut und machte sich daran, Judes restliche Sachen einzuscannen. Sein Job im Supermarkt kam ihm dabei eindeutig zugute, denn obwohl er das erste Mal an unserer Kasse stand, war er um einiges schneller als ich.

»Du bist in Biologische Psychologie bei Professor Francis«, hörte ich Jude plötzlich sagen, während sie die bereits abkassierten Einkäufe in ihren Rucksack packte, wobei sie nur Augen für Gavin hatte. Und da wurde mir bewusst, was mich an ihrem Lächeln zuvor gestört hatte: Es war nicht nur freundlich, es war anzüglich.

Gavin hob den Blick. »Ja, bin ich. Du auch?«

Jude nickte und steckte sich eine ihrer blonden Haarsträhnen hinters Ohr. »Um ehrlich zu sein, bist du mir in der Vorlesung schon öfter aufgefallen. Du trägst immer diese coolen Gaming-Shirts.« Sie deutete auf den Hoodie, den er anhatte. Er war schwarz mit einem weißen Logo, das ich nicht kannte, Jude allerdings etwas zu sagen schien. »Das ist eines meiner Lieblingsspiele.«

Verlegen strich sich Gavin über die Brust. »Oh, danke. Du zockst auch?«

»Ja, ich mach fast nichts anderes. Was spielst du gerade?«

»Ich hänge seit Wochen an *God of War* fest – keine Zeit. Und du?«

»Im Moment hauptsächlich *Dead by Daylight* mit meinen Freunden. Kennst du das?«

Gavin nickte. »Ja, aber hab irgendwie nicht so recht reingefunden.«

Jude verzog die Lippen zu einem Schmollmund. »Schade, es ist wirklich cool; und es macht so viel Spaß, die ganzen Perks auszuprobieren. Bald kommt außerdem ein neuer Killer. Vielleicht können wir mal zusammen spielen, dann erkläre ich dir alles«, sagte sie mit diesem hoffnungsvollen Schimmer in den Augen, der mir verriet, dass es nicht nur eine Partie dieses Games war, auf die sie aus war.

Gavin geriet kurz ins Stocken, und in mir keimte die Hoffnung auf, dass er blind für Judes Annäherungsversuche war, aber seine nächsten Worte fühlten sich an wie ein Schlag ins Gesicht. »Gern, warum nicht?«

»Cool!«, quietschte Jude aufgeregt, schnappte sich einen der Stifte, die neben dem Laptop lagen, und zog aus ihrer Hosentasche ein unbenutztes Taschentuch. »Ich schreib dir meinen Usernamen auf, dann kannst du mich auf der PlayStation als Freund adden.« Sie notierte ihren Namen, bevor sie Gavin mit einem breiten Lächeln das Taschentuch reichte.

Mein Magen sackte eine Etage tiefer. Am liebsten hätte ich Gavin das Taschentuch aus der Hand gerissen und es in der Luft zerfetzt, aber mit geballten Fäusten hielt ich mich zurück, um keine Szene zu machen. Er stopfte es in die Tasche seiner Jeans und wünschte Jude einen schönen Tag. Sie schenkte ihm ein letztes breites Lächeln, dann schnappte sie sich ihre Einkäufe und verließ die SHS.

Mein Herz raste, und mir war auf einmal nach Weinen zumute, obwohl ich meine Tränendrüsen diese Woche bisher ziemlich gut unter Kontrolle gehabt hatte. »Es scheint, als hättest du alles im Griff«, sagte ich, bemüht, das Beben aus meiner Stimme zu halten.

Gavin nickte. »Ja, im Supermarkt läuft das ähnlich ab.«

»Schön, dann bleib du doch hier vorn, und ich übernehme die Schicht im Lager.« Mein Lächeln war verkniffen, und noch bevor Gavin bemerken konnte, wie steif und gezwungen es war, wandte ich mich ab und lief in den Lagerraum. Ich ließ die Tür hinter mir ins Schloss fallen und lehnte mich dagegen. Zittrig holte ich Luft und versuchte, gegen die Tränen anzukämpfen, auf die ich überhaupt kein Anrecht hatte.

Gavin und ich waren nicht mehr zusammen, weil *ich* es so wollte. Ich hatte ihn gehen lassen, also hatte er auch das Recht weiterzuziehen. Trotzdem brach es mir das Herz, ihn mir mit einer anderen vorzustellen.

# 10. Kapitel

## APRIL

Der gestrige Tag und meine Schicht mit Gavin in der SHS lagen mir schwer im Magen. Ich hatte die halbe Nacht wach gelegen und jede einzelne Sekunde dieser zweieinhalb Stunden analysiert. Jedes Wort. Jede Bewegung. Jede Berührung. Jeden Blick.

Und vor allem die Unterhaltung zwischen Gavin und Jude lebte seitdem mietfrei in meinem Kopf. Immer wieder musste ich an ihr Lächeln denken und an ihren Namen auf dem Taschentuch in Gavins Hosentasche. Ob er sie schon als Freundin auf seiner PlayStation hinzugefügt hatte? Hatten die beiden möglicherweise bereits gestern zusammen gespielt? Zusammen gelacht? Zusammen Spaß gehabt?

Bei der Vorstellung wurde mir übel, auch wenn ich lieber nicht hinterfragen wollte, warum. Denn das hätte bedeutet, dass ich mir die Gefühle eingestehen musste, die zu dem ganzen Chaos in meinem Kopf führten. Ich wollte nicht mit Gavin zusammen sein, gleichzeitig wollte ich nicht, dass er mit einer anderen zusammen war. Was unfair war, schließlich wollte ich ihn glücklich sehen, aber erst, wenn ich ebenfalls glücklich sein konnte. Doch wenn er eine neue Freundin fand, wäre das, was wir miteinander gehabt hatten, für ihn schnell vergessen. Ich hingegen würde weiterhin nur an Gavin denken können. Sosehr er mich verletzt hatte, so wenig konnte ich mich mit jemand anderem sehen.

Er hatte schon immer diese Wirkung auf mich gehabt. Niemand – wirklich niemand – hatte es bisher geschafft, mein romantisches, aber auch mein sexuelles Interesse auf diese Art und Weise zu wecken und halten zu können. Gab es so was wie Gavinsexualität? Vermutlich nicht, dennoch war ich mir sicher, dass genau das meine Orientierung war. Und im Wörterbuch würde stehen: *Gavinsexuell, das Verlangen nach Menschen, die Gavin heißen.*

Wobei, das konnte nicht stimmen. In meinem Jahrgang hatte es auch einen Gavin gegeben und der war ziemlich ätzend gewesen.

Meine eigenen wirren Gedanken ließen mich die Augen verdrehen, und ich stellte den Podcast lauter, der aus dem Lautsprecher meines Handys tönte, während ich mich für die Hochzeit von Aarons Mom fertig machte. Es ging in der Folge um niedrige Preispolitik bei großen Kleidungsherstellern und die Problematik hinter diesen Unternehmen. Es war ganz spannend, und ich versuchte, mich darauf zu konzentrieren anstatt auf Gavin.

Nachdem ich mich geschminkt hatte, schlüpfte ich vorsichtig in mein weißes Kleid, damit kein Make-up an dem hellen Stoff hängen blieb. Eigentlich hatte ich die Hochzeit als Ausrede nutzen wollen, um mal wieder shoppen zu gehen, denn das letzte Mal war schon viel zu lange her. Aber das Chaos der letzten Wochen hatte mir die Laune verdorben, weshalb ich dasselbe langärmlige Cocktailkleid trug, das ich vor zwei Jahren zu Joans Geburtstag angehabt hatte. Auf der linken Brust prangte noch immer der Ketchup-Fleck, mit dem ich mir damals das Kleid versaut hatte. Doch ich hatte mir eine Brosche mit weißer Stoffblüte angesteckt, welche den Fleck kunstvoll überdeckte.

Ich betrachtete mich im Spiegel. Das Oberteil des Kleides schmiegte sich an meinen Oberkörper, während mir der Rock luftig bis zu den Knien fiel. Darunter trug ich eine wärmende Strumpfhose, welche die gleiche Farbe wie meine Haut hatte, sodass es kaum auffiel. Mein Haar hatte ich über eine halbe Stunde lang mit dem Lockenstab bearbeitet, und mein Make-up war in herbstlichen Farben gehalten. Abgerundet wurde das Outfit durch weiße Pumps.

Zufrieden mit dem, was ich im Spiegel sah, steckte ich mein Handy und eine Packung Taschentücher in meine Clutch und ging ins Wohnzimmer, wo Luca gerade dabei war, Chips in eine Schüssel zu schütten. »Wie sehe ich aus?«

Er blickte auf, musterte mich. »Gut.«

Ich hob eine Braue. »Gut? Ist das alles?«

»Sehr gut?« Aus seinem Mund klang das wie eine Frage.

Ich schnaubte und warf mir den Poncho mit Kunstfell über die Schultern. Aaron hatte mir zwar versichert, dass das Zelt im Garten seiner Mom beheizt sein würde, aber ich wollte auf Nummer sicher gehen. Vorsichtig zog ich meine Haare aus dem Kragen des Ponchos.

»Was machst du heute?«

»Ein Freund kommt vorbei, wir wollen etwas zocken.«

»Du meinst Gavin?«

»Vielleicht.«

»Du kannst seinen Namen sagen.«

»Okay, ja, Gavin kommt vorbei. Und zwar in ein paar Minuten. Du solltest also besser gehen, wenn du ihm nicht über den Weg laufen willst.«

»Ich bin schon fast aus der Tür«, erwiderte ich und erwischte mich dabei, wie ich mich darüber freute, dass Gavin Zeit mit Luca verbrachte, dann wusste ich zumindest, dass er kein Zock-Date mit Jude hatte.

Luca ließ sich auf die Couch fallen. »Viel Spaß auf der Hochzeit.«

»Danke!«, rief ich und machte mich auf den Weg, um dieses Gespräch schleunigst wieder zu vergessen, denn ich wollte mir davon nicht die Vorfreude auf die Hochzeit nehmen lassen.

Am Aufzug hing mal wieder ein »Außer Betrieb«-Schild, aber da ich eh die Treppen bevorzugte, war das nicht weiter schlimm. So schnell mich meine Pumps trugen, lief ich die Stufen nach unten. Kurz darauf hörte ich, wie die Haustür zufiel und jemand die Stufen nach oben gestapft kam. Ich hielt mich rechts, damit die andere Person links an mir vorbeilaufen konnte, als etwas geradewegs in mich hineinrannte. Es dauerte einen Moment, bis ich realisierte, dass es Jack war. Schwanzwedelnd begrüßte mich der Australian Shepherd und hüpfte an meinen Beinen nach oben.

»Hey, mein Kleiner«, sagte ich mit hoher Stimme und versuchte, seine Pfoten abzufangen. Eigentlich würde mich das nicht stören, aber ich trug das einzige weiße Kleid, das ich besaß, und Abdrücke in Form von Hundepfoten würden bei einer Hochzeit bestimmt nicht gut kommen. Früher hatte Jack sich nie so gefreut, mich zu sehen, aber seit Gavin und ich zusammengewohnt hatten, war das eine andere Geschichte.

»Jack, aus!«

Sofort hörte Jack auf, an mir hochzuspringen, und rannte ein paar Stufen zurück zu Gavin, der in diesem Moment um die Ecke kam. Er blieb auf der Ebene zwischen zwei Treppen stehen. Ich erschrak kurz bei seinem Anblick, weil ich für einen Moment vergessen hatte, dass er sich die Haare abgeschnitten hatte, allerdings war bereits wieder ein Hauch des vertrauten Bartschattens an seinem Kinn und Kiefer zu erkennen. »Hey, sorry, ich wusste nicht, dass du noch da bist.«

Ich rückte den Riemen meiner Clutch zurecht. »Ich wollte gerade gehen.«

»Verstehe«, murmelte Gavin und schob die Hände in die Hosentaschen. Er betrachtete mich. Langsam glitt sein Blick von meinem gelockten Haar über mein Dekolleté meinen Körper hinab. Dunkle Schatten lagen unter seinen Augen, aber sein Blick wirkte plötzlich sehr wach, und ich bemerkte, wie er schwer schluckte, als würde etwas seinen Appetit anregen. Allerdings war das kein Hunger, der mit Essen zu stillen war.

Mein Magen zog sich zusammen. Unter seiner Musterung hatte ich das Gefühl, kein Stückchen Stoff am Leib zu tragen. Vielleicht weil er der einzige Mensch war, der wusste, wie ich unter all der Kleidung aussah.

Gavin räusperte sich. »Du … Du siehst gut aus.«

»Danke, du auch.«

Er schaute an sich herab und hob fragend die Augenbrauen. Er trug das alte *Jurassic-Park*-Shirt seines Dads, darüber einen schwarzen Cardigan und ein ausgewaschenes Paar Jeans, an deren Saum Schlammspritzer zu erkennen waren, vermutlich von einem Spaziergang mit Jack.

»Okay, das war eine Lüge«, gestand ich verlegen, wobei das nicht ganz stimmte. Gavins Outfit sah vielleicht nicht gut aus, aber *er* sah gut aus. Wie immer, zumindest in meinen Augen, was es mir ziemlich schwer machte, meinen Blick von ihm abzuwenden, auch wenn ich das unbedingt tun sollte. Wir konnten uns nicht jedes Mal minutenlang sehnsüchtig anstarren, wenn wir einander begegneten – es zerriss mich innerlich. Da war die Freude, ihn wiederzusehen, weil ich ihn so sehr vermisste, und die Enttäuschung, weil er mich so unglaublich verletzt hatte. Wie sollte ich mich jemals wieder ganz und vollständig fühlen, wenn mich diese Gefühle für Gavin entzweirissen?

»Ich muss los«, sagte ich mit all der Entschlossenheit, die ich aufbringen konnte.

Gavin nickte verlegen. »Klar. Viel Spaß.«

»Danke, euch auch.«

Ich lächelte verkniffen und schob mich an ihm vorbei, wobei das Treppenhaus so schmal war, dass ich nicht wirklich einen Bogen um ihn machen konnte, aber ich versuchte, mich nicht von seinem Duft oder seiner Nähe einlullen zu lassen. Kurz bevor ich um die Ecke verschwand, ließ mich Gavins Stimme jedoch noch einmal innehalten.

»April?«

»Ja?«

Er lächelte. »Du siehst wirklich absolut umwerfend aus.«

Ich quetschte meinen Wagen in eine Parklücke am Ende der Straße, in der Aarons Mom lebte. Ich hatte erwartet, einen Parkplatz vor ihrem Haus zu bekommen, aber Fehlanzeige. Alles war vollgestellt, obwohl Aaron mir versichert hatte, dass es eine kleine Hochzeit werden würde. Aufgeregt sprang Aaron aus dem Auto, kaum dass es zum Stehen gekommen war. Ich schnappte mir meine Handtasche vom Rücksitz, als er auch schon auf meiner Seite war, um mir die Tür zu öffnen.

»Danke.«

Aaron grinste. »Gern.«

Sein Anblick war ungewohnt. Ich hatte ihn bisher ausschließlich in dunkler Kleidung gesehen, aber heute trug er von Kopf bis Fuß Weiß, wie von seiner Mom verlangt – einen weißen Anzug mit einem ebenso weißen Hemd darunter und helle Lackschuhe. In dem Aufzug wirkte er wie ein völlig anderer Mensch, aber es stand ihm gut. Doch auf meinen Kommentar hin, er sollte öfter Sachen anziehen, die nicht schwarz seien, hatte er nur missmutig gegrunzt.

Ich schob mir den Riemen meiner Clutch über die Schulter und machte mich gemeinsam mit Aaron auf den Weg zum Haus seiner Mom. Es war nicht zu übersehen, welches es war. Im Vorgarten stand ein Herz aus roten Rosen, in dessen Mitte ein Foto von zwei Verliebten klebte. Ich nahm stark an, dass das Aarons Mom Carmen und ihr Verlobter David waren. Sie grinste breit in die Kamera, während er ihr lächelnd einen Kuss auf die Wange drückte. Es war süß. Süß und kitschig.

Wir liefen an dem Blumenherz vorbei zur Haustür. Stimmen und Gelächter drangen aus dem Inneren. Es klang beinahe so, als wäre die Party bereits in vollem Gange. Eine Woge der Aufregung überkam mich, weil ich all diese Leute nicht kannte. Eigentlich war ich ein geselliger Mensch, aber eine solche Menge an Fremden hätte wohl jeden eingeschüchtert. Eine gute Sache hatte die Aufregung allerdings, nämlich dass sie mich von Gavin und unserer Begegnung im Treppenhaus ablenkte.

Vor der Tür blieb Aaron auf einmal so abrupt stehen, dass ich beinahe in seinen Rücken hineingerannt wäre. Langsam drehte er sich zu mir um, und ich sah ihn fragend an.

»Hast du was im Auto vergessen?«

»Nein, aber da wäre noch eine Sache.«

»Und was?«

»Ich hab meiner Familie erzählt, dass du meine Freundin bist und wir daten. Es wäre nett, wenn du mitspielst. Danke!« Aaron lächelte entschuldigend und besaß tatsächlich die Frechheit, die Tür aufzudrücken, ohne mir die Chance zu geben, etwas zu erwidern.

Ich? Seine Freundin? Irritiert blinzelte ich, aber mir blieb keine Zeit, zu protestieren oder dergleichen, denn im nächsten Moment waren wir von einer Vielzahl von Leuten umzingelt, die Aaron umschwärmten und auch mich herzlich mit Umarmungen begrüßten.

Ich lernte Aarons Großmutter María kennen, seinen zukünftigen Schwiegervater David, einige Cousins und Cousinen, Tanten und Onkel sowie engere Freunde und Bekannte der Familie. Offenbar definierten die Martínez eine *kleine Hochzeit* vollkommen anders als ich. Mir wurden innerhalb von zehn Minuten so viele neue Leute vorgestellt, dass ich mir unmöglich all ihre Namen merken konnte. Sie wiederum schienen jedoch genau zu wissen, wer ich war, und ich fragte mich, wie lange Aaron seiner Familie schon erzählte, dass wir dateten. Es gefiel mir nicht, sie anzulügen, aber ich brachte es auch nicht über mich, Aaron auffliegen zu lassen, also spielte ich mit. Ich schmiegte mich an ihn, als er mir einen Arm um die Schultern legte, und mimte die verliebte Freundin.

Eine halbe Stunde später wurden wir von einem der Trauzeugen gebeten, uns im Garten einzufinden, weil die Trauung bald beginnen würde. Der Garten war wunderschön dekoriert, und Carmen und David hatten Glück mit dem Wetter. Denn obwohl es kalt war, schien die Sonne und tauchte alles in warmes Licht.

Tische und Bänke, die mit weißem Stoff bespannt waren, standen unter einem großen Zelt, das von elektrischen Heizstrahlern gewärmt wurde. Die Tische bildeten eine Art Schleuse, die zu einem Pavillon führte, der mit weißen Rosen und Ballons geschmückt war. Girlanden und Lampions waren von einem Ende des Zeltes zum anderen und zwischen den Bäumen und Sträuchern ringsherum gespannt worden. Es gab eine freie Fläche zum Tanzen und ein Büfett bestehend aus jeder Menge Schüsseln und Schalen unterschiedlicher Farben und Formen, die deutlich machten, dass kein Catering dafür verantwortlich war.

Ich beugte mich zu Aaron. »Haben die anderen Essen mitgebracht?«

»Ja, das ist Tradition.«

»Warum hast du nichts gesagt?!«

»Weil du nicht kochen kannst.«

»Ich hätte was kaufen können.«

»Das ist nicht das Gleiche.«

»Jetzt denkt deine Familie, ich wäre unhöflich«, sagte ich. Und weil ich mich noch immer nicht ganz wohl mit der Lüge fühlte, die wir allen hier erzählten, konnte ich mir den nächsten Satz nicht verkneifen. »Aber vielleicht ist das ganz gut, dann bricht es ihnen nicht das Herz, wenn wir uns in ein paar Wochen trennen.«

Aaron grinste, blieb mir aber eine Erwiderung schuldig, denn in diesem Moment wurde er von seiner Oma gerufen. Sie sagte etwas auf Spanisch, das ich nicht verstand. »Ich muss zu meiner Mom. Ich führe sie zum Altar. Wir sitzen da vorn«, übersetzte Aaron für mich und deutete auf einen Tisch in der Nähe des Pavillons, dann war er verschwunden.

Mit einem Seufzen setzte ich mich. Die Tische waren ebenso wie der Rest wunderschön dekoriert. Das Geschirr war aus weißem Porzellan, und auf jedem Teller war eine Karte mit dem in Gold geprägten Namen des jeweiligen Gastes platziert. Die Servietten waren raffiniert gefaltet, und überall standen helle Blumengestecke.

Es dauerte eine gefühlte Ewigkeit, bis alle ihre Plätze eingenommen hatten, aber schließlich war es so weit. David und der Pfarrer brachten sich auf dem Podest unter dem Pavillon in Position, die Trauung begann. Musik setzte ein, und Aaron und seine Mom traten gemeinsam aus dem Haus. Carmen sah absolut hinreißend aus. Sie trug ein schulterloses Kleid mit langen Ärmeln. Das dunkle Haar türmte sich in raffinierten Locken auf ihrem Kopf, wobei ihr Gesicht von vereinzelten Strähnen umrahmt wurde. Das Schönste an ihr war jedoch ihr Lächeln.

Sie strahlte über das ganze Gesicht, genau wie David, der beim Anblick seiner zukünftigen Frau sichtlich mit den Tränen rang.

Mir wurde selbst etwas eng in der Kehle. Ich holte vorsorglich ein Taschentuch aus meiner Clutch – und wie sich herausstellte, brauchte ich es dringend. Die Trauung war traumhaft schön, wobei die selbst verfassten Eheversprechen für mich das absolute Highlight waren. Sie machten mir Hoffnung, dass ich eines Tages doch noch die große Liebe abseits von Gavin finden würde. Denn nicht alle Beziehungen waren zum Scheitern verurteilt.

Der sehr emotionalen und eleganten Trauung folgte eine wilde, weniger elegante, sehr laute und ausgelassene Party. Nachdem alle dem Brautpaar gratuliert hatten, stürzte man sich auf das Essen, und direkt im Anschluss eroberten die ersten Leute die Tanzfläche, was dazu führte, dass die Musik aufgedreht wurde. Es gab Spiele für Braut und Bräutigam und auch das traditionelle Brautstraußwerfen, an dem Aarons Oma mich zwang teilzunehmen. Allerdings gab ich mir nicht viel Mühe, den Strauß zu fangen. Immer wieder wurden Aaron und ich in Gespräche verwickelt und mussten Fragen zu unserer Beziehung beantworten, was zum Glück nicht schwer war, da wir einander gut genug kannten.

»Danke, du bist ein Schatz«, sagte Aarons Mom mit einem Lächeln, als er ihr ein Wasserglas reichte. Sie trank einen gierigen Schluck, als wäre sie bereits halb am Verdursten. Ich hatte sie und David bisher kaum gesehen oder nur aus der Ferne, weil sie die ganze Zeit von ihren Gästen belagert wurden. Nun hatten sich die beiden für eine ruhige Minute mit vollen Tellern zu Aaron und mir gesetzt.

»Wie gefällt euch die Hochzeit bisher?«, fragte David. Er hatte sein Jackett abgelegt. Anscheinend hatte ihn das ganze Händeschütteln ins Schwitzen gebracht.

»Super. Zehn von zehn«, antwortete Aaron.

Seine Mom schnaubte.

»Es war eine wunderschöne Trauung«, sagte ich. Inzwischen hatte man drei Seiten des Zeltes zugemacht, sodass die Wärme aus den Strahlern nicht entweichen konnte. Kleine Lampen baumelten vom Gerüst des Zeltes und tauchten es in warmes Licht. »Ich liebe die Deko. Und du siehst absolut hinreißend aus, Carmen.«

Sie strahlte mich über das ganze Gesicht an. »Das ist lieb. Danke. Es ist so schön, dass du da bist. Ich nerve Aaron seit Ewigkeiten damit, dass ich die Frau kennenlernen möchte, die sein Herz erobert hat.«

Ich presste die Lippen aufeinander und lächelte verkniffen. Aarons entfernte Verwandte anzuflunkern, die er selbst kaum zu Gesicht bekam, war eine Sache, aber seine Mom anzulügen hob die Schwindelei auf das nächste Level. Ich wusste, dass sich die beiden nahestanden, anders als ich hatte er ein enges Verhältnis zu seiner Mom. Ich erlebte regelmäßig, wie er Nachrichten von ihr bekam. Sie wünschte ihm am Morgen einen schönen Tag, viel Erfolg für seine Prüfungen und eine gute Zeit mit seinen Freunden, wenn sie wusste, dass er mit uns unterwegs war. Während meine Mom es nicht einmal auf die Reihe bekam, sich alle paar Monate mit mir zu treffen, geschweige denn vernünftig auf meine Nachrichten zu antworten. Das Einzige, was ich von meiner Mutter in den letzten Wochen erhalten hatte, waren einsilbige Antworten, wenn überhaupt.

»Ich freu mich auch, hier zu sein«, erwiderte ich ausweichend, und das entsprach der Wahrheit. Die Hochzeit und die neuen Leute um mich herum waren genau das, was ich gebraucht hatte.

»Aaron hat mir schon so viel von dir erzählt.«

»Hat er?«

Carmen grinste. »Ja, er kommt aus dem Schwärmen gar nicht raus.«

»Das höre ich gern, aber mir geht es mit ihm genauso«, flunkerte ich und legte Aaron eine Hand auf den Unterarm. Für einen kurzen Moment glaubte ich, so etwas wie Unwohlsein über seine Gesichtszüge flackern zu sehen, dann lächelte er wieder.

»Wo habt ihr euch kennengelernt?« Die Frage kam von Pilar, einer Tante von Aaron, die neben uns am Tisch saß. Sie war etwas älter als Carmen. Wir hatten uns vorhin kurz über Mode unterhalten.

»Wir studieren zusammen an der MVU«, antwortete Aaron.

Pilar lächelte. »Wie schön.«

»Kaum zu glauben, dass aus dir noch mal was geworden ist. Damit hätte wohl keiner gerechnet«, kam es von Bruno, Pilars Ehemann, der sich bisher nicht sehr redselig gezeigt hatte.

»Bruno«, mahnte Pilar mit strenger Stimme.

»Was?« Er zuckte mit den Schultern und deutete auf Aaron, der auf seinem Stuhl sichtlich kleiner geworden war. »Es stimmt doch. Ich sage nur, was wir alle hier denken.«

»Dann behalt deine Gedanken wie alle anderen für dich«, mahnte Pilar und warf zuerst Aaron und dann seiner Mom einen entschuldigenden Blick zu.

Carmen lächelte steif und etwas verlegen, und ich konnte das Gefühl nicht abschütteln, irgendetwas verpasst zu haben. Aber ich wollte auch nicht aufdringlich sein und nachfragen, wenn offenbar niemand darüber reden wollte.

Nach diesem kurzen Stolperer klinkten sich Bruno und Pilar aus dem Gespräch aus. Ich unterhielt mich noch ein paar Minuten mit Aarons Mom, bevor diese sich wieder um ihre anderen Gäste kümmern musste. Aaron und ich mischten uns ebenfalls unter die Leute und landeten schließlich auf der Tanzfläche.

Ich hatte so viel Spaß wie seit Langem nicht mehr und genoss es, unter Menschen zu sein, die keine Ahnung von dem Drama in meinem Leben hatten. Die nicht wissen wollten, wie ich mich fühlte, sondern glücklich damit waren, mit mir über die Feier und Aaron zu reden. Ich hatte das Gefühl, endlich mal wieder richtig abschalten zu können, denn hier drohte keine Gefahr, dass mir Gavin über den Weg lief.

Die Feierlichkeiten dauerten bis tief in die Nacht, und es war bereits zwei Uhr morgens, als Aaron und ich das Haus verließen, nachdem wir Carmen und David ein letztes Mal gratuliert und viel Spaß in den Flitterwochen gewünscht hatten.

Mit einem erleichterten Seufzen ließ ich mich auf den Sitz meines Wagens fallen. Ich war wirklich erschöpft. Mir schwirrte der Kopf von der lauten Musik, mein Mund war trocken vom vielen Reden und meine Füße taten vom Tanzen weh.

»Eine Frage«, sagte Aaron, der nicht weniger fertig wirkte, als ich mich fühlte. Die obersten Knöpfe seines Hemdes standen offen, und sein Haar war völlig zerzaust, wobei meine Frisur vermutlich nicht viel besser aussah. »Hast du auch so einen tierischen Hunger wie ich?«

»Oh ja, und wie!« Das Essen war gegen Ende etwas knapp geworden, und das viele Tanzen hatte meinen Appetit angeregt. »Burger?«

Aaron nickte energisch, und ich zögerte keine Sekunde länger, sondern startete den Motor, manövrierte den Wagen aus der Parklücke und fuhr zu dem einzigen Drive-in, von dem ich wusste, dass er um diese Uhrzeit noch offen hatte. Auf dem Weg dorthin redeten Aaron und ich nicht. Nach der lauten Musik und den aufgeregten Stimmen der letzten Stunden fühlte sich die Stille gut an. Ich schaltete nicht einmal das Radio ein. Am Drive-in bestellten wir uns viel zu viel, und ein paar Minuten später parkte ich mein Auto mit Tüten voller Pommes und Burger auf dem Parkplatz vor dem Fast-Food-Laden. Vermutlich würde mein weißes Kleid diesen Mitternachtssnack nicht überleben, aber dann wäre der Ketchup-Fleck zumindest nicht mehr einsam.

Genüsslich schob ich mir die ersten Pommes in den Mund, während Aaron raschelnd den Burger vom Papier befreite. Der erste Bissen ließ ihn zufrieden aufstöhnen. »Das hab ich gebraucht.«

Ich brummte zustimmend und nahm mir noch ein paar Pommes. Eine Weile waren wir nur mit Essen beschäftigt, aber als der größte Hunger gestillt war, stellte ich endlich die Frage, die mich seit Stunden beschäftigte. »Warum hast du deiner Familie erzählt, ich wäre deine Freundin?«

»Weil sie mich sonst den ganzen Abend gefragt hätten, warum du es nicht bist«, antwortete Aaron und wühlte dabei konzentriert – zu konzentriert – in der Tüte mit den Pommes herum.

»Und warum bin ich es nicht?«

Das ließ ihn verwundert aufblicken. »Willst du damit sagen, dass du gern meine Freundin wärst?«

»Nein, auf keinen Fall.«

»Autsch. Das bricht mir das Herz.« Theatralisch fasste er sich an die Brust, wobei die Pommes fettige Rückstände auf seinem weißen Hemd hinterließen, aber das schien ihm egal zu sein.

Ich schnalzte mit der Zunge. »Tu nicht so, du willst mich doch auch nicht daten.«

»Nein, will ich nicht«, bestätigte Aaron das Offensichtliche und aß seine Pommes, als wäre das Thema damit erledigt.

Im Laufe des letzten Jahres war das immer der Punkt gewesen, an dem ich ihn in Ruhe gelassen hatte. Aber diese Zeiten waren vorbei, vielleicht weil er mich ungefragt zu seinem Alibi gemacht hatte, vielleicht weil ich miterlebt hatte, wie enttäuscht und traurig er gewesen war, als Connor Derek gedatet hatte. Doch die beiden hatten sich getrennt, und er hatte die Chance, ein Happy End mit Connor zu bekommen, von dem ich überzeugt war, dass er es wollte.

»Also, warum hast du gelogen?«, hakte ich nach.

Aaron wich erneut meinem Blick aus. Er griff nach den Servietten, die zwischen uns lagen, und wischte sich konzentriert die Hände sauber, als bräuchte das all seine Aufmerksamkeit. »Weil ich ihnen nicht die Wahrheit sagen kann«, gestand er schließlich leise.

»Warum nicht?«

»Weil ich das meiner Mom nicht antun kann.«

Ich neigte den Kopf. »Wie meinst du das?«

»Sie würde es verstehen, da bin ich mir sicher, aber der Rest meiner Familie … das ist eine andere Geschichte. Viele von ihnen sind sehr religiös. Streng religiös. Es wäre ein Skandal. Das ganze Gerede würde von vorn beginnen, und meine Mom müsste es sich anhören. Ich will sie nicht noch mehr enttäuschen.«

Verwirrt sah ich Aaron an. Ich hatte mit seiner Mom und dem Rest seiner Familie auf der Hochzeit gesprochen, und niemand hatte auch nur ein schlechtes Wort über Aaron verloren, mit Ausnahme von Brunos merkwürdiger Stichelei. Hatte es etwas damit zu tun?

»Du bist keine Enttäuschung«, versicherte ich Aaron entschlossen und ein wenig wütend. »Du bist ein toller Sohn. Du nimmst keine Drogen. Du übertreibst es nicht mit dem Alkohol … meistens. Du studierst und bist richtig gut darin. Und selbst wenn das alles nicht so wäre, wärst du trotzdem ein guter

Freund und ein toller Mensch und niemand hätte das Recht, von dir enttäuscht zu sein. Und weißt du was? Wenn Bruno oder wer auch immer von dir enttäuscht ist, weil du liebst, wen du nun mal liebst, bin ich enttäuscht von ihnen und verurteile sie hart.«

Aaron verzog die Lippen zu einem gequälten Lächeln. »Danke, aber sie sind keine schlechten Menschen. Sie sind nur ... traditionell. Und ich bin weit davon entfernt, der perfekte Sohn zu sein. Glaub mir. Es gibt Dinge, die du nicht über mich weißt.«

»Was für Dinge?«

Aaron presste die Lippen aufeinander, und für einen winzigen Moment hatte ich tatsächlich die Hoffnung, dass er mir antworten würde, doch dann schüttelte er den Kopf und stopfte die benutzte Serviette in eine der leeren Tüten. »Fuck. Egal, vergiss es. Ist auch nicht so wichtig.«

»Natürlich ist es wichtig, wenn es dich unglücklich macht. Es ist sogar verdammt wichtig.«

Irgendwie war das, was ich gesagt hatte, genau das Richtige und gleichzeitig das völlig Falsche, denn Aarons Augen wurden feucht. Eilig kniff er die Lider zusammen und presste mit den Fingern dagegen, als könnte er die Tränen zurückdrängen, bevor ich sie bemerkte, aber dafür war es zu spät.

Ich griff nach seiner freien Hand und drückte sie. Auch in meinen Augen spürte ich ein verräterisches Brennen, wie damals als ich Gavin im Wohnzimmer vorgefunden hatte – weinende Männer waren mein Kryptonit. »Es ist okay. Du kannst weinen. Ich sag es niemandem. Versprochen.«

Aaron stieß ein Grunzen aus, halb Schluchzen, halb Lachen, das mir direkt ins Herz fuhr. Schniefend wischte er sich mit dem Handrücken über das Gesicht. »Danke. Es ist nur schwer, vor allem an Tagen wie heute. Ich habe mich die ganze Zeit gefragt, wie es wäre, wenn sie es wüssten, aber sie dürfen es nicht wissen. Noch nicht. Vielleicht irgendwann, wenn etwas mehr Gras über die Sache gewachsen ist.«

Fragend sah ich Aaron an. Als er meinen Blick auffing, erkannte ich, dass er mit sich rang, ob er mir erzählen sollte, was ihn umtrieb oder nicht.

»Vor ein paar Jahren hab ich ziemliche Scheiße gebaut«, gestand er schließlich mit gepresster Stimme, als müsste er nach wie vor gegen die Tränen ankämpfen. »Ich war nicht immer so … so entspannt wie heute. Ich war ein anstrengendes Kind und ein noch anstrengenderer Teenager. Meine Mom hat viel gearbeitet und war selten zu Hause, mein Dad war gar nicht da und meine Grandma hoffnungslos überfordert mit einem Jugendlichen mit zu viel Energie und einem zu großen Ego. Ich war rotzfrech und hab mir alle Freiheiten genommen, die ich wollte. Meine Noten waren bestenfalls mittelmäßig, und das auch nur, weil ich glücklicherweise nicht viel dafür machen musste.«

»Angeber«, murmelte ich, um die Stimmung aufzulockern.

Aaron schnaubte, erzählte aber weiter. »Es kam, wie es kommen musste. Ich bin an die falschen Leute geraten. Leute, die ich damals für cool gehalten habe. Und zusammen haben wir ziemlich viel Mist gebaut.«

»Was für Mist?«

»Illegalen Mist. Diebstahl. Vandalismus. Keine schweren Delikte, trotzdem verbotenes Zeug, bis wir eines Tages erwischt worden sind. Ich hab eine neunmonatige Bewährungsstrafe bekommen. Das hat meiner Mom das Herz gebrochen, aber naiv und cool wie ich war, hab ich nach ein paar Wochen Ruhe weitergemacht, wo ich aufgehört hatte. Ich habe mich in eine Schlägerei reinziehen lassen, und das war's für mich. Ich wurde verurteilt und musste für ein Jahr in den Jugendknast.«

Ungläubig starrte ich Aaron an. Fast rechnete ich damit, dass er loslachen und sagen würde, das sei nur ein Witz gewesen. Denn der Aaron, den er mir mit seinen eigenen Worten beschrieb, passte überhaupt nicht zu dem Aaron, den ich kannte. Doch er lachte nicht und verzog auch keine Miene, die darauf hinweisen würde, dass er scherzte. Er meinte es ernst.

»Warum hast du mir das nicht früher erzählt?«

»Weil ich mich dafür schäme. Weil ich um ein Haar all die Chancen und Möglichkeiten weggeschmissen hätte, für die meine Mom jahrelang gekämpft hat. Leider hat es mich ein ganzes Jahr meines Lebens gekostet, das zu erkennen«, sagte Aaron und räusperte sich, aber das Kratzen verschwand nicht aus seiner Stimme. »Monatelang musste sich meine Mom die Vorwürfe unserer Verwandten anhören, was sie bei meiner Erziehung angeblich falsch gemacht hätte; während ich im Knast saß und sie nicht verteidigen konnte, weil *sie* nichts falsch gemacht hat. Ich glaube, ihr ging es in dieser Zeit noch beschissener als mir.«

»Das tut mir leid.«

»Danke. Nicht alle aus meiner Familie sind so. Die meisten sind cool und haben meine Mom unterstützt, aber die wenigen, die so denken, sind besonders laut.«

»Bruno?«

Er nickte. »Heute haben sich fast alle zusammengerissen, weil es die Hochzeit meiner Mom war, allerdings gibt es keinen Geburtstag, kein Weihnachten, nicht mal Beerdigungen, an denen meine Vergangenheit kein Thema ist. Seit ich studiere und was aus meinem Leben mache, wird es besser, aber wenn ich mich jetzt … wenn ich mich …« Aaron stockte.

Ich drückte seine Hand, die ich noch immer festhielt, um ihm Mut zu machen.

Er holte zittrig Luft. »Wenn ich mich jetzt oute, habe ich

Angst, dass das ganze Spiel für meine Mom von vorn losgeht. Und das kann ich ihr nicht antun.«

Ich presste die Lippen aufeinander. Am liebsten hätte ich ihm gesagt, dass er auf diesen Teil seiner Familie scheißen sollte, aber Familien waren kompliziert und hatten eine ganz eigene Dynamik, die man als Außenstehender nur schwer beurteilen konnte, das wusste ich dank meiner Mom selbst nur zu gut. Und Aaron brauchte niemanden in seinem Leben, der seine Familie schlechtredete. Er brauchte jemanden, der ihm den Rücken stärkte.

Ich schob die Tüte mit den inzwischen kalten Pommes von meinem Schoß und lehnte mich über die Mittelkonsole, um ihn fest zu drücken. »Danke, dass du mir alles erzählt hast.«

»Danke, dass du mir zugehört hast.« Er erwiderte meine Umarmung.

»Immer und zu jeder Zeit.«

Aaron schniefte. Er löste sich von mir und griff nach einer Serviette, um sich die Nase zu putzen. »Wow, mit so vielen Emotionen habe ich heute nicht mehr gerechnet.«

Ich lachte. »Daran ist nur die Hochzeit schuld. Hochzeiten machen Menschen rührselig.«

»Dann werde ich die in Zukunft wohl lieber meiden.«

»Oder du könntest über deine Gefühle reden«, schlug ich vor. »Ich verstehe, wenn du noch nicht bereit bist, dich deiner Familie anzuvertrauen, aber ich kenne jemanden, der ganz und gar nicht enttäuscht wäre, wenn er die Wahrheit wüsste. Ich glaube, er würde sich sogar sehr doll darüber freuen. Und zufällig hab ich erfahren, dass dieser jemand sogar kürzlich mit seinem Freund Schluss gemacht hat.«

Wortlos starrte Aaron mich an.

»Ich rede von Connor, falls das nicht klar ist.«

»Ich weiß.«

»Und?«

Er schüttelte den Kopf. »Das wird nicht passieren.«

»Warum nicht?«

»Er ist mein bester Freund und Mitbewohner. Ich will ihn nicht verlieren. Wenn ich ihm sagen würde, wie ich wirklich für ihn empfinde, würde das die Dinge nur verkomplizieren, und ich will nicht kaputt machen, was wir haben.«

»Muss es denn kaputt gehen?«

»Vielleicht nicht, aber … ist es das Risiko wert?«

Ich wusste nicht, was ich darauf antworten sollte. Vermutlich hätte ich eine motivierende Rede darüber schwingen können, dass er für die Liebe kämpfen sollte und dass manche Risiken im Leben es wert waren, sie einzugehen. Sage hätte ihm das gesagt. Ich war mir dessen nicht sicher. Heute war ein guter Tag gewesen, die Hochzeit hatte mich abgelenkt, aber mir ging es wegen Gavin immer noch miserabel.

Ich war das Risiko eingegangen – zweimal. Und beide Male war ich verletzt worden. Beide Male war mir das Herz gebrochen worden. Es hatte fünf Jahre gebraucht, bis Gavin und ich uns vom ersten Mal erholt hatten. Und ich wusste nicht, ob es uns gelingen würde, uns ein zweites Mal davon zu erholen, obwohl ich ihn vermisste. Daher konnte ich Aaron nicht guten Gewissens raten, sich dem Risiko auszusetzen, denn manchmal war es den Schmerz eben doch nicht wert.

# 11. Kapitel

## GAVIN

Ich hörte Jacks Bellen bereits im Treppenhaus und beschleunigte meine Schritte, wobei ich aufpassen musste, mit meinen rutschigen Schuhsohlen und den Einkäufen in den Armen nicht zu stolpern.

Die Wohnungstür von Mrs Miller flog auf und sie trat in den Hausflur. Sie wohnte bereits seit zehn Jahren in diesem Haus und hatte zwei Kinder, die beide schon Teenager waren. Mit ihrem Sohn hatte ich vor ein paar Tagen über *Call of Duty* gequatscht.

Ich lächelte Mrs Miller an und wollte mich an ihr vorbeischieben, aber sie stellte sich mir in ihrem Morgenmantel in den Weg. Es war Sonntag und ihr freier Tag. Die Hände in die Hüften gestemmt musterte sie mich abschätzig. »Ich habe mich beim Vermieter über Sie und Ihre Mutter beschwert.«

*Oh, Shit.*

»Gibt es ein Problem?«

»Ein Problem? Dutzende!« Mrs Miller zählte an den Fingern ab. »Das ständige Bellen. Der laute Fernseher. Das Getrampel mitten in der Nacht. Der Gestank. Der ganze Hausflur stinkt nach Rauch! Und jetzt auch noch der Müll.«

Ich runzelte die Stirn. »Welcher Müll?«

»Na, der Müll!«, fauchte sie und deutete auf etwas hinter sich.

Ich schielte an meinen Einkäufen vorbei und entdeckte, dass direkt vor unserer Wohnungstür der Papierbeutel mit dem Biomüll stand. Mein Magen verkrampfte sich, denn der war noch nicht da gewesen, als ich vor einer Stunde zum Einkaufen los war. »Tut mir leid, Mrs Miller. Den muss ich wohl vergessen haben runterzubringen. Ich kümmere mich gleich darum. Und ich werde meine Mom bitten, den Fernseher leiser zu drehen.«

Mrs Miller blieb unverändert störrisch und beobachtete, wie Regentopfen von meiner Jacke auf den Boden fielen, als wäre das meine Schuld. »Und der Gestank?«

»Ich … Ich kümmere mich«, wiederholte ich mich, weil ich keine Ahnung hatte, was ich dagegen unternehmen sollte. Es störte sich wahrscheinlich niemand mehr an dem Gestank als ich. Denn ich war ihm nicht nur im Hausflur ausgesetzt, sondern auch in der Wohnung. Dort war er noch um einiges schlimmer, und alles, was ich besaß, stank danach – meine Schuhe, meine Kleidung, die Bücher aus der Bibliothek, selbst Jack und meine Haare, was der Grund dafür war, dass ich sie abrasiert hatte. Ich hatte das Gefühl gehabt, dass sich der Gestank nicht mehr rauswaschen ließ. Doch jeder Versuch, meine Mom vom Aufhören oder zumindest von einer E-Zigarette zu überzeugen, war bisher gescheitert.

Mrs Miller grunzte. »Ja, dann kümmern Sie sich mal.«

»Das werde ich«, versicherte ich ihr mit ruhiger Stimme, obwohl es in meinem Inneren wütete. Ich wünschte ihr einen schönen Tag, aber davon wollte sie nichts hören. Ohne ein weiteres Wort verschwand sie in ihre Wohnung und ließ als Statement die Tür zuknallen.

Mit einem Seufzen setzte ich mich wieder in Bewegung. Vor unserer Wohnungstür stellte ich eine der Einkaufstüten ab, um nach dem Schlüssel in meiner Hosentasche zu greifen.

Jack hatte aufgehört zu bellen, aber stieß nun hohe, quietschende Laute aus, vermutlich weil er hörte, dass ich mich vor der Tür befand. Er mochte es nicht, mit meiner Mom allein zu sein. Es brach mir das Herz und ließ meine Entschlossenheit wachsen, bald etwas Eigenes zu finden. Inzwischen hatte ich sogar meinen Suchradius ausgeweitet und die Summe, die ich mir eigentlich maximal leisten konnte, um fünfzig Dollar im Monat hochgesetzt. Irgendwie würde ich das Geld schon auftreiben.

»Halt die Fresse!«, hörte ich, wie meine Mom Jack anbrüllte, ehe sie den Fernseher noch lauter stellte.

*Großartig.*

Kaum dass ich die Tür entriegelt hatte, schlug mir der Gestank nach abgestandenem Rauch entgegen. Ich rümpfte die Nase. Und dann geschahen zwei Dinge gleichzeitig. Jack sprang vor Freude darüber, dass ich zurück war, an meinen Beinen hoch, und ich trat auf etwas, das mir im Weg lag und unter meinem Fuß wegrutschte. Ich taumelte und knallte mit dem Rücken gegen den Türrahmen. Schmerz explodierte in meiner Wirbelsäule und drückte mir die Luft aus der Lunge. Eine der Einkaufstüten fiel mir aus der Hand. Jack machte erschrocken einen Satz zurück, als sich der Inhalt auf dem Boden verteilte.

»Fuck!«, fluchte ich atemlos und krümmte mich.

Mit eingezogenem Schwanz kam Jack auf mich zu, um nachzusehen, ob es mir gut ging. Während meine Mom sich nicht von ihrem Platz auf der Couch rührte. Ächzend richtete ich mich auf. Das würde sicherlich einen blauen Fleck geben. Ich biss die Zähne zusammen und ging in die Knie, um die Einkäufe einzusammeln. Dabei entdeckte ich auch den Übeltäter, der mich zu Fall gebracht hatte: eine leere Wodkaflasche.

Wie vermutet hatte die Abstinenz meiner Mom nicht lange angehalten. Eines Tages war ich von der MVU nach Hause gekommen, nur um sie mit einem Sixpack Bier zu erwischen. Ich war nicht überrascht gewesen, aber enttäuscht und wütend. In erster Linie auf mich selbst, weil ich trotz allem, was ich mit meiner Mom bereits hatte ertragen müssen, noch immer naiv genug gewesen war, mir Hoffnung zu machen, dass es dieses Mal vielleicht anders laufen würde.

Ich hatte keine Ahnung, woher sie das Bier gehabt hatte, geschweige denn das Geld dafür. Womöglich hatte sie einen Nachbarn angestiftet, es ihr zu kaufen. Aber seitdem war sie wieder voll drin. Weder der Unfall noch die Diagnose zu ihrer Leber oder die Worte von Dr. Wheeler hatten sie den Ernst der Lage begreifen lassen. Vor zwei Tagen hatte ich sie trotzdem einmal vorsichtig auf einen Entzug angesprochen, aber davon hatte sie nichts hören wollen. Stattdessen hatte sie mir vorgeworfen, dass ich sie loswerden wollte. Ich hatte ihr versichert, dass dem nicht so war, und das Thema fallen gelassen, weil ich keine Kraft für eine solche Diskussion hatte. In diesen Tagen brauchte ich all meine Energie, um überhaupt aus dem Bett – oder eher von der Couch – zu kommen und meinen Alltag zu bestreiten, der gefühlt immer hektischer wurde, aber vielleicht wurde ich auch nur schwächer.

Ich hob die Flasche auf und stopfte die Einkäufe zurück in die Tüte, wobei jede Bewegung in meinem Kreuz schmerzte. Nachdem alles eingesammelt war, trug ich die Sachen in die Küche und ignorierte dabei den Berg dreckiges Geschirr in der Spüle, von dem ich gehofft hatte, dass meine Mom sich darum kümmern würde.

»Ich habe Durst«, rief meine Mom.

*Dann hol dir was zu trinken*, schoss es mir durch den Kopf. Sie war in der Lage, sich trotz ihrer gebrochenen Rippen und Prellungen Alkohol zu besorgen, dann konnte sie sich wohl auch ein verdammtes Glas Wasser holen. Aber ich hatte keinen

Nerv für diesen Streit, also brachte ich ihr etwas zu trinken, das sie ohne ein Danke entgegennahm.

Ich seufzte schwer und ging zurück in die Küche, um die Einkäufe auszupacken. »Warum hast du den Müll vor die Tür gestellt?«

»Er hat gestunken.«

*Nein, hat er nicht.*

Ja, im Flur müffelte er, aber gewiss nicht in dem geruchsdichten Mülleimer in unserer Küche. Das Einzige, was hier stank, war der Rauch und die Tatsache, dass meine Mom seit vier Tagen nicht geduscht hatte, obwohl ich sie schon zweimal darum gebeten hatte. Sie bestand darauf, dass es zu wehtat, dabei nahm sie noch immer Schmerzmittel.

»Hast du mir Kippen mitgebracht?«, wechselte sie das Thema. Ihre Aussprache war klar und sie lallte nicht. Das tat sie selten. Dafür war ihr Körper inzwischen zu resistent gegen den Alkohol. Aber ihre Stimme bekam diesen harten, schneidenden Tonfall, wenn sie betrunken war, weil er jede weiche Emotion aus ihrem Körper zu brennen schien.

»Nein, die hab ich vergessen. Sorry«, log ich. In Wirklichkeit hatte ich sie an der Kasse wieder zurücklegen müssen, weil meine Karte abgelehnt worden war und ich nicht genug Bargeld dabeigehabt hatte.

»Dann bring mir später welche mit!«

Ich ignorierte die Bitte oder vielmehr den Befehl meiner Mom und machte mich daran, die Einkäufe einzuräumen, die nur aus dem Allernötigsten bestanden und hoffentlich ausreichen würden, um uns durch die nächste Woche zu bringen. »Mrs Miller hat mich im Hausflur abgefangen und darum gebeten, dass wir den Fernseher leiser machen.«

»Aber dann hör ich nichts mehr, wenn deine Töle bellt.«

»Er bellt nur, weil der Lärm ihn nervös macht.«

»Dann leg ihm einen Maulkorb an.«

»Bestimmt nicht«, murmelte ich zu mir selbst, weil es meine Mom vermutlich ohnehin nicht interessierte. Bevor ich Jack einen Maulkorb anlegte, würde ich Hailee bitten, ihn für eine Weile dauerhaft bei sich aufzunehmen. Oder ich würde Luca fragen, ob ich Jack womöglich zu seinem Dad und Joan bringen könnte, auch wenn es mir das Herz brechen würde, ohne ihn zu sein.

Ich stellte gerade die Hafermilch in den Kühlschrank, als mein Blick auf einen Brief fiel, der auf der Anrichte lag. Die Absenderadresse war die des Krankenhauses. Panik flutete meinen Körper, das konnte nur die Rechnung sein. »Wie lange liegt der schon hier?«

»Keine Ahnung, den hab ich vorhin unter der Couch gefunden.«

Ich fragte erst gar nicht, warum er unter der Couch gelegen hatte. Mit einem mulmigen Gefühl starrte ich den Umschlag an. Kurz war der Gedanke da, ihn nicht zu lesen und so zu tun, als hätte ich ihn nicht gesehen, aber was sollte das bringen? Ich würde mich nicht vor der Verantwortung drücken können. Dennoch brauchte ich ein paar Sekunden, um genug Mut zu sammeln, den Umschlag zu öffnen. Ich zog den Brief heraus und scannte das Papier nervös nach der Summe, die wir dem Krankenhaus für den Aufenthalt meiner Mom schuldeten.

Als mein Blick auf die Zahl ganz unten fiel, blieb mir das Herz stehen. Viertausendfünfhundert Dollar. Vier. Tausend. Fünf. Hundert. Dollar!

Ich lachte panisch auf, und das Rauschen in meinen Ohren wurde laut wie eine Sirene, als mein Puls in die Höhe schoss. Wie sollte ich das bezahlen? Das Geld reichte jetzt schon von vorn bis hinten nicht. Ich arbeitete und arbeitete und arbeitete, und trotzdem war nie genügend davon da.

Ich stützte mich auf der Anrichte ab und zwang mich, ruhig zu atmen, wobei ich das Gefühl hatte, nicht genug Luft zu bekommen. Keine Ahnung, ob es eine Folge meines Zusammenstoßes mit dem Türrahmen war oder nur die Panik, die mir die Kehle zuschnürte. Ich kniff die Augen zusammen und hörte, wie Jack neben mir winselte. Spürte er meine Angst?

Die Antwort meiner Mom auf seine wimmernden Laute bestand darin, den Fernseher noch lauter zu stellen. Die Lacher, die im Hintergrund ihrer Sitcom liefen, schienen mich und meine Bemühungen, alles irgendwie auf die Reihe zu bekommen, zu verspotten. Vielleicht war es an der Zeit aufzugeben … Und was dann? Wie sollte es weitergehen? Ging es überhaupt weiter? Oder war ich am Ende angekommen? Vielleicht sollte ich mir eine Flasche schnappen, mich zu meiner Mom auf die Couch setzen und einfach darauf warten, dass alles den Bach runterging – aber das konnte ich nicht. Und einer der Gründe dafür drückte gerade seine Schnauze gegen meine Hand. Womöglich war es armselig, dass alles, was mich am Laufen hielt, ein Hund war, aber ich konnte nicht aufhören, daran zu denken, was aus Jack werden würde, wenn ich aufgab und wie meine Mom wurde.

Wer würde ihm dann sein Futter kaufen?

Wer würde mit ihm Gassi gehen?

Wer würde den Tierarzt bezahlen?

Und wer würde auf ihn aufpassen?

Ich holte tief Luft und ging in die Knie, um Jack zu umarmen, der seinen Kopf auf meiner Schulter ablegte. Eine Weile hielt ich ihn fest, ehe ich mich wieder aufrichtete. Noch immer verunsichert wegen der Rechnung, aber wieder einen Hauch klarer im Kopf. Ich würde morgen im Krankenhaus anrufen und anfragen, ob eine monatliche Tilgung möglich war.

Dann packte ich die restlichen Einkäufe aus. Meine Mom wechselte den Kanal zu irgendeiner Crime-Serie. Ein lauter Schuss hallte durch die Wohnung. Und Jack begann erneut aufgeregt zu bellen. Er hasste laute Geräusche, aber so schreckhaft zu sein, sah ihm nicht ähnlich. Die ganze Situation machte ihn ebenso nervös wie mich.

»Sag deinem Köter, dass er still sein soll«, fauchte meine Mom.

»Ihm ist der Fernseher zu laut.«

»Ich müsste den Fernseher nicht so laut machen, wenn er ruhig wäre.«

Ich seufzte, denn diese Unterhaltung würde nirgendwo hinführen, schließlich hatten wir erst vor ein paar Minuten eine sehr ähnliche gehabt.

»Ich geh gleich mit Jack Gassi, dann hast du deine Ruhe«, sagte ich und räumte schnell die letzten Lebensmittel weg, ehe ich Jack anleinte und mit ihm die Wohnung verließ. Dabei stellte ich fest, dass ich gar keine Lust hatte, mit ihm spazieren zu gehen, obwohl ich es eigentlich über alles liebte. Aber ich ging nicht mit ihm raus, weil er oder ich es *wollten*, sondern weil wir es *mussten*. Weil es anders nicht auszuhalten war. Und ich wusste, dass dieser Spaziergang nur eine kurzfristige Lösung für ein großes Problem war, von dem ich keine Ahnung hatte, wie ich es bewältigen sollte.

# 12. Kapitel

## APRIL

Ich war tot.

Nicht wortwörtlich, sonst hätte ich nicht die heiße Schokolade genießen können, die ich mir gemacht hatte, aber ich fühlte mich wie überfahren und hatte Schwierigkeiten, die Augen offen zu halten. Ich hatte für die Hochzeit meine Schicht am Samstagnachmittag mit der von Beck am Sonntagmorgen getauscht und bereute es zutiefst.

Ich war erst um kurz vor vier im Bett gewesen, und statt zu schlafen hatte ich noch eine halbe Ewigkeit wach gelegen und über mein Gespräch mit Aaron nachgedacht. Mich gefragt, ob ich einen Fehler gemacht hatte. Vielleicht hätte ich ihn doch dazu ermutigen sollen, den Schritt zu wagen, mit Connor zu reden. Denn was für eine Zukunft hätte ihre Freundschaft, wenn Aaron auf jede Beziehung eifersüchtig war, die Connor führte? Das konnte auf Dauer nicht gut gehen. Und dann hatte ich wieder an Jude in der SHS denken müssen und daran, wie sie Gavin angelächelt hatte. Am liebsten hätte ich Luca gefragt, ob er sie ihm gegenüber gestern Abend erwähnt hatte, aber ich würde es nicht tun. Erstens ging es mich nichts an, und zweitens wollte ich mir diese Blöße nicht geben.

Ich gähnte, trank noch einen Schluck von meinem Kakao und ließ meinen Blick durch das leere Bistro schweifen. Am

Morgen waren ein paar Leute da gewesen, um zu frühstücken und sich ihren Kaffee to go zu holen, doch nun war weit und breit niemand mehr zu sehen. Nicht einmal Cam war hier. Er hatte sich vor einer Stunde verabschiedet, weil er sich um irgendetwas kümmern musste. Ich war mir sicher, dass er mir sogar gesagt hatte, um was, aber mein müdes Gehirn hatte es bereits wieder vergessen.

Ich hatte wirklich Mühe, wach zu bleiben, da es nichts mehr für mich zu tun gab. Alles war aufgeräumt, sauber gewischt und aufgefüllt. Und ich war lediglich einen Gähner davon entfernt, mir tatsächlich einen Kaffee zu machen, obwohl mir das Zeug viel zu bitter war. Ich griff nach meinem Handy und fragte Aaron, ob er auch so müde sei, aber vermutlich lag er noch gemütlich eingekuschelt in seinem Bett und schlief – der Glückspilz. Für Sage nahm ich eine Sprachnachricht auf. Ich erzählte ihr von der Hochzeit und Aarons Aktion, mich als seine Freundin auszugeben. Das anschließende Gespräch im Auto behielt ich allerdings für mich.

Nachdem ich mein zehnminütiges Gequatsche abgeschickt hatte, schrieb ich meiner Mom. Wir mussten noch immer unser Treffen von September nachholen, als sie mich versetzt hatte. Doch ich malte mir dieses Jahr keine großen Chancen mehr aus, denn unser Nachrichtenverlauf sah traurig aus.

*25. September*
*Ich:* Hey, wie geht es dir?
*Ich:* Wann wollen wir unser Treffen nachholen?

*08. Oktober*
*Ich:* Ich hab lange nichts mehr von dir gehört. Wie geht es dir?
*Mom:* Gut. Es ist nur viel zu tun.

*Ich:* Du schaffst das!
*Ich:* Hättest du trotzdem irgendwann Zeit, unser Treffen nachzuholen?

*09. Oktober*
*Ich:* Wie wäre es mit einem Treffen nächste Woche?

*15. Oktober*
*Ich:* Huhu! Ich hoffe, dir geht es gut.
*Ich:* Hättest du vor Weihnachten Zeit für ein Treffen?
*Mom:* Vielleicht. Ich melde mich bei dir.

*04. November*
*Ich:* Du wolltest dich bei mir melden.

*05. November*
*Ich:* Können wir uns demnächst mal treffen?

*06. November*
*Ich:* Mom?
*Mom:* Ja?
*Ich:* Hast du meine Nachricht gelesen?

*10. November*
*Ich:* Mom???

Es war armselig. Meine letzte Nachricht lag fast genau eine Woche zurück, und ich hatte bis heute keine Antwort bekommen, dabei wollte ich wirklich dringend mit ihr über Gavin reden und darüber, dass er derjenige war, mit dem ich damals die Nacht verbracht hatte. Sicherlich würde es ihr nicht gefallen, denn sie mochte Gavin nicht. Aber meine Mom war die Einzige, der ich mich damals anvertraut und erzählt hatte, was auf Lucas Party passiert war und wie ich mich wirklich dabei gefühlt hatte.

Ich war mir bis heute nicht sicher, warum ich zu ihr gegangen war und nicht zu Joan oder meinem Dad, es hatte sich einfach richtig angefühlt. Vermutlich hätte ich wie damals vor ihrer Wohnungstür auftauchen und ihr sagen können, dass es ein Notfall war, aber war es das wirklich? Schließlich änderte das Wissen, dass ich mit Gavin geschlafen hatte, nichts an der Vergangenheit.

Ich rang noch mit mir, ob ich ihr eine weitere Nachricht schreiben sollte oder nicht, als die Tür zum Le Petit aufgezogen und mir die Entscheidung abgenommen wurde. Rasch stopfte ich das Handy zurück in meine Schürze und blickte auf, um den neuen Gast zu begrüßen. Ich lächelte, als ich Eliot entdeckte. Nach unserem Date kurz nach Semesterbeginn hatte ich ihn ein-, zweimal aus der Ferne auf dem Campus gesehen, aber mehr auch nicht.

Er schüttelte seinen Schirm aus. Es regnete bereits seit Stunden, Aarons Mom hatte wirklich Glück mit dem Wetter gehabt.

»Hey!«, begrüßte ich Eliot.

Er erwiderte mein Lächeln und steckte den Schirm in den dafür vorgesehenen Ständer. Seine Jacke behielt er an, obwohl diese tropfte und kleine Pfützen auf dem Boden hinterließ. »Hi, da hat ja jemand gute Laune.«

»Das täuscht, ich wäre gerade viel lieber in meinem Bett.«

»Ich auch«, erwiderte Eliot. Sein Lächeln geriet ins Wanken, und er fuhr sich verlegen mit der Hand durch das schulterlange blonde Haar, das er heute offen trug. »Also ich wäre gern in *meinem* Bett, nicht in deinem.«

Ich schmunzelte. »Schon klar. Was darf ich dir bringen?«

»Einen Kaffee to go. Extra extra extra stark.«

»Kommt sofort.« Ich drehte mich auf dem Absatz um und

machte die Kaffeemaschine bereit, die ein paar Sekunden später mit einem Rattern zum Leben erwachte, ehe ich mich wieder Eliot zuwandte, der die Arme auf der Theke abgestützt hatte. »Lange Nacht?«

»Eher lange Woche. Meine Mom ist letzten Sonntag bei einem Ausflug vom Fahrrad gefallen und hat sich den rechten Arm gebrochen. Ich muss ihr im Haus helfen, und die Zwillinge haben heute Geburtstag.«

»Edith und Emely?«

»Nein, das sind meine älteren Schwestern. Erica und Eliza sind die jüngeren.«

»Sorry.«

Eliot machte eine wegwischende Handbewegung. »Ach, nicht schlimm. Manchmal verwechsle selbst ich die Namen. Jedenfalls habe ich die letzten zwei Tage damit verbracht, eine Party für die beiden zu planen, weil ihr Geburtstag letztes Jahr schon ausgefallen ist.«

»Warum?«

Seine Lippen kräuselten sich missfallend. »Lange Geschichte. Ist auch nicht so wichtig. Aber ja, deswegen musste ich dieses Jahr eine Party organisieren. Was bedeutet, ich darf den ganzen Tag mit aufgedrehten, überzuckerten Sechs- und Siebenjährigen verbringen. Und ehrlich, ich liebe meine Schwestern über alles, aber so stell ich mir mehr oder weniger die Hölle vor. Also ja, ein extra extra extra starker Kaffee, um mithalten zu können, erscheint mir angebracht.«

»Ich würde ja meine Hilfe anbieten, wenn ich nicht arbeiten müsste.«

Eliot grinste. »Du Glückliche. Wie läuft's bei dir?«

In diesem Moment verstummte die Kaffeemaschine hinter mir und ich wandte Eliot den Rücken zu, sodass er die Grimasse, die ich zog, nicht sehen konnte. »Frag lieber nicht.«

»Oh je, so schlimm?«

»Sagen wir's auf diese Weise, seit unserem Date gab es einige interessante Entwicklungen«, antwortete ich ausweichend, kippte die zusätzlichen Espresso-Shots in den Kaffee und versiegelte den Becher mit einem Deckel.

»Wer ist es?«, fragte Eliot neugierig.

»Der beste Freund meines Bruders.«

»Klingt kompliziert.«

Ich stellte den Becher vor ihm auf der Theke ab. »Wenn du nur wüsstest, wie kompliziert.«

»Vielleicht kannst du mir irgendwann davon erzählen.«

»Ja, vielleicht«, erwiderte ich zurückhaltend, weil das ganz gewiss nicht passieren würde. Ich holte einen Triple-Chocolate-Cookie aus der Kuchenvitrine und packte ihn in eine Tüte, die ich neben den Kaffee legte. »Bitte schön. Ein extra extra extra starker Kaffee und ein Cookie.«

»Den hab ich nicht bestellt.«

»Ich weiß, aber ich dachte, dass du ihn gebrauchen kannst. Geht auf mich.«

Eliot lächelte. »Danke. Und der Kaffee?«

»Das wären 4,50 Dollar.«

Er bezahlte mit einen Fünfdollarschein. »Passt so.«

»Danke. Ich wünsch dir ganz viel Energie für den Geburtstag.«

»Danke, die hab ich nötig. Eine Sache noch, könnte ich das hier aufhängen?«, fragte Eliot und zog ein gefaltetes Stück Papier aus seiner Hosentasche. Er klappte es auf und hielt den Zettel hoch, damit ich ihn lesen konnte. Es war ein Gesuch für einen neuen Mitbewohner.

Ich runzelte die Stirn. »Was ist mit deinem alten Mitbewohner?«

»Grayson und ich sind nicht so wirklich auf einer Wellenlänge. Wir waren eher eine Zweck-WG, weil ich schnell was gebraucht habe, nachdem mit Nina Schluss war. Er zieht jetzt mit einem Kumpel aus seinem Studiengang zusammen, aber allein ist mir die Wohnung zu teuer.«

»Wie viel kostet das Zimmer?«

Eliots Augenbrauen zuckten. »Wieso? Interesse?«

»Nein, allerdings kenne ich da jemanden, der gerade etwas sucht«, hörte ich mich sagen, weil ich nicht anders konnte, als an Gavin zu denken. Keine Ahnung, ob ich damit die Grenze überschritt, die ich selbst gezogen hatte, aber bei unserer gemeinsamen SHS-Schicht am Freitag war ihm anzusehen gewesen, wie sehr ihm das Zusammenwohnen mit seiner Mom zusetzte. Und nur weil wir kein Paar mehr waren, bedeutete das nicht, dass ich nicht nett zu ihm sein konnte. Schließlich waren wir Kollegen, und wenn Noah oder Swantje eine Wohnung suchen würden, würde ich ganz bestimmt dasselbe tun. Das war also gar keine große Sache! »Magst du Hunde?«

»Ich liebe Hunde.«

»Und sind sie bei euch im Haus erlaubt?«

»Ich denke schon«, erwiderte Eliot. »Mein Nachbar hat einen.«

»Perfekt!« Ich schnappte mir den Zettel aus Eliots Hand und stopfte ihn in meine Schürze. »Ich geb das an einen Freund weiter. Er wird sich sicherlich bald bei dir melden.«

»Okay, cool. Danke. Ich muss jetzt los. Wir seh'n uns?«

»Ja, bis zum nächsten Mal.«

Eliot winkte mir zum Abschied, ehe er aus dem Bistro im Regen zu einem Auto huschte, das auf der anderen Seite der Straße parkte. Ich wartete, bis er losfuhr, dann holte ich den Zettel gemeinsam mit meinem Handy aus der Schürze. Ich zögerte, aber nur ganz kurz, ehe ich das Papier glatt strich und ein Foto machte, das ich kommentarlos an Gavin schickte.

Ich unterdrückte ein Gähnen, während ich etwas Zimt über den Milchschaum stäubte, bevor ich den Becher über die Theke schob. Die junge Frau bedankte sich und verließ das Bistro, wo ich sie aus den Augen verlor. Dank des Regens und der dicken Wolken war es draußen so dunkel, dass alles, was ich im Fenster erkennen konnte, mein eigenes Spiegelbild war, das mich müde anblinzelte, denn seit dem kurzen Gespräch mit Eliot war nicht Spannendes mehr passiert.

Ich lehnte mich gegen den Tresen, um den Regen zu beobachten. Prasselnd schlug er gegen die Fensterfront und lief in Bächen am Glas hinab. Die Welt dahinter war verschwommenes Grau. Ich starrte einfach vor mich hin, gegen die Müdigkeit und Schwerkraft ankämpfend, die meine Augenlider nach unten zwingen wollte, als ich eine verwaschene Gestalt vor dem Fenster erkannte. Ich rechnete damit, dass sie jeden Moment das Bistro betreten würde, aber sie rührte sich nicht von der Stelle.

Ich wartete ein paar Sekunden. Als die Person noch immer keine Anstalten machte reinzukommen, stieß ich mich vom Tresen ab und ging auf die Tür zu. Der Regen hatte im Laufe der letzten Stunden nicht nachgelassen, schien sogar schlimmer als zuvor, trotzdem konnte ich die Person mit jedem Schritt klarer erkennen.

Gavin.

Die Erkenntnis hielt mich nicht davon ab, die Tür zu öffnen. Klitschnass stand er einige Schritte vom Eingang entfernt. Jack war bei ihm. Er trug einen gelben Regenmantel, der ihn deutlich besser vor dem Wetter zu schützen schien als Gavin seine Kleidung. Unsere Blicke trafen sich, und ich erkannte, dass in seinen Augen ein ganz eigener Sturm tobte. Ein Sturm, der offenbar schon viel zerstört und vernichtet hatte.

Ich schob die Tür in einer einladenden Geste weiter auf. Trotz des Regens zögerte Gavin, ehe er zu mir ins Trockene kam. Er blieb neben mir stehen. Meine Haut begann zu kribbeln, und ich konnte nicht sagen, wonach es mich in diesem Moment verlangte: Gavin zu umarmen oder ihn zum Teufel zu wünschen. Ich wollte beides gleichzeitig und doch nichts davon. Aber ich konnte ihn unmöglich wieder hinausschicken, nicht so, wie er aussah. Und damit meinte ich nicht die Tatsache, dass er völlig durchnässt war, sondern den niedergeschlagenen Ausdruck in seinem Gesicht.

Einige Herzschläge lang versuchte ich, mich davon zu überzeugen, dass mich das überhaupt nichts anging. Ich sollte ihn behandeln wie jeden anderen Gast, aber das konnte ich nicht. Ich räusperte mich in der Hoffnung, dass der Kloß in meinem Hals verschwand, der sich dort in den letzten Sekunden gebildet hatte. »Was machst du hier?«

Unsicher sah Gavin mich an. »Ehrlich? Ich weiß es nicht. Ich hab mich mit meiner Mom gestritten und musste mit Jack raus. Es hat geregnet, und dann hab ich deine Nachricht wegen der Wohnung bekommen«, erklärte er und schüttelte den Kopf. »Ich … Sorry, es war ein Fehler. Ich hab nicht nachgedacht. Ich sollte besser wieder gehen.«

»Nein, bleib!« Entschlossen packte ich den Ärmel seiner Jacke. Fragend sah Gavin mich an, aber ich hatte keine Ahnung, wie es weitergehen sollte, also sagte ich das, was mir als Erstes in den Sinn kam: »Du bist ganz nass.«

»Ja, es regnet. Hast du das nicht bemerkt?«

Ich schnaube. »Ist mir aufgefallen. Du tropfst hier nämlich alles voll.«

»Sorry.« Die kurze Zeit hatte ausgereicht, dass sich eine große Pfütze um ihn herum gebildet hatte. Er zog den Reißverschluss auf, streifte sich die Jacke von den Schultern und hängte sie über den Garderobenständer, wo sie weiter vor sich hin tropfte. Anschließend ging er vor Jack in die Knie, um ihn ebenfalls von seinem Regencape zu befreien. Sein Fell war darunter halbwegs trocken geblieben, nur seine Pfoten waren feucht.

»Sie hat wieder angefangen zu trinken«, hörte ich Gavin sagen.

»Das tut mir leid.«

Er zuckte nur mit den Schultern, als wäre es das Normalste auf der Welt. Doch ich kannte ihn gut genug, um in den kleinsten Zuckungen und Regungen seines Gesichts zu lesen. »Muss es nicht. Es war klar, dass das früher oder später passieren würde. Ich bin selbst schuld, mir Hoffnung gemacht zu haben.« Er klang niedergeschlagen, ganz anders als an dem Tag, an dem Luca ihn tatsächlich geschlagen hatte.

Ich trat einen Schritt auf ihn zu. Er roch nach Erde und Regen und strahlte die Kälte aus, die er von draußen mit hineingebracht hatte. »Es ist okay, auch in einer scheinbar aussichtslosen Situation Hoffnung zu haben. Denn was treibt uns an, wenn nicht die Hoffnung, dass es eines Tages besser werden kann?«

»Aber was ist, wenn die Hoffnung stirbt? Was ist, wenn du plötzlich merkst, dass dich nichts mehr antreibt außer der Tatsache, dass da ein Hund ist, um den du dich kümmern musst?«, fragte Gavin. Der Sturm in seinen Augen hatte sich gelegt und war einem stumpfen Ausdruck gewichen, der sich über sein ganzes Gesicht ausgebreitet hatte.

Unwillkürlich musste ich an den Tag im Park denken, als er mir erzählt hatte, dass Jack sein bester Freund war. Damals hatte er mir gesagt, er wäre zu vierzig Prozent glücklich. Heute schien von diesen vierzig Prozent nichts mehr übrig zu sein.

Die Härchen an meinen Armen stellten sich auf, obwohl ganz offensichtlich Gavin derjenige war, der fror. Ich konnte sehen, dass er am ganzen Leib zitterte. »Wir sollten dich in was Trockenes packen, bevor du krank wirst. Cam hat sicherlich was da. Du kannst deine nassen Sachen dort über die Heizung hängen.«

Verunsichert sah Gavin sich um. »Ich soll mich ausziehen? Hier?«

»Nein, in einer der Toiletten. Ich bring dir die Sachen«, sagte ich und lief zu der Tür mit der Aufschrift *Privat*. Dahinter befand sich offiziell Cams Büro, aber eigentlich war es vielmehr eine Abstellkammer. Es gab zwar einen Schreibtisch und eine durchgesessene Couch, aber der Raum war mit allerlei Kram vollgerümpelt. Ich durchsuchte die Schränke und fand Klamotten von Cam. Er bewahrte immer ein, zwei Outfits im Bistro auf, sollte es in der Küche beim Backen einen Unfall geben.

Mit Hemd, Hose und mehreren Geschirrtüchern im Arm ging ich in die Herrentoilette, wo Gavin in Boxershorts vor dem Waschbecken stand. Seine Shorts war ebenfalls durchnässt und klebte ihm wie eine zweite Haut am Körper. Ich konnte die Umrisse seines Glieds deutlich erkennen, aber zumindest hatte der Regen den Stoff nicht durchsichtig werden lassen.

Kommentarlos reichte ich Gavin eines der Geschirrtücher. Er begann, sich abzutrocknen, und mein Verstand hatte nichts Besseres zu tun, als mich an unsere gemeinsame Dusche zu erinnern und daran, wie Gavin damals jeden Zentimeter *meines* Körpers abgetrocknet hatte. Ich spürte, wie bei dieser Erinnerung Hitze in mir aufwallte und mir über den Hals bis in die Wangen kroch.

»Möchtest du einen Kaffee?«, fragte ich mit kratziger Stimme.

Gavin sah zu mir auf. »Ich hab kein Geld.«

»Geht aufs Haus«, sagte ich, weil ich wollte, dass Gavin etwas Warmes zu sich nahm, und weil es mir etwas zu tun gab, um mich von der Tatsache abzulenken, dass er halb nackt war.

Ohne seine Antwort abzuwarten, marschierte ich zurück, um Kaffee zu machen und meine Gedanken zu sortieren, denn wie es aussah, saß ich mit Gavin hier fest, zumindest bis der Regen nachließ oder ich Feierabend hatte.

Ich stellte Jack eine Schüssel mit Wasser auf den Boden und beobachtete, wie der Kaffee aus der Maschine tropfte, während ich parallel die Hafermilch aufschäumte. Hinter mir hörte ich, wie Gavin aus der Toilette kam und seine Sachen über die Heizung hängte. Mit dem fertigen Latte macchiato in der Hand drehte ich mich um und entdeckte ihn an einem der Tische. Gedankenverloren starrte er aus dem Fenster und beobachtete den Regen. Er sah ziemlich hinüber aus. Müde und abwesend. Eine tiefe Sorgenfalte hatte sich zwischen seine Augenbrauen gegraben.

Ich hielt ihm den Kaffee hin.

Sofort schlossen sich seine Hände um das warme Glas. »Danke. Ich sollte wirklich anfangen, für meine Getränke zu bezahlen. Nicht, dass das Le Petit am Ende meinetwegen pleite geht.«

Ich schmunzelte. »Glaub mir, dein Kaffee, der uns achtzig Cent in der Zubereitung kostet, ist nicht das, was das Le Petit in den Ruin treiben wird.«

»Was dann?«

»Gute Frage«, antwortete ich, denn ich wusste es nicht. Eigentlich hatte das Bistro die besten Voraussetzungen, um erfolgreich zu sein, aber die Konkurrenz in Melview, vor allem in der Nähe des Campus, war groß. Ich ließ meinen Blick durch den leeren Innenraum gleiten und setzte mich dann zu Gavin an den Tisch, weil es merkwürdig gewesen wäre, allein an der Theke herumzustehen.

Er nippte an seinem Kaffee, und ein genießerisches Seufzen, das mir einen warmen Schauder über den Rücken jagte, verließ seine Lippen. »Du musst mir keine Gesellschaft leisten. Ich wollte nur aus dem Regen raus.«

Wir wussten beide, dass das nicht stimmte. Wenn er nur aus dem Regen rausgewollt hätte, hätte er zu Luca oder in irgendein anderes Geschäft gehen können, aber er war hier. Bei mir.

»Ich bin froh, dass du hier bist, auch wenn du mir den ganzen Boden vollgetropft hast. Hauptsache du turnst nicht wieder besoffen auf einem Steg herum.«

Gavin zog eine Grimasse. »Das hast du also noch nicht vergessen.«

»Nope. Das werde ich niemals vergessen.«

»Keine Sorge, es wird nie wieder passieren«, versicherte er mir, ähnlich wie bei dem Gespräch, das wir damals ebenfalls im Le Petit geführt hatten. Zu diesem Zeitpunkt hatte ich nicht geglaubt, dass wir uns jemals wieder annähern könnten. Heute wusste ich es besser und fragte mich, ob ich mich von Gavin ferngehalten hätte, hätte ich damals gewusst, was ich heute wusste.

Ich neigte den Kopf. »Bist du dir sicher?«

»Absolut sicher. Ich hab dem Alkohol seitdem abgeschworen.«

»Willkommen im Club der Nüchternen.«

Er lachte, aber das Lachen erreichte seine Augen nicht. Am liebsten hätte ich über den Tisch gegriffen, um nach seiner Hand zu fassen, aber ich hielt mich zurück. Jack, der neugierig das Bistro erkundet hatte, kam zu uns an den Tisch gelaufen und legte sich neben Gavins Stuhl.

»Weißt du, warum deine Mom wieder angefangen hat zu trinken?«

»Weil sie Alkoholikerin ist.«

»Sorry, das war eine unüberlegte Frage.«

»Nicht schlimm. Ich weiß, was du meinst. Ich frag mich ständig, warum sie die Finger nicht von dem Zeug lassen kann. Für mich wäre Jack Grund genug, niemals mit dem Trinken anzufangen, aber ich bin meiner Mom wohl nicht Grund genug.« Der Schmerz in seinen Worten war nicht zu überhören.

»Das kannst du nicht vergleichen.«

Ein dunkler Ausdruck trat in Gavins Augen. »Warum nicht? Ich hab meinen Dad genauso sehr geliebt. Sein Tod hat mein Leben ebenso erschüttert. Und ich war es, der ihn gefunden hat. Nicht sie!«

Der zittrige Klang seiner Stimme ließ mich alle Bedenken über Bord werfen und nach seiner Hand greifen. Er hielt noch immer die Tasse umklammert, aber als meine Finger sanft gegen seine stupsten, ließ er, ohne zu zögern, von dem warmen Getränk ab und nahm meine Hand. »Ich kann mir nicht vorstellen, wie schwer das damals für dich gewesen sein muss, aber du weißt, dass das nicht stimmt. Deine Mom liebt dich, auf ihre Weise. Und du kannst die Gefühle von zwei Menschen nicht miteinander vergleichen.«

Gavin erwiderte den Druck meiner Hand. Obwohl er den warmen Kaffee umklammert hatte, waren seine Finger eiskalt. »Du hast recht. Ich … Heute ist kein guter Tag. Jack und meine Mom verstehen sich nicht. Eine Nachbarin hat sich beim Vermieter über uns beschwert, ich hab eine fette Rechnung vom Krankenhaus bekommen und Angst, dass wir aus unserer viel zu kleinen Wohnung fliegen, die ich mir dennoch kaum leisten kann, und … keine Ahnung. Können wir über etwas anderes reden?«

*Nein.* Das Wort lag mir auf der Zunge, aber ich würgte es herunter.

»Wie war die Hochzeit von Aarons Mom?«, wechselte Gavin das Thema.

Ich unterdrückte ein frustriertes Seufzen, weil ich mir wirklich wünschte, er würde über seine Gefühle sprechen. Es brach mir das Herz, dass er so viel Empathie und Mitgefühl für die Emotionen anderer aufbrachte und so wenig Verständnis für sich selbst.

Ich entzog ihm meine Hand und ließ sie unter dem Tisch verschwinden, was Jack sofort dazu animierte, aufzustehen und daran herumzuschnüffeln. Ich tätschelte ihm den Kopf. »Schön, laut und chaotisch.«

»Aber du hattest Spaß?«

»Ja. Es hat gutgetan, mal wieder rauszukommen. Die letzten Wochen waren stressig, mit der SHS und der Tre…«, ich stockte, denn um ein Haar hatte ich »Trennung« gesagt, und das wiederum war ein Thema, über das ich noch nicht bereit war zu reden, »und allem anderen. Wie war dein Wochenende?«

»Freitagabend war ich wie fast immer im Elevated arbeiten, und Samstag war ich bei Luca.« Gavin zuckte mit den Schultern. Er trank einen Schluck von seinem Kaffee und räusperte sich leise. »Ich glaube, ich habe mich noch nicht bei dir dafür bedankt, dass du ihn ermutigt hast, mit mir zu reden. Das hättest du nicht tun müssen. Ich hätte auch verstanden, wenn du ihm gesagt hättest, dass er mich zum Teufel schicken soll.«

Ich vermied es, Gavin anzusehen, schaute stattdessen aus dem Fenster, aber der Regen war unverändert stark. »Ich wollte nie, dass eure Freundschaft meinetwegen leidet. Damals nicht und auch heute nicht. Luca ist sich dessen vielleicht nicht bewusst, aber du bist einer der wichtigsten Einflüsse in seinem Leben. Ich glaube nicht, dass er heute mit Sage zusammen wäre, hätte er durch dich nicht gelernt, so empathisch zu sein. Vermutlich wäre er ein ziemliches Arschloch.«

»Oh, wow, ich, ähm … danke?«

Ich schmunzelte. »Sorry, ich wollte dich nicht in Verlegenheit bringen.«

Gavin lachte nervös und rieb sich über den Kopf. Sein Haar war so kurz geschoren, dass es bereits wieder vollkommen trocken aussah. »Schon in Ordnung. Ich bin auch froh, Luca zu haben.«

»Er hat mir erzählt, dass du mit ihm über deine Mom gesprochen hast.«

Gavin nickte. »Es war an der Zeit. Ich hätte das alles niemals so lange für mich behalten dürfen. Keine Ahnung, warum ich gezögert habe. Luca hätte nicht besser darauf reagieren können.«

Es freute mich, das zu hören, doch bevor ich etwas erwidern konnte, wurde die Tür zum Le Petit aufgestoßen. Und nicht nur ein Gast oder zwei betraten das Bistro, sondern eine ganze Horde Rentner fiel in den Raum ein. Offensichtlich eine Reisegruppe, die trotz des schlechten Wetters einen Ausflug um den Lake Tahoe unternahm.

Eilig sprang ich vom Stuhl auf und nahm meinen Platz hinter der Theke ein. Die Gäste hingen ihre nassen Jacken und Mäntel an die Garderobe, bevor sie sich für Kaffee und Kuchen anstellten. Seit der Halloweenparty vor zweieinhalb Wochen hatte ich das Le Petit nicht mehr so voll erlebt, und ausgerechnet heute hatte sich Cam aus dem Staub gemacht. Eigentlich war ich niemand, der sich leicht aus der Ruhe bringen ließ, doch der Anblick all dieser Leute, die auf einen Kaffee warteten, machte mich ein wenig nervös. Rasch verdrängte ich das Gefühl und nahm die erste Bestellung mit einem Lächeln entgegen. Die nächsten Minuten jonglierte ich zwischen der Theke, der Kasse, der Kaffeemaschine und der Vitrine mit dem Gebäck, die sich beunruhigend schnell leerte, hin und her, doch irgendwie schien die Schlange nicht kürzer zu werden.

»Ihr Kaffee und Ihr Bagel. Lassen Sie es sich schmecken«, sagte ich zu einer älteren Dame. Sie erwiderte mein Lächeln und ging zu einem Tisch.

Bevor die nächste Person in der Schlange nach vorn treten konnte, schob sich von der Seite ein älterer Herr dazwischen. »Ich habe einen Cappuccino bestellt«, teilte er mir schroff mit und schob mir seine Tasse über die Theke zu. Ich erkannte sofort, dass darin tatsächlich kein Cappuccino war.

»Fuck.«

Die Augen des Mannes weiteten sich.

»Shit. Sorry. Mist. Ich wollte nicht fluchen. Ich …«

»Ein Cappuccino, kommt sofort«, hörte ich plötzlich von der Seite.

Ich fuhr herum und entdeckte Gavin, der hinter die Theke getreten war. Ich hatte ihn in dem Getümmel vollkommen aus den Augen verloren. Er nahm dem älteren Herrn die Tasse aus der Hand und schenkte ihm ein verständnisvolles Lächeln, das sein Gemüt zu besänftigen schien. Dann stupste er mich an, weil ich nur reglos da stand. »Einen Cappuccino, bitte?«

»Ähm, ja … kommt sofort!«

Ich wirbelte herum, um ein neues Getränk zuzubereiten. Hinter mir hörte ich, wie Gavin bereits die folgende Bestellung entgegennahm. Kurz darauf reichte ich dem Mann den richtigen Kaffee und Gavin nannte mir die Wünsche des nächsten Kunden. Wir verfielen in eine Routine, bei der Gavin die Bestellung aufnahm und abkassierte, während ich die Kaffeemaschine bediente und das Gebäck servierte. Dabei waren wir konzentriert und fanden schnell einen Rhythmus, der nicht erahnen ließ, dass wir noch nie zuvor zusammengearbeitet hatten. Wir warfen uns gegenseitig nur Stichwörter zu, die der andere problemlos verstand, und wenn einer von uns doch mal ins Stolpern geriet, war der andere sofort da, um zu helfen. Gavin und ich waren schon immer ein gutes Team gewesen.

Erst als ich erkannte, dass die Schlange deutlich kürzer geworden war, wandte ich mich Gavin zu. »Wo ist Jack?«

»Der hat die beste Zeit seines Lebens.« Er deutete in eine Ecke des Cafés, wo ich Jack entdeckte, der von drei Rentnerinnen betütert und gestreichelt wurde. Er wedelte begeistert mit dem Schwanz und grinste die älteren Damen mit raushängender Zunge an, während die ihm erklärten, was für ein lieber Hund er sei.

»Okay, aber du hast ein Auge auf ihn?«

»Schon die ganze Zeit«, beruhigte mich Gavin.

Ich nickte und machte mich wieder daran, Kaffee zuzubereiten.

Es ging noch ein paar Minuten so weiter, bis schließlich jeder glücklich an seinem Platz saß. Ich holte tief Luft und betrachtete das volle Bistro. Jeder einzelne Stuhl war besetzt, und auf der Couch hockten die Leute gedrängt. Erleichtert, den Ansturm überstanden zu haben, sah ich zu Gavin, der dabei war, Brösel vom Tresen zu wischen. »Hast du mal in einem Café gearbeitet?«

Er blickte auf. »Ja, im ersten Semester. Warum?«

»Das merkt man. In welchem?«

»Im Marble Bean.«

»Oha, bei der Konkurrenz. Warum hast du aufgehört?«

Er warf die Brösel in den Müll und trat vor mich. Obwohl hinter der Theke genug Platz war, war er mir plötzlich ganz nahe. Der Geruch nach Erde und Regen war verschwunden, dafür duftete er nun nach Kaffee und Gavin. Sein rechter Mundwinkel hob sich. Er wirkte deutlich entspannter als bei seiner Ankunft im Le Petit. »Nett, dass du glaubst, ich hätte aufgehört. Ich wurde rausgeschmissen.«

»Warum?«

»Der Inhaber des MB ist ein Arschloch. Er hat eine meiner Kolleginnen zum Weinen gebracht, nachdem sie zum dritten Mal an einem Tag eine Tasse zerbrochen hat. Ihm hat nicht gefallen, was ich zu seiner schroffen Art zu sagen hatte.«

Ich musste lächeln, weil ich es mir genau vorstellen konnte und weil es so gut zu Gavin passte, genauso wie es zu ihm passte, mir zu helfen. Anstatt sitzen zu bleiben und seinen Kaffee zu genießen, war er eingesprungen und mir zur Hand gegangen. Nur sich selbst wollte er offenbar nicht helfen lassen …

Ich räusperte mich. »Danke für die Hilfe.«

»Gern. Das hat mich zumindest auf andere Gedanken gebracht.«

»Cam lässt dich sicherlich gern jederzeit unbezahlt arbeiten, wenn du Ablenkung brauchst.«

Gavin lachte. Ein warmes, kehliges Lachen. Das Geräusch sorgte für Hitze in meinem Bauch, die noch wärmer wurde, als er einen Schritt auf mich zumachte. Er senkte den Kopf und seine Stimme, als er die nächsten Worte sagte. »Das mach ich gern, aber nur wenn ich mir jede Schicht mit dir teilen darf.«

Seine Worte lösten ein Prickeln aus, das mir die Wirbelsäule hinauflief, und meine Haut begann zu kribbeln. Gavin war mir nun so nahe, wie er mir sein konnte, ohne dass wir einander anfassten … Aber ich wollte ihn berühren und im Gegenzug auch von ihm berührt werden. Zumindest ein Teil von mir wünschte sich das. Der Teil, der sich innerhalb kürzester Zeit an all die sanften Gesten der Zuneigung gewöhnt hatte, die er mir im Alltag geschenkt hatte. Ich vermisste seine sanften Küsse auf meine Nasenspitze und wie er mich von hinten umarmt hatte, wann immer sich ihm die Gelegenheit dazu geboten hatte. Und ich vermisste es, wie unsere Hände ständig einen Weg gesucht hatten, den jeweils anderen zu berühren, ob während eines gemeinsamen Abends auf der Couch oder beim Lernen am Esstisch. Winzige Gesten, die in ihrer Bedeutung jedoch riesig gewesen waren.

Und so riesig diese Gesten gewesen waren, so groß war die Leere, die sie in mir hinterlassen hatten. Ja, ich vermisste diese Nähe zu Gavin, aber der Schmerz war größer als die Sehnsucht, also wich ich vor ihm zurück, selbst wenn es schwer war.

Sein Blick fand meinen. Ich erkannte Enttäuschung in seine blauen Augen, aber auch Verständnis.

»Ich sollte mich wieder an die Arbeit machen.«

Er nickte. »Brauchst du noch Hilfe?«

Ich schüttelte den Kopf, denn was ich jetzt wirklich brauchte, war Abstand.

# 13. Kapitel

## GAVIN

Ich hasste Blut.

Ich kniff die Augen zusammen und versuchte, nicht daran zu denken, dass eine viel zu große Nadel in meiner Ellenbeuge steckte und mir einen halben Liter Blut abzapfte. Doch nicht an etwas zu denken, indem man sich ermahnte, man solle nicht daran denken, half nicht. Ebenso wenig wie die Tatsache, dass ich davon überzeugt war, die Kanüle in meinem Arm bei jeder noch so kleinen Bewegung spüren zu können. Ich stellte mir vor, wie das Blut aus meinen Adern gesogen wurde, durch den Schlauch lief und in den Beutel neben mir tropfte – dunkelrot, warm und dickflüssig.

Ich erschauerte.

Unter normalen Umständen wäre ich niemals Blut spenden gegangen, aber einer meiner Kommilitonen hatte mir erzählt, dass es dafür fünfzig Dollar gab. Und fünfzig Dollar haben oder nicht haben war es mir wert, über meinen Schatten zu springen, auch wenn es mich einiges an Überwindung kostete. Denn immer, wenn ich Blut sah, musste ich an meinen Dad denken und daran, wie ich ihn leblos in unserer Badewanne gefunden hatte. Das Bild hatte sich in meinen Verstand, meine Netzhaut, mein Herz und wohl jede Faser meines Körpers eingebrannt. Ich würde diesen Anblick niemals vergessen und ganz gewiss nicht all das Blut, das ich niemals hatte sehen wollen.

Ich erinnerte mich noch glasklar an jenen Tag, als wären seitdem nicht fast vierzehn Jahre vergangen. Ein Zeitraum, den ich kaum fassen konnte. Ich lebte inzwischen sechs Jahre länger ohne meinen Dad als mit ihm. Diese Erkenntnis brachte jedes Mal eine Flut an Gefühlen mit sich. Ich war enttäuscht, weil er so viel verpasst hatte – und gleichzeitig froh, dass er all das nicht miterleben musste. Und ich wurde wütend, wenn ich mir vorstellte, dass mein Leben ein ganz anderes wäre, hätte er damals eine alternative Entscheidung getroffen, wie beispielsweise sich Hilfe zu suchen. Aber das hatte er nicht getan, und wir hatten ihm auch nicht helfen können, denn niemand hatte etwas von seinen Problemen geahnt. Er hatte sie bis zum bitteren Ende maskiert.

Meine Mom war an diesem Tag nichts ahnend in die Stadt gefahren, um Weihnachtsgeschenke umzutauschen. Und ich war direkt nach dem Frühstück zu Luca aufgebrochen, um an dem Nintendo zu spielen, den er geschenkt bekommen hatte. Mittags war ich schließlich nach Hause gegangen, um Zeit mit meinem Dad zu verbringen. Es war eine Art Tradition, denn als Radiomoderator einer Morningshow musste er früh aufstehen, konnte aber auch früh Feierabend machen. Mittags hatten wir dann immer gemeinsam am Tisch gesessen, und er hatte mir von den Gästen, die er in der Show gehabt hatte, erzählt. Doch an diesem Tag war alles anders gewesen …

Zu Hause angekommen hatte ich sofort gemerkt, dass etwas nicht stimmte. Ich hatte nach meinem Dad gerufen, ohne eine Antwort zu erhalten, also hatte ich mich auf die Suche nach ihm gemacht. Zuerst hatte ich im Garten nachgeschaut, dann in seiner Werkstatt im Keller und schließlich in seinem Schlafzimmer, weil er sich manchmal für ein Nickerchen hinlegte. Meine Eltern hatten getrennte Zimmer, damit mein Dad meine Mom nicht jeden Morgen um vier Uhr aufweckte, wenn er zur Arbeit musste. Er hatte jedoch nicht in seinem Bett gelegen, und ich hatte bereits wieder gehen wollen, als ich den Lichtstreifen unter der Badezimmertür bemerkte. Ich hatte angeklopft, erneut ohne Antwort zu bekommen, also hatte ich die Klinke nach unten gedrückt …

Keine Ahnung, warum mein Dad nicht abgesperrt hatte. Vielleicht war es ein stummer Hilferuf gewesen, eine Rettungsleine für das Schicksal, sollte ihn jemand rechtzeitig finden, aber ich war zu spät gewesen. Nur in Unterwäsche bekleidet hatte er in der vollgelaufenen Badewanne gelegen. Seine Haut war blass gewesen.

Das Wasser rot.

Seine Arme …

*Hör auf, daran zu denken.*

*Hör auf, daran zu denken.*

*Hör auf, daran zu denken.*

»Ist alles gut bei dir?«, fragte eine rauchig klingende Stimme.

Ich schlug die Augen auf und blickte in das Gesicht der älteren Frau, welche mir die Nadel in die Ellenbeuge gerammt hatte. Aus dem Augenwinkel entdeckte ich den roten Beutel, aber sah ganz schnell wieder zu der Frau und auf ihr Namensschild: Linda.

»Ja, alles bestens. Ich mag nur kein Blut«, antwortete ich erstickt.

Sie lächelte. »Kein Sorge. Bald ist es geschafft.«

Ich wusste nicht, was in Lindas Welt *bald* bedeutete, denn gefühlt lebte ich gerade in einer anderen Zeitrechnung. Sie hatte mir versichert, die Blutspende würde nicht lange dauern. Nur fünf bis zehn Minuten. Es kam mir allerdings so vor, als würde ich bereits seit einer Stunde hier sitzen und darauf warten, dass es vorbei war.

Linda fragte mich, ob ich etwas zu trinken wollte. Ich schüttelte den Kopf, lehnte mich auf dem Liegesessel zurück und versuchte, mich zu entspannen, was mir nicht gelingen wollte. Ich schaffte es zwar, meinen Dad aus meinen Gedanken zu verdrängen, aber da waren immer noch all die anderen Probleme, die außerhalb des Blutspendezentrums auf mich warteten. Reglos starrte ich auf einen Fleck an der Decke, um nicht auf den Blutbeutel zu achten, als die Tür zum Zentrum aufgezogen wurde und eine blonde Frau den Raum betrat …

*Moment.*

Ich blinzelte.

Ließ mich der Blutverlust halluzinieren?

Nein, die blonde Frau war eindeutig April. Mein Herzschlag beschleunigte sich, während die Zeit um mich herum endgültig stehen zu bleiben schien und ich Aprils Anblick in mich aufsog. Ich hatte sie seit knapp einer Woche nicht mehr gesehen. Nicht mehr, seit ich vergangenen Sonntag ins Le Petit gekommen war, nachdem sie mir die Wohnungsanzeige geschickt hatte. Ich wusste bis heute nicht, was mich angetrieben hatte, ins Bistro zu gehen, abgesehen von meinem Verlangen, in Aprils Nähe zu sein. Es war ein gutes Treffen gewesen, und ich hatte das Gefühl gehabt, dass sie sich mir gegenüber wieder mehr öffnete, aber dann war der Schmerz in ihre Augen zurückgekehrt. Ich hasste es. Und noch mehr hasste ich mich dafür, ihr und uns das angetan zu haben.

Bisher hatte April mich nicht bemerkt. Ihre rot geschminkten Lippen verzogen sich zu einem Lächeln, als sie den Mann am Eingang begrüßte, und eine Welle aus Neid erfasste mich. Es war Wochen her, dass sie mich so angelächelt hatte, so herzlich und warm. Ich vermisste es und hätte alles dafür gegeben, von ihr noch einmal so angelächelt zu werden wie dieser Fremde.

April und der Mann wechselten ein paar Worte, ehe sie sich in meine Richtung umdrehte und mich entdeckte. Ihre Schritte gerieten kurz ins Stocken, doch dann straffte sie die Schultern und ihr Lächeln kehrte zurück, etwas steifer und aufgesetzter als zuvor.

Sie kam auf mich zu. »Hey.«

»Hi«, erwiderte ich.

»Verfolgst du mich?« Ihr Tonfall war scherzhaft, aber irgendwie auch nicht.

»Ich war zuerst da.«

Sie neigte den Kopf. »Ich habe dich hier noch nie gesehen.«

»Ist mein erstes Mal.«

»Oh, dann … Happy First Blood Donation?«

Ich lachte verhalten, weil mir ziemlich schwummrig war – ich konnte nicht länger sagen, ob es an dem Blut lag oder an April. »Danke. Kommst du häufiger her?«

»Ja, alle vier Monate.« Sie deutete auf die freie Liege neben meiner. »Darf ich?«

Ich nickte.

Sie setzte sich, legte sich aber nicht hin, sondern sah von meinem Gesicht zu der Nadel in meinem Arm und wieder zurück zu meinem Gesicht. Ich hatte keine Ahnung, was ihr dabei durch den Kopf ging.

Linda, die April offensichtlich bereits kannte, kam zu uns. Sie forderte sie auf, sich hinzulegen und den Ärmel ihres Pullovers nach oben zu schieben. Anschließend desinfizierte sie die Stelle und … Hastig wandte ich den Blick ab, als Linda eine Nadel aus der Verpackung holte.

»Du magst immer noch kein Blut«, stellte April fest.

»Ist das so offensichtlich?«

»Ja, aber schön, dass du trotzdem hier bist.«

Ich blinzelte und sah vorsichtig in ihre Richtung. Die Kanüle steckte bereits in ihrem Arm und wurde von Linda gerade mit einem Pflasterstreifen befestigt, anschließend brachte sie den Beutel an und das Blut begann durch den Schlauch zu fließen. Ich erschauderte, und in meinem Magen rumorte es. Das Blut von anderen zu sehen war noch um einiges schlimmer als mein eigenes.

»Um ehrlich zu sein, mache ich es nur für die fünfzig Dollar«, hörte ich mich sagen. »Erinnerst du dich an die saftige Krankenhausrechnung, die ich erwähnt habe? Tja, die muss bezahlt werden.«

»Der Person, der dein Blut das Leben retten wird, ist egal, warum du hier bist, es ist nur wichtig, dass du es bist«, sagte April mit einem Schulterzucken und ließ den Kopf gegen die Lehne der Liege fallen, um denselben Fleck an der Decke anzustarren wie ich zuvor.

Ich hingegen konnte meinen Blick nicht von ihr abwenden. Ich betrachtete ihr Profil, den Schwung ihres Kiefers und die Wölbung ihrer Lippen. Obwohl unser letzter Kuss einige Wochen zurücklag, wusste ich noch genau, wie sie sich anfühlte, wie sie schmeckte und wie die leisen Laute klangen, die ihren Mund verließen, wenn ich sie an Stellen berührte, die uns beide gleichermaßen um den Verstand brachten.

»Danke übrigens für die Wohnungsanzeige. Ich habe vorgestern mit Eliot telefoniert«, sagte ich, um mich auf andere Gedanken zu bringen.

Aprils Blick zuckte von der Decke zurück zu mir. Ich hasste die Unsicherheit in ihren Augen, als wäre sie bei jedem Wort aus meinem Mund auf der Hut aus Angst, wieder verletzt zu werden.

»Und?«, hakte sie nach.

»Ich werde mir das Zimmer nach Thanksgiving anschauen.«

Eigentlich wäre es mir lieber gewesen, allein zu wohnen, um Raum zu haben, in dem ich ganz ich selbst sein konnte und meine Gefühle nicht maskieren musste, aber diesen Luxus konnte ich mir nicht länger leisten. Außerdem war das Zimmer, das Eliot anbot, geräumig, halbwegs bezahlbar und er hatte am Telefon nett gewirkt. Er studierte ebenfalls Psychologie und mochte Hunde. Bei unserem kurzen Telefonat hatte er sogar vom Fleck weg angeboten, mit Jack Gassi zu gehen.

»Cool. Ich hoffe, dass es zwischen euch passt.«

Ich nickte.

Linda kam zurück, erlöste mich von der Nadel in meinem Arm und wickelte einen Verband um die Einstichstelle. Anschließend ermahnte sie mich, noch ein paar Minuten liegen zu bleiben, da ich anscheinend ziemlich blass um die Nase war.

»Wie läuft es mit deiner Mom?«, fragte April und senkte den Blick auf die Stelle, an der ihr das Blut abgenommen wurde, was sie für mich zu einem der wohl unerschrockensten Menschen auf diesem Planeten machte.

»Katastrophal.«

Abwartend sah April mich an.

Ich wischte mir die vor Unwohlsein schweißnassen Handflächen an der Hose trocken und zögerte, ob ich April wirklich antworten und diesen Ballast auf ihr abladen wollte, aber ihr fragender Blick ermutigte mich. »Es geht ihr nicht gut. Sie baut gerade ziemlich ab. Der Unfall, die kalten, dunklen Monate, der … der Todestag, der näher rückt, das alles setzt ihr zu. Sie ist gereizt und nicht gerade einfach.«

»Und wie kommst du damit klar?«

*Gar nicht.*

Ich dachte an all die schlaflosen Nächte, die finsteren Gedanken und die katastrophisierenden Überlegungen, die mich ständig vom Schlimmsten ausgehen ließen und ein Horrorszenario nach dem nächsten in meinen Verstand pflanzten. Ich war ständig angespannt, hinter jedem Anruf einer unbekannten Nummer erwartete ich erneut das Krankenhaus, jeder Brief ließ meinen Puls in die Höhe schnellen und jede Mail der MVU ließ mich zusammenzucken. Zwar hatte Erikson mein Paper halbwegs gut bewertet, dennoch fürchtete ich einen Rauswurf, auch wenn es dafür keinen Grund gab; mein Kopf ging instinktiv immer von dem denkbar schlechtesten Szenario aus. Das war verdammt anstrengend, und ich kam nicht klar, überhaupt nicht, aber mir blieb keine andere Wahl, als irgendwie weiterzumachen.

»Okay«, antwortete ich ausweichend.

Aprils Augen wurden schmal. Sie wusste, dass ich log, aber ich wurde von Linda gerettet, die erneut zu uns kam. Dieses Mal löste sie die Nadel aus Aprils Arm. Während die Zeit, die ich ohne sie hier verbracht hatte, nur so dahingekrochen war, waren die letzten Minuten geradezu dahingeflogen. Linda wies April ebenfalls an, noch eine Weile sitzen zu bleiben, und jeder von uns bekam einen Schokoriegel von ihr. Er war nicht vegan, trotzdem riss ich die Packung auf, weil es eine Verschwendung gewesen wäre, ihn nicht zu essen. Und wie ich in den letzten Wochen über mich selbst gelernt hatte, waren meine Prinzipien ziemlich flexibel, wenn gerade mal wieder alles den Bach runterging.

Nachdem wir unsere Schokoriegel gegessen hatten, holten wir unsere Jacken aus der Garderobe und ich mir mein Geld von der Theke ab – April wollte keines. Noch vor wenigen Minuten hatte ich es kaum erwarten können, das Blutspendezentrum zu verlassen, und nun wünschte ich mir, ich könnte etwas mehr Zeit mit April verbringen.

Ich zog die Tür auf und ließ April den Vortritt. Kühler Wind blies uns um die Ohren.

»Ist das kalt«, sagte sie und schlang schlotternd die Arme um ihre Mitte.

Ich nickte. Vor kaum zwei Wochen hatte ich Luca noch wegen seines dicken Schals belächelt, nun wünschte ich mir, selbst einen zu haben. Immerhin hatte ich meine Mütze. Ich zog sie aus der Tasche meiner Jacke, in die ich sie reingestopft hatte, und setzte sie auf.

Aprils Augen wurden schmal. »Warum hab ich nicht dran gedacht, eine Mütze mitzunehmen?«

»Du hasst Mützen, weil sie dir die Frisur versauen«, antwortete ich, aber das hielt mich nicht davon ab, mir meine wieder vom Kopf zu ziehen. Ich trat einen Schritt auf April zu. Ihr blumiger Duft vermischte sich mit dem nach Schnee, und ein Schauder, der nicht von der Kälte stammte, durchlief meinen Körper.

Sie wich nicht vor mir zurück, aber verstand sofort, was ich vorhatte. »Du musst nicht …«

»Schon in Ordnung«, unterbrach ich sie und setzte ihr den Beanie auf den Kopf.

Mit großen Augen sah sie zu mir auf. Feine Wölkchen quollen zwischen ihren geteilten Lippen hervor und verloren sich in der Luft zwischen uns. »Was ist mit dir? Dann frierst du.«

Ich lächelte und zupfte den Stoff zurecht, damit er ihr bis über die Ohren reichte. Trotz der kalten Luft und der Tatsache, dass ich sie kaum berührte, wurde mir in ihrer Nähe ganz heiß. Wie gern hätte ich sie an mich gezogen, um sie mit meinem Körper zu wärmen. »Das halte ich aus.«

»Bist du dir sicher?«

Ich brummte zustimmend. Und eigentlich wäre jetzt der richtige Moment gewesen, um zurückzuweichen. Es gab keinen Grund mehr für mich, an der Mütze festzuhalten und April so nahe zu sein. Doch ich tat es nicht, schuf keine Distanz, wo eigentlich welche sein sollte, und auch April rührte sich nicht. Unerschrocken sah sie mich an. Das Blau ihrer Augen und der sanfte Ausdruck, der nun darin lag, ließen mich beinahe vergessen, dass wir uns gerade vor einem Blutspendezentrum befanden.

Eine zarte Röte lag auf Aprils Wangen und ihrer Nasenspitze; am liebsten hätte ich mich vorgebeugt, um sie zu küssen. Ich tat es nicht, weil es zu viel gewesen wäre und ich sie nicht vertreiben wollte; allerdings konnte ich dem Drang nicht widerstehen und streichelte ihr mit dem Daumen sanft über die Wange. Ihre Haut war im Vergleich mit meinen Händen bereits kalt. Ich hörte sie seufzen, und weitere Atemwölkchen entwanden sich ihren Lippen, die ich so gern mit meinen versiegelt hätte.

Die Tatsache, dass ihr Blick zu meinem Mund wanderte, verriet mir, dass es ihr genauso ging. Dass auch sie mich küssen wollte. Doch obwohl wir es uns beide wünschten, gab keiner von uns dem Drang nach – und dann war der Moment vorbei. April schien zu realisieren, was sie hier tat und mit wem sie es tat. Ihr Blick wurde wieder klar, löste sich von meinen Lippen, und sie wich entschlossen zurück.

»Tut mir leid«, murmelte sie atemlos. Ihre Brust hob und senkte sich so schnell wie meine eigene. Wobei es nichts gab, was ihr leidtun musste. Ich hatte diese Nähe zwischen uns provoziert, nicht sie. Und mich nicht küssen zu wollen war ihr gutes Recht. »Ich … Ich sollte los. Dinge erledigen.«

»Okay.« Ich wollte sie packen, festhalten, an mich ziehen und küssen, aber noch viel mehr wollte ich mich bei ihr entschuldigen und mit ihr über unser erstes Mal reden. Es zerfraß mich innerlich, mit ihr nicht über unser erstes Mal sprechen zu können, und ich hasste mich dafür, es nicht viel früher getan zu haben. Ich war so ein Idiot gewesen. Aber ich würde ihren Wunsch respektieren und darauf vertrauen, dass sie zu mir kommen würde, wenn sie bereit war, selbst wenn es mich zerriss. Doch vermutlich hatte ich es nichts anderes verdient. Zwar war es nie meine Absicht gewesen, sie zu verletzen, dennoch hatte ich es getan, und der Ausdruck, der jetzt in ihren Augen lag, verriet mir, wie tief der Schmerz saß, den ich ihr zugefügt hatte. Vermutlich hatte ich allein deswegen keine zweite oder eher dritte Chance verdient.

Einen winzigen Moment lang hielt April meinen Blick noch fest, dann wandte sie sich ab und lief davon, erst langsam, dann schneller, bis sie über die Straße zu ihrem Auto joggte. Sie stieg ein und fuhr davon.

Und ich blieb allein zurück.

# 14. Kapitel

## GAVIN

»Tut mir leid, Gavin, eine Gehaltserhöhung ist nicht drin.«

Die Antwort meiner Chefin kam nicht unerwartet und war dennoch enttäuschend. Dieselben Worte hatte ich in anderer Konstellation bereits gestern im Elevated zu hören bekommen.

»Wenn du mehr Geld brauchst, kann ich dir weitere Schichten anbieten«, sagte Olga und lehnte sich in ihrem Stuhl zurück.

Ich setzte ein falsches Lächeln auf. Hätte ich mehr arbeiten können, hätte ich es getan, aber dann konnte ich mein Studium gleich hinschmeißen. Und das war das Letzte, was ich wollte, auch wenn es vieles einfacher gemacht hätte. »Danke, aber das geht nicht.«

»Schade. Sag gern Bescheid, wenn sich daran etwas ändert.«

Ich nickte, obwohl ich wusste, dass sich nichts ändern würde, es sei denn, meine Tage verlängerten sich auf magische Weise auf achtundvierzig Stunden. Oder ich entwickelte eine Superkraft, die es mir erlaubte, gänzlich ohne Schlaf auszukommen.

Ich bedankte mich bei Olga, als hätte sie irgendwas für mich getan, und verließ ihr Büro. Im Flur holte ich tief Luft und wappnete mich für die letzte halbe Stunde meiner Schicht. Übermorgen war Thanksgiving und dementsprechend viel im Laden los.

Ich beschloss Matt, meinem Kollegen an der Kasse, einen Besuch abzustatten. Vorhin hatte ich ihm beim Abkassieren geholfen, aber wie es schien, war gerade eine ruhige Phase, denn nun hockte er gelangweilt hinter der Theke und blätterte in irgendeinem Magazin.

Als er mich kommen hörte, blickte er auf. »Und, wie lief's?«

Ich zeigte nur mit dem Daumen nach unten.

»Warum überrascht mich das nicht?«

»Ich könnte mehr Stunden arbeiten, wenn ich will«, sagte ich, wobei meine Stimme wie von selbst einen sarkastischen Tonfall annahm. Ich lehnte mich an die gegenüberliegende Kasse, an der ich zuvor noch gearbeitet hatte, und verschränkte die Arme vor der Brust.

Matt packte das Magazin weg. »Und jetzt?«

Ich zuckte mit den Schultern. »Keine Ahnung. Vielleicht verkaufe ich eine Niere. Von denen braucht man nur eine, oder?«

»Oder du suchst dir einen besser bezahlten Job«, schlug Matt vor. »Ich glaube, damit fährst du langfristig besser als mit dem Verkauf deiner Organe.«

Nun war ich derjenige, der schnaubte. »Klar, gut bezahlte Jobs fallen hier ja auch vom Himmel.« Ich wusste das, weil Jobanzeigen zu durchforsten neben der Wohnungssuche in den letzten Wochen mein größtes Hobby gewesen war. Doch die Arbeitsangebote in Melview hielten sich in Grenzen, vor allem jetzt in den Wintermonaten. Und wegen der vielen Studierenden, die allesamt bereit waren, für einen Hungerlohn zu schuften, gab es nur wenige anständig bezahlte Stellen.

Matt grinste verwegen. »Ich wüsste da vielleicht was.«

»Und was?«

»Meine Mitbewohnerin jobbt im Streetwise. Sagt dir das was?«

Ich nickte. Ich hatte schon einige Male von dem Burgerladen gehört, ohne selbst dort gegessen zu haben, da die Preise über dem lagen, was mein Geldbeutel in den letzten Monaten hergegeben hatte.

»Sie hat mir erzählt, dass einer der Kellner gekündigt hat; sie suchen jemanden, um die Stelle neu zu besetzen. Das Gehalt ist zwar auch nur mittelmäßig, aber das Trinkgeld kann sich wohl sehen lassen.«

Ich neigte den Kopf. »Hört sich gut an. Warum machst du das nicht?«

»Ist mir zu stressig. Soll ich Jane mal fragen? Vielleicht kann sie dir helfen, da reinzukommen.«

»Gern.« Ich bedankte mich bei Matt, und damit war unser Gespräch beendet, denn in diesem Moment kam ein Kunde an die Kasse.

Ich verabschiedete mich ins Lager, um die Regale für den nächsten Tag aufzufüllen. Matt hasste es, die schweren Kisten zu schleppen, aber mir war es der liebste Teil meiner Arbeit. Unsere Chefin erlaubte uns nämlich, kostenlos die Lebensmittel mitzunehmen, die ihr Mindesthaltbarkeitsdatum überschritten hatten, und so saß ich direkt an der Quelle und konnte mir die besten Sachen schnappen, bevor die anderen sie überhaupt sahen.

Ich nahm mir einen der Rollwagen und machte mich an die Arbeit. Leider durften wir dabei keine Musik hören, weshalb mir die ganze Zeit die Klimpermelodie in den Ohren lag, die aus den Lautsprechern im Supermarkt drang.

Ich kniete gerade vor dem Tee-Regal und räumte einen Darjeeling ein, der dreißig Dollar das Päckchen kostete, als mich eine Kundin von der Seite anquatschte.

»Entschuldigen Sie?«

Ich setzte mein bestes Verkäuferlächeln auf. »Was kann ich … für Sie tun?«

Ich stolperte über den letzten Teil des Satzes, als ich erkannte, wer mich da gerade angesprochen hatte. Jennifer Gibson. Lucas und Aprils Mom. Was zum Teufel machte sie hier? Ich hatte sie seit einer Ewigkeit nicht mehr gesehen. War sie meinetwegen gekommen? Hatte April ihr erzählt, was sich zwischen uns abgespielt hatte?

Nein, ausgeschlossen. Wäre dem so, hätte Jennifer mich gewiss nicht mit »Entschuldigen Sie« angesprochen. Sie hasste mich und würde vermutlich lieber über heiße Kohle laufen, als nett zu mir zu sein – und mir ging es ähnlich, denn Jennifer war das absolut Letzte. Nicht nur, dass sie ihre Kinder belog, vernachlässigte und Geld als Druckmittel benutzte, um ihre Leben in Bahnen zu lenken, die ihr gefielen, sie war auch oberflächlich, kalt und emotional vollkommen abgestumpft.

Nachdem Jennifer sich bereit erklärt hatte, Sage bei der Wohnungssuche zu helfen, hatte Luca mir weismachen wollen, sie würde versuchen, sich zu bessern, aber mir fiel es schwer, das zu glauben. Nach dem Selbstmord meines Dads war sie es nicht leid geworden zu betonen, wie *feige* und *egoistisch* seine *Entscheidung* doch gewesen sei und dass er den *leichten Ausweg* gewählt habe. Worte, die den wohl schlimmsten Schicksalsschlag meines Lebens wie eine Lappalie erscheinen ließen.

Und genauso wie Jennifer kein Mitgefühl mit meinem Dad gehabt hatte, hatte sie keins für meine Mom und mich übrig gehabt. Meine Mutter war immer nur Hausfrau gewesen, und ohne das Einkommen und die Lebensversicherung meines Dads hatten wir vor dem Nichts gestanden. Uns war keine andere Wahl geblieben, als unser Einfamilienhaus, direkt neben dem Haus der Gibsons, aufzugeben und in einen Trailer Park zu ziehen. Womit wir unter der Würde von Jennifer fucking Gibson gelegen hatten. Jahrelang hatte sie versucht, meine Freundschaft zu Luca und April zu sabotieren – bis es ihr mit April schließlich gelungen war.

Jennifers Lächeln, das vom vielen Botox steif, aber bis eben noch halbwegs freundlich gewirkt hatte, verkrampfte sich, als sie realisierte, wen sie vor sich hatte. Was mich tatsächlich überraschte. Sie besaß genau das Level an Arroganz und Egoismus, dass ich ihr zugetraut hätte, den besten Freund ihres Sohnes nicht wiederzuerkennen.

»Hallo Gavin«, begrüßte sie mich mit diesem herablassenden Tonfall.

»Jennifer.«

Jennifer wohnte nicht in Melview, aber sie war häufiger beruflich hier. Sie verkaufte teure Immobilien an neureiche Leute, die zum Spaß ein Vermögen rauswarfen, um behaupten zu können, einen Zweitwohnsitz am Lake Tahoe zu besitzen. Und Jennifer verkaufte nicht nur an diese Leute, sie gehörte selbst zu ihnen.

Wussten Luca und April, dass ihre Mom in der Stadt war? Vermutlich nicht. Das letzte Mal, als April sich mit ihrer Mutter hatte treffen wollen, hatte diese sie versetzt, aber ihr Verlust war mein Gewinn gewesen, zumindest für einen kurzen Augenblick.

»Habt ihr hier Mandelmus?«

»Natürlich. Ich zeig es Ihnen«, antwortete ich mit einem Lächeln, wie es meine Chefin von uns verlangte. Ich stellte den Karton mit den Teepackungen beiseite und bedeutete Jennifer, mir zu folgen. Die Absätze ihrer High Heels klackerten hinter mir wie das hektische Ticken einer Wanduhr, die auf doppelter Geschwindigkeit lief.

»Ich dachte, du studierst Psychologie«, hörte ich sie sagen. Wobei sie das Wort »Psychologie« auf dieselbe Art und Weise aussprach wie andere Leute das Wort »Eiterblase«, aber etwas anderes war von jemandem, der Depressionen als *feige* bezeichnete, wohl nicht zu erwarten.

»Ja, tue ich auch. Das hier ist nur ein Nebenjob.« Vermutlich hätte Jennifer mehr Respekt von meiner Studienwahl gehabt, hätte sie gewusst, wie viel Geld ein guter Therapeut verdienen konnte, aber ich verspürte nicht das Verlangen danach, sie aufzuklären.

Jennifer erwiderte nichts und folgte mir schweigend durch den Laden, bis wir das ziemlich große, ziemlich offensichtliche Regal mit den Nussmusen erreichten. Vermutlich war sie nur zu faul gewesen, länger als fünf Sekunden selbst danach zu suchen.

Ich schnappte mir ein Glas Mandelmus und reichte es Jennifer. »Bitte schön.«

»Danke.«

*Und jetzt verschwinde*, flehte ich in Gedanken, aber Jennifer verschwand nicht.

Stur erwiderte sie meinen Blick. Es war erschreckend, wie ähnlich April und Luca ihrer Mom waren. Vor allem April war ihr wie aus dem Gesicht geschnitten. Zwar war Jennifers Miene von dem vielen Botox und einigen Liftings wie versteinert, dennoch ließ sich nicht von der Hand weisen, dass April mit ihrem blonden Haar, der schmalen Nase und den blaugrauen Augen wie ein jüngerer Klon von ihr aussah. Trotzdem waren Mutter und Tochter wie Tag und Nacht, und ihr Anblick löste in mir Gefühle aus, die unterschiedlicher nicht hätten sein können.

»Wie geht es Luca?«, fragte Jennifer plötzlich.

»Gut. Er ist sehr glücklich mit Sage.«

Sie nickte. »Und April?«

Ich setzte ein steifes Lächeln auf, das eine Imitation des herablassenden Grinsens war, das Jennifer mir zeigte. »Das können Sie sie auch selbst fragen. Ach nein, das geht ja nicht, weil dafür müssten Sie Ihre Tochter treffen, anstatt sie zu versetzen.«

»Woher weißt du, dass ich sie versetzt habe?«

»Luca hat es mir erzählt«, log ich. »Sie sollten April anrufen. Denn aus Gründen, die ich absolut nicht nachvollziehen kann, scheint es ihr wichtig zu sein, eine Beziehung zu Ihnen zu haben.«

Jennifer schnaubte. »Ich hab viel zu tun.«

»Zu viel, um alle paar Wochen Ihre Tochter zu sehen?«

Missmut flackerte in ihren Augen auf. »Weiß deine Chefin, dass du so mit eurer Kundschaft redest?«

»Ich rede gerade nicht mit einer Kundin, sondern der Mom meines besten Freundes.«

»Du hast eine ziemlich vorlaute Klappe für jemanden, der nichts zu bieten hat.«

Keine Ahnung, was mich ritt, als ich die nächsten Worte aussprach. Vielleicht war es meine Wut auf Jennifer, weil ich bereits seit Jahren miterleben musste, wie furchtbar sie Luca und April behandelte. Vielleicht war es die Tatsache, dass sie auf mich herabsah wie auf ein Stück Müll, das ihren Weg pflasterte. Oder vielleicht auch der Umstand, dass ich das Gefühl hatte, nichts mehr zu verlieren zu haben. »Und Sie … Sie haben ziemlich eingeschränkte Ansichten für jemanden, der von sich selbst behauptet, er wäre klug. Newsflash: Sie sind es nicht.«

Wütend funkelte Jennifer mich an.

»Gibt es hier ein Problem?«, erklang plötzlich eine Stimme hinter mir.

Ich atmete erleichtert auf, denn es war glücklicherweise nur Matt und nicht meine Chefin, die ganz gewiss etwas zu meinem Umgang mit Jennifer zu sagen gehabt hätte. Vermutlich hätte ich dann statt einer Gehaltserhöhung eine Kündigung erhalten.

Die Wut in Jennifers Blick erlosch, als hätte jemand einen Schalter umgelegt. Nun war anstelle ihres Zorns wieder dieses verkniffene, herablassende Lächeln zu sehen. »Nein. Gavin, der Gute, hat mir nur geholfen, das Mandelmus zu finden.«

Matt nickte skeptisch. »Brauchen Sie noch etwas anderes?«

»Nein danke, das war alles.«

Jennifer wandte sich ab und stakste auf ihren High Heels davon.

Doch das ungute Gefühl, das sie in mir ausgelöst hatte, blieb zurück.

# 15. Kapitel

## APRIL

Thanksgiving war dieses Jahr ein ganz besonderer Feiertag gewesen, denn Dad, Joan, Luca und ich hatten es das erste Mal gemeinsam mit Sage, ihrer Schwester Nora und ihrer Mom gefeiert. Es war das erste Kennenlernen unserer Familien, und Sage und Luca waren dementsprechend nervös gewesen, allerdings völlig grundlos. Nora und Sages Mom waren zu uns nach Brinson gekommen und dort herzlich von unseren Eltern in Empfang genommen worden.

Es war cool gewesen, das Haus so voll zu erleben. Unser Dad, Joan und Sages Mom hatten sich blendend verstanden, vor allem weil sie pausenlos über uns Kinder gelästert hatten. Gemeinsam mit Sage und Nora hatte ich den Kleiderschrank in meinem alten Kinderzimmer ausgemistet. Nora hatte sich jede Menge Teile ausgesucht, während Luca uns desinteressiert Gesellschaft geleistet und schweigend ein Buch gelesen hatte. Das Szenario hatte mich an all die Male erinnert, in denen ich gelangweilt in der Ecke gesessen hatte, während er mit Gavin gezockt hatte. Es war schön gewesen, dass der Spieß zur Abwechslung mal umgedreht war.

Am Abend von Thanksgiving hatten wir alle mit angepackt und geholfen, das Gemüse klein zu schneiden, während unsere Eltern kochten und sich um den Truthahn kümmerten. Während alles vor sich hin geköchelt hatte, hatten wir das Esszimmer dekoriert und Sage hatte versucht, sich mithilfe eines YouTube-Tutorials beizubringen, wie man aus Servietten Schwäne faltete. Es gab viel zu lachen und vieles, wofür ich dankbar sein konnte. Für meine Familie, meine Freunde und dafür, dass ich die SHS hatte verwirklichen dürfen und sie sogar besser von den Studierenden angenommen wurde, als ich es mir hätte vorstellen können. Dennoch wanderten meine Gedanken immer wieder zu der einen Sache in meinem Leben, für die ich nicht dankbar war: Gavin.

Oder vielmehr: die Trennung von Gavin.

Ich hatte bereits vor Wochen geplant, ihn zu Thanksgiving zu uns einzuladen, da ich immer wieder an unser Deep-Talk-Gespräch denken musste und daran, dass Thanksgiving nicht länger sein Lieblingsfeiertag war – und ich vermutete, dass Monica sehr viel damit zu tun hatte. Die ganze Zeit stellte ich mir vor, wie er einsam in der verqualmten Wohnung saß, während seine Mom den Halt verlor. Irgendwann hatte ich Luca darum gebeten, bei Gavin anzurufen, um sich nach ihm zu erkundigen. Dreimal hatte er versucht, ihn zu erreichen, ohne dass er ans Telefon gegangen war. Was meine Sorge befeuert hatte, bis ich kurz davor gewesen war, ihn selbst anzurufen, aber ich hatte mich in letzter Sekunde davon abgehalten. Ich hatte eine klare Linie zwischen uns gezogen, die ich nicht ständig nach Lust und Laune verschieben konnte, das war weder für mich und meine Heilung noch für Gavin gut.

Wir waren keine Freunde.

Keine Liebenden.

Wir waren Kollegen. Etwas, was ich mir seit dem Moment vor dem Blutspendezentrum immer wieder ins Gedächtnis rufen musste. Ich hatte, was ihn betraf, einmal zu oft auf mein Herz gehört, jetzt war mein Verstand an der Reihe. Und mein

Verstand sagte mir, dass wir lediglich Kollegen sein durften, nur so war mein Herz sicher. Und mit diesem Wissen musste ich alles, was mit Gavin zu tun hatte, bewerten. Würde ich genauso bei Mara, Riley, Noah oder einem der anderen handeln? Wenn die Antwort Ja lautete, war es okay, für Gavin das Gleiche zu tun. Bei einem Nein musste ich mich von ihm fernhalten …

»Hey, wo bist du mit deinen Gedanken?«, fragte Sage und verpasste mir einen sanften Stoß gegen die Schulter.

Ihre Mom und Nora waren gestern zurück nach Maine geflogen, aber wir blieben einen zusätzlichen Tag in Brinson. Zu dritt hockten wir auf der Couch, im Fernsehen lief der erste Weihnachtsfilm des Jahres, von dem ich bisher nichts mitbekommen hatte, und überall um uns herum standen Kästchen mit Bastelbedarf, die Sage mitgebracht hatte, um an ihrem Schmuck zu arbeiten. Das Weihnachtsgeschäft war bereits in vollem Gange.

»Nirgends. Ich bin nur müde.«

Luca schnaubte. »Unsinn. Du denkst schon wieder über Gavin nach.«

»Tu ich nicht!«

»Natürlich, das war dein Ich-denke-an-Gavin-Gesicht.«

»Ich habe kein Ich-denke-an-Gavin-Gesicht«, protestierte ich.

»Doch, das hast du«, warf Sage, die Verräterin, ein. »Meine Frage, wo du mit deinen Gedanken bist, war eher eine rhetorische.«

»Danke, lieb von dir.« Meine Worte trieften vor Sarkasmus.

Ich verschränkte die Arme vor der Brust und wandte mich demonstrativ dem Film zu, in dem gerade zwei Charaktere stritten. Aber es war diese Art von Streit, bei dem man wusste, dass sie in Wahrheit nur ein paar Herzschläge davon entfernt waren, einander zu packen und wild zu küssen – und genau das geschah. Doch kurz bevor sich ihre Münder berühren konnten, erstarrte das Bild, weil Luca die Pause-Taste drückte.

»Heh, Sage meint es nur gut mit dir«, sagte er mit einfühlsamer Stimme. »Wir machen uns Sorgen um dich. Schließlich merken wir, wie sehr du kämpfst und wie mies es dir wegen der Sache noch immer geht. Auch wenn du versuchst, es zu verstecken. Ja, Trennungen sind scheiße. Mir ging es miserabel, als Sage damals mit mir Schluss gemacht hat, aber wie lange soll es so weitergehen?«

Es lag mir auf der Zunge zu antworten, dass das nicht zu vergleichen war. Sage und er hatten sich gerade mal fünf Monate gekannt. Gavin und ich hingegen kannten uns bereits unser ganzes Leben. Außerdem hatte Sage ihn verlassen, um ihn vor ihrer Vergangenheit zu schützen. Gavin war damals vor allem gegangen, um sich selbst vor möglichen Konsequenzen zu schützen. Weshalb sonst hätte er nicht mit mir reden sollen? Doch das sagte ich nicht, denn mein Schmerz war nicht mehr oder weniger wert als Lucas nach seiner Trennung von Sage.

»Ich … Ich weiß nicht«, gestand ich und kniff die Augen zu.

Als ich die Lider wieder öffnete, war Lucas Silhouette getrübt. Ich weinte nicht – noch nicht –, die Tränen standen mir allerdings bereits in den Augen. Ich hatte seit einigen Tagen nicht mehr wegen Gavin geweint und wollte es auch nicht, aber ich konnte es nicht verhindern. Keine Ahnung, ob es am Feiertag lag, daran, dass ich meine Tage hatte, oder an dem Moment vor dem Blutspendezentrum, auf einmal erschien mir der Schmerz der Trennung wieder sehr frisch. Gavin war so lieb zu mir gewesen, indem er mir seine Mütze aufgesetzt hatte. Es fiel mir unglaublich schwer, diesen fürsorglichen Menschen mit dem Arschloch von damals in Verbindung zu bringen.

»Können wir irgendetwas für dich tun?«, fragte Luca und rieb mir tröstend über die Schulter.

Ich sah zu ihm auf. »Kannst du meine Gedanken löschen? Ich glaube, es wäre viel leichter, wenn ich nicht ständig an ihn denken müsste. Alles hier erinnert mich an ihn.« Wir saßen auf der Couch, auf der Luca und Gavin immer gezockt hatten. Ich schlief in dem Zimmer, in dem er mich damals entjungfert hatte, im selben Bett, auf dem er mich allein hatte liegen lassen.

»Denk an jemand anderen«, sagte Sage trocken, ohne von den Ohrringen aufzublicken, an denen sie arbeitete.

Ich schnaubte. »Danke, toller Tipp. Warum bin ich da nicht selbst draufgekommen?«

Sage hob den Kopf. »Sorry, aber ich meine es ernst. Gavin war deine erste große Liebe, dennoch muss er nicht die letzte sein. Irgendwo da draußen ist ein Mann, der besser zu dir passt, der dich auf Händen tragen wird und mit dem du glücklich sein kannst. Du musst ihn nur finden.«

Mir lag ein weiterer sarkastischer Kommentar auf den Lippen. Bei Sage klang es wie ein Kinderspiel. Ich musste so einen Mann *nur* finden, dabei war das verdammt schwer. Bereits vor Gavin hatte ich versucht, jemanden kennenzulernen, zu dem ich mich hingezogen fühlte, in den ich mich verlieben könnte, aber ohne Erfolg. Gavin war bisher der einzige Mann, der meinen Magen zum Kribbeln und mein Herz so richtig zum Pochen gebracht hatte. Womöglich war ich zu anspruchsvoll, aber objektiv betrachtet war Gavin nicht gerade ein Typ, der einer Frau alles bieten konnte. Ja, er sah gut aus, zumindest wenn man auf große Typen mit dunklen Haaren und blauen Augen stand. Sein Kleidungsstil war dagegen eine Katastrophe, er hatte kein Geld und keine Sicherheit, seine Familie war kaputt, und er hatte eine Vielzahl von mentalen Problemen, die er sich nicht eingestehen wollte. All diese Punkte schrien nicht wirklich Traummann, und doch war er *mein* Traummann.

*Fuck.*

»Und wie finde ich so einen Mann?«, fragte ich verzweifelt.

»Wie alle anderen in unserem Alter.«

Ich hob die Brauen. »In einem Club?«

Sage schnalzte mit der Zunge. »Nein, über eine Dating-App. Megan hat sich kürzlich auf HelLOVE angemeldet und ist ziemlich begeistert. Sie hatte schon zwei Dates, und beide liefen richtig gut. Vielleicht wäre das was für dich?«

Ich rümpfte die Nase. Eine Dating-App? Bisher hatte ich keine eigenen Erfahrungen damit gemacht, aber genug Horrorgeschichten gehört, um berechtigte Zweifel zu hegen. »Ich weiß nicht. Melden sich Leute dort nicht nur für One-Night-Stands an?«

»Einige sicherlich, bestimmt nicht alle.«

»Die meisten schon«, murmelte Luca.

Sage verpasste ihm einen Klaps. »Was soll denn passieren? Im besten Fall lernst du jemanden kennen, den du magst und mit dem du eine gute Zeit hast, vielleicht für ein, zwei Dates, vielleicht für mehr. Und im schlimmsten Fall löschst du die App wieder.«

»Ich weiß nicht«, murmelte ich zögerlich.

»Komm schon! Einen Versuch ist es wert, oder nicht?«

Luca grunzte. »Lass sie, wenn sie nicht will.«

Sage beugte sich auf der Couch nach vorn, um Luca anzufunkeln, der links von mir saß. »Das sagst du nur, weil du auf Gavins Seite bist.«

»Bin ich nicht! Ich möchte nur, dass April glücklich ist.«

Vielsagend deutete Sage auf mich, meinen Messy Bun und

den Oversize-Pullover mit den Chipsbröseln auf der Brust, aber vermutlich ging es ihr vor allem um meine glasigen Augen. »Sieht so jemand aus, der glücklich ist?«

»Heh!«

Luca hob skeptisch die Brauen. »Und mit fremden Kerlen zu schreiben macht sie glücklich? Sie könnte auch einfach duschen und sich was Ordentliches anziehen.«

»Heh!«, protestierte ich ein zweites Mal, aber die beiden redeten einfach über mich hinweg, als wäre ich gar nicht da.

»Vielleicht macht es sie glücklich, wenn der Richtige dabei ist.«

Luca verdrehte die Augen und lehnte sich auf der Couch zurück. »Bis sie den findet, muss sie mit ganz schön vielen Arschlöchern schreiben.«

»Du gibst also zu, dass die meisten Männer Arschlöcher sind?«

»Das hab ich nicht gesagt.«

»Aber irgendwie schon«, erwiderte Sage mit einem überlegenen Grinsen.

Lucas Augen wurden schmal. Nun war er es, der sie anfunkelte, es lag jedoch nichts Böswilliges in seinem Blick. Vielmehr hatte ich das Gefühl, gerade das Vorspiel der beiden mitzuerleben.

Ich erschauderte. »Okay, ich mach es«, sagte ich schnell, um zu unterbrechen, was immer hier gerade vor sich ging. Und was hatte ich zu verlieren? Viel schlimmer konnte es nicht werden.

Ein aufgeregtes Glitzern trat in Sages Augen. Ich war mir sicher, dass sie sich niemals bei einer solchen App anmelden würde, selbst wenn Luca und sie sich trennen würden, aber sie freute sich offensichtlich darüber, mich davon überzeugt zu haben. »Du solltest dich gleich anmelden.«

»Jetzt?«

»Ja, warum nicht? Luca und ich helfen dir, dein Profil einzurichten.«

»Dem hab ich nie zugestimmt«, murmelte Luca.

Sage schnaubte. »Spielverderber.«

Ich holte das Handy aus meinem Zimmer und lud mir die App herunter. Ein roter Bildschirm mit dem namengebenden Slogan der App erschien auf dem Display, und erste Zweifel beschlichen mich, ob dies wirklich die richtige Entscheidung gewesen war. Es stimmte zwar, dass mir ein Datingportal durchaus Chancen bot, jemanden kennenzulernen, aber gleichzeitig setzte ich mich einer Fülle von Männern aus, die alle Idioten sein könnten. Vielleicht hatte ich also doch nicht nur Zeit zu verlieren, sondern auch meinen Glauben an das männliche Geschlecht.

Dennoch tippte ich meine Daten ein:

*Name: April*
*Geschlecht: weiblich*
*Sexualität: hetero*
*Alter: 19 Jahre*
*Größe: 172 cm*

Nachdem ich die Eckdaten zu meiner Person eingegeben hatte, gab es eine umfangreiche Auswahl an Hashtags, die man für sich wählen konnte. Ich entschied mich für #Fashion, #Fitness, #Netflix, #Sushi, #Music-Rock, #Music-Metal, #NoAlcohol, #NoDrugs, #Barista und #College. Darunter befand sich ein Feld für eine persönliche Notiz, die allerdings nur zweihundertfünfzig Zeichen lang sein durfte, was weitere Zweifel aufkommen ließ, ob die App wirklich das Richtige für mich war. Vielleicht sollte ich mein Glück doch lieber im Fitnessstudio versuchen – oder wie Gavin in der SHS. Die Erinnerung an Jude reichte allerdings aus, um mir den Antrieb zu geben, den ich brauchte, die Anmeldung abzuschließen.

Gemeinsam mit Sage suchte ich vier Fotos aus, die mich am besten repräsentierten. Im letzten Schritt musste ich einstellen, was oder wen ich auf der App suchte. Es gab eine Vielzahl von Möglichkeiten. Ich entschied mich für »Dating« und »Beziehung«. Zuletzt stellte ich noch den Suchradius der App ein, da ich keine Lust auf eine Fernbeziehung hatte – und damit war mein Profil erstellt. Das rotierende Logo der App erschien, und kurz darauf tauchte das Bild von einem jungen Mann mit grünen Augen und braunem Haar auf. Er hatte eine Sonnenbrille auf der Nase, in welcher sich die Berglandschaft des Lake Tahoe spiegelte, und lächelte in die Kamera.

*Name: Jan*
*Geschlecht: männlich*
*Sexualität: hetero*
*Alter: 20 Jahre*
*Größe: 187 cm*
*Interessen: #Food, #Natur, #Reisen, #Selflove, #Instagram*

*Hi, ich bin Jan! Das auf dem vierten Foto ist nicht meine Katze. Keine ONS. Aber falls ihr auch auf der Suche nach mehr seid: Schreibt mir!*

»Der ist doch süß«, bemerkte Sage, die näher an mich herangerückt war, und betrachtete das Foto mit der fremden Katze in Jans Galerie. Das Tier saß auf seiner nackten Brust, während er im Bett lag und offenbar die Person hinter der Kamera angrinste. Irgendwie gab mir das Foto One-Night-Stand-Vibes, obwohl er die ja angeblich nicht wollte.

»Findest du?«, fragte Luca, der den Hals nun ebenfalls lang gemacht hatte. Er klang fast schon empört und warf Sage einen skeptischen Blick von der Seite zu.

»Halt die Füße still, ich meine süß für April, nicht für mich.«

»Nah, der ist nichts. Weg damit«, sagte Luca, streckte die Hand aus und wischte für mich nach links, wogegen ich keine Einwände hatte. Objektiv betrachtet verstand ich Sage. Jan war süß, aber das war auch schon alles und mir nicht genug. Sein Anblick löste nichts in mir aus. Ich brauchte irgendeine Art von Connection, sofern man die über solche Profile überhaupt herstellen konnte. Jans Hashtags passten jedenfalls überhaupt nicht zu mir, und seine Vita verriet mir rein gar nichts – außer dass er keine Katze hatte, was wohl eher ein Minus- als ein Pluspunkt war.

Sofort erschien das nächste Profil. Ich hatte das Foto des Typen kaum gesehen, da wischte Luca bereits wieder für mich nach links und ließ es damit verschwinden.

»Heh!«, beschwerte sich Sage.

»Den kenn ich. Der ist ein totales Arschloch«, erklärte Luca. »Und der auch.«

Das nächste Profil verschwand ebenfalls im Nichts, und ein neues tauchte auf. Irgendwie war ich es jetzt schon leid. Trotzdem machte ich weiter, denn mit einer Sache hatte Sage recht, die App lenkte mich ab. Was allerdings weniger an den Typen lag als vielmehr an dem Gezanke zwischen Sage und Luca, die über jedes Profil diskutierten, wobei vor allem Luca Einwände hatte. Gelegentlich schaffte es Sage, einen Swipe nach rechts durchzusetzen, aber mit jedem weiteren Profil, das die beiden absegneten, wuchs in mir das Gefühl, dass etwas bei mir falsch lief.

Einige der Typen waren die Wörterbuchdefinition von heiß. Irgendwann warf selbst Luca seine Zweifel über Bord, weil das

Ganze zu einer Art Spiel geworden war, bewertete die Typen gemeinsam mit Sage auf einer Hotness-Skala und scherzte darüber, welchen der Kerle er daten würde, stände er auf Männer.

Ich hingegen konnte dem nichts abgewinnen, was nicht an Gavin lag oder daran, dass ich emotional an ihm hing, sondern weil es immer so gewesen war. Auch in den Jahren, in denen er nicht Teil meines Lebens gewesen war, hatten es nur wenige Männer geschafft, mein Interesse zu wecken. Die meisten Crushes, die ich in letzten Jahren gehabt hatte, waren fiktiv gewesen. Schwärmereien für Typen aus meinem Umfeld hatte es kaum gegeben, Herzklopfmomente abseits von Gavin konnte ich an einer Hand abzählen. Während meine Freundinnen in der Highschool gefühlt jeden Monat in einen anderen Kerl verschossen gewesen waren, hatte ich für irgendwelche fiktiven Superhelden und unerreichbaren Promis geschwärmt. Ich hatte es stets darauf geschoben, dass ich zu wählerisch war und keine Zeit hatte, weil ich mich auf meine Noten konzentrieren wollte, doch rückblickend erschien mir das wie eine Ausrede. Immerhin hatte ich Gavin in der wohl hektischsten Zeit meines Lebens gedatet, und nun hatte ich ein Bukett gut aussehender Typen vor mir, deren Profile nichts in mir auslösten. Selbst Sage, die sich in der Nähe von fremden Männern oft unwohl fühlte und mit Luca in einer glücklichen Beziehung war, geriet bei einigen der Kerle ins Schwärmen – ich nicht.

Um den Schein zu wahren, erlaubte ich Sage hin und wieder, nach rechts zu wischen, aber schließlich bemerkten die beiden, dass ich nicht bei der Sache war. Sage erklärte daraufhin überschwänglich, dass sie dringend an ihrem Schmuck weiterarbeiten müsse, und Luca hatte es auf einmal ziemlich eilig, Abendessen zu bestellen.

Plötzlich saß ich allein da, mit meinem Handy in der Hand, fünf Matches und absolut keiner Lust, auch nur einem davon zu schreiben.

## GAVIN

Ich hasste Feiertage.

Früher hatte ich sie geliebt, wie die meisten Kinder. Dann hatte mein Dad sich das Leben genommen, und seitdem verbrachten wir diese Tage nicht mehr in der Gegenwart, sondern in der Vergangenheit. Sie waren zu Meilensteinen geworden. Schöne Erinnerungen, die gleichzeitig jede Menge Schmerz mit sich brachten.

*Erinnerst du dich an das Weihnachten, als dein Dad beim Anbringen der Lichter fast vom Dach gefallen wäre?*

*Erinnerst du dich noch an das eine Mal, als wir am Labor Day in den Zoo gefahren sind und dein Dad von einem Lama angespuckt worden ist?*

*Erinnerst du dich an das Thanksgiving, bei dem sich dein Dad so über einen Käfer erschreckt hat, dass er die ganze Preiselbeersauce auf sein weißes Hemd gekippt hat?*

Es waren diese Tage, an denen seine Abwesenheit besonders präsent war. Manche Jahre waren besser als andere, manche schlimmer – und dieses Jahr war besonders schlimm. Meine Mom hatte sich an Thanksgiving komplett abgeschossen. Sie war schon betrunken gewesen, als ich gegen Mittag von meiner Schicht im Supermarkt nach Hause gekommen war. Sie hatte Geld aus irgendwelchen Ritzen gekratzt und war damit zu der Tankstelle ein paar Straßen weiter gelaufen. Ich hatte sie mit Bier und einer halb leeren Packung Zigaretten weinend auf der Couch vorgefunden. Sie hatte etwas davon gebrabbelt, wie sehr sie meinen Dad vermisste, was für eine Versagerin sie war und dass es ihre Schuld sei, dass unser Leben den Bach runterging. Ein merkwürdiger Moment der Selbstreflexion, der allerdings vergessen gewesen war, als sie einige Zeit später aus einem sechsstündigen Nickerchen erwacht war.

Ich hatte in der Küche gesessen, abgelaufene Oreo-Kekse gefuttert, da ich keine Motivation gehabt hatte zu kochen, und mir dabei ein Let's Play von *The Witcher 3: Wild Hunt* angeguckt, weil ich inzwischen an einem Punkt angekommen war, an dem es mir zu anstrengend erschien, selbst zu zocken.

Es war ein ätzendes Thanksgiving gewesen. Und dann hatte auch noch Luca versucht, mich anzurufen. Ich war froh, dass unsere Freundschaft das Chaos mit April irgendwie überstanden hatte, aber ich hatte es nicht über mich gebracht, seinen Anruf anzunehmen und mir anzuhören, was für eine tolle Zeit er mit Sage und seiner Familie hatte, während ich allein in einer vollgequalmten Wohnung saß und rein gar nichts hatte, wofür ich in diesem Jahr dankbar sein konnte. Außer vielleicht die Tatsache, dass meine Mom den Unfall überlebt hatte.

Der einzige Lichtblick, der mich über Thanksgiving getragen hatte, war die Aussicht auf die Wohnungsbesichtigung bei Eliot. Normalerweise ließ ich Jack bei solchen Gelegenheiten zu Hause, aber er sollte Eliot kennenlernen; denn wenn Jack und er sich nicht mochten, würde ich nur von der einen in die nächste Katastrophe stolpern, und das wollte ich allen Beteiligten ersparen.

Mit meinem Handy navigierte ich zu der Adresse, die fußläufig zum Campus lag, was im Alltag eine große Erleichterung wäre. Dann müsste ich endlich nicht mehr Bus fahren. Das Haus machte einen guten Eindruck. Aus einer der Wohnungen in der ersten Etage hing eine Pride-Flagge, und ein paar Fenster daneben hatte jemand einen Katzenbalkon zusammengeschustert. Darin hockte eine schwarze Katze, die Jack und mich aufmerksam musterte.

Ich klingelte, und sofort ertönte der Summer. Wir nutzen den Aufzug in den vierten Stock, wo Eliot uns bereits an der geöffneten Wohnungstür erwartete. Er sah aus wie eine Mischung aus Thor und Bruce Banner. Er hatte diesen großen, nordischen Look wie der Gott des Donners, trug aber eine Brille und einen grauen Cardigan, was mich doch eher an den nerdigen Wissenschaftler erinnerte.

Er lächelte. »Hey, ich bin Eliot. Du musst Gavin sein.«

»Ja, und das ist Jack.«

Erfreut über die neue Bekanntschaft wedelte Jack heftig mit dem Schwanz.

Eliot ging in die Hocke, um ihn zu begrüßen. »Du bist ja ein Süßer«, sagte er und strubbelte Jack durchs Fell, der die Aufmerksamkeit sichtlich genoss. Es freute mich, dass er das ätzende Verhalten meiner Mom ihm gegenüber nicht auf andere Leute übertrug.

Eliot richtete sich wieder auf und bedeutete uns mit einer einladenden Geste, ihm in die Wohnung zu folgen.

Das Erste, was mir auffiel, war, dass es nicht nach Zigarettenrauch stank. Der Flur war hell gestrichen mit ein paar generischen Bildern an den Wänden, die eine Atmosphäre irgendwo zwischen Hotelzimmer und Arztpraxis schufen, was noch immer deutlich gemütlicher war als bei meiner Mom.

»Magst du einen Kaffee?«, fragte Eliot.

»Gern.«

Er führte mich in die Küche. Sie war sauber und mit dem Nötigsten ausgestattet, bot aber nicht gerade Platz, um darin ein Fünf-Gänge-Menü zuzubereiten. Nicht, dass ich das vorhatte. Eliot durchsuchte die Schränke, bis er eine geeignete

Schüssel für Jack gefunden hatte, füllte sie mit Wasser und stellte sie auf den Boden. Ich ließ Jack von der Leine, der sofort genüsslich zu schlabbern begann, was ich als Zeichen wertete, dass er sich hier wohlfühlte. Anschließend machte Eliot uns zwei Kaffee, und wir setzen uns an den kleinen Tisch in der Küche.

»Woher kennt du April?«, fragte ich.

»Wir hatten mal ein Date.«

Ich verschluckte mich um ein Haar an meinem Kaffee. Sollte das ein Scherz sein? War das ihre Art, sich an mir zu rächen? Nein, das sah April nicht ähnlich.

»Wirklich? Das hat sie gar nicht erwähnt«, erwiderte ich unschuldig und versuchte, mir nichts anmerken zu lassen.

»Ja, ist auch schon eine Weile her«, antwortete Eliot mit einer wegwischenden Handbewegung, die mir verriet, dass es nicht seine Entscheidung gewesen war, es bei diesem einen Date zu belassen. »Wir haben uns danach aus den Augen verloren, aber ich geh öfter mal ins Le Petit, da haben wir uns wiedergesehen und sie hat mir von dir erzählt.«

Ich runzelte die Stirn. »Hat sie das?«

Er lachte. »Nicht wirklich. Sie meinte nur, dass du eine Wohnung suchst. Woher kennt ihr euch?«

»Wir sind zusammen aufgewachsen. Ich bin ein Freund ihres Bruders.«

Etwas, das ich nicht deuten konnte, regte sich in Eliots Gesicht. »Ein Freund oder der beste Freund?«

»Ähm, sein bester Freund. Warum?«

Schmunzelnd zuckte Eliot mit den Schultern. »Nur so.«

*Merkwürdig.*

»Soll ich dir das Zimmer zeigen?«

»Klar, dafür bin ich hier.«

Eliot stand auf und nahm seine Kaffeetasse mit, also tat ich dasselbe. Er führte mich zu der Tür am Ende des Flurs. Der Raum dahinter war wider Erwarten nicht leer, es standen noch allerlei Möbel und Kartons herum. »Das sind Graysons Sachen. Sein Mietvertrag läuft bis Ende des Monats, aber er will bis Mitte Dezember ausziehen, dann kannst du gern schon früher rein. Vielleicht so in drei Wochen.«

Ich nickte und betrachtete den Raum, der in etwa die Größe des Wohnzimmers meiner alten Wohnung hatte. Er bot genug Platz für mein Bett *und* meine Couch, die ich aktuell eingelagert hatte. Es gab ein großes Fenster, das zur Straße hin ausgerichtet war. Man konnte die Autos hören, die darunter vorbeifuhren, aber das störte mich nicht. »Wie kommt es, dass das Zimmer frei wird?«

»Grayson und ich hatten immer nur eine Zweck-WG. Er hat beschlossen, mit einem Freund aus seinem Studiengang zusammenzuziehen, was mir nur recht ist. Wir waren sehr unterschiedlich«, antwortete Eliot und schob die Hände in die Hosentaschen. »Du meintest am Telefon, dass du auch Psychologie studierst. In welchem Semester bist du?«

»Im siebten. Du?«

»Ich hab letztes Halbjahr pausiert, daher bin ich erst im zweiten.«

»Dann hast du noch viele interessante Themen vor dir.«

Eliot lachte etwas nervös. »Ich bin gespannt. Weißt du schon, was du nach dem Studium machen willst?«

»Vermutlich erst mal weiterstudieren. Ich würde irgendwann gern meine eigene Praxis eröffnen. Mit Schwerpunkt auf der mentalen Gesundheit von Männern. Mal gucken, ob das klappt.«

»Warum sollte es nicht klappen?«

Ich zuckte nur mit den Schultern, denn mir fielen verdammt viele Gründe ein, aber die wollte ich nicht mit Eliot diskutieren. Vielleicht irgendwann, wenn wir uns besser kannten. »Das Zimmer ist wirklich super«, sagte ich ausweichend und hoffte, dass Eliot es nicht bemerkte.

Er grinste. »Freut mich zu hören. Zur Wohnung: Sie besteht nur aus zwei Zimmern, diesem hier und meinem. Wir teilen uns die Küche und das Bad. Unten im Keller gibt es einen Waschraum und eine Art Partyraum mit Sofas, einem Billardtisch und Tischfußball. Da viele Studierende im Gebäude wohnen, hängt dort eigentlich immer jemand ab, wenn dir mal nach Gesellschaft zumute ist. Feierst du viel?«

»Eher weniger, dafür arbeite ich zu viel.«

»Wo jobbst du?«

»Aktuell im Elevated und in einem veganen Supermarkt; außerdem hab ich einen Job im Streetwise, diesem Burgerladen, in Aussicht.«

Eliots planlosem Gesichtsausdruck nach zu urteilen hatte er keine Ahnung, was das Elevated war, aber er fragte nicht nach. »Ich bin auch nicht so der Partygänger. Hier und da lass ich mich von meinen Freunden mal mitschleifen, mehr nicht. Ich verbringe viel Zeit mit meiner Familie.«

»Wohnen deine Eltern in Melview?«

»Ja, sie und drei meiner fünf Schwestern.«

»Fünf Schwestern?!«

Eliot schmunzelte. »Ja. Edith und Emely, meine älteren Schwestern, studieren an der UCLA. Die drei jüngeren – Ember, Erica und Eliza – wohnen noch bei unseren Eltern. Vermutlich wirst du sie früher oder später kennenlernen, manchmal kommen sie nach der Schule vorbei. Wobei ich das Gefühl habe, dass die Besuche häufiger werden könnten, wenn sie hören, dass du einen Hund hast.«

»Jack freut sich. Er kann nie genug Aufmerksamkeit bekommen.«

»Hast du Geschwister?«

»Nein.«

»Du Glückspilz«, sagte Eliot lachend, aber seinem Tonfall konnte ich entnehmen, dass er es nicht ernst meinte und seine Familie vergötterte.

Ich erwischte mich dabei, wie mich eine Woge des Neids überrollte. Es musste schön sein, eine intakte Familie zu haben, die wie ein sicherer Hafen immer auf einen wartete. Anstatt wie ich auf einem Boot zu sitzen, das einem unter den Füßen wegrostete. Zum Glück erkundigte sich Eliot nicht nach meinen Eltern und zeigte mir stattdessen das Badezimmer.

»Und, was denkst du?«, fragte er am Ende der kleinen Wohnungstour.

»Das Zimmer ist klasse. Ich würde sofort einziehen.«

»Cool, wenn du willst, gehört es dir.«

»Ehrlich?«

»Klar. Ich hab das Gefühl, der Vibe zwischen uns passt.«

»Super. Danke!«, erwiderte ich und reichte Eliot die Hand, um auf unsere zukünftige WG einzuschlagen.

Nun musste ich nur noch meiner Mom schonend beibringen, dass ich in drei Wochen ausziehen würde. Ich konnte es kaum erwarten – nicht.

# 16. Kapitel

## APRIL

Der Campus wirkte wie ausgestorben, was um diese Uhrzeit nicht weiter verwunderlich war. Hätte mir im vergangenen Semester jemand gesagt, dass ich irgendwann mehr oder weniger freiwillig um sieben Uhr an der Uni sein würde, hätte ich ihn vermutlich beschuldigt, sich den Kopf angestoßen zu haben. Die Sonne ging gerade erst hinter den Gebäuden auf und brachte die Eiskristalle im Rasen zum Schimmern. Die Luft war eisig und durchdrang bereits nach wenigen Sekunden meine Jacke, aber zumindest weckte mich die Kälte auf, denn ich fühlte mich halb tot.

Ich war einfach kein Morgenmensch, und die Tatsache, dass ich mich seit Wochen viel zu früh aus dem Bett quälte, änderte nichts daran. Ich hatte gehofft, dass sich irgendwann eine Art Routine einstellen würde, aber ich verfluchte meinen Wecker nach wie vor jeden Tag, wenn er klingelte. Doch ich brauchte die zusätzlichen Stunden am Morgen, um alles unterzubekommen, von der SHS über mein Studium bis hin zur Arbeit im Le Petit und privaten Verpflichtungen, wobei Letztere dennoch zu kurz kamen. Ich hatte seit der Hochzeit keine Zeit mehr mit Aaron abseits des Campus verbracht, Sage bekam ich nur zu sehen, wenn sie Luca besuchte oder wir zufällig alle in die Mensa gingen. Und meine Mitgliedschaft im Fitnessstudio hatte sich in den letzten zwei Monaten nicht wirklich gerechnet.

Mit einem Seufzen öffnete ich den Kofferraum meines Wagens, in dem ich Tetris-artig Kisten gestapelt hatte. Es waren die Spenden, um die SHS-Regale nach dem langen Thanksgiving-Wochenende wieder aufzufüllen. Bis auf einen Karton hatte ich den Rest bereits gestern Abend abgeholt, damit heute genug Zeit blieb, alles anzuschauen und zu etikettieren.

Ich schnappte mir die erste von sieben Kisten und lief über den glitzernden Rasen in Richtung des Verwaltungsgebäudes. Auf dem Weg dorthin begegneten mir nur eine weitere Studentin und der Hausmeister, der vorsorglich die Gehwege streute. Seit Tagen lag der Duft von Schnee in der Luft, aber bisher war keine einzige Flocke gefallen. Ich stellte die Spende im Lager der SHS ab und ging umgehend zurück zu meinem Wagen, um die nächsten Kartons zu holen.

Ich ging den Weg noch zweimal und geriet unter dem Gewicht der Kisten ganz schön ins Schwitzen. Schwer atmend legte ich meinen Schal ab und zog den Reißverschluss meiner Jacke ein paar Zentimeter auf. Am liebsten hätte ich sie ausgezogen, aber damit wäre eine Erkältung vermutlich vorprogrammiert gewesen. Ich wollte mir gerade die nächste Kiste nehmen, als ich Schritte hinter mir hörte.

»Guten Morgen«, ertönte Gavins vertraute Stimme.

Ihr Klang schickte ein ungewolltes Tosen durch meinen Körper, das mir verriet, dass meine Gefühle für Gavin nach einem Monat noch immer eine zu große Macht über mich hatten. Doch so wütend und verletzt ein Teil von mir war, so schrecklich verliebt war der andere in diesen Mann, der mir alles gegeben, aber auch alles genommen hatte.

*Oh Mann …*

Ich drehte mich zu ihm um. »Hey.«

Er blieb zwei Schritte entfernt von mir stehen, die Hände in den Taschen seiner Jacke vergraben. Seine kurzen Haare waren unter der Kapuze seines Hoodies versteckt, aber er trug wieder den Dreitagebart, der ihm so verdammt gut stand. Seine Wangen waren gerötet von der Kälte, und der Blick aus seinen hellblauen Augen war auf mich gerichtet. Die einfallende Wintersonne brachte sie zum Glänzen und machte es mir schwer, meinen eigenen Blick von ihm abzuwenden, wobei es das Licht dafür vermutlich überhaupt nicht gebraucht hätte. Seine Züge fesselten mich, und es schien mir ziemlich schwer bis gar unmöglich, mich von diesen Fesseln zu befreien.

Gavin studierte mein Gesicht, bevor er weiter hoch sah. »Du trägst meine Mütze.«

Shit. Ich hatte ganz vergessen, dass ich sie aufgesetzt hatte. Sie hatte an unserer Garderobe gehangen, und ich hatte nicht lange darüber nachgedacht, sondern sie beim Verlassen des Hauses einfach angezogen. »Sorry, willst du sie zurückhaben?«

Gavin schüttelte den Kopf. »Lass sie auf.«

»Danke. Ich geb sie dir später zurück.« Ich trat von einem Fuß auf den anderen. Die Kälte des Bodens durchdrang langsam die Sohlen meiner Stiefel. »Was machst du so früh hier?«

»Ich wollte in die Bib, um für die Prüfung zu lernen.«

»Ist die überhaupt schon offen?«

»Ja, montags öffnen sie um sieben. Vermutlich hasst die MVU ihre Mitarbeiter. Und was machst du hier?«

»Ich bringe die Spenden für die SHS.«

Gavins Augenbrauen zuckten. »Seit wann bist du wach?«

»Seit ... zu lang.«

»Soll ich dir helfen?«

»Nein, musst du nicht.«

»Ach, zusammen geht es schneller«, sagte Gavin mit einer Entschlossenheit, die keine Widerworte duldete.

Wir nahmen uns jeweils eine Kiste und machten uns gemeinsam auf den Weg zum Verwaltungsgebäude. Unter unseren Schuhen knirschte das Salz, das der Hausmeister zuvor gestreut hatte. Ein paar Schritte legten wir schweigend zurück, ehe Gavin das Wort ergriff.

»Ich hab mir gestern das WG-Zimmer bei Eliot angeschaut.«

»Cool. Wann ziehst du ein?«

»Woher willst du wissen, dass ich einziehen werde? Vielleicht haben wir uns nicht verstanden oder das Zimmer hat mir nicht gefallen.«

»Dein Tonfall hat dich verraten.«

»Hat er das?«

»Ja. Du hast nicht *Ich hab mir gestern das WG-Zimmer bei Eliot angeschaut* gesagt«, erwiderte ich in einer Stimme, die etwas tiefer war als meine normale Sprechstimme. »Sondern: *Ich hab mir gestern das WG-Zimmer bei Eliot angeschaut*«, sagte ich nun etwas höher. »Das ist ein kleiner, aber feiner Unterschied.«

Gavin lachte. »Verstehe. Ja, es lief gut. Aktuell hat sein alter Mitbewohner noch sein Zeug in dem Zimmer stehen; in drei Wochen sollte ich dann einziehen können, vielleicht etwas früher, wenn alles gut läuft.«

»Ich drück die Daumen.«

»Danke«, sagte Gavin und wuchtete problemlos die Kiste in seinen Armen auf die linke Seite, um die Tür für mich zu öffnen. Eilig trat ich ins Innere und wurde von einem Schwall warmer Luft verschluckt, die meine Haut zum Kribbeln brachte. »Du hättet mir übrigens ruhig sagen können, dass ihr mal gedatet habt.«

Ich verzog die Lippen. Insgeheim hatte ich gehofft, dass Eliot nichts sagen würde, andererseits hätte mir vermutlich klar sein sollen, dass das Thema früher oder später aufkam. »Ich dachte nicht, dass es wichtig ist, und wollte nicht, dass es dich davon abhält, dir die Wohnung anzugucken. Es war außerdem nur ein Date«, rechtfertigte ich mich, obwohl kein anklagender Ton in Gavins Stimme mitgeschwungen hatte.

»Das hat Eliot auch gesagt, aber ich hatte den Eindruck, dass es nicht seine Entscheidung war, es dabei zu belassen. Warum ist es bei dem einen Date geblieben?«

*Weil er nicht du ist*, schoss es mir durch den Kopf. Wobei, das stimmte nicht, zumindest nicht ganz. Ich hatte zu der Zeit kaum Kontakt zu Gavin gehabt. Eliot hatte einfach nicht dieses bestimmte Gefühl in mir ausgelöst, das mehr war als pure Sympathie, mehr als Anziehung. Ein Gefühl der Verbundenheit, wie ich es nur bei Gavin verspürte.

»Ich mag ihn, aber für mehr hat es nicht gereicht«, antwortete ich.

Wir erreichten die SHS, stellten die Kisten in dem kleinen Lager ab und machten uns umgehend auf den Rückweg, um die letzten Spenden zu holen. Dieses Mal begegnete uns immerhin schon eine Handvoll Studierende. Vermutlich waren die meisten von ihnen genau wie Gavin hier, um in die Bibliothek zu gehen, denn die Abschlussprüfungen für dieses Semester standen Mitte Dezember an.

»Wie war dein Thanksgiving?«, fragte ich Gavin und schloss den Kofferraum. Dank seiner Hilfe mussten wir nur noch einmal laufen, und ich konnte direkt im Anschluss anfangen, die Sachen auszupacken und zu etikettieren, damit Carter und Mara sie später lediglich einräumen mussten.

Er zuckte mit den Schultern. »Hätte schlimmer sein können. Und deins?«

»Ähnlich«, erwiderte ich, weil ich ihm nicht auf die Nase binden wollte, was für eine schöne Zeit wir ohne ihn und seine Mom gehabt hatten, aber die Lüge fühlte sich schal auf meiner

Zunge an. Ich seufzte. »Okay, das stimmt nicht. Thanksgiving war toll. Sage und Luca haben unsere Familien einander vorgestellt. Und ich habe endlich Nora kennengelernt.«

»Wie ist sie?«

»Ein tolles Mädchen und genauso wie Sage, und doch ganz anders. Sie ist, wie Sage wohl wäre, wenn sie nicht diesen ganzen Scheiß hätte erleben müssen. Irgendwie entspannter und etwas fröhlicher und ziemlich verrückt nach Jungs. Ich glaube, sie hat sich etwas in Luca verknallt.«

Gavin lachte. »Wer ist nicht in Luca verknallt?«

»Möchtest du mir etwas sagen?«, fragte ich mit erhobenen Brauen. Wir stiegen die Stufen in den Keller nach unten, bemüht, nicht über unsere eigenen Füße zu stolpern.

»Glaub mir, würde ich auf Männer stehen, hätte ich mir Luca vor langer Zeit geschnappt.«

Ich schmunzelte und stieß mit der Schulter die Tür zur SHS auf. »Gut zu wissen, wo du stehst.«

Er grinste zurück, und wir stellten unsere Kisten im Lager ab. Ich wollte mich gerade bei Gavin für die Hilfe bedanken, als mein Handy klingelte. Es war Cam. Ich bedeutete Gavin, einen Moment zu warten, bevor ich den Anruf entgegennahm.

»Guten Morgen, Chef. Was gibt's?«

Er grunzte. »Nenn mich nicht Chef.«

»Geht klar, Boss.«

Ich konnte Cams Augenrollen förmlich sehen, aber er ging nicht weiter auf die Stichelei ein. »Es gab eine Verwechslung im Dienstplan. Beck dachte, Alex arbeitet heute, und Alex dachte, Beck arbeitet. Jetzt haben beide keine Zeit, und ich muss backen. Am Wochenende war zu, die Auslage ist komplett leer. Könntet du vorbeikommen?«

»Nein, ich muss mich um die SHS kümmern.«

»Macht die nicht erst mittags auf?«

»Schon, aber jemand muss die Spenden prüfen. Und danach hab ich eine Vorlesung.«

»Scheiße«, murmelte Cam. Er klang verzweifelt, was in letzter Zeit immer öfter passierte. Ich hatte ihn selten so entspannt erlebt wie die Tage unmittelbar nach dem Halloween-Event, weil der Abend dem Le Petit Geld und somit Zeit verschafft hatte. Aber einen kaputten Ofen und eine reparaturbedürftige Kaffeemaschine später war dieses Hoch bereits wieder verflogen.

»Sorry. Kannst du nicht jemand anderen fragen?«

»Ich hab es vorhin bei Wylan versucht, er geht nicht ans Handy. Vielleicht probiere ich es einfach noch mal, sonst gibt es heute eben kein Gebäck, gar kein Thema«, sagte Cam, sein Sarkasmus war nicht zu überhören. Das frische Gebäck machte einen Großteil der Einnahmen des Bistros aus. Kaffee bekamen die Leute überall, aber Cams Leckereien gab es nur dort.

»Sorry«, wiederholte ich.

Er seufzte. »Ist ja nicht deine Schuld, das hab ich verbummelt.«

»Du kannst nicht immer an alles denken.«

»Aber ich sollte.«

Aus dem Augenwinkel nahm ich eine Bewegung wahr und erkannte, dass Gavin versuchte, auf sich aufmerksam zu machen. »Warte einen Moment«, sagte ich an Cam gerichtet und nahm das Handy vom Ohr. »Was ist? Musst du los?«

»Wenn du willst, kann ich die Spenden durchgehen.«

Ich neigte den Kopf. »Ich dachte, du wolltest in die Bib?«

»Schon, aber ich kann auch heute Abend gehen.«

»Bist du dir sicher?«

»Ja.«

Ich musterte Gavin, er schien es wirklich ernst zu meinen. Allerdings war ich mir nicht sicher, ob ich sein Angebot annehmen sollte. Ich wollte Cam gern unterstützen, aber es konnte nicht sein, dass er jedes Mal mich anrief, wenn irgendwas im Dienstplan schiefging oder jemand krank war. Vor allem jetzt, da ich die SHS hatte. Andererseits brachte ich es nicht über mich, ihm eine Abfuhr zu erteilen.

Mit einem Seufzen hob ich das Handy wieder ans Ohr. »Cam?«

»Ja?«

»Planänderung. Ich komme vorbei, aber ich kann nur bis zehn.«

»Das reicht mir, um das Nötigste fertig zu machen. Danke!«

»Dank nicht mir, sondern Gavin.«

»Danke, Gavin!«

Ich legte auf und wandte mich Gavin zu. Er hatte seine Jacke ausgezogen und bereits damit begonnen, die ersten Kisten zu öffnen und auszupacken. »Und das ist wirklich okay für dich? Ich kann Cam auch wieder absagen. Ich …«

»April, es ist okay«, unterbrach er mich. »So kann ich ein paar weitere Arbeitsstunden für die SHS sammeln. Ich brauch noch einige, wenn ich dafür Credits angerechnet bekommen möchte.«

»Okay, aber falls was ist, rufst du mich an, ja?«

»Mach ich.«

Ich nickte und wollte mich gerade zum Gehen wenden, als ich in der Bewegung innehielt und mich noch einmal umdrehte. Fragend hob Gavin die Brauen. Ich zog mir seine Mütze vom Kopf und reichte sie ihm. »Hier. Danke, dass ich sie mir ausleihen durfte.«

»Behalt sie.«

Ich blinzelte. »Was?«

»Behalt sie«, wiederholte er. »Ich will nicht, dass du auf dem Weg zum Le Petit frierst. Außerdem steht sie dir ohnehin viel besser als mir. Das macht mir Komplexe.« Er sagte es mit einem schiefen Lächeln, das mir geradewegs in den Magen fuhr.

Eigentlich war ich nie ein Fan seiner Mützen gewesen, aber in diesem Moment war ich es. Sie erschien mir wie ein kleiner Trost, eine Wiedergutmachung dafür, dass wir nicht lange genug zusammen gewesen waren, als dass ich mir seine T-Shirts und Hoodies hätte stibitzen können.

Ich erwiderte Gavins Lächeln und setzte die Mütze wieder auf.

Zehn Minuten später war ich im Le Petit und dachte noch immer über Gavins Mütze nach, die nun in der Tasche meiner Jacke steckte, die an der Garderobe hing. Ich hätte sie ihm zurückgeben sollen. Nun musste ich sie mit mir herumtragen, bis sich die nächste Gelegenheit dazu bot, und ich würde jedes Mal an ihn erinnert werden, wenn ich sie sah. Hatte ich nicht genau das vermeiden wollen? Doch sein Lächeln hatte meinen Verstand für einen kurzen Augenblick gelähmt.

Ich versuchte, meine Entscheidung, den Beanie zu nehmen, damit zu rechtfertigen, dass ich mir auch Glenns oder Noahs ausgeliehen hätte. Womit ich mich nur selbst belog. Ja, ich hätte ihre Mützen genommen, aber das hätte bei ihnen eine völlig andere Bedeutung gehabt als bei Gavin. Denn es war nicht die Geste selbst, die den Unterschied machte, sondern das, was ich dabei fühlte. Die Wärme in meinem Magen ließ sich nicht leugnen, und sie hatte ganz und gar nichts Freundschaftliches und erst recht nichts Kollegiales.

»Hallo? Mein Kaffee?«, erklang eine Stimme hinter mir.

Ich blinzelte und zoomte aus meinen Gedanken. Ich stand an der verstummten Kaffeemaschine, vor mir ein voller Becher. »Entschuldigung. Ich bin noch nicht ganz bei mir«, sagte ich, setzte einen Deckel auf den Becher und schob ihn der Studentin über die Theke zu.

»Versteh ich. Vor meiner ersten Tasse bin ich selbst nicht zu gebrauchen.«

Ich lächelte. »Hab einen schönen Tag!«

»Du auch!«

Sie eilte davon, und der Nächste in der Schlange trat vor. Es war wohl die einzige Zeit, in der im Le Petit so was wie Andrang herrschte: unter der Woche, kurz vor den ersten Vorlesungen. Aber die Leute waren schnell abgearbeitet, da sie alle nur einen Kaffee und maximal einen Muffin wollten. Wobei das Angebot an diesem Morgen bisher etwas spärlich war, da Cam noch mit Backen beschäftig war.

Ich arbeitete die Kundschaft ab und machte mir anschließend selbst einen Kakao. Während ich daran nippte, holte ich mein Handy hervor, um nachzusehen, ob Gavin mir geschrieben hatte – aber warum sollte er? Er war inzwischen seit einem Monat in der SHS und hatte bereits mehr Schichten als die meisten anderen hinter sich, weil er die Stunden aufholen musste, die er bei der Organisation verloren hatte. Es war mir unerklärlich, wie er das neben seinen zwei Jobs und allem anderen noch auf die Reihe bekam. Vermutlich machte er beim Schlaf im Moment wieder viele Abstriche. Vielleicht sollte ich –

Nein, sollte ich nicht.

Was immer ich gerade gedacht hatte: Ich sollte es nicht tun. Was ich tun sollte, war, Gavin zu vergessen und nicht pausenlos an ihn zu denken. Zumal es seine Angelegenheit war, wann und wie viel er arbeitete oder schlief. Ich dachte ja auch nicht über den Schlafrhythmus der anderen SHS-Mitglieder nach.

Um mich bis zur nächsten Kundschaft abzulenken, holte ich mein Handy hervor und öffnete HelLOVE. Ich hatte inzwischen ein paar Matches, aber noch hatte sich kein Gespräch ergeben, das mein Interesse länger als eine Viertelstunde hatte aufrechterhalten können.

Einer der Typen hatte mir einen Guten Morgen gewünscht, was netter war als alles andere, was ich bisher auf dieser App zu hören bekommen hatte. Ich antwortete ihm und wechselte dann zur Startseite, wo ich in das mürrische Gesicht eines Kerls blickte, dessen Profil ich schon einmal nach links gewischt hatte. Zumindest glaubte ich das. Irgendwann verlor man den Überblick, denn die meisten Profile sahen gleich aus. Alle waren so sehr darauf bedacht, sich von ihrer besten Seite zu zeigen, dass kein Platz für Eigenheiten blieb. Niemand wollte anecken. Jeder versuchte, so zugänglich und offen zu wirken wie nur irgendwie möglich, und dabei wurden alle dermaßen aalglatt, dass es nichts gab, woran man sich festhalten konnte. Und ich wollte mich festhalten. Ich wollte mich festklammern und jemanden finden, den ich nicht mehr loslassen mochte, aber ich rutschte immer wieder ab wie an einer nassen Felswand. Und es fühlte sich an, als wären meine Knie davon bereits ziemlich wund und aufgescheuert.

Die ersten fünf Kerle wischte ich direkt weg, da ich jeden aussortierte, der es nicht schaffte, zumindest ein paar Zeilen über sich selbst zu schreiben.

Ich wischte weiter …

*Name: Josh*
*Geschlecht: männlich*
*Alter: 25 Jahre*
*Größe: 171 cm*
*Interessen: #Books, #Netflix, #NoDrugs, #Cars, #Music-Techno*

*Hi, ich bin Josh! Ich bin Automechaniker und in Wahrheit nur 170. Sorry! Ich gehe gern auf Raves, bin aber ansonsten viel zu*

*Hause. Ich habe einen Hamster, der Doggo heißt, weil ich eigentlich lieber einen Hund hätte. Und ich liebe Pommes. Du auch?*

Neben seiner Beschreibung hatte Josh eine große Galerie mit über zehn Bildern, was mir verriet, dass er ein Premium-Mitglied war. Alle zehn Fotos zeigten ihn mit einer Tüte Pommes in den Händen an den verschiedensten Orten, was mir ein Schmunzeln entlockte. Josh hatte strahlend grüne Augen und ein breites Lächeln, das eine kleine Zahnlücke entblößte. Mir gefiel, dass er nicht das Bedürfnis hatte, sie zu verstecken.

Ich wischte nach rechts.

*Hello, Love! It's a Match!*, brüllte mir der Display in weißroten Farben entgegen, und ich wurde darüber informiert, dass Josh mich ebenfalls kennenlernen wollte und wir nun achtundvierzig Stunden Zeit hatten, eine Unterhaltung zu beginnen, ehe unser Match aufgelöst wurde.

*Ich:* Ich liebe Pommes auch.

Kaum hatte ich den Satz abgeschickt, betrat Kundschaft das Café. Ich ließ das Handy in meiner Schürze verschwinden, und dort blieb es für die nächste Viertelstunde, während ich Kaffee zubereitete und den Geschirrspüler ausräumte. Erst danach erlaubte ich mir wieder, einen Blick in die App zu werfen, und tatsächlich hatte mir Josh geantwortet.

*Josh:* Yes! #TeamPommes
*Josh:* Leute, die keine Pommes mögen, sind mir suspekt.
*Ich:* Pommes scheinen dir ja wirklich wichtig zu sein.
*Josh:* Absolut. Ich nehme das sehr ernst.
*Ich:* Wo gibt es deiner Meinung nach die besten Pommes der Stadt?

*Josh:* Ist das eine Einladung für ein Date?
*Ich:* Nein … noch nicht.
*Josh:* Schade.
*Josh:* Die besten Pommes gibt es im Streetwise.
*Ich:* Da war ich noch nie.
*Ich:* Danke für den Tipp.
*Josh:* Gern. Du studierst?
*Ich:* Ja, aber im Moment arbeite ich.
*Josh:* Wo arbeitest du?
*Ich:* In einem Café. Und du in einer Werkstatt?
*Josh:* Ja, ist ein Familienunternehmen.
*Ich:* Cool. Hast du dich schon immer für Autos interessiert?
*Josh:* Ja, seit meiner Kindheit. Stehst du auch auf Autos?
*Ich:* Löst du unser Match auf, wenn ich Nein sage?
*Josh:* Nein, solange du Pommes magst, ist alles gut.

Ich lachte.

»Was ist so witzig?«, fragte Cam, der in diesem Moment aus der Küche kam, ein Tablett mit frisch belegten Bagels in den Händen, das er in der Vitrine abstellte.

»Nichts, ich schreibe gerade nur mit so einem Typen.«

Cam hob die Brauen. »Einem Typen?«

»Ja, Sage hat mich zum Onlinedating überredet.«

Die Furche auf Cams Stirn wurde tiefer. »Warum?«

»Lange Geschichte«, sagte ich ausweichend, da Cam nichts von dem ganzen Gavin-Drama wusste. Vielleicht würde ich ihn irgendwann einweihen, aber bisher hielt ich die Sache in meinem engsten Freundeskreis. Ich hatte an Thanksgiving noch nicht einmal Joan oder meinem Dad davon erzählt. »Möchtest du einen Kaffee?«

»Den kann ich mir auch selbst machen.«

»Schon, aber du bezahlst mich fürs Kaffeemachen.«

»Guter Punkt. Dann hätte ich gern einen«, sagte Cam und lehnte sich gegen die Theke.

»Kommt sofort!« Ich wirbelte auf dem Absatz herum und warf die Kaffeemaschine wieder an. Ein paar Sekunden später war das dampfende Getränk fertig, und ich reichte es ihm.

Er pustete hinein und nahm einen Schluck. Ich erwartete, dass er sich verabschiedete und wieder zurück in die Küche ging, aber er blieb stehen und musterte mich stattdessen über den Rand seiner Tasse hinweg.

Ich neigte den Kopf. »Ist was?«

»Ja. Nein, also schon«, murmelte Cam verunsichert und stellte die Tasse ab. Fahrig fuhr er sich mit der Hand durch das braune Haar, wobei er eine dünne Schicht aus Mehl hinterließ. »Ich ... Ich wollte dich etwas fragen.«

»Ich kann diese Woche nicht noch mehr Schichten übernehmen.«

Cam schnaubte. »Das ist es nicht.«

Ich stutzte. »Okay, was dann?«

»Hast du was von Megan gehört?«

Einen Moment glaubte ich, mich verhört zu haben, doch Cam erwiderte entschlossen meinen Blick. Ich schüttelte den Kopf. Seit unserem kurzen Treffen an Halloween hatte ich nicht mehr mit ihr gesprochen, weil ich zu sehr mit meinen Problemen beschäftigt gewesen war.

»Warum fragst du?«

Cam seufzte. »Sie hat ihr Bild nie abgeholt, und ich muss öfter daran denken, wie ich sie an Halloween angegangen bin. Das hätte ich besser lösen können.«

Ich erinnerte mich sehr genau an den Streit zwischen Cam und ihr, falls man ihr kurzes Wortgefecht als solchen bezeichnen konnte. Und an Megans verletzten Gesichtsausdruck, als Cam ihr mit aller Deutlichkeit gesagt hatte, dass er sich niemals auf sie einlassen würde. Und das obwohl Megan wiederum einen ziemlichen Narren an Cam gefressen hatte, wie das Bild bewies, das sie vor einigen Monaten von ihm und sich gezeichnet hatte und das sie beide auf abstrakte Art und Weise beim Sex zeigte.

Vermutlich sollte ich Megan unterstützen und verteidigen, da sie meine Freundin war, aber Cam und ich waren auch irgendwie befreundet, selbst wenn wir abseits der Arbeit keine Zeit miteinander verbrachten. Und die Wahrheit war, dass ich auf seiner Seite stand. Das Bild, das Megan gezeichnet hatte, war zwar wunderschön und ästhetisch, aber bei der Vorstellung, dass ein Kerl ein solches Bild von sich und mir malte, fühlte ich mich maximal unwohl. Ich konnte mit Sexualität und Intimität nicht so leicht und freizügig umgehen wie Megan, und Cam konnte das anscheinend auch nicht, und das hätte sie respektieren sollen.

»Ich kann gern mit Megan reden, wenn du willst.«

»Das musst du nicht.«

»Willst du selbst mit ihr sprechen? Ich kann dir ihre Nummer geben.«

Heftig schüttelte Cam den Kopf. »Nein, danke. Das … Das ist nicht nötig. Vielleicht können wir reden, wenn sie das nächste Mal zu Besuch kommt«, stammelte Cam. Bildete ich mir das nur ein oder wurden seine Wangen rot? Lag das lediglich am Kaffee?

»Okay, wenn du meinst.«

Cam nickte und stellte entschlossen seine Tasse ab. »Ich sollte mich besser wieder an die Arbeit machen. Und danke noch mal, dass du da bist. Ich wüsste nicht, was ich ohne dich tun sollte.«

Ich setzte ein Lächeln auf, das hoffentlich vor Cam verbarg, worüber ich nachdachte. Ich hatte bisher keine Entscheidung getroffen, aber mehr und mehr zweifelte ich daran, ob der Job im Bistro nach wie vor das Richtige für mich war; vor allem mit all den anderen Verpflichtungen, die ich hatte. Einer der Gründe, aus denen ich noch nicht gekündigt hatte, war meine Mom. Sie war immer dagegen gewesen, dass ich mir einen Job suchte, damit ich mich auf mein Studium konzentrierte. Zwar war sie irgendwie auch stolz auf meine Arbeitsmoral, aber in ihren Augen war die Stelle im Le Petit unter meiner Würde. Sie zu kündigen würde sich anfühlen, als ließe ich meine Mutter gewinnen, und das wollte ich nicht. Zumal sie ohnehin bereits zu viel Macht über mich hatte. Immerhin schickte ich ihr nach wie vor regelmäßig Nachrichten, während sie sich nicht mal die Zeit nahm, mir vernünftig zurückzuschreiben. Alles, was ich von ihr bekam, waren – wenn überhaupt – einsilbige Antworten. Und ich konnte ihr »Ich hab dir doch gesagt, dass das nichts für dich ist«, wenn sie von meiner Kündigung erfuhr, schon jetzt hören, also hielt ich weiter an dem Job fest, für den ich eigentlich keine Zeit hatte. Außerdem wollte ich Cam nicht im Stich lassen, auch wenn es zunehmend schwerer wurde, allem gerecht zu werden.

# 17. Kapitel

## APRIL

»Happy Birthday!«

Ich pustete in die Tröte, die ich mitgebracht hatte, als Aaron mir die Tür öffnete, ehe ich ihm ein Partyhütchen aufsetzte. Es war pink mit rosa Glitzer und ergänzte sein komplett schwarzes Outfit auf die denkbar schlimmste Art und Weise.

Aaron schnaubte. Der Laut klang nicht genervt, sondern amüsiert, was das Zucken in seinen Mundwinkeln bestätigte. Er machte Anstalten, das Hütchen wieder abzusetzen, aber ich schlug seine Hand weg. »Muss ich den tragen?«

Ich grinste. »Ja.«

»Den ganzen Abend?«

»Ja!«

»Manch einer würde behaupten, dass ich an meinem Geburtstag machen kann, was ich will.«

Ich zuckte mit den Schultern und hob vorsichtig die Tasche auf, die ich abgestellt hatte, um ihm das Hütchen aufzusetzen. »Tja, ich bin nicht manch einer. Lässt du mich rein?«

Aaron verzog die Lippen. »Mhh, ich weiß nicht.«

»Ich habe auch ein Geschenk dabei.«

Er brummte.

»Und Kuchen.«

Sein Gesicht hellte sich auf. »Sag das doch gleich!«

Aaron machte einen Schritt beiseite und ließ mich rein. Letztes Jahr hatte er zu seinem einundzwanzigsten Geburtstag eine große Party geschmissen. Heute war es allerdings komplett still in dem Haus, das er sich mit drei anderen Jungs teilte. Wir gingen in die Küche, um Teller und Gabeln für den Kuchen zu holen, und verzogen uns damit in Aarons Zimmer. Es war schlicht eingerichtet mit einem Schreibtisch, einem schmalen Bett und einer Kommode, auf der ein Fernseher stand, worauf stumm irgendeine Netflix-Serie lief. Auf dem Boden hatte Aaron bereits seine Lernunterlagen ausgebreitet.

Ich stellte die Tasche und meinen Rucksack daneben und schlüpfte aus meiner Jacke, die ich über die Lehne seines Schreibtischstuhls legte. Als ich mich umdrehte, bemerkte ich, dass Aaron mich mit hochgezogenen Brauen musterte. »Ist was?«

»Nein, aber du siehst ziemlich schick aus.«

Ich blickte an mir herab. Über einer weit fallenden schwarzen Stoffhose trug ich einen cremefarbenen Rollkragenpullover, dazu goldene Creolen und einige Ringe. Ich war auch etwas stärker geschminkt als gewöhnlich für unsere Lerndates. »Mir war irgendwie danach.«

»Danach, beim Lernen gut auszusehen?«

»Klar, kennst du das nicht?«

»Nein.«

»Tja, ich wollte heute süß aussehen.«

»Ist dir gelungen.«

»Danke. Ich glaube, du hast dir ein Geschenk verdient.« Ich griff in die Tasche und holte einen schwarzen Umschlag hervor, den ich Aaron reichte.

Er schüttelte ihn übertrieben, als wollte er raten, was darin steckte, dann öffnete er ihn und zog die Karte heraus. »Oha, ein Gutschein!«

Meine Freunde machten sich immer über mich lustig, weil ich fast ausschließlich Gutscheine verschenkte, aber die waren einfach praktisch. Man konnte sich das aussuchen, was man wirklich wollte und benötigte, anstatt sich mit irgendeinem Unsinn abzufinden. »Das ist ein Gutschein für All-Black – ein Onlineshop mit ausschließlich schwarzen Klamotten.«

»Ich könnte wirklich neue Klamotten gebrauchen.«

»Siehst du? Bestes Geschenk überhaupt.«

Aaron lächelte und kam zu mir, um mich zu umarmen. »Danke!«

»Dank mir nicht zu früh, denn das war nur Geschenk Nummer eins.«

»Zwei Geschenke? Womit hab ich das verdient?«

»Hab ich mich auch gefragt«, sagte ich neckisch, nahm das kleine Päckchen aus meiner Tasche und gab es Aaron.

Dieses Mal äffte er nicht herum, indem er es schüttelte, stattdessen öffnete er es vorsichtig. Zum Vorschein kam ein gerahmtes Foto von uns, das auf der Hochzeit seiner Mom entstanden war. Er hatte einen Arm um meine Taille gelegt, und ich stand eng an ihn gekuschelt. Jeder, der dieses Foto sah, könnte leicht auf die Idee kommen, dass wir tatsächlich ein Paar waren.

»Das ist weniger ein Geburtstagsgeschenk als eine Entschuldigung.«

Mit gerunzelter Stirn blickte Aaron von dem Foto auf. »Eine Entschuldigung? Wofür?«

Ich seufzte und ließ mich auf sein Bett fallen. »Ich habe das Gefühl, dich nach der Hochzeit im Auto bedrängt zu haben, mir Dinge zu erzählen, für die du vielleicht noch nicht bereit warst, und das tut mir leid. Du hast meine Erlaubnis, deiner Familie zu erzählen, dass ich deine Freundin bin, solange du willst. Und als Beweis kannst du immer, wenn sie zu Besuch da sind, dieses Foto aufstellen.«

Aaron schenkte mir ein unsicheres Lächeln. Er setzte sich neben mich aufs Bett, so dicht, dass sich unsere Beine berührten. »Danke, aber du hast mich zu nichts gedrängt. Hätte ich es dir nicht erzählen wollen, hätte ich es nicht getan. Ich habe nur einen kleinen Schubser gebraucht, um den Mut zu finden. Also danke für den Schubser und das Geschenk.«

»Gern«, sagte ich und stupste ihn sanft mit der Schulter an.

Sein Lächeln verlor an Unsicherheit, und er stellte das gerahmte Bild auf seinen Nachtisch. Einen Moment betrachtete er das Foto, dann wandte er sich wieder mir zu. Sein Gesichtsausdruck war ernst, sein Blick eindringlich. »Wo wir gerade von diesem Abend reden. Ich wollte mich bei dir bedanken, dass du nicht anders über mich denkst, seit du von der Vorstrafe weißt. Und auch dafür, dass du mit mir über Connor geredet hast. Ich hab in den letzten Tagen viel darüber nachgedacht.«

»Und?«

Aaron wischte sich die Hände an seiner Jeans trocken. »Ich … Ich glaube, ich werde mit ihm reden. Als er mit Derek zusammen war, war das wirklich die Hölle für mich. Ich möchte das nicht noch einmal erleben, nicht ohne zu wissen, ob wir … du weißt schon, ob wir …«

»Eine Chance haben«, vervollständigte ich den Satz.

Er nickte, und ich konnte nicht anders, als ihn anzugrinsen, während mein Herz vor Stolz gefühlt auf die Größe einer Wassermelone anschwoll, weil ich wusste, wie viel Überwindung es kostete, über seine eigenen Gefühle zu sprechen. Vor allem seit der Trennung von Gavin.

»Weißt du schon, wann du mit ihm reden willst?«

»Nein, noch nicht, aber bald. Bevor ich einen Rückzieher machen kann.«

»Das wirst du nicht. Ich glaub an dich«, versicherte ich ihm und stand auf, um den Kuchen zu holen, weil diese Situation förmlich nach Kuchen verlangte. Ich nahm die Kartonverpackung aus der Tasche und stellte sie auf den Schreibtisch. »Und falls du dich entscheidest, Connor nichts zu sagen, ist das auch okay. Du darfst deine Meinung jederzeit ändern.«

»Danke«, sagte Aaron und lächelte verlegen. Schweigend beobachtete er mich dabei, wie ich zwei Teller mit Kuchen belud und mich anschließend zurück zu ihm aufs Bett setzte. »Connor hat mir erzählt, dass er Gavin und dich die Woche zusammen an der MVU gesehen hat, als ihr Sachen aus deinem Auto geladen habt.«

Der Unterton, der bei dieser Aussage in Aarons Stimme mitschwang, machte deutlich, worauf er anspielte, aber darauf würde ich nicht eingehen. Ich schob mir einen Bissen Kuchen in den Mund und gab mich gleichgültig. »Ja, ich hab Spenden für die SHS abgeholt. Gavin hat mich zufällig gesehen und mir geholfen, sie in den Keller zu tragen.«

»Das ist alles?«

Ich nickte.

»Und sonst läuft nichts mehr zwischen euch?«

»Nein.«

Skeptisch hob Aaron die Brauen und musterte mich, als hätte ich einen Grund, ihn anzulügen. »Ihr seid einfach nur Kollegen?«

»Genau.«

»Und das soll ich dir glauben?«

»Du kannst glauben, was du willst.«

»Aha! Ihr seid also mehr als Kollegen?«

»Das hab ich nicht gesagt!«, protestierte ich.

»Aber du streitest es auch nicht ab?«

Ich hatte keine Ahnung, was Gavin und ich waren. Sosehr ich mich bemühte, ihn als Kollegen zu sehen, sonderlich gut gelang es mir nicht.

Glücklicherweise blieb mir eine Antwort erspart, denn in diesem Moment flog die Tür zu Aarons Zimmer auf und Connor kam hereingestürmt, in einem Outfit, wie ich es noch nie an ihm gesehen hatte. Er trug dunkle Jeans, was an und für sich nicht ungewöhnlich war, wäre da nicht das Crop Top aus leicht durchsichtigem Stoff darüber gewesen. Seine Brille hatte er durch Kontaktlinsen ersetzt, und seine Augen waren von schwarzem Kajal umrahmt. Auf seiner linken Wange saß ein glitzerndes Herz.

Mit weit aufgerissenen Augen starrte Aaron Connor an. »Was … Was hast du da an?«

Connor drehte sich im Kreis. »Wieso? Gefällt es dir nicht?«

Aaron schluckte. »Doch nur … was?«

»Das ist mein Wir-feiern-deinen-Geburtstag-Outfit.«

»Wir feiern meinen Geburtstag?«, fragte Aaron. Er klang ziemlich durch den Wind, und ich konnte das Gefühl nicht abschütteln, dass dies ziemlich viel damit zu tun hatte, dass Connors nackter Oberkörper beinahe vollständig zu sehen war, mit Ausnahme dieser dünnen Schicht aus durchsichtigem Stoff.

Connor nickte. »Ja, wir gehen feiern!«

»April und ich wollten lernen.«

»Nein, wolltet ihr nicht«, sagte Connor. Er nahm Aaron den Kuchenteller aus der Hand und zog ihn auf die Beine, um ihm einen Schubs in Richtung seines Kleiderschranks zu geben. »Das war nur ein Vorwand, um dich hier zu behalten, damit du nicht zu deiner Mom verschwindest.«

Aarons Blick zuckte zu mir. Ich lächelte entschuldigend. Connor hatte mir bereits vor einer Weile von seinem Plan erzählt, Aaron auf eine Überraschungsparty zu entführen. Ich wusste nicht, was genau er geplant hatte, aber ich hatte ihm versprochen, Aaron für den Abend zu beschäftigen. Die Prüfungen nächste Woche hatten mir dafür die perfekte Ausrede geliefert.

»Deswegen das Outfit«, sagte Aaron und betrachtete mich.

»Ja! Glaubst du ernsthaft, ich putz mich fürs Lernen raus?«

Er schnalzte mit der Zunge. »Ich hätte es wissen müssen.«

Connor klatschte in die Hände. »Genug geredet. Wir müssen los. Die anderen warten!«

Als Connor verkündet hatte, dass er für die Party das MYdeer gewählt hatte, war ich zuerst skeptisch gewesen. Bisher hatte sich Aaron immer geweigert, in den Club zu gehen, aber dieses Mal erhob er keine Einwände. Connor kannte den Inhaber und hatte eine der Sitzecken für uns klargemacht, die er vor dem offiziellen Einlass hatte dekorieren dürfen. Schwarze Luftballons schwebten über den Sitzpolstern, Luftschlangen lagen auf dem Tisch, die Geschenke der anderen standen bereit, und einen deutlich größeren und schöneren Kuchen als meinen, auf dem eine große »22« prangte, gab es auch.

»Happy Birthday!«, riefen Sage und Luca, als wir ankamen.

Sage sprang von ihrem Platz auf, um Aaron zu umarmen. Obwohl die Location gerammelt voll war, schien sie sich sichtlich wohl in dem Club zu fühlen, in dem Luca wohl einer der wenigen, wenn nicht sogar der einzige Hetero-Mann war. Die Gäste des MYdeer waren eine bunte Mischung, die auf den ersten Blick überhaupt nicht zusammenpasste. Es gab Leute wie Connor, die ausgefallenere Outfits trugen und viel nackte Haut zeigten, andere Gäste wiederum hatten einfach nur Jeans, Shirts und Hemden an, die sich genauso für einen gemütlichen Abend in einem Pub eigneten. Nur ein paar Schritte von unserem Tisch entfernt tanzten drei Frauen, die man mit ihren Kleidern auf dem Cover einer Hochglanzzeitschrift hätte abbilden können. Sie erweckten den Anschein, dass sie das MYdeer vor allem aufgesucht hatten, um in Ruhe feiern zu können, ohne von irgendwelchen Typen angemacht zu werden. Und an der Bar saßen zwei Dragqueens. Aber all diese Leute hatten eine Sache gemeinsam: Sie schienen eine gute Zeit zu haben. Der DJ wechselte das Lied, und ein Lady-Gaga-Song schallte aus den Lautsprechern, der mindestens die Hälfte aller Leute auf der Tanzfläche dazu motivierte mitzusingen.

Luca klopfte Aaron auf die Schulter. »Alles Gute zum Geburtstag.«

»Danke!«, brüllte Aaron über den Gesang hinweg.

»Was wollt ihr trinken?«, erkundigte sich Luca.

Ich rutschte zu Sage auf die Bank. »Ich nehm einen alkoholfreien Cocktail!«

»Und ich ein Bier«, sagte Aaron.

Connor verdrehte die Augen. »Du kannst ruhig mal ein bisschen fruity sein.«

»Was? Ich mag Bier.«

Connor brummte. »Schon klar.«

»Vergiss das Bier«, sagte Aaron an Luca gewandt. »Ich nehm den süßesten und buntesten Cocktail auf der Karte. Und sie sollen unbedingt ein Schirmchen reinstecken und vielleicht so ein Glitzerfähnchen, wenn sie welche dahaben. Danke!«

Luca schmunzelte. »Geht klar. Und für dich?«

»Ich nehm dasselbe«, sagte Connor.

Luca machte sich auf den Weg zur Bar.

Aaron und Connor hockten sich zu uns. Ein paar Leute, die an unserer Sitzecke vorbeikamen, riefen Aaron ebenfalls ein Happy Birthday zu. Er strahlte über das ganze Gesicht und betrachtete die Deko und seine Geschenke. »Damit hab ich überhaupt nicht gerechnet.«

Connor grinste zufrieden. »Das ist der Sinn einer Überraschungsparty.«

»Wessen Idee war das?« Aarons Blick zuckte von Connor zu mir.

Ich hob die Hände. »Sieh mich nicht so an. Ich war das nicht.«

»Es war meine Idee«, gestand Connor beinahe zögerlich, mit gesenktem Blick auf seine lackierten Nägel, als wäre es ihm unangenehm, das zuzugeben. »Aber die anderen haben geholfen.«

Ich schüttelte den Kopf. »Das stimmt nicht. Ich musste dich nur ablenken. Und Sage hat den Kuchen abgeholt, den Connor vorbestellt hat. Er hat alles allein organisiert.«

Aaron sah zu seinem Mitbewohner. »Stimmt das?«

Er nickte verlegen.

Aarons Lächeln wurde weicher, und ein sanfter Ausdruck trat in seine Augen. »Danke. Ehrlich. Mir hat noch nie jemand eine Überraschungsparty geschmissen.«

»Wirklich nicht?«

»Nein, du hast mich Überraschungsparty-entjungfert.«

Connor legte eine Hand auf seine Brust. »Wow, was für eine Ehre. Ich hoffe, ich war zärtlich.«

»Sooo zärtlich«, schnurrte Aaron, und wir brachen in lautes Gelächter aus.

Luca kam zurück und stellte drei Cocktailgläser vor Connor, Aaron und mir ab, bevor er mit seinem Bier neben Sage auf die Bank rutschte. »Sie haben leider weder Glitzerfähnchen noch Schirmchen, die sind schlecht für die Umwelt, aber ich glaube, der Cocktail ist auch so bunt genug.«

»Der ist wirklich sehr bunt.« Aaron betrachtete sein Glas, das mit vier verschiedenfarbigen Flüssigkeiten gefüllt war. Ganz unten schimmerte es blau, dann folgten Rot, Orange und schließlich Gelb. Skeptisch schnüffelte er an seinem Glas und rümpfte die Nase. »Ich rieche nur süß.«

»Deswegen bleib ich bei Bier.« Luca hob seine Flasche, um anzustoßen.

Wir prosteten einander zu und gratulierten Aaron noch

einmal reihum zum Geburtstag. Er war sichtlich gerührt, und trotz der bunten, wild flackernden Beleuchtung im Club war zu erkennen, dass seine Wangen rot wurden, als wir zu viert lauthals *Happy Birthday* sangen. Danach packte er die Geschenke der anderen aus. Von Sage bekam er mehrere Silberringe, die von einer ihrer Etsy-Bekanntschaften waren, und von Connor ein Poster, auf dem klassische Filme abgebildet waren, die man freirubbeln konnte, wenn man sie gesehen hatte. Dabei lag eine Karte, die Aaron Dutzende fantastischer Filmabende versprach. Zuletzt packte er Lucas Geschenk aus.

»Das ist von Gavin und mir.«

»Wo ist Gavin überhaupt?«, fragte Connor.

Aaron blickte von seinem Geschenk auf und zu mir.

Abwehrend hob ich die Hände. »Schau mich nicht so an. Ich hab ihn nicht ausgeladen.«

»Er hat mir vorhin geschrieben. Es tut ihm leid, ihm ist was dazwischengekommen«, sagte Luca.

Ich blinzelte. »Und was?«

»Hat er nicht gesagt.«

»Und du hast nicht nachgefragt?«

Luca zuckte mit den Schultern. »Schon, aber er hat noch nicht geantwortet.«

Ich brummte, ohne das drückende Gefühl in meinem Magen ignorieren zu können. Denn mir fiel nur ein einziger Grund ein, weshalb Gavin so kurzfristig und ohne Begründung absagte. Rasch setzte ich ein Lächeln auf, um mit meinen Gedanken niemandem den Abend zu verderben, während Aaron das Geschenk öffnete. Es waren ein kleines Lego-Bauset und ein Gutschein für den Besuch in einem Escape Room, den wir alle gemeinsam machen konnten. Er bedankte sich, und wir packten die Geschenke in Taschen, die wir unter den Tisch schoben, damit sie nicht im Weg waren.

»Wie läuft es bei euch mit dem Lernen?«, fragte Aaron und nippte an seinem Cocktail.

»Nope!«, rief Connor. »Heute wird nicht über die Uni geredet.«

Aaron sah ihn fragend an. »Und worüber möchtest du dann reden?«

»Ich weiß nicht. Habt ihr zuletzt irgendwelche guten Filme gesehen?«

»Alle Filme, die ich gucke, guck ich mit dir, also kennst du die Antwort bereits.«

Connor verdrehte die Augen. »Okay, dann schlag ein anderes Thema vor.«

»Ich hab in zwei Wochen einen Tattoo-Termin«, warf Luca ein.

Connor sah zu ihm. »Cool, was lässt du dir stechen?«

»Die Initialen meiner Eltern, hier.« Er deutete auf sein noch freies Handgelenk. Ich wusste, dass er bereits eine Weile darüber nachdachte, aber sich bisher nicht getraut hatte aus Sorge, man könnte R+J als Russell und Jennifer anstatt Russell und Joan lesen.

»Wissen sie davon?«, fragte ich.

»Nein, ich möchte sie an Weihnachten damit überraschen.«

»Sie werden sich sicherlich freuen.«

Luca musterte mich aus schmalen Augen. »War das Sarkasmus?«

»Nein, ich glaub ehrlich, dass sie sich freuen.«

»Willst du mitkommen?«

»Um mir auch ihre Initialen stechen zu lassen?«

»Ja.«

Ich schüttelte den Kopf. Zwar wollte ich irgendwann ein Tattoo haben, aber das sollte nicht mein erstes sein. Ich liebte Joan, hatte zu ihr jedoch nicht dieselbe enge Bindung wie

Luca. Und selbst wenn mich meine Mom zurzeit ghostete, wollte ich sie mit einem solchen Motiv nicht vor den Kopf stoßen. »Ich glaube nicht, aber ich komme gern mit, um Händchen zu halten.«

»Cool. Danach kannst du mich zum Essen einladen.«

»Was?! Warum soll ich dich zum Essen einladen?«

»Na ja, um mich zu trösten, wegen der Schmerzen«, sagte Luca, als wäre es offensichtlich.

»Oder du lädst mich ein, weil ich dir Gesellschaft geleistet habe.«

»Ja, aber ich werde derjenige sein, der leiden musste.«

»Nur, weil du es wolltest.«

»Hehe!« Empört sah Luca mich an. »Victim Blaming!«

Ich schnaubte. »Ganz bestimmt nicht.«

»Genug Gezanke«, sagte Sage und warf Luca und mir einen mahnenden Blick zu. »Ich habe eine wichtige Ankündigung zu machen. Meine Mom hat mich angerufen und mir mitgeteilt, dass wir endlich einen Termin für Alans Anhörung haben. Nächstes Jahr im März.«

Lucas erleichtertes Seufzen war selbst über die laute Musik hinweg zu hören. »Endlich!«

»Wuhuuu«, jubelte Connor.

Und Aaron stieß mit seinem Glas gegen das von Sage. »Wurde ja auch Zeit.«

Ich griff über den Tisch nach ihrer Hand. »Wie geht es dir damit?«

»Gut.« Sie atmete tief durch und verzog die Lippen zu einem nervösen Lächeln. »Unser Anwalt meinte, ich müsste nicht unbedingt vor Gericht erscheinen, aber dass es die Chancen auf eine hohe Strafe steigert, wenn ich vor Ort aussage. Das wird sicherlich nicht einfach. Andererseits wird es mir danach besser gehen – sofern er eine angemessene Strafe bekommt.«

»Das wird er«, sagte Luca. »Und ich komme natürlich mit.«

»Ich auch«, versicherte ich Sage.

»Danke, das bedeutet mir viel.«

Wir redeten noch eine Weile über die Anhörung und darüber, dass Luca vermutlich ebenfalls würde aussagen müssen, weil er während Alans Verhaftung anwesend gewesen war. Er hatte sich mit ihm geprügelt, was zur Folge gehabt hatte, dass Luca eine Anzeige von Alans Anwälten erhalten hatte. Sages Anwalt, der auch Luca vertrat, war allerdings optimistisch, dass die Anklage fallen gelassen würde, wenn Alan erst einmal verurteilt worden war, da Luca nur Sage hatte schützen wollen.

Wir verteilten den Kuchen auf Tellern, die wir von der Bar bekamen, und redeten eine Weile über alles und nichts, während wir aßen. Schließlich verkündete Connor, dass er tanzen wollte. Sage und Luca lehnten ab, aber ich schloss mich an, und wir konnten sogar Aaron überreden, mit auf die Tanzfläche zu kommen. Zu dritt wirbelten wir über das Parkett, bis mir der Schweiß in den Nacken lief.

Der Beat wechselte zu einem Cardi-B-Remix, und die Menge um uns herum johlte. Ich hatte selten eine solch ausgelassene Stimmung erlebt. Ich sah zu Aaron, der sich völlig unbeschwert zum Takt der Musik bewegte, und zu Connor, der meinen Blick auffing. Sein Kopf war gerötet, und das Herz auf seiner Wange war von seinem Schweiß verlaufen, aber er grinste über das ganze Gesicht. Ich erwiderte sein Lächeln und zwinkerte ihm zu, als ich den Typen bemerkte, der ihn von der Seite antanzte. Doch bevor Connor eine Chance hatte, darauf einzugehen, packte Aaron ihn am Handgelenk und zog ihn in einer Tanzbewegung zu sich heran und weg von dem Typen.

Connor lachte. Es war ein Laut, den ich über die Musik hinweg nicht hören konnte, aber ein Gefühl, das ihm deutlich anzusehen war. Auch Aaron lachte und schlang einen Arm um

Connors Taille. Ein überraschter Ausdruck huschte über dessen Gesicht, aber er ließ sich von dem Flow und dem Rhythmus der Musik treiben. Grinsend starrten die beiden einander an, und ich beschloss, dass ich hier überflüssig war.

Wortlos zog ich mich zurück und machte mich auf den Weg zu den Toiletten. Es gab keine getrennten Waschräume, sondern nur einen für alle Geschlechter, und dementsprechend lang war die Schlange. Es dauerte zehn Minuten, bis ich endlich vor der Tür des Waschraums stand. Daneben hing an der Wand ein Regal mit Broschüren, die sich mit allerlei LGBTQ+-Themen befassten. Ich überflog die Titel, bis mein Blick an einem Flyer hängen blieb, der mich auf merkwürdige Weise ansprach: *Schmetterlinge im Bauch? Nicht unbedingt.* Ich griff nach dem weiß-lila Zettel und wollte gerade anfangen zu lesen, als die Tür aufflog und ich endlich an der Reihe war. Rasch stopfte ich den Flyer in die Tasche meiner Hose und huschte auf die Toilette, um die Leute nicht aufzuhalten.

Anschließend machte ich einen Abstecher zur Bar, um mir etwas zu trinken zu holen, und lief zurück zu unserem Tisch. Aaron und Connor mussten noch immer auf der Tanzfläche sein, auch wenn ich sie zwischen all den Leuten nicht entdecken konnte. Sage und Luca hingegen saßen eng beieinander in der Sitzecke und tuschelten. Ich spürte ein vertrautes Stechen in der Brust, als mir klar wurde, dass ich mal wieder allein war. Aaron und Connor. Sage und Luca. Und ich. Allein, weil Gavin nicht da war. Und selbst wenn er da gewesen wäre, wäre ich allein gewesen, denn wir waren kein Paar. Wir hätten nicht miteinander getanzt. Und auch nicht vertraut die Köpfe zusammengesteckt, um uns über die Musik hinweg Worte ins Ohr zu flüstern.

»Da bist du ja wieder«, sagte Sage, als sie mich bemerkte.

Ich lächelte, wenn auch etwas gezwungen, und rutschte zu

ihnen auf die Sitzbank. Einer von Aarons Luftballons hatte sich gelöst und war an die Decke des Clubs geflogen. »Ja, ich wollte Aaron und Connor etwas Zeit für sich geben.«

Luca hob die Brauen. »Läuft was zwischen den beiden?«

»Noch nicht.«

»Aber es könnte was laufen?«, hakte Sage nach.

»Ich denke schon, auf der Tanzfläche gab's da diesen Moment.«

Sie runzelte die Stirn. »Was für einen Moment?«

»Na ja, so einen Moment eben.«

»Wird ja auch Zeit«, bemerkte Luca und ließ seinen Blick über die Tanzfläche gleiten, die beiden waren von unserem Platz aus in der Menge allerdings nicht auszumachen.

Sage grinste. »Ich freu mich für die beiden.«

»Ja, aber irgendwie sind sie schon ein komisches Paar«, bemerkte Luca.

Ich neigte den Kopf. »Findest du?«

»Du etwa nicht? Die beiden passen auf den ersten Blick nicht unbedingt zusammen.«

»Dasselbe hätte ich damals auch von Sage und dir behauptet.«

Sage nickte zustimmend. »Damit hat sie nicht ganz unrecht.«

»Stimmt, aber Gegensätze ziehen sich eben an.« Nachdenklich sah Luca mich an und trank von seinem Bier. »Vielleicht hat es deswegen auch nicht mit Gavin und dir geklappt, abgesehen von diesem Arschloch-Move, den er abgezogen hat. Vielleicht seid ihr euch einfach zu ähnlich.«

Sage runzelte die Stirn. »Die beiden sind sich gar nicht ähnlich.«

Luca schnaubte belustigt, als hätte Sage gerade behauptet, der Mond wäre grün. »Voll. Sie haben vielleicht nicht den gleichen Modegeschmack, aber im Kern sind sie praktisch dieselbe

Person. Sie sind beide überaus hilfsbereit, lieben Tiere, können gut mit Menschen. Sie sind beide empathisch und geduldig. Sie mögen keine oberflächlichen Beziehungen. Sie sind sozial engagiert. Und …«

»Können wir bitte aufhören, darüber zu reden, wie viel Gavin und ich gemeinsam haben?«, unterbrach ich Luca.

Er bemerkte seinen Fehler sofort. »Sorry.«

»Danke!« Ich malte ein Herz auf mein Cocktailglas, das von der Kälte der Eiswürfel beschlagen war, und sah mich erneut auf der Tanzfläche um. Schließlich landete mein Blick wieder auf Luca, der ihn auffing. Als ich nichts sagte, hob er fragend die Augenbrauen. Ich seufzte. »Hast du schon was von Gavin gehört?«

»Ich dachte, wir wollten nicht mehr über ihn reden?«

Ich verdrehte die Augen. »Beantworte einfach meine Frage.«

»Nein. Er hat die Nachricht gelesen, aber nicht geantwortet.«

»Glaubst du, bei ihm ist alles gut?«

»Bestimmt. Vermutlich lernt er nur für die Prüfungen.«

»Vermutlich«, echote ich, ohne wirklich überzeugt zu sein. Gavin hatte gesagt, dass er am besten in der Bibliothek lernte, aber die hatte um diese Uhrzeit längst geschlossen. Ich konnte das ungute Gefühl nicht abschütteln, dass mehr dahintersteckte, und für gewöhnlich täuschte mich mein Bauchgefühl nur sehr selten.

»Ich geh mal raus an die frische Luft«, verkündete ich.

Ich schnappte mir meine Tasche und rutschte von der Bank, um mich durch tanzende und feiernde Leute in Richtung Ausgang bis zur Garderobe zu drängen. Gerade als ich mir meine Jacke überziehen wollte, entdeckte ich Aaron und Connor. Die beiden standen eng umschlungen abseits der Tanzfläche. Aaron lehnte an der Wand, und Connor hatte die Hände in seinem Haar vergraben, während sie einander küssten.

Ich stieß vor Freude ein leises Quietschen aus, das mir einen fragenden Blick von dem Kerl an der Garderobe einbrachte. Grinsend huschte ich nach draußen, bevor die beiden mich bemerken konnten. Später würde ich Aaron so was von ausquetschen!

Ich erschauderte, als ich in die kalte Nachtluft hinaustrat, aber sie war angenehm im Vergleich zu der stickigen Hitze im Club. Ich atmete tief durch und genoss die Stille, denn hier draußen war die Musik nur noch ein sanftes Vibrieren. Um nicht im Zigarettenqualm zu stehen, entfernte ich mich ein Stück von den Rauchern, die vor der Tür standen, dann zog ich mein Handy hervor und rief Gavin an. Keine Ahnung, ob das eine gute Idee war, aber ich musste mich vergewissern, dass bei ihm alles okay war.

Das Freizeichen ertönte ein paarmal, ohne dass er abhob. Ich wollte bereits auflegen und erneut anrufen, als das Geräusch verstummte …

»April?«

Meinen Namen aus Gavins Mund zu hören, ließ mein Herz unmittelbar schneller schlagen, auch wenn es das nicht tun sollte.

»Hey«, erwiderte ich.

»Ist alles in Ordnung?«

Ich entfernte mich weiter vom Club. Von den anderen Stimmen, die mich von Gavin ablenken konnten. Ich folgte dem Bürgersteig bis zu einer Gasse mit Müllcontainern und stellte mich an die Ecke in den Schein einer Laterne, um nicht von der Dunkelheit verschluckt zu werden. »Dasselbe wollte ich dich fragen. Wo bist du? Wir vermissen dich.«

Gavin antwortete nicht, als hätte es ihm die Sprache verschlagen. Sein Schweigen hielt so lange, dass ich das Handy vom Ohr nahm, um nachzusehen, ob ich die Verbindung verloren hatte, aber Gavin war noch dran. »Habt *ihr* mich vermisst oder hast *du* mich vermisst?«, fragte er leise, fast flüsternd.

Ein Schauer lief mir über den Rücken. Ich senkte den Blick auf den Asphalt. »Ist das wichtig?«

»Sehr wichtig.«

Ich biss mir auf die Unterlippe, unsicher, wie ehrlich ich sein sollte, aber noch bevor mein Verstand eine Entscheidung treffen konnte, preschte mein Herz vor. »Ich.«

Stille am anderen Ende.

Mein Puls beschleunigte sich.

»Ich hab dich vermisst«, gestand ich. Immerhin war ich diejenige, die bei Temperaturen um den Gefrierpunkt vor einem Club stand, um mit ihm zu reden. Ich hätte genauso gut mit den anderen tanzen, feiern und lachen können, aber nein, ich war hier und hatte ihn angerufen, weil ich seine Stimme hören und wissen wollte, ob es ihm gut ging.

Schritte erklangen am anderen Ende der Leitung, dann das Geräusch einer Tür, die geschlossen wurde, als hätte Gavin die Wohnung verlassen. Mein Herz raste. Einige Sekunden lang hörte ich nur Gavins Atem. »Ich vermisse dich auch. Um ehrlich zu sein, hab ich gerade an dich gedacht.«

*So denkst du immer an mich.*

*Und ich denk immer an dich.*

Mein Puls schoss bei Gavins Worten in die Höhe, und ich musste an das Zelt und die Kette denken. Die Kette, die ich kaputt gemacht und weggeworfen hatte. »Woran hast du gedacht?«

»Daran, wie schön es wäre, bei dir zu sein«, antwortete er.

Ich kniff die Augen zu und kämpfte gegen all die Gefühle an, die in mir wüteten. Heftige Gefühle, die in mir den Wunsch weckten, in ein Taxi zu steigen und zu ihm zu fahren. Ich wollte nicht so auf dieses Geständnis reagieren, und noch weniger wollte ich auf diese Weise für Gavin empfinden. Er hatte mir auf so viele erdenkliche Arten das Herz gebrochen, doch seine Worte setzten tief in mir etwas zusammen, weil Gavin eben nicht nur das Arschloch war, das mich im Stich gelassen hatte, sondern viel mehr. Vor allem war er der Mann, den ich liebte, aber wie oft konnte ich mein Herz noch für ihn aufs Spiel setzen?

Ich räusperte mich. »Geht … Geht es dir gut?«

»April …«

»Bitte«, unterbrach ich ihn, um nicht über uns reden zu müssen.

Er seufzte schwer, im Hintergrund konnte ich die Stimmen anderer Leute hören. »Meiner Mom geht es nicht besonders«, sagte er leise, vermutlich um nicht belauscht zu werden. »Sie hat sich vorhin übergeben. Ich wollte sie in diesem Zustand nicht allein lassen.«

»Ist sie krank?«

»Nein.«

Shit.

»Sorry, ich verstehe.«

Gavin lachte freudlos. »Ja.«

»Passiert das öfter?«

»Hin und wieder. Sie schläft gerade.«

Ich nickte. »Das ist gut. Und du?«

»Ich schlafe nicht.«

»Du schläfst nie, aber das war auch nicht meine Frage und das weißt du«, sagte ich und kickte einen Kieselstein, der vor meinen Füßen lag, in die Dunkelheit.

Gavin seufzte erneut, dieses Mal leiser, müde und erschöpft. Ich stellte mir vor, wie er gegen die Wand gelehnt vor der Wohnungstür stand, den Blick auf den Boden gesenkt, weil sein Kopf zu schwer war. »Mir geht es okay. Gerade ist nur alles ziemlich viel.«

»Ist es nicht immer viel?«

Gavin zögerte. »Was soll ich darauf antworten?«

»Sorry«, entschuldigte ich mich, obwohl mir meine Frage nicht leidtat. Es war eine berechtigte Frage, aber es war nicht fair, sie aus dem Nichts am Telefon zu stellen, vor allem nicht an einem solchen Abend. Während ich mit den anderen Spaß hatte und er allein zu Hause hockte.

Eine Pause entstand. Eine johlende Gruppe lief an mir vorbei in Richtung Club, und in der Ferne ertönte eine Sirene. Ich legte den Kopf in den Nacken, vom Sternenhimmel war nichts zu sehen.

»Wie geht es Jude?« Ich wusste nicht, woher die Frage kam, aber plötzlich war sie da.

»Jude?« Er klang verwirrt.

»Das Mädchen aus der SHS, das mit dir zocken wollte.«

»Oh Jude! Keine Ahnung. Ich hab sie nie geaddet.«

Mir fiel ein Stein vom Herzen, was nicht sein sollte. Es sollte mir egal sein. »Hast du nicht?«

»Nein, um ehrlich zu sein, hatte ich sie längst vergessen.«

Mir fehlten die Worte, weshalb mir nur ein schlichtes »Oh« über die Lippen kam. Hitze stieg mir in die Wangen, da Gavin nun wusste, dass ich an Jude gedacht hatte, und wenn er eins und eins zusammenzählte, würde ihm klar werden, warum. Kurz überlegte ich, einfach aufzulegen und so zu tun, als wäre die Verbindung unterbrochen worden, aber dann hätte ich zurück in den Club gemusst und dort wäre ich nur wieder das fünfte Rad am Wagen gewesen. »Rate mal, wen ich gerade beim Knutschen erwischt habe«, lenkte ich ab.

»Ich würde ja sagen Sage und Luca, aber die Antwort erscheint mir zu offensichtlich.«

»Aaron und Connor.«

»Gut für die beiden.«

Ich lächelte. »Ja, sie haben es verdient.«

»Sag das nicht.«

»Was?«

»Dass sie es verdient haben. Ich mag diese Formulierung nicht. Sie impliziert, dass manche Leute keine Liebe verdient haben, was nicht stimmt. Jeder hat Liebe verdient und sollte sie einfach bekommen.«

»Wieso muss ich dann so hart dafür arbeiten?« Ich dachte an all die Typen auf der Dating-App, an Eliot und die Kerle, mit denen ich früher auf Dates gewesen war. Es war mir immer anstrengend erschienen, hatte sich unnatürlich angefühlt, und sosehr ich mich auch bemüht hatte, war da nie Liebe gewesen – nur für Gavin.

»Musst du nicht«, erwiderte er.

»Aber es fühlt sich so an.«

Erneut entstand eine kurze Pause, bevor Gavin weitersprach. »Ich würde dir jetzt gern sagen, dass du meine Liebe ganz leicht bekommen kannst. Sie liegt für dich bereit, auf einem Silbertablett serviert. Du musst nur kommen und sie dir holen, was du vermutlich nicht hören möchtest.«

Doch. Ich wollte es hören. Ich wusste nur nicht damit umzugehen. Das drückende Gefühl in meinem Magen, das sich mit dem Klang von Gavins Stimme kurzzeitig gebessert hatte, kehrte zurück. Ich wünschte mir, mich seiner Liebe so einfach hingeben zu können, aber da waren all diese anderen Gefühle, die ich nicht ausblenden konnte, und ein Stechen in meiner Brust, weil die Scherben, die Gavin hinterlassen hatte, mich piksten.

Ich holte tief Luft und ließ sie langsam entweichen. »Ich sollte besser wieder reingehen. Es ist ganz schön kalt hier draußen.«

Gavin atmete hörbar aus. »Okay.«

»Okay«, wiederholte ich. »Man hört sich.«

»Ich wünsch dir einen schönen Abend. Und grüß die anderen.«

»Mach ich«, erwiderte ich und legte auf.

Meine Hände zitterten, aber das hatte rein gar nichts mit der Kälte zu tun und alles mit Gavins Worten, die in meinen Ohren nachklangen. Und die mich wie ein Echo verfolgten, als ich in den Club zurückkehrte, mich zu den anderen an den Tisch setzte und mit ihnen redete. Sie ließen mich nicht los, als ich erneut auf die Tanzfläche ging, und auch nicht, als ich Stunden später in meinem Bett lag.

Sie hielten mich wach. Die ganze Nacht.

# 18. Kapitel

## APRIL

*Meine Liebe liegt für dich bereit, auf einem Silbertablett serviert. Du musst nur kommen und sie dir holen.*

Gavins Worte hallten auch am nächsten Morgen in meinem Kopf wider. Ich konnte nicht aufhören, mich zu fragen, ob ich seine Liebe haben wollte. Zwar wollte ich Gavin in meinem Leben. Ich wollte ihm vertrauen, ihm noch eine Chance geben und glauben, dass er der Mann sein könnte, in den ich mich verliebt hatte. Aber gleichzeitig hatte ich Angst davor, erneut von ihm enttäuscht und verletzt zu werden. Es war ein Gefühl, das ich einfach nicht abschütteln konnte. Gleichzeitig fragte ich mich, ob diese Angst und Verletzlichkeit nicht irgendwie dazugehörten. Gab es in der Liebe so etwas wie Sicherheit? Oder gab es nur Vertrauen? Was mich allerdings wieder mit der Frage zurückließ, ob ich Gavin vertraute – ja oder nein?

Und darauf fand ich keine Antwort. Vielleicht gab es auch keine Antwort, und ich suchte verzweifelt nach etwas, das ich unmöglich finden konnte.

Mit einem Seufzen rollte ich mich in meinem Bett herum. Wie ein Seestern, alle Glieder von mir gestreckt, lag ich da und starrte gedankenverloren an die Decke, als plötzlich mein Handywecker losging, den ich mir zur Sicherheit gestellt hatte, da ich dringend für die Prüfungen lernen musste. Doch ich hatte keine Motivation und auch keine Lust aufzustehen.

Die letzten Wochen forderten allmählich ihren Tribut. Das ständige Gedanken- und Gefühlskarussell wegen Gavin, die MVU, die SHS und der Job im Le Petit. Ich fühlte mich nicht nur müde, sondern ausgebrannt. Ich sehnte mich nach einer Auszeit und wünschte mir, den Rest des Tages einfach liegen bleiben zu können. Aber spätestens wenn ich während der Prüfungen über den Aufgabenstellungen verzweifelte, würde ich es bereuen.

Mein Handy klingelte erneut. Ich wollte den Wecker bereits ausschalten, als ich erkannte, dass es ein eingehender Anruf war. Aarons Name leuchtete auf dem Display. Ein Grinsen breitete sich auf meinem Gesicht aus, denn ich wusste genau, weswegen er mich anrief.

»Guten Morgen!«, nahm ich den Anruf mit einem Lächeln in der Stimme entgegen.

»Rate, was gestern passiert ist!«, erwiderte Aaron ohne Begrüßung.

Mein Grinsen wurde noch breiter. »Du hast Connor geküsst.«

Am anderen Ende der Leitung wurde es für einen Moment still. Nachdem ich die beiden gestern zusammen gesehen hatte, hatte ich den Rest des Abends damit gerechnet, dass einer von beiden etwas sagen würde, aber als ich von meinem Telefonat mit Gavin zurückgekommen war, hatten Connor und Aaron mit Sage und Luca am Tisch gesessen, als wäre nichts geschehen.

»Woher weißt du davon?«, fragte Aaron.

»Ich hab euch zusammen gesehen.«

»Toll, und ich dachte, ich kann dich überraschen.«

»Ich bin überrascht! Und ich freu mich!«

Aaron lachte. »Ich freu mich auch.«

»Das ist dir anzuhören.« Ich stellte das Handy auf Lautsprecher und legte es auf meiner Brust ab. »Wie ist es passiert? Ich will alles wissen!«

»Nachdem du uns auf der Tanzfläche allein gelassen hast, haben wir weitergetanzt und sind uns dabei ziemlich nahe gekommen. Connor sah in seinem Outfit superheiß aus, und ich dachte, wenn nicht jetzt, wann dann? Also hab ich ihn geküsst, und er hat mich zurückgeküsst.«

»Und dann habt ihr rumgemacht!«, flötete ich mit Singsangstimme.

»Ja, das haben wir.« Aaron kicherte. Er *kicherte*! Ich hatte nicht einmal gewusst, dass er in der Lage war, einen solchen Ton von sich zu geben. Es wärmte mir das Herz.

»Habt ihr schon darüber geredet?«

»Ja, gestern Abend. Und heute Morgen.«

»Und?«

»Wir werden es miteinander versuchen.«

Ich stieß ein Quietschen aus.

»Ich hab ihm gestanden, dass ich seit einer ganzen Weile auf ihn stehe, und er meinte, dass es ihm mit mir genauso geht«, fuhr Aaron fort, und in jedem seiner Worte schwang ein Lächeln mit. »Ich hab ihm außerdem gesagt, dass ich meiner Familie vorerst nichts von uns erzählen möchte. Das ist okay für ihn, solange er mit seinen Eltern darüber reden darf und ich meine Familie zumindest wissen lasse, dass mit dir Schluss ist.«

Mit gespielter Empörung japste ich nach Luft. »Du willst mit mir Schluss machen?«

»Ja, tut mir leid. Du bist einfach nicht mein Typ.«

»Aber Connor ist jetzt dein Typ.«

Aaron lachte. »Ja, ist er.«

Ich ließ mich in mein Kissen sinken. »Das freut mich wirklich für euch.«

»Danke. Ich kann immer noch nicht ganz glauben, dass ich das gemacht habe.«

»Glaub es und sei stolz auf dich.« Denn ich war stolz auf Aaron. Ich verstand, weshalb er zögerte, mit seiner Familie darüber zu sprechen, aber der erste und auch wichtigste Schritt war getan. »Werdet ihr es euren Mitbewohnern sagen?«

»Ja, vermutlich schon. Wir wollen uns nicht die ganze Zeit verstecken.«

»Sehr gut! Meldet euch, falls sie Probleme machen.«

»Was dann? Kommst du vorbei und verprügelst sie?«

»Nein, ich beauftrage Luca damit.«

Aaron lachte.

Anschließend unterhielten wir uns noch ein paar Minuten. Gerade als sich Aaron für den tollen Abend und die schöne Überraschung bedankte, kam Connor in sein Zimmer. Wir verabschiedeten uns, und ich wünschte ihnen einen schönen Sonntag. Ich freute mich für die beiden, war aber auch ein wenig neidisch darauf, dass sie den Tag miteinander verbringen konnten, während ich allein lernen und mich später ins Le Petit schleifen musste. Nur um dort ebenfalls allein hinter der Theke herumzustehen, weil niemand vorbeikommen würde, da gefühlt nie jemand vorbeikam, vor allem nicht an einem Sonntag, wenn der Campus geschlossen war.

Ich seufzte und überlegte, Cam zu schreiben, dass ich heute nicht arbeiten könnte, aber ich brachte es nicht über mich, ihn hängen zu lassen. Zumal er so kurzfristig an einem Sonntag vermutlich keinen Ersatz für mich finden würde.

Als ich mein Handy zurück auf den Nachttisch legte, fiel mein Blick auf den Flyer, den ich gestern aus dem MYdeer mitgenommen hatte. Ich griff danach und betrachtete die Überschrift:

*Schmetterlinge im Bauch? Nicht unbedingt. – Das ACE-Spektrum*

Ich hatte keine Ahnung, was *ACE* bedeutete. Der Titel hatte mich trotzdem sofort angesprochen, denn mir fehlten die Schmetterlinge im Bauch. Gavin hatte sie mich spüren lassen, aber bei anderen war da meistens nichts außer dem sehnlichen Wunsch, eine Beziehung zu führen wie Sage und Luca und nun auch Connor und Aaron. Ich kuschelte mich in meine Bettdecke ein und begann, den Flyer zu lesen …

*Asexualität ist eine von vielen verschiedenen sexuellen Orientierungen und ist als Oberbegriff zu betrachten. Diese Broschüre liefert dir einen kleinen Einblick in das sehr vielschichtige Thema der Asexualität. Sollte dieser Flyer für dich nicht so aufschlussreich sein, wie du es dir wünschst, besuch gern unsere Webseite. Dort findest du eine Vielzahl weiterer Informationen, nicht nur zur Asexualität, sondern auch zu anderen sexuellen und romantischen Orientierungen.*

Darunter war der Link zur Webseite abgedruckt und es folgten ein paar Zeilen mit kurzen Definitionen zu verschiedenen Begriffen und Erklärungen, was Asexualität nicht war. Es war weder eine Krankheit noch die Entscheidung, keinen Sex zu haben, beispielsweise wenn man vor der Ehe enthaltsam leben wollte. Asexualität war auch keine Bewegung gegen sexuelle Freiheit, sondern befürwortete diese.

*Nicht zu verwechseln sind sexuelles Verlangen und sexuelle Anziehung. Manche Menschen auf dem Ace-Spektrum (nicht alle) haben eine Libido und verspüren sexuelles Verlangen. Dieses Verlangen kann unterschiedlich stark ausgeprägt sein,*

*und so individuell die Ausprägung ist, so individuell ist der Umgang damit. Während manche Menschen dieses Verlangen bevorzugt allein ausleben, gehen andere diesem Verlangen dennoch lieber mit einem Partner oder einer Partnerin nach, wofür es viele verschiedene Gründe geben kann.*
*Sexuelle Anziehung hingegen bezeichnet nicht das Verlangen nach Sex, sondern das Bedürfnis nach sexueller Intimität mit einer anderen Person. Auch hier gibt es viele verschiedene Nuancen. Manche Leute verspüren keinerlei sexuelle Anziehung unter keinen Umständen (Asexuell), während andere Menschen sehr selten oder nur unter bestimmten Umständen sexuelle Anziehung (Grau-Asexuell) verspüren. Auch starke Schwankungen in der Intensität der Anziehung (Aceflux) kommen vor.*

Es folgten jede Menge Wörter und Begriffe, die ich noch nie in meinem Leben gehört hatte und die mir auf mich bezogen alle nicht sehr zutreffend erschienen, doch schließlich blieb ich an einer der Definitionen hängen.

*Demisexualität fällt unter den Begriff der Grau-Asexualität. Demisexuelle Menschen fühlen sexuelle Anziehung, aber ausschließlich für Menschen, zu denen sie eine starke emotionale Bindung aufgebaut haben. Demiromantische Menschen hingegen brauchen diese emotionale Bindung, um romantische Gefühle zu entwickeln. Oft entstehen Beziehungen demisexueller und -romantischer Menschen aus Freundschaften, in denen emotionale Nähe aufgebaut wurde, da dieses Gefühl in beiden Fällen im Vordergrund steht. Demisexualität und Demiromantik können gemeinsam oder unabhängig voneinander existieren und gehen nicht zwangsweise Hand in Hand.*

Ich las die Zeilen ein zweites Mal, und ein wohliges, vertrautes Gefühl nistete sich in meinem Magen ein, denn der Text beschrieb genau, was ich fühlte. Es war nicht so, dass ich *keine* Lust auf Sex hatte, aber *wirklich* Lust darauf hatte ich die meiste Zeit auch nicht, während gefühlt alle anderen in meinem Alter an kaum etwas anderes dachten. Zugegeben, Sage war eine Ausnahme, aber Megan liebte Sex, und Lucas Eskapaden, bevor er Sage kennengelernt hatte, hatte ich nie verstanden. Auf der Highschool war ich die Einzige gewesen, die sich nicht ständig neu in irgendwelche Jungs verliebt hatte. Mir wurde nicht heiß, wenn ich gut aussehenden Typen gegenüberstand, obwohl ich objektiv wusste, dass sie Männern wie Henry Cavill oder Chris Hemsworth Konkurrenz machten. Der Gedanke, einem von ihnen näherzukommen oder sogar Sex mit ihm zu haben, kam mir so abwegig vor, dass ich es mir nicht einmal vorstellen konnte, obwohl ich durchaus eine gute Vorstellungskraft besaß.

Wohingegen Gavin in mir eine Sehnsucht weckte, die sich nicht in Worte fassen ließ. Ich hatte mich in keinen anderen Mann verlieben können, weil ich keinen anderen jemals nahe genug an mich herangelassen hatte, um die emotionale Bindung herzustellen, die ich anscheinend brauchte. Vermutlich hatte ich immer zu schnell aufgegeben, um Schmetterlinge zu spüren. Wer weiß, vielleicht hätte ich mich in Eliot verlieben können, hätte ich mir die Zeit genommen, zuerst eine Freundschaft aufzubauen, aber ich hatte zu große Angst gehabt, damit nur unsere Zeit zu verschwenden.

Ich legte die Broschüre zur Seite und schnappte mir meinen Laptop, um detaillierter zu recherchieren. Auf der Webseite der Organisation las ich die ausführlichen Beiträge, ehe ich in das angebundene Reddit-Forum klickte, in dem es zahlreiche Diskussionen gab, die mir zeigten, wie umfangreich und individuell das Thema Asexualität war. Ich fand einen ziemlich spannenden Thread, in dem Leute darüber diskutierten, ob demisexuelle und demiromantische Menschen einen Crush auf Prominente oder fiktive Charaktere haben konnten. Die Meinungen dazu waren gespalten. Was mich betraf, war ich mir ziemlich sicher, dass ich auf der Pro-Crush-Seite stand.

Eine leise Stimme in meinem Kopf sagte mir, dass ich mir das einbildete und ganz gewiss nicht demi war. Dass ich es mir lediglich einredete, weil es irgendwie passte und ich mich so aus meinen eigenen verschrobenen Gefühlen rausreden konnte. Aber das war es nicht. Da war ein Klicken wie von einem Schlüssel, der einrastete und mir erlaubte, diese verwirrenden Gefühle zu entsperren.

Endlich ergab alles einen Sinn.

# 19. Kapitel

## APRIL

Die nächsten zwei Wochen vergingen wie im Flug. Ich arbeitete viel, begleitete Sage auf den Flohmarkt, der dieses Jahr etwas später stattfand und den wir vergangenes Jahr leider nicht gemeinsam hatten besuchen können, weil ich krank gewesen war. Und ich lernte, was das Zeug hielt, um meinen Notenschnitt zu halten, aber auch, um nicht an Gavin denken zu müssen. Ich konnte nicht glauben, dass das Semester schon fast vorüber war. Es kam mir so vor, als hätte es gerade erst begonnen. Wie in einem Rausch war es an mir vorbeigezogen – einem Gefühlsrausch. Aber ich freute mich auf Weihnachten, auf die Zeit in Brinson bei meiner Familie.

»Die Zeit ist um. Bitte legen Sie die Stifte weg«, verkündete Professor Sinclair und bedeutete uns, sitzen zu bleiben, während er und sein Assistent die Klausuren einsammelten.

Ein frustriertes Stöhnen ging durch den Raum, gefolgt von aufgeregtem Getuschel über die Aufgaben und mögliche Antworten. Ich überprüfte ein letztes Mal, ob mein Name auf dem Papier stand, dann gab ich den Bogen ab.

»Wie lief's?«, fragte Aaron, der zwei Plätze neben mir saß.

»Ziemlich gut. Und bei dir?«

»Auch, und du hattest recht, was die Themen anging.«

Ich grinste und warf mir spielerisch eine blonde Haarsträhne über die Schulter. »Ja, dafür hab ich ein natürliches Talent.«

Aaron streckte sich und knuffte mich in die Schulter.

Nachdem alle Klausuren eingesammelt waren und wir aufstehen durften, machten wir uns gemeinsam auf den Weg, um uns mit den anderen zum Essen zu treffen. Aaron und ich folgten dem Strom der Studierenden in Richtung Mensa. Es war inzwischen bitterkalt, und seit Tagen lag der verheißungsvolle Duft von Schnee in der Luft, aber bisher war keine Flocke gefallen. Die anderen hatten bereits einen Tisch ergattert, wobei der größte Ansturm längst vorüber war.

»Ihr seht viel zu fröhlich aus«, beschwerte sich Connor, als er uns sah. Er war etwas blass um die Nase und klammerte sich mit der rechten Hand an ein kleines Fläschchen. Ich vermutete, dass es das Baldrian-Öl war, dass er vor jeder seiner Prüfungen inhalierte, um sich zu beruhigen. Denn dass er unter furchtbarer Prüfungsangst litt, war eines der ersten Dinge, die ich über Connor gelernt hatte.

»Warum sollten wir nicht fröhlich sein?«, fragte Aaron. Er setzte sich auf den freien Stuhl neben Connor und drückte ihm einen Kuss auf die Wange.

Etwas von der verlorenen Farbe kehrte in Connors Gesicht zurück. Die beiden so zusammen zu erleben, war noch immer ein ungewohnter Anblick, dafür aber ein umso schönerer.

»Es ist ein wunderbarer Tag. Wir dürfen mit unseren Freunden zu Mittag essen. Und wir haben die letzte Prüfung des Semesters hinter uns. Was will man mehr?«

»Besagte Prüfung bestehen.«

Aaron wurde ernst. »Lief es nicht gut?«

Connor schüttelte den Kopf.

»Vielleicht bestehst du trotzdem.«

»Ich werde es nächste Woche erfahren.«

Aaron schenkte Connor ein mitfühlendes Lächeln, und Sage erkundigte sich, wie unsere Klausur gelaufen war. Luca, der einen Arm über ihre Stuhllehne gelegt hatte, war ganz in seine Notizen vertieft, da ihm heute Nachmittag noch eine Prüfung bevorstand.

»Was sind eure Pläne für Weihnachten?«, fragte ich, nachdem wir uns an der Essensausgabe bedient hatten.

Connor zuckte mit den Schultern. »Das Übliche. Den Weihnachtsmorgen verbringe ich mit meinen Eltern, und am Nachmittag fahren wir zum Bruder meines Dads und dessen Familie. Dort übernachten wir, und am nächsten Tag kommen wir wieder zurück. Vielleicht bleib ich danach noch ein, zwei Tage bei meinen Eltern, oder ich geh zurück in die WG. Je nachdem wie anstrengend Weihnachten ist.«

Ich lachte. »Verständlich. Eltern können echt nervig sein.«

»Ich freu mich auf meine Mom«, kam es von Sage.

»Fliegst du nach Maine?«, fragte Aaron.

Sie nickte und brach ein Stück von dem Cookie ab, den sie sich geholt hatte. »Ja, wir hatten erst überlegt, dass unsere Familien Weihnachten zusammen feiern könnten wie Thanksgiving, aber es wäre nicht fair, dass Nora und meine Mom wieder den langen Flug auf sich nehmen müssen.«

»Wir werden dich an Weihnachten vermissen«, sagte ich.

»Ich euch auch. Wir müssen einen Videocall machen.«

»Unbedingt. Vielleicht beim Geschenke auspacken.«

»Wieso? Damit jeder sehen kann, dass du mir wieder einen Gutschein schenkst?«, stichelte Luca.

»Heh!« Ich verpasste ihm einen Stoß mit dem Ellenbogen. »Du liebst meine Gutscheine. Außerdem musst du gerade reden. Letztes Jahr hast du mir ein Set geschenkt, mit dem man selbst Kerzen gießen kann. Hast du mich jemals irgendetwas basteln sehen?«

»Kerzen gießen ist kein Basteln.«

»Natürlich ist es Basteln.«

»Nein, ist es nicht!«

»Doch! Es gibt eine Anleitung und …«

»Leute, bitte erspart mir das«, fiel mir Sage mit einem genervten, aber auch leicht amüsierten Seufzen ins Wort. »Wir hatten diese Unterhaltung bereits und haben uns darauf geeinigt, dass ihr euch nicht einig seid, also könnten wir bitte über etwas anderes reden?«

Luca und ich grummelten unser Einverständnis, und Connor erzählte davon, dass seine absolute Lieblingsband nächstes Jahr im Frühling ein Konzert in unserer Nähe geben würde. Er hoffte vermutlich darauf, mich dafür gewinnen zu können, weil ich die Einzige mit einem ähnlichen Musikgeschmack war. Aber ich wurde vom Vibrieren meines Handys abgelenkt und entdeckte, dass ich eine Nachricht von Josh hatte, der sich erkundigte, wie meine Prüfungen gelaufen waren.

Ich steckte mein Handy weg, ohne ihm zu antworten, da ich nicht unhöflich sein wollte, und hörte wieder Connor zu, der es schaffte, Aaron und mich zu dem Konzert zu überreden. Wir schmiedeten Pläne für Silvester und quatschten dann noch eine Weile über unsere liebsten Weihnachtsfilme und darüber, welche Filme Anfang des nächsten Jahres ins Kino kamen. Schließlich löste sich unsere kleine Gruppe auf. Connor, Aaron und Sage konnten nach Hause, während Luca zu seiner Klausur musste und ich für den Dienst in der SHS eingeteilt war.

Mara war bereits da. Gemeinsam bereiteten wir alles vor und tauschten uns über die Prüfungen aus, da es auf dem ganzen Campus gerade gefühlt kein anderes Thema gab, bis es an der Zeit war, die SHS aufzusperren. Mara übernahm die erste Stunde an der Kasse, während ich Spenden einräumte und mit unseren Geschäftspartnern telefonierte, um die Abholungen kurz vor Weihnachten zu besprechen. Die SHS würde über die Semesterferien schließen und erst im neuen Jahr wieder öffnen; und ich wollte sicherstellen, dass wir genug Ware dahatten, damit sich die Studierenden, die nicht nach Hause konnten oder wollten, möglichst gut eindecken konnten. Schließlich löste ich Mara an der Kasse ab, und zehn Minuten vor Ladenschluss schickte ich sie in den Feierabend, da nichts mehr los war. Erst dann holte ich mein Handy hervor, um Josh zu antworten.

Wir waren die letzten Wochen locker in Kontakt geblieben, manchmal waren zwei, drei Tage vergangen, in denen wir gar nicht miteinander geschrieben hatten, an anderen Tagen hatten wir uns öfter ausgetauscht, aber ich hatte nicht das Gefühl, dass diese Nachrichten irgendwo hinführten. Ebenso wenig wie all meine anderen Bekanntschaften auf der App, die sich an wenigen Fingern abzählen ließen. In den letzten zwei Wochen hatte ich mindestens zehnmal darüber nachgedacht, die App einfach wieder zu löschen, da sie ihren Zweck, mich von Gavin abzulenken, absolut nicht erfüllte. Ich musste ständig an ihn denken.

Doch ich wollte nicht so schnell aufgeben, vor allem nun, da ich mir ziemlich sicher war, dass ich demi war und eine starke emotionale Bindung brauchte sowie jemanden gut kennen musste, um gewisse Gefühle zu verspüren. Josh schien nett zu sein und interessierte sich für mich. Ich wollte ihn nicht abschreiben, bevor ich ihm eine ehrliche Chance gegeben hatte. Vielleicht würden die romantischen Empfindungen noch kommen, nach denen ich mich so sehnte.

*Josh:* Wie liefen die Prüfungen?
*Ich:* Ich hab ein gutes Gefühl.
*Josh:* Sehr gut! Wann bekommst du die Ergebnisse?

*Ich:* Nächsten Freitag.

*Josh:* Jetzt, wo der ganze Prüfungsstress um ist … hättest du Lust auf ein Treffen?

Die Frage kam nicht unerwartet. Josh hatte seit unserem Match schon des Öfteren angedeutet, dass er mich gern persönlich kennenlernen würde. Und es war nicht so, dass ich ihn nicht treffen wollte. Ich wollte ihm eine Chance geben, war mir jedoch ziemlich sicher, dass wir mit sehr unterschiedlichen Erwartungen an eine Verabredung herangingen, und ich hasste es, Leute zu enttäuschen. Ich überlegte noch, was ich antworten sollte, als plötzlich Gavin die SHS betrat und meine Gedanken jäh abrissen …

»Oh. Mein. Gott«, entfuhr es mir, und in diesem Moment stellte ich mein Verlangen nach diesem Mann ernsthaft infrage. Was stimmte nicht mit mir? Und vor allem: Was stimmte nicht mit Gavin? Er trug den mit Abstand hässlichsten Weihnachtspullover, den ich je in meinem Leben gesehen hatte. Es war ein grün-roter Strickpulli, auf dem ein Weihnachtsmann abgebildet war, der ein Gaming-Headset trug. Der glitzernde Zipfel seiner Mütze ragte aus dem Pullover raus, und als wäre das nicht schon schlimm genug, stand darunter auch noch: *All I want for Christmas is time to play.*

Ich schüttelte den Kopf. »Hast du eine Wette verloren?«

»Was?«

»Dein Pullover ist …«

»Einzigartig und wunderschön«, fiel Gavin mir ins Wort.

»Also einzigartig ist er allemal.«

»Den hat mir Luca letztes Jahr geschenkt.«

»Hasst Luca dich?«

Gavin lachte. »Ich glaube nicht.«

»Da wäre ich mir an deiner Stelle nicht so sicher«, sagte

ich und starrte dabei noch immer auf Gavins Brust, weil ich meinen Blick von diesem Autounfall eines Kleidungsstücks einfach nicht abwenden konnte. Ich glaubte nicht an Himmel und Hölle, aber wenn es sie gab, würde ich in meiner Hölle genau diesen Pullover tragen müssen. Er war aus Albträumen gemacht – und vermutlich aus billiger, kratziger Wolle.

Gavin nahm sich einen der Körbe und schlenderte an den Regalen entlang, die so kurz vor Schließung bereits wieder etliche Lücken aufwiesen.

Mein Blick folgte ihm unwillkürlich durch den Laden. Ich hatte ihn seit unserem Telefonat vor zwei Wochen nicht mehr gesehen, aber fast ununterbrochen an ihn gedacht. Seine Worte gingen mir einfach nicht mehr aus dem Kopf.

*Meine Liebe liegt für dich bereit, auf einem Silbertablett serviert.*

*Du musst nur kommen und sie dir holen.*

Ein Teil von mir wollte sie sich holen, weil ich wusste, wie gut sie sich anfühlen würde. Aber ich konnte die Stimme in meinem Kopf nicht abstellen, die mich daran erinnerte, dass, so wunderbar sich diese Liebe anfühlte, so grausam auch der Schmerz war, der daraus entstanden war, und das ließ mich zögern. Ich fühlte mich wie kurz vor einem Bungee-Sprung. Vor mir die Tiefe, die darauf wartete, dass ich sprang. Hinter mir fester Boden unter den Füßen. Und dazwischen meine Angst.

»Willst du dir den Pulli ausleihen?«

Ich blinzelte, aus den Gedanken gerissen. »Was?«

»Ich hab gefragt, ob du dir meinen Pulli ausleihen willst, du starrst ihn an.«

*Nein, ich starre dich an.*

»Ja, um ihn zu verbrennen.«

»Das würde ich lieber nicht machen. Könnte womöglich ein Tor zur Hölle öffnen.«

»Daran musste ich auch denken.«

»Dann ist vielleicht was dran«, erwiderte er, und seine Lippen verzogen sich zu einem gefährlichen Lächeln. Ein Lächeln, das mich in die Tiefe lockte und in mir den Wunsch weckte zu springen. Mit dem Kopf nach vorn, mitten hinein, weil der Fall so berauschend sein würde, dass es keine Rolle spielte, wie schmerzhaft der Aufprall wäre, sollte das Seil reißen. Aber in der Regel rissen diese Seile nicht, oder?

Gavin wandte sich wieder seinen Einkäufen zu, und ich zwang mich, meinen Blick von ihm loszureißen. Es war 17 Uhr und Zeit, die SHS abzusperren, damit niemand mehr reinkam. Nachdem ich den Schlüssel in der Tür gedreht hatte, begann ich, um Gavin herum aufzuräumen. Er ließ sich davon nicht aus der Ruhe bringen. Als er schließlich fertig war, stellte er sich selbst hinter die Kasse, um die Sachen einzuscannen, was eigentlich verboten war, aber ich ließ ihn machen, bis ich das Stutzen auf seinem Gesicht bemerkte.

»Ist alles in Ordnung?« Ich kam zu ihm an die Kasse.

Er hielt eine Tafel Schokolade in der Hand. »Ja, mein Guthaben ist nur aufgebraucht.«

»Jetzt schon?«, fragte ich überrascht. Es war gerade einmal Mitte des Monats. Doch dann ließ ich meinen Blick über Gavins Einkaufskorb oder besser gesagt seine Einkaufskörbe gleiten. Er hatte zwei. Und es war offensichtlich, dass die Sachen nicht nur für ihn waren. Ich entdeckte Konservendosen mit Fleisch, Käse, Duschgel und Shampoo für Frauen sowie drei der T-Shirts, die ich zuvor aufgehängt hatte und Gavin niemals passten, also nur für seine Mom sein konnten.

»Ich wollte die Vorräte aufstocken, bevor ich ausziehe«, rechtfertigte sich Gavin, und die Sorge darüber, dass er seiner Mom nicht alles mitbringen konnte, was er wollte, war ihm deutlich anzuhören.

Ich lächelte schmal. »Wie viel fehlt denn noch?«

»Eigentlich nur die Schokolade und die sauren Gummibärchen. Okay, die Gummibärchen sind für mich, aber ich dachte, ich bring ihr die Schokolade zur Aufmunterung mit. Sie ist ziemlich geknickt, dass ich ausziehe.«

Ich wusste, dass es keine gute Idee war. Vermutlich sogar eine ziemlich schlechte. Richmond und das Komitee vertrauten mir, und es stand klar in den Regeln, dass niemand mehr bekommen durfte, als ihm zustand, damit es fair für alle blieb. Dennoch nahm ich Gavin die Schokolade aus der Hand und warf sie in den Korb mit den bereits eingescannten Einkäufen. Dasselbe tat ich mit den Gummibärchen. Ich würde morgen einfach zum Supermarkt fahren und die beiden Sachen von meinem eigenen Geld ersetzen.

Erstaunt sah Gavin mich an. »Ist das dein Ernst?«

»Das bleibt unser Geheimnis.«

»Aber …«

»Pssst!«, machte ich und legte einen Finger auf Gavins Lippen, um ihn zum Schweigen zu bringen. Sofort erkannte ich meinen Fehler, als die Berührung wie ein Stromstoß durch mich hindurchfuhr. Mit einem Schlag wurde mir bewusst, wie nahe wir uns gekommen waren, als ich die Sachen in seinen Korb gelegt hatte. Sein Arm streifte meinen, und es kam mir so vor, als könnte ich seine Wärme spüren, obwohl das mit all den Schichten Kleidung zwischen uns unmöglich war. Aber vielleicht war es nur die Erinnerung, die meinen Körper heimsuchte wie ein Phantomschmerz. Er erinnerte sich ganz genau an Gavins Wärme, und Gavin erinnerte sich anscheinend auch an meine. Ich hörte, wie sein Atem stockte.

Stumm erwiderte er meinen erschrockenen Blick, dann wurde seiner jedoch ganz weich, ebenso wie meine Knie. In seinen blauen Augen lag so viel Zuneigung, die über reine Dankbarkeit hinausging. Ich fragte mich, wie es sein konnte, dass der Mann, der mich so ansah, derselbe war wie derjenige, der mich leiden ließ wie kein anderer. Dieser Gedanke sorgte für einen Moment der Klarheit, der mich meinen Finger von Gavins Lippen nehmen ließ, aber ich wich nicht zurück.

»Danke«, hauchte er.

Das atemlose Wort jagte mir einen Schauder durch den Körper. Und mein Herz setzte einen Schlag aus, nur um einen Moment später in doppelter Geschwindigkeit loszupoltern, als Gavins Blick von meinen Augen zu meinen Lippen wanderte, die heute in einem kräftigen Rot geschminkt waren. Seine Pupillen weiteten sich, und plötzlich wollte ich nichts lieber tun, als die rote Farbe mit wilden, stürmischen Küssen auf seinem Mund zu verteilen. Es war ein Verlangen, das ich mir selbst nicht erklären konnte. Andererseits hatte Gavin mich schon immer Dinge fühlen lassen, die über jegliche Vernunft hinausreichten.

Er ließ mein Herz gegen meinen Verstand rebellieren.

# 20. Kapitel

## GAVIN

Aprils rote Lippen lockten mich, seit ich die SHS betreten und sie sie wegen meines Pullovers zu diesem absolut hinreißenden Lächeln verzogen hatte. Dass sie mich indirekt ausgelacht hatte, war mir völlig gleichgültig. April könnte mich für den Rest meines Lebens auslachen, wenn ich im Gegenzug dafür dieses Lächeln zu sehen bekam.

Ihre Lippen teilten sich, und ihr entwich ein leises Seufzen, was ich so genau mitbekam, weil ich nach wie vor ihren Mund anstarrte. Fast schon gewaltsam riss ich mich davon los und sah ihr wieder in die Augen, was allerdings ein noch größerer Fehler war. Das Blau darin wirkte heute besonders schimmernd, und ich glaubte, dieselbe Sehnsucht in ihrem Blick zu erkennen, die auch ich verspürte. Es kostete mich all meine Willenskraft, um nicht einen Schritt auf sie zuzumachen und sie zu küssen.

Eine Stimme in meinem Kopf sagte mir, dass ich es einfach tun sollte. Sie war diejenige, welche die Distanz geschlossen und die Nähe zu mir gesucht hatte. Anscheinend wollte sie es. Aber was, wenn nicht? Was, wenn ich mich täuschte? Was, wenn sie einen Kuss ebenso bereuen würde wie unsere gemeinsame Nacht damals? Das wollte ich nicht. Ich wollte April nie wieder etwas bereuen lassen, wenn es um mich ging. Ich wollte der eine Punkt in ihrem Leben sein, bei dem sie sich sicher war, der sie nicht zweifeln ließ. Und bisher hatte ich, was das anging, keinen sehr guten Job gemacht.

Gerade hatte ich vorgehabt, April zu fragen, ob sie denn geküsst werden wollte, als plötzlich das Licht über unseren Köpfen ausging. Es wurde nicht dunkel im Raum, weil die Stehlampen in den Ecken noch immer brannten, aber wir hatten uns so lange nicht von der Stelle gerührt, dass sich der Bewegungsmelder deaktiviert und die Deckenleuchten ausgeschaltet hatte. Es war nur eine Veränderung der Lichtverhältnisse, aber sie reichte aus, um die Stimmung zu zerstören. April blinzelte benommen, als würde sie aus einem Traum erwachen, und machte einen Schritt von mir weg.

Die Deckenbeleuchtung schaltete sich wieder ein.

Fuck. Warum hatte ich so lange gezögert?

»Ich … Ich muss die SHS absperren«, stammelte April, obwohl sie das bereits getan hatte. Ihre Stimme klang belegt, was mir zumindest einen Hauch von Genugtuung verschaffte. Immerhin ließ ich sie genauso wenig kalt wie sie mich, und das machte mir Hoffnung. Vielleicht war zwischen uns noch nicht alles verloren. Aber das änderte nichts daran, dass April in diesem Moment einen zweiten, dritten und vierten Schritt vor mir zurückwich, ehe sie auf dem Absatz kehrtmachte. Sie schaltete die Stehlampen aus und verschwand ins Lager, um ihre Sachen zu holen, während ich meine Einkäufe extra langsam einpackte, weil ich noch nicht bereit war, zu gehen und sie zurückzulassen.

Als sie mit Jacke, Rucksack und Schal aus dem Lager kam, stellte ich enttäuscht fest, dass sie heute nicht meine Mütze trug. Es hatte mir gefallen, sie damit zu sehen.

»Bist du fertig?«, fragte April. Das Kratzige war aus ihrer Stimme verschwunden.

Ich nickte und nahm mir meine vollgepackten Beutel.

Gemeinsam verließen wir die SHS. Seite an Seite folgten wir dem Korridor und liefen die Treppe hinauf, wo ich die Tür mit einer Schulter aufstieß, bevor ich April den Vortritt ließ. Es war bereits dunkel. Vor etwa zwei Stunden hatte es angefangen zu schneien, aber die Flocken waren jetzt um einiges größer als zuvor und zahlreicher geworden. Langsam segelten sie zu Boden und tanzten unter dem Licht der Laternen, als wären wir in einer übergroßen Schneekugel gefangen.

»Es schneit!«, rief April überrascht.

»Hast du das nicht mitbekommen?«

»Nein, ich hab die letzten Stunden in einem Keller ohne Fenster verbracht«, erwiderte sie mit einem glockenhellen Lachen und legte den Kopf in den Nacken. Schneeflocken landeten auf ihrem Gesicht und verfingen sich in ihren Wimpern, bevor ihre warme Haut sie zum Schmelzen brachte. Inzwischen lag der Schnee mehrere Zentimeter hoch, und die Wege auf dem Campus waren nur noch als verschneite Trampelpfade zu erkennen, die an einigen Stellen ziemlich rutschig waren. Was auch April zu spüren bekam, als sie auf eine glatte Eisfläche trat. Sie geriet ins Taumeln, konnte sich aber rechtzeitig fangen, um nicht mit dem Hintern im Schnee zu landen.

»Uff, ich hoffe, die Straßen sind nicht so rutschig.«

»Das wird sich zeigen.«

»Fährst du mit dem Bus?«

»Hoffentlich«, antwortete ich, denn aus Erfahrung wusste ich, dass der ohnehin ziemlich eingeschränkte Nahverkehr bei schlechtem Wetter gern mal zum Erliegen kam oder Fahrten einfach ausfielen. Seit ich mein Auto verkauft hatte, verbrachte ich mehr Zeit damit, auf den Bus zu warten, als mir lieb war. Und manchmal dauerte das Warten genauso lang oder länger als die Fahrt, aber das hatte zum Glück bald ein Ende, wenn ich erst mal bei Eliot und damit fußläufig zum Campus wohnte.

April neigte den Kopf. »Was meinst du mit *hoffentlich*?«

»Die Öffis sind bei diesem Wetter nicht gerade zuverlässig.«

Sie stutzte, sah auf den verschneiten Weg und dann wieder zu mir. In ihrem Blick war Unsicherheit zu lesen. Die verschwand, als sie einen Entschluss zu fassen schien. »Ich kann dich nach Hause fahren.«

»Das wäre ein ziemlicher Umweg für dich.«

»Auf die paar Minuten kommt es nicht an.«

»Okay, dann gern«, sagte ich, weil ich damit nur gewinnen konnte. Ich musste nicht auf den Bus warten und mir in der Kälte den Arsch abfrieren, sondern konnte sogar mehr Zeit mit April verbringen. Denn egal, wie unangenehm das Schweigen zwischen uns manchmal auch war und wie angespannt die Stimmung, mit ihr an meiner Seite war alles besser.

Wir liefen zu ihrem Auto, das schon ziemlich eingeschneit war. Ich stellte meine Einkäufe auf die Rückbank, ehe ich April dabei half, den Wagen vom Schnee zu befreien. Das Innere war eisig, und April musste die Lüftung voll aufdrehen, damit die Windschutzscheiben nicht beschlugen. Nachdem ich ihr die Adresse genannt hatte, lenkte sie das Auto vorsichtig vom Parkplatz auf die Straße, wo es ebenfalls nur langsam voranging. Auf der Straße lag kein Schnee, sondern nur Matsch, der allerdings nicht weniger rutschig war, und das wilde Schneetreiben sorgte für eine ziemlich eingeschränkte Sicht. Da mein Handy nach wie vor mit der Bluetooth-Anlage des Autos gekoppelt war, stellte ich Musik an.

April erzählte mir, dass ihre Klausuren gut gelaufen waren, und erkundigte sich nach meinen. Ich antwortete eher zögerlich, da ich bisher keine Glanzleistung abgegeben hatte und mir meine letzte große Prüfung bei Eriksen morgen erst noch bevorstand. Und es war vor allem diese Klausur, die mir Sorgen bereitete. Nicht nur, weil Eriksen bereits ein Auge auf mich hatte, sondern weil es mit Abstand die umfangreichste Prüfung des Semesters war. Um nicht daran denken zu müssen, wechselte ich das Thema und erzählte April von meinem bevorstehenden Umzug am Samstag. Dann lästerten wir über die anderen Autofahrer, die bei dem Wetter anscheinend alle das Fahren verlernt hatten.

»Es ist gleich das Haus da vorn«, sagte ich schließlich und deutete darauf.

April bremste ab und parkte den Wagen am Straßenrand.

Ich unterbrach die Verbindung meines Handys mit dem Autoradio, und die Musik verstummte. »Danke fürs Nachhausebringen.«

»Gern. Ich wünsch dir noch einen schönen Abend.«

»Ich dir auch. Schreib mir, wenn du …« Der Rest des Satzes blieb mir in der Kehle stecken, als ich meine Mom entdeckte. Sie stand in der Nähe des Hauses direkt unter einer der Laternen. Verloren beobachtete sie die Flocken, die vom Himmel fielen. Die Arme um ihre Mitte geschlungen, weil sie keine Jacke trug, sondern nur einen dünnen Pullover.

»Scheiße!«

Ich sprang aus dem Auto und eilte zu ihr. Der Schnee war rutschig unter meinen Füßen. Hinter mir hörte ich, wie April ebenfalls ausstieg, und wünschte mir, sie würde es nicht tun, aber ich hielt mich auch nicht damit auf, sie zurückzuhalten, sondern lief geradewegs auf meine Mom zu. Ihre Haare waren schon ganz feucht, und ihre Füße steckten in plüschigen Hausschuhen, die vom Schnee durchweicht waren. Noch im Gehen streifte ich mir die Jacke von den Schultern.

»Mom?! Was machst du hier draußen?«

Sie drehte sich in meine Richtung um. Ein verwirrter Ausdruck huschte über ihr Gesicht, vermutlich weil sie mich in der Dunkelheit nicht gut erkennen konnte, doch dann wurde ihr Blick klar. »Ich hab meine Hausschlüssel vergessen«, antwortete sie.

»Und warum bist du hier draußen?«, wiederholte ich meine Frage.

»Ich war einkaufen.« Mit zitternden Fingern deutete sie auf einen Haufen Plastiktüten, die ein paar Meter entfernt neben einem Busch lagen. Daneben standen ein angebrochenes Sixpack und zwei leere Bierflaschen, mit denen meine Mom vermutlich versucht hatte, sich warm zu halten. Ich fragte nicht, warum sie mich nicht angerufen oder zumindest bei einem Nachbarn geklingelt hatte, um wieder ins Haus zu kommen, denn vermutlich wusste sie die Antwort selbst nicht.

Ich legte ihr meine Jacke über die Schultern, bemüht, den beißenden Alkoholgeruch zu ignorieren, der deutlich machte, dass die zwei Bier nicht das Einzige waren, was sie heute zu trinken gehabt hatte. Dann half ich ihr, in die Ärmel zu schlüpfen und den Reißverschluss zu schließen. Ihre Haut war eiskalt.

Hinter mir erklangen Schritte und das Knirschen von Schnee.

»Ist alles in Ordnung?«, fragte April.

»Ja, meine Mom hat nur ihren Schlüssel vergessen«, antwortete ich peinlich berührt. April wusste zwar von den Problemen meiner Mutter und war nach dem Unfall mit in der Klinik gewesen, hatte sie aber noch nie in diesem Zustand erlebt.

»April Gibson! Bist du das?!«, fragte meine Mom überrascht. Sie machte sich von mir los und schob sich an mir vorbei zu April, um mit beiden Händen ihr Gesicht zu umfassen, wobei April leicht zusammenzuckte. »Dich hab ich ja seit einer Ewigkeit nicht mehr gesehen. Lass dich angucken!«

April lächelte. »Ja, es ist wirklich schon eine ganze Weile her.«

Ich war froh, dass sie meine Mom nicht wissen ließ, dass sie sie bereits im Krankenhaus gesehen hatte. Ich hatte ihr nie erzählt, dass April sie dort bei ihrer Einlieferung besucht hatte, geschweige denn, dass April und ich zusammen gewesen waren. Ich hatte diese beiden Teile meines Lebens bis vor Kurzem streng voneinander getrennt, aber nun vermischten sie sich mehr und mehr.

»Du siehst toll aus«, schwärmte meine Mom und kämmte April mit ihren vom Rauch vergilbten Fingernägeln durch die Haare. »Findest du nicht?«

Die Frage ging an mich. Ich nickte mit wenig Enthusiasmus. Nicht dass sie unrecht hatte, aber ich wollte jetzt nicht darüber reden, wie schön April war, sondern meine Mom ins Warme bringen, bevor sie sich erkälten konnte, falls es dafür nicht bereits zu spät war. Entschlossen umfasste ich die Schultern meiner Mom und delegierte sie in Richtung Haustür. »Wir sollten reingehen. Es ist ziemlich kalt«, sagte ich und wandte mich an April. »Danke noch mal fürs Herbringen. Wir sehen uns in der SHS.«

Meine Worte waren als Abschied gedacht, aber April machte keine Anstalten, sich abzuwenden. Stattdessen nahm sie meine SHS-Einkäufe und das ausgepackte Bier, das ich bereits wieder vergessen hatte, und folgte uns bis vor die Wohnungstür, hinter der ich Jack winseln hörte.

»Danke, dass du die Sachen hochgebracht hast«, sagte ich in dem erneuten Versuch, April abzuschütteln. Ich wollte um jeden Preis vermeiden, dass sie sah, in was für einem Loch meine Mom und ich wohnten. Luca hatte ich bisher auch nicht hierher eingeladen.

»Du kommst doch auf eine Tasse Tee mit rein, oder?«, fragte meine Mom.

»April hat sicherlich schon andere Pläne.«

»Eigentlich nicht. Ich trinke gern einen Tee mit euch.«

»Das musst du nicht«, versicherte ich ihr.

Ihre Augen wurden schmal. Sie schien zu durchschauen, was ich versuchte, aber bevor sie noch etwas sagen konnte, verpasste mir meine Mom einen Klaps gegen den Hinterkopf und ermahnte mich, nicht so unhöflich zu sein. Sie schien sich des katastrophalen Zustands unserer Wohnung nicht bewusst zu sein, oder es war ihr egal. Sie drehte den Schlüssel herum, den ich ins Schloss gesteckt hatte, und zog April hinter sich her in das verqualmte Apartment.

Am liebsten hätte ich mich abgewandt, um ihre Reaktion darauf nicht sehen zu müssen, gleichzeitig konnte ich nicht weggucken. Mir fiel es an manchen Tagen schwer, mich nicht selbst zu ekeln, wie musste es da erst April gehen? Sie verzog keine Miene, dafür war sie zu nett, aber der Ausdruck in ihren Augen, für den meine Mom blind war, verriet mir, dass sie über den Zustand der Wohnung entsetzt war.

Es herrschte das reinste Chaos, weil mir während der Prüfungen die Zeit gefehlt hatte, mich um den Haushalt zu kümmern. Schmutzige Teller und Töpfe stapelten sich in, auf und neben der Spüle. Der kleine Esstisch in der Küche war zugemüllt, überall lag Kleidung, und hier und dort entdeckte man leere Flaschen und Zigarettenpackungen. Das Mobiliar war zerkratzt und von den Kippen versengt, deren Geruch schwer in der Luft hing und sich mit dem Gestank des dreckigen Geschirrs und der Essensreste paarte.

»Ich mach uns Tee«, verkündete meine Mom.

»Nein.« Ich hielt sie an den Schultern fest und drehte sie von der Küche weg in Richtung Badezimmer. »Du nimmst eine warme Dusche. Ich mach uns Tee.«

Meine Mom tat mir den Gefallen und protestierte nicht. Sie nahm sich kürzlich gewaschene Kleidung aus dem Wäschekorb, die wegen des ganzen Rauchs zwar nicht mehr frisch, aber zumindest sauber war. Ich beobachtete, wie die Badezimmertür hinter ihr ins Schloss fiel. Die ganze Zeit über konnte ich Aprils Blick auf mir spüren. Nun, da wir allein waren, wagte ich es nicht, sie anzusehen. Ich hörte, wie sie in die Küche lief und die Einkäufe abstellte.

»Danke. Du kannst gern gehen, wenn du willst. Ich sag meiner Mom, dass du einen wichtigen Termin vergessen hast, den du nicht verpassen darfst«, murmelte ich in die Stille hinein, die nur vom Rauschen des Wassers nebenan gebrochen wurde, und begann, ein paar der leeren Flaschen einzusammeln, die überall herumstanden. Meine Finger waren von der kurzen Zeit draußen bereits so eisig, dass ich kaum damit greifen konnte.

April erwiderte nichts, aber ich fühlte nach wie vor ihren Blick auf mir, auch dann noch, als ich die eingesammelten Flaschen zu der Kiste brachte, die neben dem Kühlschrank stand. Vorsichtig stellte ich sie hinein. Eine nach der anderen. Als ich die letzte Flasche abgelegt hatte, spürte ich eine Berührung an meiner Schulter. Meine Kehle zog sich zusammen, und ich schluckte mehrmals hintereinander, um die Gefühle aufzuhalten, die an die Oberfläche drängten.

»Gavin.«

Das war alles, was April sagte, nur meinen Namen, weil es nichts anderes zu sagen gab. Ich kniff die Augen zu und zählte in meinem Kopf bis drei, ehe ich sie wieder öffnete und mich aufrichtete. »Es sieht hier nicht immer so schlimm aus. Wirklich nicht. Normalerweise versuche ich, das Geschirr jeden Tag zu spülen und den Müll runterzubringen. Gerade ist nur viel zu tun. Sobald die Prüfungen vorüber sind …«

»Gavin …«, unterbrach mich April.

Ihre Stimme war nur ein Hauch, dennoch fegte sie über

mich hinweg wie ein Sturm. Sie machte einen Schritt auf mich zu, und dann lag ich in ihren Armen. Ihre Hände ruhten warm und tröstend an meinem Rücken, und ihr Kopf lag auf meiner Schulter. Es war das erste Mal seit unserer Trennung, dass ich sie auf diese Weise spürte. Ein vertrautes Gefühl, das sich richtiger anfühlte als alles andere, was ich in den letzten Tagen und Wochen erlebt hatte. Trotzdem brauchte ich einen Moment, um die Umarmung zu erwidern. Doch schließlich schlang ich die Arme um Aprils Taille und hielt sie genauso fest wie sie mich. Ich war mir jedes Zentimeters ihres Körpers bewusst, und all die Scham, die ich eben noch verspürt hatte, schmolz unter ihrer Zuneigung dahin.

»Du machst das gut«, flüsterte sie an meinem Ohr.

Tränen befreiten sich aus meinen Augenwinkeln und ließen mich heftig blinzeln. »Shit. So was darfst du nicht sagen.«

»Warum nicht?«

*Weil es nicht stimmt*, schoss es mir durch den Kopf. Denn hätte ich alles unter Kontrolle gehabt, hätte mein Leben ganz anders ausgesehen und ich mich weniger beschissen gefühlt. Trotz allem tat es verdammt gut, diese Worte zu hören. Auch wenn sie eine Lüge waren, konnte ich für einen klitzekleinen Moment so tun, als wären sie wahr.

Mit einer Bestimmtheit, die ich nicht erwartet hatte, machte sich April plötzlich von mir los. Sie wich jedoch nicht zurück, sondern blieb entschlossen vor mir stehen. In der nächsten Sekunde umfasste sie mein Gesicht mit beiden Händen, zerrte es an ihres heran, bis unsere Nasen nur Millimeter voneinander entfernt waren. Der Blick aus ihren blauen Augen war eindringlich, beinahe bohrend.

»Du machst das gut, Gavin. Vielleicht kannst du es selbst nicht sehen, aber ich sehe es. Ich sehe dich. Und ich sehe, was du jeden Tag leistest, und das seit Jahren. Also ja, du machst das gut. Du. Machst. Das. Gut«, wiederholte sie, und dieses Mal betonte sie jede Silbe, als wären ihre Wörter Nägel, die sie mit ihrer Stimme in meinen Verstand und mein Herz hämmern wollte. Und noch bevor ich wusste, was ich tat, beugte ich mich vor und presste meinen Mund auf ihren. Ich versiegelte ihre roten Lippen mit meinen, wie ich es schon im Keller der SHS hatte tun wollen.

Mein Herz trommelte heftig, und kurz fürchtete ich, zu weit gegangen zu sein, dass April vor mir zurückweichen würde, weil ich ihre Nettigkeit und ihr Verständnis ausgenutzt hatte, um ihr näherzukommen. Doch dann spürte ich, wie ihre Lippen nachgaben und sie den Kuss erwiderte. Ein erleichtertes Seufzen drang aus meiner Kehle und vibrierte zwischen uns.

Fiebrig glitten unsere Münder übereinander, als hätten wir uns beide nach diesem Augenblick gesehnt, und es fühlte sich so verdammt gut an, dass ich mich ehrlich fragte, wie ich die letzten Wochen ohne ihre Küsse überstanden hatte. Doch bereits mit meinem nächsten viel zu schnellen Herzschlag schob ich diesen Gedanken von mir weg, weil ich keine Sekunde dieses Kusses verpassen oder verschwenden wollte.

Sanft ließ ich meine Zunge über Aprils Unterlippe gleiten, was ihr ein leises Keuchen entlockte, das mir erlaubte, den Kuss zu vertiefen. Das Blut rauschte heiß durch meine Adern. Aprils Hände glitten von meinen nun erhitzten Wangen auf meine Schultern. Haltsuchend krallten sich ihre Finger in den Stoff meines Pullovers, als hätte sie genau wie ich Angst, sich in dem Kuss zu verlieren. Denn in diesem Moment war ich fest davon überzeugt, dass April zu küssen die Lösung all meiner Probleme bedeutete. In diesem Augenblick, mit ihrem blumigen Duft in meiner Nase, ihrem süßen Geschmack auf meiner Zunge und ihrem warmen Körper, der sich gegen meinen drängte, war alles perfekt.

Ich seufzte zufrieden. »May.«

Der Kosename kam mir unbedacht über die Lippen – und brachte einen perfekten Moment zu einem jähen Ende. April versteifte sich und machte sich mit einem Ruck von mir los.

Erschrocken starrte sie mich an. Ihre Lippen gerötet von unserem Kuss, genauso wie ihre Wangen. »Du hast mich May genannt.« Es war keine Frage, sondern eine Feststellung, dennoch antwortete ich.

»Ja.«

»Das sollst du doch nicht.«

»Ich dachte, es wäre vielleicht okay«, sagte ich, die Worte so leise, dass ich fürchtete, mein Herz könnte sie übertönen, da es wie wild pochte. »Wir … Wir haben uns geküsst.«

April setzte zu einer Antwort an, als meine Mom die Tür zum Badezimmer aufriss. Wie zwei Teenager, die bei etwas Verbotenem erwischt worden waren, fuhren wir auseinander. Meine Mom kam ins Zimmer gestapft, ein Handtuch auf dem Kopf. Skeptisch wanderte ihr Blick von April zu mir und blieb an meinem Mund hängen. Scheiße, der Lippenstift. Eilig wandte ich meiner Mom den Rücken zu. Möglichst unauffällig versuchte ich mir dabei mit dem Kragen meines Pullovers über den Mund zu wischen, während ich drei Tassen aus dem Schrank holte.

»Ich kann leider doch nicht für einen Tee bleiben«, hörte ich April neben mir sagen. Ihre Stimme klang leise und unsicherer als zuvor.

Ich sah zu ihr. Auf ihrem Gesicht lag ein schmales Lächeln, das ihre Augen nicht erreichte. Ihre Augen, die meinem Blick auswichen.

*Fuck, nein!*

»Schade, wieso nicht?«, fragte meine Mom und musterte uns.

»Ich hab vergessen, dass ich einen Termin habe. Tut mir leid. Vielleicht ein anderes Mal«, entschuldigte sie sich, und ehe ich mich versah, war sie aus der Wohnung verschwunden, ohne mich noch einmal anzusehen. Was ziemlich deutlich machte, was die Gründe für ihren plötzlichen Abgang waren, nämlich ich und unser Kuss.

Ich hatte es versaut – mal wieder.

# 21. Kapitel

## APRIL

»Gibst du mir noch einen Twinkie?«, fragte ich an Sage gewandt und deutete auf die weiß-blaue Verpackung mit den kleinen Kuchen, die ich zusammen mit jeder Menge anderem Süßkram auf dem Heimweg gekauft hatte. In der letzten halben Stunde hatte ich von allem mindestens einmal probiert. Weshalb mir auch schon etwas schlecht war, aber nicht schlecht genug, um aufzuhören. Denn ich hatte Angst, dass ich mich dann mit meinen Gefühlen und der Tatsache auseinandersetzen musste, dass ich Gavin geküsst und es sich absolut wundervoll angefühlt hatte. Zumindest für den kurzen Augenblick, in dem ich hatte verdrängen können, was er getan hatte.

Sage betrachtete mich mit besorgtem Blick, während sie mir einen Twinkie zuwarf. Ich riss die Verpackung auf und schob mir die süße Köstlichkeit in den Mund, was dafür sorgte, dass sich Sages Miene noch weiter verdüsterte. »Möchtest du mir sagen, was passiert ist?«

»Wir … Wir haben uns geküsst.«

»Wer? Gavin und du?«

Ich nickte.

»Wie ist das passiert?«

Ich erzählte ihr, wie Gavin in die SHS gekommen war, wie sein Pullover mich zum Lachen gebracht hatte und von diesem merkwürdigen Moment zwischen uns, der mir bereits eine Warnung hätte sein sollen, die ich ignoriert hatte. Ich berichtete, wie ich ihn nach Hause gefahren und wir seine Mom verwirrt und durchgefroren vor der Tür gefunden hatten. Und ich erzählte ihr von dem Zustand der Wohnung und davon, wie schlecht sich Gavin deswegen fühlte.

»Ich habe ihn nur trösten wollen, weil das alles nicht seine Schuld ist, und irgendwie hat eines zum anderen geführt, und dann hat er mich geküsst.«

»Und du hast ihn zurückgeküsst?«

Ich nickte erneut.

»Wie war es?«

Ich seufzte bei der Erinnerung an das wohlig vertraute Gefühl, das sein Kuss in mir ausgelöst, und an die Hitze, die sich in meinem Magen gesammelt hatte. »Wunderschön.«

»Warum bist du dann weggerannt?«

»Weil ich ihn nicht küssen kann.«

»Warum nicht?«

»Weil … Weil er sich echt beschissen verhalten hat.«

Ich hörte selbst, wie schwach dieses Argument klang, vor allem da meine Gefühle für ihn so stark waren, aber noch stärker und größer war meine Angst, wieder verletzt zu werden. Ich hatte geglaubt, Gavin in- und auswendig zu kennen, und war mit ganzem Herzen und ganzer Seele davon überzeugt gewesen, dass wir für immer Freunde sein würden und nichts und niemand zwischen uns kommen könnte. Doch ich hatte mich getäuscht. Gavin selbst war zwischen uns gekommen und hatte mein Vertrauen gebrochen. Er hatte sich in jener Nacht bewusst dafür entschieden, mich zurückzulassen. Anstatt für seine Taten einzustehen und für mich da zu sein, hatte er die Flucht ergriffen und mich ein zweites Mal allein gelassen, indem er unsere Freundschaft beendet hatte.

Sage stellte die Schüssel mit den Chips zur Seite und klopfte sich die salzigen Finger an der Leggins ab, bevor sie mich mit einem eindringlichen Blick bedachte. »Hast du inzwischen mal versucht, mit ihm zu reden?«

Ich schüttelte den Kopf.

»Vielleicht solltest du das tun.«

»Das bringt doch nichts«, erwiderte ich hilflos.

Gavin war kein Lügner, aber er verschwieg mir absichtlich Dinge, um Geschichten zu seinem Vorteil zu erzählen. Selbst damals im Zelt, als er sich für unsere kaputte Freundschaft entschuldigt hatte, hatte er um den eigentlichen Grund drum herumgeredet und immer nur etwas von *falschen Entscheidungen* gefaselt, anstatt klipp und klar zu sagen, dass er damals nicht damit hatte umgehen können, Sex mit mir gehabt zu haben. Wie sollte ich so jemandem vertrauen? Wie sollte ich ihm glauben, wenn die Chance bestand, dass er mir wieder und wieder nur den Teil der Wahrheit erzählte, der zu seinem Vorteil war?

»Ich glaube schon, dass Reden etwas bringt«, sagte Sage und legte mir tröstend eine Hand aufs Knie. »Wie ich das sehe, hast du zwei Möglichkeiten: Entweder du erträgst die Sehnsucht nach Gavin, hältst an deinem Schmerz von damals fest und hoffst darauf, dass die Zeit diese Wunden irgendwann heilt. Oder du lässt den Schmerz gehen und redest mit Gavin, um zu versuchen, die Sache zu klären. Vielleicht könntet ihr eine Paartherapie besuchen.«

»Wir sind nicht verheiratet.«

»Paartherapien sind nicht nur für Eheleute.«

»Ich … Ich weiß nicht«, gestand ich unsicher.

»Willst du mit Gavin zusammen sein?«

»Ich weiß nicht«, wiederholte ich.

Sage seufzte. Dem Laut war zu entnehmen, wie frustriert sie von mir war. Ich war von mir selbst frustriert.

»Wie läuft es mit der Dating-App?«, fragte sie plötzlich.

»Nicht gut.«

»Hattest du keine interessanten Matches?«

»Nicht wirklich. Die meisten Typen sind Idioten. Der Einzige, der ganz nett scheint, ist dieser Josh. Wir haben ein paar Nachrichten ausgetauscht, aber mehr auch nicht.«

»Zeig mal her.«

Ich holte mein Handy hervor und reichte es ihr.

Eine Minute lang studierte Sage schweigend Joshs Profil und unseren Chatverlauf. Er hatte mir noch etwas mehr über seine Arbeit in der Werkstatt erzählt und ich ihm von meinem Studium. Außerdem hatte er mir ein paar seiner Lieblingssongs empfohlen und ich ihm meine, auch wenn unsere Geschmäcker nicht weiter auseinandergehen könnten. Und Fotos von seinem Hamster hatte ich bekommen.

»Er hat dich nach einem Date gefragt?«

Ich nickte. Die Nachricht, ob wir uns treffen wollten, war die letzte, die er mir geschickt und die ich seit Stunden nicht beantwortet hatte.

»Du solltest dich mit ihm treffen.«

Überrascht sah ich Sage an. »Was?«

»Triff dich mit ihm«, wiederholte sie.

»Hast du nicht gerade eben gesagt, ich soll es noch mal mit Gavin versuchen?«

»Nein, ich habe gesagt, du sollst mit Gavin reden, aber das willst du nicht.«

»Und die Lösung ist, sich mit Josh zu treffen?«

»Vielleicht kann er dir helfen, Gavin zu vergessen.«

»Ich weiß nicht.«

Sage schnaubte. »Du scheinst im Moment ja recht wenig zu wissen, also versuch es doch einfach. Schreib ihm.«

»Jetzt?«

»Nein, in drei Wochen. Natürlich jetzt! Warum nicht?«

Kurz suchte ich nach einer Antwort auf diese Frage, ohne eine zu finden. Denn die einzigen Gründe, nicht mit Josh auf ein Date zu gehen, waren Gavin und meine verworrenen Gefühle für ihn, denen ich aber eigentlich kein Gehör mehr schenken wollte. Also schrieb ich Josh.

Er antwortete sofort und schien sich ehrlich über meine Zusage zu freuen. Wir schmiedeten Pläne für Samstagabend.

Mit einem Seufzen steckte ich mein Handy schließlich weg, wobei ich eine gewisse Aufregung verspürte. Ich war mir nicht sicher, ob es an Josh lag oder daran, dass ich das erste Mal mit meinem neu erlangten Wissen über mich selbst auf ein Date gehen konnte, ohne mich zu fragen, ob mit mir etwas nicht stimmte oder ob Gavin mich kaputt gemacht hatte. Dass Liebe oder Lust auf den ersten, zweiten oder gar dritten Blick für mich nicht funktionierte, war normal. Eine Menge Leute empfanden so, immerhin hatte ich ein ganzes Forum voll davon gefunden, und das fühlte sich irgendwie verdammt gut und bestärkend an.

»Oh, da freut sich aber jemand auf sein Date?«

»Was?«, fragte ich verwundert.

Sage schmunzelte. »Du grinst.«

Ich zog meine Mundwinkel nach unten, da mein Lächeln weniger mit Josh zu tun hatte als mit der Tatsache, dass ich meine Gefühle oder den Mangel daran endlich einordnen konnte. Irgendwie verspürte ich auf einmal den Drang, mit Sage darüber zu reden, mich jemandem anzuvertrauen, und ich wusste, wenn mich eine Person verstand, dann sie. »Ich hatte kürzlich eine Erkenntnis über mich selbst.«

Neugierig hob Sage die Brauen. »Und welche?«

»Ich glaube, ähm, ich bin demisexuell«, sagte ich geradeheraus, um die Worte wie ein Pflaster abzureißen, bevor mich Unsicherheit erfassen konnte. »Und demiromantisch.«

Sage nickte, doch die Verwirrung war ihr deutlich anzusehen. Und sie schien keine Ahnung zu haben, wie sie auf mein Outing – war das ein Outing? – reagieren sollte. Vermutlich hätte ich vor Kurzem noch genauso reagiert, also erklärte ich ihr, was ich in den letzten Tagen gelernt hatte. Seit dem Lesen der Broschüre hatte ich viel recherchiert und mir allerlei Videos über das Ace-Spektrum angeschaut, die mich mehr und mehr darin bestätigt hatten, wie ich mich fühlte. Obwohl es etwas komisch war, nun offen darüber zu reden. Sage hörte mir zu, wirkte interessiert und kam mir auch nicht mit irgendwelchen »Du bist nur wählerisch«-Sprüchen. Nicht, dass ich das von ihr erwartet hätte, aber ich war dennoch froh.

»Ja, also, so ist es«, beendete ich meine Erklärung. Mir wurde erst jetzt bewusst, wie schnell mein Herz vor Aufregung pochte. Erwartungsvoll sah ich Sage an.

Sie schien meine Nervosität zu spüren, denn sie setzte ein Lächeln auf, das mir mit einem Schlag all meine Anspannung nahm. »Voll cool, dass du diesen Flyer entdeckt hast. Ich wusste gar nicht, dass es dafür einen Begriff gibt.«

Ich seufzte erleichtert und schnappte mir einen Oreo-Keks. »Ja, bis vor Kurzem war mir das genauso wenig klar. Ich dachte immer, ich wäre einfach nur komisch.«

»Du bist überhaupt nicht komisch!«, protestierte Sage.

»Du findest das also nicht seltsam?«

»Nein, gar nicht. Ich weiß, es ist nicht das Gleiche, weil ich Luca von Anfang an heiß fand und mich nur meine Angst zurückgehalten hat; aber ich könnte nie mit jemandem zusammen sein, dem ich nicht hundert Prozent vertraue. Dir geht es eben auch so, nur ohne die Angst«, sagte Sage mit einem Lächeln, das ich erwiderte. Es war wirklich nicht das Gleiche, aber sie schien zu verstehen, wie ich mich fühlte. »Hast du schon mit Aaron darüber geredet?«

Ich schüttelte den Kopf. »Nein, nur mit dir.«

»Okay, ich werde niemandem etwas sagen. Auch nicht Luca. Versprochen.« Sage zog zwei Finger über ihren Mund, als würde sie die Lippen verschließen.

Ich lachte, erleichtert und froh, worauf mich Sage mit einem liebevollen Blick bedachte, der mich daran erinnerte, dass wir das viel zu selten machten. »Ich hab das hier vermisst«, sprach ich meinen Gedanken aus.

»Was hast du vermisst?«

»Das hier«, antwortete ich und deutete von mir auf Sage und wieder zurück zu mir. »Uns. Einfach mit dir herumzusitzen und zu quatschen.«

»Tun wir doch ständig.«

»Nein, du, ich *und Luca* tun das ständig.«

Sage sah mich noch immer verwirrt an, als sich plötzlich die Falten auf ihrer Stirn glätteten und es ihr zu dämmern schien. »Oh. Du meinst nur dich und mich – ohne Luca.«

Ich nickte, obwohl es mich viel Mut kostete, da ich mich häufiger wie das fünfte Rad am Wagen gefühlt, aber es nie gewagt hatte, dieses Gefühl in Worte zu fassen. »Ich verstehe total, dass du gern Zeit mit meinem Bruder verbringst. Ihr seid frisch verliebt. Und dadurch, dass wir zusammenwohnen, ergibt es sich oft von selbst, dass wir was zu dritt machen. Aber du warst in den letzten Monaten mehr seine Freundin als meine. Und manchmal kommt es mir vor, als wäre ich dir allein nicht genug.«

Betroffen senkte Sage den Kopf, ehe sie wieder aufsah und ihr Blick meinen fand. Ich konnte erkennen, dass meine Worte sie nicht nur überraschten, sondern auch verletzten. »Wow, ähm, ich hatte keine Ahnung, dass du so empfindest.«

Ich schenkte ihr ein Lächeln, um sie wissen zu lassen, dass ich weder Luca noch ihr böse war. Warum auch? Sie hatten nichts falsch gemacht. »Ich hab nie etwas gesagt, weil ich mich nicht zwischen euch drängen wollte, aber so doof es klingt: Ich kannte dich zuerst. Und ich habe dir doch von all meinen Freundinnen in der Highschool erzählt, die Luca erst gedatet und dann wieder fallen gelassen hat, sodass sie anschließend nichts mehr mit mir zu tun haben wollten. Mit dir ist es zwar etwas anderes, und vielleicht ist es nicht fair, das zu sagen, aber es fühlt sich manchmal an, als hätte Luca dich mir weggenommen. Mir ist bewusst, dass ich zuletzt auch nicht so viel Zeit für dich hatte mit der SHS, dem Gavin-Drama und allem, aber ich möchte, dass sich das wieder ändert. Du bist meine beste Freundin, und ich vermisse es, Zeit mit dir allein zu haben. Ich vermisse es, mit dir über Dinge zu reden, die mein Bruder vielleicht nicht hören sollte. Und ich kann mich nicht bei dir über ihn auskotzen, wenn er danebensitzt, obwohl er deutlich erträglicher geworden ist, seit ihr ein Paar seid.« Ich lachte, weniger aus Belustigung als aus Nervosität, weil ich nicht wusste, wie Sage reagieren würde. Mit einem Knoten im Magen sah ich sie abwartend an. Ich konnte beobachten, wie es in ihrem Kopf arbeitete.

»Warum hast du nicht früher etwas gesagt?« Ihre Stimme klang belegt, was mir zeigte, dass meine Worte sie tief getroffen hatten, aber es war wichtig gewesen, sie auszusprechen, denn ich wollte nicht, dass wir uns auseinanderlebten, nur weil ich nicht mutig genug war zu artikulieren, was mich störte.

»Weil ich sehe, wie glücklich Luca dich macht.«

Sages Blick wurde weich. Sie griff nach meiner Hand und drückte sie fest. »Oh, April. Du machst mich auch glücklich. Und ich verbringe unglaublich gern Zeit mit dir. Es war nie meine Absicht, dir das Gefühl zu geben, du wärst mir ohne Luca nicht genug.«

»Ich weiß, dass du das nicht mit Absicht gemacht hast. Du

bist in ihn verliebt. Und wir können weiterhin Sachen zu dritt unternehmen. Ich verbringe gern Zeit mit euch; nur ab und an fände ich es schön, wenn wir unter uns wären. Ich will dich nicht komplett an Luca verlieren.«

Sage lächelte bestärkend. »Das wirst du nicht. Versprochen.«

»Wirklich?«

»Klar! Du bist mir auf eine andere Weise wichtig als Luca, nicht weniger wichtig.« Nachdenklich schürzte sie die Lippen, ehe sie weitersprach. »Was hältst du davon, wenn wir unsere eigene Date Night einführen, so wie ich sie mit Luca habe? Wir könnten uns immer mittwochs treffen und was zu zweit machen. Keine Jungs erlaubt!«

»Das hört sich toll an.«

»Find ich auch«, erwiderte Sage.

Ich beugte mich zu ihr, um sie fest zu drücken, während mir ein Stein vom Herzen fiel. Monatelang war ich um das Thema herumgetanzt aus Angst, dass ich zu viel verlangte und Sage vertreiben könnte, aber das war nicht passiert. Und für einen Moment hatte ich sogar meinen Ärger mit Gavin vergessen. Ich war einfach nur froh, jemanden wie Sage in meinem Leben zu haben, und konnte unsere erste Girls Night kaum erwarten.

# 22. Kapitel

## GAVIN

Ich bereute den Kuss.

Niemals in meinem Leben hätte ich geglaubt, einen Kuss mit April bereuen zu können. Sie zu küssen, zu schmecken, zu spüren war wohl eines der schönsten Gefühle der Welt. Ich war selten so entspannt und gelassen wie in ihrer Gegenwart. Dennoch bereute ich unseren Kuss, da ich den Eindruck hatte, jeden Fortschritt, den wir in den letzten Wochen gemacht hatten, mit dieser einen impulsiven Handlung zunichtegemacht zu haben. Sie hatte endlich wieder ohne Schmerz in den Augen und Bedauern in der Stimme mit mir reden können. Doch seit dem Kuss vor zwei Tagen hatte ich nichts mehr von ihr gehört, und auf meine Nachricht, ob sie bei all dem Schnee sicher zu Hause angekommen war, hatte sie nicht geantwortet, was sich wie ein gewaltiger Rückschritt anfühlte.

»Besuchen wir Curtis an Weihnachten?«

Die Frage meiner Mom traf mich aus dem Nichts. Ich hockte neben der Couch und packte meine Sachen. Eliot hatte mich gestern angerufen und wissen lassen, dass das Zimmer bei ihm ab heute frei war. Seit ich meiner Mom davon erzählt hatte, strafte sie mich mit Schweigen. Denn obwohl wir gefühlt die ganze Zeit nur stritten und ständig über den

Haushalt, die Lautstärke des Fernsehers oder Jack diskutierten, wollte sie nicht, dass ich ging.

Ich blickte zu meiner Mom auf. Der Alkohol und die Zigaretten hatten sie in den letzten Jahren deutlich altern lassen, aber seit dem Unfall ging es mit ihr rapide bergab. Keine Ahnung, ob es an ihren Verletzungen lag, die inzwischen alle ziemlich gut verheilt waren, oder eher an der Mischung aus Alkohol, Nikotin und Medikamenten, die sie wochenlang zu sich genommen hatte. Doch ich konnte sehen, wie sie von Tag zu Tag mehr abbaute, dünner und zerbrechlicher wurde und gleichzeitig vergesslicher und angriffslustiger.

Erwartungsvoll sah sie mich an.

Ich schüttelte den Kopf. »Dieses Jahr nicht.«

Es war seit Jahren eine Tradition, dass wir am 26. Dezember – an seinem Todestag – das Grab meines Dads besuchten. Allerdings war dieses Jahr das erste, in dem meine Mom nicht mehr in Brinson lebte, wo er beerdigt war. Ich hätte also nicht nur einen Wagen, sondern auch ein Hotelzimmer für uns organisieren müssen, und das war finanziell gerade nicht drin. Die erste Rate der Krankenhausrechnung war fällig gewesen, und ich hatte inzwischen meinen Job im Supermarkt gekündigt. Mit der Hilfe von Matts Mitbewohnerin hatte ich den Job im Streetwise ergattert, und heute am späten Nachmittag stand mir meine erste Schicht bevor. Matt hatte mir gute Trinkgelder in Aussicht gestellt, ich wollte mich allerdings nicht auf die Großzügigkeit irgendwelcher Fremder verlassen. Vermutlich hätte ich Luca fragen können, ob es möglich wäre, dass wir bei seinen Eltern übernachteten, aber die Feiertage bei den Gibsons zu verbringen kam nicht infrage. Ich würde nicht zulassen, dass meine Mom ihnen Weihnachten versaute.

Meine Mom stellte den Fernseher stumm. »Was meinst du mit *dieses Jahr nicht*?«

»Wir können Dad dieses Jahr nicht besuchen.«

»Warum nicht?«

»Wir haben kein Geld«, antwortete ich und packte vorsichtig meine PlayStation in den einzigen Karton, den ich für meinen Umzug brauchte. Meine Klamotten steckten in der Sporttasche, aus der ich seit Wochen lebte. Außer der Konsole und Jacks Sachen besaß ich hier ansonsten nichts. Es war traurig, machte den Umzug allerdings auch einfach. Später würde ich mit Eliot und Luca noch die Sachen aus dem Lager holen.

»Kein Geld«, echote meine Mom.

Ich nickte.

»Wir haben kein Geld, um deinen Dad zu sehen?«, fragte sie erneut, und als ich zu ihr schaute, war die Wut in ihren blauen Augen unübersehbar. »Dieser Mann war die Liebe meines Lebens. Er hat dich mit großgezogen. Und du sagst mir, dass wir kein Geld haben, um ihn an seinem Todestag zu besuchen?«

»Es tut mir leid, nein, haben wir nicht.« Ich wollte Dad genauso gern besuchen wie meine Mom, aber ich musste kluge Entscheidungen für uns beide treffen. Und zwei-, dreihundert Dollar auszugeben, um bei Minustemperaturen an seinem Grabstein zu stehen, würde nichts bringen. »Wir holen das nach. Versprochen. Vielleicht im Frühjahr, wenn es wärmer ist.«

»Nein!«

Ich holte tief Luft, bemüht, ruhig zu bleiben. »Mom …«

Sie schleuderte die Fernbedienung in meine Richtung. Sie verfehlte mich um gut einen halben Meter, aber der Aufschlag ließ die Batterien rausspringen und Jack aufblicken, der neben der Wohnungstür lag, als könnte er es nicht erwarten zu gehen.

»Du hast kein Geld, um deinen Dad zu besuchen, aber Geld, um mich im Stich zu lassen!«, brüllte meine Mom.

Mein Magen verkrampfte sich, während ich versuchte, trotz

ihrer Bemühungen, mir ein schlechtes Gewissen zu machen, ruhig zu bleiben. »Ich lass dich nicht im Stich. Ich ziehe nur aus. Wir haben schon darüber geredet, hast du das vergessen? Die Wohnung ist zu klein für uns beide.«

»Wir hätten uns was Größeres suchen können.«

*Nein. Ich! Ich hätte uns was Größeres suchen können, du hättest keinen Finger gerührt*, die Worte lagen mir auf der Zunge, aber ich hielt sie zurück. Um den Umzug vor meiner Schicht im Streetwise über die Bühne zu bringen, musste ich gleich los.

Also kniete ich mich vor meine Mom und blickte zu ihr auf. »Es tut mir leid, es geht nicht anders.«

Die Wut wich aus ihren Zügen, und an ihre Stelle trat überwältigende Enttäuschung. Verzweifelt sah sie mich an. Tränen glitzerten in ihren Augen, ihre Unterlippe begann zu beben. »Bitte, Gavin«, flehte sie und griff nach meinen Händen. Ihre Finger waren nicht nur gelb von den Zigaretten, sondern erschreckend dünn und eiskalt. Sie fühlten sich an wie Eiszapfen, die jederzeit in meinen Händen zerbrechen könnten.

»Es tut mir leid«, wiederholte ich und umschloss ihre Hände mit meinen, aber meine Wärme vertrieb nicht ihre Kälte, sondern diese ging auf mich über. »Es geht dieses Jahr nicht, und vielleicht ist es an der Zeit für eine neue Tradition. Was hältst du davon, wenn du mich stattdessen in meiner neuen Wohnung besuchst? Ich koche für uns, und wir können auf den Weihnachtsmarkt gehen. Was meinst du?«

»Das ist nicht dasselbe.«

»Ich weiß, aber …«

»Ich muss ihn sehen«, fiel meine Mom mir ins Wort. Das Beben ihrer Unterlippe war auf ihre Stimme übergesprungen. Sie packte meine Hände mit einer Kraft, die ich ihr nicht zugetraut hätte, bis sich ihre Nägel schmerzhaft in meine Haut bohrten. »Bitte, Gavin. Ich brauche das! Ich brauche dich!«

*Und ich brauche eine Mom, die mich unterstützt.*

Ich kniff die Augen zu und holte tief Luft, um mich zu sammeln, was sich als Fehler entpuppte. Der Geruch von kaltem Schweiß, Rauch und Alkohol stieg mir in die Nase und erinnerte mich daran, dass meine Mom betrunken war. Vermutlich sollte ich sie darauf ansprechen, aber bereits die Vorstellung, zum tausendsten Mal dieselbe Unterhaltung mit ihr zu führen und sie anzuflehen, sich Hilfe zu suchen, was sie dann ohnehin nicht tun würde, war zermürbend. Und ich hatte nicht die Kraft, mit ihr zu streiten.

In den vergangenen Tagen hatte ich all meine Energie aufgebraucht, um zwischen den Klausuren, der SHS, meiner Arbeit und dem näher rückenden Todestag meines Dads zu funktionieren und nicht den Verstand zu verlieren. Meine Mom war nämlich nicht die Einzige, der diese Jahreszeit zusetzte, aber interessierte sie sich dafür, wie es mir ging? Nein, tat sie nicht. Sie interessierte sich überhaupt nicht für mich. Sie erkundigte sich nie, wie mein Tag gewesen war. Sie fragte nie, wie ich mich fühlte, ob ich gut geschlafen hatte, oder nach meinen Freunden. Sie hatte sich nicht einmal nach April erkundigt oder danach, wie meine Prüfungen gelaufen waren, die in keiner Voll-, sondern nur einer Halbkatastrophe geendet hatten. Alles, was zählte, waren *ihre* Gefühle und *ihre* Enttäuschung.

Abrupt ließ ich ihre Hände los. »Ich hab keine Zeit, jetzt mit dir darüber zu reden. Ich muss zu Eliot und danach auf die Arbeit. Wir klären das wann anders.«

Mit tränenverhangenem Blick sah meine Mom zu mir auf. »Gavin …«

»Ich ruf dich morgen an, versprochen«, sagte ich und gab ihr einen Kuss auf die Stirn, um sie wissen zu lassen, dass alles gut war und ich nur ein bisschen Zeit brauchte.

Eilig packte ich meinen Karton fertig, schnappte mir meine Tasche und verließ zusammen mit Jack die Wohnung. Das schlechte Gewissen begleitete mich den ganzen Weg zu Eliot. Ich fragte mich, ob es egoistisch von mir war, so kurz vor dem Todestag meines Dads auszuziehen. Es war offensichtlich, dass es meiner Mom nicht gut ging, und sie trug keine Schuld an ihrem Narzissmus. Es war die Sucht, die sie so hatte werden lassen.

Bevor mich meine Zweifel übermannen und dazu bringen konnten umzukehren, beschleunigte ich meine Schritte. Mit dem Bus fuhr ich zu Eliot, der bereits auf Jack und mich wartete. Er schenkte mir einen Pflanzenableger als Einzugsgeschenk und hatte sogar daran gedacht, sich die große Familienkutsche von seinem Dad auszuleihen. Luca, der mir ebenfalls beim Umzug helfen wollte, holten wir auf dem Weg zum Lager ab.

Drei Stunden später war mein neues Zimmer mehr oder weniger bewohnbar. Mein Bett und meine Couch standen, ebenso wie ein gebrauchter Schreibtisch, den ich im Internet gefunden hatte. Als Dankeschön bestellte ich Pizza für uns, bevor ich zur Arbeit musste. Ich hatte zwar schon einmal in der Gastro gearbeitet, trotzdem war ich wegen meines ersten Tages etwas nervös.

»Was ist dein Lieblingsbuch?«, fragte Luca Eliot, den Mund voller Pizza.

Wir saßen in meinem neuen Zimmer. Luca hatte es sich mit Jack auf meinem Bett bequem gemacht, während Eliot auf der Couch saß und ich Kartons auspackte. Es waren vor allem Klamotten, Bücher, ein paar Videospiele und Küchenutensilien, die ich weder in Lucas Wohnung noch in die meiner Mom mitgenommen hatte.

»Puh, gute Frage.«

»Überleg dir deine Antwort gut«, ermahnte ich Eliot. »Er wird dich für immer danach beurteilen. Einer seiner Kommilitonen meinte mal, dass sein Lieblingsbuch von Nicholas Sparks ist. Seitdem stellt Luca jeden Satz, der seinen Mund verlässt, infrage.«

»Jetzt fühl ich mich überhaupt nicht unter Druck gesetzt.«

»Sag schon«, drängte Luca.

Eliot nippte an seiner Cola und dachte einen Moment nach.

Ich war wirklich froh, dass April mir die Wohnung vermittelt hatte. Eigentlich war ich nicht der WG-Typ, aber wenn ich mich mit jemandem gut verstehen würde, dann mit einem Typ wie Eliot. »Ich glaube, mein Lieblingsbuch ist *Der Ozean am Ende der Straße* von Neil Gaiman.«

Luca brummte. »Gaiman. Etwas überbewertet, aber solide.«

Eliot lachte. »Heißt das, ich habe bestanden?«

»Vorerst. Was ist der beste Marvel-Film?«

»Hör auf, Eliot zu verhören«, mahnte ich.

»Ich verhöre ihn nicht. Ich betreibe nur Konversation.« Erwartungsvoll sah er Eliot an.

Dieser zuckte mit den Schultern. »Ich weiß nicht. Vielleicht der erste *Thor*-Film?«

»Natürlich ist es Thor«, sagte Luca unbeeindruckt.

»Oh je, werde ich dafür jetzt verurteilt?«

»Vielleicht.«

Ich verdrehte die Augen und warf eines meiner T-Shirts nach Luca, das ich gerade aus einem der Kartons geholt hatte. »Hör nicht auf Luca. Er redet Unsinn. Wie die meiste Zeit.«

»Heh!« Luca schleuderte das Shirt zurück in meine Richtung, wobei es nur zwei Meter weit flog, ehe es wie ein nasser Lappen zu Boden fiel.

Lachend zeigte ich Luca den Mittelfinger. Das hatte er davon, sich mit mir anzulegen.

Er warf mir einen finsteren Blick zu, der sich allerdings aufhellte, als sein Handy vibrierte. Das Grinsen auf seinem Gesicht verriet umgehend, wer ihm geschrieben hatte.

Ein Teil von mir konnte noch immer nicht ganz glauben, dass der größte Frauenheld, den ich kannte, so dermaßen glücklich in einer Beziehung war. Aber ich verstand ihn. Für die kurze Zeit, die wir zusammen gewesen waren, hatte April mich verdammt glücklich gemacht.

»Liebe Grüße an Sage«, kommentierte ich sein Grinsen.

»Wer ist Sage?«, fragte Eliot.

Lucas Lächeln wurde noch breiter. »Meine Freundin.«

»Cool. Wie lange seid ihr zusammen?«

»Offiziell seit zehn Monaten, eigentlich schon ein Jahr, aber wir hatten dazwischen eine kurze Pause.«

»Und wie habt ihr euch kennengelernt?«

Luca legte sein Handy weg und nahm sich ein weiteres Pizzastück. »Wir haben beide für die Bibliothek der MVU gearbeitet; April und sie haben sich unabhängig davon ebenfalls in der Bib kennengelernt. Aber wir sind uns zuvor schon mal in einem der Wohnheime über den Weg gelaufen. Eigentlich eine lustige Geschichte, selbst wenn Sage es damals überhaupt nicht lustig fand.«

»Klingt nach Schicksal.«

»Fühlt sich auch so an. Du bist Single?«

Eliot nickte. »Ja, ich war zwei Jahre in einer Beziehung; wir haben vor ein paar Monaten Schluss gemacht. Seitdem war ich auf ein paar Dates, aber ich glaube, ich bleib lieber erst mal für mich.«

»Dito«, erwiderte ich. Ich hatte keine Zeit für Dates, außerdem konnte ich mir nicht vorstellen, mit irgendeiner anderen Frau zusammen zu sein als mit April. Nachdem Sage mit Luca Schluss gemacht hatte, hatte er sofort mit einer anderen geschlafen, weil dies seine Art war, mit seinen Gefühlen umzugehen, aber für mich war das nichts.

»Findet ihr es eigentlich merkwürdig, dass ihr beide meine Schwester gedatet habt?«, fragte Luca, stutzte und runzelte die Stirn. »Wartet, sollte *ich* das merkwürdig finden?«

Eliot lachte. »Es war nur ein Date, und wir haben uns nicht mal geküsst.«

»Also ich hab April geküsst«, warf ich ein.

Eliot schnaubte. »Angeber.«

»Abserviert hat sie euch beide«, sagte Luca mit neckischer Stimme. Er griff sich eine Serviette und wischte sich die Finger daran sauber. »Mal schauen, ob der Typ heute ihren Ansprüchen genügt.«

Ich erstarrte. »Moment … welcher Typ? Hat April ein Date?«

Luca verzog die Lippen. »Ja. Sorry, hätte ich das nicht sagen sollen?«

Ich wusste nicht, was ich darauf erwidern sollte. April hatte ein Date. Ein Date! Zwei Tage, nachdem wir uns geküsst hatten, ging sie mit einem anderen aus. Ich hatte bereits befürchtet, mit dem Kuss Scheiße gebaut zu haben, aber dass ich sie damit geradewegs in die Arme eines anderen trieb, damit hatte ich nicht gerechnet.

»Nein, schon in Ordnung«, sagte ich, obwohl mich die Vorstellung von ihr und einem anderen Kerl umbrachte. Rasch wandte ich Luca den Rücken zu, weil ich wusste, dass mich mein Gesichtsausdruck verraten würde. »Wie du bereits festgestellt hast, wir sind nicht mehr zusammen. Sie kann tun und lassen, was sie will.«

»Falls es dir hilft: Ich glaube, sie macht das nur, um sich abzulenken.«

*Und was ist, wenn sie sich dennoch in den Kerl verliebt?*

Luca fluchte. »Shit. Ich hätte nichts sagen sollen.«

»Nein, hättest du nicht«, murmelte Eliot.

»Ehrlich, alles gut«, versicherte ich den beiden, während ich versuchte, dem Stechen in meiner Brust keinen Raum zu geben. Ich hatte kein Recht, eifersüchtig zu sein. Und mehr als alles andere wollte ich, dass April glücklich war. Auch wenn das bedeutete, mich von ihr fernzuhalten und zuzulassen, dass jemand anderes die Scherben aufsammelte, die ich hinterlassen hatte.

Das Streetwise gehörte wohl zu den derzeit angesagtesten Burgerläden der Stadt. Es gab drei Dutzend Tische und einen Außenbereich, der in den kalten Monaten allerdings nicht bedient wurde. Das Restaurant war im Stil einer Jagdhütte eingerichtet. Die Wände waren holzvertäfelt, mehrere künstliche Kamine flackerten im Raum. Neben einem der Kamine stand ein Weihnachtsbaum, der bis zur Decke reichte. Er war mit roten Kugeln und Lametta geschmückt. Weihnachtsmusik spielte im Hintergrund, und es roch nach Burgern, Fett und Pommes, aber auch nach Sandelholz und Kiefernnadeln.

»Hast du noch Fragen?«, erkundigte sich Dwight.

Er war einer der Kellner im Streetwise und dazu verdonnert worden, mich einzulernen. Er hatte mich durch den Laden geführt und mir die Abläufe erklärt. Ich hatte mich ziemlich zusammenreißen müssen, ihm zuzuhören, denn meine Gedanken waren immer wieder zu April und ihrem Date abgedriftet. Ihrem Date, das vermutlich jetzt, in dieser Sekunde stattfand. Seit mir Luca davon erzählt hatte, konnte ich kaum mehr an etwas anderes denken.

Ich blinzelte. »Nein, alles klar.«

»Sehr gut. Deine erste Aufgabe wird es sein, vor dem großen Ansturm noch einmal rumzugehen, das dreckige Geschirr einzusammeln, das stehen geblieben ist, und die Tische abzuwischen«, sagte Dwight, während er die schwarze Schürze, die er um die Hüften gebunden hatte, fester schnürte. »Sobald du das erledigt hast, such mich. Du begleitest mich den Abend über.«

Ich nickte und machte mich an die Arbeit. Es war zwar schon eine Weile her, seit ich das letzte Mal in der Gastro gearbeitet hatte, aber viele der Aufgaben waren mir vertraut. Unmengen an dreckigen Tellern auf den Armen zu stapeln war eine Fertigkeit, die man nicht verlernte. Ich wanderte zwischen den Tischen und Leyla, der Tellerwäscherin, hin und her. Nachdem ich meine Runde gedreht hatte, suchte ich Dwight und heftete mich an seine Fersen. Während bei meiner Ankunft am späten Nachmittag nur etwa ein Drittel der Tische besetzt gewesen war, füllte sich der Laden gegen Abend. Vor dem Eingang bildete sich sogar eine Schlange von Leuten, die nicht reserviert hatten und darauf spekulierten, früher oder später doch einen Platz zu ergattern.

Es wurde schnell hektisch, und Dwight scheuchte mich von einem Tisch zum nächsten. Die ersten Bestellungen nahm er auf, um mir zu zeigen, wie die elektronische Erfassung funktionierte, danach war ich an der Reihe und er schaute mir über die Schulter. Vielleicht war es nicht die beste Idee, mich an einem Samstagabend einzulernen, aber weder Dwight noch die Gäste schien das zu stören. Es herrschte ausgelassene Stimmung. Vermutlich weil die meisten Gäste Studierende waren, die sich an ihrem Leben erfreuten, nun da die Prüfungsphase überstanden und das Semester vorbei war.

Das Gute an dem Trubel, den lauten Stimmen, der Musik und dem ständigen Hin und Her war, dass ich nicht mehr an April und ihr Date denken konnte. Gelegentlich streifte die Erinnerung daran mein Bewusstsein, aber bevor ich mich in

Schmerz und Eifersucht verlieren konnte, wurde ich von der Arbeit abgelenkt.

»Ein Falafel-Burger mit veganer Mayo ohne Tomaten«, sagte ich und stellte einen von zwei Tellern vor einer jungen Frau ab, den anderen platzierte ich vor dem Typen, der ihr gegenübersaß. »Und ein Beef-Burger mit extraviel BBQ-Sauce. Guten Appetit.«

»Danke«, sagten die beiden fast synchron, und ich wandte mich zum Gehen.

Dwight führte mich in Richtung der Bar. »Gerade sind all unsere Tische versorgt, aber das wird nicht lange anhalten. Die kurzen Pausen solltest du nutzen, um etwas zu trinken, damit du nicht umkippst.« Er klopfte auf die Theke, und schneller, als ich schauen konnte, standen zwei Gläser Wasser vor unserer Nase.

Ich bedankte mich bei dem Barkeeper. »Ist hier immer so viel los?«, fragte ich und ließ meinen Blick durch den Laden gleiten. Bis auf einige reservierte Tische, die bald besetzt sein würden, waren alle Plätze vergeben.

»Das ist noch gar nichts. Der Sommer ist die Hölle.«

»Wow, das weckt Vorfreude«, erwiderte ich mit einem Lachen, doch der Laut blieb mir in der Kehle stecken, als mein Blick zum Eingang schweifte und ich dort April entdeckte – sie war nicht allein. An ihrer Seite war ein gut aussehender Typ mit hellbraunem Haar. Ihr Date.

»Fuck«, fluchte ich. Das passierte jetzt nicht wirklich, oder? Von allen Restaurants in der Stadt mussten die beiden ausgerechnet ins Streetwise kommen. Ernsthaft? Mir drehte sich der Magen um, als ich beobachtete, wie der Typ den Geräuschpegel im Restaurant ausnutzte, um sich zu April zu beugen und ihr etwas ins Ohr zu flüstern.

»Was ist?«, fragte Dwight.

»Meine Ex ist hier. Mit ihrem Date.«

Er sah in Richtung Eingang, aber April und der Typ folgten bereits einem Kollegen durch den Raum, und weil mein Leben mich anscheinend hasste und jede Katastrophe eintraf, die eintreffen konnte, wurden die beiden zu einem der freien Tische in unserem Bereich geführt.

Fuck. My. Life.

»Tja, da musst du jetzt leider durch«, sagte Dwight.

»Kann ich Pause machen?«

»Klar, allerdings nicht für die nächsten zwei, drei Stunden.«

Ich seufzte. Er hatte recht. Vielleicht konnte ich den beiden für zehn, zwanzig Minuten aus dem Weg gehen, aber früher oder später würde April mich entdecken. Und sie sollte nicht glauben, dass ich mich vor ihr und ihrem Date versteckte. Ich stellte mein Glas ab und würgte das giftgrüne Gefühl der Eifersucht hinunter.

Dwight klopfte mir aufmunternd auf die Schulter und ging voran.

»Willkommen im Streetwise«, begrüßte Dwight die beiden.

April, die mich bisher nicht bemerkt hatte, sah von ihrem Date zu uns. Das Lächeln rutschte ihr von den Lippen, und sämtliche Farbe wich ihr aus dem Gesicht, als sie mich entdeckte. Mit großen Augen starrte sie mich an und blinzelte mehrmals, als wäre ich ein Hirngespinst, das sie sich wegwünschen könnte. »Gavin, was … was machst du hier?«

»Ich arbeite hier.«

»Seit wann?«

Verlegen rieb ich mir den Nacken und bemerkte, dass meine Hände ganz feucht waren. Zu wissen, dass April ein Date hatte, war die eine Sache. Es mit eigenen Augen zu sehen, eine völlig andere. »Seit heute.«

»Oh, ähm, Glückwunsch zur neuen Stelle«, sagte April, aber

in ihrem Blick konnte ich erkennen, was sie dachte, jedoch nicht aussprach: *Soll das ein Scherz sein?*

Und es war ein Scherz.

Ein dunkler, makabrer Scherz des Universums.

Aprils Date betrachtete mich neugierig. Ich wich seinem Blick nicht aus, sondern musterte ihn eingängig. April schien wirklich keinen bestimmten Typ zu haben. Eliot und ich waren wie Tag und Nacht, und der Kerl, der nun mit ihr am Tisch saß, hatte mit keinem von uns Ähnlichkeit. Ich hatte beim Reinkommen gesehen, dass er ein paar Zentimeter kleiner war als April. Er hatte kurze hellbraune Haare, die er nach hinten gegelt trug, ein glatt rasiertes Kinn und grüne Augen.

»Hey, ich bin Josh«, stellte er sich vor.

Ich nickte ihm zu. »Hey. Gavin. Und das ist Dwight.«

»Woher kennt ihr euch?«, fragte Josh und sah zu April.

»Er ist ein Freund meines Bruders.«

*Autsch.* Der Freund ihres Bruders? Mehr war ich also nicht mehr für sie? Ich musste mir auf die Unterlippe beißen, um April nicht zu korrigieren, denn das hätte nichts geändert. Dieses Kapitel war für sie anscheinend abgeschlossen.

»Kann ich euch schon etwas zu trinken bringen?«, fragte ich.

April wich meinem Blick aus. »Für mich nur Wasser.«

»Und ich nehm ein Bier«, sagte Josh.

Ich lächelte verkrampft, fest überzeugt, noch nie einen Menschen, den ich nicht kannte, gleichzeitig mehr gehasst und beneidet zu haben als Josh. »Kann ich deinen Ausweis sehen?«

Er schnalzte mit der Zunge. »Ich bin über einundzwanzig.«

»Ich muss deinen Ausweis trotzdem sehen.«

Mit einem Schnauben, um mich wissen zu lassen, wie genervt er von meiner Anfrage war, kramte Josh nach seinem Portemonnaie und reichte mir seinen Ausweis. Ein flüchtiger Blick reichte, um sein Alter zu prüfen, dennoch scannte ich auch die anderen Daten, als würden sie mir irgendetwas über den Typen verraten. Nach einem etwas zu langen Moment gab ich ihm seinen Ausweis zurück.

»Ein Bier, kommt sofort.«

Ich ging davon, während über meinem Kopf dieser nervige Mariah-Carey-Song aus den Lautsprechern trällerte. Die Leute am Nebentisch hoben die Hand, um auf sich aufmerksam zu machen, aber ich ignorierte sie. Dwight würde sich schon darum kümmern. Ich brauchte einen Augenblick, um mich zu sammeln und auf die Folter vorzubereiten, die dieser Abend werden würde.

»Das war maximal unangenehm«, sagte Dwight, als er neben mich an die Bar trat.

»Ich hasse den Kerl!«

»Geht mir genauso, wenn auch aus ganz anderen Gründen«, sagte Dwight und bestellte im nächsten Atemzug die Getränke, die April, Josh und der Nebentisch geordert hatten.

Ich hob die Brauen. »Wieso hasst du ihn?«

»Er kommt öfter her. Meckert viel und gibt wenig Trinkgeld.«

»Klingt nach einem gern gesehenen Gast.«

»Ja, als die Reservierung reinkam, war ich nicht da, deswegen hab ich ihn abbekommen.«

»Und jetzt muss ich leiden, weil du frei hattest.«

»Richtig. Und gleich wirst du noch mehr leiden«, säuselte Dwight. Er griff nach dem Wasser und dem Bier, die er vom Barkeeper bekommen hatte, und schob beides in meine Richtung.

Ich schüttelte entschlossen den Kopf. »Oh nein.«

»Oh doch. Du kannst dich hier nicht verstecken, also lass die beiden wissen, dass du da bist.«

Stöhnend griff ich mir die Gläser.

Dwight grinste. »Guter Junge.«

»Fick dich!«

»Heh, redete man so mit seinem Chef?«

»Erstens bist du nicht mein Chef. Und zweitens habe ich dir und deiner Freundin vor ein paar Wochen einen Strap-on-Dildo verkauft. Ich würde sagen, dass uns das einander direkt viel näherbringt. Meinst du nicht?«

Dwight klappte der Mund auf. »Wusste ich doch, dass ich dich irgendwoher kenne!«

Ich schenkte ihm ein schelmisches Grinsen, das mir allerdings mit jedem Schritt, mit dem ich dem Tisch von April und Josh näher kam, mehr verging. April war noch dabei, die Speisekarte zu lesen, während Josh irgendeine Anekdote aus einer Werkstatt erzählte. Ich stellte die Gläser vor den beiden ab, wobei Josh munter weitererzählte, als wäre ich gar nicht da.

»Seid ihr bereit zu bestellen?«, fragte ich, nur um Josh dazwischenzureden, auch wenn es offensichtlich war, dass April etwas Zeit brauchte.

»Ja, ich nehme die Pommes mit Käse und Jalapeños und euren Double Beef Burger ohne Tomate, mit extra Käse und viel BBQ-Sauce«, antwortete Josh.

Ich tippte die Bestellung ein und sah zu April, die nach wie vor ihre Karte studierte.

Sie schürzte die Lippen. »Ich bin noch nicht so weit.«

»Sie nimmt das Gleiche«, sagte Josh aus dem Nichts.

April blickte verdutzt auf. »Nein, tu ich nicht.«

»Vertrau mir. Damit machst du nichts falsch.«

»Kann sein, aber ich möchte gern für mich selbst bestellen.«

Josh verdrehte die Augen, als April bereits wieder in die Speisekarte vertieft war. Wie um alles in der Welt hatte sich April den nur angelacht? Sie war viel zu gut für den Kerl. Ich presste die Lippen aufeinander, um nichts zu sagen, weil es mich nichts anging und ich nicht wie der eifersüchtige Ex-Freund rüberkommen wollte, auch wenn ich Aprils Aussage nach ja nur ein Freund ihres Bruders war. Stattdessen wartete ich geduldig, während sie die Karte las.

»Ich nehme den Green Falafel Burger und die normalen Pommes.«

Josh rümpfte die Nase. »Ein veganer Burger?«

»Ja, warum nicht? Hast du damit ein Problem?«, fragte April.

»Nein, natürlich nicht.«

Ich notierte mir die Bestellung und klopfte mir in Gedanken selbst auf die Schulter, als ich mich zum Gehen wandte, ohne Josh eine Beleidigung an den Kopf geworfen zu haben.

Die nächste Stunde verging wie im Rausch. Es kamen immer neue Gäste ins Restaurant, teilweise saßen sie zu fünft oder sechst gequetscht an Vierertischen. Dwight und ich mussten einige Leute rausschmeißen, die ihre Zeit überzogen, da wir ein paar Tische in unserem Bereich für eine größere Gruppe zusammenschieben mussten. Die Gruppe entpuppte sich als lokales Football-Team, das ziemlich viel Appetit mitbrachte. In ruhigen Sekunden versuchte ich, einen Blick auf April und Josh zu erhaschen, aber ich bekam nicht viel von ihnen zu sehen. Irgendjemand anderes hatte ihnen ihr Essen gebracht, und kaum dass mein Blick die beiden fand, wurde ich bereits wieder von einem anderen Gast angequatscht.

»Du solltest Pause machen«, sagte Dwight, nachdem wir dem Tisch mit den Football-Spielern gefühlt hundert Kilo an Burgern und Pommes serviert hatten.

»Machst du auch Pause?«

»Später. Ich behalt so lange alles im Auge.«

Ich nickte und machte mich auf den Weg zur Tür mit der Aufschrift *Personal*, die zwischen der Küche und den Gästetoiletten lag. Dabei ließ ich es mir nicht nehmen, einen Umweg vorbei an Aprils und Joshs Tisch zu machen, allerdings war April nicht an ihrem Platz. Josh spielte mit seinem Handy herum. Vor ihm stand ein leeres Glas, das ich vermutlich hätte stehen lassen sollen, aber ich konnte mir nicht helfen.

»Willst du noch was zu trinken?«, fragte ich und sammelte das Glas ein.

Josh sah von seinem Handy auf, und ich konnte einen Blick auf sein Display erhaschen. Mein Magen zog sich zusammen. Nicht vor Eifersucht, sondern vor Wut, denn er scrollte ganz offensichtlich durch eine Dating-App, und das, während er mit April hier war. Was für ein Arschloch.

»Ich würde noch eine Cola nehmen.«

»Geht klar. Wie läuft's mit April?«

»Gut. Ich glaube, das kann was werden.«

*Und warum bist du dann auf der App unterwegs?*

»Cool«, sagte ich durch zusammengebissene Zähne.

Ich ging und ließ die Leute an der Bar wissen, dass sie Josh eine Cola bringen sollten, ehe ich mich auf den Weg zum Personalraum machte, vermutlich um laut zu schreien. Es war nicht fair, dass dieses Arschloch ein Date mit April hatte. Ich folgte dem Flur an der Küche vorbei, als die Tür zum Waschraum aufgestoßen wurde und niemand Geringeres als April heraustrat. Sie blieb wie angewurzelt stehen, als sie mich entdeckte, und ich glaubte, so etwas wie Reue in ihrem Blick aufblitzen zu sehen.

Ein paar Sekunden verstrichen, in denen wir uns einfach nur ansahen.

Schließlich räusperte ich mich. »Hey.«

»Hey.« Langsam kam April auf mich zu. Selbst in dem harten Licht der Flurbeleuchtung sah sie umwerfend aus. Ihr blumiger Duft, der mich sofort an unseren Kuss denken ließ, stieg mir in die Nase. Ich musste die Hände zu Fäusten ballen, um nicht dem Verlangen nachzugeben, sie erneut zu packen und zu küssen. Hätte sie mich küssen wollen, wäre sie nicht mit einem anderen hier gewesen.

»Ich habe gehört, dein Date läuft gut.«

»Was? Wer hat das gesagt?«

»Josh, wer sonst?«

April schnaubte. »Natürlich hat er das gesagt. Der Typ redet nur Müll. Das ist das schlimmste Date aller Zeiten! Ich hab mich gerade zehn Minuten lang auf der Toilette versteckt, um mich nicht mit ihm unterhalten zu müssen. Vermutlich glaubt er, ich hätte von eurem Essen Durchfall bekommen, aber soll er nur. Wenn ich eine weitere sexistische Story aus seiner Werkstatt hören muss, raste ich aus.«

Ich wollte nicht lächeln. Doch ich lächelte.

April funkelte mich an. »Findest du das witzig?«

Ich zog meine Mundwinkel nach unten. »Nein, das ist natürlich schlimm.«

»Du musst mir helfen«, sagte sie mit flehender Stimme.

»Was soll ich machen? Josh rausschmeißen?«

Sie nickte euphorisch und trat noch einen Schritt näher. »Ja, das ist eine gute Idee. Und am besten erteilst du ihm Hausverbot!«

»Wofür?«

»Keine Ahnung! Frauenfeindlichkeit?«

Vermutlich hätten die anderen nach allem, was Dwight mir erzählt hatte, keine großen Einwände gehabt, Josh aus dem Restaurant zu verbannen, aber das schien mir dann doch zu weit zu gehen. Ich packte April an den Schultern und schob sie auf die Personaltür zu. »Du bleibst hier und versteckst dich. Ich hol deine Sachen.«

»Was wirst du Josh erzählen?«

»Lass das meine Sorge sein.«

»Okay, danke!«

April huschte in den Raum. Kaum war die Tür hinter ihr ins Schloss gefallen, kehrte mein Lächeln zurück. Vermutlich sollte es mich nicht freuen, dass sie einen beschissenen Abend hatte, aber ich war froh, diesem Typen in ihrem Namen den Laufpass geben zu können.

Mit einem Grinsen im Gesicht lief ich zurück ins Lokal, um dem schlimmsten Date aller Zeiten ein Ende zu bereiten.

# 23. Kapitel

## APRIL

Hätte mich vor ein paar Stunden jemand gefragt, wohin das Date mit Josh führen würde, hätte ich ganz bestimmt nicht mit »in den Pausenraum des Streetwise« geantwortet. Trotzdem ließ ich mich jetzt auf die durchgesessene Couch plumpsen, die dort stand. Ich holte tief Luft und versuchte, den bisherigen Abend mit Josh abzuschütteln; je schneller desto besser.

Ich hatte ihm wirklich eine faire Chance geben wollen, aber noch nie in meinem Leben einen Menschen getroffen, der dermaßen viel über sich selbst reden konnte, ohne irgendetwas von Bedeutung zu sagen. Und wenn ich doch einmal zu Wort gekommen war, hatte Josh die Unterhaltung mit einem »Oh, mir ist das auch schon mal passiert« oder »Dazu kenn ich eine gute Geschichte« sofort wieder an sich gerissen. Was kein Problem gewesen wäre, wären seine Anekdoten nicht alle so unfassbar langweilig und die Worte, die seinen Mund verließen, nicht so unglaublich herablassend gewesen. In jeder seiner Werkstatt-Storys hatte er es geschafft, eine Kundin auf die eine oder andere Weise zu beleidigen. Wenn ich jetzt daran zurückdachte, erschien es mir wie ein Wunder, dass ich überhaupt eine ganze Stunde mit ihm durchgehalten hatte.

In den Textnachrichten hatte er nett und verständnisvoll gewirkt, aber davon war heute nichts zu spüren gewesen. Und vermutlich würde er demnächst mit seinen Freunden genauso über mich reden wie heute über diese anderen Frauen. So einen Typ wollte ich nicht. Ich wollte jemanden, der offen und einfühlsam war. Der sich auch für mich und meine Gedanken interessierte. Mit dem ich Gespräche bis tief in die Nacht führen konnte und der mir das Gefühl gab, dass all meine Geheimnisse bei ihm sicher waren.

Kurzum: Ich wollte jemanden wie Gavin.

Der allerdings nicht Gavin war.

Oder doch?

Wollte ich Gavin zurück?

Vielleicht.

Seufzend sank ich tiefer in das Polster, als die Tür zum Pausenraum aufgestoßen wurde. Gavin war zurück, mit meiner Handtasche und meiner Jacke. Er legte beides neben mir ab. Erleichterung durchströmte mich bei der Erkenntnis, dass dieser furchtbare Abend nun endlich vorüber war.

»Danke.«

»Nichts zu danken. Das habe ich gern gemacht«, sagte er und klang dabei sogar erheitert, als hätte es ihm Spaß bereitet, Josh eine Abfuhr zu erteilen. Er löste seine Schürze und warf sie über einen der Stühle. Dann stützte er die Arme auf den Lehnen ab und sah mich an. Sein Blick war so eindringlich, dass es mir schwerfiel, ruhig sitzen zu bleiben.

»Sorry, dass wir hergekommen sind. Hätte ich gewusst, dass du hier arbeitest, hätte ich ein anderes Restaurant vorgeschlagen.«

»Mir tut es nicht leid. So konnte ich dich vor Josh retten.«

»Du bist mein Held.«

»Danke, aber das hättest du auch allein geschafft.«

»Vermutlich. Hin und wieder wird man trotzdem gern gerettet.«

Seine Wangen färbten sich rot, aber er wandte den Blick nicht von mir ab, wenn überhaupt wurde dieser noch eindringlicher. »Warum bist du überhaupt mit diesem Kerl ausgegangen?«

Ich war mir nicht sicher. Vor allem hatte ich es getan, weil Sage es mir geraten hatte und ich verzweifelt genug war, um alles auszuprobieren, was mir dabei helfen könnte, von Gavin loszukommen. Inzwischen hatte ich allerdings mehr und mehr das Gefühl, dass das überhaupt nicht möglich war.

»Keine Ahnung«, gestand ich.

»Sicher? Unser Kuss hat also nichts damit zu tun?«

Ich begann, einen der Ringe an meinen Fingern hoch- und runterzuschieben, um diese nervöse Energie loszuwerden, die sich unter Gavins Blicken in meiner Brust anstaute und in meinem ganzen Körper ausbreitete. »Doch. Vielleicht schon.«

Sein Kiefer spannte sich an. »War der Kuss wirklich so furchtbar?«

Um ein Haar hätte ich laut aufgelacht. Seine Küsse waren alles andere als furchtbar. Das Gegenteil davon. Wunderbar und traumhaft und einfach unbeschreiblich. Und immer, wenn er in meiner Nähe war und mich berührte, sehnte ich mich nach mehr.

Tief in meinem Magen spürte ich ein Ziehen. Ich war mir allerdings nicht sicher, ob es mich bestärkte, Gavin die Wahrheit zu sagen, oder ob es versuchte, mich zu warnen. Natürlich hätte ich lügen können, aber Lügen und Geheimnisse hatten uns überhaupt erst in diese Misere gebracht. »Der Kuss war nicht furchtbar – ganz und gar nicht.«

»Das ist doch etwas Gutes, oder nicht?«

»Nein, ist es nicht.«

Gavin musterte mich mit zusammengezogenen Augenbrauen. Forschend tastete sein Blick über mein Gesicht und suchte nach den Antworten, die ich nicht aussprach. »Verstehe, es ist nicht gut, weil du nicht mit mir zusammen sein willst.«

»Nein, weil ich nicht mit dir zusammen sein *kann*.«

Die Härte kehrte in Gavins Züge zurück, ließ seinen Blick finster, aber nicht kalt werden.

Meine Brust schnürte sich zusammen, und beinahe wünschte ich mir, wieder mit Josh an einem Tisch zu sitzen, denn ich hasste es, Gavin zu verletzen. Aber lieber verletzte ich ihn mit meiner Ehrlichkeit, als ihn anzulügen.

»Ich wünschte, ich könnte es, aber es geht nicht«, fuhr ich fort. Die Worte saßen wie ein Kloß in meiner Kehle, und ich musste jedes einzelne fast schon gewaltsam hervorpressen. Es tat weh. »Dafür hast du mir einmal zu oft das Herz gebrochen. Ich kann nicht mit jemandem zusammen sein, der mich auf die nächste Enttäuschung warten lässt.«

Gavin nickte langsam. Schmerz zuckte über sein Gesicht, während in seinen Augen Verständnis aufblitzte. »Ich wollte dich nicht enttäuschen oder verletzen. Das war nie meine Absicht.«

Ich kniff die Augen zusammen, um die Tränen zurückzuhalten, die sich anbahnten. »Vielleicht war es keine Absicht, aber es ist egal, was du tun wolltest, wichtig ist nur, was du getan hast. Und du hast mich verletzt.«

»Aber ich liebe dich«, sagte Gavin.

Ich schluckte schwer.

»Und ich glaube, du liebst mich auch.« Es war keine Frage, sondern eine Feststellung – mit der er recht hatte.

Ich widersprach ihm nicht.

Er starrte mich an. »Bedeutet das gar nichts?«

»Doch, natürlich.«

»Dann gib mir noch eine Chance.«

Ich kämpfte gegen die Tränen an. »Ich … Ich kann nicht.«

Frustriert raufte Gavin sich das Haar. »Gib mir zumindest die Chance, mich zu erklären. Hätte ich gewusst, dass du dich nicht erinnerst, wäre ich geblieben. Ich habe die Situation damals völlig falsch eingeschätzt. Bitte …«

Die Tür zum Pausenraum flog auf und eine Kellnerin kam herein. Ihr Blick zuckte von Gavin zu mir und wieder zurück zu Gavin. Sie grüßte uns mit einem steifen Lächeln auf den Lippen – offensichtlich entging ihr die Stimmung, die zwischen uns herrschte, nicht. Kurz zögerte sie, doch dann lief sie zu der Garderobe am anderen Ende des Raumes, holte sich ihren Rucksack und setzte sich an den Tisch in der Mitte des Zimmers.

Gavin fluchte. »Fuck.«

Ich stand von der Couch auf. »Ich sollte wohl besser gehen.«

»Nein!« Demonstrativ stellte er sich mir in den Weg. »Bitte. Bleib.«

»Du musst arbeiten.«

Verzweifelt zuckte Gavins Blick zur Uhr an der Wand. »Bitte. Ich weiß, es ist viel verlangt, und du schuldest mir nichts. Könntest du trotzdem warten, bis meine Schicht vorbei ist? Es dauert noch eine Weile, aber ich möchte mit dir reden, und wenn du jetzt gehst …«

Er ließ den Satz offen, doch ich wusste, was er sagen wollte. Er hatte Angst, dass sich ihm eine solche Chance, mit mir zu reden, nicht so bald wieder bieten würde. Und womöglich hatte er recht. Denn einerseits fühlte ich mich endlich bereit, zu erfahren, was in jener Nacht zwischen uns passiert war. Andererseits hatte ich Angst davor, meine Wut und den Schmerz loslassen zu müssen, wenn ich die Wahrheit kannte. Sie waren in den letzten Wochen zu einem Schutzschild geworden, den ich vor mir hertrug, um all das von mir zu schieben, worüber ich nicht nachdenken wollte.

Doch wie lange konnte ich diesen Schutzschild aufrechterhalten? Er hatte bereits Risse bekommen, und vielleicht wäre es besser zu kapitulieren, als weiter gegen das Unvermeidliche anzukämpfen. Der Abend war ohnehin schon gelaufen, und wenn ich jetzt nach Hause ging, würde ich nur in meinem Zimmer liegen und an Gavin denken.

Bevor ich seine Bitte noch länger zerdenken konnte, nickte ich. »Einverstanden. Ich warte.«

Seine Augen leuchteten auf. »Wirklich?«

»Ja.«

Ein Lächeln trat auf Gavins Gesicht, und er machte einen Schritt nach vorn, als wollte er mich umarmen, doch in letzter Sekunde hielt er inne. »Danke, das wirst du nicht bereuen!«

*Ich hoffe es.*

Ich parkte meinen Wagen an der Straße vor unserem Haus. Gavin saß auf dem Beifahrersitz und warf nervöse Blicke in meine Richtung. Zwei Stunden hatte ich auf ihn gewartet. Zwei Stunden, die mir viel Zeit zum Nachdenken gegeben, aber keine Antworten geliefert hatten.

Ich zog den Schlüssel aus dem Zündschloss. Der Motor verstummte, das Radio ging aus, zurück blieb Stille. Es war bereits spät, Licht war abgesehen von den Straßenlaternen nur noch hinter vorgezogenen Vorhängen zu erkennen.

Ich stieg aus. Gavin folgte mir. Zum gefühlt hundertsten Mal in den letzten Stunden fragte ich mich, ob das hier die richtige Entscheidung war. Doch ich wusste, dass es die einzig mögliche war. Ich hatte die letzten Wochen für mich gebraucht, um mich an den Gedanken zu gewöhnen, dass Gavin derjenige war, der mich damals im Stich gelassen hatte. Was ich jetzt benötigte, waren Antworten, selbst wenn ich Angst vor ihnen hatte. Andererseits, was hatte ich schon zu verlieren?

Mein Herz gehörte ihm bereits, und er wollte es einfach nicht mehr hergeben.

Im Haus drückte Gavin den Knopf für den Aufzug. Vermutlich hatte er keine Lust, die Treppen bis in den dritten Stock hochzulaufen, nachdem er bereits den ganzen Abend auf den Beinen gewesen war. Die Metalltür schob sich auf. Das Herz schlug mir bis zum Hals, als ich wortlos neben ihn in die Kabine trat. Er sah mich an. Die ganze Zeit über sah er mich an, als könnte ich anderenfalls verschwinden. Die Tür schloss sich hinter uns, und der Fahrstuhl setzte sich in Bewegung.

»Ist Luca zu Hause?«, fragte Gavin.

»Nein, er ist bei Sage.«

Gavin brummte einen Laut, den ich nicht deuten konnte.

Plötzlich ging ein Ruck durch den Aufzug, der mir in den Körper fuhr. Das Licht über unseren Köpfen flackerte, erlosch für zwei Sekunden, dann sprang es wieder an, aber wir bewegten uns nicht weiter. Wir steckten fest.

»Mist«, murmelte Gavin und drückte auf den Tasten herum.

Nichts rührte sich. Mir wurde eng in der Brust, und mein Puls schoss noch höher, als er ohnehin schon war.

Gavin betätigte den Notrufknopf. Ein Piepsen ertönte, das lauter war als das Rauschen in meinen Ohren. Kurz darauf erklang eine blecherne Stimme aus dem Lautsprecher. Ich hörte nicht, was sie sagte. Gavin antwortete, aber auch seine Worte konnte ich nicht greifen, während sich in meinem Magen alles verknotete. Ich lehnte mich gegen die kühle Metallwand, um daran Halt zu finden. Nicht, dass das etwas brachte, wenn wir mit diesem Kasten in die Tiefe stürzten.

Warum nur hatten wir den Aufzug genommen?

Ich bekam keine Luft mehr …

»Sie schicken Hilfe«, hörte ich Gavin sagen.

»Wann?« Meine Stimme war nur ein Krächzen.

»So schnell sie können, aber vermutlich sitzen wir eine Weile fest.«

Bei seinen Worten wurde mir schwarz vor Augen. Eine Weile? Was für eine Weile? Eine kurze Weile? Eine lange Weile? Eine endlose Weile? Meine Knie fühlten sich an, als würden sie jeden Moment einknicken. Ich versuchte, ruhig weiterzuatmen, aber je mehr ich mich auf meine Atmung konzentrierte, desto stockender und holpriger wurde sie. Was, wenn uns der Sauerstoff ausging? Konnte das passieren? Funktionierte die Lüftung noch? Ich hörte kein Rauschen. Konnte ich deswegen nicht atmen? Würden wir nicht abstürzen, sondern ersticken?

»April?« Gavin klang besorgt. Wieso klang er besorgt? Glaubte er auch, dass wir ersticken würden? Er trat vor mich. Ich erkannte seine Silhouette nur verschwommen. Offenbar verlor ich bereits das Bewusstsein. Mir wurde schwindelig. Gavin packte mich am Ellenbogen und half mir dabei, mich hinzusetzen. »Ich wusste nicht, dass du Platzangst hast.«

»Ich hab keine Platzangst, ich …« Das Licht flackerte erneut. »Okay, vielleicht doch.«

»Atme ruhig weiter«, wies Gavin mich an. Er kniete vor mir. Seine Hand lag auf meinem Knie.

Ich atmete ein und wieder aus, aber irgendwie blieb mir die Luft in der Kehle stecken. Meine Sicht wurde noch trüber. Unerwartet berührte etwas meine Wange – ein Taschentuch. Ich war nicht dabei, das Bewusstsein zu verlieren, ich weinte. Als Gavin mir die Tränen fortwischte, wurden seine Umrisse wieder klarer. Ich blinzelte. Nun schmeckte ich die Tränen auch.

»Alles wird gut«, sagte er mit einem aufmunternden Lächeln.

»Woher willst du das wissen?«

»Ich weiß es, weil jemand kommt, um uns hier rauszuholen.«

»Was ist, wenn wir vorher ersticken?«

»Das werden wir nicht.«

»Und wenn wir fallen?«

»Das wird auch nicht passieren.«

»Woher willst du das wissen?«

»Weil es sehr unwahrscheinlich ist, dass ein Aufzug einfach runterfällt. Die Dinger hängen nicht nur an ein paar Drahtseilen, wie sie es in Filmen zeigen, sondern da sind Bremsen und andere Sicherungsvorkehrungen, die das verhindern. Oder hast du im echten Leben mal von einem Aufzug gehört, der abgestürzt ist? Das passiert nicht.«

Gavin sprach mit einer solchen Überzeugung, dass ich beinahe geneigt war, ihm zu glauben. Und er lächelte. Er hätte nicht gelächelt, wäre er davon ausgegangen, dass wir bald sterben mussten, oder? Ich klammerte mich an sein Lächeln, bemüht, mich auf meine Atmung zu konzentrieren, die immer wieder ins Stocken geriet. Ein und aus. Ein und aus. Ein und aus. Das war nicht schwer, und dennoch erschien es mir im Moment wie die schwierigste Aufgabe der ganzen Welt.

»Ich hatte selbst schon öfter Panikattacken«, sagte Gavin. »Richtig ätzend.«

»Und was machst du dagegen?«

»Das kommt drauf an, manchmal esse ich einen Löffel Chili. Wenn dein ganzer Mund wie Feuer brennt, reißt dich das aus deinem Kopf. Das ist das Wichtigste. Irgendwie aus dieser Gedankenspirale zu kommen. Es hilft auch, sich auf seine Umgebung zu konzentrieren«, erklärte er. Seine Hand lag noch immer warm und schwer auf meinem Knie, während er mit der anderen sanft meinen Knöchel festhielt und mit dem Daumen über die nackte Haut streichelte, wo meine Hose hochgerutscht war. Unter anderen Umständen hätte diese Berührung vermutlich ein warmes Ziehen in meinem Magen ausgelöst, aber da war gerade nur Platz für den Knoten aus Panik.

»Nenn mir fünf Sachen, die du sehen kannst.«

»Ich sehe nur dich und Metall.«

»Schau genauer hin.«

Das tat ich. Ich ließ meinen Blick umherschweifen und entdeckte die Knöpfe des Aufzuges, die hell leuchteten, ein Bonbonpapier, das in der Ecke lag. Kratzer an einer Stelle, an der offenbar jemand versucht hatte, etwas in die Seitenwand zu ritzen. Und einen Ausstieg an der Decke. Ich zählte die Sachen auf, und schließlich landete mein Blick wieder auf Gavin.

Er lächelte. »Siehst du. Es gibt hier mehr zu entdecken als nur Metall. Und jetzt nennst du mir vier Dinge, die du anfassen kannst.«

Ich schüttelte den Kopf. Gavins Versuch, mich zu beruhigen, war süß, aber das Letzte, was ich wollte, war, mich auf diesen Metallkasten zu konzentrieren. Ich mochte nicht daran denken, was ich hier anfassen konnte. Ich wollte nur hier raus. »Setzt du dich neben mich?«

»Klar.« Gavin rutschte an meine Seite, bis wir nebeneinandersaßen. Arm an Arm. Bein an Bein. Fuß an Fuß. Er roch nicht wie sonst nach Sonne und See, sondern nach harter Arbeit und Kiefernnadeln. Ich lehnte den Kopf an seine Schulter. Er legte einen Arm um mich und drückte mir einen Kuss auf die Stirn. »Alles wird gut. Bald holen sie uns raus.«

»Wir hätten den Aufzug nicht nehmen dürfen.«

»Das ist wohl noch eine Sache, für die ich mich entschuldigen muss.«

Ich lachte, wenn auch nur halbherzig. Gavin zog mich enger an sich und rieb mir beruhigend über die Schulter. Unter meinem Kopf spürte ich das Auf und Ab seiner Atmung. Ich versuchte, meine daran anzupassen. Es dauerte eine Weile, aber schließlich konnte ich spüren, wie sich der Widerstand in meiner Kehle löste.

Gavin sah zu mir. »Geht es besser?«

»Ja.« Ich fühlte mich immer noch nicht wohl, doch die Todesangst, die ich vor einigen Minuten verspürt hatte, war verschwunden. Nicht, weil ich mich plötzlich sicher in dem Aufzug fühlte, sondern weil ich Gavin vertraute, und wenn er sagte, dass alles gut werden würde, glaubte ich ihm. Warum also konnte ich ihm nicht glauben, wenn es um uns ging? Ich vertraute Gavin mein Leben an, doch nicht mein Herz? Vielleicht lag es an dem Nachklingen meiner Panik, aber mir erschien das ziemlich widersprüchlich, denn war es nicht irgendwie ein und dasselbe?

»Wie ist es passiert?«, fragte ich leise.

»Wie ist was passiert?«

Ich hob den Kopf, um ihn anzusehen. »Damals. Unser erstes Mal.« Meine Stimme erschien mir unnatürlich laut in dem stillen Aufzug, obwohl ich leise sprach und der Kloß in meinem Hals meine Worte dämpfte. »Wie ist es dazu gekommen? Ich erinnere mich, dass ich dich mit einer anderen in der Küche gesehen habe, anschließend ist alles verschwommen. Was ist danach passiert? Erzähl es mir.«

Gavins Kehlkopf hüpfte nervös. »Jetzt?«

»Ja, oder musst du dringend wohin?«

Seine Mundwinkel zuckten. »Nein, aber … bist du dir sicher?«

Ich nickte, weil ich nicht anders konnte. Weil ich es wissen musste. Weil ich endlich Klarheit brauchte, auch wenn ich Angst hatte.

Und dann begann Gavin zu erzählen …

# 24. Kapitel

## GAVIN

*5 Jahre zuvor*

*»Was willst du nach der Highschool machen?«, fragte Emily und beugte sich zu mir. Trotz all der Menschen um uns herum und dem Gestank nach Schweiß und Bier stieg mir ihr klebrig süßer Duft in die Nase.*

*Wir standen in der Küche neben dem Kühlschrank, weil es der ruhigste Ort im ganzen Haus war. Die Musik plärrte aus der Anlage im Wohnzimmer, und überall lachten, sangen und grölten angetrunkene Teenager. Es glich einem Wunder, dass die Nachbarn noch nicht wegen Lärmbelästigung die Polizei gerufen hatten.*

*»Ich möchte Psychologie an der MVU studieren, und du?«, fragte ich und sah mich um. Instinktiv, ohne dass ich es wollte, suchte mein Blick nach dem Mädchen in dem weißen Kleid mit Blumenmuster, an das ich bereits den ganzen Abend denken musste. Doch ich konnte April in der Menge nicht entdecken. Hoffentlich ging es ihr gut. Sie kannte niemanden auf der Party. Nur Luca und mich. Und ich hatte sie stehen lassen, weil ihr Anblick mich Dinge hatte denken lassen, die ich nicht denken sollte.*

*Emily zuckte mit den Schultern, wobei ihr eine Strähne ihres braunen Haars über die Schulter fiel. Sie war wirklich hübsch und erinnerte mich an die Hauptdarstellerin dieser Vampirserie, welche die Mädchen aus unserem Jahrgang so abfeierten. »Ich weiß noch nicht. Vielleicht studiere ich irgendwas mit Sport«, antwortete sie und legte mir eine Hand auf den Unterarm.*

*Ihre Fingernägel kratzten sanft über meine Haut und ließen mich erschaudern. Aber ich empfand nicht dasselbe warme Verlangen, wie wenn mich April berührte. Es war ein kühleres Verlangen, das allein von meinem Körper gesteuert wurde, der in diesen Tagen seinen ganz eigenen Willen zu haben schien.*

*»Sport?«, hakte ich einsilbig nach.*

*»Ja, ich bin Cheerleaderin.« In Emilys Stimme schwang etwas mit, das ich nicht ganz greifen konnte.*

*Jemand drehte die Musik noch lauter, als die ersten Töne von Carly Rae Jepsens* Call Me Maybe *aus den Lautsprechern erklangen. Die Leute um uns herum begannen, lauthals mitzusingen.*

*Ich beugte mich zu Emily, damit meine nächsten Worte nicht vom Lärm verschluckt wurden. »Cheerleaderin? Wow, dann bist du vermutlich ziemlich beweglich?«, fragte ich, ohne zu wissen, was für einen Scheiß ich da laberte. Mein Verstand war von der lauten Musik, dem Stimmengewirr, der schlechten Luft und dem Bier wie in Watte gepackt. Ich konnte nicht klar denken, und mein Mund sprach Dinge aus, die ich eigentlich gar nicht aussprechen wollte.*

*Emily lachte, als hätte ich etwas Witziges gesagt, und kam ein Stück näher. Ihr süßer Duft wurde noch intensiver.*

*Ich setzte ein Lächeln auf, um mir nicht anmerken zu lassen, dass mir von ihrem Parfüm schwummrig wurde. Vielleicht lag es auch am Alkohol.*

*Sie neigte den Kopf. Lust und Verlangen flackerten in ihrem Blick auf. Offenbar hatte sie meinen Worten eine versteckte Einladung entnommen, die ich eigentlich nicht hatte aussprechen wollen.*

*Ich setzte gerade an, mich zu korrigieren, als Emily sich bereits zu mir beugte und mich küsste. Fest presste sie ihre Lippen auf mei-*

*nen Mund. Ihr Lipgloss war klebrig und schmeckte nach Erdbeere. Sie schob sich dicht an mich heran, bis sich ihre Brüste gegen meinen Oberkörper drängten. Und in diesem Moment wusste ich, dass ich heute Abend bei ihr würde landen können, wenn ich wollte. Jeder andere Junge auf der Party hätte bei dieser Aussicht wohl Freudensprünge gemacht, aber ich konnte auch in diesem Moment nur an April denken. Und daran, wie sehr ich sie küssen wollte. Sie und keine andere.*

*Ich packte Emily an den Armen und schob sie von mir.*

*Verwirrt sah sie mich an.*

*»Tut mir leid«, murmelte ich, wobei ich mir nicht sicher war, ob sie mich über die Musik hinweg verstehen konnte.*

*Ich wandte mich von ihr ab und lief davon. Meine Füße trugen mich nach draußen, aber nicht in den Garten, sondern raus auf die Straße, weil ich meine Ruhe wollte. Ich hockte mich auf den Gehsteig, holte tief Luft und fragte mich, was zum Teufel mit mir nicht stimmte. Emily hatte mich gewollt. Ich hatte es in ihrem Blick gesehen, doch ich war weggerannt und hatte die Chance auf Sex verspielt, weil … weil ich Hals über Kopf in ein Mädchen verliebt war, das ich nicht haben konnte.*

*Ich kniff die Augen zu und rieb mir die Schläfe. Vielleicht hätte ich bei Emily bleiben sollen, womöglich hätte eine Nacht mit ihr dabei geholfen, die Gefühle für April loszuwerden.*

Klar, rede dir das nur ein, *spottete die Stimme in meinem Kopf, und ich wusste, dass sie recht hatte. Was ich für April empfand, war nichts, was sich so einfach abschütteln ließ. Ich hatte es mir lange Zeit nicht eingestehen wollen. Schließlich war sie nicht nur meine beste Freundin, sondern auch Lucas kleine Schwester, doch irgendwann, irgendwie hatte ich mich in sie verliebt. Und seit ich das erkannt hatte, konnte ich an nichts anderes mehr denken. Normalerweise war April diejenige, mit der ich über alles sprach, aber in diesem Fall ging das nicht. Und Luca … Luca hätte mir wahr-*

*scheinlich den Kopf abgerissen, hätte er gewusst, was ich für April fühlte.*

*Fuck!*

*Ich konnte nicht sagen, wie lange ich allein auf der Straße herumsaß, offenbar eine ganze Weile. Denn als Luca schließlich kam, um mich für eine Runde Beer Pong zu holen, murmelte er etwas davon, dass er überrascht gewesen war, als er mich durchs Küchenfenster gesehen hatte. Offenbar war er davon ausgegangen, dass ich mich bereits abgeseilt hatte. Die Party war jedoch in vollem Gange. Und ich konnte weder April noch Emily irgendwo entdecken, was vermutlich besser war.*

*Luca verlor die erste Runde Beer Pong gegen mich und forderte eine Revanche. Anschließend schlossen sich uns zwei Jungs an und wir spielten in Teams gegeneinander. Der Alkohol stieg mir mehr und mehr zu Kopf, aber ich genoss das Gefühl, das er auslöste. Mit jedem Schluck schien die Gleichgültigkeit in mir zu wachsen, welche wiederum die Angst verdrängte, möglicherweise meinen besten Freund und meine beste Freundin verlieren zu können, nur weil ich diese dämlichen Gefühle hatte.*

*»Ich muss pissen«, verkündete ich am Ende der nächsten Runde, die Luca und ich gewonnen hatten.*

*Anscheinend wollten die anderen nicht auf mich warten und bauten das Spielfeld bereits wieder auf. Ich setzte mich in Bewegung, wobei ich selbst bemerkte, wie wackelig meine Schritte waren. Ich lief die Treppe hinauf zum Badezimmer, vor dem sich eine Schlange gebildet hatte, die nur langsam kürzer wurde. Als ich schließlich an der Reihe war und wieder aus dem Bad kam, fühlte ich mich so erleichtert wie schon lange nicht mehr. Ich wollte gerade wieder nach unten zu den anderen, als mein Blick auf Aprils Zimmertür fiel, die einen Spaltbreit offen stand. Ich zögerte, entschloss mich dann aber nachzusehen, um sicherzugehen, dass sich keine liebestrunkenen Teenager hinein verirrt hatten.*

*Ich schob die Tür auf, doch es war kein wild knutschendes Pärchen, das ich entdeckte, sondern April, die auf ihrem Bett hockte. Ein Kissen an sich gedrückt starrte sie ins Leere. Sie hatte die Beine angewinkelt, sodass ihr das Kleid über die Knie gerutscht war. Mein Herz begann schneller zu schlagen, und auch andere Teile meines Körpers regten sich bei diesem Anblick. Ich überlegte, mich zurückzuziehen, immerhin hatte ich den ganzen Abend alles daran gesetzt, April aus dem Weg zu gehen. Nun zog es mich zu ihr, ohne dass ich es hätte verhindern können.*

*»Hey«, sagte ich leise, um auf mich aufmerksam zu machen, und betrat das Zimmer, das mir trotz des Chaos so vertraut war, denn es war Aprils Chaos. Manchmal knickte Joan ein und räumte auf, aber offenbar war das in letzter Zeit nicht der Fall gewesen.*

*April hob den Kopf, und in ihrem Gesicht flackerte etwas auf, mit dem ich nicht gerechnet hatte – Wut.*

*»Verschwinde!«, fauchte sie und schleuderte das Kissen, das sie festgehalten hatte, in meine Richtung.*

*Ich fing es auf, wobei alles um mich herum ins Wanken geriet. Shit. Ich ließ das Kissen zu Boden fallen und schob die Tür hinter mir zu, um den Leuten, die vor dem Badezimmer warteten, keine Show zu liefern.*

*»Was ist los?«*

*»Lass mich in Ruhe!«*

*»Erst wenn du mir sagst, was los ist«, verlangte ich, da ich mich nicht daran erinnern konnte, irgendetwas falsch gemacht zu haben. Als wir vorhin miteinander gesprochen hatten, war noch alles gut gewesen.*

*»Ich will nicht mit dir reden!«, zischte sie, verschränkte die Arme vor der Brust, wobei die Bewegung ungelenk wirkte, und warf mir einen giftigen Blick zu, den ich mir nicht erklären konnte.*

*Vielleicht war es unklug, aber ich ignorierte ihre Worte. Vorsichtig, die Hände beschwichtigend erhoben, näherte ich mich dem Bett.*

*Als ich vor ihr stand, stieg mir der Geruch von Tequila in die Nase. Sie hatte bestimmt getrunken – woraus ich ihr ihr keinen Vorwurf machen konnte. Immerhin war ich selbst nicht mehr ganz nüchtern, ebenso wenig wie der Rest der Partygäste.*

*»Habe ich etwas falsch gemacht?«, stellte ich die Frage nun laut.*

*»Ich hab euch zusammen gesehen!«*

*Ich runzelte die Stirn. »Wen hast du gesehen?«*

*»Dich und deine Freundin!«*

*»Meine Freundin?«, fragte ich verwirrt, bis es mir dämmerte. »Oh, meinst du Emily?«*

*»Emily«, wiederholte April den Namen und verzog angewidert das Gesicht. Doch der Ekel in ihrer Miene vermochte es nicht, über den Schmerz hinwegzutäuschen, den ich in ihren Augen aufblitzen sah. »Ich hasse Emily. Du hast sie geküsst! Dabei solltest du mich küssen!«*

*Meine Augen wurden groß, und mein Herz begann schneller zu pochen. Denn ich wollte April küssen. Unbedingt. Vermutlich sollte ich nicht so fühlen, zumal ich mir geschworen hatte, diese Grenze mit April nicht zu überschreiten. Aber nicht nur zu ahnen, sondern mit eigenen Ohren zu hören, dass sie mich ebenfalls mochte, machte etwas mit mir. Mein Magen schlug Purzelbäume, und das nicht auf die schlechte Ich-habe-zu-viel-Bier-getrunken Art und Weise.*

*Obwohl es vermutlich klüger gewesen wäre, den Rückzug anzutreten und dieses Gespräch nüchtern zu führen, kletterte ich zu ihr aufs Bett. Ich setzte mich neben sie, so wie wir immer nebeneinandersaßen. Unsere Rücken gegen die Kissen gelehnt, Arme, die sich berührten. Knie, die einander anstupsten. Die meiste Zeit unserer Freundschaft war ich kleiner gewesen als sie, doch im letzten Jahr war ich gewachsen, und nun blickte ich auf sie herab – und sie zu mir auf. Aus der Nähe erkannte ich, dass ihre blaugrauen Augen glasig waren, als müsste sie mit sich kämpfen, die Tränen zurück-*

*zuhalten. In meiner Brust zog sich etwas zusammen, wenn ich daran dachte, dass sie meinetwegen so fühlte. April wehzutun war das Letzte, was ich wollte, sie war das Beste in meinem Leben.*

*»Ich … Ich hab Emily nicht geküsst«, gestand ich, ohne April aus den Augen zu lassen. Sie roch zwar nach Alkohol, aber weil wir in ihrem Zimmer waren, konnte ich dennoch ihren Duft wahrnehmen. Ein Duft, der mir so vertraut war wie der meines Zuhauses. »Sie hat mich geküsst.«*

*Aprils Blick brannte sich in meinen. »Macht das einen Unterschied?«*

*»Ja, einen gewaltigen. Denn ich hab sie nicht zurückgeküsst.«*

*Mit erstauntem Ausdruck sah April mich an. Und ich konnte nur daran denken, wie unglaublich hübsch sie war. Mit dem blonden Haar, ihren ausdrucksstarken Augen und den Lippen, die am allerschönsten waren, wenn sie mich anlächelten. »Warum nicht?«*

*»Weil …« Ich stockte, auch wenn es kein Zurück mehr gab. In dem Moment, in dem April gesagt hatte, dass ich sie küssen sollte, hatte mein vom Alkohol vernebelter Verstand eine Entscheidung getroffen. Mein Herz pochte trotzdem so heftig, dass ich Angst hatte, es könnte mir jeden Moment aus der Brust springen. Ich holte tief Luft. »Weil sie nicht du ist, May.«*

*Verdutzt schaute April mich an. »Was?«*

*Ihre Stimme klang nun ganz klein, und ich beschloss, ihr zu zeigen, wovon ich redete. Ich legte meine Hand in ihren Nacken und zog sie an mich, bis sich unsere Lippen berührten, so wie sie es sich gewünscht hatte. April gab einen überraschten Laut von sich, den ich mit meinem Mund verschluckte. Er fuhr durch mich hindurch wie ein Blitz.*

*Ich hatte in meinem Leben schon drei Mädchen geküsst.*

*Colleen, auf der Klassenfahrt ins Museum.*

*Gwen, beim Flaschendrehen auf der Geburtstagsparty von Ryan.*

*Und Emily, vor wenigen Stunden.*

*Doch keiner dieser Küsse hatte sich so angefühlt wie dieser mit April. Sie zu küssen brachte ein Gefühl von Richtigkeit mit sich, wie ich es noch nie empfunden hatte. Von dem ich nicht einmal gewusst hatte, dass es überhaupt existierte. Dabei spielte es keine Rolle, dass der Kuss etwas holprig und ungeschickt war. Er fühlte sich dennoch wunderbar an, nicht nur mit meinem Körper, sondern mit meinem ganzen Sein. Als wären wir dazu bestimmt gewesen, einander zu küssen.*

*Meine Haut kribbelte, und ich hatte das Gefühl, jede von Aprils Berührungen intensiver zu spüren als die vorherige. Ihre Hände waren überall, und trotzdem war es nicht genug. Sie drängte sich an mich, auf mich, bis sie auf meinem Schoß saß. Das Kleid rutschte ihr an den Beinen nach oben. Ich hielt sie fest, streichelte ihre Oberschenkel entlang. Ihre Haut war weich und warm, als würde sie glühen. Ich jedenfalls brannte für sie. Sie auf mir zu spüren, brachte mich um den Verstand und ließ meine Hose zum Bersten eng werden.*

*Wie lange hatte ich mir das gewünscht …*

*Wie oft hatte ich es mir vorgestellt …*

*April seufzte an meinem Mund und teilte ihre Lippen für mich. Ich konnte den Alkohol auf ihrer Zunge schmecken. Und sie vermutlich den auf meiner. Eine leise Stimme in meinem Kopf sagte mir, dass es besser wäre aufzuhören. Doch mein Verstand hatte nichts mehr zu melden. Mein Körper hatte längst die Kontrolle übernommen. Die Partygeräusche aus dem Flur rückten immer weiter in den Hintergrund, bis alles, was ich hören, schmecken und fühlen konnte, April war. Und ihr schien es ähnlich zu ergehen.*

*»Nicht aufhören«, verlangte sie an meinem Mund, als könnte sie meine Bedenken spüren.*

*Mir wurde heiß. »Bist du dir sicher?«, fragte ich, meine Stimme rau vor Erregung.*

*April nickte, ohne zu zögern, also hörte ich nicht auf.*
*Ich machte weiter.*
Wir *machten weiter, bis es kein Zurück mehr gab.*
*Gemeinsam ließen wir uns fallen.*
*Und der Fall war wunderschön.*

## APRIL

»Ich war so aufgeregt, aber auf eine positive Art, und glücklich, weil du mich auch wolltest und ich diese ganzen kleinen Zeichen zwischen uns nicht falsch gedeutet hatte. Und es war, wie ich es mir immer vorgestellt hatte«, beendete Gavin seine Erzählung. Sein Blick, der starr auf die Metallwand vor uns gerichtet gewesen war, wanderte zu mir, und seine Lippen verzogen sich zu einem Lächeln. »Na ja, nicht ganz. In meiner Vorstellung habe ich einen etwas bleibenderen Eindruck bei dir hinterlassen.«

Ich lachte nicht.

Er seufzte. »Sorry, der Witz war unangebracht.«

Ich brummte. Meine Panik von zuvor war verflogen. Jetzt hämmerte mein Herz aus einem ganz anderen Grund. Gebannt hatte ich Gavins Erzählung gelauscht; endlich wusste ich, was in jener Nacht geschehen war. Ich hatte dabei ein Gefühl von Déjà-vu. Ich erinnerte mich nicht an das, was Gavin erzählt hatte, aber das Bild, das er mit seinen Worten gezeichnet hatte, kam mir vertraut vor, als hätte ich es schon einmal gesehen. Und was er da beschrieben hatte, es klang …

… schön.

»War es schön mit uns?«, fragte ich zögerlich.

Gavin lächelte schief. »Ja. Traumhaft schön. Wir waren beide etwas unbeholfen, doch vielleicht lag das auch am Alkohol.

Du warst wirklich süß, und ich … ich war nervös, und gleichzeitig froh, mein erstes Mal mit dir erleben zu dürfen.«

Ich nickte langsam. In meinem Kopf hatte ich mir mein erstes Mal immer als schnelle Nummer vorgestellt. Ein eiliger Fick mit irgendeinem Typen, dem ich eigentlich scheißegal war. Aber Gavin hatte mich nicht gefickt. Er hatte mich geliebt. Und ich hatte ihn geliebt. Wir hatten einander geliebt. Und diese Tatsache machte es irgendwie auf eine ganz neue Art und Weise schlimm, dass ich mich nicht daran erinnern konnte.

»Und du hast wirklich nicht bemerkt, dass ich betrunken war?«

»Doch. Schon. Irgendwie«, antwortete Gavin mit einem Seufzen. Er hatte die Knie angewinkelt und seine Arme locker darauf abgelegt. Nun blickte er verlegen auf seine Hände. »Mir war klar, dass du getrunken hattest, wie fast jeder auf der Feier, du kamst mir allerdings nicht *be*trunken vor. Allerdings war ich selbst ziemlich angeheitert, vielleicht habe ich deswegen nicht erkannt, wie betrunken du wirklich warst. Aber auf mich wirktest du entschlossen und als würdest du genau wissen, was du willst. Wenn ich das falsch interpretiert habe …«

»Nein. Ich wollte es auch«, unterbrach ich ihn mit rauer Stimme und sah ihm fest in die Augen. Er hatte in dieser Nacht Fehler begangen, aber das war keiner davon gewesen. »Ich wollte dich. Bereits eine ganze Weile.«

Gavin lächelte zaghaft. »Ich dich auch. Ich war so verknallt in dich und wollte dich eigentlich schon an deinem Geburtstag unbedingt küssen, aber ich hab mich nicht getraut. Und als du an dem Abend gesagt hast, dass ich dich küssen soll, hab ich nicht länger nachgedacht, sondern nur noch gefühlt. Ich wollte dir niemals wehtun, sondern einfach nur mit dir zusammen sein. Doch mit allem, was ich jetzt weiß, wünschte ich, wir hätten gewartet. Ich finde es furchtbar, dass du unser erstes Mal bereust und ich dieses Gefühl nicht abschütteln kann, dich ausgenutzt zu haben.«

»Hast du nicht«, versicherte ich Gavin. »Wie gesagt, ich wollte es. Und irgendwie bin ich auch froh, dass ich mein erstes Mal mit dir hatte. Ich dachte lange Zeit, ich hätte meine Unschuld an irgendeinen Typen verloren, der mir nichts bedeutet hat und der vielleicht sogar grob zu mir war, aber ich glaube dir, wenn du sagst, dass es schön für mich war. Und wie viele Leute können schon behaupten, ihr erstes Mal mit ihrem besten Freund und ihrer ersten großen Liebe gehabt zu haben? Ich versteh nur nicht, warum du gegangen bist. Warum hast du mich allein gelassen?«

Es dauerte ein wenig, bis Gavin antwortete. »Ich würde dir gern eine gute Erklärung liefern, aber ehrlich? Die gibt es nicht. Ich habe Panik bekommen«, sagte er und senkte beschämt den Kopf. »Nachdem es vorbei war, bist du in meinen Armen eingeschlafen. Irgendwann bin ich auch eingepennt, und als ich ein paar Stunden später aufgewacht bin, war die Party vorbei. Ich war wieder nüchtern und habe Schiss bekommen, als ich realisiert habe, was wir getan haben. Luca und du, ihr wart für mich immer wie Familie. Ihr habt mir in der schlimmsten Zeit meines Lebens Halt gegeben, und ich hatte Angst, dass es alles kaputt machen würde. Ich wollte dich nicht verlieren und war mit der Situation überfordert. Da habe ich die denkbar dümmste Entscheidung getroffen und mich aus deinem Zimmer geschlichen, bevor uns jemand erwischen konnte.«

Ich holte tief Luft und wollte etwas sagen, doch das Einzige, was ich zustande brachte, war ein Nicken. Was Gavin sagte, klang schlüssig, aber das linderte den Schmerz und die Unsicherheit, die ich all die Jahre mit mir herumgetragen hatte, nicht im Geringsten.

Ein paar Momente vergingen in Stille.

»Und warum hast du nie etwas gesagt? In all den Jahren … kein Wort. Du meintest, du wolltest mich nicht verlieren, aber du hast mich verloren, weil du mich im Stich gelassen hast.«

Gavin hob den Blick und sah mich an. Reue blitzte in seinen Augen auf. »Ich hab oft darüber nachgedacht, dich darauf anzusprechen. Aber als wir uns nach dieser Nacht wiedergesehen haben, hast du mich keines Blickes gewürdigt. Du bist praktisch vor mir weggerannt und hast dich in deinem Zimmer eingesperrt.«

Shit. Daran konnte ich mich sogar erinnern. Gavin war vorbeigekommen, um mit Luca zu zocken. Ich hatte in der Küche gestanden, mir Cornflakes gemacht und einen von Lucas viel zu großen Pullovern getragen, weil ich mich und meinen Körper vor Ekel hatte verstecken wollen. Gavin war zu mir gekommen und hatte mich gefragt, wie es mir ginge, aber ich hatte nicht mit ihm reden wollen. Einerseits, weil ich mich so schlecht gefühlt hatte wegen jener Nacht, und andererseits, weil ich noch immer das Bild von Gavin und dem anderen Mädchen vor Augen gehabt hatte. In meinem Kopf hatte ich ihn gewollt, aber einen Fremden bekommen. Vor Scham war ich wortlos in mein Zimmer gestürmt und hatte ihn einfach stehen lassen.

»Ich dachte, du wärst wütend auf mich, und wollte dir Zeit geben. Ich war überzeugt davon, dass du auf mich zukommen würdest, wenn du bereit bist«, murmelte Gavin, als ich nichts sagte.

»Wie?! Ich konnte mich nicht erinnern.« Meine Stimme war unbeabsichtigt laut geworden, und ich spürte Funken der Wut in mir aufsteigen, weil Gavin es so klingen ließ, als wäre ich selbst an meinem quälenden Unwissen schuld.

Er seufzte. »Das weiß ich … jetzt. Aber ist dir nicht ein einziges Mal der Gedanke gekommen, dass ich der Kerl gewesen sein könnte?«

»Ehrlich? Nein. Nicht nur, dass ich dich an dem Abend mit einer anderen gesehen hatte, ich wäre auch niemals davon ausgegangen, dass der Gavin, den ich glaubte zu kennen, in der Lage dazu wäre, mich einfach allein zu lassen. Er hätte mir zumindest eine Nachricht dagelassen. Vermutlich hätte ich spätestens, als du mir die Freundschaft gekündigt hast, daraufkommen sollen. Das Timing war perfekt. Aber selbst nachdem du mich fallen lassen hattest, wollte ich noch das Gute in dir sehen. Vielleicht weil ich gehofft hatte, dass du erkennst, dass du einen Fehler gemacht hast, und zu mir zurückkommst. Jetzt erscheint es mir so verdammt offensichtlich, doch damals wollte ich nicht, dass du der mysteriöse Fremde bist, weil ich glauben wollte, dass du besser bist. Du hattest so viele Gelegenheiten, mit mir zu reden, auch jetzt, Jahre später. Was war an Lucas Geburtstag im Zelt, als wir über unsere Freundschaft gesprochen haben? Warum hast du es damals nicht erwähnt?«

»Weil ich dachte, dass du es weißt! Ich bin davon ausgegangen, dass du genauso wie ich einen Kater hattest, keinen Filmriss«, erwiderte Gavin, nun ebenfalls aufgebracht. Er sprang auf die Beine, kam allerdings nicht weit, denn bereits nach zwei Schritten wurde er von den Metallwänden gestoppt, die uns umgaben. »Du hast jedes Recht, wütend auf mich zu sein. Ich hätte nicht gehen dürfen. Andererseits, wie hätte ich das ahnen können? Mir ist natürlich aufgefallen, dass du nach dieser Nacht merkwürdig drauf warst, aber das hat mich nur darin bestärkt, dass du nicht darüber reden willst. Und kurz darauf bist du wortlos für ein paar Wochen zu deiner Mom abgehauen, obwohl wir all diese Pläne für den Sommer hatten. Ich dachte, du bereust es und hasst mich deswegen.«

Mein Mund wurde auf einmal staubtrocken, als ich an jenen Sommer zurückdachte und an die Umstände, die zu dem Besuch bei meiner Mom geführt hatten. Ich hatte noch nie so viel Zeit am Stück mit ihr verbracht. Sie hatte sich freigenommen. Wir waren zusammen an den See gefahren und in den Vergnügungspark. Ich hatte sie dazu überreden können, mit mir auf die Achterbahn zu gehen. Nie zuvor hatte ich meine Mom so lachen gehört wie an diesem Tag. Aber vor allem hatte sie mich getröstet, mich in Schutz genommen und mir geholfen, als ich nicht weitergewusst und Angst gehabt hatte wie nie zuvor in meinem Leben.

»Ich dachte, ich wäre schwanger.«

Gavin erstarrte. »Was?«

Zittrig holte ich Luft. Ich hatte diesen Satz ewig nicht mehr ausgesprochen. In all den Versionen der Geschichte, die ich in den letzten Jahren erzählt hatte, hatte ich den Teil immer ausgelassen, zu tief saßen die Angst, die Scham und der Wunsch, mich nicht zu erinnern.

»Ich dachte, ich wäre schwanger«, wiederholte ich meine Worte, die sich fremd auf meiner Zunge anfühlten. »Zwei Wochen, nachdem wir miteinander geschlafen hatten, hätte ich meine Tage bekommen sollen, aber sie sind ausgeblieben. Ich wusste nicht, was ich tun sollte, und hatte zu große Angst, mir selbst einen Schwangerschaftstest zu kaufen, also bin ich zu meiner Mom.«

Ich konnte Gavins Gesichtsausdruck nicht deuten. Er lag irgendwo zwischen Schock, Panik und Verwirrung, als könnte er nicht ganz verarbeiten, was ich gerade gesagt hatte.

Ich seufzte. »Meine Mom war … ziemlich cool. Sie war überrascht, als ich plötzlich vor ihrer Tür stand, und ziemlich geschockt, aber sie hat mir keine Vorwürfe gemacht. Noch am selben Tag hat sie mir mehrere Tests gekauft, die alle negativ waren, und am Tag drauf ist sie mit mir zum Arzt. Nur zur Sicherheit.«

Mir stellten sich die Nackenhaare auf, wenn ich daran zurückdachte. Ich hatte solche Angst gehabt. Nicht nur vor der Reaktion meiner Mom, sondern auch davor, was passieren würde, wenn einer der Tests positiv ausfiel. Ich hatte gezittert und geweint, erst vor Panik, dann vor Erleichterung und dann wieder vor Panik, als meine Mom mich zur Ärztin gebracht hatte, weil ich der festen Überzeugung gewesen war, die Tests hätten sich allesamt getäuscht. Ich hatte mein Leben, meine Träume und meine Ziele bereits den Bach runtergehen sehen, obwohl mir meine Mom versichert hatte, dass es andere Mittel und Wege gab. Aber in diesem Moment hatte ich mich schon selbst als Mutter gesehen, mit einem Kind ohne Vater, weil ich nicht gewusst hätte, wer der Vater war.

»Es war ein Fehlalarm. Ich war nicht schwanger. Kurz darauf hab ich meine Periode bekommen, aber die ganze Angelegenheit hat mir einen ziemlichen Schreck eingejagt«, erzählte ich weiter und knetete dabei nervös meine Hände. »Ich bin noch eine Weile bei meiner Mom geblieben, um alles zu verarbeiten und wieder in die Normalität zurückzufinden. Das war der Grund, weshalb ich den Sommer über weg war. Nicht, weil ich mich vor dir versteckt habe und nicht mit dir reden wollte.«

»Shit, April.« Gavin kam zu mir zurück und ging erneut vor mir in die Knie. Er ergriff meine Hände, die ganz rot waren, nachdem ich sie so heftig geknetet hatte. »Das muss erschreckend gewesen sein.«

Man sollte meinen, dass es nach fünf Jahren leichter gewesen wäre, darüber zu reden. Immerhin war nichts geschehen, und ich hatte mir das Leben aufbauen können, das ich immer gewollt hatte, aber der Schock von damals saß mir nach wie vor in den Knochen. »Du ahnst nicht, wie sehr.«

Gavin atmete schwer aus und drückte meine Hände noch

fester. »Ich weiß nicht, was ich sagen soll«, murmelte er, doch dann fand er die richtigen Worte. »Es tut mir unendlich leid, dass du das hast durchmachen müssen. Und ich wünschte, ich hätte für dich da sein können. Kein Wunder, dass du die letzten Wochen nicht mit mir reden wolltest. Ich an deiner Stelle würde mich hassen.«

»Ich hasse dich nicht … Okay, ein bisschen schon«, gab ich zu, aber eher im Scherz.

Gavin lachte nicht. »Gut, das hab ich verdient. Ich kann mich gar nicht genug bei dir entschuldigen, trotz allem werde ich es versuchen – wenn du mich lässt. Ich war ein Arschloch. Ich hab in jener Nacht nur an mich gedacht. Das tut mir leid. Ich hätte bei dir bleiben müssen, und ich bereue meine Entscheidung, dich alleingelassen zu haben, aus sehr vielen Gründen. Ich kann dir gern eine Liste schreiben, aber der wichtigste Grund lautet: Du bedeutest mir die Welt. Und sollte dieser Aufzug abstürzen und die einzige Möglichkeit, dich zu retten, darin bestehen, für dich zu sterben, würde ich es, ohne zu zögern, tun.«

»Hoffentlich passiert das nicht.«

Gavin lächelte. »Keine Angst, wird es nicht, aber was ich versuche zu sagen ist … du *bedeutest* mir nicht nur die Welt, sondern du *bist* meine Welt. Du machst einfach alles besser, und ich kann mir ein Leben ohne dich nicht vorstellen. Selbst wenn ich in diesem Leben nur *der Freund deines Bruders* bin. Aber ich hoffe, du kannst mir verzeihen. Ich liebe dich, April. Und wenn es sein muss, werde ich mich für den Rest meines Lebens jeden Tag bei dir entschuldigen. Und wenn du das nicht willst, wenn du nichts mehr mit mir zu tun haben möchtest, werde ich das akzeptieren. Denn ich schwöre hoch und heilig, dass ich nie wieder etwas tun werde, das dir schadet oder dich verletzt.«

Ich starrte Gavin an. Meine Augen brannten, und einen Moment lang konnte ich keinen klaren Gedanken fassen. Ich hatte in meinem Leben noch keine schöneren und gleichzeitig angsteinflößenderen Sätze gehört. Schön, weil ich mir immer gewünscht hatte, dass Gavin genau diese Worte zu mir sagte. Und angsteinflößend, weil mein Herz über meinen Verstand hinweg längst eine Entscheidung getroffen hatte, nämlich dass ich Gavin genug liebte, um ihm zu vergeben.

»Wenn ich uns noch eine Chance gebe … eine letzte, habe ich eine Bedingung, die nicht verhandelbar ist«, sagte ich. Mein Puls pochte dabei wie wild. Ich konnte nicht glauben, dass ich tatsächlich bereit war, Gavin ein weiteres Mal zu vertrauen. Aber das war wohl diese große Liebe, von der ich geträumt hatte. Sie war nicht immer schön, und manchmal tat sie weh, doch sie schenkte mir auch den Mut und die Stärke, mein Herz noch einmal zu riskieren.

Ein Lächeln zuckte bei meinen Worten in Gavins Mundwinkel, aber er strengte sich an, es zurückzuhalten, ernst zu bleiben und mir zuzuhören, bevor er seiner Freude über meine Entscheidung freien Lauf ließ. Tief sah er mir in die Augen. Das Blau darin war im schummrigen Licht des Fahrstuhls kaum zu erkennen. »Alles. Ich verspreche dir alles.«

»Keine Lügen und keine Geheimnisse. Nie wieder. Du musst mit mir reden, auch wenn du Angst hast. Nicht nur über deine Gefühle, sondern über alles, deine Mom, dein Leben. Ich will alles wissen. Damals bist du gegangen und ich war allein, aber ich will nie wieder allein sein. Wir stecken da zusammen drin. Versprochen?«

»Versprochen«, murmelte Gavin.

Ich beugte mich nach vorn und küsste ihn. Es war ein flüchtiger Kuss, der jedoch ausreichte, um Wärme in meinem Bauch zu erzeugen. Wärme, die ich in den letzten Wochen vermisst hatte, weil ich Gavin vermisst hatte. Ich lehnte meine Stirn gegen seine. Mein Ausatmen wurde zu seinem Einatmen, und er strich mir sanft eine verirrte Haarsträhne aus dem Gesicht.

»Ich liebe dich, May.« Er sprach meinen Spitznamen zaghaft, fast vorsichtig aus, als wäre er sich nicht sicher, ob es ihm wieder erlaubt war, ihn zu benutzen.

Ich lächelte ihn an und küsste ihn erneut. Erleichtert, das endlich wieder tun zu können, ohne Verwirrung und ohne Unsicherheit, weil ich eine Entscheidung getroffen hatte – oder vielmehr mein Herz.

»Hallo?! Hören Sie mich?«, ertönte plötzlich eine raue Stimme. Sie klang gepresst hinter dem Metall. »Wir holen Sie gleich raus, halten Sie noch ein paar Sekunden durch!«

Ich seufzte an Gavins Lippen. »Endlich.«

»Komm, so schlimm war es nicht. Ich hab dich super abgelenkt.«

Ich lachte. »Ja, das hast du.«

Gavin grinste, sprang auf und half mir anschließend auf die Beine. Meine Knie fühlten sich nicht länger an wie aus Gummi.

Plötzlich ertönte ein dumpfer Schlag über unseren Köpfen, und ein leichter Ruck ging durch den Aufzug, der mir nun doch wieder direkt in den Magen fuhr. Gavin drückte meine Hand. Schritte waren zu hören. Jemand lief auf dem Dach des Fahrstuhls herum. Kurz darauf wurde ein Teil der Abdeckung beiseitegeschoben und ein Mann in Feuerwehruniform steckte den Kopf hinein. Er fragte uns, ob alles gut wäre, und teilte uns mit, dass sie uns über den Notausstieg rausholen würden, weil es keine Möglichkeit gab, den Aufzug kurzfristig wieder in Gang zu bringen. Sie ließen eine Leiter in den Schacht hinab, und anschließend konnten wir über die aufgestemmte Tür im zweiten Stock in die Freiheit klettern. Die Feuerwehr hakte noch einmal nach, ob bei uns alles in Ordnung sei, dann durften wir gehen.

Wir nahmen die Treppe nach oben in die dritte Etage. Vor der Wohnungstür blieben wir stehen.

Ein nervöses Flattern nistete sich in meiner Brust ein, weil ich mir nicht sicher war, wie es weitergehen sollte. Gavin war mit hergekommen, damit wir reden konnten, aber der Rede-Part war vorbei. Was kam nun? Sollte ich ihn reinbitten? Sollte ich ihm anbieten, hier zu übernachten, immerhin war es schon recht spät?

»Ich sollte nach Hause, um nach Jack zu sehen«, sagte Gavin und nahm mir die Entscheidung damit ab. Er trat auf mich zu und umfasste mein Gesicht mit beiden Händen. Liebevoll lächelte er mich an und streichelte sanft mit den Daumen über meine Wangen, bevor er mich auf die Nasenspitze küsste. »Darf ich dich morgen anrufen?«

»Luca und ich wollten morgen mit Sage auf den Weihnachtsmarkt, bevor am Dienstag ihr Flieger nach Maine geht. Hast du vielleicht Lust mitzukommen?«

»Klar. Ich würde mich freuen«, antwortete Gavin. Erneut versiegelte er meine Lippen mit seinen. Es war ein inniger Kuss, der mich bedauern ließ, dass er nicht bei mir blieb. Viel zu früh löste er sich von mir und lächelte mich an. Es war ein hinreißendes Lächeln, das nur von dem Funkeln in seinen Augen übertroffen wurde. »Dann sehen wir uns morgen?«

Ich nickte.

Sein Grinsen wurde breiter. »Ich kann es kaum erwarten.«

# 25. Kapitel

## APRIL

*Gavin:* Guten Morgen 🖤

Gavins Nachricht wartete nach dem Aufwachen am nächsten Morgen bereits auf mich und zauberte mir ein Lächeln ins Gesicht. Es war mir unerklärlich, wie aus einem Date mit Josh eine Aussprache mit Gavin hatte werden können, aber ich war überglücklich und bereute es nicht im Geringsten, ihm verziehen zu haben. Er hatte versprochen, von nun an ehrlich mit mir zu sein, und ich glaubte ihm. Natürlich bestand ein Restrisiko, dass er mich erneut verletzte, doch dieses Risiko wäre ich mit jeder anderen Beziehung genauso eingegangen. Große Gefühle brachten eben große Verletzlichkeit mit sich, aber irgendwie war es auch gerade diese Verletzlichkeit, die es so schön machte. Ich konnte nur hoffen und darauf vertrauen, dass Gavin von nun an vorsichtig mit diesem verletzlichen Teil umging.

*Ich:* Guten Morgen zurück. 🖤
*Gavin:* Hey. Hast du gut geschlafen?
*Ich:* Ja, aber ich lag noch eine Weile wach.
*Gavin:* Ich auch.
*Gavin:* Was steht heute an, außer Weihnachtsmarkt?
*Ich:* Ich muss gleich ins Le Petit. 😮💨

*Gavin:* Du schaffst das!

*Ich:* Mal schauen, wie lange noch …

*Gavin:* Was meinst du?

*Ich:* Kannst du ein Geheimnis für dich behalten?

*Gavin:* Du weißt, dass ich das kann.

*Ich:* Ich überlege zu kündigen.

*Gavin:* Ernsthaft?

*Ich:* Ja. Ich liebe das Bistro, aber mit der SHS ist es doch etwas viel. Mir bleibt kaum mehr Zeit für mich. Ich war ewig nicht mehr im Fitnessstudio oder shoppen!

*Gavin:* Wenn du das Geld nicht brauchst, solltest du kündigen.

*Ich:* Ich müsste an mein Erspartes ran, aber ich denke, das wäre okay.

*Gavin:* Cam wird das sicherlich verstehen.

*Ich:* Ich hoffe es. Vielleicht kann ich ihm helfen, einen Ersatz für mich zu finden.

*Gavin:* Ich würde mich ja anbieten, wenn ich nicht schon zwei Jobs hätte.

*Ich:* Mir ist unerklärlich, wie du das alles schaffst.

*Gavin:* Wenig Schlaf. Viel Koffein. Und eine gute Routine.

*Ich:* Klingt ungesund.

*Gavin:* Ist es vermutlich auch, aber lass uns lieber über schönere Dinge reden. Hättest du Lust, heute nach dem Weihnachtsmarkt mit zu mir zu kommen? Ich würde dir gern mein Zimmer zeigen.

*Ich:* Klingt wie eine schlechte Anmache.

*Gavin:* Ist es vermutlich auch.

Ich lachte. Wir schrieben noch ein paarmal hin und her, bis Gavin losmusste, um mit Jack rauszugehen. Anschließend blieb ich eine Weile im Bett liegen und nutzte die Zeit, um

Josh eine Nachricht zu schicken, mit der ich ihn wissen ließ, dass das mit uns nichts werden würde. Anschließend löschte ich zuerst mein Konto und dann die Dating-App von meinem Handy.

»Ein Doppeldate! Wie aufregend!« Sage saß nach vorn gelehnt auf der Rückbank meines Wagens, den Kopf zwischen unseren Sitzen. Das breite Grinsen hatte ihr Gesicht kein einziges Mal verlassen, seit ich Luca und ihr von Gavins und meiner Versöhnung erzählt hatte.

Sage war vollkommen ausgerastet vor Freude. Luca hingen hatte mich etwas zurückhaltender gefragt, ob ich mir denn sicher wäre. Ich hatte genickt und ihm versichert, dass ich absolut von meiner Entscheidung überzeugt war. Das hatte ihn beruhigt. Und auch wenn er seinen Gefühlen weniger freien Lauf ließ als Sage, war ich mir trotzdem sicher, dass er sich für Gavin und mich freute. Immerhin liebte er uns beide und wünschte sich, dass wir glücklich waren. Und die Aussicht darauf, Gavin gleich wiederzusehen, machte mich sehr glücklich.

»Wir haben schon oft was zu viert unternommen«, sagte Luca.

»Ja, aber da waren die beiden kein Paar«, argumentierte Sage.

Ich ergatterte eine Parklücke direkt am Weihnachtsmarkt. Als wir aus dem Auto stiegen, wurden wir von Kälte und zarten Schneeflocken in Empfang genommen, die leise vom Himmel segelten. Luca schlotterte und zog seinen Schal höher. Schmunzelnd schlüpfte ich in meine Handschuhe, ehe wir uns gemeinsam auf den Weg zum Markt machten. Es war bereits dunkel, und die zahlreichen Lichter der Stände und Fahrgeschäfte erhellten die Nacht. Wir liefen zu dem Eingang, der durch zwei große Weihnachtsbäume gekennzeichnet war und wo Gavin auf uns wartete. Sein Anblick beflügelte meine Schritte, und ich musste an mich halten, um nicht zu ihm zu rennen.

Kaum dass er uns entdeckte, trat ein Lächeln auf sein Gesicht und er kam uns entgegen. Nein, er kam *mir* entgegen. Er steuerte geradewegs auf mich zu, nur kurz zuckte sein Blick von mir zu Luca. Als er mich erreichte, schloss er mich in eine Umarmung und gab mir einen zögerlichen Kuss auf die Wange. Es war süß. Und ich war dankbar für die Kälte, die mein Gesicht bereits vorher hatte erröten lassen.

»Wartest du schon lange?«

»Nein, erst ein paar Minuten«, antwortete Gavin und begrüßte mit einem Nicken Sage und Luca, welche die Arme umeinander gelegt hatten. Luca, um Sage vor den Menschen zu schützen, und Sage, um Luca zu wärmen, der sich über die Kälte beschwerte, seit wir das Haus verlassen hatten.

»Wo ist Jack?«, erkundigte sich Luca.

»Zu Hause bei Eliot. Ich wollte ihm den Trubel nicht antun.«

Luca nickte verständnisvoll, wenn auch leicht enttäuscht.

Ich deutete Richtung Eingang. »Wollen wir rein?«

»Klar, dafür sind wir da«, sagte Sage.

Gavin griff nach meiner Hand, und mir wurde trotz des kalten Windes ganz warm in der Brust. Ich lächelte ihn an. Er lächelte zurück. Und gemeinsam gingen wir auf den Weihnachtsmarkt.

Es duftete herrlich nach gebrannten Mandeln, Zuckerwatte und Popcorn. Die Lichter, die man bereits aus der Ferne gesehen hatte, strahlten auf dem Markt noch heller. Wohin ich blickte, entdeckte ich blinkende Lampen, die versuchten, die Leute anzulocken. Es gab Stände, an denen Schmuck und andere Geschenkartikel verkauft wurden, jede Menge Imbissbuden und auch einige Fahrgeschäfte. Wir holten uns Schokofrüchte, schlenderten über den Markt und verschafften uns einen Überblick – Sage und Luca, Gavin und ich. Eine Kombination, die ich vor gerade mal fünf Monaten nicht gesehen hätte. Zumindest hätte ich damals alles daran gesetzt, sie zu vermeiden.

»Wo sind eigentlich Connor und Aaron?«, erkundigte ich mich.

»Ich hab gefragt, ob sie mitwollen, um aus dem Doppeldate ein Triodate zu machen, aber sie hatten für heute Abend schon Pläne«, antwortete Sage.

»Schade.«

»Heißt das wirklich Triodate?«, fragte Luca nachdenklich. »Oder Tripeldate?«

»Ich glaube Tripeldate«, antwortete Gavin. »Du zählst Quadrupel, Quintupel, Sextupel und so weiter.«

Luca schnaubte. »Ein Sextupeldate klingt wie ein Gangbang.«

Gavin nickte. »Was will man auch sonst mit zwölf Leuten auf einem Date machen?«

»Es ist ja kein Date mit zwölf Leuten, sondern es sind sechs Dates mit je zwei Leuten, die gleichzeitig stattfinden«, merkte Sage an.

»Klingt trotzdem versaut«, sagte Luca und zog Sage enger an sich, als eine Gruppe leicht angeheiterter Jungs an uns vorbeilief.

Wir erreichten die Hauptattraktion: das Riesenrad, das alle anderen Stände überragte und gefühlt endlos in den Himmel reichte, wenn man unmittelbar davorstand und den Kopf in den Nacken legte.

Sage packte Lucas Hand. »Komm, ich will damit fahren.«

»Das hab ich mir schon gedacht. Kommt ihr mit?« Er sah zu Gavin und mir.

Ich schüttelte den Kopf. Eigentlich fuhr ich gern Riesenrad, allerdings saß mir der Schreck von gestern, im Aufzug festzustecken, noch immer in den Knochen. Und ich wollte keine weitere Panikattacke riskieren, so gering die Chancen dafür sein mochten. »Lieber nicht, aber ich wünsche euch viel Spaß.«

»Ich bleib auch hier«, verkündete Gavin.

Sage schob Luca zu der Warteschlange vor dem Kassenhäuschen. Über die Schulter warf sie mir einen vielsagenden Blick zu, ehe sie sich wieder meinem Bruder zuwandte.

Gavins Griff um meine Hand festigte sich, und er dirigierte mich an die Seite, damit wir nicht ständig angerempelt wurden, während wir auf die beiden warteten. Zwischen dem Riesenrad und einer Bude für Ringwerfen verschmolzen wir mit der Dunkelheit abseits der Lichter. Schwungvoll zog Gavin mich an sich, worauf ich einen überraschten Laut ausstieß, den er mit einem Kuss verschluckte.

Die Menschen, die Lichter, die lauten Stimmen und die heitere Musik, all das trat in den Hintergrund und meine Welt schrumpfte in sich zusammen, bis da nur noch Gavin war. Ich schlang die Arme um seinen Nacken und er legte seine um meine Taille. Er hob mich ein Stück hoch, bis ich auf den Zehenspitzen stand. Mein Herz wummerte heftig, aber es war bei Weitem nicht der einzige Teil meines Körpers, der auf Gavins Küsse reagierte. Küsse, die nach dunkler Schokolade, süßen Erdbeeren und einem sehnsuchtsvollen Versprechen schmeckten. Ich musste an Gavins Einladung denken, später mit ihm nach Hause zu gehen, und an das, was dort vermutlich passieren würde …

Gavin löste sich von mir. Sein Gesicht lag halb im Schatten verborgen, dennoch erkannte ich das liebevolle Funkeln in seinen Augen, als mein Blick auf seinen traf. »Alles gut bei dir?«

Ich grinste. »Ja, bei dir?«

»Auch, allerdings muss ich gestehen, dass ich etwas Angst hatte.«

»Wovor?«

»Dass du heute aufwachst und erkennst, dass du mir nur verziehen hast, weil du im Aufzug Todesangst hattest.«

»Nur ein bisschen am Anfang, du hast mich sehr gut abgelenkt.«

Seine linke Hand strich sanft meine Wirbelsäule empor. Ich konnte die Berührung durch meinen dicken Mantel kaum spüren, trotzdem ließ die Geste mich erschaudern. »Du bist also immer noch okay mit uns?«

Ich nickte. »Sehr okay.«

Gavins Mundwinkel zuckten. »Das freut mich, denn ich will nie wieder von dir getrennt sein.«

»Nie wieder?«

»Nie wieder«, bestätigte er und küsste meine Nasenspitze.

»Auch nicht, wenn ich schlechte Laune habe?«

»Nope.«

»Und was ist, wenn ich so einen richtig miesen Tag habe und launisch bin und dich am laufenden Band anmeckere?«

»Dann werde ich alles in meiner Macht Stehende tun, um den Tag für dich besser zu machen.«

»Wie?«, fragte ich neugierig.

Gavin zuckte mit den Schultern. »Ich weiß nicht. Sushi. Ein Film. Eine gemeinsame Dusche. Vielleicht ein Schaumbad oder andere horizontale Aktivitäten, bei denen man ins Schwitzen kommt.«

Ich lachte. »Horizontale Aktivitäten?«

Gavin grinste verlegen. »Ja, na ja, ich wollte nicht mit der Tür ins Haus fallen. Wobei ich vertikalen Aktivitäten auch nicht abgeneigt wäre. Wir beide in der Dusche … das war schon ziemlich heiß. Manchmal reicht der bloße Gedanke daran aus, um mich hart werden zu lassen.« Wie um mir das zu beweisen, schob Gavin mir sein Becken entgegen. Er drängte sich gegen meine Mitte, und ich konnte spüren, dass er erregt war.

Hitze stieg mir in die Wangen. »Du … Du hättest also Lust?«

»Und wie. Hast du vergessen, wie ich dir im Zelt erzählt habe, dass du meine absolut liebste Fantasie bist? Ich kann es kaum erwarten, diese Fantasie Realität werden zu lassen.«

Ich wusste nicht, was ich darauf erwidern sollte, aber irgendetwas schien Gavin in meinem Gesicht zu erkennen, denn sein Lächeln verblasste und er wurde ernst. »Hey, nur weil ich bereit bin, heißt das nicht, dass du es auch sein musst. Wir haben alle Zeit der Welt, und wenn du lieber warten willst, ist das völlig okay.«

Ich biss mir auf die Unterlippe. Es war nicht so, dass ich nicht mit Gavin schlafen wollte. Der Vorgeschmack, den ich vor einigen Wochen in der Dusche bekommen hatte, war wunderbar gewesen und hatte mir durchaus Lust auf mehr gemacht, aber …

»April?«

»Ja?«

Gavin sah mich mit gerunzelter Stirn an. »Ist alles in Ordnung?«

Ich nickte. »Ja, es ist nur … Ich war doch vor ein paar Wochen im MYdeer. Da habe ich einen Flyer entdeckt, der mir eine Erkenntnis über mich selbst eingebracht hat.«

»Okay …«

»Es ging in dem Flyer um das asexuelle Spektrum, und ich … ich glaube irgendwie, dass ich dorthin gehöre. Es ist nicht so, dass ich gar keine Lust auf Sex habe, aber es gehört für mich irgendwie ziemlich viel dazu, bis ich in Stimmung komme. Oder bis ich mir überhaupt vorstellen kann, mit jemandem Sex zu haben. Du bist der Einzige, mit dem ich je welchen hatte«, gestand ich, weil Gavin wissen sollte, woran er war, was er von mir erwarten konnte und was nicht. »Ich verstehe den Hype um

Sex einfach nicht und dachte immer, ich wäre komisch oder es läge an der Art und Weise, wie ich meine Unschuld verloren habe, dass ich so fühle. Aber inzwischen glaube ich, dass das gar nicht der Grund dafür ist.«

Abwartend sah ich Gavin an, um seine Reaktion auf mein Geständnis zu beobachten. Die Falten auf seiner Stirn glätteten sich. »Du bist überhaupt nicht komisch. Ich würde lügen, wenn ich behaupte, dass ich nicht mit dir schlafen will, denn das will ich. Doch ich liebe dich und nicht die Vorstellung, Sex mit dir zu haben. Wir leben in einer total sexualisierten Gesellschaft, natürlich denkt man da schnell, dass Sex alles ist. Was nicht stimmt. Manche Leute mögen Sex sehr, manche weniger. Und manche eben gar nicht. Das ist okay.«

»Aber ich will Sex«, erklärte ich schnell mit gesenkter Stimme, damit niemand uns hörte, auch wenn das mit der lauten Musik und den heiteren Gesprächen um uns herum unwahrscheinlich war. »Vor allem mit dir. Er ist mir nur nicht so wichtig. Ergibt das Sinn? Wenn du mir jetzt sagen würdest, dass wir noch drei Jahre warten sollen, ehe wir miteinander schlafen, wäre das fein für mich, solange wir nur Zeit zusammen verbringen. Einfach mit dir zu reden wie jetzt gerade ist für mich genauso schön, wenn nicht sogar schöner.«

Gavin lächelte. »Ich finde das auch sehr schön. Und danke, dass du so ehrlich bist.«

»Danke, dass du so verständnisvoll bist. Ich hatte ein bisschen Angst, es dir zu sagen«, gab ich zu. »Aber weil ich möchte, dass du mit mir redest, wenn du Angst hast, muss ich wohl im Gegenzug das Gleiche tun.«

»Das war sehr mutig von dir. Du musst dir keine Sorgen machen, wir haben alle Zeit der Welt. Du gibst das Tempo vor. Lass mich einfach wissen, wenn du bereit bist. Ich habe dich die letzten fünf Jahren geliebt, ohne mit dir zu schlafen, ich kann dich noch weitere fünf Jahre lieben, ohne mit dir zu schlafen. Und wenn es sechs, sieben oder auch acht Jahre ohne Sex werden, ist das ebenso okay. Ich warte auf dich.«

Ich stellte mich auf die Zehenspitzen und küsste ihn. Es war ein sanfter, liebevoller Kuss, der nicht nur nach dunkler Schokolade, sondern gleichzeitig nach Vertrauen schmeckte. Und ich war mir in diesem Moment ziemlich sicher, dass Gavin keine Jahre, vielleicht nicht einmal Monate oder Wochen darauf warten musste, wenn der Ball aus Hitze, den ich bei unserem Kuss empfand, ein Indiz war. Mir war nur wichtig, ihn wissen zu lassen, was ich dachte und fühlte. Nicht nur, weil ich immer alles mit ihm geteilt hatte, sondern vor allem, weil ich darüber reden wollte und meine Gedanken und Gefühle bei niemandem besser aufgehoben waren als bei ihm.

# 26. Kapitel

## APRIL

Sage und Luca kamen von ihrer Fahrt mit dem Riesenrad zurück. Anschließend schlenderten wir noch eine Weile über den Markt. Wir holten uns etwas zu essen, sahen uns ein Krippenspiel an, das auf einer kleinen Bühne aufgeführt wurde, ich kaufte ein Geschenk für Joan, und wir wagten uns auf die Eislaufbahn, wobei wir alle vier keine sonderlich gute Figur abgaben. Die ganze Zeit über hielt Gavin meine Hand, und es war beinahe erschreckend, wie schnell sich das wieder nach Normalität anfühlte. Als wäre es nie anders gewesen.

Irgendwann wurde es Sage zu viel, und sie wollte heim. Zuerst brachte ich Luca und sie zu Sages Wohnung, da sie für ihre Reise nach Maine packen musste. Anschließend fuhr ich weiter zu Gavin. Das Erste, was ich nach dem Öffnen der Tür hörte, war Jacks aufgeregtes Trappeln, als er angerannt kam, um uns zu begrüßen. Schwanzwedelnd tänzelte er erst um Gavin, dann um mich herum und beschnüffelte die Tüte mit gebrannten Mandeln, die Gavin in der Hand hielt.

»Hey, da seid ihr ja.« Ich sah von Jack auf und entdeckte Eliot, der aus seinem Zimmer gekommen war, in dem er – seinem unordentlichen Dutt und dem zerknitterten Shirt nach zu urteilen – offenbar einen entspannten Abend verbracht hatte. »Wie war der Markt?«

»Schön, aber sehr voll«, antwortete ich.

Eliot grinste. »Das kann ich mir vorstellen.«

»Ich hab dir was mitgebracht«, sagte Gavin und reichte seinem neuen Mitbewohner die Mandeln. »Danke, dass du auf Jack aufgepasst hast. Ich hoffe, er hat sich anständig verhalten?«

Eliot machte die Tüte auf, um nachzusehen, was drin war. »Wir hatten die beste Zeit. Wir haben zusammen Geschenke eingepackt und Podcast gehört.«

»Klingt nach einem guten Abend. Wart ihr schon draußen?«, fragte Gavin.

»Ja, wir sind vor einer halben Stunde zurückgekommen.«

»Cool, danke.«

Eliot machte eine wegwischende Handbewegung, als wäre es keine große Sache, und seinem Lächeln nach zu urteilen hatte er wirklich Spaß mit Jack gehabt. Dieser wirkte völlig verändert im Vergleich zu meiner letzten Begegnung mit ihm in der Wohnung von Monica. Eliot wünschte uns noch einen schönen Abend und ging wieder in sein Zimmer, wobei er die Tür einen Spalt für Jack offen stehen ließ.

»Bekomm ich eine Führung?«, fragte ich und hängte meinen Mantel an die Garderobe.

»Gern, aber viel gibt es nicht zu sehen.«

Es gab tatsächlich nicht viel zu sehen. In der Küche machte uns Gavin zwei Tassen Tee, anschließend zeigte er mir das Bad und zuletzt sein Zimmer. Dadurch, dass es nur ein Raum war und keine Wohnung, wirkte alles gemütlicher und weniger karg, obwohl Gavin nur die allernötigsten Möbel besaß: ein Bett, einen Kleiderschrank, einen Schreibtisch und die durchgesessene Couch aus seinem alten Apartment. Der Fernseher hing an der Wand, und seine PlayStation stand einfach auf dem Boden darunter. Allerdings entdeckte ich zwei Pflanzen auf dem Fensterbrett, und er hatte vereinzelt Plakate seiner

Lieblingsgames aufgehängt, die dem Raum Leben einhauchten und mir zeigten, dass wirklich Gavin hier wohnte.

»Und?«, fragte er nervös.

Ich lächelte. »Es gefällt mir. Besser als deine alte Wohnung.«

Er runzelte die Stirn. »Wann warst du … Ach ja, nach der Nacht am See. Ganz vergessen.«

»Ja. Das Zimmer hier wirkt mehr wie du. Ich bin wirklich froh, dass es mit der WG geklappt hat und du dich mit Eliot verstehst.«

»Ja, er ist toll.«

»Ich hab eben einen hervorragenden Männergeschmack.«

Gavin hob die Brauen. »Josh?«

Ich zog eine Grimasse. »Das war technisches Versagen. Hätte ich ihn im echten Leben kennengelernt und nicht über diese Dating-App, wäre das niemals passiert. Ich gebe der Digitalisierung die Schuld. Und Sage. Sie hat mich praktisch dazu gezwungen, mit ihm auszugehen.«

»Dann sollte ich mich wohl bei ihr bedanken.«

»Wofür?«

»Na ja, dich mit Josh zu sehen war keine tolle Erfahrung. Aber wärst du nicht mit ihm ausgegangen, wärst du an diesem Abend nicht ins Streetwise gekommen, wir wären nicht im Aufzug stecken geblieben und du hättest nicht erkannt, was für ein toller Typ ich im Vergleich zu Josh bin.«

Ich schlang meine Arme um Gavins Hals. »Ich wusste immer, dass du ein toller Typ bist«, murmelte ich mit gesenkter Stimme und stellte mich auf die Zehenspitzen, um ihn zu küssen. Ich war bereit, mich voll und ganz in den Kuss fallen zu lassen, doch Gavin schob mich sanft von sich weg. Verwirrt sah ich ihn an. »Ist alles in Ordnung?«

Er machte sich von mir los und wich einen Schritt zurück. »Ja, alles in Ordnung. Und irgendwie auch nicht.« Verlegen rieb er sich den Nacken. Mir wurde flau im Magen. »Ich will dir eigentlich nicht davon erzählen, aber ich muss. Vermutlich hätte ich es gestern schon ansprechen sollen, allerdings wusste ich nicht, wie. Gleichzeitig möchte ich nicht, dass das später zwischen uns steht.«

»Du … Du machst mir Angst.«

Gavin verzog die Lippen. Die Tatsache, dass er mir nicht sagte, dass ich keine Angst zu haben brauchte, machte mir noch mehr Angst. Ich rieb mir mit der Hand über die schmerzende Stelle an meiner Brust, genau dort, wo mein Herz schlug.

»Es geht um Jennifer.«

»Jennifer?«, fragte ich verdutzt. »Meine Mom?«

Gavin nickte. »Ich wollte es erst nicht erzählen, weil ich weiß, wie angespannt euer Verhältnis bereits ist, und ich nicht zwischen euch stehen will. Ich bin froh, dass du dich besser mit ihr verstehst als Luca, aber ich habe Angst, dass, wenn ich es dir jetzt nicht sage, es unserer Beziehung eines Tages zum Verhängnis werden könnte.«

Ich nickte, wartete ab.

»Damals im Zelt habe ich dir nicht nur nicht von unserem ersten Mal erzählt, sondern dir noch etwas anderes verschwiegen«, gestand Gavin. »Als ich unsere Freundschaft beendet habe, war das nicht meine Entscheidung. Ich habe mich mies gefühlt, weil ich dich nach der Party im Stich gelassen hatte, allerdings war ich mir sicher, dass wir das irgendwie überwinden können, wenn etwas Gras über die Sache gewachsen ist. Aber ein paar Tage nachdem du zu deiner Mom gereist bist, habe ich einen Anruf von ihr bekommen. Sie wusste von uns. Damals dachte ich, du hättest ihr von unserem ersten Mal erzählt, was ein weiterer Grund war, weshalb ich nie auf die Idee gekommen bin, du könntest einen Filmriss haben. Sie hat mich gefragt, was mit mir nicht stimmt.«

Meine Hände begannen, vor Wut zu zittern. Meine Mom hatte mir nie erzählt, dass sie Gavin angerufen hatte. Und woher hatte sie überhaupt gewusst, dass ich mit ihm geschlafen hatte, wenn es nicht einmal mir bewusst gewesen war? Hatte sie ihn auf gut Glück verdächtigt? Und wenn ja, warum hatte sie mir nichts gesagt?

»Sie hat mich zur Schnecke gemacht, auf diese gefährliche, ruhige Art und Weise. Und mich gefragt, wie ich dir das habe antun können«, fuhr Gavin fort. Seine Stimme klang rau und kratzig, als würden die Worte in seiner Kehle schmerzen. »Nachdem sie fertig war, hat sie von mir verlangt, den Kontakt zu dir abzubrechen. Ich wollte es nicht, aber sie hat mir gedroht, Anzeige zu erstatten, da das legale Alter, um Sex zu haben, in Kalifornien bei achtzehn liegt. Dass ich selbst noch keine achtzehn war, spielte dabei keine Rolle. Sie meinte, sie könnte mich deswegen drankriegen und würde mir das Leben zur Hölle machen, wenn ich die Freundschaft zu dir nicht beende.«

In meinem Magen krampften sich die Muskeln vor Wut zusammen. Gern hätte ich Gavins Worte infrage gestellt, aber ich hatte keine Zweifel daran, dass er die Wahrheit sagte. Mir war schleierhaft, woher meine Mom es gewusst hatte, doch dieses Verhalten trug ihren Stempel. Ich hatte eigentlich angenommen, dass Gavin die Freundschaft beendet hatte, weil er nicht mit unserer gemeinsamen Nacht, seinem Verhalten darauf und meinem Schweigen danach zurechtgekommen war. Im Zelt, an Lucas Geburtstag, hatte er ziemlich kryptisch etwas von Entscheidungen erzählt, die er bereute, aber nun ergab alles einen Sinn. Es war das letzte Puzzleteil in dieser verkorksten Geschichte aus Geheimnissen und Missverständnissen.

Gavin stieß hörbar die Luft aus. »Ich habe Schiss bekommen und hatte Panik, mir die Zukunft zu versauen, die ich mir gerade erst angefangen hatte aufzubauen. Immerhin hatte ich mich kurz zuvor fürs College beworben, also hab ich getan, was deine Mom von mir verlangt hat. Allerdings ist kaum ein Tag vergangen, an dem ich nicht daran gedacht habe, mich bei dir zu entschuldigen und den Konsequenzen zu stellen. Weil ich es nicht ertragen habe, den Schmerz in deinen Augen zu sehen. Aber ich hab mich nicht getraut und hatte zu große Angst, dass Jennifer vielleicht doch noch meine Zukunft und damit irgendwie auch die meiner Mom sabotiert.«

Ich war mir sicher, dass das Einzige, was Gavin in diesem Moment in meinen Augen sah, Hass war. Nicht Hass auf ihn, sondern auf meine Mom. Wie hatte sie mir … wie hatte sie *uns* das antun können?

Ich trat einen Schritt auf Gavin zu. Sein Blick war flehend, als fürchtete er, dass ich ihn für seine Entscheidung verurteilen könnte, aber ihn traf keine Schuld. Was hätte er tun sollen? Er war noch ein Teenager gewesen, und ich hatte keine Zweifel daran, dass meine Mom ihre Drohung in die Tat umgesetzt hätte. Er hätte sich seine Zukunft verbaut, wäre er bei mir geblieben. Selbst wenn die Strafe mild ausgefallen wäre, wäre es vermutlich um einiges schwerer für ihn gewesen, seinen Platz im Leben und an einem College zu finden.

»Du hast das Richtige getan«, versicherte ich Gavin. Meine Stimme hörte sich angestrengt an. Vermutlich, weil ich versuchte, die Wut auf meine Mom nicht durchklingen zu lassen. »Sie hätte dir sonst alles genommen.«

»Und ich hätte es verdient.«

»Nein, hättest du nicht!«

»Natürlich hätte ich das. Du warst noch viel zu jung.«

»Du doch auch!«

»Ich war fast siebzehn, April. Und du erst vierzehn!«

Ich schüttelte den Kopf. »Nein. Ich war vierzehn. Du warst

sechzehn. Punkt. Luca hat seine Unschuld ebenfalls mit vierzehn verloren, und seiner Freundin wurde nicht von unserer Mom gedroht.«

»Das ist etwas anderes.«

Ich hob die Brauen. »Warum?«

»Weil …«, setzte Gavin an und brach dann ab.

»Weil ich ein Mädchen bin und er ein Junge ist?«, kam ich ihm zu Hilfe und stieß ein Schnauben aus. »Komm mir nicht mit dieser sexistischen Scheiße. Es ist exakt das Gleiche. Mag sein, dass das Gesetz nicht auf deiner Seite steht, ich tue es. Du hast mich zu nichts gezwungen. Ich wollte es.«

»Aber …«

»Kein Aber«, fiel ich Gavin ins Wort. Ich umfasste seine Wangen mit beiden Händen und zwang ihn dazu, mich anzusehen. Die Vorwürfe, die er sich machte, standen ihm ins Gesicht geschrieben, doch sie waren völlig unangebracht. Ich war vielleicht jung gewesen, aber nicht dumm. Und ich hasste es, dass er versuchte, mir meine Gefühle von damals abzusprechen. »Ich liebe dich, Gavin. Ich habe dich mit vierzehn geliebt, und ich liebe dich jetzt. Du bist ein wunderbarer Mensch mit einem großen Herz. Du hättest in jener Nacht bei mir bleiben sollen, aber ich verstehe inzwischen, warum du gegangen bist und nie etwas gesagt hast. Und hätte meine Mom dich nicht gezwungen, den Kontakt zu mir abzubrechen, bin ich mir sicher, dass es keine fünf Jahre gebraucht hätte, um dieses Missverständnis aufzuklären. Früher oder später hätte ich dir nämlich von der Nacht und dem unbekannten Jungen erzählt, weil ich dir immer alles erzählt habe. Und dann hättest du mir die Wahrheit gesagt, davon bin ich überzeugt.«

»Das hätte ich.« Gavins Stimme war nur ein Wispern.

»Ich weiß, also hör auf, dir die Schuld zu geben. Scheiß auf meine Mom. Ich habe dir verziehen, aber du musst dir auch selbst verzeihen, sonst holt uns das stets aufs Neue wieder ein.«

Gavin nickte langsam. »Okay, ich werde es versuchen.«

»Versuch es nicht. Mach es. Verzeih dir. Sag: Ich verzeihe mir.«

Er wiederholte meine Worte nicht.

Ich zog sein Gesicht an meines heran, bis meine Stirn an seiner lehnte und er mir so nahe war, dass ich seinen Atem an meinen Lippen spüren konnte. »Sag es: Ich verzeihe mir.«

Er schluckte schwer. »Ich verzeihe … mir.«

Meine Mundwinkel hoben sich. »Siehst du, ist gar nicht so schwer.«

Schwach erwiderte er mein Lächeln. »Was machen wir, wenn deine Mom herausfindet, dass wir zusammen sind? Ich glaube nicht, dass sie damit einverstanden sein wird.«

»Vermutlich nicht, aber lass das meine Sorge sein.«

»Wir können es ihr zusammen sagen«, bot er an.

Es war lieb, dass er mich damit nicht alleinlassen wollte, doch das war eine Sache zwischen meiner Mom und mir. Wäre es ihr wirklich darum gegangen, mich vor Gavin zu schützen, weil sie ihn als gefährlichen Triebtäter ansah, hätte sie ihn außerdem gezwungen, den Kontakt zu Luca abzubrechen. Sie hatte vermutlich nur Angst davor gehabt, dass ich beim nächsten Mal tatsächlich schwanger werden würde, und das hätte die Vision zerstört, die sie von meiner Zukunft hatte. Auch wenn ihr solche Entscheidungen über mein Leben nicht zustanden. Sie ging seit Wochen nicht auf meine Nachrichten ein, antwortete gar nicht oder nur einsilbig. Sie unterstützte mich nicht bei der SHS und hatte meinen Traum von einem Mode-Blog zerschlagen. Ihre Liebe und Zuneigung waren an meine Leistung geknüpft. Sie interessierte sich nicht für mein Leben, sondern nur dafür, dass es in den richtigen Bahnen verlief. Und ich hatte immer und immer wieder auf sie gehört, weil ich mich nach eben jener Zuneigung sehnte und das Gefühl gehabt hatte, ihr etwas dafür schuldig zu sein, dass sie mir damals geholfen hatte.

Aber das war nun vorbei.

# 27. Kapitel

## APRIL

Die kalte Wintersonne, die durch einen Schlitz im Vorhang schien, traf direkt auf Gavins Gesicht und zeichnete eine leuchtende Linie von seiner Stirn bis zu seinem Kinn. Es juckte mich in den Fingern, die Hand auszustrecken und die Linie nachzufahren, aber ich wollte ihn nicht wecken. Er wirkte so friedlich und konnte jede Minute Schlaf gebrauchen. Nachdem wir über meine Mom geredet hatten, hatten wir uns entschieden, noch einen Film zu schauen; ich konnte mich nicht an das Ende erinnern, vermutlich war ich vorher eingeschlafen.

Ohne mich zu bewegen, ließ ich meinen Blick durch das Zimmer gleiten. Jack konnte ich nirgendwo entdecken. Vermutlich hatte er die Nacht bei Eliot verbracht. Mit einem Seufzen ließ ich mich tiefer in das Kissen sinken, als sich Gavin neben mir rührte. Er rutschte näher an mich heran und gab mir einen Kuss auf die Schulter.

»Guten Morgen«, raunte er mit kratziger Stimme.

Ich lächelte. »Guten Morgen. Gut geschlafen?«

»Wie ein Stein.« Er schob eine Hand über meinen Bauch und zog mich an sich wie ein lebensgroßes Kuscheltier, um seine Nase in meinem Haar zu vergraben. Sein warmer Atem streifte meinen Nacken.

Eine Weile lagen wir einfach so da, genossen die Gegenwart des jeweils anderen, dösten vor uns hin und suchten mit Küssen und Berührungen die Nähe zueinander. Mein Kopf lag auf Gavins Brust, und er kraulte mir den Rücken. Ich hätte den ganzen Tag mit ihm im Bett verbringen können, und vielleicht wäre es das einzig Richtige gewesen, nun da die vorlesungsfreie Zeit begonnen hatte und nur noch ein, zwei Aufsätze zu erledigen waren.

»Wie geht es dir?«, fragte Gavin vorsichtig.

Ich versteifte mich. »Gut, aber ich hasse meine Mom.«

»Sag das nicht.«

»Aber es stimmt.« Ich richtete mich auf und blickte auf ihn herab, eine Hand auf seiner Brust abgestützt. Er trug ein altes, zerknittertes *Batman*-Shirt, und sein Gesicht sah noch etwas verknautscht aus. Es war ein Anblick, der mich über alle Maßen glücklich machte, weil er zeigte, dass Gavin tatsächlich gut geschlafen hatte. »Hätte sie dich nicht gezwungen, die Freundschaft zu beenden, hätten wir die letzten fünf Jahre nicht verloren. Sie hat mir so viel Zeit mit dir genommen.«

Gavin streichelte mir über den Arm. »Wir haben noch viel Zeit miteinander.«

»Trotzdem, diese Jahre fehlen uns.«

»Dann müssen wir jetzt eben ganz effizient Zeit miteinander verbringen.«

»Wie? Indem wir superschnell miteinander reden?«

Gavin lachte, doch der Ausdruck in seinen Augen war warm und liebevoll. »Nein, indem wir tiefer fühlen.«

Ich runzelte die Stirn. »Und wie?«

»Mach die Augen zu«, verlangte Gavin.

Unweigerlich musste ich an die Nacht damals im Zelt denken, als er mir die Kette geschenkt hatte. Er hatte dieselben Worte gewählt, um mich mit dem Geschenk zu überraschen. Und wie damals gehorchte ich und schloss die Augen.

Gavin streichelte mich weiter, aber nun waren es nur seine Fingerspitzen, die mich liebkosten. Federleicht strichen sie meinen Arm empor. Ich erschauderte. Die Berührung erschien mir in der Dunkelheit hinter meinen geschlossenen Lidern viel intensiver. Sachte ließ er seine Hand von meinem Arm über meine Schulter in meinen Nacken gleiten und von dort aus meine Wirbelsäule hinab. Inzwischen war mein ganzer Körper von einer Gänsehaut überzogen, dennoch war mir unglaublich warm und in meiner Mitte sammelte sich Hitze.

Gavin schlang einen Arm um mich und drehte mich vorsichtig, bis ich auf dem Rücken lag. Ich konnte ihn zwar nicht sehen, aber über mir spüren. Sein Atem kitzelte mein Gesicht, und ich musste unwillkürlich lächeln. Er küsste meinen Mundwinkel und ließ seine Lippen von dort aus weiterwandern. Er verteilte Küsse auf meinem Kiefer, meinem Kinn und meinem Hals. Sanft saugte er an der empfindlichen Haut und leckte mit seiner Zunge über die Stelle, an der mein Puls seinetwegen heftig pochte.

Blind streckte ich die Hände nach ihm aus, weil ich ihn ebenfalls berühren wollte, doch bevor ich Gavin zu fassen bekam, packte er meine Handgelenke und hob meine Arme an. Über meinen Kopf pinnte er sie mit seinem Griff fest. Nicht so fest, dass ich mich nicht hätte entwinden können. Fest genug, um mir zu zeigen, dass er jetzt an der Reihe war. Seine Küsse fanden einen Weg zu meinem rechten Ohr. Seine Brust drängte sich dabei gegen meine, und ich erschauderte abermals, als er mein Ohrläppchen zwischen die Zähne nahm und daran zu knabbern begann.

Meine Atmung beschleunigte sich …

»Ich liebe dich«, flüsterte Gavin.

Ich lächelte. »Ich dich auch.«

»Pssst. Nicht reden. Fühlen.«

Die Worte klangen weich, der Befehl dahinter war allerdings unmissverständlich. Ich presste die Lippen aufeinander.

Gavin ließ von meinem Ohr ab und küsste sich erneut meinen Hals hinab bis zu meinem Schlüsselbein und den Ansätzen meiner Brüste, die sich schwer und voll anfühlten. Gewiss konnte er meine Erregung inzwischen nicht nur hören, sondern durch den Stoff meines Tops auch sehen.

Sein Griff um meine Handgelenke löste sich, aber ich ließ meine Arme, wo sie waren. Er schob die Decke, die noch halb auf uns lag, beiseite und legte seine Hände an meine Hüften. Dort verweilten sie ein paar Sekunden, ehe er sie höher, bis unter den Stoff meines Oberteils gleiten ließ. Ich erzitterte und musste mir fest auf die Unterlippe beißen, um ihn nicht anzuflehen, mir dieses lästige Teil endlich auszuziehen.

Er löste die Lippen von mir und rutschte an meinem Körper nach unten, bis sein Mund auf meinen Bauch traf. Ich seufzte verlangend, aber davon ließ sich Gavin nicht aus der Ruhe bringen. Jeder seiner Küsse, egal wie federleicht, jagte heißes Verlangen durch meinen Körper, und ich konnte fühlen, wie sich ein lustvolles Ziehen zwischen meinen Beinen ausbreitete. Gemächlich schob er mein Top Stück für Stück weiter nach oben und küsste eine Spur von meinem Nabel über meine Rippen bis zu meinen Brüsten.

»Darf ich?« Seine Stimme klang heiser und gepresst. Es war das erste und einzige Anzeichen, das mich wissen ließ, dass diese Situation auch ihn nicht kalt ließ.

Ich nickte eifrig. Ungeduldig.

Er lachte leise, dann half er mir, mein Top auszuziehen. Kalte Luft streifte meine Haut, und meine Brustwarzen wurden noch härter. Ich reckte mich Gavin entgegen, weil ich wollte, dass er die harten Spitzen endlich in den Mund nahm. Und er tat mir den Gefallen. Ich stöhnte auf, presste mir eine Hand vors Gesicht, damit Eliot mich nicht hören konnte. In trägen Bewegungen ließ er seine Zunge über meine eine Brust gleiten, während er mit seiner Hand die andere massierte, als wollte er nicht, dass sie sich vernachlässigt fühlte. Sanft ließ er meine Brustwarze zwischen seinen Fingern kreisen.

Es war genauso wie in meiner Fantasie; nur besser.

Tausendmal besser.

Ich liebte das Gefühl von Gavins Lippen auf meiner Haut, aber ich konnte dem Drang, ihn nicht nur zu spüren, sondern auch zu sehen, nicht länger widerstehen. Ich schlug die Augen auf, und nichts und niemand hätte mich auf den Anblick, der sich mir bot, vorbereiten können. Gavin, wie er mit roten Wangen und Lust in den Augen meine nackten Brüste tief in seinen Mund saugte. Als er meinen Blick auffing, ließ er von meiner Brust ab. Fast rechnete ich damit, dass er mir befehlen würde, die Augen wieder zu schließen; stattdessen pustete er sanft auf meine Brustwarze, die feucht von seinen Küssen war. Es war lediglich ein Hauch Luft, und doch jagte er wie ein Wirbelsturm durch meinen Körper. Ich erschauderte bis in die Zehenspitzen, obwohl ich keinerlei Kälte verspürte. Ganz im Gegenteil, mir war unsäglich heiß.

»Darf ich mich bei dir revanchieren?«, fragte Gavin.

Ich blinzelte. »Wofür?«

Er küsste die Wölbung meiner Brust. »Ich schulde dir seit Anfang November einen Orgasmus. Und ich finde, es ist an der Zeit, meine Schuld zu begleichen.«

Hitze schoss mir in die Wangen. Am liebsten hätte ich laut »Ja!« geschrien, denn ich war mir sicher, vor Lust sterben zu müssen, wenn das Verlangen, das ich zwischen meinen Beinen verspürte, nicht endlich gestillt wurde, aber ich war auch ein bisschen nervös.

»Okay«, erwiderte ich atemlos.

»Bist du dir sicher? Du kannst Nein sagen, wenn du nicht willst.«

»Absolut. Ich vertraue dir.«

Er lächelte, als hätte ich ihm gerade das beste Geschenk auf Erden gemacht. Dann schob er sich an mir nach oben, um mich zu küssen, wobei ich seine Erektion an meiner Mitte spüren konnte.

*Oh mein Gott.*

Ich stöhnte in unseren Kuss hinein und drängte mich ihm entgegen. Gavin gab ein sehnsuchtsvolles Keuchen von sich und erwiderte meinen Druck. Eng presste sich seine warme Härte gegen meine feuchte Mitte, während unsere Münder tiefer miteinander verschmolzen. Es war fast schon ironisch, dass ich ihm gestern erzählt hatte, dass Sex nicht so mein Ding sei, denn in diesem Moment war er das offenbar voll und ganz. Am liebsten hätte ich erst ihm und dann mir die restliche Kleidung vom Körper gerissen.

Gavins Hand, die noch immer auf meiner Brust gelegen hatte, schob sich tiefer. Da ich nicht in meinen Jeans hatte schlafen wollen, trug ich lediglich meinen Slip. Er strich über den Stoff, und ich konnte spüren, wie er über mir erzitterte, als er fühlte, wie feucht ich bereits für ihn war. Ein paar Herzschläge lang streichelte er mich durch den Stoff hindurch, bis ich das Gefühl hatte, es keine Sekunde länger zu ertragen, erst dann ließ er seine Hand unter das Bündchen gleiten.

Ich keuchte auf, und dieses Mal konnte unser Kuss den Laut nicht verschlucken. Beinahe hatte ich vergessen, wie wunderbar es sich anfühlte, dort von ihm berührt zu werden. Meine Hände krallten sich in das Laken, als seine Finger begannen, sanfte Kreise über meine empfindsamste Stelle zu ziehen.

»Du fühlst dich fantastisch an«, flüsterte Gavin in mein Ohr und küsste meinen Hals.

Ich keuchte. »Nein, was du da machst, fühlt sich fantastisch an.«

Seine Finger auf meiner nackten Haut waren der Wahnsinn. Besser und intensiver, als ich es für möglich gehalten hätte. Ein Zittern fuhr durch meine Oberschenkel, und plötzlich fiel es mir schwer, ruhig liegen zu bleiben. Zaghaft ließ ich meine Hüften kreisen, was Gavin ein Fluchen entlockte, doch der Fluch klang keineswegs wie eine Beleidigung, vielmehr wie ein Kompliment.

Er verstärkte den Druck seiner Finger und bewegte sie im gleichen Rhythmus wie ich mein Becken, wodurch erneut eine ganz wunderbare Reibung entstand. Ich war mir sicher, so kommen zu können, aber Gavin hatte anscheinend andere Pläne. Er zog seine Hand hervor, worauf ich einen protestierenden Laut von mir gab, für den er allerdings nur ein Lächeln übrig hatte. Ohne mich aus den Augen zu lassen, hakte er seine Finger in meinen Slip, zog ihn mir langsam von den Beinen und warf ihn zur Seite. Dann war er wieder bei mir, küsste mich, während seine Hand erneut ihren Weg zwischen meine Beine fand.

»Ist das okay?«

Ich nickte mit einem aufgeregten Flattern in der Brust, und das Nächste, was ich spürte, war, wie Gavin vorsichtig einen Finger in mich schob. Meine Hände krallten sich in das Bettlaken, aber plötzlich schien mir das nicht mehr genug. Ich packte Gavins Schultern und klammerte mich an ihm fest, während er langsam tiefer in mich eindrang. Instinktiv verkrampfte ich mich, weil das Gefühl so ungewohnt war. Bisher hatte mich niemand so berührt, nur ich mich selbst.

»Entspann dich«, murmelte er mit sanfter Stimme.

»Ich bin entspannt«, flunkerte ich.

Er sah zu mir auf, seine Wangen waren erhitzt, und ich konnte spüren, wie seine Erektion gegen meinen Oberschenkel drückte. »Nein, bist du nicht. Du verkrampfst. Ich hab etwas Angst, dass du mir jeden Moment den Finger brichst.«

Ich lachte nervös. »Ich hab das noch nie gemacht … glaub ich.«

Mit seiner freien Hand strich mir Gavin eine Haarsträhne aus dem Gesicht. »Nein, das hier haben wir das letzte Mal nicht gemacht, aber ich würde gern, wenn du mich lässt. Wir können natürlich auch aufhören, wenn du dich damit nicht wohlfühlst.«

»Ich will nicht aufhören.«

»Dann entspann dich.«

»Wie?«

Statt mir eine Antwort zu geben, küsste er mich. Es war ein liebevoller Kuss, der nicht von Eile oder Lust getrieben war. Sanft streichelte Gavin über meinen Hals und meine Schulter. Er ließ sich Zeit, und nach einer Weile spürte ich, wie sich meine Muskeln lockerten.

Bedacht drang Gavin mit seinem Finger tiefer in mich ein. Mein Atem stockte, doch dieses Mal verkrampfte ich mich nicht. Erst als er sich sicher war, dass er mir nicht wehtat, begann er, seine Hand zu bewegen. Langsam, dann immer schneller, und schließlich nahm er noch einen zweiten Finger dazu. Es war fast zu viel. Aber nur fast.

Ich krallte mich an Gavin fest. Mein Herz schlug heftig. Ich fühlte mich wie ein Instrument, das von ihm gespielt wurde, er wusste genau, welche Stellen er berühren musste, um mich keuchen und stöhnen zu lassen. Mal waren seine Bewegungen schneller, mal langsamer, mal fester, mal sanfter. Das Schamgefühl, das ich zuvor noch verspürt hatte, schmolz unter der Hitze dahin, die er in meinem Unterleib erzeugte.

»Wie fühlt sich das an?«, fragte er und krümmte seine Finger.

Ich stieß ein lustvolles Wimmern aus, da es für das, was ich gerade empfand, keine Worte gab. Es war eine wundervolle Qual. Es sollte aufhören und zugleich niemals enden. Ich wölbte mich seinen Fingern entgegen, denn ich wollte mehr davon. Mehr. Mehr. Mehr – und dann traf er diesen besonderen Punkt in mir.

»Oh mein Gott!«

Ich stöhnte auf und ließ den Kopf in den Nacken fallen, während Gavin mich weiter verwöhnte. Er raunte meinen Namen und forderte mich mit kehliger Stimme auf, dass ich für ihn kommen solle. Der Druck in meinem Inneren wurde stärker. Meine Beine zitterten, und mit jedem weiteren Stoß seiner Hand trieb er mich dem Höhepunkt entgegen. Mein Atem ging abgehackt. Ich stemmte die Fersen in die Matratze, als sich jeder Muskel in meinem Körper verkrampfte.

Und mit einem Schlag entlud sich meine Lust.

## GAVIN

Ich hatte in meinem Leben wohl noch nie etwas Schöneres gesehen als April, die nackt in meinem Bett lag und schwer atmend auf den Wogen des Orgasmus ritt, den ich ihr verschafft hatte. Ihre Lippen standen leicht offen, rote Flecken zeichneten sich auf ihren Wangen und dem Dekolleté ab. Behutsam zog ich meine Finger zurück und streichelte über ihre Mitte, die noch gereizt war. Ihr Becken zuckte von der Matratze, aber sie hielt die Augen geschlossen.

Am liebsten hätte ich mir die Kleidung vom Leib gerissen, um mit ihr zusammen zu sein, doch ich wollte sie zu nichts drängen, vor allem nicht nach ihrem Geständnis von gestern. Ich hatte nicht gelogen, als ich gesagt hatte, ich wäre bereit, Jahre auf sie zu warten, aber ich war auch froh, es nicht zu müssen, weshalb ich vorhatte, diesen Moment und diesen Morgen voll und ganz auszukosten, solange April mich ließ.

Ich küsste ihre Wange und ihren Hals, ehe ich tiefer rutschte zu ihren Brüsten. Tief saugte ich ihre Spitze in meinen Mund. April holte scharf Luft, aber ich hatte nicht vor, bei ihren Brüsten zu verweilen, obwohl der Gedanke verführerisch war. Ich küsste mich von dort zu ihrem Bauchnabel und tiefer. Ihr Duft stieg mir in die Nase. Meine Erektion pochte schmerzhaft. Ich konnte mich nicht daran erinnern, schon einmal dermaßen steif gewesen zu sein. Nicht einmal an dem Tag, als ich gehört hatte, wie April sich zu einer Fantasie von mir selbst befriedigt hatte, obwohl das ein knapper zweiter Platz war.

Es war schade, dass April sich nicht an unser erstes Mal erinnerte. Zwar war es nur das Rumgefummel von zwei unerfahrenen, angeheiterten Teenagern gewesen, aber dennoch perfekt. Und ich wollte, dass auch unser zweites Mal perfekt wurde, damit sie eine Erinnerung hatte, zu der sie zurückkehren konnte. Als ich einen Kuss auf ihren Hüftknochen presste, flatterten ihre Lider auf. Ihr Blick war lustverhangen, aber ihre Augen weiteten sich, als sie mich zwischen ihren Schenkeln entdeckte. Ich lächelte, streichelte über ihre Beine und küsste die Innenseiten ihrer Oberschenkel. Ihr Atem stockte. Die Röte in ihrem Gesicht wurde tiefer, und als ich sie das nächste Mal küsste, trafen meine Lippen auf den süßen Punkt zwischen ihren Schenkeln.

»Gavin!«, keuchte sie meinen Namen.

Ihre Hüfte zuckte meinen Küssen entgegen, und ich musste mich mit aller Macht davon abhalten, bereits zu kommen. April Lust zu schenken war noch besser, als meine eigene auszuleben.

Ihre Hände krallten sich in das Bettlacken, als ich das kleine, empfindliche Nervenbündel zwischen ihren Beinen mit meiner Zunge anstupste. Ich saugte, leckte und küsste sie, bis die einzigen Geräusche im Raum zum zweiten Mal an diesem Morgen ihr Keuchen und Stöhnen waren, gebrochen nur von meinem Namen, der als heiseres Flehen über ihre Lippen kam. Ich tastete nach ihrer Hand, löste ihre verkrampften Finger vom Laken und verflocht sie mit meinen.

Ihr Becken drängte sich meinen Küssen entgegen, ihre Oberschenkel zogen sich um meinen Kopf zusammen, und sie stöhnte meinen Namen, während sie zum zweiten Mal kam. Die ganze Zeit über hielt ich ihre Hand, um sie wissen zu lassen, dass ich für sie da war.

April zitterte am ganzen Körper, als ich mich daran nach oben küsste, bis ich bei ihren Lippen ankam. Ich presste meinen Mund auf ihren. Sie erschauderte, als sie sich selbst auf meiner Zunge schmeckte. Es war unglaublich heiß und mit nichts zu vergleichen, was ich bisher erlebt hatte.

»Danke«, murmelte April an meinem Mund.

Ich lächelte. »Gern. Alles gut?«

Sie nickte träge. »Mehr als gut. Perfekt. Bei dir?«

»Auch.«

April schlang die Arme um meine Schultern und küsste mich tief und innig, wobei ich mich mit den Knien auf der Matratze abstützen musste, weil anderenfalls meine Erektion gegen ihre Mitte gerieben hätte. Nichts auf der Welt hätte mich dann noch davon abhalten können, in meiner Shorts zu kommen. April entging allerdings nicht, wie verkrampft ich mich hielt. Sie löste den Kuss und schaute an unseren Körpern nach unten. Die Beule zwischen meinen Beinen war nicht zu übersehen.

Ihr Blick wanderte von meiner Erektion zurück zu meinem Gesicht. Fest sah sie mir in die Augen. Der Ausdruck in ihren war lustverhangen und neugierig gleichzeitig. »Wollen wir uns zusammen darum kümmern?«

Mein Glied zuckte. »Meinst du …?«

Sie nickte.

»Wirklich? Gestern hast du noch …«

»Ich weiß, was ich gesagt habe«, unterbrach mich April und schlang ein Bein um meine Hüfte, wodurch meine Erektion auf ihre Mitte traf. Ich fluchte und sog scharf die Luft ein. »Und ich habe es auch so gemeint. Aber nur weil mir Sex nicht so wichtig ist und ich *manchmal* keine Lust darauf habe, bedeutet das nicht, dass ich *nie* Lust darauf habe. Jetzt habe ich Lust. Sehr große sogar.«

Mehr musste ich nicht wissen. Ich sprang vom Bett auf und zerrte mir das T-Shirt über den Kopf. April stützte sich mit den Ellenbogen auf dem Bett ab, um mich zu beobachten. Ich griff nach dem Bund meiner Boxershorts, als mir etwas einfiel.

»Shit, die Kondome sind im Badezimmer. Bin gleich zurück!«

Ich huschte aus meinem Zimmer in Richtung Bad. Die Tür zu Eliots Zimmer stand offen, aber er war nicht da, und auch Jack war fort. Ich vermutete, dass er sich irgendwann zwischen Aprils erstem Stöhnen und ihrem zweiten Orgasmus entschieden hatte, mit ihm Gassi zu gehen. Vermutlich keine schlechte Idee. Ich schnappte mir ein Kondom aus dem Schrank im Badezimmer, entschied mich dann aber doch dazu, die ganze Packung mitzunehmen. Eilig lief ich zurück in mein Zimmer, wo April noch immer nackt in meinem Bett auf mich wartete. Sie sah atemberaubend aus, und ich gab mir selbst das Versprechen, dass wir uns nicht nur beide an dieses Mal erinnern würden, sondern dass es außerdem unvergesslich werden würde.

Ich warf die Kondome auf meinen Nachttisch und wollte mich meiner Shorts entledigen, als Aprils Stimme mich innehalten ließ.

»Lass mich das machen.« Sie hatte sich aufgerichtet und

kniete nun auf dem Rand der Matratze. Auffordernd streckte sie die Arme nach mir aus.

Ich trat ans Bett heran. Ohne mich aus den Augen zu lassen, beugte sie sich nach vorn und küsste meine Brust. Mein Herz pochte heftig, und das Blut rauschte mir heiß durch die Adern, als sie ihre Finger unter den Bund meiner Boxershorts hakte und mein Glied endlich befreite.

Ich seufzte und streichelte ihr durch das Haar. Ihre Küsse wanderten meine Brust hinab zu meinem Bauch, als mir klar wurde, was sie vorhatte. Ich umfasste ihre Schultern, schob sie sanft zurück aufs Bett, bis ich über ihr aufragte. »Nicht heute. Ich sterbe, wenn ich nicht gleich komme, und ich möchte in dir sein, wenn das passiert.«

»Das möchte ich auch«, sagte April, und ich liebte es, dass sie ihre anfängliche Nervosität so schnell hatte abschütteln können und mir ganz klar sagte, was sie wollte.

Ich lächelte und küsste sie, bevor ich mich aufrichtete und eines der Kondome aus der Verpackung holte. Nachdem ich es übergestreift hatte, brachte ich mich über ihr in Position, um ihr in die Augen zu sehen. In dieselben Augen, in die ich bereits vor fünf Jahren geblickt hatte. Und obwohl ich es kaum für möglich gehalten hatte, liebte ich April heute noch mehr als damals. Liebe und Lust und dasselbe Verlangen nach Nähe, das auch ich spürte, spiegelte sich in ihrem Blick wider.

Ich umfasste ihr Gesicht und beugte mich nach vorn, um sie zu küssen, während ich gleichzeitig mein Gewicht verlagerte. Wir beide stöhnten auf, als ich Stück für Stück, um ihr nicht wehzutun, in sie eindrang. Und nichts hatte sich jemals besser angefühlt.

Ich hätte ihr gern abermals gesagt, wie sehr ich sie liebte, aber ich bekam keinen Ton mehr hervor, denn April schlang ihre Beine um meine Hüften und zog mich tiefer in sich. Keuchend vergrub ich mein Gesicht an ihrem Hals. Ihre Hände krallten sich in meinen Rücken, und ich begann, mich langsam in ihr zu bewegen, weil ich nicht anders konnte. Es fühlte sich unglaublich an. Besser als in meiner Erinnerung und besser als in meiner Vorstellung. In diesem Moment war ich einfach nur unglaublich dankbar dafür, dass April mir verziehen hatte und ich mit ihr zusammen sein konnte. Heute und hoffentlich für immer.

Ich küsste sie. Es war ein fiebriger, holpriger Kuss, doch er war genauso wunderbar wie alles andere. April stöhnte meinen Namen. Sie kam mir mit ihrem Becken entgegen, ich steigerte mein Tempo, und gemeinsam fanden wir einen Rhythmus, der uns beiden gefiel, aber ich wusste, dass ich nicht mehr lange durchhalten würde.

Ein knurrender Laut verließ meine Kehle, während ich schneller und verlangender in April stieß. Ich klammerte mich an ihr fest und versuchte, für sie ein klein wenig länger durchzuhalten, aber ohne Erfolg. April raubte mir nicht nur den Verstand, sondern auch jegliche Kontrolle. Ich kam mit einem lauten Stöhnen – und dieses Mal hielt *sie* mich fest.

Zittrig sackte ich auf ihr zusammen. Sie schlang ihre Arme fester um mich, während sich mein Körper wieder beruhigte. Langsam glitt ich aus ihr heraus und zog das Kondom ab, das ich nur beiseitelegte, da ich noch nicht die Kraft hatte aufzustehen, um es wegzuschmeißen. Ich kuschelte mich an April und legte meinen Kopf auf ihre Schulter. Ihre Brüste waren von einem feinen Schweißfilm überzogen.

»Du bist nicht gekommen«, murmelte ich, enttäuscht von mir selbst. »Das hab ich mir anders vorgestellt. Ich wollte, dass unser zweites Mal unvergesslich wird.«

April lachte, streichelte mir sanft durch das Haar. »Keine Sorge, das war es. Es war perfekt.«

Ich sah zu ihr auf. »Wirklich?«

Sie nickte, und wir küssten uns. Ich zog die Decke über unsere nackten, verschwitzten Körper. In meinem Hinterkopf erklang eine Stimme, die mich ermahnte, dass das alles zu gut war, um wahr zu sein. Dass ich es früher oder später wieder verlieren würde, weil nichts Gutes in meinem Leben von Dauer war. Aber ich ignorierte die Stimme, denn das erste Mal seit langer Zeit war mir egal, was sie sagte.

Ich schlang meine Arme um April und rollte uns herum, damit sie nicht die ganze Zeit mein Gewicht tragen musste.

Sie gab mir einen Kuss auf die Nasenspitze. »Ich liebe dich.«

»Ich dich auch«, erwiderte ich. Mein Herz wummerte vor Freude.

Sie lächelte auf mich herab und sah dabei aus wie ein verdammter Engel. *Mein* Engel. Mit ihren roten Wangen, den blaugrauen Augen voller Zuneigung und dem Sonnenschein, der gedämpft durch die dünnen Vorhänge schien und ihr blondes Haar zum Leuchten brachte. Ich erwiderte ihr Lächeln und war mir sicher, dass ich noch nie in meinem Leben so glücklich gewesen war wie in diesem Moment.

# 28. Kapitel

## APRIL

*Ich:* Können wir reden?
*Ich:* Ich muss dringend mit dir sprechen.
*Ich:* Ich hab meine Prüfungen bestanden.
*Ich:* Mom???

Ich starrte auf mein Handy, die unbeantworteten Nachrichten an meine Mom, obwohl ich sehen konnte, dass sie das letzte Mal vor einer halben Stunde online gewesen war. Nicht einmal auf meinen Versuch, sie mit den bestandenen Prüfungsergebnissen zu locken, war sie eingegangen. Was hatte sie so Wichtiges an Weihnachten zu tun, dass sie mich nicht anrufen oder mir zumindest schreiben konnte?

Ich war enttäuscht gewesen, als sie unser Treffen damals abgesagt hatte. Dann war die Enttäuschung Frustration gewichen, weil ich sie vermisste und hatte sehen wollen, aber inzwischen war da nur Wut. Und das, was Gavin mir vor Weihnachten erzählt hatte, spielte dabei eine ausschlaggebende Rolle.

Ich konnte einfach nicht glauben, dass meine Mom, eine erwachsene Frau, einen Sechzehnjährigen erpresst hatte, noch dazu Gavin. Sie musste ihn nicht mögen, doch sie sollte mich genug lieben, um die Menschen zu akzeptieren, die mir wichtig waren. Wie genau sie herausgefunden hatte, dass ich damals mit Gavin geschlafen hatte, war mir nach wie vor schleierhaft, aber ich war entschlossen, es rauszufinden.

*Ich:* Ruf mich bitte an, wenn du das hier liest!!

Ich schickte die Nachricht ab, aber schloss danach den Chat, der mich mehr frustrierte, als es an den Feiertagen gut für mich war.

Ich lag in meinem alten Zimmer. Die morgendliche Bescherung war vorbei. Luca und unser Dad reparierten irgendwelche Lichter am Haus, und Joan arbeitete für ein paar Stunden, da zwischen Weihnachten und Neujahr eine große Party anstand, für deren Organisation sie beauftragt worden war.

Ich wollte mein Handy gerade weglegen, als mir Gavin schrieb.

*Gavin:* Rate, wo ich bin.
*Ich:* Zu Hause?
*Gavin:* Warum sollte ich dich raten lassen, wenn ich zu Hause bin?
*Ich:* Keine Ahnung. Mit Jack im Park?
*Gavin:* Gib dir mehr Mühe.
*Ich:* In der Kirche?
*Gavin:* Jetzt wird es lächerlich.
*Ich:* Wo bist du?

Gavins Antwort war kein Text, sondern ein Foto. Er stand gemeinsam mit Jack vor einem wunderschön geschmückten Weihnachtsbaum und trug diesen furchtbaren Pullover, den Luca ihm geschenkt hatte. Doch er war nicht allein, neben ihm befanden sich Eliot und, wie es den Anschein machte, seine fünf Schwestern, denn sie sahen ihm alle ziemlich ähnlich. Die jungen Zwillinge waren wie Klone und trugen den gleichen weihnachtlichen Pyjama, während die älteren Zwillinge mit ihren unterschiedlichen Frisuren deutlich auseinanderzuhalten waren. Sie waren alle blond und zeigten das gleiche strahlende Lächeln. Gavin wirkte zwischen ihnen vollkommen fehl am Platz, aber er sah glücklich aus mit der weiß-roten Nikolausmütze, die er aufgesetzt hatte.

Ich drückte den Anrufbutton.

Gavin ging bereits nach dem ersten Klingeln dran.

»Du bist bei Eliots Familie?«, fragte ich überrascht.

Er lachte. Ein Klang, den ich in den letzten zehn Tagen vermutlich öfter gehört hatte als in den fünf Jahren davor. Auch mir ging es seit unserer Aussprache und unserer zweiten gemeinsamen Nacht deutlich besser. Ich hatte gar nicht gemerkt, wie sehr mich die Zweifel und der Kummer die letzten Wochen heruntergezogen hatten, aber nun war es, als wäre ein Gewicht von mir genommen worden. Und erstaunlicherweise fühlte ich mich Gavin noch verbundener als zuvor, weil wir trotz all der Widrigkeiten und dem Eingreifen meiner Mom wieder zueinandergefunden hatten. Jetzt stand nichts mehr zwischen uns, und das genoss ich genauso sehr wie jede Minute mit Gavin.

Als wir im Oktober zusammengekommen waren, hatten wir nicht viel Zeit füreinander gehabt. Ich war mit dem Aufbau der SHS beschäftigt gewesen, Gavin mit seinen finanziellen Sorgen und damit, das Geheimnis seiner Mom zu hüten. Aber nun war das Semester vorbei, und wir beide hatten die Prüfungen bestanden. Gavin zwar nur mit Ach und Krach, dennoch, bestanden war bestanden, und das nächste Jahr würde für ihn hoffentlich besser laufen.

Bis zu meiner Abreise nach Brinson hatten wir daher Tag und Nacht aufeinander gehockt – wie früher in den Ferien.

Abwechselnd hatten wir bei ihm und bei mir übernachtet, wobei Luca ein großes Spektakel daraus gemacht hatte, uns wissen zu lassen, dass die Wände dünn waren. Was erstens nicht stimmte, und zweitens hoben Gavin und ich uns die sexy Momente für die Tage auf, an denen wir bei ihm waren. Wir hatten seit unserem zweiten ersten Mal noch drei weitere Male miteinander geschlafen, denn ich hatte überraschenden Gefallen an Sex mit Gavin gefunden. Auch wenn mich der Anblick des Pullovers auf dem Foto mein Verlangen nach ihm erneut ernsthaft infrage stellen ließ. Sobald Gavin etwas Geld übrig hatte, würden wir dringend shoppen gehen müssen.

»Ja. Eliots Eltern haben ihn vorhin abgeholt, und als sie gehört haben, dass ich heute allein bin, weil ich mich erst morgen mit meiner Mom treffe, haben sie darauf bestanden, dass ich mit zu ihnen komme«, antwortete Gavin. Im Hintergrund konnte ich aufgeregtes Kreischen und Getrampel hören, das ihn erneut zum Lachen brachte.

»Wie lieb. Hast du arg protestiert?«

»Nah, nur ein bisschen.«

»Und wie ist es so?«

Gavins Antwort ging ein kurzes Zögern voraus. »Ich glaube, das war das beste Weihnachten seit Jahren«, gestand er mit gesenkter Stimme. Ich wusste nicht, ob er nicht gehört werden wollte oder ob es ihm unangenehm war, das Weihnachten mit Eliots Familie über die Feste mit seiner Mom zu stellen.

»Das freut mich für dich.«

»Noch besser wäre es, wenn du hier sein könntest.«

»Ich wäre auch gern bei dir.« Ich hatte Gavin angeboten, Luca und mich nach Brinson zu begleiten, aber er hatte abgelehnt, weil er seine Mom morgen am Todestag seines Dads nicht im Stich lassen wollte. »Wir können später facetimen, wenn du magst?«

Gavin schnaubte. »Klar! Dass du das überhaupt fragst.«

Ich lächelte.

»Hast du inzwischen deine Mom erreicht?«, wechselte er das Thema.

Ich schwang die Beine über die Bettkante und lief zu meinem Fenster, das zum Vorgarten hinausging, der von einer feinen Schicht Puderschnee überzogen war. Ich entdeckte Luca und unseren Dad, die dabei waren, ihr Werkzeug zusammenzupacken. »Lass uns nicht darüber reden.«

»Also nein?«, hakte Gavin nach.

»Ja, offensichtlich nein. Sie ghostet mich.«

»Shit.«

Seufzend ließ ich mich wieder auf mein Bett fallen. »Ich hab überlegt, zu ihr zu fahren. Wäre das arg armselig?«

»Nein, überhaupt nicht.«

Die Idee, zu meiner Mom zu fahren und sie zur Rede zu stellen, ging mir bereits seit ein paar Tagen immer mal wieder durch den Kopf, aber bisher hatte ich mich nicht getraut, sie in die Tat umzusetzen. Es war vielleicht kindisch gedacht, aber ich wollte nicht verzweifelt wirken und ihr nachrennen, auch wenn ich das mit meinen Textnachrichten vermutlich ohnehin schon tat. Sie aufzusuchen, obwohl sie mich offenbar nicht sehen wollte, erschien mir allerdings noch einen Schritt verzweifelter. Doch ich konnte nicht aufhören, daran zu denken, was sie Gavin und mir angetan hatte, und bezweifelte, dass ich irgendeine Form von Frieden damit schließen würde, solange ich keine Antworten auf die Fragen bekam, die mich umtrieben.

»Ich überleg es mir«, sagte ich schließlich, unsicher, wie meine Entscheidung ausfallen würde. »Jetzt lass uns über was anderes reden. Was machst du heute noch, abgesehen davon, später mit mir zu facetimen?«

»Wir spielen gleich Brettspiele, und Eliot und seine älteren Schwestern wollen mich überreden, abends mit ihnen auf irgendeine Party zu gehen. Aber ich überlege, ob ich nicht schon heute zu meiner Mom fahren soll. Sie ist ganz allein.«

»Was würde dich denn glücklicher machen?«

»Die Party«, erwiderte Gavin, ohne nur eine Sekunde zu zögern. »Die letzten Male bei ihr waren echt anstrengend, und die Besuche machen mich generell nicht besonders glücklich. Vermutlich würde ich aufräumen und putzen und sie auf der Couch sitzen und schmollen, weil ich ausgezogen bin.«

»Sie ist immer noch nicht darüber hinweg?«

»Nope. Ich denke, das liegt vor allem an der Jahreszeit.«

Ich seufzte. Weihnachten war für die beiden mit Curtis' Todestag schwer. Ich wünschte mir sehnlich, bei Gavin sein zu können, aber ich wollte ihm auch nicht das Gefühl geben, ihn zu bemitleiden, weil ich wusste, wie sehr er das hasste. »Wie geht es dir damit?«

»Okay. Denke ich. Eliot und seine Familie lenken mich ab.«

»Das ist gut. Und später lenke ich dich ab.«

Gavin brummte anzüglich. »Klingt verheißungsvoll.«

Die Tür zu meinem Zimmer wurde ohne Vorankündigung aufgestoßen. Luca kam herein. Seine Wangen waren von der Kälte gerötet und seine Haare von der Mütze zerzaust. »Mit wem telefonierst du?«

»Gavin.«

»Hey, Mann!«, rief Luca, sodass Gavin es hören konnte, dann sagte er an mich gewandt: »Joan hat Feierabend gemacht und besteht darauf, dass wir alle bei den Vorbereitungen fürs Abendessen helfen, also Schluss mit dem Dirty Talk und ab an die Arbeit.«

Ich verdrehte die Augen. »Komme gleich. Gib mir fünf Minuten.«

Luca deutete ungeduldig auf sein Handgelenk, dann verschwand er, ohne die Tür zuzumachen.

Seufzend stand ich vom Bett auf, um sie hinter ihm zu schließen. »Ich muss leider Schluss machen.«

»Hab ich gehört, wir legen auch gleich los.«

Ich lächelte. »Viel Spaß! Und geh auf die Party, du hast es verdient. Es ist nicht deine Schuld, dass deine Mom schmollend allein zu Hause sitzt. Mach, was sich für dich gut anfühlt. Du bist nicht für ihr Glück verantwortlich. Und morgen wird beschissen genug. Genieß den Abend.«

»Ich werde es versuchen. Und du solltest deine Mom besuchen.«

»Heh, das ist gemein! Ich will, dass du glücklich bist und Spaß hast, und du verlangst von mir das genaue Gegenteil.«

»Mag sein, aber dann hast du es endlich hinter dir.«

Ich seufzte erneut. Vermutlich hatte Gavin recht, obwohl es mir schwerfiel, mir das einzugestehen.

Nachdem wir uns verabschiedet hatten, machte ich mich auf den Weg nach unten. Bereits auf der Treppe konnte ich die heiteren Stimmen meiner Familie aus der Küche hören. Dad schälte Kartoffeln. Luca putzte Pilze, und Joan knetete irgendeinen Teig, während im Hintergrund weihnachtliche Musik lief.

Joan hatte fürs Abendessen irgendein aufwendiges Fünf-Gänge-Menü geplant. Sie steckte so viel Liebe und Zeit in diesen Feiertag und uns, während meine Mom es nicht einmal schaffte, mir zu antworten. Was nur ein Grund mehr sein sollte, sie zu vergessen, aber irgendwie war das genaue Gegenteil der Fall. Alles, was Joan bereit war, mir und Luca zu geben, machte deutlich, was wir von unserer leiblichen Mom nicht bekamen. Genau betrachtet hatte sie mir sogar etwas genommen: Zeit mit Gavin. Und ich wollte wirklich gern verstehen, warum sie das getan hatte. Zwar hatte ich meine Vermutungen, doch ich wollte die Worte aus ihrem Mund hören, gefolgt von einer Entschuldigung.

Joan sah über ihre Schulter und entdeckte mich im Türrahmen. Wie angewurzelt war ich stehen geblieben und hatte das idyllische Familienbild betrachtet. Ein Lächeln lag auf Joans Lippen. Sie trug Ohrringe in Form von Weihnachtskugeln und eine rote Schürze. »Da bist du ja. Wie geht es Gavin?«

»Gut, er ist bei der Familie seines Mitbewohners.«

»Er ist bei Eliot?«, fragte Luca überrascht.

Ich nickte. Zögerte. Und fasste einen Entschluss, denn ich würde keine Ruhe finden, bis ich die Sache mit meiner Mom geklärt hatte. Und wenn ich nicht bald etwas unternahm, würde sie mir auch noch die restliche Zeit mit meiner Familie versauen. »Wärt ihr mir arg böse, wenn ich mich für ein paar Stunden abseile?«

Mein Dad blickte von den Kartoffeln auf. »Wofür?«

»Ich würde gern zu Mom fahren.«

»Jetzt?«

»Ja. Zum Abendessen wäre ich wieder zurück«, versprach ich.

Joan kräuselte die Lippen. Ihr war anzusehen, dass ihr das nicht gefiel, aber sie würde mich nicht davon abhalten, meine Mom zu sehen. Luca murmelte etwas Unverständliches, und unser Dad schien ebenfalls nicht allzu begeistert davon, dass ich mich an Weihnachten verdrückte, um zu meiner Mom zu fahren, aber er hielt mich nicht auf. Er wünschte mir nur viel Spaß und ermahnte mich, vorsichtig zu fahren, immerhin wohnte meine Mom eine knappe Stunde von Brinson entfernt und die Straßen waren glatt von Eis und Schnee.

Ich flitzte in mein Zimmer, um meine Tasche zu holen, und unterdrückte den Impuls, Make-up für meine Mom aufzutragen. Dann verabschiedete ich mich und versprach meiner Familie, in spätestens drei Stunden zurück zu sein. Mit meiner Work-out-Playlist in den Ohren, um mich innerlich zu rüsten, machte ich mich auf den Weg.

Eine knappe Stunde später erreichte ich das Haus meiner Mom. Es war Jahre her, seit ich das letzte Mal hier gewesen war, aber die hell gestrichenen Fensterrahmen, der Briefkasten in Form einer kleinen Hütte und der schief gewachsene Feigenbaum im Vorgarten waren mir seit dem Sommer, den ich hier verbracht hatte, vertraut. Licht brannte hinter einem der Fenster und signalisierte, dass meine Mom zu Hause war. Ich hatte ihr nicht geschrieben, sondern auf mein Glück vertraut. Denn noch weniger als die Strecke möglicherweise umsonst gefahren zu sein hätte ich es ertragen, von ihr zu hören, dass ich nicht kommen sollte.

Nervös tippte ich eine Nachricht an Luca, dass ich sicher bei Mom angekommen war, ehe ich aus dem Wagen stieg. Der Kies in der Einfahrt knirschte unter meinen Stiefeln. Mein Herz raste, als ich den verschneiten Weg bis zur zweiflügeligen Haustür lief, an der ein Kranz aus Tannenzweigen und roten Weihnachtssternblüten hing. Ich lauschte ins Innere der Villa, konnte aber nichts hören.

Ich holte tief Luft, bevor ich all meinen Mut zusammennahm und die Klingel drückte. Hoffentlich war das hier kein Fehler. Nervös trat ich von einem Fuß auf den anderen und überlegte, wie ich das Gespräch am besten anfangen sollte. Auf dem Weg hierher hatte ich Dutzende Einstiege und mögliche Verläufe der Unterhaltung in meinem Kopf durchgespielt. Sollte ich höflich sein und Weihnachten für meinen Besuch vorschieben oder direkt zum Punkt kommen?

Schritte erklangen, und einen Moment später schwang die Tür auf. Doch es war nicht meine Mom, die mir gegenüberstand, sondern irgendein breit gebauter Kerl Mitte dreißig. Er trug eine schwarze Anzughose und ein weißes Hemd. Das dunkle Haar hatte er sich aus der Stirn gekämmt. Er wirkte ebenso überrascht, mich zu sehen, ein verdutzter Ausdruck huschte über sein Gesicht.

»Du bist nicht vom Catering«, stellte er trocken fest.

»Nein, ich bin …«

»April«, erklang die Stimme meiner Mom. Sie trat neben den Kerl und schob ihn sanft beiseite. Offenbar hatten die beiden große Pläne für heute, wenn sie auf ein Catering warteten. Außerdem war meine Mom mit ihrem eleganten Hosenanzug, der dieselbe Farbe hatte wie der Weihnachtsstern an ihrer Tür, ebenso schick angezogen wie der Typ. »Was machst du hier?«

*Das frag ich mich gerade auch.*

»Ich wollte dich besuchen«, sagte ich, bemüht, genauso trocken zu klingen wie der Kerl gerade eben, um meine Wut nicht durchscheinen zu lassen. Sie hatte keine Zeit, ihren Kindern an Weihnachten zu schreiben, aber welche, um eine Party bei sich zu organisieren, zu der sie es nicht für nötig hielt, uns zumindest aus Höflichkeit einzuladen?

»Das war nicht ausgemacht«, erwiderte meine Mom.

»Nein, aber du hast nicht auf meine Nachrichten geantwortet.«

»Ich war beschäftigt«, erwiderte sie, allerdings nicht mit einem liebevollen, mütterlichen Lächeln, sondern mit ihrem steifen, verhaltenen Immobilienmaklerinnen-Lächeln, als wäre ich nicht ihre Tochter, sondern irgendeine Klientin, der sie vergessen hatte auf eine E-Mail zu antworten. Ein dumpfes Ziehen breitete sich in meinem Magen aus. Es war meine Wut, die sich losriss.

»Womit? Mit ihm?« Ich deutete auf den Mann, der in den Hintergrund getreten war. Unbehaglich sah er zwischen meiner Mom und mir hin und her, und ich kam zu dem Schluss, dass dieser Typ niemals Mitte dreißig war. Seine breiten Schultern und das geleckte Äußere hatten mich getäuscht. Er war höchstens Ende zwanzig, wenn überhaupt, so verunsichert, wie er das Gespräch verfolgte.

Das Lächeln meiner Mom blieb unverändert. »Das ist Carlos.«

»Mir egal.«

»April!«, mahnte sie, als hätte ich ihn beleidigt.

»Was?!«, blaffte ich und warf die Arme in die Luft. »Ich war dir die letzten Wochen, ach, Monate scheißegal, dann kann mir doch auch dieser Typ egal sein. Wer ist das überhaupt? Dein Freund? Dein Partyplaner? Dein Fuckboy?«

»Wenn es dir egal ist, geht es dich auch nichts an.«

»Also Letzteres. Nett.«

Ihr Lächeln verschwand. »Was willst du?«

*Zurück nach Hause.*

»Mit dir reden«, presste ich hervor, wobei mich mehr und mehr das Gefühl beschlich, dass das eine beschissene Idee war und mir diese Unterhaltung nicht den inneren Frieden bringen würde, auf den ich gehofft hatte. Und dafür hatte ich gemeinsame Zeit mit Joan, Luca und meinem Dad geopfert. Toll.

»Kann das nicht warten?«

»Wieso, hast du heute noch etwas vor?«, fragte ich sarkastisch.

Skeptisch kniff sie die Augen zusammen. »Worüber willst du reden?«

»Gavin.«

Meine Mom sah mich einige Sekunden schweigend an, ihr Gesichtsausdruck undurchdringlich, ehe sie einen Schritt beiseite machte, um mir die Tür aufzuhalten.

Ich trat ein, machte mir aber weder die Mühe, meine Schuhe noch meine Jacke auszuziehen.

Sachte legte meine Mom eine Hand auf Carlos' Schulter und flüsterte ihm zu, dass er bitte in die Küche gehen solle. Anschließend führte sie mich ins Wohnzimmer. Die von außen unveränderte Villa war innen renoviert worden. Die einst warmen Töne waren verschwunden und hellen Farben gewichen, die verspielten Vasen und Holzregale hatten Platz für Glas und klare Linien machen müssen.

Meine Mom bedeutete mir, mich zu setzen.

Ich blieb stehen.

Sie hockte sich auf einen der Sessel. Obwohl sie nun diejenige war, die zu mir aufblickte, fühlte ich mich dennoch klein, als sie mich von Kopf bis Fuß musterte. Ihre Lippen kräuselten sich missfallend.

»Also, was ist mit diesem Jungen?«, fragte sie.

»Gavin … wir sind zusammen.«

Die Brauen meiner Mom zuckten in die Höhe, es war nur eine kleine, kaum sichtbare Bewegung in ihrem vom Botox starren Gesicht; ihrer straffen Haut nach zu urteilen, hatte sie sich vor Weihnachten noch eine frische Dosis davon verpassen lassen. »Was meinst du mit *zusammen*?«

»Das weißt du genau.«

Sie schüttelte den Kopf. »Das kann nicht sein.«

Ich stieß ein bitteres Lachen aus. »Warum? Weil du ihn erpresst hast, damit er sich von mir fernhält?«

Etwas Dunkles blitzte in ihren Augen auf, verschwand jedoch sofort wieder hinter einer Maske aus Gleichgültigkeit. »Ich weiß nicht, wovon du redest.«

»Du hast Gavin gezwungen, mir die Freundschaft zu kündigen.«

Sie schnaubte. »Red keinen Unsinn.«

»Mom! Hör auf damit!«, zischte ich und begann, durch den Raum zu tigern, weil ich es nicht ertragen konnte, ruhig vor ihr stehen zu bleiben. Meine vom Schnee feuchten Schuhe hinterließen matschige Abdrücke auf dem sauberen Boden. »Gavin hat es mir erzählt. Und ich bin nicht hier, um angelogen zu werden.«

»Okay, und was willst du von mir hören?«

Ich stieß ein frustriertes Stöhnen aus. »Die Wahrheit.«

»Die scheinst du bereits zu kennen.«

»Und wie wäre es mit einer Entschuldigung?«

Entschlossen reckte meine Mom das Kinn. Die Lichter des großen Weihnachtsbaums, der in der Ecke stand, wurden von ihren goldenen Ohrringen reflektiert. »Es gibt nichts, wofür ich mich entschuldigen müsste.«

»Ach nein? Du hast Gavin gedroht und erpresst, damit er unsere Freundschaft beendet, die mir mehr bedeutet hat als alles andere. Hast du eine Ahnung, wie schlimm das für mich war? Es hat mir das Herz gebrochen.«

»Ich wollte nur das Beste für dich.«

Ich erstarrte in der Bewegung und wandte mich meiner Mom zu. Sie saß genauso gelassen und ungerührt in ihrem Sessel wie zu Beginn unseres Gesprächs, wohingegen mein Herz vor Aufregung raste, als müsste es mir jeden Augenblick aus der Brust springen. »Wie um alles in der Welt war das das Beste für mich?!«

Meine Mom seufzte resigniert, als wäre ich zu blind und naiv, um ihre Sichtweise zu verstehen. »Dieser Junge … Gavin, ist kein guter Umgang für dich. Seine Familie ist eine Katastrophe mit jeder Menge Problemen, und damit meine ich nicht nur das Geld, das sie verloren haben. Seine Eltern ticken nicht richtig. Sein Dad hat Selbstmord begangen. Warum? Es gab keinen Grund. Er hatte doch alles. Eine Familie. Einen gut bezahlten Job. Freunde. Er war einfach nur feige. Und seine Mom? Von der will ich gar nicht erst anfangen, aber die Leute reden. Und ich höre zu. Ich habe Russell oft genug darum gebeten, Gavin aus eurem Leben rauszuhalten. Er meinte, ich übertreibe. Und dann standest du vor meiner Tür, weinend und verzweifelt, weil du dachtest, dass dieser Gavin dich geschwängert hat.«

»Das habe ich nicht gedacht, denn ich wusste nicht, mit wem ich damals geschlafen hatte, und das habe ich dir auch gesagt.«

Meine Mom stieß einen dreckigen Laut aus, der nicht zu ihrem glatten Äußeren und ihren elegant übereinandergeschlagenen Beinen passen wollte. »Ach, hör doch auf, ihn in Schutz zu nehmen.«

»Das mach ich nicht«, beteuerte ich. »Ich wusste es ehrlich nicht.«

Die Augen meiner Mom wurden schmal, und sie betrachtete mich eingehend, nicht auf diese verurteilende Art wie zuvor, sondern auf eine abschätzende. »Du warst also wirklich betrunken«, stellte sie fest. »Das macht es nur noch schlimmer. Ich hätte dem Jungen nicht nur drohen, sondern ihn verhaften lassen sollen.«

Mein Magen verkrampfte sich bei diesen Worten. Und ich war froh, dass ich Gavin nicht mitgenommen hatte, sondern allein hier war. Er hatte es nicht verdient, wie ein Krimineller behandelt und verurteilt zu werden. Er war ein weitaus besserer Mensch, als meine Mom es jemals sein würde, aber vermutlich brauchte es Empathie und Einfühlungsvermögen, um das zu erkennen. Zwei Dinge, an denen es ihr mangelte.

»Darum geht es nicht. Was in jener Nacht passiert ist, ist eine Sache zwischen Gavin und mir. Hier geht es um dich und mich und darum, dass du mir meinen besten Freund genommen hast. Woher wusstest du überhaupt, dass es Gavin war?«

»Ich wusste es nicht«, gestand meine Mom, aber das tat dem überheblichen Klang ihrer Stimme keinen Abbruch. »Ich hatte eine sehr starke Vermutung, weil du aus irgendeinem Grund schon immer eine Schwäche für ihn hattest. Und ich dachte, du spielst nur die Ahnungslose, um ihn in Schutz zu nehmen. Also habe ich bei Gavin angerufen. Seine Reaktion hat mir alles verraten, was ich wissen musste.«

»Und anstatt es mir zu sagen, hast du unsere Freundschaft zerstört.«

Sie nickte. »Es war das einzig Richtige. Dieser Junge bedeutet nur Ärger. Sein Dad hat sich umgebracht. Seine Mom ist ein alkoholsüchtiges Wrack. Gavin ist vielleicht noch nicht so weit, aber irgendwann wird auch er abrutschen, genau wie seine Eltern, und ich lasse nicht zu, dass er dich mit in den Abgrund zieht.«

*Gavin wird mich nicht runterziehen. Ich werde ihn hochziehen.*

»Du bist zu gut für ihn«, fuhr meine Mom fort, ohne mich aus den Augen zu lassen. »Damals war der Schwangerschaftstest negativ und wir sind mit dem Schrecken davongekommen, aber was, wenn das Ergebnis beim nächsten Mal anders ausgefallen wäre? Ich konnte nicht zulassen, dass dich deine Beziehung zu Gavin ruiniert.«

Tränen der Wut traten mir in die Augen. Meine Hände begannen zu beben, und ich musste einen Moment innehalten, um meine nächsten Worte nicht zittrig klingen zu lassen. »Was mich ruiniert hat, war das Ende unserer Freundschaft. Ich habe Jahre gebraucht, um das auch nur halbwegs zu verarbeiten. Aber ich erwarte nicht, dass du das verstehst. Immerhin hast du doch noch nie jemanden wirklich geliebt außer dich selbst. Nicht wahr?«

»Das stimmt nicht. Ich habe das alles getan, *weil* ich dich liebe.«

»Unsinn!«, fauchte ich. Vor ein paar Monaten hätte mich der betroffene Klang ihrer Stimme womöglich überzeugen können, doch nicht heute. »Du hast es getan, weil du mich nur lieben kannst, wenn ich so bin, wie du mich haben willst.«

Entrüstet starrte meine Mom mich an. Ich erwartete, dass sie mir widersprach, mir sagte, dass ich mich irrte, aber das tat sie nicht, weil sie nicht konnte. Sie wusste, dass ich recht hatte. All die Jahre hatte ich versucht, das Gute in ihr zu sehen, und mich so darauf konzentriert, dieses Gute im Auge zu behalten, dass ich all das Schlechte drum herum verdrängt hatte. Doch das konnte ich nicht länger. Ich war ihr unendlich dankbar dafür, dass sie damals für mich da gewesen war, aber unsere Beziehung durfte nicht für immer von meiner Dankbarkeit für diese eine gute Tat zehren.

Ich schüttelte den Kopf und wich einen Schritt zurück. »Wir sind fertig.«

Meine Mom seufzte erleichtert. Sie stand von ihrem Sessel auf und strich ihren Hosenanzug glatt. »Gut. Ich erwarte Gäste, und das Catering müsste auch jede Minute kommen. Ich will Carlos nicht damit allein lassen. Er ist von solchen Dingen schnell überfordert. Wir können gern noch einmal über alles reden, wenn du dich beruhigt hast.«

Ich rührte mich nicht, nur meine Hände ballten sich zu Fäusten. Verkniffen starrte ich meine Mom an, die mich mit einem selbstgefälligen Blick bedachte, als hätte sie diese Unterhaltung gewonnen. »Das meinte ich nicht.«

»Was dann?«

»*Wir* sind fertig, Mom«, antwortete ich mit bebender Stimme. Ich schwankte zwischen dem Drang, in Tränen auszubrechen, und dem Bedürfnis, mir eine der teuren Vasen zu schnappen, um sie gegen die Wand zu donnern. Was hatte ich mir nur dabei gedacht, hierherzukommen? Was hatte ich geglaubt, das passieren würde? Dass meine Mom ihren Fehler anerkannte und sich ehrlich entschuldigte? Ich hätte wissen müssen, dass es nicht so ablaufen würde. Luca wäre das niemals passiert. »Ich will nichts mehr von dir hören oder sehen. Und dein Geld kannst du dir sonst wohin stecken. Vielleicht kannst du Carlos davon eine teure Uhr kaufen, damit er deine Gegenwart noch länger erträgt, aber ich hab genug. Du und ich … wir sind geschiedene Leute. Leb wohl!«

Das erste Mal seit Beginn des Gesprächs sah ich in den Augen meiner Mom eine Emotion aufblitzen, die nicht nur Verachtung gegenüber Gavin ausdrückte. »Das meinst du nicht ernst.«

»Und ob. Nenn mir einen Grund, aus dem ich mich noch länger mit dir abgeben sollte.« Ich ließ ihr keine Zeit zu antworten, sondern begann, sämtliche Punkte aufzuzählen, die mich seit Jahren störten und die ich in meiner endlosen Dankbarkeit und bei der Suche nach ihrer Anerkennung trotzdem einfach hingenommen hatte. »Du ignorierst meine Nachrichten und antwortest nur, wenn es dir passt. Du kritisierst und verurteilst mich am laufenden Band. Glaubst du, mir ist nicht aufgefallen, wie du mich vorhin schon wieder gemustert hast? Du interessierst dich einen Scheiß für die Dinge, die mir wichtig sind, sondern nur für meine Leistung und meine Noten. Du hast mich nicht ein einziges Mal nach der SHS gefragt, und du treibst einen Keil zwischen mich und die Leute, die mir wichtig sind, nicht nur Gavin, sondern auch Luca. Weißt du, wie oft wir deinetwegen diskutieren? Wie oft ich dich in den letzten Jahren verteidigt habe? Aber ich glaube, Luca hatte die ganze Zeit recht.«

»April …« Meine Mom machte einen Schritt auf mich zu, doch dafür war es zu spät.

»Spar's dir! Wir sind fertig«, zischte ich und machte auf dem

Absatz kehrt, weil ich vermutlich jede Sekunde losheulen würde und nicht wollte, dass meine Mom es mitbekam. Sie würde meine Tränen als Schwäche betrachten und als Chance, mich umzustimmen. Aber sie zeugten nicht von Schwäche, sondern davon, dass das hier das Ende zwischen uns war.

# 29. Kapitel

## GAVIN

Mein Schädel dröhnte, als ich aufwachte. Mein Mund war trocken, und meine Zunge fühlte sich taub und pelzig an. Ich konnte den Alkohol des Vorabends noch schmecken.

Ich hatte auf Aprils Rat gehört und war mit Eliot und seinen älteren Schwestern feiern gegangen. Ich hatte nicht viel getrunken, aber seit dem Vorfall am See vor einigen Monaten hatte ich keinen Tropfen mehr angerührt. Alles, was es gebraucht hatte, um mich abzufüllen, waren ein Bier, zwei Shots und der vegane Eggnog von Eliots Mom gewesen. Sie hatte darauf bestanden, ihn für mich zu machen, sodass ich unmöglich hatte ablehnen können.

»Guten Morgen!«

Die Stimme war so laut, dass sie selbst das Dröhnen in meinem Schädel übertönte. Schmerzhaft bohrte sie sich in meinen Verstand wie ein Finger in eine offene Wunde. Stöhnend zog ich mir die Decke über den Kopf, um den Lärm auszusperren. »Sei still!«

Eliot lachte. Viel zu laut. Viel zu schrill. »Wer trinken kann, der kann auch aufstehen.«

Mit einem Ruck wurde mir die Decke entrissen, und grelles Licht blendete mich. Ächzend versuchte ich, die Helligkeit mit dem Kissen auszusperren. Einen Moment später wurde mir auch das von Eliot weggenommen, und ich war zu kraftlos, um daran festzuhalten. »Du bist scheiße.«

»Und du verkatert.«

»Erzähl mir was, das ich nicht schon weiß.«

Ich versuchte, mich aufzurichten, aber die Welt um mich herum drehte sich. Ich kniff die Augen zu, damit der Schwindel nicht schlimmer wurde. Tief holte ich Luft, ehe ich die Lider erneut aufschlug. Blinzelnd gewöhnte ich mich an die Helligkeit, bis ich Eliot erkannte. Er stand neben der Couch in seinem alten Kinderzimmer, eine Tasse Kaffee in der Hand. Kurz hoffte ich, dass sie für mich war, aber er nippte selbst daran.

»Meine Mom hat gesagt, ich soll dich wecken. Es gibt gleich Brunch.«

Ich sah mich um und entdeckte Jack. Er saß neben der Couch und musterte mich aus seinen großen Hundeaugen. Bildete ich mir das ein oder erkannte ich tatsächlich einen Vorwurf in seinem Blick? »Wie viel Uhr ist es?«

»Kurz nach elf.«

Ein Ruck fuhr durch meinen Körper. »Ernsthaft?«

»Ja.«

»Fuck! Ich wollte schon vor einer Stunde bei meiner Mom sein!« Ich sprang vom Sofa auf, was sich als Fehler entpuppte. Der Schwindel kehrte zurück. Mir wurde kurz schwarz vor Augen, und ich wankte zur Seite.

Eliot packte meinen Arm, um mich zu stabilisieren. »Woah, vorsichtig.«

»Danke.« Als ich mir sicher war, festen Stand zu haben, machte ich mich von ihm los. Es war mir ein Rätsel, wie er keinen Kater haben konnte. Er hatte viel mehr getrunken als ich, allerdings war er auch größer und hatte im Gegensatz zu mir in den letzten Monaten nicht dem Alkohol abgeschworen. »Ich muss zu meiner Mom.«

»Du musst vor allem unter die Dusche.«

»Dafür hab ich keine Zeit.«

Eliot rümpfte die Nase. »Für manche Dinge muss man sich Zeit nehmen.«

Ich schnüffelte an mir. Er hatte recht, ich stank nach Bier, Schweiß und Zigarettenrauch. Vermutlich wäre das meiner Mom überhaupt nicht aufgefallen, aber nun da Eliot mich darauf angesprochen hatte, fühlte ich mich zu ekelhaft, um nicht zu duschen. Die Party war wirklich wild gewesen – ich erinnerte mich daran, in eine Bierdusche hineingeraten zu sein.

»Kann ich mir was zum Anziehen leihen?«, fragte ich, weil ich nachher nicht wieder in meine muffigen Klamotten schlüpfen wollte.

Eliot suchte mir etwas von den alten Sachen raus, die er noch in seinem Kleiderschrank hängen hatte, und gab mir außerdem ein Handtuch und eine Einwegzahnbürste.

Ich bedankte mich und ging ins Badezimmer. Auf dem Weg dorthin lief ich Edith über den Weg, die mich wissend angrinste. Sie hatte gestern versucht, mit mir zu flirten, bis Eliot sie darüber aufgeklärt hatte, dass ich eine Freundin hatte. Eine Freundin. April. Ich musste sie dringend anrufen. Eigentlich hatten wir gestern noch facetimen wollen, aber irgendwie hatte das nicht geklappt. Das Dinner ihrer Familie hatte ewig gedauert, und im Anschluss war ich bereits mit Eliot, Edith und Emely auf besagter Party gewesen.

Ich ging auf die Toilette und sprang kurz unter die Dusche. Das Handtuch um die Hüften trat ich anschließend vor das Waschbecken. Ich hatte schon besser ausgesehen, aber auch deutlich schlechter. Eilig putzte ich mir die Zähne und spülte mir den Mund mit einem herumstehenden Mundwasser aus, das scharf wie Schnaps auf meiner Zunge brannte. Noch bevor ich mich anzog, bestellte ich mir ein Taxi. Eigentlich ein Luxus, den ich mir gewöhnlich nicht leistete, aber ich hatte dank des Trinkgelds im Streetwise ein paar Dollar übrig, und ich wollte meine Mom nicht länger warten lassen als nötig. Nachdem ich die Taxizentrale angerufen hatte, schrieb ich ihr eine Nachricht und schlüpfte dann eilig in Eliots Kleidung.

Als ich die Treppe runterkam, stellte ich fest, dass der Brunch bereits in vollem Gange war. Eliots Familie saß an einem riesigen Tisch, an dem problemlos zehn Leute Platz fanden. Er war reich gedeckt mit allem, was es für ein guten Brunch brauchte. Es roch nach frischem Kaffee und Gebäck. Leise Weihnachtsmusik spielte im Hintergrund, und in einer Ecke des Zimmers brannte ein künstlicher Kamin, der beinahe dieselbe mollige Wärme erzeugte wie ein echtes Feuer.

Eliots Mom entdeckte mich als Erste. Ein breites Lächeln, das sie an ihre Kinder vererbt hatte, trat auf ihr Gesicht. »Gavin! Guten Morgen, hast du gut geschlafen?«

Ich nickte. »Ja, wie ein Stein.«

»Setz dich!« Sie deutete auf den freien Platz neben ihrem Sohn und stand auf, um mir ein Glas Orangensaft einzuschenken. Es war eine bittersüße Geste, die mich an ein unbeschwerteres Leben erinnerte. Früher war meine Mom genauso gewesen. Ein Sonnenschein, der es geliebt hatte, sich um andere zu kümmern. Immer wenn Luca und April zu Besuch gewesen waren, war sie jede halbe Stunde in mein Zimmer gekommen, um zu fragen, ob wir etwas brauchten oder wollten.

Ich schüttelte den Kopf. »Danke, aber ich muss leider los. Ich bin mit meiner Mom verabredet und spät dran.«

Eliots Dad hob den Kopf. »Soll ich dich fahren?«

»Danke, ich hab mir ein Taxi bestellt.«

»Musst du wirklich schon gehen?«, fragte eine der jungen Zwillinge und verzog ihre mit Marmelade verschmierten Lippen zu einem Schmollmund.

»Leider ja. Meine Mom wartet auf mich.«

»Schade. Kann Jack hierbleiben?«

Ich lächelte und wollte antworten, dass sie Jack jederzeit besuchen könne, hielt dann jedoch inne, denn … warum eigentlich nicht? Jack würde es hassen, den Tag mit meiner Mom zu verbringen, und gestern hatte er viel Spaß mit den Kindern gehabt, die ihn durch den Schnee gescheucht und ununterbrochen gestreichelt und geknuddelt hatten. »Wenn es Eliot nichts ausmacht, sich um Jack zu kümmern, und er ihn später wieder mit nach Hause bringt, kann er gern noch bleiben.«

»Klar«, antwortete Eliot mit vollem Mund.

Erica – ich glaubte, es war Erica, sie waren wirklich schwer auseinanderzuhalten – strahlte über das ganze Gesicht. »Dann darf Jack bleiben?«

Ich nickte.

»Ja!« Sie sprang von ihrem Stuhl auf, um Jack zu umarmen, der sofort wieder begeistert mit dem Schwanz wedelte. Ihre Mom warf ihr einen mahnenden Blick zu, aber das Lächeln auf ihren Lippen blieb unverändert.

Eliots Dad lachte. »Deinetwegen müssen wir ihnen vermutlich einen Hund holen.«

Ich schmunzelte. »Tut mir leid.«

»Ich bring dich zur Haustür«, sagte Eliots Mom.

Ich wollte ihr sagen, dass das nicht nötig war, aber da stand sie bereits neben mir, und ich ließ mich von ihr zur Tür führen. Jack folgte uns. Ich schlüpfte in meine Schuhe und zog mir meine Jacke an. »Danke, dass ich kommen durfte. Ich hatte eine tolle Zeit.«

»Du bist hier jederzeit willkommen.«

»Danke.«

Ich ging auf die Knie, um mich von Jack zu verabschieden, auch wenn wir uns schon in ein paar Stunden wiedersehen würden. Er leckte mir über das Gesicht, schien aber froh darüber, noch eine Weile bleiben zu können. Vermutlich ahnte er, mit wem ich mich gleich treffen würde. Als ich mich aufrichtete, trat Eliots Mom einen Schritt auf mich zu und umarmte mich zum Abschied. Bei der mütterlichen Geste schnürte sich meine Kehle zu, und ich musste mich räuspern, nachdem sie mich wieder losgelassen hatte.

»Ich wünsch euch einen schönen Tag.«

Sie lächelte. »Danke, ich dir auch. Grüß deine Mom von uns.«

Ich tätschelte Jack noch einmal den Kopf, ehe ich nach draußen ging, wo bereits das Taxi wartete. Nachdem ich mich auf die Rückbank hatte fallen lassen, nannte ich der Fahrerin die Adresse meiner Mom, dann holte ich mein Handy hervor. Sie hatte nicht auf meine Nachricht geantwortet, aber das war nicht ungewöhnlich. Sie checkte ihr Handy nur selten und hörte es meistens über den Lärm des Fernsehers nicht. Allerdings hatte April mir geschrieben.

*April:* Bist du schon bei deiner Mom?
*Ich:* Gerade auf dem Weg. Hab verschlafen.
*April:* Verschlafen? 😱
*Ich:* Ja, ich hab auf der Party vielleicht ein bisschen was getrunken.
*April:* Wie viel ist ein bisschen?
*Ich:* Nicht viel, ich vertrag nichts mehr.
*April:* Und wie war es sonst so bei Eliot?
*Ich:* Richtig schön. Und bei dir?
*April:* Auch … größtenteils.
*Ich:* ???
*April:* Ich hab gestern meine Mom besucht.
*Ich:* Und?

*April:* Das muss ich dir persönlich erzählen.
*Ich:* Also lief es nicht gut?
*April:* Nein, nicht wirklich.
*Ich:* Mist. Ich ruf dich später an.
*April:* Okay. Ich denk an dich. 🩶

Ich schickte ihr ein Herz zurück und steckte das Handy weg. Mein Blick glitt aus dem Fenster, und ich musste schlucken, als ich mich daran erinnerte, welcher Tag heute war.

Vierzehn Jahre.

Heute vor vierzehn Jahren hatte mein Dad sich das Leben genommen. Und keiner von uns hatte es kommen sehen. Wir hatten schöne Weihnachten miteinander verbracht. Gelacht und Brettspiele gespielt. Ich erinnerte mich an einen Moment in der Küche, als meine Mom das Essen vorbereitet hatte. Mein Dad war hinter sie getreten und hatte sie umarmt. Er hatte ihr irgendetwas ins Ohr geflüstert, das ich nicht verstanden hatte, aber es hatte sie zum Lachen gebracht, worauf er ebenfalls gelacht hatte. Am Weihnachtsmorgen hatte er mir eine Dinosaurier-Spielfigur geschenkt und versprochen, im Frühjahr mit mir in den Dinopark zu gehen.

Ich hatte mich so darauf gefreut.

Einen Tag später hatte er tot in der Badewanne gelegen.

Während andere Erinnerungen an meinen Dad – wie er sich bewegte, wie er sprach, wie er meinen Namen sagte – langsam verblassten, war diese letzte Erinnerung auch nach all den Jahren glasklar. Ich wusste noch genau, wie ich seine Leiche gefunden hatte. Es hatte diesen kurzen Moment gegeben, zwischen dem Öffnen der Tür zum Badezimmer und dem Augenblick, in dem ich das Blut bemerkt hatte, in dem ich geglaubt hatte, mein Dad würde nur schlafen. Ich war zu ihm gerannt und neben der Wanne auf die Knie gegangen. Das verfärbte Wasser hatte den Stoff meiner Hose durchtränkt. Ich hatte an seiner Schulter gerüttelt und seinen Namen gerufen. Er hatte nicht reagiert. Verzweifelt hatte ich versucht, ihn aus der Wanne zu zerren, aber ich war zu schwach gewesen … und dann, dann hatte ich seine von den Rasierklingen zerfetzten Unterarme gesehen und begriffen.

Begriffen, dass mein Dad tot war.

Begriffen, dass ich ihm nicht mehr helfen konnte.

Begriffen, dass es zu spät war.

Die Augenblicke danach hatte ich in vollkommener Taubheit erlebt. Ich hatte die 911 gewählt, wie ich es in der Schule gelernt hatte, und meine Mom angerufen. Ich hatte geweint und ihr gesagt, dass sie nach Hause kommen müsse. Alarmiert von meinen Tränen hatte sie gefragt, was los wäre, aber ich hatte es ihr nicht übers Telefon sagen können, also hatte ich aufgelegt und gewartet, dass irgendjemand kam und mir half …

»Heh!«

Finger schnipsten vor meinem Gesicht. Ich blinzelte und blickte in das genervte Gesicht der Taxifahrerin, das vermuten ließ, dass sie mich schon ein paarmal angesprochen hatte.

Sie deutete auf die Summe, die das Taxameter anzeigte. »Wir sind da.«

»Sorry«, murmelte ich und holte das Geld aus meiner Jackentasche. Ich bezahlte sie auf den Cent genau. Ihr war anzusehen, dass es sie ankotzte, kein Trinkgeld zu bekommen, aber dafür reichte mein Budget dann doch nicht.

Ich wünschte ihr einen schönen Tag und stieg aus. Keine Sekunde später raste das Taxi davon und ließ mich allein vor dem Wohnhaus meiner Mom zurück. Es hatte wieder zu schneien begonnen. Dicke Flocken segelten vom Himmel. Ich zog die Schultern hoch und ging ins Haus.

Meine Schritte fühlten sich schwer an.

Mein Herz noch schwerer.

Vor der Wohnungstür meiner Mom blieb ich stehen. Im Flur duftete es ähnlich weihnachtlich wie bei Eliots Familie. Ich vermisste die Wärme und das Lachen und dass für einen Moment einfach alles okay war. Ich wünschte mir, dorthin zurückkehren oder zu April gehen zu können. Sie gab mir auch immer das Gefühl, dass irgendwie alles okay war.

Doch hinter dieser Tür war nichts okay. Ich hätte mich umdrehen und einfach abhauen, diesem Teil meines Lebens den Rücken kehren und meine Mom sich selbst überlassen können, aber das brachte ich nicht über mich. Es gab all diese tollen Menschen in meinem Leben, die mir halfen und für mich da waren. Meine Mom hatte niemanden, nur mich.

Ich schloss die Tür auf und holte ein letztes Mal tief Luft, bevor ich mich in die verqualmte Wohnung wagte.

»Hey! Sorry, dass ich zu spät …«

Ich verstummte, als ich bemerkte, dass meine Mom nicht auf der Couch saß, obwohl der Fernseher lief. Sie lag auch nicht in ihrem Bett. Verpackungen eines Lieferservice standen auf dem Tisch vor dem TV, ebenso wie mehrere Flaschen Bier und Whisky. Ich rümpfte die Nase, es roch abscheulich, noch schlimmer als sonst. Nach kaltem Zigarettenrauch, Alkohol und … Erbrochenem?

»Mom?«

Ich ging zu einem der Fenster und öffnete es.

»Mom?«

Keine Antwort.

Ich lief zu der geschlossenen Badezimmertür und klopfte. »Mom, bist du da drin?«

Keine Antwort.

»Mom?«

Keine Antwort.

Die Härchen in meinem Nacken stellten sich auf.

Ich hämmerte fester gegen die Tür.

»Mom, mach auf!«

Nichts geschah.

Nichts geschah.

Nichts geschah …

»Ich komm jetzt rein!«

Ich griff nach der Klinke, schob die Tür auf …

… und meine Welt brach zusammen.

# 30. Kapitel

## APRIL

Ich wartete auf Gavins Anruf.

Er kam nicht.

Ich schrieb ihm eine Nachricht.

Er antwortete nicht.

Ich hielt es nicht länger aus, also rief ich ihn an.

Er ging nicht ran.

Ich rief noch einmal an. Und noch mal. Und noch mal. Doch nichts änderte sich. Jedes Mal wurde ich nach dem zehnten Klingeln auf die Mailbox umgeleitet. Es wurde Abend. Die Sonne ging unter. Die Straßenlaternen an. Und das ungute Gefühl in meiner Brust wuchs. Irgendetwas stimmte nicht …

Ich rief bei Eliot an.

»Hey, was verschafft mir die Ehre?«, begrüßte er mich.

Im Hintergrund waren Stimmen zu hören. Ich versuchte zu erkennen, ob die von Gavin darunter war, aber die Gespräche waren zu undeutlich und zu weit weg. »Hi, ich wollte fragen, ob du was von Gavin gehört hast?«

»Nicht, seitdem er zu seiner Mom gefahren ist. Warum?«

»Ich versuche ihn seit fast zwei Stunden zu erreichen, aber er antwortet nicht auf meine Nachrichten und geht auch nicht ans Telefon«, antwortete ich und kam mir dabei irgendwie lächerlich vor. Es gab keinen Hinweis darauf, dass Gavin nicht okay war. Dass er nicht auf meine Anrufe reagierte, konnte viele Gründe haben. Trotzdem konnte ich dieses drückende Gefühl in meinem Magen nicht abschütteln. Nicht heute. Nicht an dem Todestag seines Dads. In seinen Textnachrichten heute Morgen hatte er ziemlich gefasst geklungen, aber was, wenn ihn die Trauer und der Schmerz doch überwältigt hatten? »Er wollte mich anrufen, aber das hat er nicht getan.«

»Vielleicht hat er es vergessen.«

Ich schüttelte den Kopf. »Nein. Er würde mich niemals vergessen.«

»Womöglich ist er eingeschlafen. Oder sein Handy ist stumm geschaltet. Ich bin noch bei meiner Familie und wollte erst nach dem Abendessen heim. Wenn du willst, kann ich gern schon früher gehen und nachsehen, ob er zu Hause ist.«

»Nein … Doch … Ja, bitte.«

»Okay, ich mach mich gleich auf den Weg«, sagte Eliot. Am liebsten hätte ich ihn für das Angebot und dafür, dass er mich ernst nahm, umarmt, auch wenn ich vermutlich völlig übertrieben reagierte. »Ich ruf dich an, wenn ich da bin. Aber ich bin mir sicher, dass alles gut ist.«

Ich seufzte. »Danke.«

Wir legten auf, und ich checkte ein weiteres Mal meinen Chat mit Gavin. Er hatte meine Texte nicht einmal gelesen, doch sie waren zugestellt worden, was bedeutete, dass sein Akku nicht versagt hatte. Ich sprang von meinem Bett auf, tigerte nervös durch mein Zimmer und ging schließlich runter in die Küche. Joan und mein Dad schauten einen Film im Wohnzimmer. Ohne das Licht einzuschalten, öffnete ich den Kühlschrank und machte mich über die Reste vom Abendessen her, aber mein Magen verkrampfte sich bereits nach ein paar Bissen. Unruhig sah ich auf die Uhr. Ich hätte Eliot fragen sollen, wie lange er von seinen Eltern zur Wohnung brauchte.

Mein Handy klingelte. Eilig sah ich auf das Display, doch es war nicht Gavin, der mich anrief, sondern meine Mom.

»Fuck you«, murmelte ich und drückte den Anruf weg. Sie hatte seit gestern immer wieder versucht, mich zu erreichen, aber ich hatte keine Lust, mit ihr zu sprechen. Sie sollte noch ein paar Tage schmoren, und auch dann würde ich erst mit ihr reden, wenn sie bereit war, ihren Fehler einzugestehen.

Wieder versuchte ich mein Glück bei Gavin. Mit klopfendem Herzen lauschte ich auf das Klingeln – und landete erneut auf der Mailbox. Ich schluckte schwer, nicht nur um das ungute Gefühl herunterzuwürgen, sondern um die Horrorszenarien in meinem Kopf zu verdrängen. Meine Gedanken wanderten zu seinem Dad, seiner Mom, der Nacht am See, und irgendwo dazwischen hörte ich die Stimme meiner Mom.

*Gavin ist vielleicht noch nicht so weit, aber irgendwann wird auch er abrutschen, genau wie seine Eltern.*

Nein! Sie lag falsch. Sie musste falschliegen. Gavin ging es gut. Außerdem hatte er versprochen, mit mir zu reden, selbst wenn er Angst hatte. Und ich vertraute auf dieses Versprechen. Etwas anderes blieb mir in diesem Moment wohl auch nicht übrig …

Ich ging zurück in mein Zimmer, schnappte mir meinen Laptop und öffnete meinen Fashion-Blog. Ich hatte heute Morgen das erste Mal seit Monaten wieder daran gearbeitet und dem Gerüst, das ich Anfang des Jahres aufgesetzt hatte, ein Design verpasst. Vermutlich würde ich nicht viel Zeit finden, daran zu arbeiten, aber mich dieser *Zeitverschwendung* zu widmen, wie meine Mom es genannt hatte, hatte nach unserem

Streit etwas extrem Befriedigendes. Ich hatte gemerkt, wie sehr ich es vermisste, mich mit Fashion zu befassen.

Doch so richtig konnte ich mich nicht auf den Blog konzentrieren. Ich klickte in den Einstellungen hin und her und versuchte, der Sidebar den Look zu geben, den ich wollte, aber mein Blick wanderte immer wieder zur Uhr in der oberen rechten Ecke meines Laptops. Seit meinem Telefonat mit Eliot war eine halbe Stunde vergangen.

Mein Handy klingelte. Ich griff so schnell danach, dass ich beinahe den Computer von meinem Schoß fegte.

Es war Eliot.

»Ja?!«

»Hey.« Es brauchte nur dieses eine Wort, um mich wissen zu lassen, dass etwas nicht stimmte. Eliot klang nicht wie jemand, der gute Neuigkeiten zu überbringen hatte. »Ich bin zu Hause. Gavin ist nicht da. Er wollte eigentlich mit seiner Mom herkommen und für sie kochen, aber so wie es den Anschein macht, waren die beiden nie hier. Die Zutaten sind alle noch im Kühlschrank.«

»Scheiße«, fluchte ich. Mir schnürte sich die Kehle zu.

»Ich kann bei seiner Mom vorbeifahren, wenn du mir die Adresse gibst.«

»Das … Das würdest du machen?«

»Klar.«

»Danke. Ich schick dir die Adresse.«

Ich war mir sicher, dass es Gavin nicht gefallen würde, denn soviel ich wusste, hatte er Eliot noch nichts von seiner Mom und ihren Problemen erzählt, aber das war mir in diesem Moment egal.

Eliot versprach, mich anzurufen, sobald er da war. Ich schickte ihm die Adresse, anschließend sprang ich vom Bett auf und machte mich daran, meine Sachen zu packen. Ich musste nach

Melview. Keine Ahnung, was mich dort erwartete, im besten Fall war alles in Ordnung und ich machte mich mit meiner Paranoia zum Affen, doch ich musste mich mit eigenen Augen vergewissern, dass es Gavin gut ging. Ich hätte den Aufenthalt bei meiner Familie von Anfang an abkürzen sollen, um heute, am Todestag seines Dads, bei ihm zu sein, aber da er die letzten fünf Jahre ohne mich überstanden hatte, war ich davon ausgegangen, dass es dieses Jahr nicht anders sein würde. Womöglich hatte ich mich getäuscht.

Mein Handy klingelte ein weiteres Mal.

Doch es war nur wieder meine Mom. Ich drückte ihren Anruf weg, um die Leitung freizuhalten, und blockierte ihre Nummer, weil ich keine Nerven hatte, mich jetzt auch noch mit ihr auseinanderzusetzen. Ich warf das Handy zurück aufs Bett und stopfte Hosen, Pullover und alle anderen Klamotten, die ich zu fassen bekam, in meine Tasche. Den Laptop schob ich in meinen Rucksack. Meine Geschenke würde ich zurücklassen und mitnehmen, wenn ich Luca Ende der Woche abholte.

Abermals klingelte mein Handy.

Ich erstarrte. Eliot konnte unmöglich so schnell bei Monica sein. Ich ging zu meinem Bett, nahm mein Handy und sah auf das Display.

Gavin.

Er rief mich an.

Mein Herz machte einen Satz. Ich hatte noch nie in meinem Leben so schnell auf den grünen Button geklickt. »Hey, ist alles okay bei dir?«

Stille.

»Gavin?«

Stille.

»Geht es dir gut?«

»April?« Seine Stimme klang, als hätte er Glasscherben geschluckt.

Ich erschauderte. »Ja?«

»Ich brauche dich.«

# 31. Kapitel

## GAVIN

Es nahm kein Ende.

Die Scheiße nahm einfach kein Ende. Ich sollte aufhören, mich der Illusion hinzugeben, dass es irgendwann besser werden würde. Jedem Aufwärts in meinem Leben folgte ein tiefes Abwärts. Das WG-Zimmer bei Eliot, der neue Job und die Beziehung zu April hatten mir Hoffnung gemacht und waren ein Lichtblick am Ende des Tunnels gewesen. Doch nun war die Decke dieses Tunnels eingestürzt und hatte mich unter sich begraben.

Ich steckte fest.

Es gab kein Vor und kein Zurück, während ich erkennen musste, dass die letzten Jahre vollkommen umsonst gewesen waren. Ich hatte alles in meiner Macht Stehende getan, um meiner Mom zu helfen, in dem Glauben, dass es vielleicht irgendwann wie früher sein könnte, aber es würde nie wieder wie früher werden. Nicht nach dem, was heute geschehen war. Ich hatte keine Ahnung, wie es weitergehen und wie ich mit diesen Bildern in meinem Kopf weitermachen sollte.

Der leblose Körper meines Dads …

Der leblose Körper meiner Mom …

Die Ärzte sagten, es gäbe Hoffnung auf eine Genesung, aber ich hatte keine Kraft mehr zu hoffen. Und vor allem keine Kraft mehr, enttäuscht zu werden. Wohin sollte das alles führen? Meine Mom war gestürzt und hatte sich den Kopf angeschlagen. Sie hatte das Bewusstsein verloren. Diagnose: Schädel-Hirn-Trauma. Im besten Fall – und der würde nicht eintreffen, weil mir das meine Erfahrung zeigte – würde meine Mom aus dem Koma erwachen und wäre wieder die Alte, betrunken und uneinsichtig wie eh und je.

Im schlimmsten Fall würde sie nie wieder aufwachen.

In all den Nuancen dazwischen würde sie zu einem Pflegefall werden.

Und in jedem Fall würden mir die Rechnungen des Krankenhauses über den Kopf wachsen. Nicht, dass Geld in einem solchen Szenario eine Rolle gespielt hätte, aber die Chance, mir ein eigenes Leben aufzubauen, mein Studium fortzuführen und eines Tages eine eigene Praxis zu eröffnen, schien mir inzwischen unerreichbar und mit unüberwindbaren Hürden gespickt. Denn immer wenn ich glaubte, den Weg endlich halbwegs freigeschaufelt zu haben, taten sich mir neue Hindernisse auf. Und der Gedanke, einfach aufzugeben, erschien mir mit jedem Tag und jedem weiteren Rückschlag verführerischer. Es war nicht so, dass ich nicht kämpfen wollte, ich war einfach müde.

So unendlich müde.

Scheinwerfer blitzten in der Dunkelheit der Nacht auf, und ich entdeckte Aprils Auto, das auf den Parkplatz des Krankenhauses fuhr. Warum hatte ich sie angerufen? Sie sollte nicht hier sein. Sie sollte bei ihrer Familie sein und diese magischen, ruhigen Tage zwischen Weihnachten und Neujahr genießen. Mehrere Stunden hatte ich gegen den Drang angekämpft, mich bei ihr zu melden, um sie nicht in die Sache mit hineinzuziehen, aber auch diesen Kampf hatte ich verloren. Weil ich ein Versager war. Weil ich schwach war. Ein Verlierer, der nichts auf die Reihe bekam. April hatte jemand Besseren verdient. Jemanden mit weniger Ballast. Jemanden, der sie nicht runterzog, sondern ihr half, der großartige Mensch zu sein, der sie war.

Der Wagen parkte. Die Scheinwerfer erloschen, und April sprang aus dem Auto. Eilig lief sie in Richtung Eingang, doch bevor sie die Tür erreichte, entdeckte sie mich auf der Bank, die einsam im Licht einer Laterne am Rande des Parkplatzes stand. Sie kam auf mich zugerannt und ließ sich neben mich fallen.

»Gavin«, seufzte sie meinen Namen, fast schon erleichtert, und schlang die Arme von der Seite um mich. Sie war warm und weich. Ich war kalt und hart, meine Muskeln verkrampft vor Kälte und Anspannung. Ich schaffte es noch nicht einmal, ihre Umarmung zu erwidern.

April ließ mich los und streichelte mir über die Wange. Sie roch fantastisch. Süß. Nach Zimt und ihrem blumigen Parfüm. »Du bist eiskalt.«

Ich rührte mich nicht.

»Wie lange sitzt du schon hier draußen?«

»Eine Weile«, antwortete ich. Ich hatte wirklich keine Ahnung, die letzten Stunden waren wie in Trance an mir vorbeigezogen, der Anruf beim Notarzt, die Fahrt zum Krankenhaus, das erste Gespräch mit den Ärzten, das Warten, das zweite Gespräch mit den Ärzten, das dritte und vierte … Die Ärzte hatten gemeint, ich könnte nach Hause gehen, sie würden mich anrufen, wenn die Untersuchungen abgeschlossen waren oder sich am Zustand meiner Mom etwas änderte. Aber ich hatte es nicht über mich gebracht zu gehen, und seitdem saß ich hier. Inzwischen spürte ich die Kälte kaum noch. Sie war zu einem beinahe angenehmen Stechen auf meiner Haut geworden.

April rieb mir über den Rücken in dem Versuch, mich zu wärmen. »Was ist passiert?«

»Meine Mom hat sich den Schädel aufgeschlagen.«

Der scharfe Klang meiner Worte ließ April zusammenzucken und einen entsetzten Ausdruck auf ihrem Gesicht zurück. In ihren Augen erkannte ich denselben Schmerz, der bei meinem Fund heute Mittag auch in mir aufgeflackert war, aber inzwischen war er verklungen. Zurückgeblieben war ein angenehm nüchternes Gefühl, denn es war egal, was ich sagte, machte, dachte oder empfand. Nichts änderte sich.

Ich seufzte, bemüht, weniger harsch zu klingen. »Meine Mom hat die letzten zwei Tage offenbar damit verbracht, sich zu betrinken, bis sie sich übergeben musste. Überall im Bad war Kotze. Anscheinend hat sie dabei irgendwann das Bewusstsein verloren und sich im Fall den Kopf am Waschbecken gestoßen. Ihre Stirn war aufgeplatzt, und sie lag bewusstlos in einer Pfütze aus Blut und Erbrochenem, als ich sie gefunden habe. Ich habe versucht, sie aufzuwecken. Sie hat nicht reagiert.«

Tränen schimmerten in Aprils Augen. »Was bedeutet das?«

»Das wissen die Ärzte noch nicht«, antwortete ich und hatte das Gefühl, mir dabei selbst aus der Ferne zuzuhören. Die Worte, die meinen Mund verließen, schienen nicht meine eigenen zu sein. »Die Platzwunde an ihrer Stirn wurde genäht, und sie hat glücklicherweise nichts von dem Erbrochenen eingeatmet. Ihre Lunge ist frei, aber das MRT war … nicht okay. Keine Ahnung. Ich hab nicht ganz verstanden, was sie gesagt haben. Sie müssen weitere Untersuchungen machen. Genaueres wissen sie erst, wenn meine Mom wieder aufwacht … falls sie wieder aufwacht. Sie sagen zwar, dass die Chancen dafür gut stehen, aber …«

Ich beendete den Satz nicht, weil ich Angst vor dem hatte, was nach dem Aber folgte.

April umarmte mich erneut und vergrub ihr Gesicht an

meinem Hals. Ich tätschelte ihre Schulter. Gern hätte ich ihr gesagt, dass alles wieder gut werden würde, doch ich wollte sie nicht anlügen. Sie schniefte und löste sich langsam von mir. Mit glasigen Augen starrte sie mich an. Wie war es möglich, dass sie um meine Mom weinen konnte? Während ich bisher keine einzige Träne vergossen hatte?

»Und wie geht es dir?«

»Okay.«

Ihr Blick wurde weich. »Gavin …«

»Ich bin okay«, sagte ich eindringlicher. Ich wollte ihr Mitleid nicht. Doch ihr Blick wurde noch sanfter. Mein Magen verkrampfte sich. Sie streckte die Hand nach mir aus, aber bevor sie mich berühren konnte, sprang ich von der Bank auf. Ich ertrug das nicht!

Ihre einfühlsame Stimme. Ihr Mitgefühl. Die besorgten Blicke der Ärzte. Das mitleidige Lächeln der Pflegekräfte, all das fühlte sich zu sehr nach damals an. Und ich war nicht bereit …

# 32. Kapitel

## APRIL

Fünf Tage waren vergangen.

Fünf Tage, in denen sich Monicas Zustand nicht verändert hatte.

Fünf Tage, in denen meine Sorge um Gavin stündlich wuchs.

Er war nicht länger er selbst. Es war mir bereits auf dem Parkplatz des Krankenhauses aufgefallen, aber da hatte ich gedacht, es wäre der Schock, der seine Gefühle betäubte. Doch sein Zustand war seitdem unverändert. Was er gerade durchmachte, war mit keiner depressiven Phase zu vergleichen, die ich bisher bei ihm erlebt hatte. Er legte eine Gleichgültigkeit an den Tag, die mir Angst machte. Er zockte ununterbrochen an seiner PlayStation und redete kaum ein Wort. Er duschte nicht. Er schlief nicht. Er aß nicht. Er trank nur, wenn man ihn dazu aufforderte. Gelegentlich fragte er uns, ob wir mit Jack rausgehen könnten. Er war auch nicht zur Arbeit erschienen. Ich hatte seine Dienstpläne gefunden und im Elevated und Streetwise angerufen, um ihn zu entschuldigen.

Seit dem Vorfall hatte er keine einzige Träne vergossen, und wenn ich ehrlich war, bereitete mir das mehr Sorgen als alles andere. Es war, als hätte er sich vollkommen von seinen Emotionen distanziert, da war keine Freude, keine Trauer, kein Schmerz. Er schien vollkommen leer, wie eine Hülle seiner selbst. Und obwohl er keinerlei Interesse an mir zeigte, ließ ich ihn nicht eine Sekunde aus den Augen. Wenn ich doch einmal fortmusste, um im Le Petit zu arbeiten, beauftragte ich Luca oder Eliot, Zeit mit ihm zu verbringen; denn wenn ihm alles egal war … was spielte es dann für eine Rolle, ob er am Leben war oder nicht? Ich hatte Angst, dass er möglicherweise genau zu dieser Erkenntnis gelangte und irgendeine Dummheit beging.

»Wie geht es ihm?«, fragte Eliot, als er in die Küche kam.

Er hatte sich inzwischen an meine Anwesenheit gewöhnt und nahm schweigend hin, dass ich seit fünf Tagen hier wohnte und ständig Leute vorbeikamen, um nach Gavin zu sehen. Aaron und Connor waren hier gewesen, genau wie Sage, die extra ein paar Tage früher aus Maine zurückgekommen war. Sie alle hatten ihn besucht und versucht, ihn zu animieren, irgendetwas zu tun, außer stumpf in seine PlayStation zu starren. Ohne Erfolg.

Ich wendete den Bananen-Pancake in der Pfanne. »Unverändert.«

»Scheiße.«

Ich nickte und kämpfte gegen die aufkommenden Tränen an. In den letzten Tagen hatte ich viel geweint. Niemals vor Gavin, aber unter der Dusche, in meinem Auto und in stillen Momenten, die ich für mich hatte. Ich fühlte mich hilflos, weil ich nichts für ihn tun konnte. Ich gab mein Bestes – das nicht genug war, um zu ihm durchzudringen. Mir war bewusst, dass seine Gleichgültigkeit nur ein Schutzmechanismus war, um den Schmerz nicht fühlen zu müssen, doch es kostete ihn mehr, als er selbst sehen konnte.

Eliot rieb mir im Vorbeigehen über die Schulter, sprach mich aber nicht auf meine feuchten Augen an, wofür ich ihm dankbar war. Er lief zum Kühlschrank und holte sich einen Smoothie. »Brauchst du mich heute Abend?«

Ich schniefte. »Warum?«

»Meine Eltern haben mich gefragt, ob ich Silvester mit ihnen und meinen Schwestern feiern möchte.« *Und ich würde gern hingehen.*

Die letzten Worte sprach er nicht aus. Das musste er auch nicht, denn sie waren ihm anzusehen. Ich wusste, dass er, ohne zu zögern, geblieben wäre, hätte ich ihn darum gebeten; aber er kannte Gavin gerade einmal ein paar Wochen, und zumindest einer von uns sollte einen guten Start ins neue Jahr haben. »Geh. Ich … Wir kommen zurecht.«

Eliots Blick war mitfühlend. »Bist du dir sicher?«

Ich nickte enthusiastisch, vor allem um mich selbst davon zu überzeugen. Eigentlich war ein gemeinsamer Abend mit Luca, Sage, Aaron und Connor geplant gewesen, und ich hatte mich unglaublich darauf gefreut, mit Gavin ins neue Jahr zu feiern und ihn um Mitternacht zu küssen, aber ich bezweifelte, dass das so passieren würde. »Könntest du vorher vielleicht noch mal mit Jack raus?«

»Klar. Wenn du willst, kann ich ihn auch mitnehmen. Meine Schwestern gehen unseren Eltern seit Weihnachten auf die Nerven, dass sie einen Hund wollen. Sie würden sich freuen, und du hättest eine Sorge weniger.«

Ich musterte Eliot. Er schien das Angebot ernst zu meinen. »Das wäre wirklich eine Erleichterung. Falls es dir keine Mühe macht.«

»Hast du mir zugehört? Sie werden mich dafür lieben.«

»Dann gern, aber pass auf, falls in eurer Nähe Feuerwerk ist. Er mag laute Geräusche nicht.«

Eliot nickte und legte mir im Vorbeigehen noch einmal die Hand auf die Schulter.

Ich wünschte ihm viel Spaß und schnappte mir ein Tuch, um mir die Tränen aus den Augenwinkeln zu tupfen, bevor ich mich wieder den Pancakes widmete. Ich legte den fertigen auf einen Teller und gab erneut etwas Öl und Teig in die Pfanne, als mein Handy auf der Theke vibrierte.

»Hi«, begrüßte ich Luca, bemüht, nicht allzu deprimiert zu klingen.

Doch er durchschaute meine Lüge sofort; andernfalls hätte er nicht diesen sanften Tonfall angeschlagen, als könnte ich unter zu harten Worten zusammenbrechen. »Hey, hast du Zeit zu reden?«

»Ja, ich mach uns gerade Pancakes.«

»Isst er endlich?«, fragte Luca, der sich genauso viele Sorgen um Gavin machte wie ich, hoffnungsvoll. Er erkundigte sich ständig nach ihm und war derjenige, der jeden Tag im Krankenhaus anrief und sich als Gavin ausgab, um nach Monicas Zustand zu fragen, denn auch daran zeigte Gavin kein Interesse, vermutlich aus Angst.

»Nein, aber vielleicht kann ich ihn überzeugen.«

»Verstehe. Ich nehme nicht an, dass ihr heute kommt?«

»Ich kann Gavin fragen, aber rechnet lieber nicht mit uns.«

»Okay«, murmelte Luca. »Das hab ich mir gedacht. Es gibt allerdings einen weiteren Grund für meinen Anruf, und ich bin mir nicht sicher, ob ich es dir sagen soll. Vermutlich solltest du es allerdings wissen.«

»Spuck's aus.«

»Jennifer war hier.«

Ich glaubte, mich verhört zu haben. »Was?«

Luca seufzte. »Sie hat in den letzten Tagen ein paarmal auf unseren AB gesprochen, weil du ihre Anrufe ignorierst. Ich hab dir nichts gesagt, um dir nicht noch mehr Stress zu machen. Eigentlich dachte ich, dass sie irgendwann aufgeben würde, aber vor ein paar Minuten stand sie vor der Tür und hat mich nach dir gefragt.«

Ich zog eine Grimasse. Bisher hatte ich niemandem erzählt, was sich zwischen meiner Mom und mir abgespielt hatte. Ich hatte meinem Dad, Joan und Luca Weihnachten nicht verderben wollen, und mit Gavin über meine Mom zu reden erschien mir völlig unmöglich. »Was hast du zu ihr gesagt?«

»Dass du nicht da bist«, antwortete Luca. »Daraufhin wollte sie wissen, wo du bist. Ich hab ihr gesagt, dass du bei Gavin bist und ihr die Adresse zu seiner alten Wohnung gegeben.«

»Danke.«

»Nichts zu danken.« Luca klang dabei fast schon heiter. »Ich weiß nicht, was an Weihnachten zwischen euch vorgefallen ist, aber ich dachte, du solltest wissen, dass es ihr ernst scheint. Und dass du leider ausziehen musst, wenn sie deinetwegen noch öfter unangekündigt hier auftaucht. Das ertrag ich nicht.«

Mein Lachen geriet zu einem müden Schnauben. Ich versprach Luca, dass ich mich darum kümmern würde, und er mir im Gegenzug, dass er morgen vorbeikommen würde, um eine Weile auf Gavin aufzupassen. Dann verabschiedeten wir uns. Und weil der Tag kaum noch beschissener werden konnte, entsperrte ich anschließend die Nummer meiner Mom, die ich seit Tagen blockiert hatte.

Dutzende von Nachrichten ploppten auf und rauschten durch unseren Chatverlauf. Ich ignorierte sie alle.

*Ich:* Hör auf, Luca zu nerven.

Kaum hatte ich den Text abgeschickt, wechselte er von zugestellt auf gelesen, und meine Mom begann umgehend, eine Antwort zu tippen. Ich war mir allerdings nicht sicher, ob ich bereit war zu hören, was sie zu sagen hatte. Mein Daumen schwebte bereits wieder über dem Blockieren-Button, als ihre Nachricht auftauchte – und ich konnte nicht wegsehen.

*Mom:* Ich muss mit dir reden.
*Ich:* Pech, denn ich will nicht mit dir reden.
*Mom:* Willst du mich jetzt genauso ignorieren wie dein Bruder?
*Ich:* Vielleicht.
*Mom:* Bitte, April. Es tut mir leid.

Ich konnte mich nicht daran erinnern, wann und ob meine Mom mir gegenüber schon jemals die Worte »Bitte« und »Es tut mir leid« verwendet hatte, vor allem nicht in einem solchen Kontext. Ihr musste wirklich viel daran liegen, mit mir zu reden, aber das änderte nichts daran, dass ich derzeit nicht das Nervenkostüm besaß, mich ihr zu stellen. Zuerst musste ich mich um Gavin kümmern; vielleicht wäre ich bereit, mit ihr zu reden, sobald es ihm besser ging.

*Ich:* Ich kann mich jetzt nicht mit dir auseinandersetzen.
*Mom:* Bitte. Ich brauche nur zehn Minuten.
*Ich:* Du musst … Du willst … Du brauchst. Du. Du. Du. Es geht nicht immer nur um dich, Mom. Gavin geht es nicht gut, und ich hab keine Zeit, mich mit deinem schlechten Gewissen zu beschäftigen. Ich melde mich bei dir, sobald ich bereit bin.

Meine Mom tippte lange an ihrer Antwort, und ich rechnete bereits damit, dass sie mir einen Aufsatz darüber schrieb, warum ich ihr jetzt zuhören sollte. Schließlich war sie es gewohnt, stets alles zu bekommen, was sie wollte. Doch was ich bekam, war etwas völlig anderes …

*Mom:* Okay. Ich hoffe, Gavin fühlt sich bald wieder besser.

Ich legte mein Handy beiseite und verdrängte jeden Gedanken an meine Mom. Ich konnte nicht für Gavin da sein und gleichzeitig meine Beziehung zu ihr reparieren. Eine Beziehung, die sie kaputt gemacht hatte. Zumal das nichts war, was sich mit einer Unterhaltung und einer Entschuldigung würde klären lassen. Ich brauchte mehr als das. Ich brauchte ihre Unterstützung, auch bei Dingen, die nicht ihr, sondern nur mir wichtig waren. Und noch mehr brauchte ich ihre Zuneigung, obwohl ich nicht perfekt war.

Ich holte tief Luft, um mich zu sammeln und diese kurze Unterhaltung hinter mir zu lassen. Die Pancakes waren inzwischen fertig. Ich stapelte sie auf einen Teller, träufelte etwas Ahornsirup darüber und legte ein paar frische Beeren daneben, die ich heute Mittag im Supermarkt besorgt hatte. Ich wusste nicht, warum ich mir die Mühe machte, vermutlich würde Gavin sie ohnehin nicht essen, aber die Hoffnung starb bekanntlich zuletzt. Mit dem Teller in der einen und einem O-Saft in der anderen Hand ging ich in sein Zimmer.

Gavin hockte auf seinem Bett und starrte auf den Fernseher. Sein Kiefer war angespannt, sein Gesicht eine steinerne Maske. Ich schloss die Tür, stellte den Teller und das Glas auf dem Nachttisch ab und setzte mich neben ihn auf die Matratze. Ohne mir Beachtung zu schenken, kämpfte er sich in seinem Videospiel in einer düsteren Umgebung durch ein Meer aus Gegnern. Er sah furchtbar aus. Sein Haar war ungepflegt, seine Haut blass und seine Augen gerötet, weil er kaum schlief und ununterbrochen zockte.

Sanft legte ich ihm eine Hand aufs Knie.

Er reagierte nicht.

»Eliot hat Jack für den Abend mit zu seinen Eltern genommen.«

»Okay«, erwiderte Gavin, ohne mich anzusehen.

»Ich habe dir Pancakes gemacht.«

»Keinen Hunger.«

»Du hast seit Tagen nichts gegessen.«

»Ich hab keinen Hunger«, wiederholte er.

Ich nahm die Hand von seinem Knie und griff nach dem Glas mit dem O-Saft. »Okay, aber kannst du mir den Gefallen tun und zumindest etwas trinken? Bitte?«

Gavin blieb stumm. Sein Blick war noch immer auf das Spiel gerichtet. Seine Finger flogen über die Knöpfe des Controllers. Einige Sekunden verstrichen, dann wurde der Bildschirm rot und verkündete: *You are dead.*

Ich hielt ihm den O-Saft vor die Nase. Er griff nach dem Glas und trank einen winzigen Schluck, ehe er es zurück auf den Nachttisch stellte.

»Weißt du, welcher Tag heute ist?«, fragte ich zögerlich.

Er schüttelte den Kopf.

Sein Spiel hatte wieder geladen.

»Silvester. Wir wollten heute eigentlich mit den anderen ins neue Jahr feiern.«

»Ich fühl mich nicht nach Feiern.«

*Nicht weinen*, ermahnte ich mich.

»Das dachte ich mir.«

»Du kannst gern gehen, wenn du magst.«

»Ich lass dich nicht allein.«

»Aber vielleicht solltest du.«

Ich blinzelte. »Das meinst du nicht ernst.«

»Und ob. Du bist ohne mich viel besser dran.« Seine Stimme klang vollkommen tonlos, als wäre es ihm gleichgültig, ob ich da war oder nicht. Und er sah mich immer noch nicht an, sondern hatte nur Augen für sein beschissenes Spiel. Ich wusste, dass es ihn ablenkte und ihm dabei half, mit seinen Gefühlen umzugehen, aber ich war auch hier.

Ich wollte ihm auch helfen.

Ich hatte auch Gefühle.

In meiner Kehle bildete sich ein Kloß, der selbst nach mehrmaligem Schlucken nicht verschwinden wollte. »Das … Das stimmt nicht. Ich bin ohne dich nicht besser dran.«

Er schnaubte abfällig. Es war die tiefste Emotion, die ich seit Tagen an ihm erlebt hatte. »Ach ja, ich versau dir gerade also nicht die Semesterferien?«

Ich presste die Lippen aufeinander. Es kostete mich viel Kraft, nicht loszuheulen. »Ich werde dich nicht anlügen«, antwortete ich mit zitternder Stimme. »Ja, ich hab mir meine Ferien anders vorgestellt, aber das ändert nichts daran, dass ich lieber hier bei dir bin, als allein ins neue Jahr zu feiern. Ohne dich bedeutet mir das alles nichts.«

Ich hatte keine Ahnung, ob es meine unterdrückten Tränen waren oder etwas, das ich gesagt hatte, doch Gavin drückte auf die Pause-Taste. Er legte den Controller zur Seite, und zum ersten Mal, seit ich das Zimmer betreten hatte, sah er mich an. Vielleicht war es sogar das erste Mal an diesem Tag. Er fing meinen Blick auf, und die Leere, die ich in seinen Augen entdeckte, ließ mich erschaudern. Sie war noch so viel tiefer als an dem Tag am See.

»Warum tust du dir das an?«

»Was meinst du?«

»Warum willst du mit mir zusammen sein?«, fragte Gavin. Er klang nach wie vor nüchtern, aber in seinen Worten lag eine herausfordernde Note. »Ich frag mich das ehrlich. Du bist viel zu gut für mich. Jeder weiß das. Sogar deine Mom. Hast du eine Art Wohltätigkeits-Kink? Findest du es geil, Leuten wie mir zu helfen? Macht dich das scharf? Hast du deswegen die SHS gegründet?«

Sprachlos starrte ich Gavin an. Ich musste seine Worte erst

einmal sacken lassen; aber ich war nicht dumm, ich durchschaute ihn. Er benutzte mich, um sich selbst zu bestrafen, weil er glaubte, bei seiner Mom versagt zu haben, doch das würde nicht funktionieren. Das würde ich nicht zulassen.

Ich zwang meine Mundwinkel nach oben und griff nach seiner Hand. Sie war rau und verschwitzt, weil er so lange und krampfhaft seinen Controller umklammert hatte.

»Ich will mit dir zusammen sein, weil ich dich liebe.«

Er entzog mir seine Hand. »Das redest du dir nur ein. Du solltest lieber mit jemandem zusammen sein, der mit seinem Leben klarkommt und eine Zukunft hat. Eine vielversprechende Zukunft. Jemand, der dir etwas zu bieten hat und dich glücklich macht. Jemand wie Eliot.«

Sofort schüttelte ich den Kopf. »Ich will Eliot nicht. Ich will dich.«

»Aber warum?«

»Weil *du* mich glücklich machst!«

Gavin schnaubte verächtlich, und auf seinen Lippen formte sich etwas, das ein Lächeln hätte sein können, wäre es nicht so gemein und gehässig gewesen. »Lügnerin. Glaubst du, ich höre nicht, dass du seit Tagen unter der Dusche meinetwegen heulst?«

»Jeder weint mal. Das bedeutet nichts.«

»Dir bedeutet es vielleicht nichts, mir schon.«

»Was willst du damit sagen?«

»Dass ich es nicht ertrage, derjenige zu sein, der dich ständig zum Weinen bringt«, antwortete Gavin, und in der Leere seiner Augen flackerte für den Bruchteil einer Sekunde eine Emotion auf. »Ich wollte wirklich, dass das mit uns klappt, aber mein Leben ist einfach zu abgefuckt; und ich liebe dich, genug, um zu erkennen, dass du etwas Besseres verdient hast.«

Schmerz durchzuckte meine Brust. In meinem Kopf wurde

eine Stimme laut, die mir zurief, dass mir hätte klar sein müssen, dass das passieren würde. Dass Gavin mich wieder verletzen und mir wehtun würde, weil er mir seit Jahren immer wieder wehtat. Aber das hier war etwas anderes. Vor mir saß nicht der Gavin, den ich kannte, sondern der gebrochene Junge, der die Leiche seines Vaters gefunden hatte und der nicht wusste, wie er mit all dem Schmerz umgehen sollte. »Liegt es nicht an *mir* zu entscheiden, was *ich* verdient habe?«

»Nicht in diesem Fall. Denn du siehst nicht, was ich sehe.«

»Und was siehst du?«

»Nichts.«

Ich wartete auf eine Erklärung.

»Ich sehe nichts«, sagte Gavin. »Da ist nichts, was ich dir bieten kann. Nichts, was ich dir geben kann, außer dem Versprechen, dass ich dich immer und immer wieder enttäuschen und runterziehen werde. Ich habe gekämpft und alles gegeben, was ich hatte, aber mein Bestes war nie gut genug und jetzt … Ich kann nicht mehr kämpfen, April. Ich bin erschöpft und müde. Und ich will einfach …« Er stockte.

Das Herz schlug mir mit einem Mal bis zum Hals. »Was willst du?«

»Allein sein.«

Tränen brannten in meinen Augen. Ich blinzelte sie fort, um Gavin nicht die Bestätigung zu geben, nach der er suchte. Er irrte sich. Und ich hasste es, dass er sich selbst nicht als den wundervollen Mann, loyalen Freund und liebevollen Sohn wahrnehmen konnte, der er war. Er machte gerade nur eine schwere Zeit durch, er hatte nicht geschlafen, nicht gegessen, nicht getrunken und befand sich auf einem Pfad der Selbstzerstörung, den er selbst nicht sah.

»Nein.«

Er blinzelte. »Nein?«

»Nein!«, wiederholte ich eindringlich. »Ich lass dich nicht allein.«

Mit offenem Mund starrte Gavin mich an. »Das kannst du nicht entscheiden. Ich mach mit dir Schluss.«

»Und ich entscheide, dass wir nicht Schluss machen.«

Er schüttelte den Kopf. »So funktioniert das nicht.«

Wäre ich nur ansatzweise davon überzeugt gewesen, dass es wirklich Gavin war, der mit mir Schluss machen wollte, hätte ich seinen Wunsch respektiert und wäre gegangen. Doch es war nicht Gavin, der mit mir Schluss machte, sondern seine Angst. Jene Angst, die ihn seit Tagen nichts fühlen ließ, um ihn zu schützen, weil er erneut etwas zutiefst Traumatisches erlebt hatte und am Ende seiner Kräfte war. Der echte Gavin brauchte mich. Er hatte es mir gesagt, und ich würde ihn nicht im Stich lassen.

Ich griff nach der Bettdecke, die über Gavins Beinen lag, schob sie beiseite und kletterte rittlings auf seinen Schoß. Seine blauen leeren Augen wurden groß. Ich umfasste sein Gesicht mit meinen Händen.

»Was soll das werden?«, fragte er mit rauer Stimme.

»Wenn du mir nicht glauben kannst, dass ich dich liebe, werde ich es dir eben zeigen«, antwortete ich und presste meine Lippen auf seine.

Er erwiderte meinen Kuss nicht. Wie erstarrt saß er da, während mein Mund über seinen glitt. Doch er wehrte sich auch nicht dagegen.

Ich legte alles in diesen Kuss, was ich zu geben hatte: meine Hoffnung, meine Zuneigung, meine Liebe – mein ganzes Herz. Und ich hoffte, dass er nur einen Hauch davon spüren konnte. Ich leckte über seine Unterlippe und zog sie zwischen meine Zähne, knabberte sanft daran.

Er reagierte nicht.

Erst als ich zubiss, entlockte ich ihm ein überraschtes Keuchen. Ich drang mit meiner Zunge in seinen Mund vor und küsste ihn noch inniger, noch hingebungsvoller. Schmeckte meine eigenen salzigen Tränen auf seinen Lippen, weil ich Gavin so sehr liebte. Und weil ich solche Angst hatte. Und weil ich nicht wusste, was ich sonst noch tun sollte.

Plötzlich packte Gavin mich. Entschlossen gruben sich seine Finger in meine Haut. Seine Hände waren eiskalt. Fast rechnete ich damit, dass er mich von sich schieben würde; stattdessen zerrte er mich mit einer ruppigen Bewegung enger an sich, bis meine Brust auf seine traf, und erwiderte den Kuss.

Während mein Kuss liebevoll und leicht verzweifelt gewesen war, war seiner ängstlich und wütend. Fest, beinahe brutal glitt sein Mund über meinen. Sein Bart, der länger war als sonst, kratzte über meine Haut. Meine Tränen flossen schneller, aber nun vor Freude, weil ich endlich eine Emotion von Gavin spürte. Ich ließ von seinem Gesicht ab und packte seine Haare, die zum Glück bereits wieder lang genug dafür waren, zog ihn an mich, bis er mir näher nicht mehr sein konnte. Und diese Nähe, so hart und schonungslos sie auch war, fühlte sich fantastisch an, nachdem er in den letzten Tagen so verdammt weit von mir weg gewesen war.

Ich klammerte mich an ihn.

Er klammert sich an mich.

Seine Finger bohrten sich in meine Hüfte. Ich keuchte auf, da es wehtat, aber auf eine gute Weise. Eine Weise, die mich antrieb und berauschte und die für mich überhaupt keinen Sinn ergab. Und doch schien Gavin zu küssen das einzig Sinnvolle, was es mir unmöglich machte aufzuhören. Ich wollte ihn, auch mit seiner Wut, seiner Angst und seinem Schmerz. Und falls das alles nichts änderte und er mich dennoch verließ, wollte ich ihn zumindest ein letztes Mal.

»Fick mich«, keuchte ich zwischen zwei Küssen.

Gavin knurrte, wie um mich zu warnen. »Das willst du nicht.«

Statt einer Antwort zerrte ich mir Pullover und BH über den Kopf, weil Taten wahrscheinlich gerade mehr wogen als Worte. Ich erschauerte. Meine Nippel wurden hart. Und ich spürte, wie Gavins Glied an meiner Mitte zuckte, während der Anblick meiner nackten Brüste ein Feuer in seinen leeren Augen entfachte. Vielleicht war das hier ein Fehler – oder genau das, was wir beide brauchten: Ablenkung. Und etwas, das uns aus dieser Trance der Unwissenheit und Angst riss, in der wir uns seit Tagen befanden.

Ohne Gavin aus den Augen zu lassen, begann ich, mich auf ihm zu bewegen. Sein Blick verdunkelte sich, Hitze sammelte sich zwischen meinen Schenkeln. Ich vergrub meine Hand in seinen Haaren und drängte sein Gesicht an meine Brust. Er leistete keinen Widerstand, umschloss die Spitze willig mit seinen Lippen, während ich mich unaufhörlich an seiner Erektion rieb. Gavin saugte, leckte und küsste meine Brüste. Ich stöhnte auf und warf den Kopf in den Nacken, als mich plötzlich ein unerwarteter, wenn auch nicht ganz unangenehmer Schmerz aufschreien ließ. Gavin hatte mich gebissen!

Er grinste mich an. »Willst du immer noch gefickt werden?«

Ich kaute auf meiner Unterlippe herum und nickte. Schneller, als ich reagieren konnte, packte er mich und warf mich auf die Matratze, bis er über mir aufragte. Er zog sich das T-Shirt, das er bereits seit Tagen trug, über den Kopf, ehe er nach dem Saum meiner Leggins griff und sie mir samt Höschen vom Körper zerrte, bis ich nackt vor ihm lag.

Ich ließ meine Beine auseinanderfallen, zeigte ihm, dass ich bereit für ihn war. Ein rauer Laut drang tief aus seiner Kehle, und dann stürzte er sich auf mich. Sein Mund traf hart auf meine Mitte. Ich keuchte auf, krallte mich erneut an seinen Haaren fest. Er stöhnte an meiner Haut, vielleicht vor Schmerz, vielleicht vor Lust, und drang mit seiner Zunge in mich ein.

»Oh mein Gott!«

Meine Hüfte zuckte von der Matratze, und Gavin legte eine Hand flach auf meinen Bauch, um mich festzuhalten, während ich zuckend seinen Küssen zu entkommen versuchte. Nicht, weil sie sich nicht gut anfühlten, sondern weil sie mich zu viel fühlen ließen. Sie waren schonungslos und fordernd und kaum zu ertragen. Und obwohl Gavin mich küsste und ich diejenige war, die kurz vor dem Orgasmus stand, war dennoch er derjenige, der sich nahm, was er wollte, und das war aus irgendeinem Grund verdammt heiß.

Ich stöhnte, versuchte weiterhin, mich seinen Küssen zu entwinden, während gleichzeitig die Anspannung in meinem Körper immer weiterwuchs, bis jeder Nerv in mir zum Bersten gespannt war und ich bereit war zu explodieren. Doch kurz bevor mich die süße Erlösung erreichte, nahm Gavin seinen Mund von mir. Ich stieß einen frustrierten Laut aus, der ihm ein zufriedenes Schmunzeln entlockte.

Er griff nach dem Bund seiner Jogginghose. Allerdings zog er sie nicht aus, sondern schob den Stoff nur nach unten, bis er sich um seine Kniekehlen raffte. Seine Erektion sprang hervor, die Spitze bereits feucht, und ich bedauerte ein wenig, dass mir keine Zeit blieb, seinen Körper genauer zu erkunden. Aber ich wollte Gavin genauso dringend in mir spüren, wie er anscheinend in mir sein wollte.

Fahrig beugte er sich zu seinem Nachttisch und holte die Schachtel mit den Kondomen hervor, die dort seit unserem zweiten ersten Mal lag. Der Kontrast zwischen jenem sanften Morgen und jetzt hätte nicht stärker sein könnten. Gavin riss die Verpackung auf. Mit leicht offen stehenden Lippen und ohne mich aus den Augen zu lassen streifte er das Kondom über. Mein Atem stockte. Mein Herz raste. Und meine Mitte pulsierte. Einen Moment später lag Gavin auf mir. Seine Arme links und rechts neben meinem Kopf auf der Matratze abgestützt.

Er starrte mich an.

Ich starrte zurück.

Und zwischen der Hitze seiner Lust und der Leere, die er in den letzten Tagen für sich erschaffen hatte, konnte ich nun seinen Schmerz erkennen, der durch die Rohheit dieses Augenblicks befreit worden war. Irgendwo zwischen meinem Kuss und jetzt hatte er die Kontrolle über seine Gefühle verloren – und er wusste es, aber es war zu spät, um umzukehren. Als er versuchte, meinem Blick auszuweichen, ließ ich es nicht zu. Ich umfasste sein Gesicht, wie ich es zuvor getan hatte, und zwang ihn, mich anzusehen.

»Tu es«, verlangte ich. »Fick mich.«

Er schluckte schwer, und ich sah den Kampf in seinen Augen, die Anstrengung, nicht zu empfinden, was immer er empfand, aber wie er gesagt hatte – er hatte keine Kraft mehr. Er verlor den Kampf, und in dem Moment, in dem ihn seine Gefühle überrollten, drang er ich mich ein. Es gab keine liebevollen Worte, kein langsames Herantasten. Mit einem einzigen harten Stoß vergrub er sich in mir – und ich hätte es nicht anders gewollt.

Ich stöhnte laut auf und klammerte mich an ihm fest, um Halt zu finden, aber auch um ihm Halt zu geben, während er meinen Körper als Ventil für seine Gefühle benutzte, mit denen er anders nicht mehr umzugehen wusste. Mit jedem Stoß spürte ich, wie er seine Trauer, seinen Schmerz und seine Verzweiflung in mich pumpte. Und ich war bereit, all das von ihm zu nehmen.

»Gavin«, flüsterte ich.

Der sanfte Klang seines Namens bildete einen starken Kontrast zu seinen harten Stößen. Er sah mich an, und es waren keine Worte nötig, um ihn wissen zu lassen, wie sehr ich ihn liebte. Ich konnte ihm ansehen, dass er es spürte – genau wie ich.

Ich kam jedem seiner Stöße mit meinem Becken entgegen, bis wir beide den letzten Funken Kontrolle verloren, der uns geblieben war. Sämtliche Gedanken, Sorgen und Ängste schmolzen in der Hitze zwischen unseren Körpern dahin, bis da nur noch dieses berauschende Gefühl war, das darauf wartete, uns beide mit sich zu reißen.

»Oh fuck!«, stöhnte ich.

Er begriff, was ich wollte. Was ich brauchte. Er packte mein rechtes Bein und brachte es in einen Winkel, der sich eigentlich nicht gut hätte anfühlen sollen, aber absolut fantastisch war, weil Gavin nun mit jedem seiner Stöße diesen geradezu magischen Punkt in mir berührte. Er raubte mir den Atem und den Verstand und jedes Gefühl von Scham. Ich stöhnte und keuchte und rief immer wieder seinen Namen. Krallte mich mit den Fingernägeln an seinen Schultern fester. Ich hielt das nicht mehr aus …

»Ich komme gleich«, knurrte Gavin durch zusammengebissene Zähne.

Ich gab ein zustimmendes Wimmern von mir, weil ich nicht mehr in der Lage war zu sprechen. Seine Stöße wurden noch etwas schneller, noch etwas härter. Alles in mir zog sich zusammen. Mein Körper zitterte, und meine Lust entlud sich mit einem Schlag.

Gavin erbebte im selben Moment über mir, als wir beide gemeinsam unseren Höhepunkt erlebten. Er zuckte und keuchte, und seine Bewegungen wurden langsamer und langsamer, bis sie zum Erliegen kamen. Meine Arme fielen von seinen Schultern, und ich war mir sicher, halbmondförmige Abdrücke auf seiner Haut hinterlassen zu haben. Gavin ließ mein Bein sinken, dann sackte er kraftlos auf mir zusammen. Er vergrub das Gesicht an meiner Halsbeuge. Sein Atem kitzelte meine Haut. Und unser Keuchen war im Einklang.

Ich schlang meine Arme um Gavin, um ihn festzuhalten. Sanft streichelte ich ihm über den Rücken, die Wirbelsäule entlang. Er erschauerte, und für einen Moment glaubte ich, dass das nur ein Nachbeben seiner Lust war, doch dann hörte ich ihn schluchzen und realisierte, dass er weinte.

Endlich.

# 33. Kapitel

## GAVIN

Ich klammerte mich an April fest und ließ meinen Tränen freien Lauf. Tränen, die ich viel zu lange zurückgehalten hatte, weil ich nicht darauf vorbereitet gewesen war, diese Art von Schmerz noch einmal erleben zu müssen. Meine Mom leblos auf den kalten Fliesen ihres Badezimmers zu sehen, hatte mich geradewegs in die Vergangenheit zu meinem achtjährigen Ich zurückkatapultiert. Mit einem Schlag waren all die Gefühle von damals wieder da gewesen – der Schmerz, die Trauer, die Hilflosigkeit.

Ich hatte nicht damit umgehen können, also hatte ich dichtgemacht, um nichts mehr von all dem fühlen zu müssen. Ich hatte mich verloren – und in April wiedergefunden. Ihr nahe zu sein hatte etwas mit mir gemacht und mich aus dieser lethargischen Trance gerissen. Nun fühlte ich alles. Und es war ätzend.

Ich heulte wie ein Baby in Aprils Armen, während mir meine Jogginghose in den Kniekehlen hing und ein benutztes Kondom an meinem Schwanz. Sie hielt mich fest, murmelte liebevolle Worte in mein Ohr und streichelte mir zärtlich über den Rücken, obwohl ich gerade alles andere als zärtlich zu ihr gewesen war.

Es dauerte lange, bis meine Tränen versiegten und ich mich

wieder halbwegs gefasst hatte. Ich räusperte mich und richtete mich auf. Mein Blick traf auf Aprils, und mein erster Instinkt war mich wegzudrehen, damit sie mein verrotztes Gesicht nicht sehen musste, dennoch zwang ich mich, sie anzuschauen. Auch ihre Augen waren gerötet, aber sie hatte bereits während des Sex aufgehört zu weinen; nun stand in ihrem Blick nichts als die gleiche Zuneigung, die ich für sie empfand.

Ungeschickt, weil ich mich von dem Heulkrampf zittrig und kraftlos fühlte, streifte ich das Kondom ab und zog mir meine Hose wieder über die Hüften. Anschließend griff ich nach meinem Shirt, das neben uns auf der Matratze lag, und zog es April über. Sie lächelte mich an. Es war nicht dieses verzweifelte, verklemmte Lächeln, mit dem sie mich in den letzten Tagen bedacht hatte, sondern ein aufrichtiges. Ein Lächeln, so warm und liebevoll, dass es diese ganzen beschissenen Gefühle schon fast wert war.

»Hab ich dir wehgetan?«, fragte ich mit kratziger Stimme und strich ihr eine Haarsträhne hinters Ohr, auch wenn das nichts brachte. Ihre Frisur war völlig zerzaust.

Sie schüttelte den Kopf.

Ich seufzte erleichtert und setzte mich neben sie. Meine nackte Schulter streifte ihr T-Shirt, ihr nacktes Knie meine Jogginghose. Schniefend wischte ich mir mit dem Unterarm über das Gesicht. »Es tut mir leid. Alles, was ich in den letzten Tagen getan, gesagt oder eben nicht gesagt habe … es tut mir leid.«

»Schon okay.« Ihre Stimme klang nicht kratzig wie meine, aber deutlich rauer. »Ich kann mir nicht vorstellen, wie du dich fühlen musst. Du machst gerade eine schwere Zeit durch.«

»Ich mach immer eine schwere Zeit durch.«

»Das stimmt nicht.« April griff nach meiner Hand, die locker auf meinem Knie abgestützt lag, und verflocht ihre Finger mit meinen, ehe sie unsere Hände an sich zog, ganz dicht an ihr Herz. »Manchmal ist es auch leicht.«

Ich blickte von unseren Händen zu ihrem Gesicht. Es war mir ein absolutes Rätsel, wie ihr Blick, nach allem, was sie meinetwegen hatte durchstehen müssen, so verständnisvoll und mitfühlend sein konnte. Und in diesem Moment konnte ich nicht anders. Ich lehnte mich vor und legte meinen Mund auf ihren, um sie zu küssen. »Mit dir ist es leicht.«

Für eine Weile küssten wir uns, nicht hart und fordernd wie zuvor, sondern sanft und liebevoll. Ich schob meine Hand unter Aprils Shirt, streichelte ihren Bauch, ihre Rippenbögen und liebkoste zärtlich die Brust, in die ich zuvor gebissen hatte. Sie stieß ein kleines Seufzen aus, das mich zum Lächeln brachte. Ich wurde wieder hart, aber keiner von uns beiden verspürte den Drang weiter zu gehen. Wir hielten einander fest, verloren und fanden uns ineinander. Es war wunderschön und heilte etwas in mir, das in den letzten Tagen auf die schrecklichste Weise kaputtgegangen war.

Irgendwann wühlten wir uns aus meinem Bett, um gemeinsam zu duschen. April wärmte ihre kalten Bananen-Pancakes für mich in der Mikrowelle auf, und wir kuschelten uns wieder unter die Decke. Die ganze Zeit über sprachen wir kaum miteinander. Manchmal brauchte es keine Worte, manchmal brauchte es nur Nähe.

Mir ging es besser, aber noch immer nicht gut. Ich konnte nicht aufhören, an meine Mom zu denken, die allein und komatös in ihrem sterilen Krankenhauszimmer lag und vermutlich nichts vom Start ins neue Jahr erleben würde. Die ganze Woche über hatte ich sie nicht besucht, kein einziges Mal ihre Hand gehalten oder sie meine Stimme hören lassen, um mich nicht der Realität stellen zu müssen, der ich so verzweifelt zu entkommen versucht hatte.

»Meine Mom stirbt vielleicht«, hörte ich mich aus dem Nichts sagen.

April erstarrte neben mir. Wir saßen auf meinem Bett und schauten uns eine dieser typischen Silvestershows an, die einen Rückblick auf das Jahr gaben, während in der oberen Ecke ein Countdown zum neuen Jahr zählte. April stellte den Eisbecher, den sie sich aus Eliots Vorrat geklaut hatte, beiseite und griff nach der Fernbedienung. Der Ton verstummte. Langsam drehte sie sich zu mir um. Ihr Haar lockte sich an den Spitzen, feucht von unserer gemeinsamen Dusche.

»Willst du darüber reden?«, fragte sie vorsichtig.

»Vielleicht.«

Sie neigte den Kopf, ließ den Blick über mein Gesicht wandern. In ihren Augen erkannte ich kein Mitleid, nur Mitgefühl. »Woran denkst du?«

*An alles. An nichts.* In meinem Kopf liefen seit Tagen die unterschiedlichsten Szenarien ab, wie mein Leben nun weitergehen könnte. Mit meiner Mom. Ohne meine Mom. Oder mit einer anderen Version von ihr, die mich vor neue Herausforderungen stellen würde. Ich hatte keine Ahnung, wie es weitergehen sollte, aber einer Sache war ich mir absolut sicher …

»Ich bin nicht bereit, meine Mom zu verlieren«, wisperte ich.

»Vielleicht wirst du das nicht.«

»Was ist, wenn doch?« Ich konnte April ansehen, dass sie darauf keine Antwort hatte, weil es keine gab. Nicht einmal die Ärztinnen und Ärzte hatten mir sagen können, was aus meiner Mom werden würde. Ein Kloß bildete sich in meinem Hals. »Ich … Ich will nicht allein sein.«

April griff nach meiner Hand. Ihre Finger waren ganz kalt von dem Eis, das sie gehalten hatte. Sie lächelte, doch es war ein zittriges Lächeln. »Du wirst nicht allein sein. Ich bin da.«

Ich nickte, aber wir beide wussten, dass es nicht dasselbe war.

Ich war gerade einmal zweiundzwanzig und stand kurz davor, den letzten Teil meiner Familie zu verlieren, der mir noch geblieben war. Der Rest war verstorben oder stand nicht mit mir in Kontakt. Meine Mom war die Einzige, wobei ich einen Teil von ihr bereits vor langer Zeit verloren hatte. Denn sie war längst nicht mehr die Frau, die mir in den Sinn kam, wenn ich an meine Mutter dachte. Sie war jemand anderes geworden. Jemand Fremdes. »Manchmal vermisse ich sie.«

Eine Falte trat auf Aprils Stirn. »Deine Mom?«

»Ja, meine echte Mom«, erklärte ich. Ich vermisste die Frau, die mich ständig ermahnt hatte, im Winter eine Jacke zu tragen, die mir Süßigkeiten zugesteckt hatte, wenn Dad nicht hinsah, und die mich jeden Abend mit einem »aber nicht mehr so lange spielen« ins Bett geschickt hatte, damit ich nicht die ganze Nacht an meinem Gameboy hing. »Und meinen Dad … Gott, ich vermisse ihn so sehr«, fuhr ich fort. Es war etwas, das ich mir nur selten eingestand, denn warum sollte ich einen Mann vermissen, der bereits seit vierzehn Jahren kein Teil meines Lebens mehr war? Mein Leben heute war ein völlig anderes als damals. Und in diesem neuen Leben hatte er nie einen Platz gehabt, und doch war da eine Lücke, wo er hätte sein sollen. Ich wünschte mir, ihm von meinem Studium erzählen zu können, meinen Plänen für die Zukunft, Jack – er hätte ihn geliebt – und April. Fuck. Ich hätte ihm so gern von April erzählt.

Eine Träne löste sich aus meinem Augenwinkel. Ich wischte sie weg, aber es folgte sofort eine zweite. »Ich vergesse ihn langsam«, gestand ich und musste mich räuspern. »Also nicht ihn als Person, das könnte ich niemals, doch ich erinnere mich nicht mehr richtig. Ich weiß nicht mehr, wie er sich bewegt oder wie er gelacht hat und wie seine Stimme klang. Manchmal höre ich mir alte Radiosendungen von ihm an, was nicht dasselbe ist. Aber weißt du, was ich nicht vergessen kann?«

April schüttelte den Kopf.

»Wie seine Leiche aussah. Ich muss nur die Augen zumachen, und sehe sie vor mir. Glasklar. Die blasse Farbe seiner Lippen. Seine fahle Haut. Das Blut …« Ich stockte, denn das war ein Bild, das ich April nicht beschreiben musste. Es reichte, dass es mich quälte und in zahlreichen Nächten um den Schlaf brachte. »Wie krank und abgefuckt ist das?«

»Es tut mir leid, dass du das hast sehen müssen.«

»Mir auch. Ich hätte an dem Tag bei Luca und dir bleiben sollen«, sprach ich den Gedanken aus, den ich vermutlich bereits eintausendundeinmal gedacht hatte. Wäre ich nicht heimgegangen, wäre ich noch ein klein bisschen länger bei den Gibsons geblieben, wäre meine Mom vor mir nach Hause gekommen und hätte ihn gefunden. Nicht ich. »Ich wünschte einfach, ich würde besser damit klarkommen.«

Sanft streichelte April mit ihrem Daumen über meinen Handrücken. »Das erwartet niemand von dir.«

»Wirklich?« Eine beklemmende Enge breitete sich in meiner Brust aus, während mir mehr Tränen über das Gesicht rannen. Ich wollte nicht weinen, nicht schon wieder, doch es hörte einfach nicht auf. »Es ist vierzehn Jahre her. Vierzehn Jahre! Ich dachte, es wird besser … irgendwann, aber es wir nur schlimmer und schlimmer und schlimmer, je älter ich werde. Die Panik. Die Verlustängste. Die Albträume, alles wird immer nur schlimmer. Ich hab keine Ahnung, wie lange ich das noch ertrage. Ich …« Mir fehlte der Mut weiterzusprechen, denn ich hatte Angst vor den nächsten Sätzen.

Was passierte, wenn ich es nicht mehr ertrug?

Mein Dad hatte es nicht mehr ertragen, und ich hatte mit eigenen Augen sehen müssen, wozu das geführt hatte. Das war nicht das, was ich für mich wollte. Doch wenn ich ehrlich war und die Gedanken zuließ, sie nicht mit Videospielen, der

Arbeit oder Stress betäubte, verstand ich seine Entscheidung mehr und mehr. Die Vorstellung, nicht mehr denken zu müssen, was ich oft dachte. Nicht mehr fühlen zu müssen, was ich oft fühlte. Und mir keine Sorgen mehr machen zu müssen, um meine Mom, das Geld oder darüber, ob ich eine Last für April und Luca war. Es fühlte sich gut an.

Erschreckend gut.

Und das machte mir Angst.

Panische Angst.

Meine Kehle wurde enger, als wollte mein Körper die Worte zurückhalten, die ich als Nächstes aussprechen wollte … aussprechen *musste*. Ich hatte es lange genug vor mir selbst geleugnet, aber ich konnte nicht länger am Abgrund herumturnen und darauf vertrauen, dass Luca oder April oder gar Jack mich retteten, so wie sie es die letzten Jahre immer wieder getan hatten, manchmal bewusst, manchmal unbewusst. Das war ihnen gegenüber nicht fair, zumal ich genau wusste, wie es sich anfühlte, eine solche Last zu tragen.

»April?«

Sie fing meinen Blick auf, und da wusste ich, dass sie es wusste. Dass sie es vielleicht schon die ganze Zeit gewusst hatte, weil sie mich besser kannte als jeder andere Mensch. Weil sie von all den schlaflosen Nächten wusste, den Albträumen, der Verzweiflung und dem Schmerz, von der Scham und den nicht enden wollenden Kämpfen in meinem Leben und vor allem in meinem Kopf. Weil ich sie Seiten von mir sehen ließ, die ich mit niemand anderem teilte.

»Ich … Ich …«

April drückte meine Hand fester. Lächelte. »Ich weiß.«

Sie bot mir einen Ausweg, wollte mir die Worte ersparen, aber ich musste es aussprechen.

Für sie.

Für mich.
Für unsere Zukunft.
»Ich glaube, ich brauche Hilfe.«

# 34. Kapitel

## APRIL

*Ich glaube, ich brauche Hilfe.*

Ich hatte in meinem Leben selten beruhigendere Worte gehört. Wäre mir nicht bereits vor dem Zwischenfall mit Monica bewusst gewesen, dass Gavin Hilfe brauchte, wäre mir spätestens in den letzten fünf Tagen klar geworden, das sein Kopf phasenweise kein schöner Ort war.

Ich hatte bereits überlegt, wie ich ihn darauf ansprechen sollte, ohne ihn zu überfordern. Denn nach den letzten Tagen war eines sicher: Ich konnte für ihn da sein, aber ihm nicht helfen. Nicht so, wie er es brauchte. Dass er das selbst einsah, erleichterte mich mehr, als ich in Worte fassen konnte. Als ich ihm nach seiner Offenbarung heulend um den Hals gefallen war, hatte ihn das zuerst verwirrt; bis ich ihm erklärt hatte, dass es Freudentränen waren und ich ihn auf jede nur erdenkliche Weise unterstützen würde.

Wir hatten den Abend ruhig ausklingen lassen, Eis gegessen, uns um Mitternacht das Feuerwerk im Fernseher angeschaut und Eliot angerufen, um nachzufragen, wie es Jack ging.

Am Morgen hatte Gavin mich mit sanften Küssen geweckt, und wir hatten erneut miteinander geschlafen. Es war sanft und liebevoll gewesen und alles, was der Sex in der Nacht nicht gewesen war. Anschließend hatten wir gemeinsam gefrühstückt und waren ins Krankenhaus gefahren, um Monica zu besuchen. Zwei Stunden hatten wir an ihrem Bett gesessen, ihr Geschichten erzählt, die sie vielleicht oder vielleicht auch nicht hörte, und beschlossen, im Anschluss Sage und Luca zu besuchen.

»Scheiße«, murmelte Luca andächtig, als wir zur Tür hereinkamen. Er warf das Buch, das er in der Hand hielt, praktisch zur Seite, sprang von der Couch auf und kam mit entschlossenen Schritten zu uns. Zielstrebig marschierte er an mir vorbei, direkt auf Gavin zu, um ihn fest zu umarmen.

Er lachte. »Hey, ich hab dich auch vermisst.«

Luca klopfte ihm auf die Schulter, bevor er ihn losließ und fixierte. »Wie geht's dir?«

»Nicht gut, aber besser«, antwortete Gavin. Er wirkte froh, Luca zu sehen, und gleichzeitig etwas beschämt, vermutlich wegen seines Verhaltens in den letzten Tagen. »Ich glaube, ich schulde euch allen eine Entschuldigung.«

»Unsinn. Was mit deiner Mom passiert ist, hätte jeden von uns aus der Bahn geworfen«, sagte Luca, der Gavin nach wie vor eindringlich ansah. Ich hatte ihm zwar bereits geschrieben, dass es Gavin besser ging, aber mit eigenen Augen zu sehen, dass er wieder am Leben teilnahm, war dann doch etwas ganz anderes.

»Ich hätte mich trotzdem anders verhalten können.«

»Mach dir deswegen keine Gedanken«, versicherte ihm Sage, die ebenfalls von der Couch aufgestanden war, um Gavin zu umarmen. »Wir sind einfach nur froh, dass es dir wieder besser geht. Wart ihr schon im Krankenhaus?«

»Ja, gerade eben«, antwortete ich und zog meine Schuhe aus. »Monicas Zustand ist unverändert, aber wir haben etwas Zeit mit ihr verbracht.«

»Wie war es für dich?«, fragte Luca an Gavin gewandt, der gerade aus seiner Jacke schlüpfte.

»Hart und gleichzeitig schön. Ich hatte die ganze Woche nur dieses Bild von ihr im Kopf, wie sie blutend auf den Fliesen liegt. Sie verarztet und versorgt in diesem Bett zu sehen, hat verdammt gutgetan. Aber genug von mir, die ganze Aufmerksamkeit ist mir unangenehm. Wie war euer Silvester?«

Wir setzten uns ins Wohnzimmer und quatschten eine Weile. Sage und Luca erzählten von ihrem Abend mit Connor und Aaron, die wir nur knapp verpasst hatten, nachdem sie die Nacht in meinem Zimmer verbracht hatten. Gavin war von den letzten Wochen und dem Besuch bei seiner Mom sichtlich erschöpft und hörte lieber zu, als selbst zu reden, aber es war schön zu sehen, dass er sich erlaubte, Dinge zu fühlen, sei es Angst, Trauer oder Freude.

Und seine Freude war riesig, als Luca überraschend ein Weihnachtsgeschenk aus seinem Zimmer holte und es Gavin überreichte. »Ich hab gar nichts für dich«, sagte er leicht beschämt mit dem personalisierten PlayStation-Controller in den Händen, auf den ein Bild von Jack gedruckt war.

Luca winkte ab. »Keine Sorge. Du kannst mir dafür nächstes Weihnachten zwei Geschenke machen.«

»Oder du schenkst mir nichts, dann wäre es auch ausgeglichen.«

Bevor Luca zu einer Erwiderung ansetzen konnte, klingelte Sages Handy. Es war ein eingehender Videoanruf. »Oh, das ist Megan. Sie will mir sicherlich nur ein frohes neues Jahr wünschen. Ich geh kurz rüber.«

»Ich komm mit«, rief ich und sprang vom Sessel auf. Einerseits um Megan ebenfalls ein frohes Neues zu wünschen, und andererseits, weil ich glaubte, dass Luca und Gavin vielleicht ein paar Minuten für sich haben wollten.

Ich folgte Sage in mein Schlafzimmer. Es war offensichtlich, dass Connor und Aaron hier übernachtet hatten, denn mein

Bett war gemacht. Wir ließen uns beide darauf plumpsen, bevor Sage den Call von Megan entgegennahm.

»Happy New Year!«, riefen wir im Chor.

»Hi«, erwiderte Megan mit trüber Stimme, ohne den für sie typischen Elan. Sie verzog ihre Lippen zu einem Lächeln, das allerdings mehr wie eine Grimasse wirkte. Ihre Augen waren glasig, als hätte sie geweint oder wäre kurz davor, es zu tun.

Sage versteifte sich bei Megans Anblick am ganzen Körper und brachte das Handy dicht vor ihr Gesicht. »Was ist los?«

Megan schniefte. »Ich habe mich mit meinen Eltern gestritten.«

»Oh nein«, säuselte ich und rückte näher an Sage heran, um Megan auf dem Display besser sehen zu können. Sie holte von irgendwoher ein Taschentuch und wischte sich damit die Tränen aus den Augenwinkeln, als wäre es ihr unangenehm, vor uns zu weinen, was irgendwie gar nicht zu Megan passte. Ihr war nichts peinlich. Und sie erzählte uns immer allerlei Geschichten, die wir eigentlich gar nicht hören wollten. Wie das eine Mal, als sie mit einem betrunkenen Typen Sex gehabt hatte, der daraufhin nachts in sein Bett gepinkelt hatte.

»Magst du darüber reden?«, fragte ich vorsichtig.

Megan schluckte, und einen Moment wirkte sie unentschlossen, doch dann stieß sie ein Seufzen aus, so schwer, dass es selbst mir in Mark und Bein fuhr. »Sie … Sie unterstützen mich nicht mehr.«

»Wer?«

»Meine Eltern. Sie sagen, sie haben mir mit meiner Kunst lange genug Zeit gegeben. Ich soll mich für ein Studium einschreiben oder mir zumindest einen ernst zu nehmenden Job suchen, um mich selbst zu finanzieren. *Ich muss lernen, auf eigenen Beinen zu stehen, und kann mich nicht für immer auf sie verlassen.*« Den letzten Satz sagte Megan mit verstellter Stimme, vermutlich weil sie ihre Mom oder ihren Dad zitierte.

»Und was, wenn du nichts von beidem machst?«

»Dann werfen sie mich raus.«

»Was?! Das können sie nicht machen!«, rief Sage empört. »Haben sie das genau so gesagt?«

»Ja, klar und deutlich«, bestätigte Megan und putzte sich die Nase. »Mein Onkel war an Weihnachten mit seiner Familie zum Abendessen hier. Melanie war dabei, und er hat natürlich ununterbrochen von ihr geschwärmt. Melanie hier, Melanie da. Während meine Eltern nicht mehr zu erzählen hatten, als dass ich immer noch zu Hause wohne. Vermutlich schämen sie sich für mich.«

»Unsinn, du bist toll!«

»Wer ist Melanie?«, fragte ich. Den Namen hörte ich gerade zum ersten Mal.

»Meine Cousine. Sie ist die Tochter, die sich wohl alle Eltern wünschen. Lieb und nett, hübsch und bescheiden. Und sie studiert zusammen mit ihrem Verlobten an der Brown. Natürlich sind sie Sweethearts aus der Highschool, die sich vermutlich für die Ehe aufsparen«, sagte Megan. Ihre Stimme triefte vor Sarkasmus, aber darunter erkannte ich tiefe Verletztheit. »Seit ich denken kann, werden Melanie und ich miteinander verglichen. Und seit ich denken kann, stinke ich gegen sie ab. Zumindest in den Augen meiner Eltern. Sie ist perfekt.«

»Du bist genauso perfekt!«, protestierte Sage.

»Danke, aber wir wissen beide, dass das nicht stimmt.«

Bei diesen Worten huschte etwas Dunkles über Sages Gesicht. Und einen Moment wirkte es, als wäre sie bereit, mit Megan darüber zu streiten. Doch vermutlich wollte sie ihren Tag nicht noch beschissener machen, als er ohnehin schon war, also lenkte sie ein. »Und was wirst du jetzt machen?«

Megan zuckte mit den Schultern. »Ehrlich? Keine Ahnung. Ich versuche seit Jahren, Fuß in der Kunstbranche zu fassen, und habe nichts vorzuweisen außer ein paar Bildern, die ich weit unter Wert verkauft habe, und einer Handvoll beiläufiger Erwähnungen in irgendwelchen Fachzeitschriften und Onlineblogs. Ich bezweifle, dass es mir auf magische Art und Weise gelingt, das Ruder herumzureißen und mit meiner Kunst fame genug zu werden, um meine Eltern umzustimmen.«

»Wenn das jemand schafft, dann du.« Sages Stimme war nun ganz sanft geworden. »Du solltest die Hoffnung nicht zu früh aufgeben. Wie sagst du immer? Vom Sich-Sorgen-Machen wird nichts besser. Du weißt nicht, was in einem Monat ist.«

Megan seufzte und zupfte nervös die Lagen ihres Taschentuchs auseinander. »Du hast ja recht, aber malen ist alles, was ich kann, und alles, was ich will. Ich möchte nicht studieren. Und auch nicht in irgendeinem Büro oder im Einzelhandel versauern. Ich habe nicht die Geduld, Menschen irgendwelchen seelenlosen Mist zu verkaufen.«

»Und Kunst zu studieren kommt nicht infrage?«

»Das würde mir nur den Spaß daran nehmen. Ich interessiere mich nicht für beschissene Epochen und Stilrichtungen und erst recht nicht für die Geschichten irgendwelcher alter weißer Männer, weil deren Kunst schon immer mehr Beachtung geschenkt wurde als der von Frauen. Ich will einfach nur *meine* Kunst machen.« Bei den letzten Worten begann ihre Stimme zu zittern. Sie prustete noch einmal lautstark in ihr zerfleddertes Taschentuch.

»Vielleicht solltest du genau das machen«, sagte ich schließlich. »Deine Kunst. Klar wird das schwerer ohne die Unterstützung deiner Eltern, aber wenn es dein großer Traum ist, solltest du ihn nicht aufgeben. Du hast Freunde, die dich unterstützen können.«

»Ja, wir unterstützen dich!«, bestätigte Sage entschlossen. »Wir können eine WG in meiner Wohnung gründen. Das wird zwar ein bisschen eng, aber ich brauche nicht viel Platz. Die Miete ist günstig. Du kannst dort in Ruhe malen, während ich an der Uni bin. Und genügend Cafés und Restaurants, um nebenbei zu jobben und sich etwas dazuzuverdienen, sind hier ebenfalls vorhanden.«

Megan blinzelte. »Du willst, dass ich nach Melview komme?«

»Klar, warum nicht? Malen kannst du schließlich überall.«

»Ich ... Ich weiß nicht«, sagte Megan unentschlossen.

»Überleg es dir. Los Angeles ist nur ein paar Stunden mit dem Flugzeug entfernt. Oder wir machen einen Roadtrip! Ja, ich weiß, dass L.A. nicht New York ist, aber dort gibt es auch viel Kunst. Und Melview hat garantiert ebenfalls ein paar Galerien. Vielleicht findest du hier deine Zielgruppe! Außerdem vermisse ich dich!«

Megan lächelte traurig. »Okay, ich werde darüber nachdenken.«

Aufgeregt richtete Sage sich auf. »Wirklich?«

Megan nickte. Es war ein zögerliches Nicken, doch nichtsdestotrotz ein Nicken. »Ja, ich meine, was hab ich zu verlieren? Ich kann es mir zumindest überlegen. Außerdem fände ich es schön, mehr Zeit mit euch zu verbringen. Seit du weg bist, bin ich hier ziemlich einsam. Die Leute aus der Kunstszene sind alle so ... speziell. Da trifft zu viel Ego auf zu viel Arroganz.«

Ich runzelte die Stirn. »Du bist selbst aus der Kunstszene.«

»Ja, und ich bin speziell. Oder würdet ihr das abstreiten?«

»Nein«, antworteten Sage und ich wie aus einem Mund.

Einen Herzschlag lang blieb es still, dann begannen wir alle laut zu lachen – auch Megan. Wir redeten noch ein wenig und schmiedeten Pläne für ihren nicht beschlossenen Umzug nach Melview.

Schließlich verabschiedeten wir uns, und Sage und ich gingen zurück zu Luca und Gavin, die anscheinend ein gutes Gespräch gehabt hatten. Wir blieben ein paar weitere Minuten, bevor wir uns auf den Weg zurück in Gavins Wohnung machten, da wir beide ziemlich erschöpft waren.

Eliot und Jack waren inzwischen ebenfalls zurück. Wir luden Eliot als Dank für seine Unterstützung in den letzten Tagen zum Essen ein und gingen am Abend eine große Runde Gassi mit Jack, der ebenfalls ganz euphorisch schien, Gavin wieder zurückzuhaben. Als wir schließlich allein in Gavins Zimmer waren, kuschelten wir uns in sein Bett, ich holte meinen Laptop hervor und wir recherchierten gemeinsam nach Möglichkeiten, wie er sich helfen lassen konnte.

Das war für mich der mit Abstand beste Teil des Tages – und ich glaubte, für Gavin in gewisser Weise auch.

# 35. Kapitel

## APRIL

Die Wochen seit Weihnachten waren gleichzeitig unendlich langsam und unglaublich schnell vergangen. Ich hatte das Gefühl, das alte Semester hätte erst vorgestern geendet, und dennoch startete morgen bereits das neue. Seit den Prüfungen war so viel passiert. Gavin und ich hatten uns ausgesprochen, waren wieder zusammengekommen und hatten unser zweites erstes Mal miteinander erlebt. Ich hatte mich mit meiner Mom zerstritten, und Gavins Gemütszustand glich seit Monicas Einlieferung ins Krankenhaus einer Achterbahnfahrt. Es gab gute und schlechte Tage. Weshalb ich eine zusätzliche freie Woche, bevor der Uni- und SHS-Stress wieder losging, gut hätte gebrauchen können, aber ich wollte mich auch nicht beklagen. Ich war einfach nur froh, dass Gavin wieder er selbst war, und die Ärzte machten sich große Hoffnungen, dass Monica demnächst, nach zehn Tagen im Koma, aufwachen würde. Sie zeigte bereits erste Regungen, es blieb nur abzuwarten, welche Auswirkungen ihre Kopfverletzungen wirklich haben würden.

»Du musst nicht mit reinkommen.«

Ich lächelte Gavin über das Dach meines Wagens an. Seit er wieder zu sich gefunden hatte, fuhr ich ihn jeden Tag ins Krankenhaus zu seiner Mom. Und jeden Tag sagte er mir, dass ich nicht mit reinkommen müsse. Und jeden Tag antwortete ich ihm: »Aber ich will.«

»Okay«, erwiderte Gavin leichthin, doch ich konnte ihm ansehen, was für eine große Erleichterung es für ihn bedeutete, seiner Mom nicht allein gegenübertreten zu müssen. Die Aussicht, dass sie bald aufwachen würde, erleichterte uns alle, aber Gavin hatte mir anvertraut, wie viel Angst ihm die Ungewissheit machte, wie es danach weitergehen würde. Es war schon zuvor eine Herausforderung gewesen, sich um Monica zu kümmern, und noch konnte niemand sagen, wie viel mehr Pflege sie ab sofort benötigte.

Ich umrundete den Wagen und griff nach Gavins Hand. Mit hochgezogenen Schultern, um dem Wind zu trotzen, liefen wir zum Eingang des Krankenhauses. Hinter den Glastüren war es warm, aber es herrschte eine andere Art von Kälte. Eine Kälte, die nach Antiseptikum, Putzmitteln und Kunststoff roch.

Wir nahmen die Treppen in den ersten Stock. Die Tür zu Monicas Zimmer war angelehnt. Gavin stieß sie auf und blieb in der nächsten Sekunde wie angewurzelt stehen, sodass ich mit einem »Uff« in ihn hineinrannte.

»Wo ist meine Mom?«

Ich spähte über seine Schulter. Das Bett, in dem Monica für gewöhnlich lag, war leer und frisch gemacht. Man hätte annehmen können, dass sie möglicherweise aufgewacht und bei einer Untersuchung war, doch auch ihre Sachen waren verschwunden. Das Buch mit den Kurzgeschichten, aus dem Gavin ihr jeden Tag eine Geschichte vorgelesen hatte, die Blumen und die Tasche mit ihren Pflegeprodukten – alles weg. Mein Puls beschleunigte sich. Was war passiert? Hatte sich ihr Zustand verschlechtert? Warum hatte man uns nicht angerufen?

»Wo ist sie?«, fragte Gavin erneut. Panik schwang in seiner Stimme mit.

»Sicherlich gibt es eine Erklärung«, sagte ich bemüht ruhig, um Gavins Panik nicht zu befeuern. Er packte meine Hand fester, fast schon schmerzhaft quetschte er meine Finger zusammen, aber ich verzog keine Miene, sondern sah mich suchend um. Als ich eine Pflegerin entdeckte, die mit einem älteren Herrn über den Flur spazierte, sprach ich sie an. »Entschuldigen Sie?«

Die Frau blickte auf. »Ja?«

»Wissen Sie zufällig, wo Monica Forster ist?«

»Mrs Forster wurde gestern Abend verlegt. Raum 205.«

Ich bedankte mich und musste Gavin, dessen Füße auf einmal aus Blei zu bestehen schienen, einige Meter regelrecht hinter mir her zerren. Doch dann drangen die Worte der Pflegerin auch zu ihm durch und er beschleunigte sein Tempo, sodass plötzlich er derjenige war, der mich mitschleifte. Wir eilten die Treppen in den zweiten Stock hinauf. Ohne anzuklopfen, stieß Gavin die Tür von Raum 205 auf und – da war Monica.

Sie lag reglos in ihrem Bett, an dieselben Maschinen angeschlossen wie zuvor. Allerdings war das Zimmer deutlich gemütlicher als ihr voriges. Und es war ein Einzelzimmer. Neben ihrem Bett stand ein Sessel und in der Ecke eine Couch. Das Bett selbst war ebenfalls größer und sah bequemer aus. Auf dem Tisch daneben befand sich ein üppiges Blumenbukett, in dem eine Karte steckte.

Gavin ließ meine Hand los und griff danach. Er klappte sie auf, aber bereits eine Sekunde später reichte er sie mir.

»Für dich.«

Ich runzelte die Stirn. »Für mich?«

Er nickte.

Ich nahm die Karte an mich, und ein dumpfes Gefühl nistete sich in meiner Magengrube ein, denn ich erkannte die fein säuberliche Handschrift mit einem einzigen Blick …

*Liebe April,*
*du hattest recht. Es geht nicht immer nur um mich. Ich wollte das Beste für dich, doch mit der Zeit habe ich das Beste aus den Augen verloren und angefangen, mich von den Fehlern leiten zu lassen, die ich begangen habe. Und einer dieser Fehler war meine Ehe mit eurem Dad. Wir waren zu jung und wussten nicht, wer wir eigentlich sind. Ich wollte nicht, dass du mit Gavin denselben Fehler begehst, weshalb ich getan habe, was ich getan habe.*
*Es tut mir leid.*
*Ich kann die Zeit nicht zurückdrehen, aber vielleicht Wiedergutmachung leisten. Ich habe mich entschieden, mir mein Geld nicht »sonst wo« hinzustecken, sondern es in etwas zu investieren, was dir am Herzen liegt – Gavin. Ich werde für Monicas Behandlung vollständig aufkommen, das Krankenhaus ist informiert. Keine Sorge, das Geld ist mit keinerlei Erwartungen verbunden, aber ich würde mich freuen, von dir zu hören.*
*Alles Liebe*
*Deine Mom*

Ich blinzelte und konnte nicht glauben, was ich da gerade gelesen hatte. Wobei ich nicht wusste, was mich mehr aus der Bahn warf, die Entschuldigung und die Reue in ihren Worten oder die Tatsache, dass meine Mom für die Behandlung bezahlen wollte. Dass sie herausgefunden hatte, was mit Monica los war, überraschte mich nicht. Ich hatte ihr zwar nicht geschrieben, warum es Gavin nicht gut ging, aber sie hatte bei unserem Gespräch deutlich gemacht, dass sie ihre Quellen hatte.

»Was ist?«, fragte Gavin.

Ich reichte ihm die Karte. »Lies.«

Er las mehrere Minuten lang. Genug Zeit, um den Brief mindestens fünfmal zu überfliegen. Die Regungen in seinem

Gesicht wechselten währenddessen beinahe im Sekundentakt, von Verwirrung zu Missfallen zu Fassungslosigkeit und wieder zurück zu Verwirrung. Schließlich blickte er von der Karte auf. Er drückte sie mir vor die Brust. Seine Miene steinern, aber entschlossen. »Ich bin gleich zurück.«

Bevor ich ihn aufhalten konnte, war er bereits aus der Tür. Irritiert sah ich ihm hinterher, bis mein Blick wieder zu der Karte wanderte, die sich am Rand bereits wellte, weil unsere Finger beim Lesen so feucht geworden waren. Verloren holte ich mein Handy hervor und machte ein Foto der Karte, das ich an Luca schickte und mit jeder Menge roter Ausrufezeichen versah, damit er es beachtete.

Es funktionierte. Ein paar Sekunden später bekam ich eine Antwort.

*Luca:* Oha!
*Luca:* Ist das echt?
*Ich:* Ich denke schon.
*Ich:* Was hätte sie für einen Grund zu lügen?
*Luca:* Jennifer braucht keinen Grund zum Lügen. Vielleicht versucht sie nur, dich zu locken, damit du sie anrufst. Die Schlange!
*Ich:* Aber wenn es echt ist …
*Luca:* Wäre es krass.
*Ich:* Sie hasst Gavin.
*Luca:* Aber sie liebt dich.
*Ich:* Soll ich sie anrufen?
*Luca:* Wenn du willst.
*Ich:* Ich weiß nicht …

Ich spürte, wie das Handy mit Lucas Antwort in meiner Hand vibrierte, doch in diesem Moment kam Gavin zurück in den

Raum gestürmt. Mit einem Ausdruck im Gesicht, den ich nur als absolute Fassungslosigkeit beschreiben konnte. Seine Augen waren weit aufgerissen, wie in Trance schüttelte er den Kopf in kleinen abrupten Bewegungen.

»Was ist?«, fragte ich.

»Es ist alles bezahlt. Jeder Cent«, stammelte er und wankte schon beinahe zu dem Sessel, der neben Monicas Bett stand. Er ließ sich darauf fallen wie ein Stein und wedelte mit einem Zettel herum, den er in der Hand hielt. »Und ich hab die Telefonnummer von einer Anya Granne bekommen. Sie ist die Leiterin einer privaten Entzugsklinik. Sie ist informiert und wartet anscheinend nur auf meinen Anruf, um die Behandlung meiner Mom zu besprechen.«

Ich blinzelte. »Das ist großartig, oder nicht?«

Gavin antwortete nicht. Er hatte den Blick auf seine Mom gerichtet. Ihre Haut war blass, und um ihre Stirn war ein riesiger Verband gewickelt. Sie sah aus wie jemand, der schlief, und gleichzeitig wie jemand, der nie wieder aufwachen würde, mit all den Geräten, an die sie angeschlossen war und die piepsten und brummten, um ihre Werte zu messen.

»Ich muss kurz telefonieren.«

Gavin nickte. Er fragte nicht, wen ich anrief. Weil er es wusste.

Ich verließ das Zimmer und suchte mir eine halbwegs ruhige Ecke im Treppenhaus. Mein Herz pochte wie wild und meine Hände waren feucht, als ich die Nummer meiner Mom in den Kontakten suchte und den Anruf-Button berührte.

Es klingelte.

Und klingelte.

Und klingelte.

»April …«, meldete sich meine Mom nach dem gefühlt tausendsten Freizeichen.

Meine Kehle fühlte sich trocken an, als hätte ich Sand gegessen. Ich räusperte mich, aber das kratzige Gefühl in meinem Hals wollte nicht verschwinden. »Wir sind im Krankenhaus.«

Ich hörte meine Mom atmen, doch sie sagte nichts.

»Du hast Monicas Rechnungen bezahlt.«

»Ja, hab ich.«

»Warum?«

Sie seufzte schwer, und ich hörte, dass sie herumlief, kurz darauf war das Klicken einer sich schließenden Tür zu hören. »Du hattest recht«, sagte sie leise, fast schon schüchtern. Ein Tonfall, den ich von ihr nicht kannte. »Ich habe die letzten Jahre versucht, mich in Lucas und dein Leben einzukaufen, aber nur weil ich keinen anderen Weg gesehen habe. Ich musste mich damals von eurem Dad trennen, weil ich andere Ziele und Ambitionen im Leben hatte. Und ich wusste nicht, wie ihr ein Teil davon sein könnt. Als ich dann dazu bereit war, euch wieder einen Platz in meinem Leben einzuräumen, war es zu spät. Ihr hattet Joan und euren Dad. Eine Familie. Das Einzige, was ich euch geben konnte, was die beiden euch nicht geben konnten, war finanzielle Sicherheit.«

Ich presste die Lippen aufeinander, da ich ihr nicht widersprechen konnte. Sie hatte nicht unrecht. Joan liebte uns, als wären wir ihre eigenen Kinder. Luca war seit ein paar Jahren sogar auf dem Papier ihr Sohn, aber es hätte andere, weniger kontrollsüchtige Wege gegeben, damit umzugehen.

»Und jetzt versuchst du, dich erneut in mein Leben einzukaufen, indem du für Monicas Behandlung bezahlst?«, fragte ich.

»Nein … ja … irgendwie schon«, stammelte meine Mom. Ich hatte sie noch nie so verlegen um Worte erlebt. »Ich verstehe nicht, was du an dem Jungen findest, aber vielleicht muss ich es auch gar nicht verstehen. Damals dachte ich, dir einen Gefallen zu tun, wenn ich dich von ihm fernhalte. Ich wollte nicht, dass du dir seinetwegen die Zukunft verbaust. Das war ein Fehler. Ich hatte kein Recht, mich einzumischen, und hätte darauf vertrauen sollen, dass du die richtigen Entscheidungen triffst.«

Meine Hände waren inzwischen nicht mehr nur feucht, sondern zitterten zudem. Ich wollte meiner Mom glauben, ich wollte es wirklich, aber nach allem, was geschehen war, fiel es mir schwer, ihren Worten zu vertrauen. »Du kannst nicht einfach mit Geld um dich werfen und denken, es wäre alles wieder gut. Es braucht etwas mehr als das.«

Meine Mom atmete zittrig ein. »Ich weiß. Kann es vielleicht trotzdem ein Anfang sein?«

Ich schluckte. Meine Kehle war nicht länger kratzig, aber eng von den Tränen, die ich zurückzuhalten versuchte. Ich wünschte mir so sehr, meiner Mom vertrauen zu können wie damals, als ich geglaubt hatte, schwanger zu sein. Sie hatte dieses Vertrauen ausgenutzt und kaputt gemacht. Und das tat unendlich weh. Nicht auf dieselbe Art und Weise wie Gavins Verrat. Anders. Denn wenn ich jemandem bedingungslos vertrauen können sollte, dann doch meiner Mom, oder nicht?

»Vielleicht«, murmelte ich unsicher.

»Bitte, April«, flehte sie. »Ich will dich nicht auch noch verlieren.«

»Du hast Luca nicht verloren. Du hast ihn vertrieben.«

»Und dich auch«, sagte sie leise.

Ich hielt meine Erwiderung zurück, denn in diesem Moment kamen zwei Ärzte die Treppe heruntergelaufen. Ich lächelte ihnen verkniffen zu und wartete, bis sie außer Hörweite waren, ehe ich antwortete. »Du kannst Luca und mich nicht wie Spielfiguren behandeln. Wir sind deine Kinder und nicht deine zweite Chance, das zu erreichen, was du in deinem Leben nicht geschafft hast.«

»Ich wollte nur das Beste für euch.«

Ich lachte bitter. »Wie kann es das Beste sein, dass du Luca ständig Vorwürfe wegen seines Studiums machst? Er wird davon vielleicht nicht reich, aber glücklich. Und mich kritisiert du ebenfalls am laufenden Band. Meine Noten. Mein Aussehen. Mit wem und wie ich meine Zeit verbringe. Die SHS liegt mir am Herzen, und du hast nicht einmal gefragt, wie es läuft. Nie hast du ein gutes Wort für mich übrig, es sei denn, es passt *dir* und *deinen* Zielen für mich in den Kram. Gavin ist vielleicht nicht der perfekte Mann für dich, aber für mich. Das musst du verstehen. Oder zumindest akzeptieren.«

»Ich werde es versuchen.«

Ich schüttelte den Kopf. »Das ist nicht genug. Nicht mehr.«

»Dann werde ich es akzeptieren.«

»Du kannst das nicht einfach sagen. Du musst es auch meinen«, sagte ich und warf einen Blick über meine Schulter in Richtung Flur. Die Tür zum Zimmer von Gavins Mom stand noch immer offen. »Ich muss jetzt Schluss machen.«

»Können wir uns die Tage treffen?«

Ich seufzte. »Denke schon, aber ich muss jetzt bei Gavin sein.«

»Okay. Melde dich, wenn du Zeit hast.«

»Das werde ich. Bis dann, Mom.«

»Bis dann. Ich hab dich lieb.«

*Scheiße.*

Rasch legte ich auf, denn nun weinte ich wirklich. Ich hatte keine Ahnung, wann ich diese Worte das letzte Mal aus ihrem Mund gehört hatte, und gab mir einen Moment, um mich zu sammeln, ein paar Tränen zu vergießen und sie mir anschließend vom Gesicht zu wischen.

Dann ging ich mit etwas weniger Zweifeln in der Brust, was die Absichten meiner Mom betraf, zurück zu Gavin. Er saß nach wie vor im Sessel neben Monica und hielt ihre Hand, die schlaff in seiner lag. Seine Jacke hatte er abgelegt, und er hatte sich die Mütze vom Kopf gezogen, ohne danach sein Haar zu bändigen. Als er mich kommen hörte, sah er auf. Die Fragen in seinem Blick waren laut.

Ich lief zu ihm, und er lehnte sich zurück, damit ich mich auf seinen Schoß setzen konnte. Er legte einen Arm um mich, um mich zu stützen, als könnte ich anderenfalls runterfallen.

»Was hat deine Mom gesagt?«

Ich holte tief Luft und lieferte ihm eine Zusammenfassung des Telefonats, das sich noch immer etwas unwirklich anfühlte. Ein Teil von mir wünschte sich, ich hätte meiner Mom früher die Stirn geboten. Vielleicht hätten wir unsere Probleme dann bereits vor Jahren lösen können, doch ich hatte mich von meinem Gefühl der Dankbarkeit zurückhalten lassen; als wäre ich meiner Mom etwas dafür schuldig, dass sie mich unterstützt hatte. Und sie hatte diese Dankbarkeit schonungslos ausgenutzt.

»Glaubst du ihr?«, fragte Gavin, nachdem ich ihm alles erzählt hatte.

Ich zuckte mit den Schultern. »Es klang, als würde sie es ernst meinen.«

»Aber?«

»Ich weiß nicht, ob sie sich wirklich ändern kann«, äußerte ich meine Bedenken. »Luca hat ihr in den letzten Jahren so oft die Stirn geboten, und nichts hat sich geändert. Ja, sie hat Sage die Wohnung besorgt, aber das ist mehr oder weniger ihr Job. Seinen Geburtstag dieses Jahr hat sie trotzdem wieder vergessen.«

»Mag sein. Aber du bist nicht Luca. Du liegst ihr am Herzen.«

»Tu ich das wirklich?« Denn es fühlte sich nicht danach an.

Vielmehr hatte ich den Eindruck, dass ihr lediglich die Version von sich selbst, die sie in mir zu sehen glaubte, am Herzen lag. Weshalb sie auch nicht wollte, dass ich dieselben Fehler wie sie beging. Aber Gavin war nicht mein Dad, und ich hatte nicht vor, in den nächsten zehn Jahren zu heiraten. Und ob ich eigene Kinder haben wollte, wusste ich ebenfalls noch nicht. Ich hatte mir darüber bisher keine Gedanken gemacht; dafür war ich zu sehr damit beschäftigt gewesen, mich selbst zu finden und zu verstehen. Ich war nach wie vor dabei zu lernen, was ich eigentlich vom Leben wollte.

»Jennifer hat vielleicht einen Fehler gemacht, aber sie hatte gute Absichten«, sagte Gavin. »Sie wollte dich nur beschützen; und so viel Verachtung ich für diese Frau auch empfinde, ist das die eine Sache, die ich ihr nicht übel nehmen kann.«

Ich wich seinem Blick aus und begann, unruhig mit den Fingern an seinem zerzausten Haar herumzuspielen. »Du vergibst ihr also, dass sie uns fünf gemeinsame Jahre geraubt hat?«

Er rümpfte die Nase. »Vergeben ist das falsche Wort. Verstehen trifft es besser. Ich würde auch alles tun, um dich zu beschützen.«

»Warum verteidigst du sie?« Ich begriff es nicht.

Gavin fing meine nervöse Hand mit seiner ein. Behutsam strich er mit dem Daumen über meine Knöchel. Er wartete mit dem Sprechen, bis ich ihn ansah. »Weil ich nicht glaube, dass es dich glücklich machen würde, sie aus deinem Leben zu verbannen. Gerade bist du vielleicht wütend auf sie. Aber du liebst sie auch. Und ich denke, dass sie es ernst meint. Niemand, der es nicht ernst meint, würde so viel Geld ausgeben, um meiner Mom zu helfen. Hast du eine Ahnung, wie hoch diese beschissene Rechnung war?«

Ich schüttelte den Kopf. »Heißt das, du nimmst das Geld an?«

Er nickte. »Ginge es nur um mich, würde ich es ablehnen, aber meiner Mom kann es das Leben retten. Es würde mich Jahre kosten, diese Rechnung abzubezahlen, von einem Entzug ganz abgesehen; und wenn mir der Zwischenfall eines gezeigt hat, dann dass meine Mom den ganz, ganz, ganz dringend braucht. Dieses Mal habe ich sie rechtzeitig gefunden, doch was, wenn ich das nächste Mal zu spät bin? Ich würde es nicht ertragen, sie noch einmal so vorzufinden. Und wenn ich dafür Geld von Jennifer annehmen muss, dann ist das so. Ich hoffe, du kannst damit leben.« Flehentlich sah Gavin mich an, als hätte er Angst, ich könnte enttäuscht von ihm sein, dabei war genau das Gegenteil der Fall. Ich war dermaßen stolz auf ihn, dass es dafür kaum Worte gab.

»Ich kann damit leben«, versicherte ich ihm mit einem Lächeln. »Sehr gut sogar. Meine Mom schuldet uns etwas für die Jahre, die sie uns genommen hat. Und wenn du mich fragst, ist diese Krankenhausrechnung nicht genug. Für dich mag es viel Geld sein … für sie nicht. Und es wird Zeit, dass du dir helfen lässt – egal von wem. Das ist keine Schwäche, sondern eine Stärke. Es wird sicherlich nicht einfach, aber wir bekommen das hin.«

»Wir?«

Ich nickte. »Ich lass dich das nicht allein durchstehen.«

Gavin seufzte erleichtert, und ich hatte das Gefühl, dass in diesem Moment ein gigantischer Brocken an Sorgen von ihm abfiel. Es war nicht sichtbar, aber spürbar. Es veränderte seine Ausstrahlung nur minimal, als würde er das erste Mal seit langer Zeit wirklich eine Perspektive für seine Zukunft sehen und ehrliche Hoffnung empfinden.

»Du hast keine Ahnung, wie viel mir das bedeutet«, sagte er mit einem fast schon schüchternen Lächeln und streichelte mir dabei weiter die Hand. »Mehr noch. Es bedeutet mir alles.

*Du* bedeutest mir alles. Ohne dich würde ich das nicht schaffen.«

Ich erwiderte sein Lächeln. Doch er irrte sich. Er hätte es allein geschafft, weil er der stärkste Mensch war, den ich kannte. Gavin hatte so viele Rückschläge erlebt und sich stets wieder aufgerappelt. Und er hatte selbst erkannt, dass er Hilfe brauchte. Er war sogar bereit, diese von meiner Mom anzunehmen. Ich konnte mir kaum vorstellen, wie viel Kraft und Größe man für eine solche Entscheidung benötigte, und er hatte sie ganz allein getroffen.

Nein, Gavin brauchte mich nicht, aber er wollte mich, genauso sehr, wie ich ihn wollte. Und das machte es nur noch besser. Denn gemeinsam konnten wir alles schaffen. Was immer als Nächstes geschah, wir würden es hinbekommen – zusammen.

# Epilog I

## GAVIN

*2 Monate später*

Der Sticker war weg.

Irgendjemand hatte die Überreste des Aufklebers, den ich vor einigen Monaten versucht hatte vom Kaffeeautomaten zu lösen, entfernt. Nun waren nur noch die Klebereste zu sehen. Ich fütterte das Gerät mit Münzen und ließ zwei Kaffee raus. Ungeduldig nahm ich einen Schluck von meinem, da ich eine schlaflose Nacht hinter mir hatte. Diese Art von Nächten war in den letzten Wochen weniger geworden, aber ich bezweifelte, dass sie jemals ganz verschwinden würde. Andererseits litt ich bereits mein halbes Leben lang an Schlafstörungen, und sich jede Nacht hinzulegen, einzuschlafen, durchzuschlafen und am nächsten Morgen erholt aufzuwachen entzog sich meiner Vorstellungskraft.

Ich folgte dem Flur zum Zimmer meiner Mom. Meine Schritte fühlten sich weniger schwer an als unmittelbar nach ihrem Unfall. Damals war jeder Gang von Sorge und Angst begleitet gewesen, weil ich nicht gewusst hatte, was aus ihr werden würde. Die Ärzte und Ärztinnen hatten mir zwar Mut gemacht, aber niemand hatte mir mit Gewissheit sagen können, wann meine Mom das Bewusstsein zurückerlangen würde und welche langfristigen Schäden ihr Sturz möglicherweise verursacht hatte. Inzwischen war sie aus dem Koma aufgewacht und befand sich auf dem Weg der Besserung.

Ich betrat das Zimmer und entdeckte meine Mom in ihrem Bett. Sie hatte die Rückenlehne aufgerichtet. Ihre Augen waren geschlossen, während sie im Sonnenlicht badete, das durch die Fenster fiel. Trotz der nach wie vor sichtbaren Schrammen auf ihrer Stirn sah sie besser aus als in all den Wochen und Monaten zuvor. Sie durfte hier weder trinken noch rauchen und hatte ein paar Kilos zugenommen, wodurch ihr Gesicht weniger eingefallen wirkte.

»Dein Kaffee«, sagte ich und reichte ihr den Becher.

Sie lächelte und griff danach, wobei ihre Bewegungen vorsichtiger waren als früher. Denn obwohl es ihr gut ging, war der Sturz nicht spurlos an ihr vorübergegangen. Sie litt an Gleichgewichts- und Schluckstörungen und hatte Lähmungserscheinungen. Aber mit jedem Tag und dank der Physiotherapie kehrte ihre Motorik mehr und mehr zurück, was mir Hoffnung für die Zukunft machte. Und auch ihr Therapeut war optimistisch. Eine hundertprozentige Genesung war unwahrscheinlich, aber sie würde sich allein zurechtfinden können und wäre nicht auf meine Hilfe oder andere Pflege angewiesen, um ihren Alltag zu bestreiten, was eine große Erleichterung bedeutete.

Meine Mom nippte an ihrem Kaffee. »Danke.«

Ich setzte mich auf den Stuhl neben ihrem Bett.

»Wo ist April?«

»Sie ist übers Wochenende mit Luca bei ihrer Familie.«

»Bei Russell oder Jennifer?«

»Russell.«

Jennifer gab sich zwar Mühe, die Wogen zwischen sich und ihren Kindern zu glätten, aber die beiden waren noch weit davon entfernt, ein ganzes Wochenende mit ihrer leiblichen Mutter zu verbringen. Was ich ihnen nicht verdenken konnte. Jennifer hatte meine Mom inzwischen zweimal im Krankenhaus besucht, und ich war ihr unendlich dankbar für ihre Unterstützung, doch Freunde würden wir wohl nie werden. In manchen Momenten fühlte es sich falsch an, ihr Geld zu nehmen, als würde ich meine Prinzipien verkaufen. Immerhin hatte ich diese Frau fast mein halbes Leben lang verabscheut. Sie hatte April jahrelang drangsaliert, uns auseinandergebracht, und davon, wie sie zu Luca war, wollte ich gar nicht erst anfangen. Doch dann dachte ich an meine Zukunft, an meine Wünsche und Träume, an April und daran, dass die nächsten Jahre ohne Jennifers Unterstützung vollkommen anders ausgesehen hätten. Ich war mir sicher, dass ich auch ohne Jennifers Geld alles irgendwie schaffen konnte, vor allem mit April an meiner Seite, aber ich wollte es nicht. Dafür war ich es zu sehr leid zu kämpfen. Ich wollte endlich leben, und wenn ich dafür einen Schritt auf Jennifer zumachen musste, war es mir das wert. Vor allem, weil meine Mom es mir wert war. Sie hatte die beste Behandlung verdient, und diese wurde ihr durch Jennifer ermöglicht.

»Grüß April von mir, wenn du sie sprichst.«

Ich lächelte. »Mach ich.«

»Vielleicht können wir nächste Woche zusammen essen gehen, wenn ich entlassen werde«, schlug meine Mom vor. In ihrer Stimme schwang eine Begeisterung mit, wie ich sie lange nicht mehr gehört hatte. »Luca kann auch gern mitkommen. Und seine Freundin. Wie hieß sie noch mal … Stella, Sara …«

»Sage«, kam ich ihr zu Hilfe.

Sie schenkte mir ein Lächeln, das durch die Lähmungserscheinungen leicht schief war. »Sage, genau. Ich würde sie gern kennenlernen. Luca hat bei seinem letzten Besuch so viele liebe Sachen über sie erzählt.«

Ich erwiderte das Lächeln meiner Mom. Dabei musste ich schwer schlucken, weil sich ein Kloß in meiner Kehle bildete. Nicht aus Angst und Verzweiflung, sondern aus Freude. Keine Ahnung, ob es am fehlenden Alkohol lag oder der Hilfe, die sie hier im Krankenhaus erhielt, aber meine Mom erinnerte mich in diesem Moment sehr an die Frau, die sie früher gewesen war. Ich wollte nichts lieber, als Zeit mit dieser Version von ihr zu verbringen, welche ich in den letzten Monaten und Jahren so vermisst hatte, doch es war noch zu früh.

Ich holte tief Luft und wappnete mich für das Gespräch, das ich mit ihr führen musste. Seit Tagen scheute ich mich davor, nun konnte ich mich nicht länger drücken. Es musste gesagt werden.

Ich räusperte mich und sah meiner Mom fest in die Augen. »Ich muss mit dir reden.«

Sie neigte den Kopf. »Worüber?«

»Deine Entlassung. Ich hab das Thema bisher nicht angesprochen, weil ich dir Zeit geben wollte, aber wir müssen uns überlegen, wie es weitergeht.«

»Was meinst du damit? Wie soll es denn weitergehen?«

Mein Herz wummerte heftig, und ich wischte mir die feuchten Hände an der Hose ab, weil ich keine Ahnung hatte, wie sie auf die nächsten Worte reagieren würde. »Ich möchte, dass du einen Entzug machst.«

»Einen Entzug?«, fragte sie verwirrt, als wäre ihr das Wort fremd.

Ich nickte und rief mir die Sätze ins Gedächtnis, die ich mir gemeinsam mit April zurechtgelegt hatte. Ich wünschte mir, sie wäre hier, aber das war eine Sache zwischen meiner Mom und mir. »Ja. Ich habe bereits Kontakt zu einer Klinik ganz in der Nähe und war letztes Wochenende dort, um mir alles anzuschauen. Die Leiterin hat mich rumgeführt. Es ist wirklich schön dort. Die Klinik liegt direkt am Lake Tahoe. Du kannst deine Physiotherapie fortsetzen, und es gibt ein großes Freizeitangebot außerhalb deiner Behandlungszeit. Sie bieten dort sogar einen Töpferkurs an. Früher hast du doch so gern getöpfert.«

Entsetzt starrte meine Mom mich an, als würde ich etwas komplett Abwegiges von ihr verlangen. Ihre Augen waren geweitet, ich konnte Tränen darin schimmern sehen. Mein Magen verkrampfte sich. »Ich … Ich brauche keinen Entzug.«

Ich lächelte müde. »Doch, tust du.«

»Ich bin seit Wochen trocken.«

»Weil du im Krankenhaus liegst.«

»Ich bin nicht mehr süchtig!«, protestierte meine Mom und brach in Tränen aus.

Es tat mir in der Seele weh, sie weinen zu sehen. Ich wollte sie in den Arm nehmen und trösten, weil sie bereits genug gelitten hatte, genau wie ich, aber es musste sein.

»Im Moment fällt es dir vielleicht leichter, nicht zu trinken, doch was ist, wenn du wieder zu Hause bist? Allein in deiner Wohnung und die Sehnsucht nach Dad wieder größer wird? Was ist dann?«

»Dann ruf ich dich an.«

»Du kannst mich nicht jedes Mal anrufen, wenn es dir nicht gut geht, Mom.«

Sie weinte nun heftiger. Ihre Unterlippe bebte, und sie stammelte unverständliche Laute.

Ich griff nach ihrer Hand. Ihre Finger wirkten in meinen nicht länger dürr und zerbrechlich wie Äste. Was mir zeigte, dass sie auf dem richtigen Weg war, sie durfte jetzt nur nicht wieder falsch abbiegen.

»Ich sage ja nicht, dass du mich nie anrufen darfst«, fuhr ich fort und spürte, wie sich auch hinter meinen Augen ein Brennen bemerkbar machte. »Ich bin gern für dich da, aber ich kann nicht jedes Mal vorbeikommen und aufpassen, dass du nicht trinkst.«

»Das werde ich nicht!«

Ich schüttelte den Kopf, obwohl es mir schwerfiel. »Tut mir leid, darauf kann ich nicht vertrauen. Die Leute in der Klinik können dir dabei helfen, im Alltag besser mit schweren Momenten umzugehen.«

»Ich schaff das allein!«

»Nein, tust du nicht.«

»Doch!«

»Mom …«, flehte ich. »Bitte.«

Sie schüttelte heftig den Kopf und versuchte, mir ihre Hand zu entziehen. Ich hielt sie fest. »Ich will nicht in den Entzug.«

»Das verstehe ich, aber du brauchst Hilfe«, redete ich auf sie ein, wobei meine eigene Stimme immer zittriger wurde, während ich mir alle Mühe gab, nicht selbst loszuheulen. »Du hast diese Sucht nicht im Griff, selbst wenn du das vielleicht glaubst. Eine Sucht verschwindet nicht einfach. Sie bleibt ein Leben lang. Und ich war so kurz davor, dich zu verlieren. Was, wenn ich dich das nächste Mal nicht rechtzeitig finde? Ich will dich nicht auch noch verlieren.«

Meine Worte schienen zu meiner Mom durchzudringen, denn sie hörte auf, gegen meinen Griff anzukämpfen, und wurde ruhiger. Sie betrachtete mich aus rot unterlaufenen Augen. Tastend wanderte ihr Blick über mein Gesicht, und ich fragte mich, was sie sah. Erinnerte sie sich an all die Dinge, die sie mir angetan hatte? An die Kratzer und blauen Flecke? Erinnerte sie sich an all unsere Streits und die gemeinen Worte, die sie mir an den Kopf geworfen hatte?

»Ich … Ich habe Angst«, gestand sie schließlich leise.

»Ich habe auch Angst, nämlich um dich.« Als sie nichts erwiderte, redete ich weiter. »Du musst das nicht allein durchstehen, Mom. Ich bin für dich da. Genau wie April. Wir besuchen dich regelmäßig. Vielleicht können wir Jack mitbringen. Und womöglich lernst du dort sogar ein paar nette Leute kennen, die etwas Ähnliches durchgemacht haben wie du. Wäre das nicht schön? Freunde zum Reden zu haben, die dich verstehen?«

Meine Mom stutzte. Ich spürte, wie ihre Schutzschilde nach unten fuhren und meine Worte auf fruchtbaren Boden trafen. »Ich denke schon«, gestand sie. »Ich bin ziemlich einsam, seit ich kein Teil der Kirchengemeinde in Brinson mehr bin. Es wäre schön, mal wieder eine Freundin zu haben oder einen netten Mann kennenzulernen.«

Ich lächelte verkniffen, weil das Letzte, was ich mir vorstellen wollte, war, wie meine Mom auf Dates ging, aber was immer sie glücklich machte, würde auch mich glücklich machen – solang sie ihr Glück nicht am Grund einer Whiskyflasche suchte. »Dann gib der Klinik eine Chance.«

Meine Mom seufzte. Ihre Schultern sackten nach unten, und sie erwiderte mein Lächeln mit einem wackeligen ihrerseits. »Okay, wenn du das möchtest.«

Ich nickte heftig und konnte vor Erleichterung meine eigenen Tränen nicht mehr zurückhalten. Wie lange hatte ich versucht, zu meiner Mom durchzudringen? Wie viele Ratgeber hatte ich gekauft? Wie oft war ich bemüht gewesen, sie zu einem Treffen der Anonymen Alkoholiker zu überreden? Oder sie zu einem Entzug zu motivieren? Ich wusste es nicht, aber endlich zeigte sie Einsicht.

Ich hasste es, dass es diesen Weckruf gebraucht hatte, damit sie ihr Problem erkannte. Denn ich würde den Anblick, wie sie in einer Lache aus ihrem eigenen Blut lag, nie vergessen. Zu groß waren die Parallelen zu dem Tag, an dem ich meinen Dad gefunden hatte. Doch zumindest hatte ich ihr helfen können.

Und vielleicht würde etwas Gutes aus diesem schrecklichen Tag entstehen. Auch wenn es anstrengend wurde.

Für sie.

Für mich.

Für all die Menschen in unserem Leben.

Aber irgendwann würde es leichter werden.

# Epilog II

## APRIL

*Weitere 2 Monate später*

»Hey, Ex-Boss.«

Cam verdrehte die Augen, als ich an die Theke des Le Petit trat. Es roch nach frisch gerösteten Bohnen und süßem Gebäck. Ich hatte meinen Job im Bistro Anfang des Jahres schweren Herzens gekündigt. Es war keine leichte Entscheidung gewesen, aber eine, die ich hatte treffen müssen, um meinem Studium und der SHS gerecht zu werden, und vor allem, um für Gavin da zu sein.

Er hätte niemals von mir verlangt, dass ich meinen Job für ihn kündigte, aber ich war finanziell nicht darauf angewiesen und wollte die wenige Freizeit, die mir blieb, nicht zwischen meiner Arbeit und Gavin aufteilen. Ich wollte sie ihm widmen, meinen Freunden und auch mir selbst. Ich wollte wieder öfter ins Fitnessstudio gehen, mehr auf der Couch rumgammeln, häufiger shoppen und vielleicht tatsächlich den Mode-Blog auf die Beine stellen, der mich in Gedanken bereits seit Jahren begleitete.

»Wie läuft die SHS?«, erkundigte sich Cam. Ohne zu fragen, was ich wollte, machte er sich daran, einen Kakao für mich zuzubereiten.

Ich stützte die Ellenbogen auf der Theke ab. »Richtig gut! Wir konnten zwei neue Spendenpartner gewinnen, und ich habe eine Anfrage von einem Community College aus Utah bekommen, welches die SHS-Idee gern aufgreifen möchte. Nächste Woche haben wir einen Termin, bei dem ich mein Konzept vorstellen werde. Richmond wird auch dabei sein.«

»Cool. Du fängst an, Wellen zu schlagen.«

»Na ja, bisher sind es eher sanfte Wogen.«

»So beginnt jeder Sturm«, sagte Cam mit einem Lächeln und schob mir wenige Augenblicke später einen Becher und eine Tüte über die Theke zu. »Ein Kakao mit extra viel Sahne und ein Cookie. Bitte schön.«

»Danke. Könnte ich noch einen Kaffee für Gavin kriegen?«

»Klar, kommt sofort.«

»Mit Hafermilch, bitte!«

»Ich weiß«, sagte Cam mit einem Augenrollen, weil ich das jedes Mal dazusagte; nur zur Sicherheit. Er nahm sich einen Becher und stellte ihn unter die Kaffeemaschine, die mit einem lauten Gurgeln zum Leben erwachte. »Wie geht es ihm?«

»Ganz gut. Wir treffen uns gleich zum Eisbaden.« Bereits der Gedanke an den kalten See ließ mich erschaudern, aber zumindest war inzwischen der Frühling eingekehrt. Die Wassertemperatur war zwar noch immer eisig, doch die Sonne wärmte einen ein bisschen.

Cam schmunzelte. »Und seiner Mom?«

»Auch gut, wir haben sie gestern besucht.«

Monica war seit knapp zwei Monaten in einer Entzugsklinik. Es hatte einiges an Überredungskunst gekostet, um sie von der Notwendigkeit dieses Schritts zu überzeugen. Schließlich hatte sie eingewilligt, und es war die beste Entscheidung überhaupt gewesen. An jedem Besuchertag wirkte sie mehr wie die

Frau, die sie früher gewesen war, bevor Sucht und Trauer sie in ein tiefes Loch gerissen hatten.

Es würde ein langer Weg für sie werden. Die Ärzte hatten ziemlich deutlich gemacht, dass Monica vermutlich noch einige Monate benötigen würde, die Stabilität zu bekommen, die sie brauchte, um allein im Alltag zu bestehen. Gavin hatte sich Sorgen gemacht, dass das alles möglicherweise zu kostspielig werden und meine Mom ihr großzügiges Angebot zurückziehen könnte. Aber als wir ihr bei einem gemeinsamen Abendessen mitgeteilt hatten, wie viel die Behandlung von Monica verschlingen würde, hatte sie nicht mit der Wimper gezuckt, sondern nur gemeint, dass sie froh sei, helfen zu können. Und erstaunlicherweise glaubte ich ihr.

Unser Streit an Weihnachten schien etwas in ihr losgetreten zu haben, und vielleicht oder vielleicht auch nicht hatte Carlos etwas damit zu tun. Ich war mir noch immer nicht sicher, was für eine Art Beziehung er und meine Mom führten, aber ich hatte ihn kennengelernt und er schien ein anständiger Kerl zu sein. Er machte kein Geheimnis daraus, dass es anfangs Jennifers Geld gewesen war, das ihn angezogen hatte; er schien jedoch tatsächlich wegen ihrer Persönlichkeit geblieben zu sein, obwohl es mir – und vor allem Luca – schwerfiel, das zu glauben.

»Ein Latte macchiato mit Hafermilch«, verkündete Cam und stellte den Becher auf der Theke ab.

»Danke. Wie viel bekommst du?«

»Nichts.«

»Cam«, mahnte ich, weil er es sich nicht leisten konnte, Dinge zu verschenken. Die Situation des Le Petit hatte sich nicht gebessert, seit auf der anderen Seite des Campus ein weiteres Café eröffnet hatte. Es brach mir das Herz zu sehen, wie sehr das Bistro zu kämpfen hatte. Nicht nur, weil es über ein Jahr ein wichtiger Bestandteil meines Lebens gewesen war, sondern weil ich wusste, wie viel Energie und Herzblut Cam in das Erbe seines Vaters steckte.

Er seufzte. »Zehn Dollar fünfzig.«

»Geht doch«, sagte ich und reichte ihm das Geld.

Er verstaute es in der Kasse. »Da du gerade hier bist – ich hab bald Geburtstag und mir überlegt, eine kleine Party zu schmeißen. Hättest du Lust zu kommen? Gavin und die anderen sind natürlich auch eingeladen.«

»Klar! Du wirst dreißig, oder?«

Cam zog eine Grimasse. »Ja, bye-bye Zwanziger.«

»Ach, deine Dreißiger werden super, das hab ich im Gefühl.«

Er murmelte etwas, das so klang wie »schlechter können sie kaum werden«, aber ich war mir nicht sicher. Gern hätte ich mich noch länger mit ihm unterhalten, doch ich musste los, um Gavin abzuholen.

Ich verabschiedete mich und machte mich auf den Weg zum Therapiezentrum. Gavin traf sich dort zweimal wöchentlich mit seinem Psychologen und wurde auf Medikamente eingestellt, die ihm helfen sollten, trotz seines Traumas Frieden zu finden. Die Therapie tat ihm gut, war aber auch anstrengend. Oft hallten die Sitzungen noch tagelang in ihm nach, während er alles verarbeitete. Doch endlich konnte er sich Zeit für sich selbst nehmen, weil er nicht mehr allein für seine Mom verantwortlich war. Er musste nicht mehr die ganze Zeit für sie stark sein und konnte sich fallen lassen. Denn Luca, Sage, Aaron, Connor, Eliot und ich waren da, um ihn aufzufangen, wenn die Last seiner Vergangenheit zu groß wurde.

Ich parkte vor dem Therapiezentrum und musste nicht lange warten. Gavin kam kurz darauf aus dem Gebäude zu meinem Wagen gejoggt und ließ sich auf den Beifahrersitz fallen. Jack, der auf der Rückbank saß, begann heftig mit dem Schwanz zu wedeln und schob seinen Kopf zwischen den Sitzen nach vorn. Gavin musste ihm zur Begrüßung erst einmal eine halbe Minute das Ohr kraulen, bevor er zufrieden war und Gavin sich mir zuwenden konnte.

»Hi.« Er lächelte mich an, aber seine dunklen Wimpern und geröteten Augen verrieten mir, dass es keine leichte Stunde gewesen war, vielleicht sogar eine ziemlich schwere.

»Hey«, erwiderte ich und beugte mich zu ihm, um ihn mit einem flüchtigen Kuss zu begrüßen, wie ich es immer tat. Doch er ließ nicht zu, dass ich mich zurückzog; er küsste mich fester, inniger, als würde er heute etwas mehr Liebe brauchen als sonst. Liebe, die ich ihm nur zu gern bereit war zu geben.

Ich erwiderte seinen Kuss und legte eine Hand auf seinen Oberschenkel. Eine inzwischen vertraute und gleichzeitig elektrisierende Wärme flutete mich, bis Gavin mich gehen ließ. Er löste den Kuss, aber unsere Köpfe blieben dicht beieinander. Ich konnte seinen Atem auf meinen Lippen schmecken.

»Wie war es heute?«, fragte ich.

»Anstrengend.«

»Anstrengend gut oder anstrengend schlecht?«

Er überlegte kurz. »Anstrengend gut. Glaube ich.«

Ich lächelte und hoffte, dass es ihm zeigte, wie unfassbar stolz ich auf ihn war. Dafür, dass er erkannt hatte, dass er Hilfe brauchte und diese annahm, nicht nur von seinem Therapeuten, sondern auch von Luca, mir und unserer Mom. Gavin und sie mochten sich nach wie vor nicht sonderlich, aber sie akzeptierten einander. Meine Mom stichelte nicht mehr bei jeder Gelegenheit gegen Gavin und seine Familie, und Gavin respektierte Jennifer dafür, dass sie seiner Mom half und ihren Weg der Genesung finanzierte.

»Möchtest du lieber nach Hause?«, erkundigte ich mich.

»Nein, ich freu mich schon den ganzen Tag auf den See.«

Ich verzog die Lippen. »Sicher?«

Gavin lachte. »Du versuchst dich nur zu drücken.«

»Vielleicht«, gestand ich.

»Ich dachte, es gefällt dir?«

»Ja, klar, aber … die Überwindung.«

»Du schaffst das, ich glaub an dich«, ermutigte er mich, und wie hätte ich ihn von unseren Plänen abbringen können, wenn er sich bereits den ganzen Tag darauf freute?

Regelmäßiges Eisbaden im See war in den letzten Wochen zu einem Ritual geworden, das auch mir allmählich ans Herz wuchs. Doch es war genauso zur Tradition geworden, dass ich mich darüber beschwerte, wie kalt das Wasser war, damit Gavin mich im Anschluss ganz lange in den Armen hielt, um mich wieder zu wärmen. Anschließend fuhren wir zu ihm oder zu mir, um dort gemeinsam zu duschen. Zusammen standen wir dann unter dem warmen Wasserstrahl und küssten uns. Manchmal führten diese Küsse zu mehr, manchmal auch nicht. Das war für mich der mit Abstand schönste Teil an dieser neuen Tradition.

Ich lenkte den Wagen auf die Straße, die aus der Stadt rausführte, und nur wenige Minuten später erreichten wir den Strand vom Lake Tahoe, den wir immer fürs Eisbaden besuchten. Ich parkte den Wagen. Gavin ließ Jack vom Rücksitz und kam zu mir gelaufen. Er griff nach meiner Hand, und wir spazierten Richtung Ufer, während Jack bereits vorausheсhtete, um eine paar Möwen aufzuscheuchen.

Die Sonne verflüchtigte sich bereits hinter den Bergen. Vor einigen Monaten waren wir bei Sonnenaufgang hier gewesen, und Gavin hatte mir von seiner Mom erzählt. Heute beobachteten wir einen Sonnenuntergang, und es war alles anders. Der Tag mochte enden, aber jeder Schritt mit Gavin fühlte sich an, als würden wir einem Anfang näher kommen. Dem Anfang unserer gemeinsamen Zukunft.

Hand in Hand schlenderten wir über den Strand und spielten eine Runde mit Jack, der die Ausflüge hierher genauso genoss wie Gavin, vielleicht sogar noch mehr. Wir erreichten den Platz, an dem wir jedes Mal ins Wasser gingen. Es gab dort eine Bank, über die wir unsere Klamotten legen konnten. Gavin ließ den Rucksack mit unseren Handtüchern und der Ersatzkleidung von der Schulter gleiten. Für gewöhnlich machte er den Anfang, doch er zog sich nicht aus, sondern mich an sich.

Meine Brust traf auf seine, und er hob mein Kinn mit einem Finger, damit ich ihn ansehen musste. Er lächelte, und in seinen Augen erkannte ich dasselbe hoffnungsvolle Funkeln, das ich selbst verspürte. Als er mich auf die Nasenspitze küsste, fühlte ich tief in meinem Magen ein Kribbeln.

»Ich hab etwas für dich«, flüsterte Gavin, sein warmer Atem zwischen uns. Er griff in seine Jackentasche und zog etwas hervor, das klein genug war, um in seine geschlossene Faust zu passen. »Ich hab das bereits vor einer ganzen Weile gekauft, aber mit allem was war, bin ich nie dazu gekommen, es dir zu geben. Es ist allerdings nicht eingepackt.«

Ich lächelte. »Das macht nichts.«

Er öffnete seine Hand, und darin lag eine Kette, wie er sie mir schon einmal geschenkt hatte. Sie hatte einen runden Anhänger, dieses Mal aus Gold, und darin waren Steine eingelassen, die das Symbol seines Sternzeichens bildeten. »Luca hat mir erzählt, dass er deine Kette nach unserem Streit kaputt in deinem Mülleimer gefunden hat, als er ihn ausleeren wollte. Ich weiß, du glaubst nicht an so Zeug. Und ich eigentlich auch nicht, aber …«

Ich brachte Gavin mit einem Kuss zum Schweigen. Vielleicht glaubte ich nicht an Astrologie, doch ich glaubte an uns und an das, wofür diese Kette stand. Dafür, dass alte Dinge kaputt gingen und durch neue ersetzt werden konnten. Es mochte nicht dieselbe Kette wie damals sein, aber wir waren auch nicht mehr dieselben. Wir hatten uns verändert, waren gewachsen, allein und miteinander.

»Sie ist perfekt«, murmelte ich.

»Dreh den Anhänger um.«

Ich griff nach der filigranen Goldkette. Mein Herz schmolz dahin, während ich die Worte las, die auf der Rückseite eingraviert waren:

*Ich denk an dich.*

Ich blickte von dem Anhänger auf. Gavin sah mich an, wie mich noch nie zuvor ein Mensch angesehen hatte. Da war so viel Wärme und Liebe in seinem Blick, so viel Verständnis und Dankbarkeit. Tränen traten mir in die Augen, weil meine Brust plötzlich so voll war mit Gefühlen, dass ich gar nicht wusste, wohin damit.

*So denkst du immer an mich.*

*Und ich denk immer an dich.*

»Ich denk auch immer an dich, Gavin«, sagte ich leise. »Ich denke an dich, wenn ich aufwache. Und ich denke an dich, wenn ich schlafen gehe. Ich denk an dich in all den Stunden dazwischen, in denen ich nicht bei dir sein kann und dich vermisse. Du bist mein absoluter Lieblingsmensch.«

Meine Worte ließen Gavin übers ganze Gesicht strahlen. Er zog mich an sich und küsste mich erneut.

Ich schlang die Arme um seinen Hals, die Kette in meiner Hand. Und in diesem Moment wusste ich, dass ich Gavin nie wieder gehen lassen würde. Egal, was das Schicksal für uns bereithielt, egal, welche Hürden es uns stellte und auf was für verwirrende Pfade es uns führte – ich würde an Gavin festhalten. Denn wenn mich die letzten Jahre eines gelehrt hatten, dann dass ich nie wieder ohne ihn sein wollte.

# Danksagung

Ich wusste immer, dass ich eines Tages die Geschichte von April und Gavin aufschreiben möchte. Bereits in dem Exposé, das ich 2015 verfasst habe, um *Berühre mich. Nicht.* den Verlagen vorzustellen, habe ich ihre Story angeteasert. Aber unmittelbar nach dem Ende von *Verliere mich. Nicht.* habe ich mich nicht bereit gefühlt, ihre Geschichte zu erzählen. Doch die beiden haben mich nie losgelassen. Immer wieder bin ich in den vergangenen Jahren gedanklich nach Melview zurückgereist, um nach ihnen zu sehen.

2021 war es dann so weit – ich war endlich bereit. Eigentlich war zu diesem Zeitpunkt bereits ein anderes Projekt in Planung, aber ich hatte dieses Jetzt-oder-nie-Gefühl. Ich *musste* die Geschichte von April und Gavin erzählen, und zum Glück haben die beiden auch den LYX Verlag nie ganz losgelassen.

Daher möchte ich zuallererst dem LYX Verlag danken. Danke, dass ihr meinen Büchern ein so wunderbares Zuhause gebt und dass auch ich mich bei euch zu Hause fühlen kann. Dass ihr meine Kreativität so nehmt, wie sie kommt, und fein damit seid, wenn ich mal wieder alle Pläne über den Haufen werfe.

Ganz besonders möchte ich Stephanie Bubley danken, die mich damals in den Verlag geholt hat, und Sarah Braun, die mich nicht nur bei April und Gavin tatkräftig unterstützt, sondern auch geholfen hat, die Graphic Novel und die Schmuckausgaben auf die Beine zu stellen. Danke, dass du mit Herz und Seele dabei bist – und mich und Melview noch nicht über hast.

Außerdem danke ich Andrea Berlauer für all die wunderbaren Veranstaltungen und ihr unglaubliches Organisationstalent. Stefanie Ebert für die tolle Pressearbeit. Sarah Schneider und dem ganzen Team von LYX.audio sowie Leonie Landa danke ich für die großartigen Hörbücher. Cay Moentmann und Sabrina Weber danke ich für das tolle Marketing, und danke auch an den Rest vom Team LYX. Danke, dass ihr mit so viel Herzblut, Hingabe und Liebe fürs Detail an euren Büchern arbeitet. Ihr seid großartig!

Ich danke von Herzen meinem Agenten Markus Michalek und der gesamten AVA international. Danke, dass ihr hinter mir steht und mich in allen Belangen unterstützt! Ebenfalls danke ich Melike Karamustafa, die meinen Weg bei LYX von Beginn an begleitet hat und die immer das Beste aus meinen Texten rausholt.

Ein besonderer Dank gilt der Band Sleep Token. Ihre Musik hat mich von Anfang bis Ende durch den Schreibprozess geführt. Ich habe nichts anderes beim Schreiben gehört, denn ihre Musik spiegelt all die Gefühle wider, die ich dabei empfunden habe. Und es fühlt sich ein bisschen so an, als hätten sie *This Place Will Become Your Tomb* für April und Gavin geschrieben – bittersüß und schmerzhaft schön.

Mein Dank gilt außerdem all den Buchhändler:innen, Blogger:innen, TikToker:innen und Bookstagramer:innen, welche die *Berühre mich. Nicht.*-Reihe begleitet haben. Ihr leistet tolle Arbeit! Danke, dass es euch gibt und dass ihr eure Begeisterung mit uns teilt.

Ich danke zudem meiner Familie, meinen Katzen sowie meinen Freund:innen für ihre Unterstützung, vor allem in den letzten Jahren, die nicht immer einfach für mich gewesen sind.

Danke, dass ihr für mich da seid und immer ein offenes Ohr für mich habt. Ihr gebt mir das Gefühl, endlich bei den richtigen Menschen angekommen zu sein.

Und zum Schluss – und vielleicht am allermeisten – möchte ich euch, meinen Leser:innen, danken! Danke, dass ihr Sage und Luca damals eine Chance gegeben habt, und danke, dass ihr so geduldig mit mir wart und so lange auf April und Gavin gewartet habt. Ohne euch wäre all das nicht möglich. Ich danke euch aus tiefstem Herzen und wünsche euch eine tolle Zeit und nur das Beste. Bis zum nächsten Mal!

**Triggerwarnung:**

Dieses Buch enthält Elemente, die potenziell triggern können.

Diese sind:
*Alkoholismus, Trauerbewältigung, Erwähnungen und Beschreibungen vom Suizid eines Angehörigen, Depressionen und suizidale Gedanken, Panikattacken, Klaustrophobie, Beschreibung einer Blutabnahme, häusliche Gewalt, Parentifizierung*

*Die Platz-1-SPIEGEL-Bestseller-Reihe als Graphic Novel*

Laura Kneidl/Gabriella Bujdosó
BERÜHRE MICH. NICHT.:
DIE GRAPHIC NOVEL
Teil 1

208 Seiten
ISBN 978-3-7363-1889-2

Als Sage in Nevada ankommt, besitzt sie nichts – nichts außer dem eisernen Willen, das, was zu Hause geschehen ist, zu vergessen. Das ist allerdings schwer, wenn einen die Erinnerungen auf jedem Schritt begleiten und die Angst immer wieder über einen hereinbricht. So auch, als Sage ihren Job in einer Bibliothek antritt und dort auf Luca trifft, der für alles steht, wovor Sage sich fürchtet. Doch Luca ist nicht der, der er auf den ersten Blick zu sein scheint. Und als es Sage gelingt, hinter seine Fassade zu blicken, lässt das ihr Herz gefährlich schneller schlagen ...

»Ich bin total begeistert von diesem wundervollen Buch.« CORNIHOLMES über BERÜHRE MICH. NICHT.

LYX

*Die Liebesgeschichte von Micah und Julian – herzzerreißend und unvergesslich*

Laura Kneidl
SOMEONE NEW
544 Seiten
ISBN 978-3-7363-0829-9

Als Micah auf ihren neuen Nachbarn trifft, kann sie es nicht glauben: Es ist Julian, der kurz zuvor ihretwegen seinen Job verloren hat. Micah fühlt sich schrecklich, weil Julian ihr nicht mal die Gelegenheit gibt, sich zu entschuldigen. Doch seine undurchdringliche Art fasziniert Micah, und sie will ihn näher kennenlernen. Dabei findet sie heraus, dass Julian nicht nur sie, sondern alle Menschen auf Abstand hält. Denn er hat ein Geheimnis, das die Art, wie sie ihn sieht, für immer verändern könnte …

»Ein absolutes Must-Read, das ich am liebsten in jedes Regal der Welt stellen möchte.« LESELURCH.DE

LYX